Harper
Collins

Zum Buch:

Ein brutaler Mord erschüttert Hudiksvall im Nordosten Schwedens. Eine junge Frau wird grausam umgebracht. Wer könnte etwas gegen die beliebte Abiturientin gehabt haben? Der Tatort weckt in Rokka Erinnerungen. Er will endlich herausfinden, was seiner ersten Liebe Fanny damals, vor zwanzig Jahren, zugestoßen ist. Sie ist der Grund, warum Rokka in seine Heimatstadt zurückgekehrt ist. Gleichzeitig versucht er, den 17-jährigen Eddie davon abzuhalten, auf die schiefe Bahn zu geraten. Rokka erkennt sich selbst in dem Jungen wieder: Als er in dessen Alter war, wusste er ebenso wenig wie dieser, auf welcher Seite des Gesetzes er stand. Rokka will Eddie davor bewahren, dieselben Fehler zu machen. Doch er ahnt, dass er den Jungen nicht retten kann. Und dann entdeckt er eine erschreckende Verbindung zwischen dem Mord an der Abiturientin und dem Verschwinden von Fanny. Kann er das Rätsel, das ihn bereits sein halbes Leben verfolgt, endlich lösen?

Zur Autorin:

Gabriella Ullberg Westin wurde 1973 geboren und ist in Hudiksvall aufgewachsen. Bevor sie sich Vollzeit dem Schreiben widmete, studierte sie Kriminologie an der Universität von Stockholm und arbeitete als PR-Chefin bei einer der größten Telefongesellschaften Schwedens. Sie lebt mit ihrem Mann, einem Polizisten, und ihren zwei Kindern in Stockholm.

Lieferbare Titel:

Der Schmetterling
Der Todgeweihte

GABRIELLA
ULLBERG WESTIN

DER
LÄUFER

KRIMINALROMAN

Aus dem Schwedischen von
Stefanie Werner

HarperCollins

HarperCollins®

1. Auflage: Januar 2021
Ungekürzte Ausgabe im HarperCollins Taschenbuch
Copyright © 2019 für die deutsche Ausgabe by HarperCollins
in der HarperCollins Germany GmbH, Hamburg

© 2016 by Gabriella Ullberg Westin
by Agreement with Enberg Agency
Originaltitel: »Springpojken«
Erschienen bei: HarperCollins Nordic, Stockholm

Umschlaggestaltung: HarperCollins Germany / Deborah Kuschel,
Artwork zero-media.net, München (Wolfgang Staisch)
Umschlagabbildung: Andrey Yurlov, TTphoto,
Alexander Ishchenko / Shutterstock, FinePic®, München
Lektorat: Sibylle Klöcker
Satz: GGP Media GmbH, Pößneck
Printed in Germany
ISBN 978-3-95967-561-1

www.harpercollins.de

Werden Sie Fan von HarperCollins Germany auf Facebook!

Dieses Buch wurde klimaneutral auf FSC®-zertifiziertem Papier gedruckt.

Für Erik

PROLOG

Auf etwas Gutes kann man nie zu lange warten. Das ging mir in dem Moment durch den Kopf, als ich den Fahrer bat, anzuhalten. Der Regen prasselte aufs Wagendach, dennoch wollte ich das letzte Stück lieber zu Fuß gehen. Die Tropfen, die vom Himmel fielen, liefen mir den Nacken hinunter und unter den Pulli. Ein eisiger Wind blies eine leere Plastiktüte vor sich her, die mir um die Füße tanzte, und ich dachte, dass dies wieder einmal ein typisch schwedischer Sommer war.

Ich sah mein Spiegelbild auf dem Display meines Handys. Ich hatte meine Haare nach hinten gekämmt, so wie immer, und um die Augen machten sich Falten wie lange Krähenfüße bemerkbar, besonders wenn ich blinzelte. Die Anzeichen des Alterns störten mich nicht sonderlich, sie erinnerten mich vielmehr daran, dass ich wirklich gelebt hatte. Im Grunde sollte jemand ein Buch über meine Lebensgeschichte schreiben und erzählen, wie alles gekommen ist.

Meine Ledersohlen schlugen gegen den Steinboden am Eingang des Sendehauses. An der Rezeption des Schwedischen Fernsehens erhielt ich ein Namensschild für Besucher. Ich fuhr mit dem Finger darüber und schloss kurz die Augen, musste daran denken, wie viel ich aufgegeben hatte. Ich spürte einen Kloß im Hals und musste schlucken, das Gefühl wollte gar nicht weggehen. Doch obwohl ich eigentlich um mein Leben fürchten müsste, verspürte ich keine Angst. Die Gewissheit, alles richtig gemacht zu haben, gab mir Kraft.

Der Redakteur der Sendung »Nachgeforscht« saß in einem dunklen Raum, vor ihm leuchtete eine Wand voller Fernsehbildschirme. Als ich eintrat, drehte er sich um. Seine Haare waren zerstrubbelt, seine Brille saß schief.

»Ich habe gehört, dass Sie auch am Kongress teilnehmen werden«, sagte er zu mir.

Ich wollte antworten, doch meine Stimme versagte, stattdessen nickte ich überdeutlich. Der World Human Rights Congress. Dass ich gezwungen sein würde, mich im Kongresszentrum Stockholm Waterfront hinter den Kulissen aufzuhalten, behielt ich für mich.

»Ich finde es großartig, dass Sie uns die Aufnahmen übergeben haben«, sagte er und öffnete die Datei mit einem Doppelklick. »Das ist wirklich der Gipfel.«

Ich nickte langsam und verfolgte, was auf seinem Bildschirm auftauchte.

»Der Film ist aus dem Jahr 1993?«

»Das … ist korrekt«, antwortete ich und begriff in dem Moment, dass mich dieser Film schon mehr als mein halbes Leben lang begleitete. Als die ersten Bilder erschienen, reagierte ich immer noch so wie damals, als ich sie zum ersten Mal sah. Riss die Augen auf und starrte wie gebannt auf den Schirm.

Ich sah, wie der Junge mit dem schwarzen Krauskopf mit seinen kleinen Händen unermüdlich in einem Haufen Steine grub. Er hob einen nach dem anderen hoch, betrachtete ihn von allen Seiten.

Plötzlich zerschnitt ein lautes Geräusch die Luft. Eine Art Tuten, das sich dreimal wiederholte, um dann zu verstummen.

Jemand schrie, und das Signal ertönte noch einmal. Der Junge sah sich um. Dann grub er weiter, diesmal noch schneller, doch er fand nicht das, was er suchte. Das Gold.

Ein Scheinwerfer wanderte über das Gelände. Der Junge verkroch sich hinter der großen Maschine. Als ich das blaugelbe Logo mit den Buchstaben darüber erkannte, schloss ich die Augen. Ich fragte mich, wie heftig sein kleines Herz in diesem Moment geschlagen haben musste. Männerstimmen erklangen. Schreie. Dann verschwand der Scheinwerfer, und es wurde wieder dunkel.

Ich atmete tief durch, um meinen Herzschlag zu beruhigen. Mein Herz raste derart, dass ich dachte, es würde bersten. Denn ich wusste ja, dass jetzt die Schüsse folgten. Am Bretterzaun knallte es. Der Junge hatte nicht die geringste Chance gegen das todbringende Maschinengewehr. Sein kleiner Körper sackte wie eine von den Schnüren gekappte Marionette zu Boden und bewegte sich nicht mehr.

»Das ist unglaublich schockierend«, sagte der Redakteur und stoppte den Film. »Ich nehme an, Sie haben bereits die Information erhalten, wann Sie sich im Studio einfinden sollen?«

Ich nickte noch einmal. Schon als ich den Film zum allerersten Mal gesehen hatte, war mir klar, dass ich etwas unternehmen musste. Ich hätte vielleicht nicht so lange warten sollen, aber nun hat es sich eben so ergeben.

»Vor der Ausstrahlung gibt es noch einiges zu tun«, erklärte der Redakteur. »Wir werden weiterhin versuchen, jemanden aufzutreiben, der dazu Stellung nimmt, jemand muss Rede und Antwort stehen. Aber wahrscheinlich würden Sie es auch für gutes Timing halten, den Film ganz am Ende des Kongresses auszustrahlen?«

Ich nickte und wischte mir mit dem Handrücken die Tränen aus den Augen. Ja, das Timing war gut, aber die Hauptsache war, dass die Welt in einer Livesendung erfahren würde, was damals wirklich geschehen war.

1

Tindra Edvinsson schloss die Tür hinter sich und warf ihre weiße Abiturientenmütze aufs Bett. Den ganzen Tag lang war Hudiksvall vom Regen verschont geblieben, aber nun fielen dicke Tropfen gegen die Fensterscheibe. Eine Weile stand Tindra still da und lauschte dem Geprassel. Der Lärm ihrer eigenen Abiturfeier verblasste dabei zu einem gedämpften Gemurmel im Hintergrund.

Sie schmunzelte. Keiner hatte etwas einzuwenden gehabt, als sie erklärt hatte, sie wolle sich für den Ball am Abend noch zurechtmachen. Ihre Mutter war mit den Gästen vollauf beschäftigt gewesen, und ihr Vater hatte sich wie gewohnt bereits um acht Uhr schlafen gelegt. Mit der Ausrede, er sei müde. Tindra wusste, dass er heimlich die Sportsendung schaute, im Schlafzimmer stand nämlich ein Fernseher. Schließlich konnte jederzeit ein Freistoß ins Tor gehen. Tindra konnte nicht verstehen, dass ihre Mutter diese Lüge schluckte, und das Abend für Abend. Aber vielleicht durchschaute sie ihn. Vielleicht hatte sie gar nichts dagegen, dass er verschwand.

Und dann der liebe Opa Bernt, der ihr Geld geschenkt hatte, damit sie sich genau die Kleider kaufen konnte, die ihr gefielen: das kurze weiße, das sie tagsüber getragen hatte, und ein langes hellblaues für den Ball am Abend. Ganz kurz verspürte sie ein schlechtes Gewissen, als sie das Abendkleid auf dem Bügel betrachtete. Zärtlich fuhr sie über den glänzenden Stoff, bevor sie es behutsam ganz nach hinten in den Kleiderschrank hängte. Heute Abend würde sie es nicht tragen.

Sie scrollte die Flut an Bildern auf Instagram durch, wo die Klassenkameraden Selfies posteten, während sie sich für den Abend schick machten. Ohne sie. Ihr Hals schnürte sich zu. Würden sie sie vermissen? Wohl eher nicht, wenn sie an die Ereignisse der letzten Wochen dachte. Sie legte das Handy zur Seite und schlüpfte aus dem weißen Kleid und der Unterwäsche.

Sie betrachtete sich selbst im Spiegel, zupfte dabei ihre blonden Locken zurecht. Dann legte sie den Kopf ein wenig schief und formte einen Kussmund.

Noch einmal rief sie seine Nachricht auf Facebook auf und sah ihn vor sich. Sein Lächeln. Seine dunklen Augenbrauen und das strubbelige Haar, das ihm immer wieder störrisch ins Gesicht fiel. Ein letztes Mal las sie seine kurzen Zeilen, dann war es Zeit, sich anzuziehen. Aus der untersten Schublade der Kommode holte sie die Unterwäsche heraus, presste sie ans Gesicht und atmete ein. Schwarze Spitze, die frisch und neu duftete. Das schwarze Kleid, das sie immer bei ihren Cheerleader-Auftritten trug, machte ihr Outfit perfekt. Sie griff nach den hohen Schuhen und trat ans Fenster.

Der Regen peitschte gegen die Scheibe. Sie würde nass werden, aber das war ihr egal. Ein Stück weiter hinten in der Straße erkannte sie den Wagen. Seinen Wagen. Sie öffnete das Fenster, kletterte aufs Fensterbrett und ließ sich hinunter auf den Rasen gleiten.

Auf dem Fußweg blieb sie kurz stehen, um ein paar Autos vorbeizulassen. Sie fuhren im Schneckentempo vorüber. Tindra fluchte. Einer der Fahrer musterte sie von Kopf bis Fuß, während er sie passierte. Sie warf ihm einen wütenden Blick zu. Hatten die Leute nichts Besseres zu tun, als zu glotzen?

Als die Straße endlich frei war, rannte sie so schnell sie konnte, öffnete die Beifahrertür und ließ sich auf dem Sitz nieder.

»Wohin fahren wir denn?«, fragte sie, während sie sich anschnallte. In ihrem Magen kribbelte es vor lauter Vorfreude, und sie spürte die Erregung.

»Ssschh«, sagte er und legte den Finger an die Lippen. »Es ist spannender, wenn wir nicht reden.«

***

»Ich mach dich fertig, du Idiot!«

Der Typ mit dem Goldring im Ohr schleuderte die Worte heraus, und mehr war nicht nötig, dass Eddie Martinsson jede Hemmung verlor. Eddie hatte diesen Typen schon mal gesehen, abends vor der Schule, als der Kerl mit seinen Leuten ein paar Jungs, die neu in der Klasse waren, die Handys abnahm.

Eddie zog seine Kappe tiefer ins Gesicht, packte den Typ an den Schultern und schubste ihn. Um ehrlich zu sein, hatte Eddie nur auf einen Grund gewartet, ihn angreifen zu können. Es kribbelte ihm am ganzen Körper, als ob kleine Käfer, die auf Speed waren, unter seiner Haut herumliefen und sich pausenlos vermehrten, bis es einfach zu eng wurde. Sie mussten sich Platz schaffen.

Der Typ torkelte rückwärts und fluchte, als er in eine Pfütze tappte, doch er hatte das Gleichgewicht schnell wiedergefunden. Er kam auf Eddie zu, griff nach seinem Sweatshirt und schlug zurück.

Viele standen vor den roten Bootshäusern am Möljen-Grill um sie herum, doch nun wichen die Jungs langsam zurück. Eddie hörte ihre aufgeregten Stimmen. Ein paar von ihnen waren seine Kumpel. Ein paar andere gehörten zu dem Typ, der ihm gegenüberstand.

Verdammt noch mal, dachten die wirklich, der Kerl hätte irgendeine Chance?

Er spürte das Adrenalin in den Adern und die Hitze im Gesicht. Er war schließlich Eddie. Eddie, der immer sofort loslegte und keine Angst vor niemandem hatte.

Er warf einen Blick auf eins der alten Bootshäuser. Ein paar Typen, die er noch nie zuvor gesehen hatte, standen an die Wand gelehnt, wo sie vor dem Regen geschützt waren. Sie hatten die Arme verschränkt und beobachteten ihn. Wie hatte er die wohl einzuschätzen? Aber wenn sie ihm jetzt zusahen, würde er es ihnen schon zeigen.

Eddie bewegte sich vorwärts, die Hände in Kampfhaltung. Der Typ mit dem Goldring war groß, mindestens so groß wie Eddie selbst, und Eddie wollte vermeiden, dass der andere seine Reichweite nutzte. Er wartete ab. Eine Sekunde. Wollte nicht als Erster zuschlagen. Eine weitere Sekunde, dann kam er, ein rechter Haken. Eddie duckte sich und machte einen Schritt zurück.

Sein Herz pochte. Eddie ging mit einer rechten Geraden auf das Kinn des Typen los. Sein Knöchel traf steinhart auf den Kiefer seines Gegners, und der schwankte kurz. Eddie wich mit dem Oberkörper zurück und trat mit seinem rechten Bein den anderen direkt an den Hals. Der Nike-Turnschuh traf ihn unter dem Ohr, sodass er stolperte. Eddie war im Vorteil.

Plötzlich hielt ihn jemand am Arm fest. Der Freund des anderen. Eddie schüttelte ihn ab und gab ihm einen Stoß.

»Die Bullen!«, schrie da jemand, und im selben Moment hörte Eddie das Martinshorn. Während die Sirenen lauter wurden, schlug sein Herz immer heftiger. Er sah hinüber zum Bootshaus. Die Kerle, die eben noch dort gestanden hatten, waren verschwunden. Die Enttäuschung versetzte ihm einen Stich. Dann musste er die Sache eben zu einem anderen Zeitpunkt zu Ende bringen. Die Bullen würden ihn nicht davon abhalten. Da traf ihn plötzlich ein direkter Schlag ins Gesicht. Einen kurzen Moment lang drehte sich alles, aber er gab sich selbst keine Sekunde Zeit, dem Schmerz nachzuspüren.

Der Streifenwagen machte zwanzig Meter von ihnen entfernt eine Vollbremsung, und die Wagentüren flogen auf.

»Polizei! Auseinander!«, schrie einer der Bullen, schlug die Tür zu und kam auf sie zugelaufen. Der Polizist ganz vorn fuhr mit der Hand an sein Holster. Eine Kollegin folgte ihm.

Ihr könnt mich mal, dachte Eddie, und jetzt war sein Puls, sofern möglich, noch höher. Er machte einen Schritt vor und schlug dem Typ seine Faust auf die Brust, während er die

Bullen aus dem Augenwinkel im Blick behielt. Die Frau sprach mit der Einsatzzentrale. Oder schrie vielmehr. Forderte Verstärkung an.

Verdammte Bitch.

Gleichzeitig überkam ihn ein Gefühl von Stolz. Die Polizisten brauchten zwei Einsatzwagen, um ihn aufzuhalten. Eddie.

***

Tindra Edvinsson warf einen Blick durch die Seitenscheibe. Sie fuhren die Hamngata in Richtung Osten, flitzten an den pastellfarbenen Holzhäusern in der Fiskarstan und am Hafen vorbei. Die Bootsmasten wiegten sich im Wind, und ihr fiel ein, dass irgendwo da draußen auch das Segelboot ihrer Familie lag, eine Swan 44. Im letzten Sommer waren sie nicht oft gesegelt. Ihr Vater hatte kaum Zeit gehabt, und ihre Mutter traute sich allein nicht hinaus. In diesem Jahr würde es nicht anders werden, das hatte sie im Gefühl. Ein bisschen vermisste sie die Sommer ihrer Kindheit. Als ihre Eltern noch Zärtlichkeiten austauschten und auch ihre Tochter noch liebevoll in den Arm nahmen.

Die Sehnsucht nach dem Sommer überkam sie, in diesem Jahr würde er perfekt werden. Sie warf einen Blick nach links zum Fahrer neben ihr. Er sah genauso gut aus wie immer, wie er da in Jeans und Kapuzenpullover saß. Er hatte noch immer diese besondere Art, sich durchs Haar zu fahren und sie anzulächeln. Gerade wollte sie noch einmal fragen, wohin sie eigentlich fuhren, aber wieder legte er den Finger an die Lippen. Als er ihren Schenkel streichelte, machte sich dieses Kribbeln zwischen ihren Beinen bemerkbar.

»Okay«, sagte sie lachend, und die Spannung blubberte wie Kohlensäure durch ihren Körper. Mit einem Mal machte der Wagen eine Drehung und bog rechts in eine schmale Straße ab.

Sie führte zum Aussichtspunkt auf dem Köpmanberg. Hohe dunkle Tannen säumten den Weg, und plötzlich nagte die Verunsicherung an ihr, wie ein Schuh, der eigentlich drückte, aber viel zu schön war, um ihn wieder abzustreifen. Was hatte er vor?

Als sie oben auf dem Wendeplatz ankamen, hielt er am Straßenrand an. Er schaltete die Scheibenwischer aus und ließ die Windschutzscheibe vom Regen fluten, sodass sie wie hinter einem Vorhang vor der Welt verborgen waren.

»Kannst du nicht bitte mal irgendwas sagen?« Sie streichelte ihm über den Dreitagebart. Es kitzelte an ihrer Handfläche, und ihre Erregung stieg. Er griff nach ihrer Hand und zog sie an sich, bis sie schließlich rittlings auf ihm saß. Während er sich mit einer Hand die Hose aufknöpfte, ließ er die andere über die Innenseite ihrer Schenkel wandern.

Plötzlich wurden sie von zwei Scheinwerfern geblendet, und jeder Muskel in ihrem Körper verkrampfte sich.

»Da kommt ein Wagen!«, schrie sie und rollte zurück auf ihren Sitz, wo sie sich zusammenkauerte, und versuchte, unsichtbar zu sein. Wenn das ihre Mutter war, die nach ihr suchte! Doch woher sollte die wissen, wo sie war? Schnell knöpfte er seine Hose zu und zog die Kapuze über den Kopf. Das Auto fuhr im Schritttempo vorbei. Ihr Puls war auf hundertachtzig. Was, wenn es anhielt?

Dann hörte sie, dass der Fahrer wendete, Gas gab und wieder talwärts fuhr.

»Ein Glück, dass es regnet«, sagte er mit seiner etwas heiseren Stimme. »Die können uns nicht erkannt haben.«

Dieses unangenehme Gefühl machte sich wieder breit. Sollte sie ihn vielleicht doch bitten, sie wieder nach Hause zu fahren? Aber als sie seine Hände auf ihrer Haut spürte, fiel ihr wieder ein, wie sehr sie auf diesen Moment gewartet hatte. Als sie sicher war, dass das Auto außer Sichtweite war, richtete sie sich auf, streifte ihr Kleid ab, öffnete den BH und setzte sich wieder auf ihn.

***

Kriminalinspektor Johan Rokka stellte den zivilen VW Touareg neben den Streifenwagen. Die Kollegen von der Schutzpolizei hatten Verstärkung angefordert. Kaum dass er ausgestiegen war, hatte der Regen schon seinen grauen Sweater durchnässt. Mit der rechten Hand zog er den Schlagstock zurecht und vergewisserte sich, dass seine Dienstwaffe da saß, wo sie hingehörte.

Seine Kollegen waren vollauf beschäftigt. Sie versuchten, zwei Schläger voneinander zu trennen und sie festzuhalten. Es waren mehr Jugendliche, als über Funk mitgeteilt worden war. Rokka rannte über die Straße. Er trat gegen eine leere Bierdose, während er gleichzeitig versuchte festzustellen, ob eine bestimmte Person in die Schlägerei verwickelt war.

Da sah er ihn, Eddie Martinsson. Rokka nahm zwei Finger in den Mund, und dann zerschnitt ein lautes Pfeifen die Luft. Für einen Moment fror die Szene ein.

»Eddie!«, rief er und gab den Kollegen ein Zeichen, sich um die anderen Jungs zu kümmern.

Eddie drehte sich schnell zu Rokka um.

Rokka wartete. Versuchte zuerst, Eddies Status in der Gang zu erkennen. Er wollte sichergehen, dass er ihn nicht noch aggressiver machte. Auch wenn Rokka keine Uniform trug, wusste doch jeder von den Kerlen hier, dass er bei der Polizei war.

»Hi, Bulle«, sagte Eddie, und seine Körperhaltung entspannte sich. Er zog die Basecap in die Stirn und bewegte sich in seinem betont lässigen Gang auf Rokka zu. In den Grüppchen machte sich Unsicherheit breit. Einer der Jungs sprang

Eddie gleich zu Hilfe, doch der wies ihn ab. Rokka hatte die Szene richtig gedeutet, Eddie war hier der Boss. Die beiden grüßten sich mit Faustcheck.

»Hab gehört, du hast Ärger«, sagte Rokka. »Wollte nur mal die Lage checken.«

In der letzten Zeit hatten die Streitigkeiten zwischen verschiedenen Gangs in Hudiksvall zugenommen. Der Einsatz von Messern und Schlagringen war mittlerweile an der Tagesordnung, aber auch andere Waffen tauchten immer öfter auf. Es war nur eine Frage der Zeit, wann sich die richtig schwerkriminellen Banden hier breitmachen würden.

Eddie grinste ihn an und zwinkerte ihm unter dem Schirm seiner Kappe zu.

»Die kommen und suchen Ärger. Reden irgendwelchen Scheiß. Das kann ich nicht ab.«

»Fahren wir?«, fragte Rokka und nickte in Richtung Auto.

»Sure.« Eddie feixte und hielt ihm beide Hände hin. »Mit Handschellen vielleicht?«

»Quatsch. Das ist überflüssig.«

Rokka sah hinüber zu den Kollegen von der Schutzpolizei. Die Schlägerei war beendet, und sie standen ratlos da und starrten Eddie und ihn an.

Rokka ließ Eddie in den Wagen einsteigen und schloss die Tür. Er überlegte noch kurz, ob er ihm trotz allem Handschellen anlegen sollte. Oder ihn zumindest auf dem Rücksitz platzieren, den Kollegen zuliebe. Doch es würde die Sache nur noch schlimmer machen. Eddie war siebzehn und stand schon genug unter Strom.

»Bist du allein zu Hause?«, fragte Rokka, als er ins Auto stieg.

Eddie nickte langsam und trommelte mit den Fingerspitzen auf den Oberschenkel. Rokka ließ seinen Blick über Eddies klatschnasse Basecap wandern, die fest auf seinem dunklen, nach hinten gegelten Haar saß. Es war nicht das erste Mal, dass

Rokka Eddie nach Hause brachte. Schon unzählige Male hatte er ihn zu seiner Wohnung nach Håstahöjden oder zur Polizeistation chauffiert. Eddie hatte einen Lebenslauf, der jedem Sozialarbeiter Albträume bescherte: Den ersten Einbruch hatte er im Alter von neun Jahren verübt, dann hatte sich seine kriminelle Karriere mit Ladendiebstählen fortgesetzt. In dem Jahr, in dem Rokka seinen Weg kreuzte, kam einiges zusammen: Waffen aus dem ehemaligen Jugoslawien, Haschisch, Kokain, Speed. Eddie verachtete die Welt der Erwachsenen. Das Leben überhaupt. Dieses Leben, mit dem er nicht klarkam.

»Wir müssen auf die Wache, so sind die Regeln«, sagte Rokka. »Aber das machen wir heute nicht. Jetzt gehst du heim und schläfst dich aus. Ich kann mich doch drauf verlassen, dass du auch kommst, wenn wir eine Vorladung schicken?«

»Wenn du da bist und nicht einer von diesen Idioten«, antwortete Eddie und presste die Kiefer aufeinander.

»Alles okay mit dir?«

»Na ja, so wie immer.«

Rokka ließ den Motor an und betrachtete Eddies Gesicht. Da sah er sich selbst im Alter von siebzehn und wusste genau, wie Eddie sich fühlte: Ich prügele mich und pöbel die Leute an. Aber eigentlich steckt nur eins dahinter: Nehmt mich wahr. Hört mir zu. Versteht mich doch endlich.

Es war nicht Eddies Schuld, dass er hier gelandet war, und Rokka dachte, dass er selbst damals auch keine Schuld gehabt hatte.

***

»Das wird genial!« Tindra Edvinsson schrie es förmlich heraus und riss die Arme in die Luft. Kein Mensch konnte sie dort, ganz oben auf dem Köpmanberg, hören. Linker Hand befand sich die Mauer mit den alten Kanonen. Fünf schwarze

Eisenklumpen, die zur Verteidigung Schwedens gegen die Russen im 18. Jahrhundert eingesetzt worden waren. So hatte es ihnen jedenfalls der Geschichtslehrer erzählt. Auf der rechten Seite lag der Sängertempel mit seinen weißen Säulen und dem grünen Kupferdach. Er schien fremd in dieser Umgebung, als sei er aus einem indischen Bergdorf hierhergeflüchtet. Aber Tindra liebte die Stille hier oben und dazu den Blick über die Bucht aufs Meer. Besonders wenn der Nebel wie ein weißer Schleier über dem Wasser und den Bergen lag.

Von dem intimen Date im Wagen spürte sie noch immer ein Kribbeln zwischen den Beinen. Die Verunsicherung, die anfangs da gewesen war, war verschwunden, stattdessen flatterten ihr nun Schmetterlinge im Bauch herum vor Glück. Er war so vorsichtig gewesen und hatte sehr darauf geachtet, dass es auch ihr gefiel. So wie er es immer tat. Ihr Prinz. Allerdings fand er ihre Idee, allein hier oben auf dem Köpmanberg zu bleiben, ziemlich verrückt. Aber sie hatte beschlossen, diesen Augenblick auszukosten, und am Ende hatte er nachgegeben und war gefahren.

Sie zuckte zusammen, als es in den Büschen raschelte, die am Zaun vor dem Steilhang wuchsen. Dann musste sie über sich selber lachen, als sie sich umdrehte und einen völlig verängstigten Hasen über die Felsplatte davonspringen sah. Der Arme, sie hatte ihn zu Tode erschreckt.

»Sorry, war keine Absicht!«, rief sie ihm hinterher und kicherte.

Mit den High Heels in der einen Hand und dem Handy in der anderen machte sie sich auf den Weg zum Tempel. Der Schotter pikste unter den Fußsohlen, und sie stolperte über einen Stein. Eine starke Windböe fuhr unter ihr Kleid, und sie verlor beinahe das Gleichgewicht, als sie die letzten Meter stakste. Dann sank sie hinunter auf das Betonfundament und spürte, wie das Kleid an der Rückseite ihrer Oberschenkel klebte.

Ihre Freundinnen waren jetzt alle auf dem Abiball, tranken Sekt und tanzten. Sie konnte nicht leugnen, dass sie sie vermisste. Aber wenn sie es ihnen erklären würde, würden sie es verstehen. Die Freude fühlte sich an wie perlende Sektbläschen im Bauch. Sie atmete die kalte, feuchte Luft tief durch die Nase ein und genoss es. Betrachtete das Wasser und die Berge im Süden.

Ihre Gedanken trugen sie weit, weit weg, als sie mit einem Mal eine Hand auf ihrer Schulter spürte. Ihre erste Reaktion war Wut. Hatte er nicht begriffen, dass sie allein sein wollte? Doch als sie sich umdrehte und das fremde Gesicht erblickte, schnappte sie nach Luft. Die Augen, in die sie sah, waren weit aufgerissen, der Mund verkniffen, und irgendetwas lief dem anderen aus der Nase.

»Du solltest hier wirklich nicht so alleine sein, Tindra«, sagte er. Sie wünschte, er würde lächeln, doch das tat er nicht. Irgendetwas stimmte mit seinem einen Auge nicht, es starrte sie ganz merkwürdig an. Jetzt tropfte ihm das Blut aus der Nase, traf sie auf die Stirn. Sie bekam eine unbändige Angst und spürte, dass ihr Körper wie gelähmt war.

»Sie … Sie haben Nasenbluten«, stammelte sie und musste ein Würgen unterdrücken, das sich in ihrer Kehle bemerkbar machte.

Sie konnte kaum reagieren, da warf er auch schon ihr Handy den Hang hinunter, es fiel ins Wasser. Im nächsten Augenblick spürte sie, wie er sie an den Haaren packte und ihren Kopf zurückriss. Vergeblich versuchte sie, sich auf dem Betonboden abzustützen und dagegenzuhalten.

»Was wollen Sie?«, schrie sie panisch. »Mein Vater hat Geld, wenn Sie darauf aus sind.«

Das Ziehen an ihren Haaren ließ kurz nach, und ihr kam schon der Gedanke, dass ihr Vorschlag ihn vielleicht interessierte. Doch dann presste er ihr ein breites Klebeband auf den

Mund, zog es rund um den Nacken und wieder nach vorn. Da geriet Tindra in Panik. Verzweifelt versuchte sie zu schreien, während sie nach Luft rang. Sie schlug mit den Armen um sich, trat in alle Richtungen und versuchte sich zu befreien. Sie musste nach Hause, zurück zu ihrer Mutter! Doch der Griff wurde härter, und ihre Kräfte ließen nach. Wieder setzte sie zu einem Hilferuf an, doch alles, was aus ihrer Kehle drang, war ein heiseres Krächzen.

Der feste Zug an ihren Haaren fixierte ihren Kopf, dann kam die nächste schnelle Bewegung, und sie sah aus dem Augenwinkel noch das Messer. Für den Bruchteil einer Sekunde kitzelte es auf der Haut am Hals. Dann spürte sie dieses Brennen und direkt danach einen höllischen Schmerz. Mit der Hand am Hals spürte sie das warme Blut zwischen den Fingern hindurchquellen. Wie rotes, warmes Öl verteilte es sich über Schultern und Brust. Sie versuchte, sich ein letztes Mal loszureißen, doch sie saß unwiderruflich fest.

Als sie aufs Meer blickte, merkte sie, wie das wunderschöne Bild um sie herum zu schwanken begann. Der Bildausschnitt wurde immer kleiner. Plötzlich ließ der Mann ihre Haare los, und sie brach auf dem Betonboden zusammen. Eine Hitzewelle überflutete sie, und ohne sich dagegen wehren zu können, fiel sie haltlos hinein in die Dunkelheit.

2

Die Kriminaltechnikerin Janna Weissmann zwang sich, in die Pedale zu treten. Es war sieben Uhr morgens, und ihr Training war fast beendet. Die Milchsäure brannte in der Oberschenkelmuskulatur, während gleichzeitig Endorphine ihren Körper mit Glücksgefühlen fluteten. Sie zog ihren Pferdeschwanz zurecht. Ihre dunklen Haare waren so dick, dass sie zwei Haargummis brauchte, um sie unter Kontrolle zu halten.

»Ist hier noch frei?«

Ein Typ in einem blauen T-Shirt stieg auf das Ergometer, das neben ihr stand, bevor Janna überhaupt antworten konnte. Sie nickte und sah wieder geradeaus, fuhr den Widerstand runter und ließ die Beine den Pedalen folgen, immer im Kreis.

Das Fitnessstudio befand sich in einem alten Industriegebäude mit Blechdach und lag am Hafen, nur zehn Minuten Fußmarsch von Jannas Haus in der Fiskarstan entfernt. Es gab einen Boxring, und in einer Ecke hatten sie verschiedene Gewichte und andere Gerätschaften fürs Krafttraining. Direkt nebenan befanden sich die Räumlichkeiten des Cheerleading-Clubs. Diese Sportarten unter einem Dach zu vereinen, war, wie Bier und Prosecco zu mischen, meinten viele, doch die Inhaber der beiden Clubs waren befreundet und mieteten das Gebäude gemeinsam. Und Janna gefiel es hier. Der Kundenandrang hielt sich in Grenzen, und es waren immer professionelle Trainer vor Ort. Das Einzige, was Janna zu bemängeln hatte, waren die Umkleideräume. Oder vielmehr: der Umkleideraum. Es hatte von Anfang an nur einen einzigen Raum gegeben, den man mit einer Sperrholzplatte geteilt hatte, damit Männer und Frauen sich nicht nebeneinander umziehen mussten. Doch diese Platte beflügelte auch die Fantasie, daher duschte Janna immer zu Hause.

»Wie heißt du?«, fragte der Mann auf dem Fahrrad neben ihr. Janna drehte sich zu ihm um. Sie hatte ihn schon ein paarmal gesehen, er sah aus wie Michel aus Lönneberga als Erwachsener.

»Janna«, antwortete sie und lächelte ihn kurz an, bevor sie wieder auf den Bildschirm sah, der oberhalb des Geräts montiert war. Durch die Geräusche der Trainingsgeräte war die Sprecherin des Nachrichtenprogramms schlecht zu verstehen. Es wurden Bilder vom Kongresszentrum Stockholm Waterfront gezeigt, danach Fotos vom Ministerpräsidenten und einem anderen Mann im Anzug. Janna war bekannt, dass ein Kongress zum Thema Menschenrechte stattfinden sollte, und wenn sie nicht alles täuschte, war der andere Mann der Vizepräsident der USA. Doch den dunkelhäutigen Mann, der hinter den beiden stand, konnte sie nicht einordnen.

»Ich heiße Mårten«, sagte der Typ, der neben ihr keuchte. »Ich hab dich hier schon öfter gesehen, du machst auch Kickboxen, stimmt's?«

Janna nickte und versuchte, sich auf die Nachrichten zu konzentrieren. Sie kam sich lächerlich vor, denn es war offensichtlich, dass sie nichts davon verstehen konnte, aber sie hatte keine Lust, sich mit jemandem zu unterhalten, den sie gar nicht kannte. Auf die Nachrichten folgte Werbung, und Janna stieg vom Ergometer und ging hinüber in den Umkleideraum. An der Wand neben der Tür hing ein Blatt Papier in einem Rahmen. Es sah aus wie eine Art Urkunde. Janna blieb stehen und las die zierlichen Goldbuchstaben:

Gemeinsam für die Zukunft junger Männer
in Hudiksvall.
Ein Netzwerk aus heimischen Unternehmen
in Zusammenarbeit mit lokalen Sportvereinen
und der Polizei.

Das Logo der Polizei prangte neben den anderen Symbolen. Jannas Chefin, Ingrid Bengtsson, war in der Regel bei den Meetings dabei. Sie hatten sich zum Ziel gesetzt, die jungen Leute mit attraktiven Freizeitangeboten davon abzuhalten, auf die schiefe Bahn zu geraten. Diese Initiative war in der Presse hochgelobt worden, Kritiker jedoch behaupteten, das Ganze sei eine reine PR-Aktion der beteiligten Firmen und Institutionen. Die ganz bösen Zungen in der Polizeistation hielten es vor allem für einen geschickten Schachzug von Ingrid Bengtsson. Janna hatte beschlossen, sich zu dieser Angelegenheit nicht zu äußern.

»Entschuldige, wenn ich störe.«

Die Michelkopie stand nur ein paar Meter entfernt von ihr, und Janna musste sich eingestehen, dass er trotz allem sehr sympathisch wirkte. Eine gewisse Zielstrebigkeit konnte man ihm auch nicht absprechen, dachte sie, und ein schneller Blick bestätigte, dass er ziemlich groß war und muskulöser als der Durchschnitt.

»Kein Problem«, sagte Janna und wusste nicht recht, ob sie stehen bleiben oder gehen sollte.

»Wo arbeitest du denn?«

»Ich bin Polizistin.«

»Aha«, sagte der Typ und lächelte bewundernd. »Dann sollte ich mich wohl in Acht nehmen.« Er lachte, und Janna versuchte, so auszusehen, als hörte sie diesen Kommentar zum ersten Mal. Sie warf einen Blick auf die Uhr und stellte fest, dass sie gut in der Zeit war.

»Keine schlechte Idee«, entgegnete sie und gab sich Mühe zu lächeln. »Und wo arbeitest du?«

»Ich bin bei Mitos Helsing angestellt. Als Wachmann. Aber ich bin Mädchen für alles. Der gute Geist des Hauses sozusagen«, sagte er und lachte wieder. Janna lächelte ihn an. Mitos Helsing produzierte Anlagentechnik für den Bergbau, die sie in die ganze Welt exportierten. Die Unternehmensleitung war sehr großzügig und teilte den Gewinn gleichmäßig unter allen Angestellten, unabhängig von ihrer Tätigkeit. Manche, die neidisch waren, verglichen diese Unternehmenskultur mit der einer Sekte.

»Wir gehören auch zu den Unternehmen, die dieses Projekt unterstützen«, sagte Mårten, als hätte er Jannas Gedanken gelesen. Stolz zeigte er auf das gerahmte Blatt, auf dem das Unternehmenslogo abgebildet war, MITOS stand dort in Großbuchstaben, darunter ein blau-gelber Ziegenbock, das Wahrzeichen für die Provinz Hälsingland.

»Das wissen wir sehr zu schätzen«, erwiderte Janna.

»Gibt es vielleicht irgendeine Möglichkeit, deine Telefonnummer zu bekommen?«

Die Frage kam so überraschend, dass Janna das Blut ins Gesicht schoss und ihr ganz heiß wurde.

»Leider nein«, sagte sie und öffnete die Tür des Umkleideraumes.

»Bei dir war es wirklich einen Versuch wert zu fragen«, sagte Mårten und zwinkerte ihr zu, als sie den Raum verließ. Eine Sekunde lang dachte sie noch, dass sie ihm ihre Nummer vermutlich gegeben hätte, wenn sie nicht auf Frauen stehen würde.

***

Keiner wusste eigentlich so genau, warum Johan Rokka nach Hudiksvall zurückgekommen war. Tatsache war, dass er seine Entscheidung in letzter Zeit selbst immer häufiger infrage stellte. Was die Arbeit anging, gab es nur wenig, das seinen Puls in die Höhe trieb. Belästigung. Drohungen. Einbrüche. Vergehen, die von jedem anderen in der kleinen Polizeistation im südlichen Norrland ebenso gut aufgeklärt werden konnten, wenn er ehrlich war.

Ernüchterung überkam ihn sofort, als er die kleine Cafeteria betrat und die Szenerie eine Weile betrachtete: müde Kollegen, schmuddelige Kaffeebecher und abgenutzte Kieferntische aus den Achtzigern. Pelle Almén, der zur Schutzpolizei gehörte, hockte da, gemeinsam mit den anderen Kollegen in Uniform, die er bei der Schlägerei vor den Bootshäusern angetroffen hatte.

Ganz hinten saß Janna Weissmann. Sie war Kriminaltechnikerin und Spezialistin für IT-Forensik. Als wäre ein Beruf nicht genug gewesen. Sie war die Einzige auf der Wache, die das ganze Jahr über mit einem sonnengebräunten Teint herumlief. Wie immer saß sie ein bisschen abseits. Beobachtete lieber. Sammelte Informationen, schlimmer als jede Überwachungskamera, und sprach nie ein Wort zu viel. Unbegreiflicherweise schien sie sich der Tatsache, dass sie sehr attraktiv war, kaum bewusst zu sein.

Rokka nahm an Alméns Tisch Platz, und das Gespräch verstummte. Die Polizistin von der Schutzpolizei blickte betreten auf die Tischplatte. Rokka versuchte, sich auf dem wackligen Holzstuhl bequem hinzusetzen, dabei knackste das Sitzmöbel besorgniserregend. Sogar die Stühle sind müde, schoss es ihm durch den Kopf. Der Bund seiner Hose schnitt ihm in den Bauch, und ohne darüber nachzudenken, ob es jemand sehen konnte, löste er kurzerhand den obersten Knopf seiner Jeans.

»Was sollte das gestern eigentlich?«, fragte der Uniformierte, der ihm gegenübersaß. »Spielen Sie vielleicht Fernseh-Cop, indem Sie dem Täter nicht mal Handschellen anlegen?«

Der Hitzkopf war neu auf der Wache. Als er sich vorbeugte, spannte das Polohemd der Polizeiuniform über seinem Bizeps. Rokka sah ihm ins Gesicht. So gern es der coole Kollege auch hätte, was die Oberarme betraf, konnte er nicht mit Rokka konkurrieren.

»Ich kenne Eddie«, antwortete Rokka gelassen. »Wir sind uns in den letzten Jahren immer wieder über den Weg gelaufen.

Aber das konnten Sie ja nicht wissen. Ihr Kommentar ist völlig nachvollziehbar.«

Mit einem Mal starrten ihn alle an, und Rokka versuchte, die Erklärung fortzusetzen.

»Sie haben mit diesen Jungs nichts gemeinsam«, fuhr er fort.

Der Uniformierte schüttelte verärgert den Kopf. Offenbar verstand er es gar nicht.

»No offence«, sprach Rokka weiter, »die Hürde ist wesentlich größer, gegen den Kumpel Johan Rokka gewalttätig zu werden als gegen einen x-beliebigen Bullen in Uniform.«

Der Kollege schnaubte, sprang auf und stellte einen Pappbecher in den Kaffeeautomaten.

»Rokka hat recht«, sagte Almén und sah den Neuen entschuldigend an. »Wir müssen mehr Präsenz zeigen, in Uniform und auch zivil. Mit den Jungs reden. Ihnen zuhören. Eine Beziehung herstellen. Die Frage ist nur, wie wir das machen. Vor einem Monat hat Bengtsson bekannt gegeben, dass Gävle mehr Geld zur Verfügung stellt. Klingt ja alles gut. Aber wo waren die Leute heute Nacht? Wir haben doppelt so viele Betrunkene gehabt wie bei den Abiturfeiern im vergangenen Jahr, es reichten nicht einmal die Ausnüchterungszellen. Im Grunde sind alle im Dauereinsatz. Wir kriegen keine Verstärkung. Und es wird noch schlimmer kommen, es ist noch lange kein Ende in Sicht …«

Während Almén lamentierte, rief Rokka die Seite *aftonbladet.se* auf und informierte sich über die Abifeiern in Stockholm. Betrunkene, Schlägereien und Vergewaltigungen. Genau wie hier. Genau wie immer.

Es war, als rannten ihm tausend Ameisen durch Mark und Bein. Im Juni hatte er versucht, Urlaub zu nehmen, doch es war schier unmöglich gewesen. Sprießende Birken, der Duft vom Flieder, in den Schaufenstern überall weiße Kleider für die Abibälle. Das Tageslicht, das nie verging. Diese Jahreszeit war voller Erinnerungen: an den Grund, warum er in Wahrheit nach Hudiksvall zurückgekommen war.

Er sah sich um, als wollte er sichergehen, dass keiner seine Gedanken lesen konnte. Es war zweiundzwanzig Jahre her, seit er Fanny sitzen gelassen hatte. Und ihren Abiball verließ, obwohl sie es nicht wollte. Weil *sie* Druck machten, und er dem nicht standhielt. Genau in den Stunden, in denen er fort war, verschwand sie, und obwohl es eine umfangreiche Suchaktion gab, war sie nie gefunden worden.

Die Schuldgefühle kamen immer zu genau dieser Jahreszeit hoch, und schließlich war Rokka wieder nach Hudiksvall gezogen, um herauszufinden, was an diesem Abend wirklich geschehen war. Aber bislang war immer etwas dazwischengekommen.

Er räusperte sich und versuchte, die Grübeleien beiseitezuschieben. Wieder einmal.

***

»Was meinst du«, sagte Pelle Almén und runzelte die Stirn, er hatte in der Cafeteria noch gewartet, als die anderen schon wieder an die Arbeit gegangen waren. »Wie oft hatten wir hier in Hudiksvall schon Abifeiern? Bestimmt fünfzig Mal, zumindest in der Art, wie das heute gefeiert wird. Trotzdem scheinen die Behörden jedes Jahr erneut davon überrascht zu werden.«

Johan Rokka konnte sich das Lachen nicht verkneifen.

»Geh nach Hause und schlaf dich aus«, sagte er.

Almén nickte langsam und sah ihn an, sah ihm lange in die Augen.

»Wie geht's dir eigentlich?«

Rokka seufzte und senkte den Blick auf seine abgewetzte Jeans. Es war die beste, die er noch hatte, längst war es an der Zeit, eine neue zu kaufen. Und zwar eine Nummer größer.

»Als mir Eddie gestern über den Weg gelaufen ist«, begann er, »hab ich mich einfach gefreut, ihn lebend wiederzusehen. Das ist der Lichtblick der letzten Wochen. Ehrlich gesagt reicht's mir langsam.«

»Zeit für Urlaub, was?«

»Zeit wieder wegzuziehen«, sagte Rokka und warf einen Blick aus dem Fenster. Der Regen zwang den Himmel in die Knie, als würde er sich wie eine dicke graue Decke nun für immer über die Stadt legen.

Almén faltete flehend die Hände. »Hey, wir brauchen dich. Diese Stadt braucht dich.«

Rokka musste lachen.

»Komm schon«, fuhr Almén fort. »Du bist erst seit zweieinhalb Jahren hier. Ich hab's schon zehn Jahre ausgehalten.«

Das Lachen verklang, und Rokka lief ein Schauer über den Rücken. Zehn Jahre.

Dicke Regentropfen fielen gegen die Scheibe, erst sanft, dann in immer schnellerem Takt. Plötzlich hörten sie ein dumpfes Brummen. Die Kaffeemaschine sprang an, und Rokka sah Melinda Aronsson, der neuen Staatsanwältin, direkt ins Gesicht.

Sie war erst seit ein paar Monaten im Amt, hatte jedoch bereits mehr Zeit auf der Polizeistation verbracht als in ihrem eigenen Büro. Früher war sie Staatsanwältin in Stockholm gewesen, jung und karrieresüchtig. Doch die Menge der Verfahren hatte bald überhandgenommen, und die vielen Tage und Nächte, in denen sie Dienst hatte, hatten die Grenze zwischen Privatleben und Beruf verwischt. Sie war einige Zeit krankgeschrieben gewesen und hatte danach dieses unselige Muster durchbrechen wollen, deshalb war sie ins kleine Hudik gezogen.

Ihre Haare waren lang und mittelblond, so ein Farbton, der überhaupt nicht auffiel. Auffallend waren hingegen ihre grünen Augen und die vielen Sommersprossen, die sich über die Wangen verteilten.

»Hallo«, sagte sie und lächelte breit, sodass ihre fülligen Lippen sich öffneten und die winzige Lücke zwischen ihren kreideweißen Schneidezähnen entblößten. Sie war fünfunddreißig, und im Gegensatz zu Janna war ihr sehr wohl klar, dass sie gut aussah. Aber sicherheitshalber hatte Rokka ihr das auch mitgeteilt. Sehr ausführlich. Und das mehrmals.

Der Kaffee füllte ihren Pappbecher, bevor sie sich katzenartig zwischen Stühlen und Tischen hindurchschlängelte und den Raum wieder verließ.

Rokka fuhr sich über den Schädel und sah Almén an.

»Wie läuft's bei euch daheim?«

»Wir ... wir erwarten Nummer drei«, sagte der Kollege und seufzte. »Ich weiß nicht, worauf ich mich da eingelassen habe, aber jetzt ist es so.«

Rokka wusste, dass sie es seit Jahren probierten, nun hatte er also endlich einen Treffer gelandet.

»Hey, Glückwunsch, Mann!« Rokka fragte sich, ob er jemals eigene Kinder haben würde. Er war jetzt dreiundvierzig, also weder zu jung noch zu alt. Doch er selbst als Vater? Eher sah er sich auf dem Mond spazieren gehen als mit einem Kinderwagen.

»Egal wie anstrengend es ist, ein Kind zu kriegen ist das Größte, was es gibt«, sagte Almén. »Du solltest es mal ausprobieren.«

»Ich habe gehört, dass es zwei dazu braucht. Und vielleicht ist es keine geniale Idee, meine miesen Gene auch noch zu vererben«, antwortete Rokka und strich sich über den Bauch.

Almén sah ihn betrübt an.

»Hast du mal was von deinen Eltern gehört?«

»Nein«, sagte Rokka und sah wieder aus dem Fenster. Dachte, dass es jetzt fast sieben Jahre her sein musste, dass sie sich zuletzt gesprochen hatten. Sie hockten auf einem Balkon an der Costa del Sol und ließen es sich gut gehen. Der einzige

Kontakt, den es in den letzten Jahren gegeben hatte, waren sporadische Weihnachtskarten gewesen. Er selbst hatte beschlossen, sich nicht bei ihnen zu melden. Als Eltern trug man doch schließlich eine gewisse Verantwortung?

»Und von deinem Bruder?«

Rokka schüttelte langsam den Kopf. Die Schwester der Freundin eines Freundes hatte erzählt, dass er in der Nähe von Palma ein italienisches Restaurant betrieb. Das war aber auch schon drei Jahre her.

»Weißt du was«, sagte er dann. »Soll ich dir mal sagen, wie ich sterben möchte?«

»Äh … okay.«

Rokka reckte sich nach einer weißen Papiertüte, die auf dem Tisch lag. Darauf stand »Dackås Konditorei«.

»In einem fünfundzwanzig Meter langen Pool, gefüllt mit diesem Zeug«, sagte er und holte einen halb aufgegessenen Hefezopf heraus, den jemand am Vortag liegen gelassen hatte. Er öffnete den Mund und schob sich das Gebäck hinein.

Almén schüttelte den Kopf wie in Zeitlupe.

Plötzlich kam eine Nachricht über Funk: »Umkreis Hudiksvall von der Bezirkseinsatzzentrale. Sofortiger Einsatz erforderlich … eine Tote am Sängertempel auf dem Köpmanberg … ist ein Wagen frei, bitte melden.«

Almén hielt den Mund vors Funkmikrofon und antwortete.

»26-2910. Station, wir sind schon auf dem Weg, bitte kommen.«

»Melden Sie sich per Funk, wenn Sie vor Ort sind, bitte kommen.«

Rokka sah ihm hinterher, wie er davonhetzte. Köpmanberg. Er erstarrte zu Eis allein bei dem Gedanken, dass dies genau der Ort war, wo Fanny ihr Abitur gefeiert hatte, genau der Ort, an dem sie verschwand.

3

Kriminalkommissarin Ingrid Bengtsson blieb vor Johan Rokkas verschlossener Tür stehen. Sie seufzte tief, dann fuhr sie sich mit der Hand durch ihr kurz geschnittenes Haar und zog die goldene Panzerkette zurecht, die sie jeden Tag trug.

Gerade als sie die Hand an die Türklinke legen wollte, kam ihr ein Gedanke. Als sie Rokka beim letzten Mal gebeten hatte, Ermittlungen in einem Mordfall aufzunehmen, hatte ihr Leben noch völlig anders ausgesehen. Sie war kein Single gewesen, ihr Lebensgefährte Stig, mit dem sie seit zwanzig Jahren zusammen gewesen war, hatte damals noch zu Hause gewohnt. Aber eines Tages war er vom Sofa aufgestanden und hatte verkündet, dass sie viel zu viel arbeite, obwohl er sie schon unzählige Male gebeten habe, einen Gang herunterzuschalten. Ihr Sohn Jesper war ausgezogen, obwohl er erst achtzehn war, und Stig hatte von einem Tag auf den anderen keine Lust mehr gehabt, allein zu Hause zu hocken. Er brauche Zeit zum Nachdenken, hatte er gesagt. Und zwar irgendwo anders. Und dann war er weg.

Das war jetzt drei Monate her, doch seine Worte klangen ihr noch immer in den Ohren. Sie schlug die Augen nieder. Sah auf die blaue Bluse und die dunkle Hose ihrer Uniform.

Zeit zum Nachdenken. Worüber?

Selbstverständlich hatte es in ihrer Beziehung gute und schlechte Phasen gegeben, aber war das nicht bei allen so?

Stig sah es offenbar anders.

In der ersten Woche, in der er fort war, war sie wie in Trance gewesen. Hatte nichts anderes zustande gebracht als zu arbeiten. Doch dann hatte sie einen Entschluss gefasst. Es gab keinen Grund, in Selbstmitleid zu versinken und sich in die Opferrolle zu begeben. Wenn Stig nicht einsehen wollte, dass ein Mensch mit ihren Fähigkeiten etwas Auslauf brauchte, dann hatte er etwas verloren, nicht sie. Sie musste an ihre Karriere und an ihre Mitarbeiter denken. Denn die brauchten sie schließlich.

Vor Kurzem war in Gävle eine Stelle ausgeschrieben worden. Es sollte eine neue Kommission für Schwerverbrechen eingerichtet werden, und dafür brauchte man eine Leitung, jemanden, der viel Erfahrung mitbrachte. Im Intranet wimmelte es nicht direkt von freien Stellen. Die ganze Polizeibehörde wurde zurzeit umstrukturiert, viele Führungsstellen wurden gestrichen. Doch dann war diese Ausschreibung aufgetaucht. Ingrid Bengtsson fand, dass sie die perfekte Besetzung war. Das Problem war nur, dass etwas passiert war, was nicht hätte passieren dürfen. Man hatte eine 18-Jährige tot aufgefunden, sie war auf dem Köpmanberg mit einem Messer ermordet worden. Und das jetzt, mitten in der Bewerbungsphase. Ein ganz schlechter Zeitpunkt. Zumindest falls es ihnen nicht gelang, diesen Fall zeitnah und mit möglichst wenig Personal aufzuklären.

Hinter dieser Tür befand sich der Mann, der die Ermittlungen für die Polizei leiten würde. Johan Rokka. Er war sehr kompetent, das stand außer Frage. Aber sie wusste schon, wie die Zusammenarbeit ablaufen würde: Wenn sie in die eine Richtung zeigte, marschierte er in die andere. Bestenfalls kämen sie trotzdem voran, doch wenn es nicht so war ... Sie wagte es nicht, den Gedanken zu Ende zu denken. Ihr Vorgänger Antonsson hatte Rokka eingestellt. Tatsache war, dass sie die Stelle lieber einem taubstummen Analphabeten gegeben hätte, doch eher würde sie sich die Zunge abbeißen, als das zuzugeben. Zudem gab es Gerüchte in der Polizeistation, dass er auch für die neue Führungsposition in Gävle im Gespräch war.

Sie holte tief Luft und schlug mit der Faust gegen die Bürotür. Dreimal. Dann öffnete sie und trat ein.

Rokka hob langsam den Kopf. Es hatte den Anschein, als befände er sich gerade in einer völlig anderen Welt. Wie immer trug er Jeans und T-Shirt, obwohl sie es lieber sah, wenn ihre Angestellten in Uniform erschienen, auch wenn sie nicht Streife fuhren. Sie hatte auch nichts dagegen, wenn sie das legere Polohemd anstelle des Oberhemdes trugen, das manchen zu steif und zu warm war, besonders im Sommer. Ingrid Bengtsson war einfach davon überzeugt, dass Polizisten in Uniform disziplinierter arbeiteten.

Rokka saß am Schreibtisch und starrte auf ein Dokument. Es hatte ziemlich abgegriffene Kanten und ein paar undefinierbare braune Flecke in der Mitte, vielleicht von Kaffee. Es sah aus wie der Abschlussbericht einer Ermittlung, einer, der schon älter war. Sie versuchte, die Überschrift zu entziffern, doch sie stand zu weit entfernt. Rokka nahm die Unterlagen in die Hand und verstaute sie in einer Schublade seines Schreibtischunterschranks.

»Was haben Sie da?« Bengtsson holte tief Luft, um den Stress, der sich in ihr bemerkbar machte, unter Kontrolle zu halten.

»Was Privates«, antwortete Rokka, lehnte sich in seinem Stuhl zurück und verschränkte die Arme. Bengtsson spürte, wie Ärger in ihr aufstieg.

»Jetzt müssen Sie alles andere stehen und liegen lassen«, sagte sie frostig. »Auf dem Köpmanberg ist ein Mord verübt worden. Das Opfer ist eine achtzehnjährige Frau. Eine ziemlich … blutige Angelegenheit, gelinde ausgedrückt.«

»Scheiße«, sagte er kurz und knapp, und sie konnte zusehen, wie die Farbe aus seinem Gesicht schwand.

»Wir haben fünf Streifen vor Ort. Auch Verstärkung aus Bollnäs und Ljusdal. Ich möchte, dass Sie auch zum Tatort fahren und sich ein Bild machen. Im Moment hat Gävle jemanden mit der Fahndungsleitung beauftragt, aber ab morgen will ich, dass wir das mit den Polizeistationen vor Ort alleine schaffen, und dann sollten wir den kompletten Überblick haben. Dieser Fall muss schnell gelöst werden.«

Rokkas Blick fixierte einen Punkt an der Wand, während sie weitersprach: »Ich habe das Gefühl, dass sich die Ermittlungen sehr umfangreich gestalten könnten und uns die Medien nicht in Ruhe lassen werden, deshalb ist die Staatsanwältin von Anfang an involviert«, sagte sie. Sie freute sich, dass Melinda Aronsson, die neue Staatsanwältin, jetzt vor Ort war. Sie war sehr erfahren und Fälle dieser Wichtigkeit aus der Hauptstadt gewöhnt.

Rokka stand auf, griff nach seiner Jacke und verschwand hinaus auf den Gang. Bengtsson folgte ihm und schloss die Tür. Dann stand sie einen Moment da und sah ihm hinterher, wie er sich gemächlich fortbewegte. Sie hatte nur den Gedanken, dass es ihnen gelingen musste, diesen Fall aufzuklären. Dass es ihr gelingen musste. Es gab keine Alternative.

***

Die Tür vibrierte, nachdem sie sie hinter sich zugeschlagen hatte. Eddie Martinsson hörte noch die schnellen Schritte seiner Mutter im Treppenhaus widerhallen, dann war sie ganz verschwunden. Zumindest für diesen Tag. Er ging ins Wohnzimmer und ließ sich aufs Sofa sinken. Es war voller Fusseln und kleiner brauner Flecken. Man könnte meinen, jemand hätte es ordentlich vollgekotzt. Eddies Daumen zappte in einem Affentempo durch die Kanäle, ohne überhaupt richtig zu erkennen, was da an ihm vorbeirauschte. Es war wohl das, was immer lief, lächerliches Zeug. Das, was seine Mutter auch schaute, wenn sie hier saß. Sie war auch lächerlich.

Vor gut einer Woche, oder waren es schon zwei Wochen, hatten die Ferien begonnen. Er wusste es nicht genau. Als es Sommer wurde, hatten sie es alle ziemlich locker angehen lassen, jedenfalls in der Berufsschule.

Eddie legte sich auf den Boden und setzte die Handflächen auf. Dann legte er los. Fünfzehn Liegestütze. Fünf Sätze. Das

Training durfte er nicht vernachlässigen. Er spannte seinen Trizeps an und fuhr mit den Fingerkuppen über die Konturen seiner Muskeln. Nice.

Dann ging er in die Küche und öffnete den Kühlschrank. Da stand nur eine Packung Joghurt, sonst nichts, von einer halb vollen Flasche Coca-Cola abgesehen. Das Zischen, das er erwartet hatte, als er den Verschluss aufdrehte, blieb aus. Er war stinksauer auf seine Mutter. Neues Make-up konnte sie kaufen, neue Klamotten auch. Aber keine Cola. Er warf einen Blick auf sein Handy und fragte sich, ob der Bulle ihn wohl heute vorladen würde. Er hatte keine Wahl, er konnte Rokka nicht noch mal ans Bein pissen. Dann würde der wirklich austicken. Eddie erinnerte sich an den Tag, als er einfach abgehauen war. Weil ihm alles egal gewesen war.

Das war im letzten Winter gewesen. Er sollte fünf Gramm Koks verticken, hatte das Zeug von einem älteren Typ bekommen, der ihn mit einem Messer bedroht hatte. Vom Gewinn sollte er auch was abkriegen, zehn Prozent. Der Deal war natürlich mies, aber egal. Leider hatte der Bulle davon Wind bekommen und Eddie für den nächsten Tag vorgeladen. Mit seiner Mutter zusammen sollte er antanzen und gemaßregelt werden, irgendeine Form von Strafe bekommen, jemand vom Jugendamt sollte auch dabei sein. Das hatte er echt nicht ausgehalten. Stattdessen war er in den nächstbesten Zug gesprungen, der Richtung Süden fuhr. Hatte sich frei gefühlt. Gedacht, dass ihn nichts auf der Welt aufhalten könne. Er wollte nach Stockholm abhauen, da war sein Onkel, der einen richtigen Job hatte. Und in Sollentuna in einem coolen Haus wohnte. So viel besser als eine Dreizimmer-Wohnung in Håstahöjden.

Aber während der Zugfahrt hatte sein Handy geklingelt. Er musste nur einen Blick aufs Display werfen, und er wusste, wer dran war. Wenn er jetzt nicht ranging, würde er demnächst einen Bullen an den Fersen haben. Er tat so, als sei er krank.

Gab vor, zu Hause im Bett zu liegen. Doch im selben Moment erklang die Durchsage aus den Lautsprechern: »Nächster Halt Gävle.«

Da war er geliefert. Rokka hatte es kapiert. Als der Zug am Bahnsteig hielt, standen gefühlt alle Polizisten aus Gävle da. Bevor Eddie aussteigen konnte, hatte der größte ihn schon in den Polizeigriff genommen und ihm Handschellen angelegt. Nie zuvor hatte Eddie so viel Schiss gehabt. Aber als er mit zitternder Stimme darum bat, Rokka von der Polizei in Hudiksvall anzurufen, wurde der Griff um seine Handgelenke lockerer. Die Handschellen wurden ihm abgenommen. Eddie kapierte es gar nicht, warum der Riese ohne Anstalten sein Handy herauszog. Noch mehr wunderte er sich, dass der ihm das Handy reichte. War war dieser Rokka eigentlich? Gott?

Ohne nachzudenken, tippte Eddie die zehn Ziffern ein. Völlig krank eigentlich. Die einzige Nummer, die er auswendig wusste, war die eines Bullen. Er konnte sich noch an jedes Wort in diesem Gespräch erinnern:

»Scheiße, du hast mich gelinkt!«, schrie er in den Apparat.

»Eddie, du hast mich zuerst gelinkt, überleg mal«, sagte Rokka.

»Immerhin bist du ehrlich«, gab Eddie zu. »Das finde ich korrekt.«

»Jetzt komm zurück ins gute alte Hudik, ich warte.«

Eddie musste lachen, als er da in der Wohnung vor dem Fernseher hockte. Rokka war kein Blödmann. Er hatte die Kollegen in Gävle angerufen. Und gerade an dem Tag hatten sie eine Übung in der Nähe des Bahnhofs gemacht. Vier Streifen. Genau richtig, um Eddie so richtig Angst zu machen. Ihm eine Lektion zu erteilen.

Rokka war zwar ein Bulle, aber er hatte etwas, das die anderen nicht hatten. Er war cool. Hörte sich immer zuerst Eddies Sichtweise an. Wie es sich anfühlte, wenn es im ganzen Körper kribbelte und pikste. Wenn er sich nicht bremsen konnte, wenn einer mit einer Tüte Koks ankam, die er verticken sollte, oder auf einen Außenborder zeigte, den er klauen sollte. Rokka hatte immer gesagt, dass er ihn verstehen konnte. Wie auch immer das möglich war, schließlich war er ja Bulle.

Eddie sah zum Fernseher hinüber. Ein schwarzer Typ in einem weißen Anzug kam in einem weißen Cabrio angerauscht. Einem Mercedes. Neben ihm saß ein junges Mädchen. Blond. Silikontitten. Ihre Hand lag auf seinem Oberschenkel. Eine echt schicke Braut.

Geld. Er brauchte dringend Geld. Mädchen standen auf Typen mit Geld. Loser, die keine schnellen Autos fuhren, mochten sie nicht. Aber er war schließlich Eddie. Er würde das hinkriegen, das spürte er. Und er sah gut aus. Wenigstens das hatte seine Mutter hinbekommen, mit einem Typen ins Bett zu gehen, der gut aussah. Eddie kannte seinen Vater nur vom Foto (ein einziges Mal hatte er ihn von Weitem gesehen, da war er fünf gewesen, aber er wusste das nur von seiner Mutter, er selbst hatte keine Erinnerung daran). Sein Vater hatte braune Augen und dunkle Haare, er stammte aus irgendeinem lateinamerikanischen Land. Aber mit Eddie wollte er nichts zu tun haben, hatte seine Mutter gesagt. Sie hatte ganz traurige Augen bekommen, als sie davon erzählt hatte, und Eddie hatte nicht mehr nachgefragt. Und man konnte doch wohl kaum jemanden vermissen, den man nie gesehen hatte, jemanden, den es gar nicht gab. Oder doch?

Er stand auf und ging ins Schlafzimmer seiner Mutter. Den Kleiderschrank mit der Mutter teilen zu müssen war wirklich erniedrigend. Eine Adidas-Hose mit Löchern an den Knien lag im obersten Fach zusammengeknüllt auf einer Jeans. Die hatte er letztes Jahr bei H&M geklaut. Er brauchte dringend neue Klamotten. Richtig coole, schicke Teile. Aber von welchem Geld sollte er die kaufen?

Da spürte er ein Brennen in den Augen, und er schluckte. Dachte an seine Mutter. Niemals würde er so krass abstürzen wie sie. Dafür würde er sorgen.

***

Das blau-weiße Plastikband flatterte im Wind. Die Kollegen hatten den ganzen Köpmanberg abgesperrt, und an einer Stelle standen die Journalisten so dicht davor, dass es aussah, als würde das Band gleich reißen. Johan Rokka erkannte einige von ihnen. Sie kamen von der *Sundsvalls Tidning*, der *Hudiksvalls Tidning* und dem *Gefle Dagblad*.

»Können wir einen Kommentar von Ihnen bekommen?«, schrie eine kleine Frau in einem Trenchcoat und machte energisch ein paar Schritte auf ihn zu, doch er schüttelte sofort den Kopf und beugte sich unter der Absperrung hindurch.

Die Feuchtigkeit drang durch den Stoff seiner Sneakers, als er durch das hohe Gras in Richtung Tempel stapfte. Auch wenn das letzte Stück nicht besonders steil war, kam es ihm vor, als müsste er den Kebnekaise besteigen. Die Ermittlungen an dem Mordfall würden für ihn Arbeit rund um die Uhr, sieben Tage die Woche bedeuten, und Eddie war plötzlich nicht mehr erste Priorität. Irgendwer anders würde sich mit ihm befassen müssen, und das stimmte ihn traurig. Eddie war eine tickende Zeitbombe. Es war nur eine Frage der Zeit, wann er sich selbst so richtig in die Scheiße reiten würde.

Der Regen war stärker geworden, und die Techniker hatten ein Zelt nahe am Tempel aufgebaut, um zu verhindern, dass allzu viele Spuren verloren gingen. Rokka sah sich um. Der Zaun vor dem Steilhang war da, wo er immer gewesen war. Die Parkbänke standen da, wo sie früher schon gestanden hatten. Die Kiefer vor dem Tempel war dieselbe wie vor zweiundzwanzig Jahren, nur etwas größer war sie jetzt. Als er zum letzten Mal hier gewesen war, hatte er nach Fanny gesucht.

Sein Sweatshirt war total durchnässt und klebte ihm am Oberkörper. Er schlug sich selbst mit beiden Händen auf die Wangen. Diese junge Frau ist immerhin gefunden worden, dachte er. Es ist nicht Fanny. Sie ist nicht verschwunden.

Er schlug die Zeltplane zur Seite und ging hinein. Einige Techniker waren vor Ort. In ihren weißen Schutzanzügen sahen sie wie Außerirdische aus. Sie machten Fotos. Studierten Blutspritzer. Liefen mit Gewebeband herum, um Spuren zu sammeln. Konzentrierten sich auf das Wichtigste. Was völlig richtig war. Auf besseres Wetter zu warten war aussichtslos. Jede Sekunde zählte.

»Sie sind Johan Rokka, nehme ich an?«

Rokka drehte sich um und hatte einen Mann, Mitte fünfzig, vor sich, der eine beige Jacke und eine Brillenfassung aus Metall trug. Der Gerichtsmediziner.

»Mit das Übelste, was mir je unter die Augen gekommen ist«, fuhr der Kollege fort und sah schockiert aus. »Ein äußerst kompetenter Täter, wenn ich es so ausdrücken darf.«

Rokka ging vor zu dem toten Mädchen.

»Shit«, sagte er und fuhr sich mit der Hand über den Schädel. Sah von ihrem lockigen Haar zur hellen Stirn. Die Haut über ihrem blassen Gesicht war von schmutzigem Gaffer Tape zusammengezogen, das man ihr mehrfach um den Kopf gewickelt hatte.

Gerade vierzehn Stunden zuvor hatte sie ihr Zimmer aufgesucht, um sich für den Abiball umzuziehen. Zumindest sagten das ihre Eltern.

Der Schnitt saß etwas unterhalb des Halses. Hals und Kinn waren blutbespritzt, auch das Kleid, sogar die weißen Säulen des Tempels. Auf dem Betonfundament hatte sich eine metergroße Lache gebildet.

Janna Weissmann zog Tindras Kleid so gut es ging zurecht, dann streckte sie die Hand aus und zog den weißen Leichensack zu sich heran.

»Hilf mir mal bitte«, sagte sie mit brüchiger Stimme zu Hjalmar Albinsson, dem anderen Kriminaltechniker. Hjalmar zog die Nase kraus, als er erst die eine Hüfte und dann die andere anhob, um den Sack unter den Körper ziehen zu können. Janna lief eine Träne über die Wange, als sie ihre Hand sanft auf die blasse Stirn des Mädchens legte.

»Das hätte einer der glücklichsten Tage ihres Lebens werden sollen«, sagte sie leise. Rokka spürte ein Brennen im Hals und rieb sich betreten die Stirn. Er warf einen letzten Blick auf den leblosen Körper, dann zog Janna den Reißverschluss hoch und verplombte den Leichensack. Von jetzt an würde das Böse auf die achtzehnjährige Tindra Edvinsson keinen Zugriff mehr haben.

Wie in Zeitlupe ging er hinüber zum Zaun, dort blieb er stehen und sah hinunter auf Hudiksvall. Als er Fanny kennengelernt hatte, war sie auch achtzehn Jahre alt gewesen. Sie hatte bei dieser Party im Gymnasium an der Bar gestanden und sich mit ihrem Glas Rotwein in der Hand zu ihm umgedreht. Sie hatte davon geträumt, in die Politik zu gehen und die Welt zu verbessern. Er dagegen hatte Amphetamine, manchmal Rohypnol genommen, und hatte Freunde, die ebenfalls die Welt zu einem besseren Ort machen wollten, allerdings mit ihren eigenen Gesetzen.

Er hatte einen Panzer aus Stahl getragen, trotzdem war sie geradewegs hindurchgestoßen, er hatte sie nicht davon abhalten können. Von Anfang an hatte sie seinen weichen Kern gesehen. Sie war immer tiefer in sein Inneres vorgedrungen und hatte seine verletzliche Seele umarmt. Zum allerersten Mal hatte sein Innerstes vor einem anderen Menschen völlig bloßgelegen.

Er hatte ihr versprochen, damit aufzuhören. Aber Bestätigung und Gemeinschaftsgefühl sind starke Triebkräfte, und nicht einmal bei ihrer Abifeier konnte er ihnen absagen. Solentos. Er wünschte, Fanny hätte erfahren, dass er sich am Ende für die andere Seite entschieden hatte, dass er Polizist geworden war.

***

Janna Weissmann stopfte den Schutzoverall in einen schwarzen Müllsack, bevor sie in den Polizeibus einstieg, der neben dem Tatort geparkt war. Der Motor lief schon. Rokka saß auf dem Fahrersitz und starrte ins Leere, offenbar sehr mitgenommen von dem, was er gerade zu sehen bekommen hatte.

»Wenn alle da sind, machen wir eine erste Bestandsaufnahme«, sagte er.

Sie sank zurück in den Sitz und spürte, wie die Regenklamotten an ihrer Jeans klebten. Die Fenster waren beschlagen, und der Duft nach nassen Blättern breitete sich im Bus aus. Vorsichtig schob sie mit dem Fuß einen Pappbecher von *McDonald's* zur Seite, der auf dem Boden lag.

Janna lauschte dem monotonen Geräusch der Scheibenwischer und musste daran denken, wie sie Rokka zum ersten Mal begegnet war. Nachdem er sich in der Kollegenrunde vorgestellt hatte, war es minutenlang still gewesen. Jeder fand, dass der Mann, der vor ihnen saß, wie ein ausgebrochener Sträfling wirkte und ganz offenbar Probleme hatte, sich unter Kontrolle zu halten. Sie hatte noch das T-Shirt vor Augen, das er an diesem Tag getragen hatte:

I'm an asshole. So if you don't want your feelings hurt, don't talk to me.

Rokka hatte ohne Umschweife erklärt, dass er Ehrlichkeit erwarte und im Gegenzug selbst offen und ehrlich sei. Er redete viel und verschwendete selten Zeit damit, seine Gedanken zu filtern, bevor er sie in Worte fasste. Wenn er der Ansicht war, dass sich einer wie ein geiler Zwergschimpanse benahm, dann sagte er das frei heraus.

Manche Kollegen auf der Polizeistation hatten definitiv ein Problem damit. Ingrid Bengtsson zum Beispiel. Doch auch wenn Janna selbst niemals derartige Schimpfworte oder obszöne Ausdrücke in den Mund nehmen würde, konnte sie mindestens zehn Gelegenheiten nennen, bei denen sie aus vollem Halse über Rokkas Jokes hatte lachen müssen.

Aber in den vergangenen Wochen hatte er aus welchem Grund auch immer keine Witze mehr gerissen.

»Was meinst du?«, fragte Rokka und drehte sich um. Sein Blick war traurig und leer. Janna konnte spüren, wie ihr Puls stieg. Das tat er immer, wenn sie ihre Sicht der Dinge darlegen sollte. Auch wenn sie die Fakten klar beurteilen konnte, reichte es bereits, dass die Aufmerksamkeit auf sie gerichtet wurde, um ihr die Röte ins Gesicht zu treiben.

»Der Täter ist mit großer Wahrscheinlichkeit Rechtshänder, das erkenne ich an der Veränderung der Schnitttiefe und den Blutspuren rund um die Leiche. Vermutlich hat er ein kleines Messer benutzt.«

Als sie angefangen hatte, beruhigte sich ihr Herzschlag. Der Mord war eiskalt durchgeführt worden, das erkannte Janna an dem äußerst exakten Schnitt am Hals. Zudem hatte der Täter sein Opfer mitten auf dem Betonboden des Tempels liegen gelassen, woraus sie schloss, dass er irgendetwas demonstrieren wollte.

»Fußabdrücke?«

»Der Regen hat fast alles verwischt, aber es ist uns immerhin gelungen, in der Blutlache Spuren zu sichern. Turnschuhe, Größe 43 oder 44.«

»Ein Rechtshänder mit der absoluten Durchschnittsschuhgröße«, sagte Rokka. »Nicht gerade ergiebig, mit anderen Worten.«

Die Tür wurde geöffnet, und Pelle Almén und ein paar andere Polizisten stiegen ein, gefolgt von Kriminaltechniker Hjalmar Albinsson.

»Im Moment hat Gävle noch die Fahndungsleitung«, erklärte Rokka, als alle Platz genommen hatten. »Die diensthabenden Kollegen haben den Mordfall als so schwerwiegend eingestuft, dass sie bis auf Weiteres einen Ermittlungsleiter stellen. Wir bleiben dran und übernehmen den Job so bald wie möglich. Die Bezirkseinsatzzentrale bittet um Hinweise aus der Bevölkerung. Wir werden diesen Bus als vorübergehende Station benutzen … und dann müssen wir …«

»Aber …«, fiel Almén ihm ins Wort. »Willst du das denn?«

»Was meinst du?« Rokka drehte sich rasch zu ihm um, sah abwesend aus.

»Die Leitung einem anderen überlassen?«, fragte Almén und schob sich zwei Hustenbonbons in den Mund. Rokka starrte ihn an. Sekunden verstrichen, und Janna lauschte den Regentropfen, die auf das Wagendach trommelten. Mit dem Schweigen breitete sich ein ungutes Gefühl in ihr aus.

»Und dann müssen wir die Nachbarn abklappern«, fuhr Rokka fort. »Das überlasse ich euch von der Schutzpolizei.«

»Viele Häuser gibt es hier nicht gerade«, sagte Almén. »Ich meine, es gibt nicht gerade viele Türen, an denen man klingeln kann.«

»Klingel, wo du willst«, antwortete Rokka und wandte sich Janna zu.

»Kümmer du dich um Telefon und Computer, besorg die Anruflisten bei den Telefongesellschaften. Mach das, was du am besten kannst.«

In den Jahren, in denen sie mit Rokka zusammengearbeitet hatte, hatte sie ihn noch nie so gesehen. Sein Mund war verkniffen, sein Blick starr. Sie wusste nicht, was sie sagen sollte.

»Wieso bist du so stumm«, sagte er. »Wenn du Einwände hast, dann raus mit der Sprache.«

»Sicher«, erwiderte Janna und sah hinab auf ihre Jeans. Spürte, wie ihr Gesicht rot anlief.

»Und du selbst?«, fragte Almén. »Was wirst du tun?«

»Ich … ich muss hier noch einen Moment sitzen bleiben«, sagte er und fuhr sich über den Kopf.

Janna räusperte sich und holte einmal tief Luft.

»Alles in Ordnung mit dir?«

Der große, starke Rokka, dachte sie. Der die Station immer als Letzter verließ, wenn sie in einem Gewaltverbrechen ermittelten. Der sich immer zu den Kollegen setzte und meinte: »Wir schaffen das schon.«

»So in Ordnung wie sonst auch.«

»Können wir irgendwas tun?«

»Nein«, sagte Rokka. »Geht schon wieder.«

Janna spürte einen Kloß im Hals, als sie den metallischen Tonfall hörte, doch dann sah sie die anderen Kollegen an und räusperte sich.

»Hjalmar und ich haben noch eine interessante Neuigkeit.«

Die Kollegen erstarrten. Almén hörte auf, an seinen Bonbons herumzulutschen. Hjalmar schob sich die Brille zurück auf die Nasenwurzel.

»Wir haben am Tatort außerordentlich viele Haare gefunden«, sagte sie. »Das Kriminaltechnische Institut wird natürlich noch eine ausführliche Analyse vorlegen, aber auf die Schnelle kann man sagen, dass es sich um mehrere Menschen handeln muss. Um viele Menschen.«

Janna konnte förmlich sehen, wie die Köpfe der Kollegen zu rauchen begannen, und hörte sie vor sich hin brummeln. Ein brutaler Mord. Und möglicherweise waren mehrere Personen involviert.

4

Johan Rokka trank die letzten Kaffeetropfen aus seinem To-go-Becher. Er parkte vor der Villa, in der Tindras Eltern lebten. Es war ein Neubau, sicherlich mindestens zweihundertfünf-zig Quadratmeter pro Etage, die Fassade tadellos und ein Rasen wie auf dem Golfplatz. Um das Grundstück war ein weißer Holzzaun gezogen, und in der Auffahrt standen zwei Wagen mit silbermetallicfarbenem Lack. Alle Häuser im Viertel sahen so aus, nur die Farben der Autos unterschied sich voneinander.

Sein schlechtes Gewissen machte sich bemerkbar, als er zu Janna hinübersah, die auf dem Beifahrersitz saß. Seine Gedanken kreisten ständig um Fanny und lenkten ihn ab, viel zu sehr.

»In letzter Zeit hab ich miserabel geschlafen«, sagte er, knüllte den Kaffeebecher zusammen und warf ihn auf den Boden.

»Das habe ich gemerkt«, erwiderte Janna kurz angebunden.

Er fasste an den Türgriff, doch zögerte, die Tür zu öffnen und auszusteigen. Gleich würde er die Frage der Eltern beant-worten müssen, warum jemand ihre geliebte Tochter umge-bracht hatte. Er würde ihnen ins Gesicht sehen müssen, wenn er ihnen sagte, dass er es nicht wisse. Das Einzige, was die Poli-zei mit Sicherheit sagen konnte, war, dass jemand ihr Mädchen verstümmelt und sterbend auf einer kalten Betonplatte im Re-gen hatte liegen lassen.

Schon oft war ihm der Gedanke gekommen, dass es ihm vermutlich nicht viel ausmachen würde, wenn jemand in sei-ner Familie sterben würde. Tatsächlich wünschte er sich sogar mitunter, seine Eltern wären tot. Und sein Bruder auch. Damit dieses Band endgültig gekappt wäre.

Viel wusste seine Familie sowieso nicht von ihm.

Zum Beispiel wussten sie nicht, dass er in den ersten Jahren, als er bei der Stockholmer Polizei gewesen war, eine Auszeichnung für seinen Einsatz erhalten hatte, nachdem er mit einem Geiselnehmer bei einem Banküberfall am Norrmalmstorg geschickt verhandelt hatte. Oder dass er vor fünf Jahren auf der Intensivstation des Söderkrankenhauses um sein Leben gerungen hatte, nachdem er mit seinen Kollegen versucht hatte, Ausschreitungen im Kungsträdgården zu unterbinden und dabei mit Eisenstangen auf ihn eingeschlagen wurde.

Die Familie hatte auch keine Ahnung davon, dass er seine Lebensgefährtin vor drei Jahren mit einem anderen im Bett erwischt hatte und er dann mit den allernötigsten Dingen in einem Rucksack ein halbes Jahr lang von einem Kumpel zum nächsten gezogen war.

Und sie hatten nicht die geringste Ahnung davon, dass er in der Regel eine Flasche Amarone einem Rioja vorzog, wenn er mitten in der Nacht aufwachte und die Erinnerungen wegspülen musste, um wieder einschlafen zu können. Seine Familie war wie ein Schattentheater, so fern, dass sie kaum noch existierte. Doch insgeheim hatte er den Wunsch nach Familie nie begraben. Dass er eines Tages erwachen würde, und seine Familie wäre da.

Das würde nie geschehen.

Er atmete einmal tief durch. Jetzt saß er jedenfalls hier, in einem Wagen vor einer weiß getünchten Villa in funktionalistischem Baustil, um mit ein paar Menschen zu sprechen, die jede Hoffnung auf ein glückliches Familienleben nun definitiv begraben konnten.

***

»Herzliches Beileid«, sagte Johan Rokka zu der dunkelhaarigen Frau, die die Haustür öffnete. Birkenzweige mit blaugelben Bändern waren rund um den Türrahmen angebracht, die hohe Glasvase mit violetten Mittsommerblumen war umgefallen und auf dem Verandaboden zersplittert. Rokka warf Janna einen Blick zu, bevor sie den ersten Schritt in den Flur machten.

»Bitte sagen Sie, dass Sie den Täter gefunden haben«, flehte die Frau sie an und zog ihre weiße Strickjacke noch enger um den Körper. Hilfe suchend sah sie erst ihn, dann Janna an. Ihre Augen waren verquollen und rot gerändert. Tindra war ihr einziges Kind gewesen, nun waren die Eltern alleine übrig. Wieder ein Grund, keine Kinder zu kriegen, musste Rokka denken.

»Leider nein«, sagte er, und einen Moment lang dachte er, die Frau würde vor seinen Augen zusammenbrechen.

Ein Mann in einem blauen Polohemd trat von hinten an sie heran und umfasste ihre Schultern.

»Kent Edvinsson, Tindras Vater«, stellte er sich vor und hielt Rokka die Hand hin. Seine Wangen glänzten rötlich, und ein paar einzelne Haarsträhnen, die ihm in die Stirn fielen, verrieten, wo sein Haaransatz einmal gewesen sein musste.

»Können wir uns vielleicht irgendwo hinsetzen?«

Kent Edvinsson führte sie durchs Haus in eine große Küche mit bodentiefen Fenstern.

»Wir versuchen, Tindras letzte Stunden zu rekonstruieren«, erklärte Rokka, als er sich an den weiß lackierten Küchentisch setzte. Er zählte zwölf rauchfarbene Stühle, die aussahen, als seien sie aus Plexiglas. Tindras Eltern saßen auf der einen Seite des Tisches, Janna und er gegenüber.

»Erzählen Sie uns bitte, was Sie gestern gemacht haben«, sagte Rokka.

»Tindra hat sich so über ihr Abitur gefreut«, antwortete die Mutter. »Sie war voller Hoffnung. Sie … sie träumte davon, Physiotherapeutin zu werden und eine eigene Praxis zu eröffnen.«

Die Frau schluchzte, fasste sich aber wieder und konnte weitersprechen: »Nach dem Empfang im Borgarpark sind wir nach Hause gefahren. Wir hatten die Verwandtschaft hierher eingeladen, wir haben ein bisschen gefeiert. Später ging Tindra dann in ihr Zimmer, um sich umzuziehen. Und dann …«

Tindras Mutter weinte, aber Kent Edvinsson starrte nur geradeaus ins Leere und versuchte nicht einmal ansatzweise, seine Frau zu trösten. Janna reckte sich über den Tisch und griff nach ihrer Hand.

»Was ist dann passiert?«

»Ich fand es seltsam, dass sie gar nicht mehr zurückkam, es war doch schon spät, und sie sollte mit dem Taxi zum Ball fahren.«

Der Vater stand auf und ging hinüber zur Arbeitsplatte. Sie war schwarz, aus glattem Granit. Neben der gefliesten Wand standen zwei große Glasflaschen neben einem Topf mit Basilikum. Kent Edvinsson nahm den Ständer mit der Küchenrolle, riss ein Blatt ab und reichte es seiner Frau. Er blieb vor der Arbeitsplatte stehen. Erst verschränkte er die Arme, dann stemmte er die Hände gegen die Platte. Plötzlich griff er nach einem Wischlappen und krampfte seine Finger darum.

»Als … als ich an die Tür klopfte, machte sie nicht auf«, fuhr die Mutter fort. »Ich ging hinein, doch sie war nicht da, und da das Ballkleid nicht mehr am Schrank hing, dachte ich, sie hätte sich heimlich hinausgeschlichen, ohne ein Wort zu sagen. Das Wohnzimmer, wo wir gesessen haben, ist ein Stück vom Eingang und von Tindras Zimmer entfernt.«

»Kam es öfter vor, dass sie das Haus verließ, ohne sich zu verabschieden?«, fragte Rokka.

»Nein, das hat sie nie gemacht«, sagte Tindras Mutter. Die Tränen übermannten sie, und sie brach schluchzend über der Tischplatte zusammen.

»Haben Sie versucht, sie anzurufen?«

Kent Edvinsson zuckte hilflos mit den Schultern. Dann begann er, die Arbeitsplatte abzuwischen.

»Ich habe sowohl angerufen als auch SMS geschickt«, erklärte die Mutter, und ihre Stimme brach. »Ich habe versucht, ihre Freundinnen zu erreichen, aber keine von ihnen ging ans Telefon.«

Rokka sah Janna kurz an, dann fragte er Tindras Vater: »Was haben Sie gestern Abend gemacht?«

Kent stand auf der Stelle und schwankte hin und her. Seine Frau starrte ihn an.

»Ich lege mich immer um acht Uhr hin«, antwortete er. »Gestern Abend auch. Ich brauche meinen Schlaf. Als meine Frau mich geweckt hat, war es halb eins.«

Rokka hatte schon viele Personen unter Schock gesehen, aber wie Tindras Vater mit diesem Wischlappen herumhantierte, das war ihm neu.

»Jetzt ist alles blitzsauber«, sagte er.

Kent Edvinsson warf den Lappen in die Spüle und ließ die Arme sinken. Dann sah er Rokka resigniert an.

»Mir ist der Boden unter den Füßen weggebrochen«, sagte er, und Rokka merkte, wie ihm die Stimme versagte. »Meine Tochter ist fort. Ich kann nicht mehr stillstehen.«

Rokka sprach die Mutter an. »Können Sie bezeugen, dass Ihr Mann gestern Abend zwischen acht Uhr und Mitternacht in seinem Bett lag?«

Frau Edvinsson starrte ihren Mann an. Ihre Unterlippe begann zu zittern, und sie riss die Hände vors Gesicht.

»Ja«, sagte sie und fing an zu weinen. Kent ging zu ihr und strich ihr unbeholfen über die Schulter.

»Wer war an diesem Abend noch im Haus?«

»Ein paar Cousinen waren zu Besuch, Onkel und Tante, und auch Tindras Großeltern«, sagte Frau Edvinsson. »Sie waren auch noch da, als wir feststellten, dass Tindra fort war.«

»Ist Ihnen in letzter Zeit an Tindra etwas Ungewöhnliches aufgefallen?«

»Nein, sie hat sich mit ihren Freundinnen verabredet und ist ganz normal zur Schule gegangen, es gab ja genug zu tun vor den Abiturprüfungen.«

»Hatten Sie irgendwelche Differenzen?«

»Natürlich gab es manchmal Diskussionen ... aber das ist mit einem Mädchen in diesem Alter wohl normal!«

»Worum ging es da?«

Die Mutter seufzte und schlang die Arme fest um den Körper.

»Meist ging es um ihre Kleidung. Ich fand manchmal, dass sie sich zu freizügig anzog.«

»Dürfen wir mal einen Blick in Tindras Zimmer werfen?«

Kent führte sie durch den Flur, und vor der zweiten Tür auf der linken Seite blieb er stehen.

Ein leichter Duft von Parfüm schlug ihnen entgegen, als sie eintraten. Die Tapete mit den rosa Blümchen auf geschlungenen Ranken wirkte unruhig. Über der weißen Kommode hing ein Spiegel mit einem breiten silberfarbenen Rahmen, und an der einen Tür des Kleiderschranks sahen sie einen weißen Kleiderbügel.

»Wir haben ihr Zimmer gerade neu eingerichtet. Sie durfte alles selbst aussuchen«, sagte Frau Edvinsson und trat hinein. »Wir wollten, dass sie gern zu Hause ist.«

Rokka schaute auf. »War sie das nicht?«

»Doch ... ich denke schon«, sagte Tindras Mutter, doch wieder brach ihr die Stimme weg.

Rokka ging zum Bücherregal. Ließ seinen Blick über die gerahmten Bilder wandern, die dort aufgereiht standen. Eine Reihe Mädchen, erst ganz jung, dann Fotos aus neuerer Zeit. Die jungen Damen standen in einer Reihe, die Hände in die Seiten gestützt, alle hatten die gleichen Kleider an. Die Haare hochgesteckt, trugen sie Tanzkostüme mit kurzen Röcken.

»Tindra hat Cheerleading gemacht«, erklärte die Mutter und versuchte, die Tränen zu unterdrücken. »Sie hatte immer großes Interesse an Sport, hat Handball und Fußball gespielt, aber Cheerleading hat ihr am meisten Spaß gemacht.«

»Cheerleading«, schnaubte Herr Edvinsson. »Das ist doch nun wirklich kein Sport! Da veranstaltet einer ein bisschen Ringelreihen in einer Blechbaracke auf Håstaholmen.«

Ihm spritzte Speichel aus dem Mund.

»Aber Tindra fand es schön«, sagte die Mutter weinend. »Ihre Freundinnen haben auch alle mitgemacht.«

»Schön? Wenn man eine Sache gut machen will, muss man ganz anders hinterher sein, und das hat Tindra im Grunde auch gewusst.«

»Wenn du weniger Zeit vor dem Fernseher verbracht hättest, dann hättest du unsere Tochter besser gekannt.«

Tindras Mutter stand auf, das Gesicht in den Händen verborgen. Sie zitterte immer mehr, und am Ende schrie sie ihren Schmerz hinaus. Der Vater stand hilflos da und sah Rokka und Janna resigniert an.

»Denken Sie, dass wir das Gespräch fortsetzen können?«, fragte Rokka sie und legte der Frau eine Hand auf die Schulter.

»Ja«, schluchzte sie.

»Mit wem traf Tindra sich abgesehen von ihren Freundinnen, hatte sie einen festen Freund?«

Der Vater zuckte mit den Schultern und schien keine Antwort zu wissen.

»Sie war wohl wie die meisten Mädchen ihres Alters.«

»Und das heißt …?«

Jetzt machte er ein Gesicht, als gäbe er vollends auf.

»Soweit ich weiß, hatte Tindra keinen Freund«, sagte Frau Edvinsson und tupfte sich mit einem Stück Küchenrolle die Nase.

»Wem stand Tindra außer ihnen besonders nahe?«

»Ihrer besten Freundin, Rebecka Klint«, antwortete die Mutter und schluchzte erneut. »Sie kennen sich seit der Grundschule.«

»Sonst noch jemand?«

»Ihrem Großvater, Bernt Lindberg.« Dann brach ihr wieder die Stimme, Tränen traten ihr in die Augen. »Manchmal war er für Tindra wie ein zweiter Vater.«

Kent schnaubte und warf seiner Frau einen ärgerlichen Blick zu.

»Er hat ihr immer Geld zugesteckt«, erklärte er. »Obwohl sie von uns genug bekam.«

Die Frau wurde wieder von Weinkrämpfen geschüttelt. Rokka schielte zu Janna hinüber. Im Moment würden sie hier nicht weiterkommen.

»Eventuell besuchen wir Sie noch einmal«, sagte Rokka. »In dem Fall möchten wir mit jedem von Ihnen allein reden.«

Sie gingen zur Haustür. Da blieb Rokkas Blick an einem Foto hängen, das am Kühlschrank mit einem Magnet befestigt war. Es war ein Porträt von Tindra vor einem Birkenwald, sie lachte, ihr ganzes Gesicht strahlte vor Freude. Rokka kniff die Augen zu. Verfluchte sich selbst, dass er es nicht lassen konnte, an Fanny zu denken, wenn er Tindra ansah.

***

Rebecka Klint saß am Esstisch, vor sich eine Schüssel mit Müsli und Joghurt. Doch obwohl sie schon lange hätte frühstücken sollen, brachte sie keinen Bissen hinunter, die Übelkeit wollte sich einfach nicht legen. Ihr Abiball war fantastisch gewesen, und sie hatte getanzt, bis sie es in den Schuhen nicht mehr ausgehalten hatte. Aber am Ende hatte sie viel zu viel Sekt getrunken und konnte sich deshalb an die letzte Stunde überhaupt nicht mehr erinnern, was ihr ziemlich unheimlich war.

Wie war sie eigentlich nach Hause gekommen? Und wann?

Sie legte den Löffel hin und betrachtete ihre Hände. Spreizte die Finger und kontrollierte die Nägel, um sicherzugehen, dass der rosa Lack nicht verkratzt war oder abblätterte. Wenn sie den nächsten Termin im Nagelstudio hatte, würde sie sich für eine French-Maniküre entscheiden.

Im Apfelbaum, der vor ihrem Fenster stand, saß eine Amsel ganz ruhig. Das sah merkwürdig aus, denn sie hockte da mitten im strömenden Regen. Rebecka griff nach ihrem Handy und klickte die Fotos vom Vorabend durch. Bestimmt zwanzig Bilder von ihr und ihren Freundinnen. Rebeckas Blick blieb an einem Bild hängen. Alle strahlten und zeigten der Kamera ihre Schokoladenseite. Doch ihr eigenes Lachen sah wie eingefroren aus. Sie hatte zwar schon lange nicht mehr so viel Spaß gehabt und so viele Komplimente bekommen. Aber irgendetwas hatte trotzdem gefehlt. Oder vielmehr irgendjemand: Tindra.

»Hast du gut geschlafen?« Ihre Mutter kam in die Küche. Rebecka schluckte noch einen Anflug von Übelkeit hinunter und sah sie an. Traute sich nicht, ihr in die Augen zu schauen. Sie würde ihr auf der Stelle ansehen, dass Rebecka kaum ein paar Stunden geschlafen hatte. Wenn überhaupt.

»Ja … ja, hab ich.« Rebecka zog die Schüssel zu sich heran und rührte sich noch eine Mischung aus Samen und Nüssen unter ihr Müsli, doch dann legte sie den Löffel wieder hin. Das Unwohlsein wurde schlimmer, und ihr brach der kalte Schweiß aus. Übergeben wollte sie sich jetzt wirklich nicht.

»Ihr hattet einen schönen Abend gestern, oder?« Die Mutter fing an, Teller aus der Geschirrspülmaschine zu räumen. Das Klappern des Porzellans schnitt Rebecka in die Ohren, und ihr Kopfweh hämmerte nun noch mehr.

»Schon«, antwortete sie fast lautlos. Sie konnte die Gedanken nicht von Tindra abwenden. War sie zum Ball gekommen oder nicht? Rebecka hatte ihr eine SMS geschickt mit der Frage, ob sie sich vorher noch treffen würden, doch sie hatte keine Antwort bekommen. Überhaupt war Tindra in der letzten Zeit so komisch gewesen. Irgendwie abwesend. Sie hatte tatsächlich angedeutet, dass sie beim Abiball vielleicht zu Hause bleiben würde. Doch wer verzichtete schon freiwillig auf seinen Abiball?

Zudem hatte Rebecka einen verpassten Anruf von Tindras Mutter gegen elf Uhr abends auf ihrem Handy. Aber als sie den bemerkt hatte, war es schon weit nach Mitternacht gewesen, und da hatte sie wirklich nicht mehr zurückrufen wollen.

»Ich habe gehört, wie du heimgekommen bist«, sagte ihre Mutter, und schon an ihrem Tonfall konnte Rebecka ablesen, dass sie sie durchschaute.

Rebecka merkte, wie verkrampft ihr Brustkorb war. Ihr Gesicht brannte. Am peinlichsten war, dass sie selbst sich an nichts erinnern konnte. Nicht eine Minute.

»Ich bin mit dem Taxi nach Hause gekommen«, sagte sie schnell.

»Dein großer Bruder hat dich nach Hause gebracht«, entgegnete die Mutter und zog ein Gesicht. »Du hast ihn um halb fünf angerufen und geheult.«

»Tut mir leid.« Ihr schossen die Tränen in die Augen, und sie hätte sich am liebsten in Luft aufgelöst. Wieder sah sie aus dem Fenster. Die Amsel war fort.

Ihre Mutter machte einen Schritt auf sie zu und strich Rebecka übers Haar. Fuhr mit den Fingern durch ihre langen Strähnen.

»Es ist völlig in Ordnung, wenn du ein bisschen Sekt trinkst, aber wenn du frühmorgens halb bewusstlos nach Hause kommst, dann mache ich mir ernsthaft Sorgen.«

Rebeckas Augen wurden feucht. Das war keine Absicht gewesen. Nach dem ersten Glas hatte sie den Alkohol gar nicht gespürt, und als sie nach dem vierten dessen Wirkung wahrnahm, war es bereits zu spät gewesen.

»Entschuldige«, sagte Rebecka, und ihr liefen die Tränen über die Wangen.

»Ich möchte, dass du auf dich aufpasst«, sagte ihre Mama und sank neben ihr in die Hocke. »Ich weiß nicht, was ich täte, wenn dir etwas zustieße.«

Rebecka fuhr sich mit dem Handrücken über die Augen. Schwor hoch und heilig, dass das nie wieder vorkommen würde. Plötzlich wies ihre Mutter zum Fenster. Die Nachbarin, die auf der anderen Straßenseite wohnte, brachte den Müll hinaus und trug nur einen Morgenmantel und Hausschuhe mit hohem Absatz, dann stieg sie in ihren nagelneuen BMW und fuhr mit quietschenden Reifen davon. Rebecka musste kichern, und mit einem Mal ging es ihr besser. Aber was sie jetzt brauchte, war ein Spaziergang. Frische Luft. Die Mädels vom Cheerleading wollten sich treffen, das war in ein paar Stunden. Sie wollten über die Vorführung am nächsten Wochenende sprechen, und da musste sie fit sein.

»Was hältst du von einem Spaziergang in die Stadt, wir könnten doch für heute Abend einen Film ausleihen?«

Ihre Mutter nahm sie in den Arm. »Die anderen sind doch fort, wir könnten uns was Leckeres mitnehmen und es uns auf dem Sofa gemütlich machen, nur du und ich.«

Ihre liebe, gute Mama. Sie wusste immer, was sie brauchte.

Gerade als Rebecka aufstehen wollte, vibrierte ihr Handy auf der Tischplatte. Unbekannte Nummer. Hundert Gedanken schossen ihr gleichzeitig durch den Kopf. Sie konnte sich daran erinnern, dass sie sich mit einem bestimmten Typen ziemlich lange unterhalten hatte. Mit Hampus, der in ihre Klasse ging. Ihr Herzschlag stieg auf 180. Sie stand auf und lief in ihr Zimmer. Warf sich aufs Bett, räusperte sich und nahm das Gespräch an.

»Hallo, Rebecka, hier ist Johan Rokka von der Polizei in Hudiksvall.«

Rebecka starrte die Decke an. Es war ein Gefühl, als ob das Bett und alles unter ihr versank. Die Polizei. Wieder versuchte sie, ihre Erinnerung zu aktivieren. Was war nur am Vorabend alles passiert? Wenn sie in irgendwelche Dummheiten verstrickt gewesen war, dann müsste sie das doch noch wissen? Ihr Körper wurde lahm vor Angst. Der Polizist sprach weiter: »Sind deine Eltern in der Nähe?«

Sie hielt sich die Hand vors Gesicht. Die Panik ergriff sie voll und ganz. Mit zittrigen Beinen stand sie auf und ging in die Küche. Sie sah, wie sich das Gesicht ihrer Mutter vor Sorge verzog. Im Arm ihrer Mama drückte sie sich dann das Telefon ans Ohr und hörte sich an, was Rokka zu sagen hatte.

5

Die Arbeitsgruppe sollte sich vollzählig im großen Konferenzraum der Polizeistation einfinden. Um den ovalen Tisch aus hellem Holzfurnier standen Stühle mit roten Sitzpolstern, mehr oder weniger sauber. Zwei von ihnen blieben am Ende immer übrig. Der eine Stuhl hatte einen undefinierbaren braunen Fleck in der Mitte des Sitzes, den nahm sich Pelle Almén. Hjalmar Albinsson würde als Letzter erscheinen und folglich den Stuhl mit den Wackelbeinen bekommen, den bislang noch keiner repariert hatte, es war einfach nie Zeit dazu.

»Was liegt uns denn bislang vor?« Melinda Aronssons Dialekt, der verriet, dass sie aus dem äußersten Norden des Landes stammte, war trotz der vielen Jahre in Stockholm nicht zu überhören. In der einen Hand hielt die Staatsanwältin ihr lilafarbenes Notizbuch, in der anderen einen Füllfederhalter in derselben Farbe. Sie war startklar.

»Geduld. Gleich gibt es einen aktuellen Stand der Informationen«, sagte Rokka und zwinkerte ihr zu. Er sah auf den breiten Goldring, den sie am Ringfinger trug: In seiner Mitte prangte ein dreieckiger rosafarbener Stein. Irgendwie fand Rokka ihn originell. Genau wie Melinda. Viele fragten sich, was sie bewogen hatte, nach Hudiksvall zu gehen, ohne jeden Bezug zu dieser Stadt. Sie behauptete, sie habe Sehnsucht nach Norrland gehabt, und Rokka hatte dies auch nie infrage gestellt, er war einfach froh, dass sein Liebesleben wieder Auftrieb bekommen hatte, seit sie da war.

Hjalmar Albinsson schloss die Tür.

Rokka legte die Handflächen auf die Tischplatte und sah in die Runde.

»Neben den ersten Untersuchungen am Tatort in Form von Blutanalysen und der üblichen Spurensicherung haben wir die

Eltern vernommen, und im Moment warten wir darauf, mit einer von Tindras Freundinnen sprechen zu können. Almén hat gemeinsam mit einem Kollegen angefangen, die Nachbarn in der Nähe des Tatorts zu befragen, doch niemand hat etwas Außergewöhnliches gesehen. Die meisten haben sich wegen des Regens im Haus aufgehalten. Tindras Computer liegt auf Jannas Schreibtisch, doch Tindras Handy ist spurlos verschwunden. Auf die Telefonlisten von Telia warten wir noch. Mit anderen Worten, die Untersuchungen sind im Gange.«

Rokka holte tief Luft, und Almén nickte von seinem Platz auf der gegenüberliegenden Seite des Tisches und rührte seinen Kaffee um.

»Keine Spur von der Mordwaffe«, sagte er. »Aber wir bleiben dran.«

»Aus Gävle ist noch nichts zur weiteren Vorgehensweise verlautbart worden«, erklärte Bengtsson. »Aber ich nehme an, dass es nicht mehr lange dauern wird.«

Plötzlich ging das Licht auf der Leinwand an. Rokka starrte nach vorn und sah auf einmal nur noch die blonden Locken. Fannys helle Locken vor zweiundzwanzig Jahren. Fanny, die ihn aufgegeben hatte. Ihn angeschrien hatte. Ihm vorgeworfen hatte, dass er sie bei ihrem Abiball alleinlassen wollte. Ihr verachtender Blick, der sich für immer in sein Gedächtnis eingebrannt hatte. Und dann die Panik, als er zum Köpmanberg zurückkam und sie fort war. War sie dort auch von einem Fremden überrascht worden? Oder sogar von jemandem, den sie kannte?

Tindra. Fanny. Köpmanberg.

Er schluckte, mehrmals hintereinander, dann zog er einen Stapel Papier aus der Tasche. Er schlug ihn dreimal gegen die Tischkante, dann räusperte er sich.

»Wie auch immer. Die Gerichtsmediziner waren schnell, hier ist schon ein vorläufiges Ergebnis.«

»Bestätigt sich denn der Verdacht auf ein Sexualdelikt?«
Melinda schob ihre Brille auf die Nasenwurzel.

»Sie haben jedenfalls Sperma in ihrem Körper gefunden«,
sagte er.

Melinda nickte und sah aus, als hätte sie eine Wette gewonnen.

»Tindra hatte keinen Alkohol im Blut. Ihre Blase war ge-
leert, und der Arzt hat angegeben, er habe keine blauen Flecke
oder Schnittwunden gefunden, also keinerlei Anzeichen, dass
sie sich gewehrt hat.«

»Sie hat also mit jemandem geschlafen und kurz vorher die
Blase entleert«, sagte Melinda. »Sie kannte den Täter.«

Wie üblich war Melinda schnell mit ihren Schlussfolgerun-
gen. Ihre Intuition hatte Rokka schon früher imponiert.

Sekunden verstrichen, und Janna machte ein Gesicht, als
schössen ihr hundert Gedanken gleichzeitig durch den Kopf.

»Wenn wir keine Verletzungen haben, die darauf hindeuten,
dass das Opfer sich gewehrt hat, kann das auch heißen, dass
der Täter einfach viel stärker war als sie«, sagte sie schließlich.
»Da reicht schon der richtige Griff um den Hals, und sie hat
nicht die geringste Chance.«

Janna und Melinda saßen sich am Tisch gegenüber und sahen aus wie zwei Parteivorsitzende bei einem Rededuell. Alle
schauten auf Janna, die gar nicht mehr wusste, wo sie hinsehen
sollte. Aus irgendeinem Grund wurde sie immer nervös, wenn
sich die Aufmerksamkeit auf sie richtete, und die hektischen
Flecken am Hals kamen wie bestellt.

»Das Vorgehen des Täters war extrem kaltblütig«, bemerkte
Bengtsson. »Wir sollten an der Stelle vielleicht auch noch mal
an vorbestrafte Täter denken. Gibt es überhaupt jemanden hier
aus der Gegend, der in der Lage ist, solch eine Art von Mord
zu begehen?«

»Peter Krantz«, sagte Almén und führte seine Kaffeetasse
zum Mund.

Als Rokka den Namen hörte, schloss er die Augen. Er musste an seinen ersten Mordfall hier in Hudiksvall denken, bei dem er in vielerlei Hinsicht mit seiner Vergangenheit konfrontiert worden war. Es hatte sich herausgestellt, dass Peter Krantz der Täter war, einer von Rokkas Jugendfreunden. Als er festgenommen wurde, machte er Andeutungen, dass er etwas über Fannys Verschwinden wisse. Etwas, von dem die Polizei keine Ahnung hatte. Mehr gab er nicht preis, und jetzt saß er in der Haftanstalt Hall bei Södertälje ein.

»Der sitzt hinter Gittern«, sagte Bengtsson. »Wir müssen uns die Datenbank noch mal genau vornehmen. Schauen, ob es noch andere gibt, die infrage kommen könnten.« Sie sah in die Runde und verschränkte die Arme.

»Uns bleibt nur, wie gewohnt weiterzuarbeiten«, fuhr sie fort. »Ich möchte, dass wir in zwei Richtungen ermitteln. Einmal unter der Prämisse, dass Tindra ihren Mörder kannte, und alternativ, dass sie von einem Wildfremden überrascht wurde. Aber vergessen Sie nicht, dass man ein Auge auf uns hat. Bald müssen wir Ergebnisse vorlegen.«

***

Ein paar schnelle Schläge auf den Sack, und dann ein Tritt. Noch drei Schläge, noch ein Tritt. Eddie Martinsson war heute stark.

Das Signal zerschnitt die Luft. Drei Minuten waren um, und er presste die Hände auf die Knie. Keuchte. Sog die Luft, die nach verschwitzten Boxhandschuhen stank, tief in die Lungen. Er sah zu seinem Trainer Patrik Cima hinüber, der den Daumen hochhielt. Wie immer trug Patrik Tights und einen Kapuzenpullover, dazu Boxschuhe, die vorn an der Spitze kaputt waren. Wenn er die Haare zu diesem albernen Knoten hochgebunden hatte, sah man auch seine Augenbrauen. Sie waren dunkel und sahen fast böse aus, doch Patrik war ein lieber Mensch. Wenn er nicht im Boxring stand, arbeitete er als Betreuer in einer Schule in Sandvalla. Manchmal fuhr er einen alten Passat, der irgendein Problem an der Vorderachse hatte und Schieflage bekam, wenn man schneller als fünfzig fuhr. Vielleicht sah er deswegen heute etwas traurig aus, dachte Eddie. Er hatte außerdem Augenringe, als hätte er schon mehrere Nächte nicht geschlafen. Eddie wünschte, er könnte den Wagen in die Lehrwerkstatt der Berufsschule mitnehmen, er wollte Patrik gern helfen. Aber immerhin hatte er ihm den Keilriemen umsonst repariert.

Patrik winkte ihn zu sich, es war an der Zeit für einen Trainingskampf. Eddie gegen einen älteren Typen, der schon fünf Jahre länger trainierte als er und schon zweimal die Norrlandmeisterschaften gewonnen hatte. Patrik hatte gesagt, er sei jetzt reif dafür, er entwickele sich vielversprechend. Von außen betrachtet konnte Eddie nichts Gegenteiliges sagen. Er war siebzehn und schon der King. Aber tief im Inneren spürte er diese nervigen Zweifel, sie klebten fest wie ein alter Kaugummi auf dem Asphalt, er bekam sie einfach nicht weg.

Er hüpfte auf der Stelle, trippelte zur Seite. Schlug ein paarmal in die Luft, während er einen Blick auf die digitale Uhr warf. Fünf, vier, drei, zwei, eins, null. Ein kurzes Signal erklang, und Eddie sprang schnell zur Seite. Sein Gegner folgte ihm. Beide warteten ab und suchten nach einer fehlenden Deckung für den ersten Schlag. Der Typ war schneller, aber Eddie duckte sich. Er machte einen Schritt vor und versetzte dem Kerl einen Schlag mit der Rechten. Dann sprang er schnell zurück, das Bein hoch, das Fußgelenk gestreckt. Ein perfekter Treffer. Dann wieder zurück. Einen Tritt parierte er.

»Schön«, hörte er Patrik von der anderen Seite des Rings rufen.

Eddie spürte ein Kribbeln im Körper, den unbedingten Willen, zu gewinnen. Im Kopf war er ganz klar. Er folgte den Bewegungen seines Gegners. Durchschaute ihn. Wusste seine nächsten Züge im Voraus. Jedes Mal, wenn er mit seiner schnellen Rechten angriff, hob Eddie den Arm. Wenn der Tritt von links kam, beugte er das Bein, wehrte ihn ab. Er war unbesiegbar.

Plötzlich musste er an seinen Vater denken. Das dunkle Haar, die braunen Augen. Wenn er jetzt da wäre und ihn boxen sehen könnte. Ob er stolz auf ihn wäre? Hätte er ihn dann gern bei sich gehabt? Plötzlich konnte Eddie nicht mehr klar denken. Sein Gesichtsfeld wurde kleiner. Die Wut, die in ihm hochkam, war nicht mehr zu bremsen. Sie breitete sich in Armen und Beinen aus, wie Wasser in einem Schlauch, brachte Hände und Füße dazu, Stellen ausfindig zu machen, an denen sein Gegner verletzbar war. Das war verboten, auch im Match, trotzdem hielt er drauf. Das Knie, bam. Die Hände, bam, bam. Der Blick des Typen veränderte sich. Sein Gesichtsausdruck war nun nicht mehr konzentriert und zielstrebig, sondern voller Wut. Und Todesangst.

Das Signal erklang. Die erste Runde war vorüber.

»Eddie, komm mal her.« Patrik wedelte in der Ecke des Boxrings mit den Armen.

Eddie trippelte noch immer auf der Stelle.

»Komm her!«, brüllte Patrik. »Es ist nicht okay, so reinzugehen, dass du ihn verletzt, das weißt du genau. Und das ist nicht das erste Mal. Wenn du dich nicht zusammenreißt, muss ich dich sperren.«

Er verschränkte die Arme. Eddie sah, wie die Adern unter der Haut hervortraten. Plötzlich überkam ihn ein Gefühl, als hätte er Patrik hintergangen, obwohl der immer korrekt zu ihm war. Seit zwei Jahren war er jetzt im Club. Hatte Eddie gesehen und gleich kapiert, was er draufhatte. Jetzt war er wütender als ein Pitbull. Eddie verstand, was los war, und er wollte auch nicht gesperrt werden, um keinen Preis. Der Club war sein Zuhause. Hier war er jemand.

»Sorry«, sagte er und sah zu dem anderen Boxer hinüber. Der saß in der anderen Ecke des Rings, streifte die Handschuhe ab und vergrub das Gesicht in den Händen. Eddie ging zu ihm hinüber und legte ihm die Hand auf die Schulter. Doch der Typ stieß ihn weg.

»Verdammter Gangster«, rief er. »Ich hör auf.«

Eddie war bedrückt. Das, was aus seinem Innersten kam, ließ sich nicht bremsen. Es wollte raus.

Er kletterte zwischen den Seilen hindurch und ging hinüber zum Umkleideraum. Im Flur traf er einen anderen Boxer, der ihn anstarrte. Der war sicher auch gegen ihn. Alle waren gegen ihn.

Bevor er die Tür zum Umkleideraum öffnete, blieb er stehen. Sah in den anderen Teil des Gebäudes, wo die Cheerleading-Mädels ihren Übungsraum hatten. In der Regel trainierten sie gleichzeitig, aber jetzt sah er kein einziges von ihnen. Nur eine Putzfrau, die mit einem Mopp den Boden wischte.

In der Umkleide musste Eddie wieder an seinen Vater denken. Er konnte es einfach nicht verstehen. Er hatte ihm doch nichts getan, er war doch nur ein blödes kleines Baby gewesen. Wahrscheinlich war seine Mutter schuld. Keiner hielt es mit ihr aus. Und trotzdem. Fast alle seine Kumpels hatten Väter. Auch wenn sie nicht zusammenwohnten, hatten sie immerhin welche. Vielleicht war seiner ja auch tot. Oder er trieb sich auf der anderen Seite der Erdkugel herum und hatte total vergessen, dass er ein Kind hatte. Einen Sohn namens Eddie.

***

Johan Rokka reckte sich nach dem Container, der unter seinem Schreibtisch stand. Eine Millisekunde lang hegte er noch Zweifel und dachte, er solle die Grübeleien über Fanny sein lassen und sich ganz auf Tindra konzentrieren. Aber nach dem

Besuch auf dem Köpmanberg war das, als sagte man einem Heroinabhängigen, er solle sich den Schuss, den er in den Händen hielt, nicht setzen. Ohne hinzuschauen, öffnete er die dritte Schublade von oben und zog eine A4-Mappe heraus, in der die Unterlagen von Fannys Fall abgeheftet waren. Er überflog das kaffeebefleckte Dokument. Wieder einmal. Als würde es diesmal anders aussehen.

Erstanzeige
Name: Fanny Pettersson
Status: Vermisst

Vermisst, las er noch einmal, dann blätterte er um.

Abschließender Bericht
Untersuchung eingestellt.
Kein Verbrechen feststellbar. Kein Anlass für weitere
Nachforschungen.
Fall abgeschlossen: 16. September 1993.

Und dann die saubere Unterschrift des Ermittlungsleiters Antonsson, des Kommissars, der Rokka eingestellt hatte, aber kurz danach an einem Herzinfarkt verstorben war.

Rokka war es gelungen, die Unterlagen aus dem Zentralarchiv zu bekommen, nachdem er zig Gespräche hatte führen müssen, da er an Juristen in Gävle durchgestellt wurde, die selbst krank waren, kranke Kinder betreuten oder gerade im Urlaub waren. Das Problem war, dass sie ihm keine Dokumentation der Vernehmungen geschickt hatten, obwohl er genau wusste, dass Vernehmungen stattgefunden hatten, er hatte ja selbst mit der Polizei gesprochen, und da waren auch Protokolle verfasst worden. Und wenn er nicht nachlesen konnte, was damals ausgesagt worden war, konnte er die Sache nicht für sich abschließen und nach vorn schauen. Aber noch einmal Kontakt zu jemandem herzustellen, der ihm helfen konnte, stellte sich als schwierig heraus. Extrem schwierig.

Rokka starrte an die Dartscheibe, die an der Tür montiert war. Er griff nach drei Pfeilen, die auf dem Schreibtisch lagen, und warf den ersten so fest er konnte auf die Zielscheibe. Einen Zentimeter vom Bull's Eye entfernt.

»Ruhig Blut«, sagte Pelle Almén, als er die Tür einen Spalt öffnete.

»Vergiss es«, antwortete Rokka und warf den zweiten Pfeil. Direkt neben den ersten.

»Die sind ganz scharf auf dich.« Almén trat ein und schloss die Tür. Er zog eine Schachtel Hustenbonbons aus der Jackentasche. Almén war ein Hypochonder, Mandelentzündung und Magen-Darm-Infekte fürchtete er besonders.

»Das sind viele«, antwortete Rokka lachend. »Und wer ist es gerade heute?«

Er drehte den dritten Pfeil zwischen den Fingern hin und her.

»Gävle«, sagte Almén.

»Was soll ich jetzt wieder angestellt haben?«

»Hör auf mit dem Quatsch. Sie wollen dich auf einer neuen Stelle sehen. Die Leitung der Kommission für Schwerverbrechen.«

Almén trat von einem Fuß auf den anderen und sah so enthusiastisch aus, dass Rokka sauer wurde. Er warf den dritten Pfeil so kraftvoll auf die Scheibe, dass Almén einen Satz zur Seite machte. Bull's Eye.

»Woher weißt du das?«

»Von einem ehemaligen Kollegen von der Stockholmer Polizei. Er kennt Leute bei denen.«

»Du alte Tratschtante«, sagte Rokka und zwinkerte. »Ich brauche keinen größeren Schreibtisch.«

»Aber die brauchen wen mit deinem Profil.«

»Das kann ich mir kaum vorstellen. Nach oben schleimen und nach unten treten ist überhaupt nicht mein Ding.«

Rokka lehnte sich entspannt zurück und legte die Arme auf der Rückenlehne ab. Wenn dort jemand wüsste, wo er sich rumgetrieben hatte, als er damals aus Hudiksvall weggezogen war, dürfte er nicht einmal als Gefängniswärter arbeiten.

Er war weiterhin mit den Solentos und anderen kriminellen Gruppierungen unterwegs gewesen. Hatte sich aufs Geldeintreiben spezialisiert. Verhandelt und dafür gesorgt, dass die Schulden bezahlt wurden, mehr geredet als zugeschlagen. Hatte für Gerechtigkeit gekämpft, Bestätigung gefunden und Freundschaft erlebt. Hatte Kontakte in der Gastronomieszene geknüpft und in verschiedenen Nachtclubs in Stockholm gearbeitet. Bei der Arbeit gefeiert und beim Feiern gearbeitet. War ein paar Jahre durch Asien gereist, hatte alles ausprobiert. Bei Mondschein am Strand Pilzomelett gegessen, im Dschungel Opium geraucht und dann drei Tage nur gekotzt, um sich den Rauch trotzdem wieder und wieder reinzuziehen. War mit drei Mädels gleichzeitig im Bett gewesen. Diese Jahre waren heute ein unzusammenhängender, grauer Dunst.

In der Zwischenzeit hatte er die Erinnerungen und die Gefühle für Fanny in die hintersten Winkel seines Inneren verdrängt. Genau dorthin, wo auch die Sehnsucht nach seinen Eltern und seinem Bruder steckte. Es tat zu weh, dort zu graben.

Aber jedes Jahr im Juni kamen die Erinnerungen aus ihrem Versteck gekrochen. Und in einem Sommer hatte er sich ein Herz gefasst und beschlossen, zur Polizei zu gehen. Dort hatte er neue Freunde gefunden, er wurde geschätzt, und der Zusammenhalt unter den Kollegen war stark.

Almén verabschiedete sich, und wieder war Rokka mit seinen Grübeleien allein.

Tindra. Fanny. Köpmanberg.

Kein anderer würde die Dinge so sehen wie er. In seinem Kopf gab es eine Verbindung. Er stand auf und presste die Hände gegen die Stirn. War er gerade dabei, verrückt zu werden? Er war so entsetzlich müde. Diese Verbindung saß wie ein juckendes rotes Tattoo auf der Innenseite seiner Stirn, unmöglich, sie zu verdrängen. Irgendwie musste er mehr in Erfahrung bringen. Irgendeine Kleinigkeit, die seine Gedanken beruhigte.

Er sah aus dem Fenster, und sein Blick blieb an dem roten Backsteingebäude gegenüber hängen. Es gab jemanden, der Fanny gut kannte, jemanden, der erst vor einem Monat Kontakt zu Rokka gesucht hatte. Rokka hatte nicht zurückgerufen, obwohl er es eigentlich vorgehabt hatte. Er hatte es einfach nicht fertiggebracht. Unbehagen machte sich in ihm breit, als er die Entscheidung traf. Jetzt war es an der Zeit, Fannys Vater aufzusuchen.

***

Eddie Martinsson stellte das Moped an einer Hauswand ab und überquerte die Straße zur Galeria Guldsmeden. Der Eingang des Einkaufszentrums bestand aus einem goldfarbenen Dach, das von zwei Betonpfeilern getragen wurde, und obendrauf prangte ein gigantisches blaues »G«. Die Galeria lag mitten im Zentrum und war für viele ein Treffpunkt. Zumindest für die, die nichts Besseres vorhatten. Die Mall war nicht besonders groß, und der coolste Laden war H&M. Trotzdem. Hier war Eddies zweites Zuhause.

Er zog sich den Helm vom Kopf und strich sich die Haare glatt. Auf dem Fußweg vor dem Eingang stand sein Freund Adam und wartete ungeduldig. Er trug eine Basecap, Jeans und ein extraweites T-Shirt, in dem seine Arme umso dürrer wirkten. Er sah aus wie immer, hatte nur ein neues Piercing in der Augenbraue. Adam stutzte, als er Eddie erblickte.

»Du siehst voll fertig aus, was ist los?«

»Ach, nichts«, sagte Eddie und warf sich die Tasche über die Schulter.

»Komm, sag schon!«

»Scheiß drauf. Lass gut sein.«

Adam hielt beschwichtigend die Hände hoch.

Eddie holte eine Zigarette aus der Tasche, und Adam war schnell dabei, ihm Feuer zu geben. Eddie nahm ein paar Lungenzüge, dann warf er die Kippe auf den Boden.

Das Tageslicht tauschten sie gegen den Schein der Leuchtstoffröhren im Einkaufszentrum ein. Als sie am Tabakladen vorbeikamen, sahen sie, dass viele Leute vor den Zeitungen standen. Eddie las die fetten Schlagzeilen. *Mord an Abiturientin in Hudiksvall.* Erst letzte Woche hatte er mitgekriegt, dass jemand beim Joggen erwürgt worden war.

In dem kleinen Café, das in der Mitte des Einkaufszentrums lag, setzten sie sich an einen Tisch.

»Zahlst du?«, fragte Eddie. Adam nickte und ging zur Theke, trat von einem Fuß auf den anderen, als müsste er dringend pinkeln, bestellte und zog einen zerknitterten Fünfzig-Kronen-Schein aus der Tasche seiner Jeans.

»Ich brauch unbedingt Kohle«, sagte er, als er mit zwei Flaschen Cola zurückkam.

»Wer braucht die nicht«, entgegnete Eddie.

»Hast du etwa einen Ferienjob klargemacht?« Adam grinste.

»Sah eigentlich gut aus«, antwortete Eddie. »Hatte 'ne Bewerbung bei der Kirche laufen, da ging's um einen Job als Hausmeister. Rasen mähen und so. Voll chillig.«

»Und was ist passiert?«

»Hat wer anders bekommen. Wie immer.«

Eine Weile saßen sie schweigend da. Starrten vor sich hin.

Zwei junge Mädchen liefen vorbei. Sie gingen dicht nebeneinander und sahen aus, als seien sie in eine intensive Diskussion verstrickt. Eddie erkannte sie. Sie waren Freundinnen vom hübschesten Mädchen der ganzen Schule, von Tindra Edvinsson. Sie alle waren Cheerleaderinnen.

Eigentlich total albern. Er sah immer mal rüber, wenn sie trainierten. Sie hüpften in einer Reihe und machten alle dieselben Bewegungen. Aber egal, wie albern es auch war – es gab nicht ein hässliches Mädchen in der Cheerleading-Gruppe. Und das Beste von allem – in der Umkleide konnte man hören, wie sie duschten. Nur eine ganz dünne Holzwand trennte die Herren- von den Damenumkleideräumen.

Alle Cheerleading-Mädels hatten in der Oberstufe natürlich das soziale Profil gewählt und jetzt das Abitur gemacht. Hatten sich künstliche Wimpern geklebt und Extensions machen lassen und waren in blitzblanken Oldtimern vorgefahren.

»Ein Mädchen brauche ich auch«, sagte Eddie und schlug mit der Handfläche auf den Tisch. »Knackiger Hintern und lange Beine. Blond. Und ordentliche Titten natürlich.«

»Ich will bloß Sex«, sagte Adam, während er zu den Mädels hinübersah.

»Hallo, mein Freund hier braucht ein bisschen Hilfe.« Eddie lachte lauthals, als er sich hinstellte und auf Adam zeigte.

Die Mädchen drehten sich um, aber heute schienen sie noch distanzierter als sonst, sie schauten die Jungs kaum an. Adam zog sich die Basecap über die Augen.

»Lass das«, zischte er. »Du kennst die doch!«

»Chill mal«, sagte Eddie und ließ sich auf den Stuhl fallen. Nie würden sie auch nur in die Nähe dieser Mädchen gelangen. Die waren hinter älteren Typen her; aus Gävle, Sundsvall oder Stockholm. Keine halbseidenen Autobastler aus Håstahöjden.

»Was ist eigentlich beim Training passiert?«, fragte Adam, als die Mädchen außer Sichtweite waren.

»Patrik, unser Trainer … er meint, ich gehe zu hart rein.«

»Und, stimmt das?«

»Na ja … es hat mich irgendwie überkommen. Da schossen mir so komische Gedanken durch den Kopf … Es war, als wäre ich ferngesteuert.«

Adam riss die Augen auf. »Ach, komm schon. Wer soll dich denn fernsteuern? Irgendein mieser Alien oder was?«

Eddie starrte ihn an. »Du bist echt nicht ganz sauber.«

Adam beugte sich über den Tisch. Sprach jetzt leiser. »Okay«, flüsterte er. »Wir brauchen beide Kohle. Wie kriegen wir das hin?«

Eddie zuckte mit den Schultern. Sah Adam an. Sie waren gleich alt. Kannten sich vom Spielplatz. Ihre Mütter hatten auf derselben Parkbank gesessen und eine geraucht. Dabei hatten sie sich wahrscheinlich über Putzstellen unterhalten und die Arschlöcher, von denen sie sitzen gelassen worden waren. Doch obwohl Eddie Adam schon seit Ewigkeiten kannte, hatte er nicht die geringste Ahnung, was sich in dessen Kopf abspielte. Er war ein cooler Kumpel, der ihn nie verpetzte, umgekehrt tat Eddie das auch nicht. Doch darüber hinaus? Adam war immer gut drauf. Trotzdem hatte Eddie ihn schon lange fragen wollen, ob er diese bedrückende Traurigkeit auch in sich spürte.

Eddie seufzte und trank den letzten Rest aus der Flasche. Musste daran denken, was seine Mutter sagte, wenn sie wütend war. Dass auch er auf der Parkbank landen würde und mit den Alkis Billigbier trinken. Doch dann verdrängte er den Gedanken. Traf eine Entscheidung. Seine Mutter würde nicht recht behalten. Das Geld, die Mädchen – er würde schon noch bekommen, was er wollte. Irgendwie würde er das hinkriegen.

6

Fannys Vater, Jan Pettersson, wohnte noch immer in dem gelben Haus mit den tiefen Fenstern und den weißen Sprossen. In der Straße befanden sich noch weitere Jugendstilvillen, von grünen Hängebirken umgeben und mit unverbautem Blick aufs Meer. Johan Rokka parkte den Wagen vor dem Zaun und betrachtete das Haus. Es waren nicht mehr als vierzehn Grad, und ein kräftiger Windstoß erfasste ihn, als er über den ordentlich geharkten Kiesweg zum Eingang lief. Er zählte die Fenster in der oberen Reihe. Hinter dem vierten und fünften lag Fannys Zimmer.

Als Rokka in der Oberstufe war, schreckten die meisten Jungs davor zurück, sich mit Fanny näher anzufreunden, aus dem einfachen Grund, dass für Jan Petterssons Tochter keiner gut genug war. Jedes Mal, wenn sie Rokka mit nach Hause gebracht hatte, hatte der Vater etwas auszusetzen gehabt, aber bevor Fanny ihre Zimmertür zuknallte, gab sie ihm noch deutlich zu verstehen, dass sie das tat, was sie wollte. Zwar war Papa Pettersson einige Male einfach hereingekommen, um zu kontrollieren, was die beiden da taten, aber das hatte nur dazu geführt, dass Fanny von innen abschloss. Hinter der grünen Holztür befand sich eine Welt, die nur ihnen gehörte.

Nicht ohne ein gewisses Maß an Nervosität hob und senkte Rokka also den Türklopfer.

Jan Pettersson wich ruckartig zurück, als er Rokka erblickte, und ein paar Sekunden lang betrachtete er ihn von oben bis unten mit einer Falte zwischen den Augenbrauen, bis ihm ein Lächeln gelang. Er trug ein graues Sakko. Sein Gesicht war sonnengebräunt, und seine Haare waren wie früher nach hinten gekämmt, auch wenn jetzt die grauen Strähnen in der Mehrheit waren. Die Augenlider hingen, was ihm einen etwas mutlosen Ausdruck verlieh. Dennoch konnte Rokka nicht leugnen, dass Fannys Vater nach wie vor ein recht attraktiver Mann war.

»Ich bin froh, dass du dich endlich blicken lässt«, sagte er. »Wenn man bedenkt, dass du nach Hudiksvall zurückgekehrt bist, und das auch noch als Polizist.«

Er klang, als würde er mit einem Fünftklässler sprechen, der in den Sommerferien zehn Zentimeter gewachsen war. Rokka fühlte, wie sich jeder Muskel in ihm verkrampfte.

»Ich muss mit dir reden«, sagte Rokka. »Über Fanny.«

Jan Pettersson fasste an die Türklinke, und seine Gesichtszüge entglitten ihm.

»Komm erst mal rein«, sagte er schließlich. Die Scharniere quietschten, als er die Tür weit öffnete.

Rokka folgte ihm ins Haus. Der Boden war blitzblank, und es roch frisch geputzt. Eine kleine Asiatin flitzte vorbei, wischte sich die Hände an der Schürze ab und schenkte ihm ein kurzes Lächeln, bevor sie in der Küche verschwand.

»Um diese Jahreszeit denke ich immer an dich«, sagte Jan, der hinter ihm stand. »Und dass es schade ist, dass wir nicht in Kontakt geblieben sind. Aber ich kann verstehen, wenn Dinge dazwischenkommen.«

Tatsächlich lag es an Jan Petterssons Hang zum Despotismus, dass Rokka sich nie gemeldet hatte. Zudem hatte er Rokka immer spüren lassen, dass er ihn nicht mochte. Jedes Mal, wenn Fanny und Rokka sich getroffen hatten. Aber jetzt, als er Rokka ins Esszimmer führte, war Jan Petterssons Blick ein anderer.

»Ich bitte meine Haushälterin, ein paar Happen vorzubereiten«, sagte er. »Ich hoffe, du magst Antipasti.«

Sie ließen sich an dem breiten weißen Tisch nieder, an dem Platz für bestimmt zwanzig Personen war.

Jan griff nach der Zeitung, die vor ihm lag, und zeigte auf die Titelseite, auf der das Bild von Tindra prangte. *Mord an Abiturientin in Hudiksvall* stand da in fetten schwarzen Buchstaben.

»Das ist schrecklich«, sagte er und zeigte auf den Artikel. »Steckt ein sexuelles Motiv dahinter?«

»Die Journalisten spekulieren«, antwortete Rokka. »Ich bin in die Ermittlungen eingebunden, und wir wissen noch gar nichts über das Motiv.«

»Und auch auf dem Köpmanberg, gleich um die Ecke.« Jan sah aus dem Fenster und fixierte einen Punkt in der Ferne. »Natürlich reißt das alte Wunden auf, besonders an einem Tag wie heute. Du weißt wahrscheinlich, dass es heute auf den Tag zweiundzwanzig Jahre her ist?«

Rokka hatte das Datum tatsächlich nicht mehr im Kopf, für ihn war der komplette Juni eine einzige lange Zeit der Erinnerungen.

»Ich kann verstehen, wie es dir geht«, sagte er. »Nicht nur du …«

Jan fiel ihm ins Wort. »Tindras Eltern zuliebe hoffe ich, dass ihr den Mord schnell aufklären könnt. Nichts ist schlimmer als diese Ungewissheit.«

»Wir tun, was wir können.« Rokka sah hinaus aufs Meer, das vor ihren Augen lag. Das Wasser sah dunkel aus, und der Wind kräuselte die Oberfläche. Die Berge auf der anderen Seite des Fjords lagen im Nebel verborgen. Da drehte sich Jan plötzlich um und lächelte.

»Mit den Jahren lernt man, auf die schönen Dinge zurückzuschauen.«

Rokka bemühte sich zu lächeln, aber in ihm brannte es. Auch Fanny war immer ein optimistischer Mensch gewesen. Hatte ihn dazu gebracht, die Welt mit anderen Augen zu sehen. Zu fühlen, dass er genauso viel wert war wie die anderen. Jan Pettersson war nicht der Einzige, der Erinnerungen an sie hatte.

»Wie läuft's im Unternehmen?«, fragte Rokka und spürte, dass sein Mund trocken wurde.

»Mitos Helsing lebt weiter, und ich bin wirklich stolz auf die Erfolge des Betriebs. Ich habe aufgehört zu zählen, in wie viele Länder wir mittlerweile exportieren. Ich sitze ja nicht mehr am Ruder, da sind jetzt ganz eifrige junge Leute am Werke.« Er lachte, während er gleichzeitig an seinem großen Goldring drehte. Er zog ihn vom Finger, sah verstohlen auf die Innenseite und schob ihn dann wieder an seinen Platz.

»Gelingt es dir gut, loszulassen?«

»Nicht ganz. Ich sitze immer noch im Aufsichtsrat, zusammen mit noch einem anderen von der alten Garde. Mitos ist unser Leben gewesen, wir tragen das Unternehmen im Herzen. Komme, was wolle.«

»Ihr seid auch wohltätig, habe ich gehört.«

»Ja, ja. Wir treten bei einigen Initiativen für Jugendliche als Sponsoren auf. Vorrangig bei Projekten für Jungs. Sie sind besonders gefährdet. Drogen. Gewalt.«

»Die Polizei begrüßt das sehr.«

»Ich habe die Früchte des Unternehmens schon immer mit anderen geteilt«, erklärte er und hob den Zeigefinger. »Früher war das die Ausnahme, aber heute ist es eher die Regel, dass ein Unternehmen seine soziale Verantwortung wahrnimmt, zumindest in dem Maße, wie es im Jahresbericht gut aussieht. Für uns hingegen ist es wirklich eine Herzensangelegenheit. Ich habe zahlreiche Unternehmen in Hudiksvall dazu bringen können, Geld zu spenden. Auf diese Weise können wir uns um diejenigen kümmern, die auf die schiefe Bahn geraten sind. Aber wir scheinen gegen noch viel mächtigere Kräfte anzukämpfen.«

Er klang genau wie früher, als er jedes Jahr am Nationalfeiertag auf der Sportanlage Glysisvallen in Hudiksvall vor Hunderten von Menschen für ein liberaleres Klima für Selbstständige plädiert hatte. Eine fast schon euphorische Stimmung war aufgekommen, wenn er davon gesprochen hatte, wie wichtig es sei, Menschen in Arbeit zu bringen und zu halten, und wie sein Unternehmen für diese Leute in die Bresche sprang. Fannys Mutter Ann-Margret hatte neben ihm gestanden, genau wie die Frau eines amerikanischen Präsidentschaftskandidaten. Und Jan hatte jede Rede mit einem Dank an sie für ihre Unterstützung beendet.

»An Ann-Margret kann ich mich noch gut erinnern«, sagte Rokka. »Fanny und sie standen sich sehr nahe, nicht wahr?«

»Das stimmt, aber ihr Verhältnis war auch kompliziert. Wenn ich ehrlich sein soll, habe ich es nie ganz begriffen, sie sprachen miteinander, als könnten sie die Gedanken der anderen lesen. Ist das vielleicht typisch für Frauen?«

Jan verschränkte die Arme und streckte sich.

»Was ist eigentlich aus Ann-Margret geworden?«, fragte Rokka.

Jan zog geräuschvoll Luft durch die Nase. Es klang fast wie ein Schluchzen, und Rokka sah, dass seine Augen feucht wurden.

»Sie ist die Treppe hinuntergestürzt. Nicht lange nachdem Fanny verschwunden war. Acht Stunden lag sie so da.«

Er fuhr sich mit seinen braun gebrannten Händen über den Kopf, und Rokka sah nun deutliche Tränen in Jans Augen. Jan zwinkerte, um sie davon abzuhalten, die Wange hinunterzulaufen.

»Wenn ich früher nach Hause gekommen wäre …« Nun liefen die Tränen doch. »Sie hatte sich schwer verletzt und konnte nie wieder laufen.«

»Aber sie lebt?«

Jans Unterlippe zitterte.

»Ja … Obwohl man sagen kann, dass sie auf gewisse Art und Weise schon tot ist. Direkt nach dem Unfall verlor sie die Sprache, weil sie einen Schlaganfall erlitten hatte. Seitdem ist sie in der Rehaklinik Backen untergebracht.«

Jan faltete die Hände im Schoß.

»Das tut mir sehr leid«, sagte Rokka. »Das ist sicher schwer.«

»Weißt du, manchmal denke ich, dass sie … dass sie das mit Absicht getan hat.«

»Du meinst, dass sie sich umbringen wollte?«

Jan steckte die Hand in die Hosentasche und zog ein weißes Stofftaschentuch heraus. Sorgfältig tupfte er sich die Nase und die Augenwinkel trocken.

»Die Sache mit Fanny hat sie sehr mitgenommen. Sie war nicht so stark, hatte schwache Nerven.«

»Wie du sicher verstehen kannst, weckt der Mord an Tindra Edvinsson bei mir natürlich auch viele Erinnerungen«, sagte Rokka. »Und es fällt mir schwer, die Sache abzutun mit der Erklärung, sie sei einfach verschwunden. Ich … ich würde viel darum geben zu wissen, was wirklich geschehen ist.«

»Du bist nicht der Einzige, der sich darüber Gedanken macht«, entgegnete Jan und schüttelte enttäuscht den Kopf.

»Ich habe versucht, an die Unterlagen der polizeilichen Ermittlungen zu kommen«, erklärte Rokka. »Aber das ist nicht ganz einfach.«

Jan schnaubte.

»Da ist nicht viel zu holen«, sagte er. »Weißt du, was uns die Polizei damals gesagt hat? Alles deute darauf hin, dass Fanny aus freien Stücken verschwand. Dass sie achtzehn sei und ihre Entscheidungen selbst treffe, und dass die Polizei da nicht viel machen könne!«

Er schlug mit der Faust auf den Tisch und biss sich auf die zitternde Unterlippe. Ein paar Sekunden lang sah er aus dem Fenster, dann drehte er sich zu Rokka um und schaute ihm direkt in die Augen.

»Vielleicht haben sie ja recht!«, meinte Rokka.

»Das glaube ich nicht«, erwiderte Jan. »Dann wäre sie nicht mit fünfhundert Kronen in der Tasche abgehauen, die hatte ich ihr für den Abiball gegeben, und damit kommt man nicht weit. Und sie hatte auch nichts von ihren Sachen dabei.«

Rokka zuckte mit den Schultern. »Wenn sie wollte, konnte sie schon allein zurechtkommen«, sagte er.

Jan hob die Hand und zeigte auf Rokka.

»Eins würde ich gern von dir wissen«, sagte er. »Was ist da auf dem Köpmanberg eigentlich passiert?«

Rokka spürte, wie seine Zunge am Gaumen festklebte.

»Ich glaube, Fanny wollte mir irgendwas erzählen«, antwortete er.

»Aha«, sagte Jan und sah Rokka scharf an. »Und was?«

Bei diesem Blick breitete sich in Rokka ein unangenehmes Gefühl aus. Rokka erinnerte sich an Fannys Worte, als hätte er sie eben erst gehört.

»Sie hat gesagt, dass alle wichtigen Männer sie enttäuscht hätten.«

»Was hat sie denn damit gemeint?«

»Ich habe keine Ahnung … ich bin dann gegangen.«

»Stimmt, ja. Du bist dann gegangen.«

Jan Petterssons Gesicht verzog sich mit einem Mal. Er presste die Lippen aufeinander, und sein Blick bohrte sich unbarmherzig in Rokkas Augen. Verzweiflung drohte Rokka zu übermannen, Bilder von Fanny wirbelten in seinem Kopf herum. Wie er ihr den Rücken gekehrt hatte und gegangen war. Shit, daran wollte er nicht denken! Rokka versuchte, die Übelkeit zu unterdrücken, beinahe drehte sich ihm der Magen um.

»Fanny hatte ein enorm starkes Gerechtigkeitsempfinden«, sagte Jan, und plötzlich lag in seinem Blick etwas Bedrohliches. »Ich habe versucht, ihr klarzumachen, dass sie zu gut für dich sei, aber sie hat nicht auf mich gehört. Wärst du geblieben, dann wäre sie vielleicht nie verschwunden.«

Jans Mund versprühte Speicheltropfen, als er diese Worte ausspuckte, und er sah Rokka verächtlich an. Rokkas Herz drohte seinen Brustkorb zu sprengen. Es fühlte sich an, als würden die Blutgefäße an seiner Stirn platzen, und er wünschte, sie täten es. Dass das Blut zusammen mit dem Unbehagen herausspritzen und Jan Petterssons Seidentapeten und sein schönes Eichenparkett beflecken würde.

Ohne ein Wort stand Rokka auf und ging. Gegen die Schuldgefühle, die ihm die Kehle zuschnürten, kam er nicht an.

Was wäre geschehen, wenn er damals nicht gegangen wäre? Was wäre geschehen, wenn er auf Fanny gehört hätte und geblieben wäre?

***

Eddies Haar flatterte im Wind, als er den Gasgriff des Mopeds voll aufdrehte. Der Motor heulte, weil im Auspuff ein Loch war, es war aber nicht so schlimm, dass man nicht hätte fahren können. Der Helm hing am Lenker und schlug ihm gegen das Knie, als er zwischen den Pfützen im Zickzack fuhr, um am Ende durch die allergrößte mittendurch zu fahren. Es spritzte, und die Leute, die auf dem Fußweg unterwegs waren, drehten sich empört um, doch das war ihm egal.

Eddie war froh, dass er das Moped hatte, für ihn bedeutete es Freiheit. Wenn er fuhr, konnte er alle Gedanken, die ihn bedrückten, loslassen. Er hatte es sogar ganz legal gekauft. Allerdings hatte er einige Anläufe gebraucht, bis er seinen Führerschein in der Tasche gehabt hatte. Die theoretische Prüfung hatte er mehrmals vermasselt, was ihn einige Hunderter gekostet hatte.

Jetzt fuhr er die Hafenstraße in Richtung Osten, raus aus der Stadt, zum Meer. Er sah auf seine Uhr. Vorhin hatte ihn der Bulle angerufen. Er sollte bei denen auflaufen und eine Story abliefern, was bei der Schlägerei passiert war. Scheiße. Was war eigentlich passiert? Der Typ hatte so arrogant dahergeredet, das war alles.

Jetzt hatte er nur noch zehn Minuten, dann sollte er vor Ort sein, und er hatte nicht die geringste Chance, es pünktlich zu schaffen. Er warf einen Blick über die Schulter, sah ein schwarzes Auto hinter sich fahren. Was war das für ein Idiot, der so dicht auffuhr? Eddie drehte das Gas bis zum Anschlag auf, und der Abstand wurde wieder größer. Je weiter weg er fuhr, desto länger würde es dauern, zur Polizeistation zurückzukommen, das war ein gutes Gefühl. Er konnte sich diesen Weg genauso gut sparen. Der Bulle würde ihn ohnehin nicht verstehen. Eigentlich verstand ihn keiner. Nicht Adam. Nicht der Trainerpatrik. Und seine Mutter erst recht nicht. Rokka verstand ihn, aber der hatte heute wohl keine Zeit für ihn. Stattdessen würde er so einen Scheißbullen treffen, der danach mit seiner Mutter und dann mit dem Jugendamt reden würde. Mist. Da war es besser, dass der Bulle ihn suchen und dann selbst zur Wache bringen würde. Dann musste er da wenigstens nicht allein hinfahren.

Er bog in einen schmalen Weg ein, das letzte Stück zum Strand nach Malnbaden. Hohe Kiefern und Sanddünen säumten den Weg, und auf den Dünen standen hier und da Sommerhäuschen. Die Luft roch salzig.

Malnbaden lag auf der anderen Seite der Stadt, weit entfernt von der Wohnung und seiner Mutter. Er war noch recht klein gewesen, als er das erste Mal mit seinen Freunden hierhergeradelt war. Das war ein richtiges Abenteuer gewesen, als käme er in ein anderes Land. Alle freuten sich, als sie ankamen, und in seiner Erinnerung hatte dort immer die Sonne geschienen. Das Wasser war zwar schweinekalt gewesen, doch das war allen egal, sie schwammen und tauchten, bis die Lippen blau waren und ihnen Arme und Beine wehtaten. Schwimmen hatte Eddie sich selbst beigebracht, er hatte zugesehen, wie die großen Jungs sich im Wasser bewegten, und es dann nachgemacht. Er stellte sich immer vor, er wäre ein Delfin.

Einmal hatte er von der Mutter eines anderen Jungen einen Schwimmring leihen dürfen, einen mit Superman darauf, und das war ein Gefühl wie Weihnachten gewesen. Leider war der Ring ganz schnell kaputtgegangen.

Er näherte sich jetzt dem Meer. Eddie betrachtete die Sommerhäuschen, die alle öde und verlassen aussahen. Die Gegend wirkte irgendwie dunkel, obwohl es mitten am Tag war. Hätten hier nicht jede Menge Leute sein müssen, die am Strand lagen und badeten?

Er hielt an und setzte einen Fuß auf den Boden. Jetzt spürte er den Regen wieder, der in dicken Tropfen auf ihn niederfiel. Als er sich umdrehte, bemerkte er den schwarzen Wagen wieder. Er kam näher. Ein Audi A8 mit dem bösesten Kühlergrill, den er je gesehen hatte. Ein flaues Gefühl machte sich in seinem Magen breit, er drehte und gab Gas. Ein kurzer Blick auf die Uhr. Genau jetzt sollte er auf der Polizeiwache sein. Er schielte nach hinten. Der Audi fuhr weiter zum Meer. Da beschloss Eddie, ins Stadtzentrum zurückzufahren. Mit dem beklemmenden Gefühl, dass ihn jemand verfolgt hatte.

***

Das Adrenalin spürte Johan Rokka noch immer, als er die Tür zur Polizeistation öffnete. Es fiel ihm schwer, einen klaren Gedanken zu fassen. Jan Petterssons Worte liefen in seinem Hirn auf Repeat. Ganz plötzlich hatte er ihn angegriffen und gesagt, dass Fanny nie verschwunden wäre, wenn Rokka bei ihr geblieben wäre.

Rokka bekam Sodbrennen, und ein unangenehmer Druck auf der Brust machte sich bemerkbar. Er sollte einfach abhauen. Alles stehen und liegen lassen. Und doch setzte er einen Fuß vor den anderen und ging hinein.

Am Empfangstresen war Fatima Voix an ihrem Platz. Sie trug eine hellblaue Bluse und hatte die Haare hochgesteckt. Fatima gehörte zwar zum Verwaltungspersonal, träumte aber davon, selbst Polizistin zu werden. Im Umgang mit Menschen war Fatima ein Naturtalent. Drogensüchtige, verwirrte Senioren oder Jungs, die geklaut hatten, es spielte keine Rolle. Sie hatte sich schon mehrere Male an der Polizeiakademie beworben, aber nie den Test bestanden, bei dem man eine 77 Kilo schwere Puppe fünfzehn Meter weit bewegen musste.

Jemand beugte sich über die Theke und sprach mit ihr. Sie sah sehr energisch aus. Rokka erkannte die Person: groß und etwas schlaksig, die Schirmmütze verkehrt herum auf dem Kopf. Sein Herz machte einen Satz, dann ging Rokka auf Eddie zu und legte den Arm um ihn. Der drehte sich um, und Rokka stutzte. Eddies Haar, das normalerweise streng nach hinten gekämmt war, hing in Strähnen unter der Kappe hervor, und er sah sehr frustriert aus.

»Was geht?«

»Alles beschissen«, sagte Eddie und schlug mit der Faust auf die Theke. »Ich soll mit jemandem reden, den ich nicht kenne.«

»Hier arbeiten nur coole Typen«, sagte Rokka und lächelte, spürte aber insgeheim, wie das schlechte Gewissen sein Herz in den Schwitzkasten nahm.

»Ach ja«, sagte Eddie und drehte sich um.

Rokka seufzte. Vielleicht sollte er sich ein bisschen beeilen und das Gespräch mit Eddie selbst führen. Er wusste genau, wie der Junge tickte.

»Sind Sie Johan Rokka?«, erklang eine tiefe Stimme hinter ihm.

Rokka drehte sich um. Da stand ein Mann in den Fünfzigern, der eine klitschnasse Windjacke trug und ein Mikrofon in der Hand hielt. Ihm folgte ein jüngerer Typ mit einer Filmkamera. Rokka erkannte das Logo auf dem Mikrofon. Das Web-TV der Abendzeitung. Der Typ mit dem Mikro kam ihm bekannt vor, aber Rokka fiel nicht ein, woher.

»Wir möchten Ihnen ein paar Fragen zu dem Mord an der Abiturientin stellen«, erklärte der Mann, der enthusiastischer schien als ein Jäger, der einen Vierzehnender gesichtet hatte.

»Da sind Sie bei mir falsch.«

»Aber … Sie sind doch mit den Ermittlungen beauftragt?«

»Vielleicht schon, aber was die Presse angeht, da sind die Kollegen in Gävle zuständig.«

»Wir sind extra von Stockholm hier hochgefahren. Gibt es keine Möglichkeit, Ihnen ein paar Fragen zu stellen?«

Rokka verschränkte die Arme und schüttelte den Kopf.

»Gibt es einen Verdächtigen?« Der Windjackenmann gab offensichtlich nicht so schnell auf. Rokka wurde sauer.

»Im Hinblick auf die laufenden Ermittlungen kann ich Ihnen leider keine Auskunft geben«, entgegnete er. »Von mir erfahren Sie nichts.«

»Meine Quellen sagen, dass es ein sexuelles Motiv für den Mord gab. Können Sie das bestätigen?«

Der Journalist ging auf ihn zu und hielt ihm das Mikrofon so dicht vors Gesicht, dass es Rokkas Mund berührte. Rokka spürte, wie die Wut in ihm hochkochte. Was war mit diesen Journalisten los, warum kapierten sie es nicht?

»Ich finde, Sie sollten sich Ihr Klatschblatt sonst wohin stecken und von hier verschwinden, ansonsten werde ich dafür sorgen, dass das Mikro die Geräusche Ihres Enddarms zu hören kriegt …«

Der Mann wich verschreckt zurück und hielt die Hand hoch.

Rokka schnauzte ihn noch einmal an: »Kapiert?«

»Okay, verstehe. Aber es ist so, ich habe vor mehr als zwanzig Jahren hier bei der Lokalzeitung ein Praktikum gemacht. Da ist doch auch eine Abiturientin am Köpmanberg verschwunden. Deshalb interessiere ich mich besonders für diesen Fall. Sie ist nie gefunden worden, soweit ich weiß.«

Rokka spürte, wie sein Blutdruck abfiel und seine Knie sich in Gelee verwandelten. Der Raum schwankte. Plötzlich war ihm klar, warum ihm der Mann bekannt vorkam. Er hatte damals hier gewohnt.

»Brauchst du Hilfe?«, fragte Eddie und legte Rokka die Hand auf die Schulter. »Der scheint es nicht zu checken.«

»Nein … alles gut«, sagte Rokka. Dann räusperte er sich und zeigte auf den Journalisten. »Er soll sich verziehen, aber es ist für alle Beteiligte das Beste, wenn er das alleine tut.«

»Fine«, sagte Eddie.

Mit pochenden Schläfen beobachtete Rokka, wie sich der Journalist und sein Kameramann in Richtung Ausgang bewegten. Der Raum drehte sich immer noch, Rokka suchte Halt an der Wand.

»Ich muss jetzt gehen«, entschuldigte er sich und lief zu den Toilettenräumen. Er konnte nicht länger auf zwei Beinen stehen. Wollte verhindern, dass irgendwer mitbekam, was sich in ihm abspielte. »Sag Bescheid, wenn die Kollegen nicht lieb zu dir sind«, sagte er zu Eddie. Versuchte, das Ganze augenzwinkernd komisch wirken zu lassen, und hielt den Daumen hoch, doch er musste kämpfen, auf den Füßen zu bleiben. Eddie hob langsam die Hand, dann ließ er sich schwerfällig im Vorzimmer auf einen Stuhl fallen.

Eddie Martinsson. Siebzehn Jahre und der einsamste Mensch auf der Welt.

***

Janna Weissmann saß an ihrem Schreibtisch und hatte Tindras Notebook vor sich. Sie hatten es im Kleiderschrank in Tindras Zimmer gefunden. Der Akku war leer gewesen, was dazu geführt hatte, dass im Arbeitsspeicher Daten verloren gegangen waren. Es würde sicher schwer sein, die Informationen wiederherzustellen, aber Janna hatte immerhin schon feststellen können, dass Tindra viel Zeit auf Facebook verbracht hatte.

Janna betrachtete ihr Spiegelbild im Bildschirm. Folgte den dichten Augenbrauen, die sich in schwungvollen Bögen über den Augen wölbten. Sie hatte die Farbe von ihrer Mutter geerbt, der ehemaligen jordanischen Botschafterin in Schweden. Ihre Körpergröße hingegen hatte sie von ihrem Vater. Ein fast zwei Meter großer Deutscher. Er hatte sich aus der Arbeiterklasse im damaligen Ostdeutschland hochgearbeitet und ein Pharmaimperium aufgebaut, dessen Hauptsitz sich in Stockholm befand.

Lange Zeit hatte die Familie im Ausland gelebt, doch als Janna auf die weiterführende Schule wechselte, schickten ihre Eltern sie auf ein Internat in Värmland. Von diesem Zeitpunkt an sahen sie sich nur noch in den Schulferien, wenn Janna ins Flugzeug nach Rom, Berlin oder Amman stieg – wo auch immer ihre Eltern sich eben gerade aufhielten.

Die Disziplin, die die Schulleitung verlangt hatte, war gnadenlos gewesen, es hatte feste Zeiten fürs Aufstehen, Essen und das Zubettgehen gegeben. Grausame Initiationsrituale waren ebenfalls ein Teil des Alltags gewesen. Das einzig Positive an dem Internat war, dass Janna dem Sport viel Zeit widmen konnte, ohne dass die Eltern etwas dagegen hatten. Sie hatte den Schulrekord sowohl über 50 Meter Schwimmen im Schmetterlingsstil als auch über 10 Kilometer Geländelauf gehalten.

Als ihre Eltern beide innerhalb von zwei Jahren verstarben, verspürte Janna mit einem Mal eine eigenartige Leere. Es war nicht etwa die Sehnsucht nach den Eltern, schließlich war die Distanz zu ihnen in den letzten Jahren groß gewesen. Vielmehr rührte das seltsame Gefühl von der ungewohnten Freiheit, plötzlich alles selbst entscheiden zu können, ohne Angst haben zu müssen, dass sie jemand für ihre Taten verurteilen würde.

Von diesem Zeitpunkt an würde niemand mehr die Stimme erheben und versuchen, sie umzustimmen. Und es würde auch niemand mehr erwarten, dass sie Medizin studierte und neue Arzneimittel erforschte. Sie war frei, ihre eigenen Entscheidungen zu treffen, frei, ihre Meinung zu sagen. Doch es war schwerer, als sie gedacht hatte. Janna seufzte tief und fuhr Tindras Notebook hoch. Ihre Finger flogen über die Tastatur. Jetzt musste sie versuchen, möglichst viele Informationen zu retten. Plötzlich quietschte die Bürotür.

»Darf ich reinkommen?«

Janna hielt mitten im Tippen inne und sah Melinda Aronsson in die Augen. Janna mochte es nicht, mitten in der Arbeit unterbrochen zu werden. Tatsächlich hatte sie schon mit dem Gedanken gespielt, ein »Bitte nicht stören«-Schild an ihrer Zimmertür aufzuhängen. Aber natürlich nickte sie jetzt. Es war immerhin die Staatsanwältin.

»Ich habe gar kein besonderes Anliegen, ich wollte mich nur kurz mit Ihnen unterhalten«, sagte Melinda Aronsson und ließ sich auf dem Stuhl neben Janna nieder.

Sie trug ein cremeweißes Kleid, darüber eine dünne Strickjacke. Ihre Prada-Sonnenbrille hatte sie sich in die Haare gesteckt. Dass Melinda Aronsson eine sehr engagierte Staatsanwältin war, war allgemein bekannt. Sie nahm an allen Statusmeetings teil und las abends zu Hause die Protokolle der Vernehmungen. Janna bevorzugte es, wenn sie weitestgehend selbstständig arbeiten konnte und die Staatsanwaltschaft sich in der Kammer aufhielt, um bei Bedarf den Telefonhörer abzunehmen. Aber das war nicht Melindas Stil.

Janna tippte weiter.

»Wie läuft es bei Ihnen?«, fragte Melinda Aronsson und beugte sich vor zum Bildschirm, wobei sie näher an Janna heranrutschte.

»Ich rekonstruiere Fragmente aus Tindras Aktivitäten in den

sozialen Medien«, erklärte Janna und rückte etwas zur Seite. »Das ist nicht gerade leicht, aber ich komme voran.«

Janna hatte immer ein komisches Gefühl, wenn Melinda in der Nähe war. Es fiel ihr schwer, es zu beschreiben, sie hatte es tatsächlich schon mehrfach versucht. Vielleicht lag es daran, dass Melinda gern Fragen über Jannas Privatleben stellte. Mehrmals hatte sie Janna schon vorgeschlagen, nach der Arbeit noch etwas trinken zu gehen, damit sie sich als Kolleginnen etwas besser kennenlernten. Janna hatte nur wenige Freunde. Ihre engste Freundin wohnte in Stockholm und arbeitete als CEO in einem Unternehmen der Biochemiebranche. Sie sahen sich ein Mal im halben Jahr. Aber Jannas Problem mit Melinda hing wohl vor allem damit zusammen, welchen Einfluss die Staatsanwältin auf Johan Rokka hatte. Seit Melinda hier in Hudiksvall war, zeigte Rokka eine Tendenz, eher ihren Theorien zu folgen als denen anderer Kollegen.

Durchs geöffnete Fenster hörten sie, wie jemand vorbeiging und dabei mehr lallte als sang: »Abi, olé, olé, olé … We are the Champions, olé …«

Beide mussten grinsen, als sich mit den schlurfenden Schritten auch der Gesang entfernte. Doch ihre Gesichter wurden sehr bald wieder ernst.

»Es ist so tragisch«, sagte Melinda. »Wenn man sein Abiturzeugnis überreicht bekommt, dann hat man doch eigentlich sein ganzes Leben noch vor sich.«

Sie sah in die Ferne, und Janna musste an jenen Tag denken, der nun 17 Jahre zurücklag. An ihre Villa auf Djursholm. Den Empfang im großen Speisesaal. Die Bediensteten, die Essen auftrugen. Mutter und Vater, an je einem Kopfende des Tisches. Janna in der Mitte an einer der Längsseiten. Und dann die vierzig geladenen Gäste.

»Wie haben Sie Ihr Abitur gefeiert?«, fragte Melinda Aronsson.

»Zu Hause mit meinen Eltern im engsten Kreis«, antwortete Janna kurz angebunden, während sie gleichzeitig das Bild von den Kollegen des Vaters aus den höchsten Etagen einiger Wirtschaftsunternehmen und der Diplomatenfreunde der Mutter vor Augen hatte. Das unbequeme Kleid und die viel zu hohen Schuhe. Sie konnte heute noch spüren, wo die Pumps gedrückt hatten. Janna hatte als Klassenbeste abgeschnitten, was die Stimmung des Vaters beflügelt hatte. Das wiederum half ihr, den Abend zu überstehen.

»Sie hatten gute Noten, stimmt's?«, fragte Melinda, als könne sie Gedanken lesen.

Janna nickte. Doch sie erzählte Melinda nicht, wie ihr Vater die Gelegenheit genutzt hatte, um mit seinen eigenen guten Leistungen in der Schule zu prahlen. Wie er sich alles, was er erreicht hatte, hatte erkämpfen müssen, und dass es ihm nun eine wahre Freude sei, dass sein einziges Kind in seine Fußstapfen trete.

»Und selbst?«

»Meine Eltern hatten schon die vier Abiturfeiern von meinen Geschwistern hinter sich, als ich an der Reihe war, daher machten sie es sich einfach. Alles ließen sie kommen, Plastiktisch und -stühle, Sekt und ein italienisches Buffet. Von meiner großen Schwester habe ich im Nachhinein erfahren, dass mein Vater die Rede, die er auf mich hielt, nicht mal selbst geschrieben hatte. Es war ein schöner Empfang, aber ich hätte viel lieber Würstchen und von meiner Mutter selbst gemachten Kartoffelsalat gehabt.«

Die Enttäuschung, die Melinda bei dieser Erinnerung ins Gesicht geschrieben stand, war so deutlich sichtbar, dass Janna überlegte, wie sie sie auf andere Gedanken bringen konnte. Händeringend suchte sie nach einem neuen Gesprächsthema, doch dabei fiel ihr Blick wieder auf den Bildschirm, und sie gab noch ein paar Befehle ein. Plötzlich erschien ein Code auf dem Schirm, und Melinda kniff die Augen zusammen.

»Was haben Sie bislang finden können?«

»Ich konnte Bruchstücke einiger Chats auf Facebook wiederherstellen und habe gesehen, dass Tindra in letzter Zeit mit einigen Personen vermehrt Kontakt hatte. Mit ein paar Klassenkameraden und einer Cousine. Aber besonders auffällig ist, dass sie mit jemandem namens Tapric gechattet hat.«

»Tapric?«

»Ja«, bestätigte Janna.

»Schauen Sie mal«, sagte Janna, und Melinda rutschte so nah wie möglich an sie heran, um alles gut erkennen zu können.

[Tapric] ... an der Kreuzung Storgata und Södra Kyrkogata. Lass uns da treffen ...
[Tindra] ... <3 <3 <3 <3 ...

»Sie haben sich also verabredet«, sagte Melinda und kippte den Bildschirm etwas vor, um die Schrift besser lesen zu können. Dabei beförderte sie versehentlich einen Stift auf den Boden.

»Ich werde Facebook kontaktieren und um weitere Informationen bitten«, sagte Janna und beugte sich hinunter, um den Stift wieder aufzuheben. »Da wir es mit den USA zu tun haben, werden wir keine Infos über den Inhalt bekommen, aber vermutlich kriege ich über sein Profil etwas heraus. Tindra hatte auch einen Instagram-Account, aber da habe ich nichts Aufschlussreiches gefunden. Das Gleiche gilt für den Kik Messenger, aber die haben ihre Server in Kanada, was die Sache genauso erschwert. Ich hätte zu gern ihr Handy.«

Melinda saß immer noch da, die Hände krampfhaft am Notebook, den Blick auf den Bildschirm geheftet.

»Äußerst interessant«, sagte sie und stand auf. »Sorgen Sie dafür, dass die gesamte Arbeitsgruppe darüber informiert wird.«

***

Zum fünften Mal schlug Johan Rokka den Kopf gegen die Fliesen. Er befand sich in den Toilettenräumen der Polizeiwache, und ein säuerlich muffiger Geruch stieg ihm vom Abfluss hoch in die Nase. Der Journalist hatte Rokkas Überlegungen, ob es zwischen Fannys und Tindras Fällen einen Zusammenhang gab, noch einmal richtig ins Rollen gebracht, und nun musste er einen Moment alleine sein.

Draußen hörte er die Kollegen vorbeilaufen und die Stimme eines jungen Mädchens. Wahrscheinlich war das Tindras Freundin, die zur Vernehmung erschienen war. Rokka schloss die Augen und ließ sich auf den Linoleumboden sinken. Er drückte die Hände gegen die Stirn, um die aufkommende Übelkeit zu unterdrücken.

Der Besuch bei Jan Pettersson hatte ihn nicht weitergebracht, im Gegenteil, er hatte nur alte Wunden wieder aufgerissen, und nun quälte sich Rokka noch mehr, indem er die Zeit zweiundzwanzig Jahre zurückdrehte:

Er erinnerte sich, wie er das Weinglas gehoben hatte, um mit Fanny anzustoßen. Unter ihren Augen war die Mascara verlaufen, doch sie war schöner als je zuvor.

Ihre Klasse hatte beschlossen, das Abitur auf dem Köpmanberg zu feiern, obwohl es regnete. Fanny schwankte und suchte Halt bei ihm. Ihre weiße Abiturientenmütze fiel zu Boden. Sie kam näher. Ihr Gesicht direkt vor seinem. Ihre nackte Haut war von der Kälte gerötet, da zog er sie an sich, um sie zu wärmen. Er beugte sich zu ihr hinunter und berührte sanft ihre Lippen. Am liebsten hätte er sie mitgenommen. Wäre mit ihr nach Hause gefahren, hätte sich einfach mit ihr im Bett verkrochen. Und doch: Er war gezwungen zu fahren, er hatte es versprochen. Und es war schließlich das letzte Mal. Er wollte ernsthaft mit diesem Scheiß Schluss machen.

Er sah in ihre ehrlichen blauen Augen, die vor Freude strahlen sollten, aber …

»Johan … ich muss dir was erzählen«, sagte sie, und Rokka bemerkte, wie ihr Blick mit einem Mal ernst wurde. »Da ist etwas im Gange, das …«

Der Sekundenzeiger tickte. Mist, ihm lief die Zeit davon.

»Fanny«, sagte er langsam. »Ich muss jetzt los.«

»Warum?«, fragte sie. »Es ist doch mein Abiturfest.« Ihr Kloß im Hals war nicht zu überhören.

»Es dauert nicht lange, ich bin bald zurück. Ich muss nur einfach eine Sache für einen Freund erledigen.«

»Was treibst du da eigentlich?« Fanny ließ ihn los und machte ein paar Schritte zurück. Der Absatz des einen Schuhs gab nach, beinahe wäre sie hingefallen.

»Hast du jetzt auch vor, mich im Stich zu lassen und alles, woran ich glaube?«, schrie sie.

»Wie meinst du das?«

»Genau wie die anderen wichtigen Männer in meinem Leben.« Fanny schluchzte und rannte stolpernd davon.

Sie wusste, was da lief. Trotzdem ließ er sich nicht abhalten: Er ging zum Auto. Legte auf der Sonnenblende zwei Lines Speed aus. Versuchte, das Brennen in der Nase zu ignorieren, und sniefte. Ein paar Minuten später war er so weit.

Es würde schnell gehen, und es würde sich auch lohnen. Für das Lob. Die Bestätigung. Die Gemeinschaft. Er würde den Absprung ins normale Leben noch schaffen. Zu Fanny. Würde sie auch zukünftig lieben können, und dann für immer.

Wie hätte er auch ahnen sollen, dass er sie an diesem Abend zum letzten Mal gesehen hatte?

Es war schnell gegangen. Er war zu einem Typen nach Hause gefahren und hatte ihm erklärt, was passieren würde, wenn er seine Autoschulden nicht bezahlte.

Rokka war erst zwanzig Jahre alt, aber größer als die meisten anderen. Oft genügte es völlig, dass er auf der Bildfläche erschien. Aber dieses Mal nicht. Der Kerl hatte ihn mit der

Faust getroffen, direkt über dem Auge, das Blut spritzte aus der Braue. Rokka war ruhig geblieben. Hatte mit ihm gesprochen. Bis der die Pistole gezogen hatte. Der Typ hatte durchgeladen. Gezielt. Rokka hatte ein Messer gezogen. Als der Kerl anfing zu zittern, war Rokka zum Angriff übergegangen und hatte ihm einen Schnitt beigebracht. Vom Kinn über die Wange bis hinauf zur Stirn. Der Typ war sofort zurückgewichen. Hatte gesagt, er würde am nächsten Tag bezahlen. Es gab Gerüchte, dass der Kerl sich rächen wollte, weil er ihm das Gesicht entstellt hatte, aber Rokka hatte seitdem nichts mehr von ihm gehört oder gesehen. Ihm war zu Ohren gekommen, dass der Typ kurz darauf wegen schweren Menschenhandels ins Gefängnis gewandert war.

Die Autofahrt zurück zur Abifeier war ihm dann wie ein Flipperspiel vorgekommen. Vor seinen Augen blitzte es, und das Amphetamin ließ sein Herz mit dreifacher Geschwindigkeit schlagen, obwohl er sogar Rohypnol genommen hatte, um runterzukommen. Er hatte nur ein einziges Ziel: Fanny wieder in die Arme zu schließen. Als er zum Köpmanberg kam, fragte er nach ihr. Bekam als Antwort nur Schulterzucken. Manche dachten, sie sei nach Hause gegangen.

Als er auf den Weg abbog, der zu der gelben Jugendstilvilla führte, wurde er von zwei Scheinwerfern geblendet. Er kam nur Millimeter von dem Wagen entfernt zum Stehen. Die Sirene zerschnitt die Luft, und er hörte ein Dröhnen, das immer lauter wurde, als der Wagen vorbeifuhr. Er drehte sich um und sah, wie das Fahrzeug vor der Kreuzung die Geschwindigkeit drosselte. Rokka bemerkte noch, dass es ein Mercedes war, bevor der Wagen rechts abbog, beschleunigte und dann aus seinem Blickfeld verschwand.

Er erinnerte sich an seine Schritte zur Haustür. Wie er geklopft hatte. Fannys Mutter, die ihm geöffnet hatte. Sie erschrak, als sie die Platzwunde an seiner Augenbraue sah. Er blieb mit etwas Abstand stehen, damit sie nicht merkte, wie high er war. Aber als er ihr erzählte, dass er Fanny nicht finden konnte, sah Ann-Margret völlig entspannt aus und meinte noch, er solle sich keine Sorgen machen. Dass sicher alles in Ordnung sei. Wie konnte sie nur so ruhig bleiben, obwohl ihre Tochter nicht nach Hause gekommen war? Er raste zurück zum Auto. Fuhr durch die Gegend. Jede Straße, jeden Feldweg suchte er ab. Schlief am Ende mit dem Kopf auf dem Lenkrad ein.

Er musste an den darauffolgenden Tag denken. Jan Petterssons gerötetes, verheultes Gesicht an der Tür. Als er die Worte aussprach:

Fanny. Ist. Verschwunden.

Es waren drei Worte, die alles Mögliche hätten bedeuten können. Dass sie bei einem Freund übernachtet hatte. Dass sie runter zum Meer gegangen und am Strand eingeschlafen war. Dass sie bald wieder zu Hause wäre. Aber heute bedeuteten diese drei Worte, dass sie jetzt schon über zwanzig Jahre fort war.

Rokka drehte den Hahn auf und spritzte sich kaltes Wasser ins Gesicht. Immer und immer wieder, bis er und der Boden komplett nass waren. Er sah sich im Spiegel an, aber brachte es nicht fertig, sich selbst in die Augen zu sehen. Mit dem T-Shirt trocknete er sein Gesicht ab, dann schloss er die Tür auf und ging.

7

Die Rehaklinik Backen lag am See Lillfjärden, hübsch eingebettet zwischen zwei grünen Hügeln. Das Gebäude war weiß, hatte ein braunes Dach, und am Weg zum Haupteingang standen sehr gepflegte Rosenstöcke Spalier. Hier war Fannys Mutter, Ann-Margret Pettersson, untergebracht.

Sie saß in ihrem Zimmer im Sessel mit dem Rücken zum Fenster. So konnte sie den Raum überblicken. Die Wände waren schimmernd weiß gestrichen. In den Fenstern hingen lange, durchscheinende Vorhänge. Natürlich auch weiß. Der Bettüberwurf war weiß, ebenso das Lammfell, auf dem sie saß. Hätte sie sprechen können, hätte sie sicherlich um ein bisschen mehr Farbe gebeten, wenigstens bei einem der Dekokissen. Das Zimmer war das größte im Haus. Das lag daran, dass Jan Pettersson, ihr Mann, die Rehaklinik Backen schon ein paar Monate nach dem Unfall gekauft hatte.

Bei dem Sturz auf der Treppe hatte Ann-Margret sich eine Fraktur der oberen Halswirbel zugezogen. Teile der Wirbel drückten aufs Rückenmark, und von diesem Tag an war sie von den Armen abwärts gelähmt. Als wäre das nicht schon genug gewesen, hatte sie auch noch einen Schlaganfall erlitten, der ihr Sprachzentrum in Mitleidenschaft gezogen hatte. Deswegen konnte sie sich mittels Sprache nicht mehr verständlich machen. Expressive Aphasie lautete die Diagnose.

Anfangs hatte sie panisch reagiert. Im Kopf glasklar, hatte sie genau gewusst, was sie sagen wollte, doch es war ihr unmöglich gewesen, die richtigen Worte zu finden. Sehr oft bekam sie kein einziges Wort zustande. Und wenn die Worte dann kamen, verstand keiner, was sie damit meinte. Die Leute starrten sie nur ratlos an. Versuchten, für sie mit zu reden, um ihr zu helfen, doch das machte die Lage nur noch schlimmer, bis die anderen endlich verstanden, dass sie besser damit aufhörten. Es war jetzt schon lange her, dass sie aufgegeben hatte. Mittlerweile fiel es ihr schon schwer, zu nicken oder den Kopf zu schütteln. Notgedrungen hatte sie sich mit dem Stummsein angefreundet.

Ann-Margret sah hinüber auf die Uhr, eine runde Wanduhr mit schwarzen Ziffern und Zeigern. Es war zwei Uhr nachmittags, und in der nächsten Minute würde es an der Tür klopfen und eine Schwester, vermutlich Liselott, würde hereinkommen. Sie würde die Tür öffnen und einen großen Schritt zur Seite tun, um Jan Pettersson, Ann-Margrets Mann, Platz zu machen.

Der Grund, warum sie haargenau wusste, wie diese Prozedur vonstattengehen würde, war, dass es der Jahrestag von Fannys Verschwinden war. Ann-Margret wusste im Voraus, dass Jan ins Zimmer kommen, ums Bett herumgehen und sich dann auf die Kante setzen würde. Und das mit diesem trostlosen Gesichtsausdruck, so wie immer.

Als Erstes würde er ihren Namen aussprechen. So als wären sie sich nach gut vierzig Ehejahren fremd. Dann würde er alles, was geschehen war, noch einmal Revue passieren lassen. Dass Fanny auf diese verfluchte Abifeier gegangen war. Dass sie diesen Nichtsnutz als Freund gehabt hatte. Dass die Polizei so inkompetent gewesen war und sie nicht hatte ausfindig machen können. Was Jan noch immer nicht zu verstehen schien, war, dass die Polizei durchaus recht haben könnte. Dass Fanny aus freien Stücken verschwunden war, wogegen man gar nichts hätte unternehmen können, da sie bereits volljährig war.

Fanny war auch früher schon verschwunden. Als sie drei war, hatte sie sich auf ihr Dreirad gesetzt, das weiße Gartentor geöffnet und war davongeradelt, ohne dass es jemand bemerkt hatte. Zu der Zeit waren noch nicht sehr viele Autos im Viertel unterwegs gewesen, und der Strand war durch einen Zaun abgetrennt. Deshalb hatte Ann-Margret die Ruhe bewahrt, während Jan sofort alle Nachbarn und die Polizei informiert hatte.

Eine halbe Stunde später hatte Fannys Großmutter angerufen. Sie wohnte im größten Jugendstilhaus in der Gegend, nur ein paar Hundert Meter entfernt, und hatte Fanny gefunden. Fanny hatte mitsamt ihren zehn Barbies in der Speisekammer gehockt. Sie hatten ja kein Geld, um sich etwas zu essen zu kaufen, deshalb wollte sie ihnen helfen, das war Fannys Erklärung gewesen.

In diesem Stil hatten sich die Unternehmungen ihrer Tochter fortgesetzt. Als Sechzehnjährige war sie in den Zug nach Stockholm gestiegen, ohne auch nur ein Wort darüber zu verlieren. Sie wollte ein paar Tierschützer in einem Katzenasyl in Hässelby unterstützen. In einem Artikel in der Tageszeitung hatte sie von der Geldnot dort erfahren, die der Grund war, dass man sich nicht ordentlich um die in den Sommerferien ausgesetzten Katzen kümmern konnte. Fanny tat ganz einfach das, was ihr in den Sinn kam, dachte Ann-Margret.

Fannys Verschwinden vor zweiundzwanzig Jahren hatte Ann-Margret ebenfalls mit Fassung getragen, auch wenn sie die Sehnsucht nach ihrer Tochter manchmal wie hundert Messerstiche im Körper spürte. Doch der Treppensturz und die darauffolgende Krankheit hatten bewirkt, dass Ann-Margret mit Einschränkungen, die anderen zu schaffen machten, besser umgehen konnte. Nicht mehr laufen zu können. Nicht sprechen zu können. Vielleicht lag es daran, dass es ihr viel leichterfiel als ihrem Mann, mit dem Leben ohne ihre Tochter zurechtzukommen.

Ann-Margret seufzte. Wenn Jan dann also genug über die Vergangenheit gejammert hatte, würde er den Kopf auf die Seite legen und sagen, wie stolz er sei, Fanny Henrietta Petterssons Vater zu sein. Weil sie ein enormes Gerechtigkeitsempfinden besaß und weil aus ihr sicher etwas Großes geworden wäre. Vielleicht wäre sie eines Tages Ministerpräsidentin geworden.

Ein kurzes Klopfen, und Ann-Margret sah auf. Die Tür sprang auf, und sie erblickte Liselotts hellen, sommersprossigen Arm.

Jan kam herein, das Sakko über der Schulter. Unter den Ärmeln seines Oberhemdes waren Schweißflecke zu sehen. Aus Erfahrung wusste sie, dass es dafür nur zwei Gründe geben konnte: Entweder war es draußen sehr warm, oder er hatte sich über irgendetwas aufgeregt. Und da die Meteorologen in letzter Zeit nie mehr als fünfzehn Grad angekündigt hatten und dazu Regen, ging sie davon aus, dass Letzteres der Fall war.

Er gab ein Stöhnen von sich, als er die Knie beugte und auf die Bettkante sank. Auch Jan Pettersson würde es zu spüren bekommen, wie es ist, wenn man nicht mehr alle Macht über seinen Körper hat, dachte Ann-Margret. Mit hängenden Schultern legte er das Sakko zur Seite. Seine Augen glichen denen eines müden alten Hundes.

»Ann-Margret«, begann er und seufzte.

Kurzum, außer ein paar Wehwehchen, die das Alter mit sich brachte, hatte sich in all den Jahren rein gar nichts geändert.

***

Das einzige Geräusch, das im Vernehmungsraum zu hören war, war das Ticken der Wanduhr. Janna Weissmann starrte auf den Sekundenzeiger, der ruckartig vorwärtssprang.

»Glauben Sie, dass er gleich kommt?«, fragte Rebecka Klint.

»Ja, absolut.« Janna konnte gut verstehen, dass Tindras Freundin nachhakte. Die Vernehmung hätte bereits vor zehn Minuten beginnen sollen.

Rebecka saß ganz weit vorn auf der Stuhlkante. Nervös strich sie über ihre schwarze Handtasche und zupfte an dem kleinen goldfarbenen Metallschild herum, auf dem das Logo aufgedruckt war. Marc Jacobs. Ein amerikanischer Designer, dachte Janna. Melinda Aronsson hatte die Gleiche, nur in Weiß.

Exklusive Handtaschen gehörten nicht zu den Dingen, die Janna sich leistete, auch wenn Geld für sie keine Rolle spielte. Das Vermögen, das ihre Eltern ihr als einziger Erbin hinterlassen hatten, belief sich auf mehrere Hundert Millionen Kronen. Janna hatte sich für jeden Monat einen gewissen Betrag zugeteilt, der es ihr ermöglichte, bis an ihr Lebensende gut auszukommen. Was übrig war, hatte sie an verschiedene Organisationen in Schweden oder in anderen Erdteilen gespendet, die sich um Vergewaltigungsopfer kümmerten.

Rebecka wurde unruhiger, sie griff nach ihrem Handy und wischte mehrmals über das Display, dann legte sie es fahrig wieder hin. Janna hatte sie schon kurz darüber aufgeklärt, dass Rokka die Vernehmung leiten würde, doch sie selbst als Zeugin dabei sei. Dann waren ihr die Gesprächsthemen ausgegangen. Nicht ohne Grund war sie Kriminaltechnikerin und IT-Forensikerin geworden. Da konnte sie sich in ihre vier Wände zurückziehen und sich darauf konzentrieren, Muster und versteckte Botschaften zu entschlüsseln, die außer ihr keiner fand. In den Vernehmungen war sie gern dabei, um das, was gesagt wurde, puzzleartig zusammenzusetzen, Hauptsache, sie musste das Gespräch nicht selbst führen. Sie rutschte auf dem Stuhl hin und her. Wo steckte Rokka bloß?

Als Rebecka ihre Handtasche wieder öffnete, um das Handy herauszunehmen, entschuldigte sich Janna kurz und stand auf. Da hörte sie endlich die vertrauten Schritte im Flur. Rokka kam herein, stellte sich breitbeinig hin und begrüßte Rebecka schnell. Janna starrte auf sein T-Shirt, das am Bauch feuchte Flecken aufwies.

»Wie geht's dir?«, fragte sie ihn. Er hatte ein hochrotes Gesicht und sah aus, als hätte er einen Zehn-Kilometer-Lauf hinter sich.

Als er sich über den Schädel fuhr, sah Janna auch die Schweißflecke unter seinen Armen.

»Jetzt sparen sie auch schon an den Papierhandtüchern«, erklärte er ärgerlich und nahm auf seinem Stuhl im Vernehmungsraum Platz.

Rebecka Klint sah sie mit großen Augen an. Ihr hübsches Gesicht war wie von einem Grauschleier verhangen, ihre Gesichtszüge wirkten wie versteinert. Krampfartig hielt sie ihr Handy fest.

»Alles okay?«, fragte er und legte die Hände auf die Tischplatte. Rebecka nickte wortlos, ihr Blick fixierte die Kanne Wasser, die auf dem Tisch stand.

»Es ist so schrecklich … Tindra war so gut drauf … und hat überhaupt nichts verbrochen.«

Sie schluchzte. Janna betrachtete das Mädchen, das sich auf dem Stuhl immer mehr zusammenkauerte.

»Wir versuchen gerade herauszufinden, was passiert ist«, sagte Rokka. »Wie die letzten Stunden vor ihrem Tod aussahen. Deshalb möchten wir dir ein paar Fragen stellen.«

Rebecka sah aus, als würde sie sich entspannen, zumindest ein kleines bisschen.

»Weißt du, warum Tindra nicht auf den Abiball gegangen ist?«

Rebecka schüttelte den Kopf. »Ich hab überhaupt keine Ahnung. Das war echt sonderbar.«

»Wie war eure Beziehung?«

»Wir … wir haben in letzter Zeit nicht mehr so viel miteinander gemacht.«

Rokka beugte sich vor. »Wie war das für dich?«

»Ich wollte das nicht. Wissen Sie, die ganze Zeit muss ich daran denken, ob es anders gekommen wäre, wenn ich sie angerufen hätte, als wir auf dem Abiball waren. Vielleicht hätte ich sie überreden können, noch zu kommen. Dann wäre sie jetzt vielleicht nicht tot.«

Rebecka fing an zu zittern, und Tränen kullerten ihr über die Wangen. Sie hielt sich das Handy vors Gesicht. »Sie fehlt mir so«, schluchzte sie.

Janna reckte sich nach einer Küchenrolle, die auf dem Fensterbrett stand.

»Weißt du, ob Tindra einen Freund hatte?«

»Wir Mädels hatten den Verdacht, dass sie jemanden kennengelernt hatte«, sagte sie zwischen den Schluchzern. »Aber wenn wir sie gefragt haben, reagierte sie nur genervt.«

»Wir wissen, dass Tindra Kontakt mit einer Person über Facebook hatte, er nennt sich Tapric.«

Rebecka hörte auf zu schniefen und sah die beiden an. Eine Falte grub sich zwischen ihre Augenbrauen.

»Noch nie gehört den Namen.«

Sorgfältig tupfte sie sich die Wangen mit dem Haushaltspapier ab.

»Tindras Eltern geben an, dass ihr beide euch in den letzten Monaten wie gewöhnlich verabredet und getroffen habt, aber das stimmt offenbar nicht ganz?«

Rebecka schüttelte den Kopf.

»Kannst du dich noch erinnern, seit wann Tindra auf Abstand ging?«

Rebecka heftete ihren Blick auf etwas in der Ferne.

»Das ging schon im Winter los«, erklärte sie. »Wir hatten die Weihnachtsfeier mit der Cheerleading-Gruppe, und danach wollten einige von uns noch zu *McDonald's* fahren.«

»Zu *McDonald's*?«

»Ja, da haben wir immer gechillt, weil wir in die Clubs noch nicht reinkamen, aber Tindra wollte nicht mit. Das passte gar nicht zu ihr, sonst war sie immer für alles zu haben gewesen.«

»Weißt du, was sie stattdessen gemacht hat?«

Rebecka rutschte hin und her.

»Nach dem Weihnachtsessen verkündete sie, dass sie jetzt

losmüsse und dass sie abgeholt würde. Ich fand es merkwürdig, dass sie so früh ging, und ich …« Rebecka zögerte für einen Moment, dann sah sie beschämt auf. »Ich bin ihr hinterhergeschlichen.«

»Und was hast du gesehen?«

»Sie ist die Treppe runtergerannt. Da bin ich noch nicht hinterher, ich wollte ja nicht, dass sie mich sieht. Aber als ich an der Tür stand, sah ich, wie sie in ein Auto stieg. Es war schwarz, vielleicht auch blau. Es war ja schon dunkel, deswegen konnte ich es nicht genau erkennen.«

»Hast du die Automarke feststellen können?«

Rebecka schüttelte den Kopf.

»Hattest du den Wagen denn schon mal gesehen?«

»Nein, noch nie. Tindras Mutter hat sie immer gefahren, aber die Autos von den Eltern sind beide silberfarben. Ich wollte auch nicht nachfragen, sonst hätte sie ja gemerkt, dass ich ihr nachgelaufen bin.«

Rebecka sah sie resigniert an.

»Danke, du kannst jetzt gehen«, sagte Rokka. »Aber wenn dir noch irgendetwas einfällt, melde dich bei uns.«

Rebecka nickte und griff nach ihrer Handtasche. Sie stolperte in ihren Ballerinas, als sie auf die Tür zuging. Bevor sie das Zimmer verließ, drehte sie sich um und winkte.

Die Tür fiel ins Schloss, und Janna fasste die Informationen, die sie gerade erhalten hatten, kurz zusammen. Es war offensichtlich, dass Tindra irgendetwas hatte verbergen wollen, sowohl vor ihren Eltern als auch vor ihren Freunden.

***

»Wer hat hier verdammt noch mal vor uns gehockt?«

Johan Rokka kam ins Besprechungszimmer und sah sich um. Es war stickig, und es müffelte, eine Mischung aus süßem Parfüm und Schweiß. Warum mussten sie immer in Räumen ohne Klimaanlage arbeiten, und das mitten im Sommer? Jetzt würde sich der Gestank mit den Ausdünstungen, die von ihm selbst und vier weiteren Personen abgesondert wurden, mischen. Der Ermittlungsleiter aus Gävle hatte den Job inzwischen an sie abgegeben, jetzt mussten sie alleine zurechtkommen.

»Wir müssen uns alle in Tindras Bekanntenkreis vornehmen, die ein dunkles Auto fahren«, sagte Bengtsson, nachdem Rokka kurz über die Vernehmung von Rebecka Klint Bericht erstattet hatte. »War es ein großes oder kleines Auto?«

»Sie wusste es nicht«, antwortete Rokka und schüttelte ratlos den Kopf. »Es wird schwer sein, dieser Spur nachzugehen.«

»Sie traf sich mit jemandem, der sich Tapric nennt und einen dunklen Wagen fährt«, sagte Bengtsson und schüttelte über ihre eigene Zusammenfassung nur den Kopf. »Jemandem, mit dem sie mehr Spaß hatte als auf dem Abiball oder beim Cheerleading.«

»Telia hat das Handy orten können«, fuhr Rokka fort. »Es wird zurzeit nicht benutzt und war zuletzt bei dem Sendemast eingewählt, der dem Köpmanberg am nächsten ist.«

»Dann ist wohl anzunehmen, dass es sich noch dort irgendwo befindet, falls der Täter es nicht an sich genommen hat«, sagte Bengtsson. »Wir müssen weitersuchen.«

»Oder es liegt im Wasser«, sagte Janna. »Können wir danach tauchen lassen?«

»Ich möchte gern, dass wir mit solchen Maßnahmen noch abwarten«, erwiderte Melinda prompt.

Rokka sah Melinda an und fragte sich, warum sie nicht einen Tauchgang abnicken konnte, doch dann fielen ihm wieder die Unterlagen ein, die er in der Hand hielt.

»Weil es sich hier um einen Mord an einem jungen Menschen handelt und es bisher keinen Verdächtigen gibt, ist unser Fall beim Kriminaltechnischen Institut vorgezogen worden, und die Spuren, die gefunden wurden, sind interessant«, sagte er und blickte in die Runde. »Wir konnten sehr große Mengen DNS sichern und haben damit auch Kern-DNS, die sehr hohe Beweissicherheit liefert, falls wir einen Verdächtigen finden.«

»Sobald wir einen Verdächtigen finden, willst du wohl sagen«, entgegnete Melinda und tippte mit ihrem Stift auf den Notizblock, der vor ihr lag. »Was sagt der Bericht noch?«

Rokka zwinkerte ihr zu.

»Okay. Als Erstes wäre da das Sperma …«, sagte er zögerlich.

Alle am Tisch spitzten die Ohren. Almén lutschte an seinem Hustenbonbon, und Hjalmar starrte an die Decke. Melinda beugte sich über ihren Block und schrieb alles mit.

Rokka fuhr fort: »Darüber hinaus haben sie Haare von sechs verschiedenen Personen gefunden, die nicht von der Person stammen, die das Sperma hinterlassen hat. Und es ist bemerkenswert, dass man von jeder dieser Personen etwa zehn bis zwanzig Haare identifizieren konnte.«

Melinda hielt inne beim Schreiben, aber sah nicht auf.

Hjalmar starrte plötzlich geradeaus.

»Was?«, fragte Almén und hustete. »Was hat sie da getrieben?«

»Das ist noch nicht alles«, erklärte Rokka weiter. »Das blutige Sekret, das wir in Tindras Gesicht sicherstellen konnten, stammt von einer weiteren Person.«

Er konnte sehen, wie die Rädchen in Jannas Kopf rotierten.

»Das bedeutet gesicherte DNS-Spuren von acht verschiedenen Individuen«, fasste sie die Informationen zusammen. »Passt irgendeine DNS zu registrierten Daten in unserer Datenbank?«

Rokka kniff die Lippen zusammen und schüttelte den Kopf.

Mit dem Schweigen um den Tisch stand die Luft still.

***

Ein Song von Avicii dröhnte aus den Lautsprechern in der leeren Sporthalle. Rebecka Klint saß auf einer Bank und lehnte sich gegen die Sprossenwand hinter ihr, versuchte nach der Vernehmung auf andere Gedanken zu kommen. Sie hatte nur wirres Zeug gefaselt und war vermutlich überhaupt keine Hilfe gewesen. Sie stülpte sich die Kapuze ihres rosafarbenen Pullis über den Kopf, zog die Knie an und umschlang sie mit den Armen.

Wenn sie die Augen schloss, war alles wie früher. Sie konnte sich selbst sehen, wie sie über den grünen Boden tanzte. Ganz in die Musik versunken, mit dem Gefühl, dass alles in Ordnung war. Neben ihr Tindra. Und auf der anderen Seite und hinter ihr die anderen Mädchen. Die Arme in die Höhe gestreckt, dann gerade nach unten. Ein Sprung, die Beine durchgestreckt. Eine Drehung nach rechts, dann eine nach links. Sie hatten gerade eine neue Choreografie einstudiert, und zum ersten Mal tanzten sie alle Kombinationen hintereinander weg. Nach dem Sommer würden sie an den Schwedischen Meisterschaften teilnehmen. Jetzt ohne Tindra.

Sie schlug die Augen auf und starrte ins Leere, Unfassbare. Eine Woche zuvor war Tindra noch hier gewesen. Sie hatte nicht trainiert, sondern gesagt, sie habe Knieschmerzen. Doch sie hatte auf derselben Bank gesessen, auf der Rebecka jetzt saß, und den anderen zugesehen. Viel hatte sie nicht gesagt, was Rebecka geärgert hatte. Ehrlich gesagt war Rebecka ziemlich wütend gewesen, weil Tindra in der letzten Zeit so komisch gewesen war. Außerdem hatte sie die Halle noch vor Trainingsende wieder verlassen.

Heute schaute sie einem von den Titelseiten der Zeitungen entgegen. Wohin man auch kam, überall sah man das Foto von Tindra, darüber unheilvolle Schlagzeilen in fetten, schwarzen Lettern. Alles war so sinnlos. So bedeutungslos.

Rebecka blätterte die Bilder in ihrem Handy durch, kam zu den Fotos vom Winter. Tindra und sie waren auf jeder

Aufnahme zu sehen. In der Grundschule hatten sie sich kennengelernt. Seit dem ersten Schultag hatten sie an einem Tisch gesessen, ganz vorn im Klassenzimmer. Mit Neid in den Augen hatte Rebecka Tindras rosa Block angesehen, und am kommenden Tag hatte Tindra einen zweiten Block dabeigehabt und ihn Rebecka geschenkt. Ein rosa Glitzerstift war auch dabei gewesen. Sie habe ganz viele davon, hatte sie erklärt.

Tindra war der großzügigste Mensch, den Rebecka kannte. Oder gekannt hatte, dachte sie und spürte wieder die Tränen aufsteigen. Rebecka wusste, dass Tindra immer ziemlich viel Geld bekommen hatte, sowohl von ihrem Vater als auch von ihrem Großvater. Trotzdem hatte sie sich nicht wie ein verwöhntes Gör benommen, das nichts abgeben wollte. Sie hatte Rebecka Kleider geschenkt, die sie selbst nur ein paarmal getragen hatte. Und in den Pausen hatte sie oft alle Mädels in die Schulcafeteria eingeladen.

Rebecka legte das Handy hin und ließ den Tränen freien Lauf. Auch wenn Tindra und sie sich in der letzten Zeit auseinandergelebt hatten, würde Tindra in ihrem Herzen für immer und ewig ihre beste Freundin bleiben.

Draußen hörte sie Schritte und sah hinüber zur Tür. Einer von den Kickboxern stand dort, dieser süße Latinotyp. Wie hieß er noch? Sie konnte sich nicht erinnern. Als er sie erblickte, hob er die Hand und winkte, dann ging er weiter. Trotzdem war es sonderbar. Sie begegneten sich mehrmals in der Woche, und dennoch wusste sie kaum, wer da auf der anderen Seite des Gebäudes trainierte.

Mit einem Mal verstummte die Musik. Rebecka hörte Schritte aus dem Abstellraum, wo sich auch die Musikanlage befand. Es war Lotta, ihre Trainerin. Wie üblich trug sie schwarze Tights und Sweatshirt mit einem Motiv aus glitzernden Pailletten. Ihre Haare hatte sie zu einem Knoten zusammengebunden, und ihre hohen Augenbrauen sahen frisch gefärbt aus.

»Willst du lieber allein sein?«

Sie kam auf die Bank zu, auf der Rebecka saß. Rebecka schüttelte den Kopf.

»Ich muss die ganze Zeit denken, sie wird gleich durch diese Tür kommen.«

Lotta nahm neben ihr Platz.

»Ich weiß«, sagte sie und legte Rebecka tröstend den Arm um die Schultern. Rebecka sah, wie ihre Augen feucht wurden und sie zwinkerte, um zu verhindern, dass die Tränen ihr über die Wangen liefen.

»Ich weiß noch genau, wie ich euch kennengelernt habe, das muss jetzt etwa zehn Jahre her sein«, sagte Lotta. »Ihr saht aus wie Zwillinge mit euren weißen Strumpfhosen und Tüllröckchen. Seid wild herumgesprungen und hattet mehr Spaß daran herumzualbern, als zuzuhören, welche Bewegungen ihr lernen solltet.«

Rebecka erinnerte sich daran, als wäre es gestern gewesen. Tindra hatte immer neue Ideen gehabt. Wie damals, als sie in die achte Klasse gingen und Tindra einfiel, auf den Bretterzaun zu klettern, um Rebeckas Nachbarn zu beobachten, den attraktivsten Jungen der ganzen Schule. Rebecka war hinuntergefallen, hatte den halben Zaun mitgerissen und sich dann noch das Knie an einem rostigen Nagel verletzt. Der Nachbar war herausgerannt und hatte wissen wollen, was passiert war, doch die Mädchen hatten sich vor Lachen kaum halten können, obwohl das Blut aus der Platzwunde an Rebeckas Knie förmlich heraussprützte.

Rebecka betrachtete ihr Bein und fuhr mit dem Finger die mehrere Zentimeter lange Narbe entlang. Sie hatte sich dafür immer geschämt, aber jetzt kam sie ihr fast wie eine der schönsten Erinnerungen an die Zeit mit Tindra vor.

Sie schluchzte auf und begann in ihrem Handy nach einem ganz bestimmten Bild zu suchen. Sie hatte es im Winter aufgenommen, vor dem Training. Außer einer verschwommenen

Figur im Hintergrund war Tindras Gesicht das Einzige, was dort zu sehen war. Sie streckte die Zunge raus, doch ihre Augen lachten. Rebecka strich über das Display. Das war ihr Lieblingsbild von Tindra, denn sie sah darauf so lebendig aus. Und jetzt war sie nicht mehr da! Nur weil irgendein widerwärtiger Mensch beschlossen hatte, dass sie sterben musste.

Plötzlich lief Rebecka ein eiskalter Schauer über den Rücken. Noch einmal betrachtete sie das Foto, sah Tindra in die Augen, als könnten sie sprechen. Warum hatte Tindra etwas vor ihr zu verbergen versucht? Was war so geheim, dass sie es nicht einmal ihrer besten Freundin erzählen wollte?

***

»Woran denkst du?«

Rokka sah auf, als Melinda plötzlich in der Tür zu seinem Büro auftauchte, an den Türrahmen gelehnt und eine Hand auf der Hüfte. Ihr graues Kleid war streng, wie es sich für eine Staatsanwältin gehörte, verriet aber dennoch jeden Millimeter ihrer Figur. Er konnte nicht sicher sagen, ob er sie im Moment irritierend neugierig fand oder irritierend attraktiv.

Und viel besser kannte er Melinda als Mensch auch nicht. Wenn man davon absah, was sie ihm mal nach einigen Gläsern Wein erzählt hatte: dass sie ein Nachzügler in einer fünfköpfigen Kinderschar war, ein Unfall, den der Vater gern ungeschehen gemacht hätte. Doch die Mutter hatte sich durchgesetzt, und so wurde Melinda geboren.

»Du kennst das doch«, antwortete er und musterte sie dabei von oben bis unten. »Der Kopf rotiert. Man versucht, irgendwelche Muster zu erkennen, aber im Moment sehe ich gar nichts.«

»Ich weiß genau, wovon du sprichst«, sagte sie und kam ein paar Schritte auf ihn zu.

»Ich überlege, was die vielen DNS-Spuren zu bedeuten haben«, fuhr Rokka fort. »Könnte es sein, dass Tindra auf einem Fest war, das etwas ausgeufert ist?«

»Schon möglich«, sagte Melinda. »Du meinst, ein etwas intimes Fest?«

Sie strich sich eine Haarsträhne hinters Ohr. Rokka nickte.

»Es deutet alles darauf hin, dass wir es mit einem Einzeltäter zu tun haben, aber vielleicht gibt es mehrere Beihelfer.«

Melinda trat näher.

»Weißt du was«, sagte sie. »Ich finde, du machst hier einen großartigen Job. Aber in letzter Zeit hat es den Anschein, als ob du mit den Gedanken woanders bist – bei einer Sache, die nichts mit dem Fall zu tun hat.«

Sie legte ihre Hand auf seine Schulter. Leicht wie eine Feder und nur für einen kurzen Augenblick. Dennoch fühlte er sich wie elektrisiert. Er sah zu ihr hoch. Sein Blick war ernst, eindringlich.

»Das ist möglich«, sagte er und holte seine Log-in-Karte heraus, steckte sie in den PC und gab den sechsstelligen Code ein. Melinda kam noch näher heran, sodass er die Wärme ihres Oberschenkels an seinem Arm spüren konnte. Er starrte auf den Bildschirm und startete das Datenprogramm der Polizei, um sich einen Überblick über den Stand der Ermittlungen zu verschaffen. Er klickte alles durch. Überprüfte Fakten. Überlegte. Melinda machte Anmerkungen, nickte.

Dann loggte er sich aus und zog die Karte wieder aus dem Computer.

»Willst du mir erzählen, was du auf dem Herzen hast?«

Plötzlich liebkoste sie mit dem Zeigefinger ganz zart seinen Nacken, ihm fuhr ein Schauer der Erregung den Rücken hinunter. Er schüttelte den Kopf. Wollte jetzt nicht mit der Geschichte von Fanny kommen, während sie ihn so berührte.

»Für mich als Staatsanwältin ist es von großem Vorteil, so eng mit euch zusammenzuarbeiten«, sagte sie und ging zur Tür. »Und wir dürfen nicht vergessen, dass der Täter noch einmal zuschlagen könnte.« Mit einer schnellen Handbewegung zog sie den Vorhang vor dem Fenster, das zum Flur hinausging, zu. Dann schloss sie die Tür ab. Rokka konnte die Gefühle nicht unterdrücken, die von seinem Körper Besitz ergriffen. Er begehrte sie, wollte mit ihr schlafen, und zwar hier und jetzt.

»Es ist wie gesagt ein eiskalter Typ, mit dem wir es zu tun haben«, sagte er und spürte plötzlich, wie sein Hals ganz trocken wurde.

»Und wie eiskalt bist du selbst?«

Die Frage traf ihn wie ein Peitschenschlag. Er wollte etwas antworten, doch bekam ausnahmsweise einmal kein Wort heraus. Sie strich über die Tischplatte, dann setzte sie sich darauf. Rokka holte tief Luft, und sie rutschte näher an ihn heran. Langsam legte er seine Hand auf ihr Knie. Streichelte ihr nacktes Bein. Ließ die Hand an ihrem weichen Oberschenkel aufwärtswandern, dann auf die Innenseite. Melinda zog an ihrem Kleid und spreizte die Beine, sodass er ihren weißen Spitzenslip sehen konnte.

»Ich weiß nicht …«, sagte er. »Was meinst du, wie eiskalt ich bin?«

»Komm«, sagte sie und nahm seine Arme. Sie zog ihn nach oben und drückte ihn an sich. Vor seinen Augen flimmerte es. Er wollte auf der Stelle mit ihr schlafen. Und alles vergessen, was ihn bedrückte.

»Ich will dich«, sagte er und beugte sich über sie. Küsste sie. Erst ganz vorsichtig, dann immer leidenschaftlicher. Sie schmeckte nach Lipgloss und Minze.

»Bist du dir sicher?«, fragte sie und stützte sich mit den Händen auf der Schreibtischplatte ab. Er hörte, wie sie Gegenstände zur Seite rückte, um sich besser festhalten zu können.

»Ich bin mir nie sicherer gewesen«, sagte er und griff an den Knopf seiner Hose. Öffnete ihn. Zog den Reißverschluss auf. Wollte raus aus der Hose. Doch dann spürte er zwei Hände an seinen Schultern. Was sollte das? Sie schob ihn von sich fort.

»Du weißt, dass ich dich mag«, sagte sie und strich ihm kurz übers Kinn. »Ich hoffe, wir … sehen uns bald wieder. Aber nicht hier.«

Ihre Berührung brannte wie ein glühend heißes Eisen auf seiner Haut, und er fuhr sich mit der Hand übers Kinn. Melinda griff nach ihrer Handtasche und schloss die Tür wieder auf. Ihre Absätze klackerten auf dem Boden, als sie auf den Gang hinauslief und die Postfächer ansteuerte.

»Es dauert nicht mehr lange, dann haben wir die richtige Spur, das hab ich im Gefühl«, rief sie munter. »Du hast übrigens Post.«

Sie grüßte einen Kollegen, der vorbeiging, dann steckte sie noch einmal den Kopf durch die Tür zu Rokkas Büro und warf ihm die letzten drei Ausgaben der Polizeizeitung zu. Rokka fing sie auf und sank wieder auf den Stuhl. Er lehnte sich zurück, sein Puls beruhigte sich langsam. Er lauschte ihren Schritten, wie sie im Flur verschwanden.

Zum Teufel mit ihr.

8

Ingrid Bengtsson schob die leere Schüssel über den Schreibtisch. Nicht ganz ohne Wehmut dachte sie daran, dass dies die letzte Portion Lammfrikadellen gewesen war, die sie hatte finden können. Sie hatte hinter einer Packung Spinat ganz hinten im Gefrierschrank gelegen. Tatsache war, dass sie genau das am meisten vermisste. Stigs Lammfrikadellen mit Spinat. In den letzten zehn Jahren hatte er sie jeden Freitag zubereitet, dann den Tisch mit dem guten Geschirr gedeckt und eine Flasche Wein aufgemacht. Er hatte immer auf Vorrat gekocht, sodass sie kleine Portionen ins Büro mitnehmen konnte.

Als sie wegen wiederkehrendem Sodbrennen ihren Hausarzt aufgesucht hatte, hatte er sie ermahnt, regelmäßiger zu essen, nicht nur einmal am Tag. Aber sie war nicht bereit, ihre Gewohnheiten aufzugeben, dann nahm sie lieber das Brennen in Kauf.

Ihre Gedanken kreisten um die aktuellen Informationen über die DNS-Spuren, die sie hatten sicherstellen können. Was sollte sie damit anfangen? Von allen Personen, mit denen Tindra in letzter Zeit in Kontakt gewesen war, Speichelproben zu nehmen, erschien ihr unmöglich.

Sie starrte die Jalousien an und fuhr mit der Hand über ihre Schulterabzeichen. Fünfundzwanzig Jahre hatte sie gebraucht, um so weit zu kommen. Fünfundzwanzig Jahre und eine Ehe.

Wegen der bevorstehenden Umstrukturierungen war sie ausgesprochen nervös. Veränderungen waren etwas Alltägliches, das war ihr nicht neu. Aber diesmal war es etwas anderes, es würden voraussichtlich tiefgreifende Einsparungen nötig sein. Aber für eine Kriminalkommissarin würde es doch wohl immer einen Platz geben, dachte sie. Oder? Sie hatte sich noch nie darüber Gedanken gemacht, was sie tun würde, wenn sie nicht bei der Polizei wäre. Vielleicht würde sie in die Politik gehen?

Sie musste an Rokka denken und die Gerüchte, die umgingen. Dass er für den neuen Job in Gävle im Gespräch war. Nach ihrer Auffassung war er dafür viel zu ungehobelt. Aber irgendwie schien den Leuten das zu gefallen. Obwohl: Was hatte er eigentlich vorzuweisen? Sie brachte immerhin fünf Jahre Erfahrung als Kommissarin mit. Er war nur Kriminalinspektor. Aber klar, er war ein Mann. Sie eine Frau und auch schon 57 Jahre alt.

Sie griff nach ihrem Handy. Die Größe des Geräts war noch immer ungewohnt für sie. Es fühlte sich fast wie ein kleiner Computer an, aber es war viel einfacher zu bedienen, als sie gedacht hatte. Sie blätterte zu der App mit der Flamme. Die hatte sie selbst installiert. Von der App hatte sie in der Radiowerbung gehört, die kam stündlich. Allein die Vorstellung, dass jemand herausfand, dass sie dort angemeldet war, trieb ihr den kalten Schweiß auf die Stirn. Und dass sie eine beträchtliche Stundenzahl ihrer Arbeitszeit damit verbrachte, männliche Singles im Netz zu checken.

Es erklang ein Signalton, und sie sah sich erschrocken um. Nahm die geschlossene Tür ins Visier. Schielte verstohlen zu den heruntergelassenen Jalousien hinüber. Dann warf sie einen Blick aufs Display.

[Krimmo69] hatte ihr eine Nachricht geschickt. Nicht zum ersten Mal. Seine Art, sich auszudrücken, fand sie faszinierend. Er schien ein Mann von Welt zu sein. Schnell überflog sie, was er geschrieben hatte. Kicherte und schrieb zurück.

Plötzlich hörte sie energisches Klopfen an ihrer Tür. Die Türklinke senkte sich, die Tür sprang auf, und Rokka stand vor ihr. Sie zuckte, als sie bemerkte, dass er an seinen Hosenstall griff und den Reißverschluss hochzog. Konnte er das nicht tun, während er noch auf der Toilette war, hinter verschlossenen Türen?

»Wie schätzen Sie die Lage ein?«, fragte sie und schaute wieder zurück auf ihr Handydisplay.

»In der Szene wird bald das Gerede losgehen«, meinte Rokka. »Besonders wenn mehrere beteiligt sind. Irgendwo hockt einer auf mehr Informationen.«

»Mmmh«, sagte sie und rief die Abendnachrichten auf. Der *Abiturientinnenmord* stand ganz oben in der Headline, und sie klickte weiter. Was da geschrieben wurde, waren sowieso nur Spekulationen.

»Ich hab das Gefühl, Sie hören mir nicht zu«, sagte Rokka.

Bengtsson seufzte und sah kurz zu ihm auf, bevor ihr Blick erneut auf das Display fiel.

»Wie Sie wissen, befinden wir uns hier im Wettlauf mit der Zeit«, hörte sie Rokka sagen. »Beweise können zwischenzeitlich vernichtet werden, und falls es mehrere Beteiligte gibt, bekommen sie Zeit, sich abzusprechen.«

»Selbstverständlich«, antwortete Bengtsson und blätterte wieder zu dem kleinen weißen Rechteck mit der orangen Flamme. In der Ecke tauchte eine eingekringelte Eins auf. Sie wusste, was das zu bedeuten hatte. Sie hatte eine Nachricht bekommen.

»Wir haben ja schon mal über verurteilte Täter gesprochen«, fuhr Rokka fort. »Ich habe vor, nach Hall zu fahren, um mit Peter Krantz zu sprechen.«

Sie legte ihr Handy auf den Tisch und blickte Rokka an. Schon frühzeitig hatte sie einsehen müssen, dass Rokka die ungewöhnliche Gabe hatte, die gleiche Sprache wie die Kriminellen zu sprechen. Er konnte sie dazu bringen, zu erzählen, wer wen kannte und welche Pläne sie in den Haftanstalten geschmiedet hatten, in denen sie eingesessen hatten. Trotzdem spürte sie Verärgerung aufkommen.

Sie schob ihre Lesebrille auf die Stirn und setzte an: »Es klingt nicht gerade naheliegend, dass er über Informationen verfügt, die uns nützen könnten, außerdem kostet das viel zu viel Zeit. Wir müssen unsere Energie da einsetzen, wo sie am effizientesten ist.«

»Ich höre, was Sie sagen, und verstehe, wie Sie denken. Aber ich bin trotzdem nicht Ihrer Meinung. Peter Krantz hat eine Frau vor den Augen ihrer Kinder erschossen. Und seine Mutter zerstückelt. Jetzt sitzt er mitten im Informationsfluss zwischen den ganzen anderen Traumschwiegersöhnen in Hall.«

»Sie müssen mich nicht belehren«, erwiderte Bengtsson und spürte Wut in sich aufkeimen.

»Dann wüsste ich gern, ob Sie eine bessere Idee haben.« Rokka beugte sich über den Schreibtisch.

Bengtsson konnte es sich nicht verkneifen, auf ihr Handy zu linsen. Im Hintergrund hörte sie ihn weiterfaseln, von Werttransportüberfällen, dreifachen Mördern und anderen, die seiner Meinung nach etwas über Tindra gehört haben könnten. Ihre Wut wuchs immer mehr. Hatte er sie eigentlich nicht verstanden?

»Die Kriminaltechniker müssen ganz einfach noch einmal los, um das Handy zu finden«, sagte sie und konnte es nicht lassen, die Nachricht aufzurufen. Sie war so neugierig, was er geschrieben hatte. Konnte Rokka nicht einfach Ruhe geben und gehen?

»Wissen Sie eigentlich, dass Hjalmar, Almén und Janna in der Cafeteria grad einen flotten Dreier schieben?«

Bengtssons Kopf schoss in die Höhe. »Wie bitte?«

»Jetzt machen Sie endlich mal diese Dating-App aus«, sagte Rokka verärgert.

Bengtsson knallte ihr Handy auf den Tisch. Woher wusste er, was sie da tat? Sie spürte, wie ihre Wangen rot wurden. Dass er den Leuten in seinem Umfeld gern mal ans Bein pinkelte, hatte sie gleich gemerkt, als sie ihn kennengelernt hatte.

Als er seine ersten Ermittlungen hier in Hudik leitete, hatte er die Journalisten mit einer sexuell überaktiven Affengattung verglichen. Natürlich lag er damit nicht völlig falsch. Aber trotzdem hätte man andere Worte finden können. Und jetzt hatte er die Grenze schon wieder überschritten. Sie stand so eilig auf, dass ihr Bürostuhl nach hinten rollte.

»Lieber Herr Rokka«, sagte sie so energisch wie möglich. »Ich kann es genauso gut jetzt ansprechen. Mehrere von uns fragen sich, wo Sie im Moment mit Ihren Gedanken sind. Es ist offensichtlich, dass Ihre Aufmerksamkeit jedenfalls nicht bei unserem Fall ist.«

Nebenbei bemerkte sie, dass das Handydisplay schon wieder aufblinkte.

»Und wo haben Sie Ihre Aufmerksamkeit, wenn ich fragen darf?«, erwiderte Rokka.

Bengtsson sah ihn bitterböse an und ließ das Handy in der Brusttasche verschwinden.

»Bei den Ermittlungen«, antwortete sie. »Und von Ihnen erwarte ich nichts anderes. Und ein für alle Mal – ein Ausflug nach Hall steht nicht zur Diskussion!«

***

Eddie Martinsson warf sich die Tasche über die Schulter und hörte die Tür hinter sich zuschlagen. Immerhin regnete es nicht, und die Luft war tausendmal besser als drinnen im Boxclub. Er ließ seinen Blick über den Kai wandern. Die Möwen kreischten, und ein einsames Segelboot schaukelte sanft auf dem Wasser. Ihm fiel der letzte Sommer ein, als er mit einem Freund zusammen das Motorboot von dessen Vater geliehen hatte. Der Daycruiser machte dreißig Knoten, und sie durften fahren, so lange sie Lust hatten. Alles war perfekt, bis Eddie versehentlich vor Hornsland auf Grund lief. Der Vater war vor

Wut förmlich explodiert, und der Freund hatte danach nichts mehr von sich hören lassen.

Der heutige Trainingstag war gut gelaufen. Allerdings hatte Eddie den Eindruck, dass der Trainerpatrik ihn ständig mit Argusaugen beobachtete. Er ließ ihn auch keinen Kampf kämpfen. Patrik hatte angeordnet, dass er Schlagserien mit Boxhandschuhen trainierte, und zwar gegen ihn. Eddie glaubte, dass er ihn nur kontrollieren und sicherstellen wollte, dass Eddie nicht wieder austickte.

Aber Patrik war mit dem Training am Ende sehr zufrieden gewesen. Er hatte gesagt, dass Eddie sich auf die richtigen Dinge konzentriert habe. Weder an seiner Technik noch an der Ausdauer gebe es etwas auszusetzen.

Eddie packte sein Handy aus und tippte Adams Nummer ein. Er wollte nachfragen, ob er etwas von dem Mord an Tindra Edvinsson gehört hatte. Total krank, dass so was in Hudiksvall geschah. Es klingelte, aber niemand nahm ab. Eddies Lust, nach Hause in die Wohnung zu fahren, war gleich null. Er steckte sich die Ohrstöpsel in die Ohren und drehte die Lautstärke auf, dann zog er sich die Kapuze über den Kopf.

Plötzlich bemerkte Eddie, wie jemand neben ihm auftauchte. Im Gleichschritt mit ihm lief, geradewegs durch die Pfützen. Eddie schielte zur Seite und spannte jeden Muskel seines Körpers an, er war vorbereitet. Den Typ hatte er noch nie gesehen. Er war mindestens zehn Jahre älter, hatte dunkle, kurz geschorene Haare und eine fette Silberkette um den Hals. Typisch Kanake, dachte Eddie und ging mit energischen Schritten weiter. Wer war der Kerl bloß?

Durch die Musik hörte Eddie den Typen etwas sagen, also nahm er die Ohrstöpsel aus den Ohren.

»Was hast du gesagt?«

»Du bist Eddie, stimmt's?«

Der Typ blieb stehen und schob die Sonnenbrille hoch. Sie

sahen sich an, und Eddie bemerkte, dass die Augen des anderen unterschiedliche Farben hatten. Das eine war hellblau, genau wie bei diesen Schlittenhunden in den Bergen, das andere jedoch dunkelbraun.

»Yo, man«, sagte Eddie und fragte sich, wer der Typ war. Der streckte die Hand aus, und Eddie erwiderte die Begrüßung.

Irgendwie hatte er so ein Gefühl, dass der Typ was zu sagen hatte und dass er nicht gleich abhauen sollte. Er wusste nicht, wo er hinschauen sollte, also schaute er überall und nirgends hin. Schließlich fiel sein Blick auf den Pullover des anderen, und da fiel der Groschen. Sein Blutdruck stieg, an seinen Schläfen pochte es. Er versuchte, das Emblem in Brusthöhe nicht anzustarren, aber es war schier unmöglich.

»Wir haben dich in letzter Zeit beobachtet«, sagte der Typ und legte ihm die Hand auf die Schulter. »Wir haben gesehen, dass es dir Spaß macht anzupacken. Dass du null Schiss hast.«

Eddie begriff es sofort. Die waren das gewesen, die ihn neulich bei dem Fight am Möljen beobachtet hatten. Vielleicht waren sie ihm auch im Wagen raus nach Malnbaden gefolgt? Eddie hielt den Mund und hörte lieber zu. Aber in seinem Inneren regte sich Hoffnung.

»Weißt du, wir versuchen gerade, hier in Norrland Fuß zu fassen. Dafür brauchen wir jemanden wie dich, der zupackt, wenn es nötig ist. Jemanden, der keine Angst hat, sich die Finger schmutzig zu machen.«

Eddie ballte die Fäuste in den Jackentaschen. Jetzt, jetzt geschah es. Er durfte sich nur nicht anmerken lassen, wie sehr er darauf gewartet hatte.

»Warum sollte ich da mitmachen wollen?«, fragte er betont herablassend.

Der Typ zog die Augenbrauen hoch und lachte. »Findest du Geld cool?«

»Wer tut das nicht?«

»Ganz schön scharfe Zunge. Dann ist man im Hinterstübchen auch nicht langsam. So was mögen wir.«

Eddie spürte ein ganz ungewohntes Gefühl von Wärme durch seinen Körper strömen.

»Gehst du noch zur Schule?«

»Nein, das ist nicht mein Ding«, antwortete Eddie und entschied sich im selben Moment noch. Schluss mit der Berufsschule. Er packte es eh nicht.

»Schule ist nicht schlecht, aber sie hat ihre Grenzen«, erwiderte der junge Mann. »Die verstehen nicht, was sie mit Jungs wie dir machen sollen. Jungs wie du sind für das schwedische Schulsystem viel zu stark. Du solltest da keine Zeit verschwenden und lieber was anderes machen.«

»Was meinst du damit?«

»Ich hab viel Menschenkenntnis. Schon nach zehn Sekunden wusste ich, was du für einer bist. Clever. Stark. Auch noch gut aussehend. Dir laufen die Bräute bestimmt hinterher«, meinte er augenzwinkernd.

Eddie kam aus der Deckung, verzog die Lippen zu einem Grinsen.

»Und wie sieht's mit Kumpels aus?«

Er musste an Adam denken. Adam war zwar ganz cool, aber im Grunde war er ein ziemlich lahmer Typ. Der wäre hier nie stehen geblieben und hätte sich mit dem Kerl unterhalten, wie auch immer er hieß. Er hätte sich schnell verabschiedet und wäre nach Hause gerannt.

»Unter uns sind wir Brüder«, fuhr der andere fort und schob die Sonnenbrille wieder auf die Nase. »Wir stehen zueinander. Komme, was wolle. Wer einen anderen verrät, ist geliefert.«

Kein scheiß Gelaber, dachte Eddie. Keine Enttäuschungen. Nicht wie mit meiner Alten. Nicht wie in der Penne. Die Jungs hier kapierten, dass er jemand war.

»Du wirst dich hocharbeiten. Am Anfang nichts Großes. Wir müssen sicher sein können, dass du es packst, dass wir dir vertrauen können. Aber wenn du den Job gut machst, gibt es nach oben keine Grenzen. Wir glauben an dich.«

»Wann kann ich anfangen?«

»Jetzt mal ruhig Blut«, sagte der Typ und grinste. »Es gefällt mir, dass du gleich anspringst. Ich melde mich, wenn es so weit ist, und dann musst du bereit sein.«

Dann warf er ihm einen Pulli hin. »Nimm so lange das hier.«

Eddie hielt ihn hoch und sah ihn kurz an. Das Emblem war weiß auf den dunkelblauen Stoff aufgenäht. Es war eine Schlange, die sich um den Schriftzug wand: *White Pythons*. Eddie lief innerlich schier über vor Freude. Doch er sah stur geradeaus. Ein paar Meter gingen sie nebeneinanderher, ohne ein Wort.

Dann konnte er sich nicht länger beherrschen.

»Willst du meine Handynummer haben …« Eddie hielt sein Handy hoch.

Doch in genau dem Moment bog der andere rechts ab, ging schräg über den Parkplatz. Er sprang in seinen Wagen, einen Audi mit auffallend protzigem Kühlergrill, und fuhr mit quietschenden Reifen davon.

Eddie blieb stehen und sah ihm hinterher.

Endlich geschah etwas.

***

In der Cafeteria herrschte eine beinahe tropische Hitze, Johan Rokka wischte sich den Schweiß von der Stirn. Der Gestank von Ingrid Bengtssons Lammfrikadellen hielt sich hartnäckig in seiner Nase. Sie aß nur einmal am Tag, und die Tatsache, dass diese Buletten das Einzige waren, was sie zu sich nahm, machte die Sache noch unappetitlicher. Trotzdem krampfte sich sein Magen vor Hunger zusammen.

Janna Weissmann hatte sich gerade bei allen beliebt gemacht. Vor einer Viertelstunde hatte sie Rokka eine SMS geschickt: Ein paar Straßen weiter stand ein Food Truck, und sie bot sich an, Essen für die Kollegen zu holen.

Die Cafeteria war leer. Ganz hinten stand der große runde Tisch, den sie jetzt gedeckt hatte. Janna öffnete eine Schachtel nach der anderen, und Rokka verfolgte jede ihrer Bewegungen voller Vorfreude. Viermal chinesisch. Dreimal Hamburger mit Beilagen. Limonade. Der Duft von Trüffeln legte sich über den Raum.

»Gleich fang ich an zu sabbern«, sagte Rokka. »Was riecht hier so gut?«

Janna öffnete grinsend eine der Schachteln.

»Pommes mit geschmolzenem Parmesan und Trüffelmayonnaise«, antwortete sie und schob die Schachtel zu Rokka hinüber. »Ich hab mir gedacht, dass du das magst.«

Rokka lächelte und griff nach der Schachtel.

»Es ist so schade, dass du in der anderen Mannschaft spielst«, jammerte er, während er sich bereits fünf Pommes frites in den Mund stopfte. »Sonst hätte ich dich niemals aus den Augen gelassen.«

Janna blinzelte ihn an und kicherte.

»Na hör mal, du kannst dich doch über mangelnde weibliche Aufmerksamkeit nicht beklagen«, sagte sie und sah unter ihrem Pony hervor.

»Natürlich nicht«, erwiderte er, den Mund voller Essen. »Und selbst, wie läuft's mit den Damen?«

Janna drehte sich um, um sicherzugehen, dass sie niemand belauschte.

»Die fallen nicht vom Himmel. Zumindest nicht die, die unbedingt bei mir einziehen müssen.«

»Kann ich nachvollziehen«, sagte Rokka und zwinkerte ihr zu.

Janna wohnte in einem hübschen grünen Holzhaus in der Fiskarstan. Sie hatte über hundert Quadratmeter Wohnfläche und einen großen Garten. Bei der Renovierung hatte sie viele Details aus dem 19. Jahrhundert belassen, jener Zeit, als einer der vielen Fischer der Stadt dort gelebt hatte. Die Wände und Holzböden waren weiß, und die Möbel waren in zarten Pastelltönen gehalten. Hinter der historischen Fassade der Wohnung verbarg sich eine andere Welt. In jedem Zimmer hatte Janna hochwertige Surroundsysteme installieren lassen. Beleuchtung, Überwachungskameras und andere technische Ausstattung waren an ihr Handy gekoppelt. Vom Büro aus konnte sie zu Hause die Jalousien herunterlassen. Sie konnte sogar einen Blick in ihren Kühlschrank werfen.

»Muss man eigentlich zusammenwohnen?«, fragte sie ihn. »Wo findet man wohl jemanden, der auch gern sein eigenes Leben behalten möchte?«

»Vielleicht müsstest du mal was anderes als Online-Dating ausprobieren.«

»Kannst du dir vorstellen, wie ich in einer Kneipe hocke?«

Rokka betrachtete Janna. Sie war so paradox. Wie ein schüchternes Reh mit einer Schale aus Panzerglas.

Er biss herzhaft in den Hamburger, während Janna nach dem Nudelsalat griff.

»So was isst du?«, fragte Rokka.

»Ich opfere mich«, entgegnete sie. »Das bedeutet zehn Runden um den Lillfjärden nachher. Kommst du mit?«

Rokka starrte auf ihre durchtrainierten Arme und wusste, dass sie unter der unförmigen Uniform nur aus stahlharten Muskeln bestand.

»Wie sieht es eigentlich mit Tapric aus?«, fragte Rokka.

»Es gefällt mir, wie spontan du das Thema wechseln kannst«, sagte sie und musste lachen. »Nach den Angaben von Facebook gehört das Profil einem vierzehnjährigen Jungen. Der keine Freunde außer Tindra hat.«

»Hältst du das für glaubwürdig?«

»Schwer zu sagen, aber es ist seltsam, dass er keine weiteren Freunde hat«, meinte Janna.

»Und die Angehörigen wissen davon?«

»Nein«, sagte Janna. »Das Konto ist aufgelöst, und mehr Informationen bekommen wir von Facebook nicht.«

»Trotzdem gute Arbeit«, sagte Rokka.

Er liebte es, mit Janna allein zu sein. Aus irgendeinem Grund war sie immer viel offener, wenn kein anderer dabei war. Kaum befanden sich mehr als zwei Menschen im Zimmer, war sie zugeknöpft und sprach kaum ein Wort. Er hatte sich immer darüber gewundert.

»Ich habe das Gefühl, dass du über irgendwas nachdenkst«, sagte Janna und wischte sich vorsichtig mit der Serviette den Mund ab.

»In meinem Hirn ist es immer etwas eng, so gut solltest du mich mittlerweile kennen.«

Rokka nahm eine ganze Handvoll Pommes frites und schob sie sich in den Mund.

»Im Ernst«, sagte sie. »Ist irgendwas passiert?«

Er zeigte auf seinen Mund, während er mühsam kaute, deswegen sprach Janna weiter: »Du bist irgendwie anders, seit wir mit den Ermittlungen begonnen haben.«

Rokka sah in ihre dunklen, vertrauenswürdigen Augen. Wenn er sich jemandem hier auf der Station anvertrauen konnte, dann war es Janna. Er schluckte und räusperte sich.

»Okay, aber ich möchte, dass es unter uns bleibt.« Er sah sie scharf an, um sich zu vergewissern, dass sie nichts weitersagen würde. »Vor zweiundzwanzig Jahren verschwand eine Person, die mir sehr nahestand, und zwar bei einer Abiturfeier auf dem Köpmanberg. Sie hieß Fanny und wurde nie gefunden. Die Sache mit Tindra erinnert mich sehr daran.«

»Oh«, sagte Janna und legte ihr Besteck ab. »Gab es denn Ermittlungen?«

»Ein paar Monate nach ihrem Verschwinden hat man die Ermittlungen aufgrund von mangelnden Hinweisen eingestellt. Ich habe aus dem Zentralarchiv nur die Zusammenfassung des Falls bekommen, aber ich weiß, dass damals mehr dokumentiert worden ist.«

»Und das Ganze lässt dich nicht los?«

Rokka lachte. »Du kennst mich.«

Rokka nahm Jannas Mineralwasserflasche und seine Coca-Cola, dann stellte er beide nebeneinander. Musste denken, wie unterschiedlich sie waren, Janna und er. Er beugte sich vor.

»Ich glaube, es gibt einen Zusammenhang«, sagte er leise. »Zwischen Tindra und Fanny.«

Zwischen Jannas Augenbrauen bildete sich eine Falte.

»Fanny verschwand 1993, wenn ich jetzt nicht falsch rechne, wie könnte es da eine Verbindung geben?«

»Das weiß ich noch nicht«, sagte Rokka. »Aber aus irgendeinem Grund spüre ich es, und ich werde nach Hall fahren, auch wenn keiner hier der Meinung ist, dass das eine gute Idee ist.«

»Wie meinst du das?«

»Als wir Peter Krantz verhaftet haben, hat er gesagt, er wüsste etwas über Fanny, was die Polizei nicht weiß. Vielleicht hat er es nur gesagt, um mich zu provozieren, aber vielleicht weiß er eben doch etwas. Ich muss es herausfinden«, sagte Rokka leise. »Was Zivilpersonen betrifft, hat er Besuchsverbot. Aber das gilt ja nicht für Inspektor Rokka. Und ich habe einen glaubwürdigen Grund für meinen Besuch. Egal was Bengtsson davon hält, er ist einer der kaltblütigsten Mörder, die wir je in

Norrland hatten. Es ist gut möglich, dass er wichtige Informationen über den Mord an Tindra Edvinsson besitzt, deshalb muss ich ihn unbedingt treffen.«

»Bengtsson wird herausfinden, dass du dorthin fährst.«

»Nein, ich werde das auf meine Weise lösen.«

»Willst du so ein Risiko wirklich eingehen?«

»Scheißt der Bär in den Wald?«

9

Die Fahrt nach Södertälje hatte gut drei Stunden gedauert, und jetzt passierte Johan Rokka die Absperrungen der Haftanstalt Hall. Hall war eins der sieben Gefängnisse mit Hochsicherheitstrakt und bestand aus einer Handvoll Backsteingebäude, die mit Sicherheitszaun und Stahltüren verriegelt waren. Hier saßen einige der gefährlichsten Schwerverbrecher Schwedens ein. Sie waren je nach Art des Verbrechens, das sie begangen hatten, platziert. Außerdem wurde berücksichtigt, ob gleichzeitig Freunde oder Feinde einsaßen. Die Verteilung der Gefängnisinsassen war eine logistische Herausforderung, um das Risiko möglichst gering zu halten, dass jemand tötete oder getötet wurde.

Bleigraue Wolken türmten sich am Himmel auf, und Rokka zitterte, als der Wind ihn erfasste, während er sich auf den Weg zum zentralen Wachposten machte.

Der Gefängnisbeamte, der ihn empfing, war glatzköpfig und trug ein Tattoo mit einer Eidechse, das man oberhalb des Kragens seiner blauen Uniform erkennen konnte. Er war ungefähr einen Meter siebzig groß und ebenso breit.

»Johan Rokka«, stellte Rokka sich vor und hielt ihm die Hand hin. »Ich möchte Peter Krantz besuchen.«

»Bitte mal Ihren Ausweis«, sagte der Kerl.

»Hier.« Rokka reichte ihm seinen Führerschein. Der Beamte nahm ihn, sah abwechselnd auf das Foto und auf seine Besucherliste, die er in der Hand hielt. Kniff die Augen zusammen.

»Und wo ist Ihr Polizeiausweis?«

»Tja …«, begann Rokka.

»Als Dienstbesuch sind Sie nicht eingetragen«, erwiderte der Strafvollzugsbeamte und sah Rokka fragend an. »Peter Krantz hat Besuchsverbot für Zivilpersonen …«

»Das habe ich mit Ihrem Kollegen telefonisch vereinbart«,

sagte Rokka. »Auf der Besucherliste darf nicht stehen, dass ein Polizist hier war. Es ist für Peter viel zu riskant, wenn ein anderer Sträfling das mitbekommt.« Der Beamte machte erst ein skeptisches Gesicht, doch dann nickte er.

»Sie kennen ja die Vorschriften. Die Waffe in den Schrank, wenn Sie sie dabeihaben. Ansonsten stellen Sie Schuhe und andere Dinge, die Sie bei sich tragen, auf das Band da drüben zur Überprüfung im Metalldetektor.«

Rokka ging hinter dem Beamten her und beobachtete seinen federnden Gang durch den Tunnel. Der Boden war glänzend grün, und jemand hatte an die grauen Wände nicht deutbare Motive gemalt. An einer stand: Die Welt ist ein guter Lehrer, aber sie verlangt einen hohen Preis. Keiner von beiden sagte einen Ton. Das einzige Geräusch, das zu hören war, war der Schlüsselbund des Wachmanns, der mit jedem seiner Schritte rasselte.

»Die Besucherabteilung ist ein Stückchen entfernt«, sagte er und keuchte. »Ich hoffe, Sie haben eine gute Kondition.«

Unterwegs trafen sie eine Gruppe Häftlinge mit zwei Gefängnisbeamten. Rokka sah dem Trupp hinterher. Es faszinierte ihn, wie ähnlich sie aussahen: Jogginghosen, weiße T-Shirts und Hausschuhe. Nur rasierte Köpfe und verkniffene Münder. Aber dann blieb sein Blick an einem der Männer hängen. Einem, der ganz und gar nicht mit der Gruppe verschmolz. Rokka erkannte ihn sofort. Die Haltung. Die angespannten Arme. Der etwas ruckartige Gang. Doch was als Erstes auffiel, war die kreideweiße Narbe quer übers Gesicht. Vom Kinn über das kantige Jochbein hoch zur Stirn. Rokka spürte noch den Schaft des Messers in seiner Hand. Das war an dem Tag gewesen, als Fanny ihren Schulabschluss feierte. Der Mann schielte kurz zur Seite, und ihre Blicke begegneten sich. Rokka spürte den Hass des anderen wie einen Laserstrahl, der ihn traf. Rokka blieb kurz stehen.

»Kommen Sie?«, brummte der Beamte.

Rokka setzte seine Füße wieder voreinander, aber um ihn herum blieb die Welt stehen, und ein mulmiges Gefühl überkam ihn. Es gab also noch eine weitere Person innerhalb dieser Mauern, die wusste, was Rokka getan hatte, bevor er Polizist geworden war.

***

»Sie können diesen Dienstraum benutzen«, sagte der Beamte und öffnete die Tür sperrangelweit. Rokka trat ein. Der Raum war höchstens sechs Quadratmeter groß. Auf der gegenüberliegenden Seite standen zwei einfache Holzstühle, ein Tisch und ein Kunstledersofa. Leicht abzuwischen, dachte Rokka. Die Möbel waren zumindest nicht an Wänden und Fußboden befestigt wie üblich in den Besucherräumen. Wenn man ein Date mit einem Bullen hatte, war das Risiko sicher geringer, dass jemand die Möbel benutzte, um den anderen totzuschlagen oder sich selbst das Leben zu nehmen. Zumindest nicht während des Besuchs, dachte Rokka.

»Fühlen Sie sich wie zu Hause«, sagte der Beamte grinsend und schloss ihn ein.

Rokka betrachtete die Betonwände und die Leuchtstoffröhren an der Decke. Dann setzte er sich auf das Sofa, das beunruhigend knarrte. Die Fenster waren mit dicken schwarzen Gittern versehen. Er konnte sich den Gedanken nicht verkneifen, dass ebenso gut er hier hinter diesen Mauern herumlaufen könnte, in Jogginghosen und Hausschuhen. Wenn alles anders gekommen wäre.

Die Tür quietschte und ging auf. Rokka versuchte, sich nichts anmerken zu lassen, als er Peter Krantz erblickte. Ende der Achtzigerjahre hatten sie zusammen in derselben Fußballmannschaft gespielt. Peter hatte damals wie der junge Richard

Gere ausgesehen und mit Abstand die meisten Mädels abbekommen. Als er erwachsen war, wurde er Norrlands erfolgreichster Autoverkäufer und verdiente mehr als der Ministerpräsident. Fuhr einen Lexus. Vor zwei Jahren hatten sie ihn wegen Mordes verhaftet, und in der Anstalt hatte er sich zu einem Schatten seiner selbst verwandelt. Die dunklen Locken waren verschwunden, stattdessen war auch sein Kopf kahl rasiert. Sein Gesicht war eingefallen, tiefe Ringe zeichneten sich unter den Augen ab.

»Möchten Sie einen Kaffee oder ein Glas Wasser?«, fragte der Strafvollzugsbeamte.

»Sehr gern beides«, antwortete Rokka und nahm mit jeder Hand einen Plastikbecher entgegen.

»Ich lasse Sie beide jetzt allein, aber sollten Sie etwas brauchen, müssen Sie nur hier drücken.« Der Beamte drückte kurz auf den roten Knopf an der Sprechanlage, die an der Wand befestigt war. Sie funktionierte, es knisterte sofort in den Lautsprechern.

Ein paar Sekunden lang saßen sie sich still gegenüber, sahen sich nur an.

»Wie ist es dir gelungen, hier reinzukommen?«, zischte Peter schließlich.

»Wird dir der Besuch zu viel?«, fragte Rokka zurück.

Peter sah aus dem Fenster.

»Ich nehme mal an, dass das kein Anstandsbesuch ist.«

»Okay«, sagte Rokka und reckte sich. »Wir sparen uns den Small Talk. Was weißt du über den Mord an Tindra Edvinsson?«

»Diese Abiturientin?«

Rokka nickte, und Peter schaute ihm kurz in die Augen, dann sah er nach unten. Schweigen.

»Bitte. Sag es mir.«

Langsam sah Peter Krantz wieder auf.

»Du scheinst einen Hang zu jungen Abiturientinnen zu haben, die verschwinden oder ermordet werden«, sagte er und lachte lautlos.

Rokka versuchte, ihm in die Augen zu sehen, doch erfolglos. Dieser Peter, den es einmal gegeben hatte, war tot.

»Du hast nichts zu verlieren, wenn du es erzählst«, sagte Rokka.

»Johan Rokka«, sagte er und lachte diesmal laut. »Weißt du noch, damals, als wir jung waren? Als uns die Welt zu Füßen lag?«

Peter beugte sich über den Tisch. Kniff die Augen zusammen.

»Du hast nach Fanny gesucht, stimmt's?«

Rokka setzte sich auf seine Hände. Presste die Kiefer aufeinander. Lange hielt er das nicht mehr aus.

»Vielleicht weiß ich mehr als die Polizei«, sagte Peter. »Vielleicht auch nicht.«

»Was?«

Peter lächelte hämisch. »Meinst du, du hast die Dinge in Ordnung gebracht, nur weil du am Ende Bulle geworden bist?«

Rokka spürte Wut in sich aufsteigen, merkte, wie sie von seinem ganzen Körper Besitz ergriff. Fanny, seine Fanny. Er stierte Peter an.

»Hat der Mord an Tindra etwas mit Fanny zu tun?«

Peter sah ihn an. Sein Grinsen war erstarrt, ihm stand der Schreck ins Gesicht geschrieben. Rokka konnte sehen, wie sich sein Adamsapfel an dem mageren Hals hoch- und runterbewegte, als er schluckte.

»Ich … ich kann … kann nichts sagen.«

Rokka sprang vom Sofa auf. Fasste den anderen am T-Shirt und zog ihn hoch. Die Hände an den Schultern, drückte er Peter Krantz gegen die Wand.

»Es gibt eine Verbindung, oder? Raus damit!«

Rokka drückte immer härter zu, und Peter versuchte, an den

roten Knopf an der Wand zu kommen. Blitzschnell zog Rokka ihm die Arme hinter den Körper und presste ihn auf den Boden.

»Du hast noch eine letzte Chance«, fauchte er.

Rokka spürte das Brennen in seinem Kopf und drückte Peter so fest zu Boden, dass seine Wange auf den rauen Beton gepresst wurde. Er verpasste ihm einen schnellen Schlag aufs Ohr. Peter schrie und versuchte loszukommen. Der nächste Schlag traf dieselbe Stelle. Peter zitterte.

»Wenn du auch nur ein Wort darüber verlierst, was gerade passiert ist, dann weiß sofort die ganze Abteilung Bescheid«, sagte Rokka. »Und dann ist das hier die reinste Wellness-Behandlung im Vergleich.«

Er stand auf, zog sein T-Shirt gerade, ging dann zur Sprechanlage und drückte den roten Knopf.

»Hier spricht Johan Rokka. Wir sind fertig.« Dann sagte er: »Steh auf, verdammt noch mal.«

Peter, der auf allen vieren stand, kam nun zitternd wieder auf die Füße. Er hielt sich die Hand auf das rechte Ohr und verzog das Gesicht.

»Mach dir keine Sorgen. Das Trommelfell heilt wieder.«

***

Eddie Martinsson hockte auf dem Beifahrersitz wie auf glühenden Kohlen. Am Steuer saß Mats Wiklander, der Typ, von dem er neulich den Pullover bekommen hatte. Offenbar hatte er Eddies Handynummer von allein herausgefunden, denn er hatte ihn angerufen und gesagt, es sei jetzt so weit, und ihm mitgeteilt, wo sie sich treffen würden. Schon eine Viertelstunde vorher hatte Eddie vor der Wohnung gestanden. Jetzt saßen sie in dem schwarzen Audi, der hinter der Håstaschule parkte, von der Straße nicht einsehbar. Eddie hatte keine Ahnung, was ihn erwartete, aber er hoffte, dass sein tristes Leben jetzt etwas cooler werden würde.

»Was passiert jetzt?«, fragte Eddie und starrte auf das gelbe Gebäude. Er hatte dort seine Grundschuljahre verbracht und in den Pausen beim Toben Steine in die Fenster geschmissen. Jetzt war der Schulhof verwaist.

»Klappe. Ich sag dir schon Bescheid, wenn ich reden will.« Mats zog an seiner Kanakenkette, die er um den Hals trug, und sah zum hundertsten Mal mit seinem braunen und dem eisblauen Auge in den Rückspiegel.

Mats war dreißig und stammte aus Sundsvall. Er hatte damit geprahlt, dass er noch nie im Knast gesessen hatte, auch wenn er Dinger gedreht hatte, die ihm mehr als fünfzehn Jahre hinter Gittern hätten einbringen müssen. Er war im Fahndungsregister der Polizei aufgeführt, das war alles. Denn er sei zu schlau, um sich einlochen zu lassen, meinte er. Allerdings hatte ein Bulle mal seinen Läufer geschnappt, der, wie er sagte, ein richtiger Loser gewesen sei. Nicht so einer wie Eddie. Der Typ war eine Woche lang auf Speed gewesen und hatte nicht mehr gepeilt, ob es Tag oder Nacht war. Als er ein Maschinengewehr aus einer Kiste im Wald holen sollte, hatte er nur noch lila Elefanten mit Säbelzähnen gesehen, die ihn angreifen wollten, und da war er abgehauen. Auf dem Weg zurück war ihm auch noch ein Bauer über den Weg gelaufen, und den Armen hatte er einfach in den Schwitzkasten genommen. Bis er dann Blaulicht und Handschellen sah, hatte es nicht mehr lange gedauert.

Eddie trommelte mit den Fingern auf den Oberschenkel und starrte durch die Windschutzscheibe. Was hatten sie bloß vor?

»Die Bullen checken mehr, als man denkt«, sagte Mats und nahm eine Tasche vom Rücksitz. »Besonders jetzt, wo wir mehrere sind, die auf den Markt in Norrland wollen.«

Eddie nickte und versuchte ein Gesicht zu machen, als verstehe er alles.

»Am wichtigsten ist es, keine Spuren zu hinterlassen«, fuhr Mats fort. »Du darfst nie dein eigenes Handy benutzen.«

Er holte ein paar Handys aus der Tasche. Eins nach dem anderen reichte er Eddie. Sie hatten noch den Schutzfilm auf dem Display. Eddie griff nach einem Samsung, wog es in der Hand und strich mit dem Daumen übers Display. Die stammten nicht aus dem Telialaden in der Galeria Guldsmeden. Aber es spielte keine Rolle, woher sie sie hatten, Eddie hatte noch nie ein neues Handy besessen.

Als er das Handy umdrehte, fiel ihm ein kleiner Zettel, der daran festgeklebt war, auf. *Spiderman* stand darauf. Eddie musste lachen.

»Was soll das denn?«

Mats drehte eins der anderen Geräte um. Da stand *Hulk* auf der Rückseite.

»Alle Telefone haben Namen«, erklärte er. Eddie staunte. *Superman. Batman. Phantom.* Alles Superhelden.

»Was soll ich mit denen anfangen?«

Mats holte einen Stapel mit Umschlägen heraus.

»Das sind verschiedene SIM-Karten«, sagte er. »Die haben auch Namen. Du darfst niemals eine SIM-Karte mehrmals im selben Handy benutzen, sonst können uns die Bullen sofort zurückverfolgen. Wir fangen mit denen mal an, später bekommst du noch mehr.«

Eddie blätterte durch die Umschläge. Auf jedem stand eine Gemüsesorte. Was sollte das alles?

»Dann brauchst du noch das hier«, sagte Mats und hob drei Stahlthermoskannen hoch.

»Jedes Mal, wenn du telefoniert hast, schaltest du das Handy aus. Dann nimmst du die SIM-Karte und die Batterie raus. Die Karte kommt in eine Thermoskanne, die Batterie in eine zweite und das Handy selbst in die dritte. Die Mobilfunkanbieter kriegen ein Riesenproblem, wenn sie einen orten wollen.«

Eddie nickte langsam. Versuchte, sich alles zu merken.

»Und benutz kein Handy, bevor ich es dir sage.«

»Aber wie kannst du es mir sagen, wenn ich kein Handy benutzen soll?«

Mats lachte.

»Du bekommst eine Web-Adresse«, sagte er. »So tauschen wir uns aus. Du rufst sie jeden Tag auf und siehst nach.«

Eddie verstand eigentlich gar nichts, aber vermutete, dass das bloß eine Frage der Zeit sei.

»Und dann brauchst du mal ein paar coole Klamotten«, fuhr Mats fort und hielt ihm eine Plastiktüte hin. Der Duft von Leder drang durch den Wagen, als er hineinsah. Darin lag eine Rockerjacke, und Eddie dachte, dass die Mädchen, die sich jetzt nicht nach ihm umdrehten, nur Lesben sein konnten. Unter der Jacke fand er noch ein weißes T-Shirt mit einem schwarzen Aufdruck. Die Marke kannte er.

G-Star Raw.

Eddie traute seinen Augen nicht. Ganz unten in der Tüte lag auch noch eine schwarze Jeans.

»Nur geiles Zeug«, sagte Mats. »Du willst doch wohl zeigen, dass du ein hübscher Kerl bist?«

»Wow. Danke, Mann«, sagte Eddie und spürte, wie er ganz heiße Wangen bekam. Zuletzt hatte er zu Weihnachten etwas geschenkt bekommen, und das war eine Flasche Duschgel gewesen, die seine Mutter für ihn gekauft hatte. Normalerweise klaute er sich das Zeug zusammen, das er brauchte, und hoffte immer, nicht erwischt zu werden. Er lehnte sich zurück und sah zum Fenster hinaus.

Er konnte das alles kaum fassen.

Mats drehte sich zu Eddie um. Machte ein ernstes Gesicht.

»Bitte schön«, sagte er. »Aber denk dran, dass es nichts umsonst gibt.«

***

Seinen Faustschlag auf Peter Krantz' Ohr spürte Johan Rokka immer noch in den Knochen, als er im Auto saß und auf der Autobahn wieder in Richtung Norden fuhr. Doch das vorherrschende Bild in seinem Kopf war der Mann mit der Narbe. Ein einziger Blick in den Tunnel des Gefängnisses, und die Vergangenheit holte ihn wieder ein. Fanny. Die Solentos. Das Messer in der Hand. Rokka hielt das Steuer krampfhaft umklammert und heftete seine Augen an das Fahrzeug vor ihm, als würde es ihm helfen, in der Spur zu bleiben.

Ein plötzlicher Regenschauer schlug auf seine Windschutzscheibe und verwischte die Konturen der Wohnsilos in Botkyrka, sie wurden zu einer grauen Betonmasse neben der Autobahn. Mit einem Mal war er sich gar nicht mehr sicher, ob er eigentlich auf der richtigen Autobahn unterwegs war. Er machte die Scheibenwischer an. Fuhr er jetzt Richtung Norden oder Süden? Da las er »Stockholm 200 km« auf einem grünen Schild und atmete auf. Plötzlich vibrierte sein Handy, das auf dem Beifahrersitz lag. Janna war dran, eigentlich hatte er keine Lust auf Gespräche. Doch er ermittelte schließlich mit ihr in einem Mordfall, also musste er rangehen.

»Was machst du?« Die normalerweise so zurückhaltende Stimme klang energisch. Rokka seufzte.

»In Bora Bora am Strand liegen und Longdrinks schlürfen«, sagte er und bemerkte, wie seine Stimme brach. »Warum?«

»Ich dachte, da gibt es keine Autos«, sagte Janna lachend. »Ich wollte dich nur dran erinnern, dass wir morgen Bernt Lindberg vernehmen.«

»Bernt wer?«

»Tindras Großvater, ihre Eltern hatten doch angegeben, dass er Tindra sehr nahestand.«

Sie beendeten das Gespräch, und Rokka warf das Handy wieder auf den Beifahrersitz. Zurück zur Polizeistation zu fahren erschien ihm irgendwie abwegig, als würde er in eine Welt zurückkehren, von der er sich mit einem Schlag meilenweit entfernt hatte. Seine Gedanken drehten sich immer schneller im Kreis. In letzter Sekunde steuerte er den Wagen noch auf die Abfahrt Kungens Kurva. Als er voll in die Eisen ging und das Steuer nach rechts riss, hupte der Fahrer hinter ihm.

Rokka schaltete den Warnblinker ein und lehnte sich zurück. Aus der Gesäßtasche seiner Jeans zog er seinen Polizeiausweis heraus und betrachtete ihn. Mit dem Daumen strich er über die Plakette mit der goldfarbenen Krone. Er war definitiv ein Polizist. Es stand ja da.

Er erinnerte sich an den Moment, in dem er die Marke zum ersten Mal in der Hand gehalten hatte, das war jetzt zehn Jahre her. Er hatte sich entschieden, der Kriminalität ein für alle Mal den Rücken zu kehren. Sich selbst und alle anderen vor die Herausforderung zu stellen, dass er künftig der lange Arm des Gesetzes sein würde. Er hatte Verständnis dafür, dass keiner an ihn glaubte: Johan Rokka, Polizist. Aber er hatte das Aufnahmeverfahren bestanden. Er konnte sich noch gut an das Gespräch mit der Psychologin und dem Kommissar erinnern. Der Kommissar in seinem goldverzierten Uniformhemd, das schon an Bauch und Armen spannte. Die Psychologin etwa halb so groß. Die grauen Haare zu einem Knoten gesteckt, saß sie da in einer Strickjacke. Sie hatten ihn befragt:

Wann er zuletzt geweint hatte.

Seine Familiensituation.

Moral und Wertmaßstäbe.

Er hatte alle Fragen ehrlich beantwortet. Alle, bis auf zwei.

Die erste Frage: »Haben Sie jemals Drogen ausprobiert?«

»Nein.«

»Sie sind durch die Welt gereist und haben jahrelang in verschiedenen Kneipen gearbeitet. Es ist merkwürdig, dass Sie nicht mit Drogen in Berührung gekommen sind.«

»Nicht jeder mag Drogen. Aber gefeiert habe ich schon

manche Nacht. Ich komme aus Hudiksvall und hatte Selbstgebrannten in der Milchflasche.«

Sogar die Psychologin verzog die Mundwinkel zu einem Lächeln, damit war die Sache erledigt.

Die andere Frage: »Gibt es Personen, zu denen Sie den Kontakt einstellen müssten, wenn Sie auf der Polizeiakademie angenommen würden?«

»Nein«, hatte er geantwortet und dem Kommissar dabei direkt in die Augen gesehen.

Eigentlich war es das reinste Wunder, dass es im Polizeiregister keine Vermerke über ihn gab. Die Jungs, mit denen er es zu tun gehabt hatte, waren weiß Gott keine Waisenknaben gewesen. Es war reines Glück gewesen, und wahrscheinlich zu einem gewissen Grad auch Schlamperei der Polizei.

Nach der Backpacker-Zeit in Asien war es ihm schwergefallen, an der Polizeiakademie in Sörentorp noch einmal für zwei Jahre die Schulbank zu drücken. Es hatte ihn enorme Anstrengung gekostet, still zu sitzen und sich auf die Vorlesungen zu konzentrieren. Er versuchte, sich genau einzuprägen, was die Lehrer gesagt hatten, um sich nicht durch die Texte in den Lehrbüchern quälen zu müssen. In den praktischen Übungen hatte er brilliert. Hatte jeden Konflikt in den Rollenspielen gelöst. Die Lehrer beeindruckt. Und es gab wahrlich Gründe, sich zu motivieren: die neue Gemeinschaft, die er auf der richtigen Seite des Gesetzes erlebte. Und der Zugang, den er jetzt zu den Datenbanken und Archiven der Polizei hatte, um endlich herauszufinden, was Fanny damals zugestoßen war.

Peter Krantz hatte sich geweigert, etwas über Tindra und Fanny zu sagen. Er hatte sich nicht getraut, dachte Rokka und trat das Gaspedal durch. Doch Rokka würde nicht lockerlassen.

***

Janna Weissmann schraubte den Verschluss von der Flasche und goss das letzte Wasser in ihre Porzellantasse. Jeden Morgen kochte sie Wasser, das sie dann abkühlen ließ und in diese Flasche umfüllte, die sie den Arbeitstag über mitschleppte. Das Wasser schmeckte besser als Leitungswasser.

Um diese Zeit am Abend war die Cafeteria öde und leer. Auf dem Tisch neben ihrem Laptop lag eine abgegriffene Tageszeitung aus Hudiksvall. Janna las die großen schwarzen Buchstaben:

Feuerwehrmann rettet Katze aus Baum.

Das war noch vor dem Mord an Tindra gewesen.

»Weißt du, wo sich Rokka rumtreibt?«

Janna sah Melinda hereinkommen. Ihre Absätze klackerten auf dem Boden, und Janna fragte sich, wie sie den ganzen Tag in solchen Schuhen herumlaufen konnte.

»Nein, keine Ahnung«, antwortete sie, und ihre Stimme wurde dünn. Sie war sich fast sicher, dass Rokka nach Hall in die Strafanstalt gefahren war, aber sie hatte ihm versprochen, kein Wort darüber fallen zu lassen. Sie senkte das Kinn und blickte zu Melinda auf, die auf ihren Tisch zukam.

Janna hatte den ganzen Nachmittag und den Abend damit verbracht, die Aussagen von Tindras Klassenkameraden und den anderen Mädchen von der Cheerleading-Gruppe durchzulesen. Keiner hatte erwähnt, dass Tindra in schlechte Kreise geraten sei. Sie sei etwas stiller geworden, als sie es früher gewesen war, hieß es. Also nichts Neues.

Diese Art von Verbrechen konnte niemand mit einem normalen Hintergrund begangen haben, dachte Janna. Daher fand sie es sonderbar, dass sie nichts Brauchbares im Zentralen Fahndungsregister hatten finden können. Und wenn der Täter sich in Tindras Bekanntenkreis befunden hätte, müsste doch jemand etwas bemerkt haben, ein ungewohntes Verhalten oder einen Hang zu Gewalttätigkeit. Aber das war nicht der Fall gewesen. Hoffentlich brachte Rokka aus Hall wertvolle Informationen mit, und Tindras Großvater würden sie ja auch noch vernehmen.

»Ist es okay, wenn ich mich setze?«, fragte Melinda. »Ich gehe auch gleich wieder.«

»Natürlich«, sagte Janna und hielt sich mit den Händen am Rechner fest. Sie hätte sagen sollen, dass sie beschäftigt war. Sie hob die Tasse an den Mund und trank drei große Schlucke. Melinda zog am Saum ihres schwarzen Blazers und seufzte.

»Macht der mich dick?«

»Äh … nein, würde ich nicht sagen.« Janna sah Melinda verstohlen an. Sie wog vermutlich noch weniger als Janna.

»Haben Sie irgendwas Nützliches finden können?« Melinda zeigte auf die Telefonlisten mit den Mobilfunkdaten der Gespräche, die Tindras iPhone zugeordnet werden konnten. Telia hatte diesmal länger gebraucht, die Informationen zur Verfügung zu stellen.

»Sie hat seit November letzten Jahres weder besonders viele Nummern angerufen noch sonderlich viele Gespräche angenommen. SMS hat sie fast ausschließlich ihrer Mutter und ihrem Großvater sowie ein paar Freunden geschickt. Das Handy hat sie vor allem zum Surfen benutzt.«

Um weitere Informationen zu bekommen, müssten sie wirklich Tindras iPhone haben. Sie sah zu Melinda hinüber und zog kurz in Erwägung, die Frage nach dem Tauchgang noch einmal aufzuwerfen, doch entschied sich dagegen.

»Wollten Sie schon immer Polizistin werden?«, fragte Melinda und schaute auf den Rechner.

»Äh … ja«, antwortete Janna und drehte den Schirm ein wenig aus Melindas Blickfeld. »Um genau zu sein, seit ich drei war.« Sie erinnerte sich daran, wie ihre gleichaltrigen Freundinnen Prinzessinnenkleider haben wollten und sie selbst stattdessen die Polizistenjacke und die Plastik-Handschellen. Von den Eltern war dieser Traum ständig als verrückte Kinderfantasie abgetan worden. Und trotzdem hatte sie an diesem Septembertag vor zehn Jahren mit zitternden Knien vor der Polizeiakademie gestanden, fest entschlossen, im Rahmen ihrer Möglichkeiten für eine bessere Welt zu kämpfen.

»Lieben Sie Ihre Arbeit?«

»Ich liebe es, etwas Sinnvolles zu tun«, sagte Janna. Diese Unterhaltung wurde ihr langsam unangenehm.

Während der zwei Monate als Anwärterin hatte ihr Betreuer, ein sechzigjähriger Kriminalkommissar mit Bluthochdruck, ihr Interesse und ihr Talent klar erkannt und sie wie eine gleichwertige Kollegin behandelt. Sehr schnell schon durfte sie eigene Untersuchungen am Tatort durchführen und Pathologen bei Obduktionen assistieren. Doch erst, als es ihr gemeinsam mit einem IT-Forensiker gelungen war, eine beträchtliche Menge pornografischer Fotos wiederherzustellen, die ein Verdächtiger von einem Rechner gelöscht hatte, begriff sie, wie viel sie in der digitalen Welt gegen Verbrechen ausrichten konnte.

»Und selbst?« Sie fühlte sich genötigt, die Gegenfrage zu stellen.

»Ich liebe meinen Job«, sagte Melinda Aronsson. »Aber hier in Hudik bin ich ja noch nicht so lange. Johan Rokka kenne ich also auch noch nicht so gut wie Sie – vielleicht könnten Sie mir da eine Frage beantworten?«

»Vielleicht«, erwiderte Janna.

»Finden Sie, dass er ein guter Polizist ist?«

»Warum fragen Sie das?«

Melinda drehte an dem großen Goldring, den sie am Finger trug.

»Manchmal kommt er mir so abwesend vor. Als wäre er mit etwas anderem als den Ermittlungen beschäftigt.«

Janna dachte, dass es kein Wunder war, dass das auch Melinda aufgefallen war. Rokka benahm sich, als ob er zwei Vollzeitjobs hätte, und er sah auch so aus. Hätte sie nicht gewusst, dass er mit seinen Gedanken bei Fanny war, hätte sie sich dasselbe gefragt.

»Das glaube ich nicht«, erwiderte Janna und wollte am liebsten aufstehen und gehen. »Er macht vielleicht nicht gerade viele Überstunden, aber er würde seine Arbeit niemals schleifen lassen.«

»Ich glaube, er mag Sie sehr«, sagte Melinda plötzlich. Ihr Blick war mit einem Mal anders. Janna spürte, wie sie rot wurde. Was wollte sie damit sagen?

»Ich glaube, dass er mich als Kollegin schätzt«, sagte Janna und spürte einen Kloß im Hals.

»Sind Sie sicher, dass es nur das ist?«, fragte Melinda und lächelte sie an, während sie ihr zuzwinkerte. Janna war etwas irritiert. War bei Melinda noch nicht angekommen, dass sie auf Frauen stand? Das wusste doch jeder auf der Wache.

»Ja, ganz sicher.« Janna nahm ihren Stapel mit Unterlagen und klappte den Laptop zu. Melinda hob die Hand, um sie davon abzuhalten.

»Haben Sie in den Telefonlisten eigentlich irgendwas gefunden? Etwas, das wir mit diesem Tapric in Verbindung bringen können?«

Janna schüttelte den Kopf. Die ganze Situation war ihr wirklich unangenehm.

»Die Listen waren nicht gerade ergiebig«, antwortete sie. »Wenn Sie mich jetzt bitte entschuldigen, ich muss los.«

***

Das Wohnzimmer stank nach Schweißfüßen, aber keiner von ihnen brachte die Energie auf, das Fenster zu öffnen. Eddie

Martinsson saß auf dem Sofa und Adam im Sessel neben ihm. Eddie trat die Decke zur Seite, die da lag, seit er gepennt hatte. Donald Duck sah von dem zerknitterten Bettbezug auf ihn herab. Er hatte blöderweise kein neues Bettzeug bekommen, seit er fünf war. Es war echt zum Kotzen.

Eddie schnappte sich die Fernbedienung und zappte. Konnte kaum sehen, was lief, da war er schon zum nächsten Kanal gewechselt. Immer der gleiche Scheiß. Was hatte er auch erwartet, wenn seine Mutter nicht mal Netflix abonniert hatte. Eigentlich musste er zum Training, aber er hatte keine Lust.

Bei dem Gedanken, dass er und Mats mit dem Eisauge morgen im Netz chatten würden, bekam er Flugzeuge im Bauch. Er musste vorher regeln, dass Adam nicht auf dem Sofa einpennte und noch dalag.

»Stopp!«, schrie Adam plötzlich und zeigte auf den Bildschirm. »Der Film ist cool!«

Widerwillig ließ Eddie die Fernbedienung sinken. Was war das für ein Mist, den er sich anschauen sollte? Leonardo DiCaprio, der mit einer Frau und einem schwarzen Typen durch eine Art Dschungel rannte.

»*Blood Diamond*«, sagte Adam.

»Was hast du gesagt?«

»Es geht um Leute, die wegen Gold getötet werden. Jungs, die ausgebeutet werden und so. DiCaprio ist super.«

»Das klingt, als ob es um Diamanten geht, nicht um Gold.«

»Oh Mist, sorry. Diamanten.«

»Klugscheißer«, sagte Eddie. »Seit wann bist du auf dem Kulturtrip?«

»Klappe«, entgegnete Adam und beugte sich vor, um den Ton besser zu verstehen. Eddie versuchte, sich auf den Film zu konzentrieren, aber schon nach einer Minute war er mit den Gedanken woanders.

»Das mit Tindra ist echt unheimlich«, meinte er.

»Ja, voll«, sagte Adam und lehnte sich wieder gemütlich zurück. »Offenbar ist das ein Typ, der es auf Abiturientinnen abgesehen hat. Meine Alte hat heute Morgen davon gesprochen.«

»Sie war extrem süß«, sagte Eddie. »Voll schade um so ein hübsches Babe.«

Adam fuhr mit der Hand unter den Hosenbund und kratzte sich.

»Ob es wohl wehtut, wenn einem jemand die Kehle durchschneidet?«

»Du Idiot!«, schrie Eddie.

»Ich hab gehört, dass sie ziemlich wild in der Gegend rumgevögelt hat.«

»Aber dafür wird man doch nicht ermordet?«

»Kommt drauf an, mit wem du ins Bett gehst«, meinte Adam.

»Stimmt auch wieder«, sagte Eddie.

»Und ich hab gehört, sie hat alles gemacht.«

»Was denn?«

»Sie hatte zum Beispiel nichts gegen mehrere Typen gleichzeitig.«

»Woher willst du das wissen?« Eddie wurde ärgerlich. Typisch Adam, immer so tun, als hätte er den totalen Durchblick.

Adam sah auf den Tisch.

»Das hört man halt«, sagte er und begann, auf den Oberschenkeln herumzutrommeln.

»Die Kleine ist tot, hör auf, solche Scheiße zu labern«, rief Eddie.

Adam zupfte an dem kaputten Sofabezug herum und machte ein Gesicht, als schäme er sich.

»Übrigens«, sagte er. »Meine Mutter hat einen Urlaub gebucht.«

»Hey, cool«, sagte Eddie, wobei er gleichzeitig einen Kloß im Hals spürte.

»Wohin geht's denn?«

»Bulgarien, Sunny Beach. Im August.«

Eddie war noch nie im Ausland gewesen. Noch nie geflogen. Er hob den Daumen hoch und ließ die Hand dann fallen. Starrte auf den Fernsehbildschirm, ohne etwas zu sehen. Doch dann kam eine Szene, in der einem jungen schwarzen Typen eine Pistole an die Schläfe gehalten wurde. Als Eddie die Angst in den Augen des Jungen sah, lief ihm ein Schauer über den Rücken.

***

Sein Kopf hämmerte vor Schmerz, und ihm war, als ob das ganze Gebäude schwankte. Peter Krantz fiel es schwer, still zu sitzen, aber sobald er sich nur ein bisschen bewegte, hatte er das Gefühl, sein Gehörgang würde zerspringen. Er biss die Zähne zusammen. Zur Krankenstation zu gehen war keine Lösung, dann ginge nur das Gerede los.

Ihm war mulmig zumute, als er da allein in der Küche stand. Die Beleuchtung war schummrig, und alles war still. Viele Häftlinge saßen um diese Zeit vor dem Fernseher. Leise war die Stimme eines Sportreporters zu hören.

Der Gedanke an Johan Rokka ließ ihn nicht los. Eine absurde Begegnung. Der Frust in seinen Augen. Aber er selbst hätte auch alles getan, was in seiner Macht stand, um die Wahrheit ans Licht zu bringen. Er wusste, was es bedeutet, Trauer in sich zu tragen. Jeden Tag, das ganze Leben lang. Gefühle, die einen nie losließen, die einen von innen auffraßen. Er wusste, was die erste große Liebe mit einem machte, und er hätte gern geredet. Aber es war, als wären überall Augen und Ohren, er fühlte sich nirgendwo sicher.

Plötzlich hörte er Schritte vor der Tür. Sie kamen näher, und Peter zog automatisch die Schultern hoch. Er drehte sich um.

Sah den glatt rasierten Kopf. Die helle Narbe, die vom einen Ohr quer übers Gesicht bis zur Stirn reichte. Der Typ würde morgen entlassen werden, und die Wahrscheinlichkeit, dass noch etwas dazwischenkam, war gering. Dennoch spürte Peter, wie sich Unruhe in ihm breitmachte.

»Dreh den Wasserhahn zu«, sagte das Narbengesicht und stellte sich vor ihn hin. Sein intensiver Blick brannte sich in Peters Augen ein.

Peter drückte den Hebel nach unten und drehte sich um. Von der schnellen Bewegung wurde ihm schwarz vor Augen.

»Du weißt, was passiert, wenn man mit Bullen redet?«

Das Narbengesicht griff nach einem Küchenmesser, das an einer Metallkette an der Küchenplatte hing. Mit dem Daumen fuhr er über die abgebrochene Spitze.

»Ich habe mit keinem Bullen gesprochen«, antwortete Peter. »Ich kann die Besuchsliste holen, da kannst du sehen, dass bei mir keiner war.«

»Ich weiß, wer Johan Rokka ist«, sagte das Narbengesicht. »Ein Krimineller, der so tut, als sei er ein Bulle.«

»Er wollte nur etwas klären«, erwiderte Peter und versuchte, sich nichts anmerken zu lassen. Spürte die Schweißperlen auf der Stirn. »Er hat mich hier eingelocht.«

Das Narbengesicht schnaubte und verdrehte die Augen.

»Hast du etwa eine Ohrenentzündung?«, fragte er und lachte laut.

Peter schüttelte den Kopf, woraufhin es in seinem Ohr furchtbar stach. Er kniff die Augen zusammen und kämpfte gegen den Schmerz. Der Mann fuhr fort: »Ich weiß zufällig, wonach Johan Rokka sucht.«

Peter spürte, wie sich sein Magen zusammenkrampfte, und er presste die Arme an den Oberkörper.

»Ich hab kein Wort gesagt …«, flüsterte er.

Das Narbengesicht lächelte und nickte ihm zu.

»Ich schwöre«, sagte Peter und spürte, wie seine Stimme brach. »Kannst du mir glauben.«

Die Angst wurde schlimmer und schlimmer. Er musste mit den Wächtern sprechen. Ihnen sagen, dass er sich bedroht fühlte und verlegt werden wollte.

»Du kannst um Isolationshaft betteln, aber das wird nichts bringen. Auch wenn ich morgen hier rauskomme, die anderen sind noch da. Noch lange. Du entkommst ihnen nicht.« Das Narbengesicht schlug sich die Messerschneide in die Handfläche. In diesem Augenblick traf Peter Krantz eine Entscheidung.

✳✳✳

Es war ein lauer Sommerabend, den man auch in der Rehaklinik Backen genoss, und Ann-Margret Pettersson spürte Liselotts sanfte Berührungen an ihrem Kopf. Jedes Mal, wenn Liselott den Kamm durch ihre grauen Haare zog, kam die sommersprossige Hand der Schwester in ihr Blickfeld.

»Der Mord an dieser jungen Frau ist eine schreckliche Geschichte«, sagte sie und seufzte. Ann-Margret hatte es in den Fernsehnachrichten gesehen, und die Schwestern unterhielten sich unentwegt darüber. Die Bilder vom Köpmanberg erinnerten sie an Fannys Verschwinden, die Traurigkeit kam wieder hoch.

»War es schön, als Jan Pettersson neulich zu Besuch war?«, fragte Liselott. »Er hat bestimmt viel von Fanny gesprochen.« Sie blinzelte Ann-Margret an, als könne sie dann besser verstehen, was sie dachte. Ann-Margret musste innerlich immer lachen, wenn Liselott darauf bestand, den Namen ihres Mannes vollständig auszusprechen, als wäre er ein entfernter Bekannter. Natürlich hat er viel von Fanny gesprochen, dachte

Ann-Margret, davon, wie sehr er sie vermisst. Er wird sich nie daran gewöhnen, sein Leben ohne seine Tochter verbringen zu müssen.

Der Regen war schwächer geworden, zumindest für den Moment, und die Dämmerung hatte den Himmel über dem Lillfjärden in sanftes Rosa getaucht. Vielleicht würde es am nächsten Tag Sturm geben, dachte Ann-Margret. Sie meinte sich zu erinnern, dass ein rosafarbener Schimmer darauf hindeutete.

»Sie müssen auf jeden Fall hübsch frisiert sein«, sagte Liselott und kämmte unverdrossen weiter. »Gleich ist es an der Zeit für unser ›spezielles Päuschen‹.«

Sie beugte sich vor, damit Ann-Margret sie sehen konnte. Ihr hennafarbener Pony war auf Höhe der Augenbrauen gekürzt. Der Haaransatz am Scheitel offenbarte Liselotts tatsächliche Haarfarbe: typisch skandinavisches Dunkelblond.

Das »spezielle Päuschen«. So nannten die Schwestern die kleine Aktivität, die gleich beginnen sollte. Ann-Margret dachte sich, dass ihre Haare genauso gut unfrisiert sein konnten, aber sie ließ die Schwestern einfach machen. Was hätte sie auch anderes tun sollen?

Liselott tänzelte zum Buffet hinüber, das neben dem Bett stand. Dort verwahrte sie die Briefe. Jedes Mal, wenn ein neuer dazukam, steckte sie ihn sorgfältig in den Stapel zu den anderen. Ann-Margret fragte sich, wer eigentlich am meisten Wert auf das »spezielle Päuschen« legte – sie oder die Schwestern.

»Wollen wir *diesen* Brief nehmen?«, fragte Liselott, als sie sich über das Buffet beugte. Ann-Margret wusste genau, welchen sie meinte. Liselott fand nämlich, dass Ann-Margret immer so ein frohes Gesicht machte, wenn sie genau diesen Brief vorlas.

»Dann fange ich an«, verkündete Liselott feierlich und räusperte sich, bevor sie zu lesen begann.

Liebe Ann-Margret!
Das Leben ist gut zu mir, hier, wo ich bin. Ich bin wie
gemacht für ein Land, in dem immer die Sonne scheint.
Aber jeden Tag muss ich an dich denken, an alles, was du
verloren hast. Deine Tochter, deinen Körper, dein Leben.
Ich erinnere mich an deine warmen Hände, die mich um-
armen, und dann habe ich das Gefühl, dass es gar nicht so
lange her ist, dass wir uns zuletzt gesehen haben.

»Ach«, sagte Liselott und strahlte sie an. »Das ist so romantisch!«

Das sagt sie jedes Mal, dachte Ann-Margret. Dass die Sätze, ja jedes einzelne Wort, so liebevoll formuliert seien. Sie lächelte innerlich und dachte, dass man das ihren Augen sicherlich ansehen konnte.

Liselott fuhr fort:

Das Geld kommt jeden Monat bei mir an, und ich bin
unendlich dankbar dafür. Die Jungs hier unten brauchen
mich wirklich. Alles, was ich hier tue, tue ich nur für sie.
Ich lege dir ein Bild von einem von ihnen bei, dann kannst
du sehen, wem du wirklich hilfst. Dieser Junge hat seinen
Vater verloren, und wir haben ihn bei uns aufgenommen,
als er beim Klauen erwischt wurde. Er hat es nur getan,
um seine Familie zu ernähren. Und er ist nicht der Einzige.

Liselott hielt das Bild des dunkelhäutigen Jungen hoch. Sein krauses schwarzes Haar wuchs wie ein Helm um seinen Kopf. Es war eine Nahaufnahme, auf der man sehen konnte, dass er aus allen Knopflöchern strahlte. Er war so voller Leben, dass Ann-Margret sich jedes Mal, wenn sie ihn sah, von dieser Freude anstecken ließ.

»So ein süßes Kerlchen«, sagte Liselott und legte den Kopf auf die Seite. »Jetzt lese ich weiter.«

*Deine Pflegerinnen haben auf meinen Brief geantwortet,
daher weiß ich, dass es dir gut geht und dass sie dir alles
vorlesen, was ich dir schreibe. Ich bin ihnen von Herzen
dankbar, dass sie unsere Verbindung geheim halten.
Manchmal ist der Preis für die Gerechtigkeit hoch, aber
ich hoffe und glaube, dass du und ich uns in Kürze wieder
nah sein werden.
In Liebe, Henri*

Liselott faltete den Bogen zusammen und legte ihn aufs Bett.
Einen Moment lang sah sie aus, als wolle sie etwas sagen. Vielleicht etwas über Jan. In den ersten Jahren ihres Heimaufenthalts hatte sie nämlich versucht zu verbergen, dass sie ihn überhaupt nicht leiden konnte. Trotz allem war er ja Ann-Margrets Mann, der außerdem ihr Gehalt bezahlte. Aber irgendwann war es aus Liselott herausgesprudelt wie aus einer geschüttelten Champagnerflasche, und Ann-Margret war äußerst erstaunt gewesen. Außer ihrer Tochter Fanny hatte es selten jemand gewagt, Jan Pettersson zu kritisieren. Liselott fand ihn ausgesprochen egozentrisch, schließlich besuchte er sie nur einmal im Monat. Daher war sie unglaublich froh, dass Ann-Margret schon seit Langem einen Liebhaber hatte.

Aber diesmal begnügte sich Liselott damit, zu lächeln und zu sagen: »Ach, sind so kleine Geheimnisse nicht schön!«

10

Es war kurz vor neun, als Bernt Lindberg auf dem Weg zum Vernehmungsraum sein Sakko glatt strich und sich streckte. Wie üblich fragte sich Tindras Großvater besorgt, ob jemand bemerken würde, dass er Einlagen in den Schuhen trug. Er maß 165 cm ohne Schuhe, was für ihn immer eine Art Handicap dargestellt hatte. Selbst heute, da er mit der Polizei über den Mord an seinem Enkelkind sprechen sollte, dachte er daran.

Zu dem männlichen Polizisten, Johan Rokka, sah er auf. Der war nämlich groß, vermutlich an die zwei Meter. Bernt versuchte, seine Atmung zu kontrollieren. Die Luft im Raum war stickig, vergeblich sah er sich nach einem Fenster um, das man öffnen könnte.

»Herzliches Beileid«, sagte der große Polizist. »Soviel ich weiß, haben Sie und Tindra sich sehr nahegestanden, und deshalb möchten wir uns mit Ihnen unterhalten.«

Bernts Herz wollte sich noch immer nicht beruhigen. Schon seit er die Nachricht vom Tod seiner geliebten Tindra erhalten hatte, war es aus dem Takt. Er hatte mehrfach Herzrhythmusstörungen gehabt, war einfach nicht mehr zur Ruhe gekommen. Er räusperte sich und suchte Blickkontakt zu Rokka.

»Ich habe fünf Enkel, aber Tindra war immer mein Liebling, auch wenn man so etwas wohl nicht laut sagen darf. Aber ich weiß es noch wie gestern, als ich sie zum ersten Mal in den Armen hielt. Sie war gerade ein paar Tage alt. Von jenem Tag an war Tindra der wichtigste Mensch in meinem Leben. Meine Frau hat Verständnis dafür.«

Seine Stimme brach, und er musste sich räuspern.

Rokka startete die Aufnahme an seinem Handy.

»Vernehmung von Bernt Lindberg. Es ist neun Uhr morgens, ebenfalls anwesend ist Janna Weissmann.« Dann wandte er sich an sein Gegenüber: »Würden Sie bitte Ihre Beziehung zu Tindra beschreiben?«

»Wie meinen Sie das? Sie war mein geliebtes Enkelkind, ich ihr Großvater.«

»Erzählen Sie doch mal, was haben Sie gemacht, wenn Sie sich trafen?«

»Ich bin gern mit Tindra spazieren gegangen. Sie besaß die Fähigkeit, mich mit ihrem fröhlichen Lachen und ihrer klugen Sicht auf das Leben aufzuheitern. Aber in der letzten Zeit haben wir uns nicht mehr so viel gesehen.«

»Was meinen Sie mit ›der letzten Zeit‹?«

Bernt überlegte. Er kam darauf, dass das wohl schon seit Neujahr so war. Er erinnerte sich an seine Verstimmung, als Tindra einen Wochenendtrip nach Paris gemeinsam mit Sonja und ihm abgelehnt hatte. Soweit er wusste, war sie noch nie dort gewesen, und es war überhaupt nicht ihre Art, solche Dinge auszuschlagen. Vielleicht lag es auch schon viel länger zurück, dass sie sich entfremdet hatten?

»Im letzten halben Jahr, würde ich mal sagen.«

»Haben Sie eine Vermutung, woran das lag?«

Bernt lockerte seinen Hemdkragen.

»Sie hatte vor dem Abitur sicherlich viel im Kopf. Ihre Ausbildung und die Zukunft. Vielleicht fehlte ihr einfach die Zeit für einen … einen alten Großvater.«

Bernt spürte, wie seine Nasenflügel anfingen zu beben.

»Glauben Sie, dass sie in schlechte Kreise geraten sein könnte?«

»Tindra war ein äußerst anständiger Mensch und hielt viel auf ihre Freunde.«

»Und was war mit jungen Männern?«

»Ich weiß nichts von irgendwelchen Beziehungen. Mit ihrer Persönlichkeit und ihrem Aussehen hätte sie nie ein Problem gehabt, jemanden zu finden. Wenn die Zeit dafür reif war.«

»Wie ist Ihre Beziehung zu Tindras Eltern?«

Bernt blickte Rokka kurz an, dann schlug er die Augen nieder und sah auf die Tischplatte. Allein der Gedanke an Tindras Vater erzürnte ihn. Er konnte nicht verstehen, dass seine Tochter es mit diesem faulen Hund ein Leben lang ausgehalten hatte. Klar, er hatte seiner Familie ein schönes Haus gekauft. Aber er hatte sein Geld in der Baubranche gemacht, und Bernt war sich sicher, dass nur die Hälfte von dem, was er nach Hause brachte, auch in der Buchhaltung zu finden war.

»Ich war Tindras Großvater. Das war alles.«

»Wollen Sie damit sagen, dass Sie keinen Kontakt pflegen?«

»Wir sehen uns zu Weihnachten und an anderen Feiertagen, wenn man es nicht umgehen kann.«

»Wie würden Sie Tindras Vater beschreiben?«

»Er ist ein Narzisst, der übelste, dem ich je begegnet bin. Hat immer nur von sich selbst geredet, anderen nicht mal zugehört. Er klopfte sich selbst auf die Schulter, dass sein Unternehmen so gut lief, aber ich weiß, dass er das nur den polnischen Bauarbeitern zu verdanken hatte, die er beschäftigte. Die ließ er Tag und Nacht schuften, und das für einen Hungerlohn.«

Die Polizisten sahen sich kurz an, und Bernt kam der Gedanke, dass es eigentlich unnötig gewesen war, schlecht über Tindras Vater zu reden. Was auch immer er für ein Mensch war, er hatte gerade seine Tochter verloren.

Bernt sah nun Rokka eindringlich an. Er musste diese Frage loswerden.

»Haben Sie irgendeinen Verdacht, wer ihr das angetan haben könnte?«

Ein paar Hundertstelsekunden lang hoffte er, dass der Mörder irgendeinen Fehler begangen hatte. Dass es Zeugen gab.

Doch Rokka antwortete: »Zurzeit haben wir leider noch keinen Verdächtigen«, und Bernt spürte wieder Angst in sich aufkeimen.

»Aber es handelt sich um einen ausgesprochen kaltblütigen Mord.«

Bernt erschauerte und sah, wie die Polizisten nach einem Foto griffen, das umgedreht auf dem Tisch lag. Bernts Herz schlug, falls das möglich war, noch schneller. Er wollte kein Bild von Tindras Leiche sehen. Wollte sich so an sie erinnern, wie sie gewesen war. Trotzdem konnte er den Gedanken nicht unterdrücken, wissen zu wollen, was der Täter mit ihr gemacht hatte, und zwar in allen Einzelheiten.

»Ist das ein Bild von Tindra?« Er blickte auf das umgedrehte Foto.

»Bringen Sie es über sich, es sich anzusehen?« Rokka legte die Hand darauf.

Wie schlimm würde es sein? Bernt nickte langsam. Er schnappte nach Luft, während er Rokkas Handbewegung folgte, als der das Bild umdrehte.

Sein Blick heftete sich an die Aufnahme. Das silberfarbene Tape hatte ihr Gesicht grotesk verzerrt, und das Blut, das früher durch ihre Adern geströmt war, hatte nun ihren ganzen Körper bespritzt. Konnte das wirklich Tindra sein? Bernt brach zusammen. Erst zitterte er nur, als er anfing zu weinen. Dann wurde es immer schlimmer, bis am Ende sein ganzer Körper unkontrolliert zuckte. Die Worte der Polizisten hörte er nur noch wie durch Watte. Da spürte er einen Arm auf der Schulter. Jemand stellte ein Glas Wasser vor ihn hin, aber es war ihm unmöglich, auch nur einen Schluck zu trinken. Die Polizistin hakte ihn unter, half ihm auf die Beine und führte ihn zum Ausgang.

»Mir sind leider die Visitenkarten ausgegangen«, sagte Rokka und schrieb ihm seine Telefonnummer auf eine Serviette. »Bitte melden Sie sich bei uns, wenn Ihnen noch etwas einfällt, das interessant sein könnte. Was auch immer es ist.«

Bernt nahm die Serviette entgegen und stopfte sie mit zittriger Hand in die Brusttasche seines Oberhemdes. Das Bild, das er eben gesehen hatte, würde ihn ewig verfolgen. Was hatten sie seiner Tindra nur angetan?

***

»Bist du gestern nach Hall gefahren?«

Janna Weissmann versuchte, so leise wie möglich zu sprechen, auch wenn sie in der Cafeteria alleine waren. Rokka lehnte mit verschränkten Armen am Kühlschrank. Er nickte ganz langsam, und an seinem abwesenden Blick konnte Janna erkennen, dass er mit seinen Gedanken ganz woanders war. Ihr fiel auch auf, dass seine dunkelbraunen Stoppeln länger als sonst waren, und zum ersten Mal entdeckte sie die grau melierten Einsprengsel darin.

Sie musste daran denken, was Melinda gesagt hatte. Dass Rokka sie mochte, mehr als man Kollegen mochte.

Sie betrachtete seinen Nacken, die Schultern und Oberarme, die immer durchtrainiert wirkten, obwohl er fast nie ins Fitnessstudio ging. Sie hingegen war überzeugt, dass Rokka Melinda mochte. Und zwar in vielerlei Hinsicht.

»Ich will nicht darüber sprechen«, sagte Rokka. Er ging zur Spüle und drehte den Wasserhahn auf. »Ich hoffe, das geht für dich in Ordnung.«

»Kein Problem«, sagte Janna und bemerkte, wie er an den Unterarmen eine Gänsehaut bekam. Sie wünschte, sie könnte seine Gedanken lesen.

»Was sagst du zu der Vernehmung von Tindras Großvater?«, fragte er sie und beugte sich vor, um etwas Wasser zu trinken.

»Das Bild würde jeden schockieren«, sagte Janna. »Es ist nicht gerade erstaunlich, dass er so darauf reagiert hat. Aber interessant ist, dass sowohl er als auch Rebecka Klint ausgesagt haben, dass Tindra sich seit dem Winter irgendwie verändert hat.«

Rokka nickte. Vielleicht war da etwas in ihrem Leben geschehen, vielleicht hatte sie zu diesem Zeitpunkt jemanden kennengelernt. Die Frage war nur, wie sie das herausfinden sollten.

»Wir könnten als Erstes mal ihr Konto überprüfen«, schlug Janna vor. »Wenn uns die Kontoauszüge vorliegen, können wir an den Kartenbuchungen nachvollziehen, was sie eingekauft hat. Es heißt ja, dass Aufnahmen von Überwachungskameras nicht viel bringen, aber vielleicht erinnert sich ja auch jemand an sie.«

Plötzlich ertönte ein Schrei aus dem Gang. Jemand rief um Hilfe, und die Stimme klang, als sei es Fatima Voix vom Empfang.

Janna und Rokka rannten zum Ausgang.

Vor dem Empfangstresen lag Bernt Lindberg auf dem Boden. Er krümmte sich zusammen und hielt sich die Hände vor die Brust. Fatima beugte sich über ihn und strich ihm sanft über den Kopf. Sie sah ihre Kollegen verschreckt an.

»Haben Sie Herzprobleme?«, fragte Rokka, als er sich neben Bernt kniete, der kurz und heftig atmete.

»Ich nehme Medikamente ... schon seit vielen Jahren ... aber in der letzten Zeit geht alles durcheinander.«

Wieder krümmte er sich und wimmerte vor Schmerzen.

»Ich rufe einen Krankenwagen«, rief Janna und sprang auf. So schnell sie konnte, wählte sie am Empfang die 112.

»Was ist hier los?«

Janna hörte Melindas besorgte Stimme und sah sie durch den Gang auf sie zugerannt kommen. Während Janna am Telefon alle nötigen Angaben zu Bernt machte, sah sie, wie Melinda neben Rokka zu Boden sank. Als sie ihn umarmte, spürte Janna einen seltsamen Stich in der Brust. Ein unbekanntes Gefühl.

»Der Krankenwagen kommt gleich«, ertönte es am anderen Ende der Leitung.

Janna zuckte zusammen, als sie die gute Nachricht hörte. Sie sah, wie Bernt sich auf dem Boden wand, aber ihr Blick haftete dennoch an Rokka und Melinda. Jetzt war sie sich sicher. Die beiden hatten etwas miteinander.

***

Eddie Martinsson klappte den Laptop auf seinem Schoß auf. Sein Rücken tat weh von der Nacht auf dem Sofa, er fühlte sich steif wie ein alter Mann. Die Jalousien waren heruntergelassen, und streng genommen konnte er sich gar nicht mehr daran erinnern, wann er zuletzt Licht in den Fenstern gesehen hatte. Er öffnete den Browser und gab die Adresse ein: pornomaniacs.nu. Ein Banner mit Mädels, die riesige Silikontitten hatten, flimmerte über den Bildschirm. Hier sollte er sich also mit Mats Wiklander unterhalten. Er suchte ein Feld, wo er sich einloggen konnte. Ganz oben rechts in der Ecke entdeckte er eins. Er gab seinen Benutzernamen ein. Samantha79.

Dann warf er einen Blick auf die Filme, die man dort anschauen konnte. Verschiedene Kategorien. Blondinen. Brünette. Asiatinnen. Man konnte frei wählen. Er klickte auf die Toplist. Die Filme reihten sich auf, und er klickte den oberen an, der die meisten Punkte erhalten hatte.

Zwei Blondinen. Nackt. Die eine hatte ihren Kopf zwischen den Beinen der anderen.

Er rief den Film auf. Die Mädels waren voll bei der Sache. Die eine leckte, die andere stöhnte. Hübsche Dinger. Beide. Aber er könnte nie mit einer zusammen sein, die in einem Porno mitgemacht hatte. Wie kamen die überhaupt darauf, sich auf so was einzulassen? Wahrscheinlich kriegten sie eine Stange Geld dafür.

Das eine Mädel stöhnte nun immer lauter. Die andere leckte weiter. Komischerweise ließ ihn das völlig kalt. Die Musik, die im Hintergrund lief, war auch total abtörnend, also machte er aus.

Die Uhr auf seinem Bildschirm zeigte an, dass er noch drei Minuten hatte. Es fiel ihm schwer, still zu sitzen. Er stand auf und schaute aus dem Fenster. Regen prasselte an die Scheibe. Er hörte aus dem Treppenhaus, wie die Haustür aufging und wieder zuschlug. Schritte auf der Treppe, die an ihrer Tür vorbeistapften, in das obere Stockwerk. Er wusste, dass er an diesem Tag allein bleiben würde.

Plötzlich ertönte ein Pling. Sophie88 hatte eine Mitteilung geschickt. Eddie rief sie auf.

Batman Tomate 11 23, war da zu lesen.

Eddie grinste vor sich hin, als er die verschlüsselte Nachricht auf dem Bildschirm las. Schließlich gehörte er zu denen, die sie verstehen konnten. Er platzte beinahe vor Stolz.

Heute war der elfte Juni, das wusste er. Er holte das Sony-Handy und den Umschlag, in dem die SIM-Karten lagen. Hielt sie sich vor die Nase. Heute Abend um elf Uhr würde er seinen ersten Job bekommen.

***

Peter Krantz warf sich auf seinem Bett in der Zelle hin und her. Der Schmerz im Ohr war am schlimmsten, wenn er lag, aber auch wenn er saß, fühlte es sich an, als würde ihm jemand ein Messer ins Ohr stechen und umdrehen. Die grauen Betonwände schienen sich auf ihn zuzubewegen. Seit dem Frühstück hatte er hier gehockt. Die Angst hatte seinen Körper im Griff wie ein Schraubstock, sie nahm ihm Stück für Stück die Luft zum Atmen.

Der Gemeinschaftsraum war keine Alternative. Lauter bedrohliche Blicke, Typen, die Bescheid wussten. In der Zelle konnte er aufatmen, zumindest eine Zeit lang. Aber ihm war klar, dass die da draußen Pläne schmiedeten. Pläne, gegen die er sich nicht würde wehren können. Er sah hoch zum Ventilator der Lüftungsanlage. Normalerweise war von dort ein leises Surren zu hören, aber jetzt klang das Geräusch in seinem Kopf wie tausend brummende Fliegen. Übelkeit stieg in ihm auf, und er sah zur Toilette in der Ecke hinüber.

Das Laken fühlte sich unter seinen Handflächen starr wie Papier an. Er drückte es zusammen und ließ los. Drückte und ließ los. Drückte wieder und ließ los. Er sah hoch zur Pinnwand, wo ein Bild seiner Mutter Christina hing. Ihre dunklen Locken bildeten einen Kontrast zu der weißen Bluse. Im Ausschnitt baumelte der goldene Herzanhänger, den sie von ihrer Mutter geerbt hatte. Über das Bild hatte er mit einem Filzstift ein fettes schwarzes Kreuz gezogen.

»Ich hoffe, du kannst mich hier sehen«, murmelte er.

Sie an diesem Weihnachtsfest vor zwei Jahren umzubringen war anfangs nicht Teil seines Plans gewesen, und er hatte bestimmt auch nicht vorgehabt, sie zu zerstückeln. Aber dann hatte er kapiert, dass es tatsächlich die Schuld seiner Mutter gewesen war, dass sein Leben so mies gelaufen war. Immerhin hatte sie beschlossen, ihn auf die Welt zu bringen, obwohl sie gar nicht in der Lage gewesen war, sich um ihn zu kümmern.

Er hatte ihr ein Kissen aufs Gesicht gedrückt, als sie schlief. Nach einer Weile hatte sie gar nicht mehr wie seine Mutter ausgesehen. Hatte eine komische Hautfarbe angenommen und war aufgedunsen. Da hatte er Panik bekommen. Hatte sie ins Badezimmer geschleift und die Motorsäge geholt. Menschenknochen waren viel härter, als er es sich vorgestellt hatte, und so hatte es ganze fünf Stunden gedauert, sie zu zersägen und die Einzelteile in Plastiksäcken zu verstauen. Die hatte er dann im Wald verbuddelt.

Es klopfte an seiner Tür, und sofort begann sein Herz zu rasen. Als er auf die Uhr schaute, wurde er wieder ruhiger, jetzt war es Zeit für den Nachmittagstee.

»Bitte schön, das Teewasser«, sagte der Vollzugsbeamte und reichte ihm die Thermoskanne. Er sah Peter ins Gesicht und runzelte die Stirn.

»Alles okay?«

»Könnte nicht besser sein«, antwortete Peter und lächelte ihn an. Der Wächter zwinkerte ihm zu, bevor er die Tür wieder schloss. Es klickte, als der Riegel ins Schloss sprang, und seine Schritte verhallten im Flur.

Schnell riss Peter das Laken vom Bett herunter, dann fuhr er mit der Hand unter den Hosenbund und holte einen Filzstift hervor. Er strich das Betttuch so gut wie möglich glatt, dann begann er zu schreiben. Die Buchstaben wurden krakelig, aber sie bildeten Worte, und die Worte einen Satz. Eine Welle von Angst überkam ihn, er spürte den Druck im Brustkorb. Aber er las den Satz und spürte, dass er das einzig Richtige tat.

Er zog seine Hausschuhe aus und fuhr mit der Hand hinein. Da war der Schraubenzieher, den er jetzt brauchte. Er hob den Metallgegenstand auf und fuhr mit dem Finger über das sternförmige Ende. Er hatte ihn aus dem Häuschen des Wachmanns gestohlen. Ein paar Dinge hatte er in den zweieinhalb Jahren immerhin gelernt.

**

Das Polizeilogo flatterte über den Bildschirmschoner, und Johan Rokka rieb sich die Augen. Viel Schlaf hatte er nach dem Besuch in Hall nicht bekommen.

Vor dem Fenster sah er eine Familie vorbeilaufen, alle in Gummistiefeln und Südwester. Die Mutter hielt die Kinder an der Hand, der Vater folgte ein paar Schritte hinter ihnen, bepackt mit Eimern und Angelruten. Familie in den Sommerferien. Meilenweit entfernt von seinem Leben.

Er spürte die Müdigkeit in jeder Faser seines Körpers. Eigentlich hätte er die Vernehmung von Bernt Lindberg dokumentieren müssen, aber seine Log-in-Karte lag nicht am gewohnten Ort. Er tastete seine Hosentaschen ab, aber konnte nichts finden.

Als er den Schreibtisch inspizierte, fiel ihm die Szene mit Melinda wieder ein, wie sie vor ein paar Tagen hier vor ihm auf der Tischplatte gesessen und ihn ordentlich angetörnt hatte. Aus irgendeinem Grund kam ihm diese Szene jetzt völlig absurd vor. Plötzlich sah er die Log-in-Karte unter der Tastatur. Er nahm sie in die Hand, aber brachte es nicht fertig, sie in den PC zu schieben. Noch immer musste er an Peter Krantz' Blick denken, als er sich nicht traute zu erzählen, was er wusste.

Er rieb sich übers Gesicht. Seufzte. Draußen tastete sich die Sonne durch die Wolkenwand und tauchte die gegenüberliegende Hausfassade für einen kurzen Moment in Orange. Zum hundertsten Mal zwang er sich, die Nummer des Polizeijustiziars in Gävle zu wählen. Der hatte nämlich die Macht über diese verfluchte Bürokratie. Zumindest was seine eigene Angelegenheit betraf, nämlich an die Vernehmungsunterlagen im Fall Fanny Pettersson zu gelangen.

Der Jurist Åke Hansson nahm nach zwei Klingeltönen ab. »Ach, Sie sind das wieder.«

»Ich hätte gern gewusst, was ich tun muss, um die komplette Dokumentation des Falls Fanny Pettersson zu erhalten«, sagte Rokka.

»Haben Sie das Okay noch nicht bekommen?«, fragte Hansson ärgerlich.

»Dann würde ich Sie nicht anrufen«, antwortete Rokka.

»Sparen Sie sich diesen Tonfall«, sagte Hansson sofort. »In dieser Sache hat es schon viele Nachfragen gegeben, aber

Sie haben die Zusammenfassung doch erhalten, und da es sich um ein eingestelltes Verfahren handelt, sollte das wohl genügen?«

Rokka rekelte sich und sah aus dem Fenster.

»Haben Sie wirklich das Recht dazu, mir diese Unterlagen vorzuenthalten?«

»In diesem Fall bestimme ich, was richtig und was falsch ist«, entgegnete Hansson. »Ich habe Ihr Gerede langsam satt. Mehr Zeit kann ich mit dieser Angelegenheit nicht verschwenden.«

»Korrigieren Sie mich jetzt bitte, wenn ich falschliege«, sagte Rokka. »Wie alt sind Sie, an die sechzig?«

»Was hat das damit zu tun?«

»Ich gehe davon aus, dass Sie wie die meisten von uns sowohl früher als auch heute mal ein bisschen verliebt waren, stimmt's?«

»Jetzt reicht es aber«, entrüstete sich Hansson.

»Dann antworten Sie jetzt mal ehrlich auf meine Frage«, sagte Rokka. »Erinnern Sie sich noch an Ihre erste große Liebe? Als Sie begriffen haben, was Liebe überhaupt ist? Und da meine ich nicht die Mädels, die einen zum ersten Mal mit ins Bett nehmen. Ich meine diejenige, die diese Gefühle in Ihnen ausgelöst hat ... dass nichts anderes von Bedeutung ist.«

»Dafür zahlen die Steuerzahler wirklich nicht«, schimpfte Hansson. »Wenn Sie nichts Vernünftiges mehr zu sagen haben, dann beenden wir jetzt dieses Gespräch. Und zwar sofort.«

»Geben Sie mir die Dokumentation«, sagte Rokka kurz. »Es gibt doch keinen Grund, sie mir vorzuenthalten. Können Sie nicht verstehen, was Fanny mir bedeutet hat?«

Hansson schwieg. Rokka presste die Kiefer aufeinander. Wartete darauf, dass es in der Leitung klickte. Doch nichts dergleichen. Dann hörte er, wie Hansson angestrengt Luft holte.

»Ich werde an Carina Nilsson aus dem Zentralarchiv ein

Memo schreiben«, sagte er. »Das mache ich jetzt gleich. Sie bekommt die Anweisung, alle Unterlagen in Kopie zu Ihnen zu schicken. Und das war jetzt Ihr letzter Anruf.« Danach kam das Klicken.

Rokka starrte auf das Display. Aufgelegt. Sein Herz pochte immer schneller. Er sah auf die Uhr. Ließ zwei Minuten verstreichen. Dann wählte er die Nummer vom Zentralarchiv.

Das Erste, was er von der Frau am anderen Ende der Leitung hörte, war ihr Schmatzen.

»Das Kaugummi kannst du ausspucken«, sagte er. »Jetzt wird gearbeitet.«

»Aha«, sagte Carina Nilsson und lachte. Ihre Stimme klang wie ein Reibeisen, als würde sie jeden Tag zwei Schachteln Zigaretten rauchen.

»Endlich hab ich das Okay bekommen, dass ich die gesamte Dokumentation der Vernehmungen in Fannys Fall erhalte«, sagte Rokka und merkte, dass er sich fast verhaspelte, so schnell spuckte er die Worte aus. »Du bekommst ein Memo von Hansson aus der Rechtsabteilung.«

»Lass mal sehen«, sagte sie und tippte etwas in ihren Computer ein. »Eingangsnummer 2102-K10145-93, das dürfte nicht schwer zu finden sein.«

Rokka hörte, wie sie sich entfernte und in einen anderen Raum ging.

»Ich stehe jetzt vor dem Archivschrank«, erklärte sie. Dann stöhnte sie auf, und ein schleifender Laut erklang. »Moment mal, der ist ziemlich schwer zu öffnen.«

Rokka hörte Papierrascheln.

»Tut mir leid, in Regal fünf, Fach sieben liegt nichts«, sagte sie nach einer Weile.

Rokka schluckte.

»Bitte such noch mal. Die Dokumentation muss da sein. Zumindest ein Bericht. Irgendwas.«

»Mein Lieber, Fälle aus dem Jahr 1993 liegen in Regal fünf, Fach sieben. Ein paar andere Mappen aus diesem Sommer liegen auch da.«

»Aber die Zusammenfassung, die ich vor ein paar Wochen bekommen habe, lag da doch auch?«

»Das ist wirklich sonderbar. Die Dokumentation müsste da sein, genau wie du sagst. Aber hier ist nicht mal irgendein kleiner Vermerk. Das Fach ist einfach nur leer.«

Rokka beendete das Gespräch und schob das Handy von sich weg.

Was zur Hölle war da los?

11

Hjalmar Albinsson setzte sich neben Janna und rutschte vor auf die Stuhlkante. Sie hatten die Kontoauszüge auf dem Tisch, die ihnen die Swedbank zur Verfügung gestellt hatte. Hjalmar schniefte, zog ein weißes Taschentuch aus der Hosentasche und tupfte sich die Nase ab.

»Pollen«, erklärte er zu seiner Entschuldigung.

Mit seinen runden Brillengläsern und den etwas vorstehenden Schneidezähnen sah er irgendwem sehr ähnlich, Janna kam nur nicht drauf, wem. Aber es war jemand, den sie als Kind im Fernsehen gesehen hatte. Seine dunklen Haare lagen ordentlich gekämmt über seiner Glatze. Hjalmar war erst 45 Jahre alt, man hätte ihn allerdings auch für 60 halten können. Janna aber sah in ihm den freundlichen und kompetenten Kollegen, der er ohne Zweifel war. Wenn es um die Sicherung biologischer Spuren ging, war er absolute Spitze.

»Schau mal«, sagte Janna. »Jeden Monat am 27. gab es zwei Überweisungen auf Tindras Konto, einmal 3000 und einmal 3500 Kronen.« Sie klickte weiter und sah schnell, dass der erste Betrag von Bernt Lindberg, der zweite von Kent Edvinsson gezahlt wurde. Der Überweisungsbetrag von Tindras Vater war erst kürzlich um 500 Kronen erhöht worden.

»Tindras Vater war wohl verärgert, dass Tindras Großvater eine genauso hohe Summe überwies«, sagte Janna.

Auf diesen Zahltag folgten immer ein paar Einkäufe in Klamottengeschäften. In jedem Monat dasselbe Muster. Meist sah man Empfänger wie Hennes & Mauritz oder Gina Tricot. Mehrmals in der Woche hatte Tindra Wayne's Coffee besucht, den ein oder anderen Einkauf bei der Kosmetikkette Kicks stellten sie außerdem fest.

»Keiner der Beträge übersteigt eine Summe von 1000 Kronen«, sagte Hjalmar. »Aber es sind erstaunlich viele Einkäufe. Ist das bei der heutigen Jugend normal?«

Plötzlich fiel Janna etwas auf.

»Schau mal«, sagte sie und tippte mit dem Fingernagel an den Bildschirm. »Am dreizehnten Januar hat Tindra eine wesentlich höhere Zahlung als sonst getätigt.«

Hjalmar schob sich die Brille auf die Nase und beugte sich vor.

Die Summe belief sich auf 6299 Kronen. Die Überweisung ging an die Elgiganten GmbH, einen großen Elektronikmarkt.

»Was kauft man da denn für 6000 Kronen?«, wunderte sich Janna. »Außer Waschmaschinen und Trockner.«

»Ich habe da mein Surroundsystem erstanden«, sagte Hjalmar. »Und einen Toaster. Aber nicht zu diesem Preis.«

»Sie verkaufen auch Tablets«, sagte Janna. »Aber die bewegen sich eigentlich nicht ganz in dieser Preisklasse, und Tindras Eltern haben ja gesagt, Tindra hätte nur ihren Laptop benutzt.«

Janna betrachtete die Summe ein letztes Mal. 6299. Dann schloss sie die Datei und fuhr den PC herunter. Ihr Blick blieb an der weißen Wand gegenüber hängen. Sie versuchte, Tindra vor sich zu sehen und sich vorzustellen, was sie von dem Elektronikmarkt hätte brauchen können. Und dann war es ihr klar.

»Wir müssen mit der Elgiganten GmbH mal sprechen, die können den Kauf in ihrem System einsehen«, sagte sie und stand auf. »Aber ich habe schon einen Verdacht, was das war.«

»Und zwar?«, fragte Hjalmar.

»Ein Smartphone.«

***

Eddie Martinsson wartete im Treppenhaus. Das rote Backsteingebäude befand sich in Björkberg, einem Stadtteil im Osten von Hudiksvall. Er saß eine halbe Treppe höher, denn er wollte nicht sofort zu sehen sein, wenn der Typ hereinkam. Eddie dachte über den Auftrag nach, den er bekommen hatte. Mats hatte ihn um elf Uhr abends angerufen. In knappen Worten hatte er mitgeteilt, was Eddies erster Testauftrag sein würde:

Dem Typen eins aufs Maul geben.

Eddie beugte sich vor und schielte durch die Fensterscheibe zum Hauseingang hinunter. Vor dem Haus war ein Spielplatz. Schaukeln aus Autoreifen hingen ruhig in ihren Ketten. Daneben stand ein kleiner Holzturm, auf den man hochklettern konnte, und eine rote Rutsche. Jemand hatte ein schwarzes Hakenkreuz über die gesamte Rutsche geschmiert. Eddie drehte das Feuerzeug zwischen den Fingern hin und her. Wäre gern rausgegangen, um eine zu rauchen, aber blieb doch lieber sitzen. Der Typ konnte jederzeit kommen.

Er würde ihn leicht erkennen, hatte Mats gesagt. Rote Haare, so groß wie Eddie selbst. Als Eddie nachgefragt hatte, warum der Rotschopf in die Fresse bekommen sollte, hatte Mats nur gemeint, das könne ihm egal sein, er solle einfach nur seinen Job machen. Eddie hatte dagegengehalten, dass es einfacher sei, es zu tun, wenn er wusste, warum. Mats hatte nur geseufzt und irgendwas gemurmelt, dann hatte er gesagt, der Junge sei Läufer in einer anderen Gang. In einer Gang, die ebenfalls die Herrschaft über Norrland an sich reißen wolle. Wenn Eddie bei den White Pythons etwas werden wolle, dann müsse er auch bereit sein, sie zu verteidigen. Ob er das kapiert habe?

Fine, hatte Eddie gedacht.

Mats saß in seinem Audi und parkte vor dem Haus. Hatte den Eingang voll im Blick, um zu sehen, ob alles so lief, wie er es wollte.

Plötzlich hörte Eddie, wie die Tür aufging. Er stand völlig unter Strom und lauschte. Hörte, wie die Schritte näher kamen. Plötzlich hielten sie an.

Eddie spähte durch die Stangen des Treppengeländers. Erkannte den roten Haarschopf. Er griff ans Geländer und schwang sich nach unten. Der Typ mochte offenbar keine Überraschungen und drückte sich gegen die Wand. Eddie wusste sofort, dass er selbst der Stärkere von beiden war.

Er packte den anderen am Jackenkragen und presste ihn noch fester an die Wand. Blickte ihm direkt in die Augen. Der Kerl sah aus wie ein verschrecktes Eichhörnchen.

Erst war es Eddie zuwider, die Aktion kam ihm falsch vor. Doch dann wurde in seinem Inneren ein Schalter umgelegt. Er machte kurz einen Schritt zurück. Schlug einen schnellen rechten Haken, dann mit der Linken einen Uppercut. Der Typ schwankte und stolperte auf Eddie zu.

»Ich hoffe, ihr wisst, mit wem ihr es zu tun habt«, sagte Eddie so herablassend wie möglich. Gleichzeitig spürte er, wie etwas in ihm wuchs. Ihn würde niemand blöd anlabern. Keiner sollte auf die Idee kommen, sich mit den White Pythons anzulegen. Er packte den anderen an den Schultern und rammte ihm das Knie in die Brust. Davon fiel der Typ um. Als er wieder hochgekommen war, schubste Eddie ihn von hinten zur Haustür hinaus. Der Kerl stolperte auf die Straße, wo er auf die Knie fiel und sich den Bauch hielt.

Eddie sah zu dem schwarzen Audi hinüber, dann begann er zu rennen. Schnell. Nichts wie weg.

***

»Wissen wir, welches Handy Tindra benutzte?«

Johan Rokka bremste direkt vor dem Eingang des Elektronikmarkts. Die Verkäuferin, mit der er telefoniert hatte, hatte alles andere stehen und liegen lassen, als sie hörte, worum es ging.

»Ja«, sagte Janna. »Telia hat bestätigt, dass es ein iPhone war.«

»Vielleicht hatte Tindra zwei Handys?«

»Ein offizielles und ein geheimes, nur für ihren Freund, meinst du?«

Ein Paar Mitte sechzig beobachtete sie, als sie die Autotüren zuschlugen. Janna und Rokka gingen über den Asphalt zum Haupteingang. Hinter den blauen Schiebetüren wartete eine Frau, die vermutlich die war, mit der Rokka gesprochen hatte. Sie trug einen strengen Dutt und eine dunkelblaue Bluse mit einer grünen Verzierung am Kragen.

»Lassen Sie uns mal an meinem Rechner nachschauen«, schlug sie vor und ging ins Geschäft. Rokka sah sich um. An der einen Seite hingen Fernseher in den unterschiedlichsten Größen, und alle zeigten dasselbe Bild, eine Nachrichtensendung vom Kongresszentrum Stockholm Waterfront. Auch in Stockholm war es bedeckt, aber die Flaggen wehten vor dem verglasten Gebäude im Wind. Rokka war froh, dass es in den Nachrichten endlich mal um etwas anderes ging als um den Mord an Tindra.

Auf der gegenüberliegenden Seite waren allerlei Handys aufgereiht, und daneben befand sich die Abteilung für Elektrogeräte. Es war lange her, dass Rokka in so einem Geschäft eingekauft hatte, zuletzt war es ein Headset für sein Handy gewesen, von dem die Werbung versprach, es könne sich nicht verheddern. Noch am selben Abend hatte er den Kabelsalat in den Mülleimer geschmissen. Eine Waschmaschine oder einen Kühlschrank hatte er noch nie selbst gekauft, denn er hatte noch nie eine eigene Wohnung besessen, sondern immer nur zur Miete oder Untermiete gewohnt.

Die Verkäuferin blieb an einem kleinen Stehtisch in der Mitte des Verkaufsraumes stehen.

»Hier ist es etwas ruhiger«, sagte sie und sah sich um. Ihre Wangen waren gerötet. »Die Sache mit dieser Tindra Edvinsson ist ja schrecklich. Meine Tochter ging in dieselbe Schule, sie war in der Parallelklasse.«

Da fiel Rokka auf, dass er das Alter der Frau völlig falsch eingeschätzt hatte, es sei denn, sie war bereits im zarten Alter von zwölf Mutter geworden.

»Ich hoffe wirklich sehr, dass ich Ihnen irgendwie weiterhelfen kann«, fuhr die Frau fort. »Sie wollten Informationen über einen Kreditkartenkauf haben, der im Januar getätigt wurde?«

Rokka nickte, und Janna gab ihr alle wichtigen Daten.

Die Frau tippte etwas in den Rechner ein und suchte dann auf dem Bildschirm nach der Transaktion.

»Hier haben wir es«, sagte sie. »Am dreizehnten Januar ... da habe ich sogar gearbeitet.«

Rokka und Janna stellten sich dicht neben sie. Die Frau zeigte mit ihrem langen, lilafarbenen Fingernagel auf eine Ziffernkombination auf dem Bildschirm.

»Das war ein Handy.«

Rokka las die ganze Zeile, dann warf er Janna einen Blick zu, um zu sehen, ob sie denselben Gedanken hatte wie er.

»Ein Samsung«, sagte Janna erstaunt.

»Ja, ein Samsung Galaxy S5, mit 16 GB Speicher und Snapdragon-Prozessor. Zu dem Zeitpunkt war es eines der leistungsfähigsten Geräte, die auf dem Markt waren.«

Rokka fand, dass sie wie ein Hacker klang, als sie das zusammenfasste.

»Können Sie sich an Tindra noch erinnern?«

Die Frau nickte langsam.

»Tatsächlich, das kann ich«, antwortete sie.

»Wissen Sie noch, ob sie allein hier war?«

»Ja, sie war allein, und sie wollte auch eine Prepaid-Karte für das Handy, sie wollte viel surfen.«

»Bei welchem Anbieter?«

»Telia«, sagte die Frau. »Hier im Norden ist es immer Telia oder Halebop, sie benutzen dasselbe Netz. Heutzutage wollen die Leute eigentlich nur ein stabiles Netz und Internet zum Surfen.«

»Mit einem Samsung?«, fragte Janna und sah wieder auf den Bildschirm.

Rokka zuckte ratlos die Schultern. »Was spricht dagegen, verschiedene Marken zu benutzen?«

»Es könnte durchaus so sein, wie ihr Kollege denkt«, sagte die Verkäuferin und lächelte. »Wenn man als Erstes ein iPhone hat, dann kauft man meist wieder eins, und ebenso ist es, wenn man Android benutzt. Aber es gibt selbstverständlich auch Ausnahmen.«

Rokka stemmte die Hände in die Seiten und dachte, dass er noch nie nur eine Marke benutzt hatte und es auch niemals tun würde.

»Können Sie die Telefonnummer sehen, die mit dieser Karte verknüpft ist?«, fragte er.

»Leider nein, aber wir haben die IMEI-Nummer, mit der müsste Telia die Nummer finden.«

Rokka bedankte sich und stand eine Weile schweigend da, ließ die Gedanken zur Ruhe kommen.

»Entweder war sie eine illoyale Käuferin und besaß zwei Telefone …«, sagte er nach einer Weile und sah Janna in die Augen. »Oder aber sie hat das Handy nicht für sich gekauft.«

***

Bernt Lindberg schloss die Haustür seines weiß geklinkerten Hauses hinter sich und atmete tief durch. Er hatte zur Beobachtung im Krankenhaus bleiben müssen, allerdings nur eine Nacht. Dass sein Herz nach dem Gespräch mit den Polizisten so reagiert habe, beruhe auf dem vorübergehenden Stress, sagten die Ärzte. Sein Blutdruck war leicht erhöht gewesen, aber darüber hinaus hatten sie nichts weiter feststellen können. Eine ganz normale Reaktion in einer Trauerphase.

Er streifte seine Segelschuhe ab und sah im Flurspiegel, dass er mindestens fünf Zentimeter an Größe verloren hatte. Eilig schob er seine Füße in die Hausschlappen und trat noch etwas näher an den Spiegel. Fuhr sich mit der Hand übers Kinn. Der graue Bart war schon fast eine Woche alt. Plötzlich erschien ihm ein Bild von Tindra vor seinem inneren Auge, und er schlug verzweifelt die Hände vors Gesicht.

»Denk daran, was der Arzt gesagt hat, du sollst dich ausruhen und anständig essen.«

Seine Frau, Tindras Großmutter, kam zu ihm und legte ihm den Arm um die Schultern. Sie war mit ihren hohen Wangenknochen, den grünen, leicht schrägen Augen und dem grauen Bob, der ihr Gesicht einrahmte, auffällig hübsch für ihr Alter. Er konnte sich noch immer daran erinnern, was es vor vierzig Jahren für ein Gefühl gewesen war, als er vor seinen Freunden verkündet hatte, er habe sich mit Sonja verlobt. Sie hatte einen dicken Goldring mit einem Brillanten geschenkt bekommen. Fünf Karat. Noch immer funkelte er an ihrem Ringfinger. Jeden Tag nach ihrer Verlobung hatte er Stoßgebete gen Himmel geschickt, sie möge ihn nie verlassen. Sonja hatte schon immer einen teuren Geschmack gehabt, aber das war sie wert. Er seufzte.

»Ich habe den Boden unter den Füßen verloren«, sagte er und drehte sich zu ihr um. »Tindra fehlt mir mehr, als irgendjemand begreifen kann.«

»Ich koche dir einen Kaffee und mache eine Zimtschnecke warm.«

»Ich habe aber keinen Appetit.«

»Du musst essen«, ermahnte sie ihn und betrachtete ihn im Spiegel. »Unser kleiner Engel hätte es niemals gewollt, dass du dich zu Tode hungerst.«

Sonja zog den Kaschmirschal enger um sich und verschwand in der Küche. Widerwillig musste er zugeben, dass sie immer schon die Stärkere in ihrer Beziehung gewesen war. Sie kam aus einer Familie, die Gutsbesitz hatte. Die Mutter hatte ihr und ihren zwei älteren Geschwistern ihre gesamte Zeit widmen können, während der Vater den Familienbetrieb recht erfolgreich leitete. Sonja hatte sich im Hintergrund gehalten, als Bernt Karriere gemacht hatte, aber gleichzeitig war sie diejenige gewesen, die es ihm ermöglicht hatte. Sie hatte ihm in seinen schwachen Stunden wieder Mut gegeben. Jeden seiner Erfolge mit ihm gefeiert. Niemals lange Geschäftsreisen hinterfragt oder Besprechungen bis in den späten Abend. Doch im Gegenzug hatte sie auch so einiges bekommen, sie hatte nur mit dem Finger darauf zeigen müssen: Nerzmäntel und Diamanten. Handtaschen aus Schlangenleder. Einen echten Picasso, als sie einmal im Sommer nach Paris gereist waren. Hinterher hatte sie ihre Schätze den Freundinnen vorgeführt, und Bernt war stolz gewesen wie ein kleiner König.

»Ich mache auch Butter auf die Schnecke, so wie du, wenn du denkst, ich merke es nicht«, sagte Sonja schmunzelnd, und er hörte, wie sie den Kühlschrank öffnete und dann das kleine Radio, das auf dem Fensterbrett stand, anschaltete. Wie immer war der Nachrichtensender eingestellt, P1 von Sveriges Radio. Bernt entging die ernste Stimme des Sprechers nicht:

»Bei dem World Human Rights Congress, der zurzeit in Stockholm stattfindet, trafen erneut der Vizepräsident der USA und Ghanas Präsident aufeinander ...«

Bernt hatte das Gefühl, dass sich seine Kehle zusammenzog, und er keuchte leise.

»Ich gehe mal runter in den Keller«, sagte er.

Sonja murmelte daraufhin etwas, was er nicht verstand, dann kramte sie weiter im Küchenschrank.

Er hielt sich krampfhaft am Geländer fest, als er Stufe für Stufe die Treppe hinunterstieg. Auf halber Höhe hielt er an und presste sich die Hand auf die Brust. Hörte in sich hinein. Sein Herz schlug immer noch regelmäßig.

Er ging zu dem Einbauregal aus hellem Birkenholz, zog eine Kiste heraus und griff nach einer kleinen Kassette. Das war der Film. Das Band war sicher schon verblichen, weil die Kassette so alt war. Aber sobald er die Augen schloss, hatte er die Aufnahmen, die darauf gespeichert waren, vor sich. Die kleinen Körper. Die Jungen mit dem krausen Haar. Wie sie in die staubige Erde geschmissen wurden, verscharrt und vergessen.

Ihm war übel, und er schluckte, um dieses würgende Gefühl im Hals zu vertreiben. Seine Gedanken sprangen hin und her, bis sie nur noch ein wirres Durcheinander waren. Schließlich traf er eine Entscheidung. Ganz schnell öffnete er den kleinen Tresor ganz hinten im Regal und schloss den Film weg.

Eine Riesenangst überkam ihn, als er an diese verfluchten Filme dachte. Anfangs waren es vier gewesen, jetzt hatte er noch drei. Einen zu Hause, zwei wurden an einem anderen Ort verwahrt; sie waren ebenfalls weggeschlossen, reine Sicherheitsmaßnahme. Das Problem war nur, dass er den Schlüssel zum Safe verloren hatte.

Er warf einen Blick auf das breite Kellerfenster. Ob er vielleicht Gitter davor montieren lassen sollte? Einige Nachbarn hatten das als Einbruchschutz bereits getan. Schwarzes, dickes Eisengitter.

Er sah sich um, und da fielen ihm die Fotografien, die im Regal standen, ins Auge. Die Schwarz-Weiß-Aufnahme aus der Grundschule. Schon damals war er kleiner als alle anderen gewesen. Lill Bernt, kleiner Bernt, so hatten sie ihn genannt, und bei der Erinnerung überlief ihn ein kalter Schauer. Lill Bernt, Lill Bernt, Lill Bernt. Er hatte die Rufe der anderen noch im Ohr. Dann schaute er das nächste Bild an: Es stammte aus seiner Zeit beim Militärdienst. Befehle. Bestrafung. Gemeinschaft. Wie immer stand er neben seinem besten Freund. Sofort spürte er, wie der Druck auf der Brust wieder zunahm und ihm Tränen in die Augen stiegen. Er griff nach seinem Handy, drückte es fest und rief dann eine ganz bestimmte Nummer aus der Kontaktliste auf. Er sammelte sich kurz für das Gespräch.

Das ist es nicht wert, dachte er. Das kann nicht richtig sein. Da erklang am anderen Ende die so vertraute Stimme.

Bernt stand eine Weile still da, dann stammelte er: »Ich bin's … Hör zu, ich kann nicht länger schweigen … ich …«

»Du hältst dicht! Du weißt, was sonst passiert!«

Bernt machte erschrocken einen Satz zurück, als er die aufgeregte Stimme hörte.

Panik ergriff ihn, und er musste an Sonja denken. Er hatte versprochen, sie zu lieben und zu beschützen in guten und in schlechten Zeiten. Er sah seine drei Kinder und die Enkel vor sich. Seine Enkel, die nun nicht mehr fünf an der Zahl waren.

»Bernt!« Sonjas energische Stimme erklang von oben. »Der Kaffee wird kalt.«

Schnell drückte er das Gespräch weg und ließ das Handy wieder in seine Tasche gleiten. Dann betrachtete er den dicken Goldring an der linken Hand. Konzentrierte sich. Leise flüsterte er sie vor sich hin, diese drei Worte, die sich in sein Herz eingebrannt hatten: »Komme, was wolle.«

***

Johan Rokka nahm die Stufen vor der Polizeiwache mit zwei großen Sprüngen und rannte weiter über den Fußweg. Der Besuch in dem Elektronikmarkt hatte ihm wieder ein bisschen Hoffnung gegeben. Er griff nach seinem Handy und tippte die Nummer seiner Kontaktperson bei Telia ein.

»Ganz schön lange her, dass wir uns gesprochen haben«,

sagte Annelie Näslund, als sie abnahm. Rokka hatte sie vor Augen. Rotes Haar, das ein Eigenleben führte. Annelie selbst saß nie eine Sekunde still. Sie hatten sich häufig gesehen, als er noch bei der Polizei in Stockholm gewesen war, und er war fest überzeugt, dass sie in Telias Abteilung für Kundensicherheit die Kompetenteste war. Nur wenige kannten das System so in- und auswendig wie sie. Und nur wenige waren wie sie bereit, am Tag zur Not auch fünfzehn Stunden zu arbeiten. Eine unschlagbare Kombination.

»Ich vermute, du kannst mir weiterhelfen«, sagte er.

»Ach ja, wie kommst du denn darauf?«

»Ich weiß es einfach«, sagte er verschmitzt und winkte dem Briefträger zu, der auf seinem gelben Postfahrrad und mit voll beladener Tasche gerade über die Straße fuhr. Er war ein alter Schulfreund.

»Vor mir habe ich eine Zeile mit Zahlen«, erklärte Rokka und schaute auf seine Handfläche, wo er die IMEI-Nummer von dem Telefon, das Tindra bei Elgiganten gekauft hatte, notiert hatte. Die fünfzehnstellige Nummer fungierte wie eine Personalausweisnummer für Handys und enthielt alle wichtigen Informationen über den Hersteller, das Modell und die Seriennummer.

Annelie tippte so laut, dass es klang, als würde sie Knallfrösche zünden.

»Was kriege ich denn, wenn ich dir ganz schnell helfe?«, fragte sie, ohne die Finger abzusetzen. »Das wird schon teuer.«

»Du weißt, ich kann nur in natura bezahlen«, antwortete Rokka.

»Schön zu hören, dass du noch genauso drauf bist wie früher«, erwiderte Annelie lachend.

»Das Telefon wird offenbar benutzt«, sagte sie nach kurzer Zeit, und Rokka blieb stehen. Sein Herz legte eine kurze Pause ein.

175

»Kannst du sehen, von wem?«

»Ich muss nur eben das Programm wechseln, einen Moment mal.«

»Wechsel, was du willst«, sagte Rokka. »Hauptsache, du siehst, wer das Handy benutzt.«

Ihre Finger bewegten sich, sofern möglich, nun noch schneller, und Rokka fragte sich, ob das EDV-Programm, mit dem Telia arbeitete, wohl genauso umständlich wie das der Polizei war. Aber mit einem Mal wurde es still in der Leitung, und Rokka drückte das Handy ganz fest ans Ohr.

»Es ist eine Prepaid-Karte«, sagte Annelie.

»Natürlich nicht registriert«, sagte Rokka.

»Doch, ausnahmsweise durchaus registriert.«

»Ist das wahr?« Rokkas Herz machte einen Satz. Vielleicht würden sie einen Anhaltspunkt bekommen, irgendein Detail, das der Täter übersehen hatte.

»Es läuft auf eine Emilia Svartvadt«, fuhr Annelie fort.

Rokka seufzte.

»Siehst du noch mehr?«, fragte er.

»Ich kann sehen, dass Emilia in der Andra Parkgata in Hudiksvall wohnt.«

Rokka sah die gepflegten alten Holzvillen aus der Gründerzeit vor sich. Großzügige Grundstücke und prächtige Gärten.

»Und siehst du auch, wie alt sie ist?«

»Ja. Sie ist dreizehn.«

12

Ingrid Bengtsson saß auf den Treppenstufen vor dem Haus und starrte in den schwarzen Kaffee in ihrer Tasse. Dieser Tag schrie nach Koffein. Eine Amsel zwitscherte pausenlos in der Hecke neben ihr. Schon nachts um vier war sie von dem Lärm, den dieser Vogel veranstaltet hatte, aufgewacht, und danach hatte sie nicht mehr einschlafen können. Sie hatte wirklich alles versucht: Schafe gezählt, warme Milch getrunken und sich mit dem Kopf ans Fußende des Bettes gelegt. Nichts hatte geholfen.

Sie zog ihre Hose glatt. Vielleicht sollte sie einfach mal etwas anderes als diese Uniform anziehen, sich ein bisschen verjüngen. Sie warf einen Blick auf ihr Handy. Vor acht wollte sie nicht auf der Polizeistation erscheinen. Fünf vor würde sie das Haus verlassen. Dann hatte sie noch genügend Zeit, sich umzuziehen.

Sie rupfte ein paar verwelkte Blätter von der Topfpflanze ab, die neben ihr stand. War das eine Petunie? Sie hielt ihr Gesicht in die Morgensonne und versuchte sich auf das Gefühl zu konzentrieren, wie schön warm sie auf ihre Wangen schien. Einfach mal im Hier und Jetzt sein. Aber ihre Gedanken flogen bald schon davon. Zu ihrem Job. Sie überlegte, ob sie ihre Mitarbeiter wirklich streng genug führte. Möglicherweise nicht. Zwar waren sie jetzt ein ganzes Stück weitergekommen. Tindra hatte ein Handy gekauft, obwohl sie selbst ein relativ neues besaß. Aber dass dieses Gerät von einem dreizehnjährigen Mädchen, das in einem der besten Vororte Hudiksvalls lebte, benutzt wurde, war sehr erstaunlich. Es stand zwar noch aus, es zu überprüfen, aber sein Geschlecht und Alter passten denkbar schlecht zu Sperma, jeder Menge Haare und dunklen Limousinen.

Ein Mann mit einem Dackel lief die Straße entlang. Vielleicht sollte sie sich auch einen Hund anschaffen. So einen kleinen, der abends mit ihr auf dem Sofa saß. Oder lieber eine Katze? Katzen kamen gut allein zurecht. Das würde zu ihrem neuen Leben besser passen, denn jetzt war sie frei und musste niemandem mehr Rechenschaft ablegen. Aber eigentlich war sie kein Katzenfreund. Gar nicht. Diese Tiere konnten einem um die Beine streichen und schnurren, um einem im nächsten Moment die Krallen in die Waden zu bohren und davonzurennen. Völlig unkontrollierbar.

Sie griff nach ihrem Handy. Klickte auf die Dating-App. Blätterte die Bilder durch. Gab sich für einen Moment ihren Fantasien hin.

Plötzlich klingelte das Handy, und sie wusste erst gar nicht, wie sie das Gespräch annehmen sollte, während diese App offen war. Der Anrufer würde doch wohl nicht sehen können, was sie da tat? Fieberhaft tippte sie auf ihrem Display herum, und schließlich gelang es ihr, den Anruf anzunehmen.

»Hallo?«

»Ich rufe aus der Strafanstalt Hall an«, dröhnte ihr eine Männerstimme ins Ohr, unverkennbar in Stockholmer Dialekt.

Bengtsson setzte sich aufrecht hin.

»Gestern haben wir Besuch bekommen«, fuhr er fort. »Von einem Ihrer Mitarbeiter.«

Bengtsson stand auf.

»Tatsächlich?« Die Gedanken schossen wie Raketen durch ihren Kopf, und sie spürte heftige Wut in sich aufsteigen.

»Sind Sie sicher?«

»Ja, ein Inspektor Johan Rokka.«

»Aha ... und?«

»Wir haben versucht, ihn anzurufen, aber er nimmt nicht ab.«

»Dann sprechen Sie einfach mit mir, das ist kein Problem.«

»Ein Vollzugsbeamter hat gesagt, er sei hier gewesen, um mit einem Häftling zu sprechen.«

Bengtsson hielt ihr Handy so krampfhaft fest, dass ihr schon die Finger wehtaten. Dann fragte sie, obwohl sie die Antwort schon kannte: »Mit wem?«

»Peter Krantz. Außerdem habe ich unschöne Nachrichten, die Sie ihm dann bitte mitteilen können.«

Ingrid Bengtsson presste das Handy ans Ohr und lauschte. Das hier war völlig inakzeptabel. Gleichzeitig kam ihr ein Gedanke, für den sie sich fast schämte. Es gab nichts Schlechtes, das nicht auch sein Gutes hatte.

***

Johan Rokka hatte Ingrid Bengtssons heiserer Stimme bereits am Telefon angehört, dass etwas passiert sein musste. Sie ließ sich auf dem Besucherstuhl vor seinem Schreibtisch nieder, und er betrachtete ihr Outfit: eine weiße Bluse mit Schleife am Hals und eine beigefarbene Hose. An ihrem Gesicht war auch etwas anders. Sie hatte mit einem Eyeliner dicke Striche um den Wimpernkranz gezogen. Alles in allem wirkte sie etwa zehn Jahre jünger. Was war geschehen?

»Jetzt erklären Sie mir mal, warum Sie nach Hall gefahren sind«, sagte sie erbost. Ihre Worte trafen ihn wie eine knallharte Ohrfeige voll auf die Wange.

»Wir sprachen doch darüber, dass Peter Krantz ein Täter ist, der erst vor Kurzem verurteilt wurde«, erwiderte Rokka. »Mord in Hudik. Kommt nicht gerade häufig vor. Er hockt im Bau, mitten im Informationsfluss. Das wollte ich einfach checken.«

Er hörte selbst, wie vage das klang.

»Sie haben sich dort als Zivilperson vorgestellt.«

»Das ist richtig«, sagte Rokka, und ihm war völlig klar, worauf sie hinauswollte.

»Das haben Sie getan, obwohl Sie wussten, dass er Besuchsverbot hat?«

»Ja, das habe ich.«

»Ich bin nicht der Ansicht, dass wir unsere Arbeitszeit auf diese Art sinnvoll einsetzen.«

»Vielleicht war ich etwas voreilig. Der alte Spürhund in mir, Sie kennen mich doch.« Rokka gab sich Mühe, sie anzulächeln.

»Und, haben Sie etwas herausgefunden?«

Er hatte die Szene vor Augen. Wie er auf Peter, der am Boden lag, saß. Dann die Schläge aufs Ohr.

»Leider nicht. Er hatte nichts mitgekriegt.«

»Ist bei Ihrem Besuch irgendetwas Besonderes vorgefallen … etwas wie …«

»Was meinen Sie?«

Bengtsson seufzte. »Ich möchte, dass Sie die Staatsanwältin darüber informieren, dass Sie dort gewesen sind.«

»Das ist selbstverständlich das Erste, was ich tun werde, sobald dieses Gespräch beendet ist«, sagte er.

»Okay«, erwiderte sie und atmete tief durch. »Hören Sie, ich bin mir offen gestanden unschlüssig, ob Sie … ob Sie es durchhalten, Ihre Aufgaben zu erfüllen.«

Rokka schloss die Augen. Spürte, wie ihm übel wurde. Am liebsten wäre er auf der Stelle aufgestanden und gegangen.

»Es gibt einige Hinweise, dass Sie nicht mit Ihrer vollen Aufmerksamkeit bei den Ermittlungen sind. Dass es Ihnen nicht gut geht. Vielleicht sollten Sie sich eine Weile vom Dienst beurlauben lassen?«

»Natürlich schaffe ich meinen Job«, erwiderte er und schluckte.

Bengtsson stand auf. Sie fuhr sich mit der Hand durchs Haar und ging zur Tür. Bevor sie den Raum verließ, drehte sie sich noch einmal um.

»Leider habe ich aus Hall noch andere Informationen bekommen«, setzte sie an und machte ein betroffenes Gesicht.

»Peter Krantz hat sich kurz nach Ihrem Besuch das Leben

genommen. Ein Wächter hat ihn gefunden. Krantz hat sich mit einem Laken erhängt, das er mithilfe einer Thermoskanne am Ventilator der Lüftungsanlage befestigt hat. Das Gitter hatte er mit einem gestohlenen Schraubenzieher abgeschraubt. Offenbar fällt den Häftlingen immer wieder etwas Neues ein«, erklärte Bengtsson und seufzte.

Rokka starrte sie an. Ihm wurde eiskalt. Decke und Wände begannen, sich auf ihn zuzubewegen, und er umklammerte Halt suchend die Armlehnen. Er hatte Peter Krantz misshandelt, und jetzt hatte der sich umgebracht.

»Das war eigentlich alles, was ich zu sagen hatte«, beendete Bengtsson das Gespräch. Die Tür schlug zu, und ihre energischen schnellen Schritte verhallten auf dem Flur. Was blieb, waren die Übelkeit und dieses Beklemmungsgefühl in Rokkas Brust.

***

Eddie Martinsson hatte noch eine Runde durch die Galeria Guldsmeden gedreht, doch keinen seiner Kumpels dort getroffen. Als er nach Hause fahren wollte, hatte er den falschen Bus erwischt, war eingeschlafen und erst aufgewacht, als sie schon an der Östra Skola vorbeifuhren. Jetzt sah er sich um. Er konnte sich nicht erinnern, hier jemals gewesen zu sein. Kleine Holzhäuschen in verschiedenen Farben säumten den Weg zu beiden Seiten. Vögel zwitscherten, und jemand mähte hinter einer hohen, penibel geschnittenen Hecke den Rasen. Breda Gata stand auf dem Straßenschild.

Eddie musste an den gestrigen Tag denken, an seinen ersten Erfolg. Der Typ, den er zusammengeschlagen hatte, hatte sich vor Angst fast in die Hose gemacht. Mats dürfte sehr zufrieden mit ihm gewesen sein, Eddie ging davon aus, dass weitere Aufträge folgen würden. Er kickte gegen einen Stein, sodass der einen Satz über die Straße machte und in der Hecke auf der anderen Seite landete. Weiter vorn kam ihm eine ältere Dame mit einem weißen Pudel auf dem Gehweg entgegen. An der Leine hingen Tüten für den Hundekot. Sie blieb stehen und starrte Eddie an, als käme er von einem anderen Planeten.

Plötzlich tönte das Anrufsignal von seinem Handy wie eine Sirene durch die Luft. Adam war dran.

»Ich hab gestern den ganzen Abend versucht, dich anzurufen«, sagte er, als Eddie abnahm. »Hast du ein neues Handy oder kein Geld mehr auf der Prepaid-Karte?«

»Kann dir scheißegal sein.«

»Wo bist du?«

»Äh ... in Öster.«

»Was machst du da denn ... hast du ein Mädchen aufgerissen oder was?«

Eddie blieb an einer Hecke stehen, die von Blumen mit kleinen weißen Knospen überwuchert wurde. Er konnte sich an ihren Namen nicht mehr erinnern, aber sie rochen richtig gut. So süß.

»Schön wär's«, sagte er und atmete den Blumenduft tief ein, konnte gar nicht aufhören, die warme Luft tief in die Lungen zu saugen.

»Ich hab Lust auf was Süßes«, sagte Adam. »Der Kiosk unten hat schon zu. Es sei denn, wir ...«

Sie waren erst zehn Jahre alt gewesen, als sie zum ersten Mal in den Kiosk eingebrochen waren. Eddie hatte vom Freund seiner Mutter ein Brecheisen geklaut. Es war verdammt schwer gewesen, aber Eddie hatte es schleppen können. Adam stand Schmiere, während Eddie das Brecheisen am Türriegel ansetzte und drückte. Ein Knack, und die Tür war offen. Der Kiosk gehörte nun ihnen, ein unschlagbares Gefühl. Limonade. Chips. Bonbons. Sie aßen Süßigkeiten, bis ihnen die roten und grünen Geleeklumpen wieder hochkamen, danach radelten sie davon wie die Teufel.

Eddie konnte sich immer noch an diesen Stich im Herzen erinnern, als sie dem Besitzer des Kiosks am darauffolgenden Tag begegneten. Er unterhielt sich mit zwei Polizisten, während er ein Brett quer über den Eingang nagelte. Plötzlich kam Eddie ein Gedanke, und er wurde stocksteif.

»Halt die Klappe!«, zischte er und sah sich um, als ob jemand hören könne, was Adam sagte. »Du kannst hier doch nicht solche Sachen am Telefon erzählen.«

Adam musste lachen.

»Glaubst du, dass die Polizei Zeit dafür hat, dein Handy abzuhören? Vergiss es.«

»Ich geh nach Hause«, sagte Eddie und legte auf. Er klickte auf Spotify und drehte die Lautstärke maximal auf. Das Letzte, wonach ihm der Sinn stand, war, erwischt zu werden. Er hatte nur eine Chance, zu beweisen, dass er zu der Gang passte. Seit gestern tat seine rechte Hand richtig weh. Er war es nicht gewohnt, ohne Handschuhe zuzuschlagen. Ein paar Sekunden lang dachte er daran, was er da getan hatte: einen Typen so hart verdroschen, wie er konnte, und das völlig ohne Grund.

Kalter Schweiß trat ihm auf die Stirn, und er drehte die Kappe um. Er musste das klebrige Gefühl an der Haut loswerden. Es war schon spät, und langsam war es an der Zeit aufzubrechen. Nie zu lange an einem Ort sein, dachte er und grinste. Jetzt hatte sich seine Atmung wieder beruhigt, und er bewegte sich im Takt zur Musik. Er freute sich schon auf seine Belohnung. Wie Mats ihm auf die Schulter klopfte, konnte er jetzt schon spüren.

***

»Bitte, jetzt erzähl doch mal, was in Hall eigentlich passiert ist«, sagte Janna Weissmann und sah Rokka an. Er war still, seit sie sich ins Auto gesetzt hatten, und es war nicht mehr weit bis zu dem Haus, in dem die dreizehnjährige Emilia Svartvadt mit ihren Eltern wohnte. Rokka hatte Janna sogar gebeten zu fahren, er selbst hatte nur starr durch das Seitenfenster geschaut.

»Peter Krantz hat sich umgebracht«, antwortete er kurz angebunden. »Einen Abend nachdem ich dort war.«

Janna hielt auf der Stelle an und schaltete den Warnblinker ein.

»Meinst du, das hat etwas mit dir zu tun?«

»Keine Ahnung«, entgegnete er. Seine Augen nahmen mit einem Mal einen sonderbaren Ausdruck an, das hatte sie bei ihm noch nie gesehen.

Rokka seufzte.

»Ich will dich nicht noch mehr belasten«, sagte er und sah sie mit fahlem Blick an.

»Okay«, sagte Janna, aber Sorgen machte sie sich trotzdem. Irgendetwas war geschehen, da war sie sich sicher. Sie fuhr weiter und bog an der nächsten Kreuzung links ab. Familie Svartvadt wohnte in einem braunen Holzhaus aus den Dreißigerjahren mit grünen Sprossen und Fensterrahmen.

Auf den Stufen vor dem Haus hockte ein Mann Mitte fünfzig, die Ellenbogen auf die Knie gestützt und mit sorgenvollem Gesichtsausdruck. Emilia Svartvadts Vater hatte ausgesagt, er habe das Samsung-Handy auf eBay gekauft, weil seine jüngste Tochter ein neues Handy brauchte und er das Gerät dort zu einem vergleichsweise günstigen Preis hatte erstehen können. Bei vier Kindern müsse man die Kosten im Auge behalten, hatte er erklärt. Janna und Rokka stellten sich neben ihn an die kleine Treppe.

»Als Erstes möchte ich Ihnen versichern, dass Sie in keinerlei Hinsicht unter Verdacht stehen«, sagte Rokka. »Sie haben nichts falsch gemacht.«

Der Mann streckte die Beine aus und fuhr sich durchs Haar. Jetzt sah er erleichtert aus.

»Ich fand es sonderbar, dass der Verkäufer keinen Namen angeben wollte, aber da er sogar angeboten hat, das Handy vorbeizubringen, hatte ich keine Bedenken. Das Handy war nicht mal ein halbes Jahr alt, und trotzdem wollte er nicht mehr als 2000 Kronen dafür haben.«

»Wie sah der Mann denn aus?«

»Kaum älter als dreißig«, antwortete Svartvadt. »Dunkelhaarig.«

»Erinnern Sie sich noch an sein Fahrzeug?«

»Ich glaube, es war ein Passat. Emilia war so aus dem Häuschen, dass sie das Handy bekommen sollte, dass ich nicht viel anderes wahrgenommen habe. Der Wagen war auf jeden Fall dunkel und nicht das neueste Modell.«

Janna starrte ihn an. Rebecka hatte angegeben, dass sie gesehen habe, wie Tindra nach der Weihnachtsfeier in ein dunkles Auto eingestiegen sei.

»Ist Ihnen noch irgendetwas Besonderes an dem Wagen aufgefallen, außergewöhnliche Felgen, irgendein Aufkleber oder so?«

Der Mann schüttelte den Kopf. »Nein. Doch, Moment mal, an eins erinnere ich mich.«

»Und das wäre?«

»Dass er kein schwedisches Nummernschild hatte.«

Janna suchte Halt am Treppengeländer und spannte ihren ganzen Körper an, um nicht eine Silbe zu überhören.

»Verstehe«, sagte Rokka. »Und haben Sie gesehen, welche Nationalität das Autokennzeichen hatte?«

Der Mann räusperte sich.

»Die Nummernschilder waren aus Polen.«

13

Johan Rokka schlug mit dem Kopf gegen den Stahlschrank im Umkleideraum. Nachdem sie die dreizehnjährige Emilia besucht hatten, war er in den Keller hinuntergegangen und hatte eiskalt geduscht, um seine Gedanken zu ordnen. Tindra hatte ein Handy gekauft, das jemand weiterverkauft hatte, und zwar jemand, der ein Auto fuhr, das in Polen zugelassen war.

Er strich über das Handtuch, das er um die Hüften trug. Hoffentlich hatte einer der Kollegen eine Idee, wie man nun mit dieser neuen Information weiterkäme. Ihm selbst fiel es immer schwerer, sich zu konzentrieren. Während er still dasaß, kehrten die Gedanken an Peter Krantz' Selbstmord wieder zurück. Janna hatte ihm natürlich angemerkt, dass irgendetwas nicht stimmte, und mehrmals nachgefragt, was in Hall wirklich passiert war.

Er wusste nicht, wie er mit diesem Selbstmord umgehen sollte. Peter war labil gewesen, das war ihm bekannt. Trotzdem hegte er die Vermutung, dass Peter diese Entscheidung nicht ganz aus freien Stücken getroffen hatte. Dass jemand anders der Auslöser gewesen sein musste. Rokka sah das Narbengesicht vor sich. Erinnerte sich an das Messer, das er ihm vor zweiundzwanzig Jahren vom Kinn bis zur Stirn durchs Gesicht gezogen hatte, und an den drohenden Blick im Gefängnistunnel.

Rokka fragte sich, für wen das Narbengesicht im Moment wohl arbeitete. Diese Jungs konnten die Gang quasi jede Woche wechseln. Ihre Loyalität war heute noch genauso unbeständig wie früher schon, als er selbst noch dabei gewesen war. Aber wie auch immer, im Moment saß der Typ in Hall ein.

In dem dunklen Umkleideraum war es mucksmäuschenstill. Das einzige Geräusch, das zu hören war, kam von der Klimaanlage. Rokka spürte, wie die Müdigkeit ihn übermannte, und schloss die Augen.

Er zuckte zusammen, als sein Handy auf der Holzbank brummte und vibrierte. Auf dem Display stand »Unbekannte Nummer«, und für den Bruchteil einer Sekunde spielte er mit dem Gedanken, den Anruf nicht anzunehmen. Er starrte noch einen Augenblick auf das Gerät, dann wischte er mit dem Finger über das Display und drückte das Handy ans Ohr.

»Claes Andersson, Interne Ermittlungen«, meldete sich eine kratzige Stimme.

»Aha«, sagte Rokka kurz angebunden, der das Bild von Peter Krantz, der sich das Ohr hielt, nicht loswurde.

»Wir würden Sie gern vernehmen«, fuhr der Mann fort.

Claes Andersson. Rokka wusste genau, wie er aussah. Er klang schon so, als genieße er seine Paragrafenreiterei. Rokka holte kurz Luft.

»Stehe ich unter Verdacht?«

»Kommt drauf an«, antwortete Andersson.

Rokka biss die Zähne zusammen. Tausend Gedanken rauschten durch seinen Kopf. Der Dienstraum in Hall. Ob er abgehört wurde? Gab es Zeugen? Oder witterte Bengtsson eine Gelegenheit, sich zu rächen? Er war immerhin ohne ihre Erlaubnis nach Hall gefahren. Da sein Besuch als ziviler Besuch eingetragen war, konnte sie es so auslegen, dass er seine Stellung ausgenutzt hatte, um Privatangelegenheiten zu klären.

Auf jeden Fall erwartete ihn eine interne Ermittlung, mit umgekehrter Beweislast. Er selbst war gezwungen zu beweisen, dass er unschuldig war. Er musste eine Aktennotiz über das Ereignis verfassen. Und erklären, was nicht zu erklären war: warum er Gewalt angewendet hatte. Damit wäre er geliefert. Die Alternative war, von seinem Recht der Aussageverweigerung Gebrauch zu machen und in Folge eine Gehaltsherabstufung oder Verwarnung hinzunehmen. Seine Gedanken fuhren Achterbahn.

Rokka hielt die Luft an. Dann beendete er das Gespräch und legte das Handy zurück auf die Bank. Er stand auf und zog sich in Windeseile an.

Er hörte das Echo seiner eigenen Schritte im Treppenhaus. Es war ein Gefühl, als bewegten sich die Wände auf ihn zu, und er versuchte, einfach nur nach vorn zu schauen.

Als er an der Cafeteria vorbeikam, sah er Melinda dort sitzen, aber lief weiter.

»Wo gehst du hin?«

Sie kam auf ihn zu und streckte ihre Hand aus, doch er wehrte sie ab und marschierte zum Empfang. Fuhr mit der Hand an sein Holster, knöpfte es auf und zog die Pistole heraus. Er nahm das Magazin heraus und legte es mit dem Holster neben die Pistole auf den Empfangstresen. Fatima Voix machte große Augen, aber bevor sie ein Wort sagen konnte, war er schon auf dem Weg zur Tür.

»Johan, warte!«

Doch er ging weiter und ließ die blauen Glastüren hinter sich. Draußen auf der Steintreppe blieb er kurz stehen, um zu hören, wie sie zuschlugen. Er wartete, bis sie nicht mehr vibrierten. Dann setzte er sich wieder in Bewegung.

***

Eddie Martinsson stand mit dem Skateboard in der Hand ganz oben auf der Rampe und ließ seinen Blick über den Park wandern, der gleich unterhalb der Östra Skola lag. An diesem Nachmittag waren viele Skater hergekommen, daher war es voll an den Rampen. Eddie hatte es in der Wohnung nicht mehr länger ausgehalten, er musste etwas unternehmen, um auf andere Gedanken zu kommen.

»Jetzt komm schon«, rief Adam und fuhr in der Hocke los. Als er auf der anderen Seite der Rampe war, machte er einen Kickflip, dann fuhr er wieder runter. Adam hatte richtig gute Tricks drauf. Im Vergleich zu ihm war Eddie ein Anfänger.

Gerade als er losfahren wollte, bemerkte er den schwarzen Audi. Er parkte ein Stückchen entfernt am Straßenrand. Woher wusste Mats bloß, dass er hier war? Aber dann begriff er. Mats hatte seine Jungs überall.

Eddies Herz begann zu rasen, und er sprang vom Board und nahm es unter den Arm. Er wusste nicht recht, ob er zu dem Wagen hingehen sollte. Ein kurzer Blick auf Adam, und er stellte fest, dass der schon mit dem nächsten Hindernis beschäftigt war. Er würde sicher gar nichts merken.

Schon von Weitem registrierte Eddie, dass Mats sehr gestresst war. Er lehnte an der Vordertür und trommelte mit den Fingern auf den Lack. Neben ihm stand einer, den Eddie noch nie gesehen hatte. Ein großer Typ, etwas älter als Mats. Er war kahl rasiert und hatte ein kantiges Gesicht. Außerdem lief eine kreideweiße Narbe quer über seine Wange. Er schnalzte mit der Zunge und sah richtig kaltblütig aus. Eddie reckte sich und schob den Brustkorb vor.

»Was sagst du, ich hab's sauber hingekriegt, oder?«

Er hielt Mats die Hand hin, der allerdings die Arme verschränkte, anstatt ihn zu begrüßen.

»Prügeln kannst du, das steht fest«, sagte Mats und steckte sich den Zeigefinger in den Mund, um auf dem Nagel herumzubeißen. »Aber das wussten wir ja schon.«

Eddie musste lachen, aber spürte auch, dass er ärgerlich wurde. Warum sollte er jemandem ohne Grund die Fresse polieren, wenn sie wussten, dass er das konnte?

»Ganz ehrlich, Mann, ich will jetzt andere Jobs machen. Ich bin schon längst bereit dafür.«

Es juckte ihn in den Fingern. Er wollte zeigen, was in ihm steckte. Wollte richtig zu den White Pythons gehören.

Mats spuckte ein Stück seines Fingernagels aus und begann, auf dem Gehweg auf und ab zu tigern.

»Genau das sollst du auch«, sagte er leise. »Die von oben haben sich gemeldet. Da gibt's eine Sache, die komplett schiefläuft, und du musst was für mich erledigen.«

Der Mann mit der Glatze nickte, und Eddie sah die Nervosität in Mats' Augen. Er versuchte zu begreifen, wovon Mats sprach.

»Was heißt, die von oben? Und was läuft so schief?«

»Muss dich nicht interessieren. Tu einfach, was ich sage.«

Eddie zuckte kurz, als er Mats' kalte Stimme hörte. Bereute es plötzlich, dass er von selbst zu dem Audi gegangen war. Er versuchte zu erkennen, wo Adam war, und stellte fest, dass der noch immer mit der Rampe beschäftigt war. In glücklicher Ahnungslosigkeit.

»Du wirst eine Brechstange brauchen«, sagte Mats und stemmte die Hände in die Seiten.

Eddie nickte. Dann nahm er seinen Auftrag entgegen.

***

Die Abendsonne wärmte Johan Rokka den Rücken, als er sich über den Fußweg schleppte, die Hände in den Jackentaschen vergraben. Die Kirche von Hudiksvall lag auf der Anhöhe vor ihm, und ihr schwarzer Turm zeichnete sich scharf vor dem violett gefärbten Himmel ab, als wolle er den einzig wahren und richtigen Weg weisen. Jedes Mal war Rokka beeindruckt, wie unwirklich es ihm erschien, dass es um diese Jahreszeit nachts noch hell und der Sommer so schön war. Nicht eine Sekunde wollte er davon missen. Rokka stolperte und sah hinab auf seine Sneakers, die voller Rotweinflecken waren.

Nachdem er die Polizeistation verlassen hatte, war er direkt ins *The Bell* gegangen. Hatte ein Glas Rotwein bestellt und bezahlt. War auf drei Gläser eingeladen worden, denn der Barmann war ein alter Fußballkumpel von ihm. Dann hatte er ein Steak gegessen, ohne sagen zu können, wie es schmeckte. Hatte noch zwei Gläser Rotwein geordert und zwei weitere wieder ausgegeben bekommen. Der Barmann hatte sich den Monolog angehört, der im Suff aus Rokka herausgesprudelt war. Er hatte über Gott und die Welt philosophiert. Dinge, die aktuell waren oder längst Vergangenheit. Sogar gelacht hatte er. Aber gleichzeitig spürte er, wie die Angst ihm allmählich die Kehle zuschnürte. Peter Krantz hatte sich umgebracht, und Rokka hatte nicht die geringste Ahnung, wie viel die internen Ermittler wirklich wussten.

In der Kneipe hatten sie Pink Floyd gespielt, psychedelische Songs, die ineinander überzugehen schienen, und sie hatten sie so lange heruntergenudelt, bis sie sich in Rokkas Gehörgängen festgefräst hatten. Besonders *Wish you were here* mit den Gitarren und dieser heiseren, traurigen Stimme.

Er sah, dass auf dem Boden eine zersprungene Weinflasche lag, und machte einen großen Schritt über den Haufen aus Glassplittern, bevor er links in den Olof Bromans Väg abbog. Die Fliederhecke des Nachbarn stand in voller Blüte. Als er klein gewesen war, hatte er den Sommer geliebt. Die Schule war dann ganz weit weg gewesen, und jeden Tag hatte er seine Freunde um sich gehabt. Er war nur noch zum Schlafen nach Hause gekommen. Manchmal hatte er sich gefragt, ob es seinen Eltern überhaupt etwas ausgemacht hätte, wenn er gar nicht mehr heimgekommen wäre.

Etwas entfernt hörte er das Röhren eines Motors, es klang wie ein V8. Wahrscheinlich testete einer seinen neuen Wagen, dachte Rokka und fragte sich, wann er sich wohl selbst ein eigenes Auto leisten würde. Wegen des Gehalts war er bestimmt nicht Bulle geworden. Er trat gegen einen Stein auf dem Fußweg und torkelte weiter.

Er blieb vor dem Haus, in dem er wohnte, stehen. Es war ein graues Holzhaus mit weißen Sprossen, umsäumt von einem zwei Meter hohen Bretterzaun. Rokka mietete es möbliert und hatte nur einen Monat Kündigungsfrist. Das galt für beide Seiten. Einige Umzugskartons standen noch immer unausgepackt im Vorratsraum. Wahrscheinlich würde sich das auch nicht ändern.

Das Dröhnen des Motors kam näher, und er sah auf. Er hatte recht, das war ein V8. Aber der Audi, der auf ihn zukam, hatte kein Licht an. So hell war es doch nun auch wieder nicht, dachte Rokka und spürte, wie sich alles drehte. Er dachte gerade noch, dass das Fahrzeug ohne Nummernschild unterwegs war, da gab der Fahrer plötzlich Gas und scherte auf den Fußweg aus. Zu spät begriff Rokka, was im nächsten Moment passieren würde.

Er geriet aus dem Gleichgewicht. Der Wagen kam direkt auf ihn zu. Er streifte ihn, als Rokka sich nach links in den Zaun warf, der sein Grundstück umrandete. Die Latten gaben nach, und er krachte direkt auf den Rasen, die harten Holzbretter unter sich.

Als er versuchte aufzustehen, machte sich ein höllischer Schmerz im rechten Bein bemerkbar. Er biss die Zähne zusammen, um nicht laut zu schreien, während er sich zur Veranda schleppte, schließlich wollte er die Nachbarn nicht aufwecken. Er hörte, wie der Wagen auf die Stora Kyrkogata abbog und verschwand.

Eine Weile lag er bewegungslos neben der Verandatreppe und starrte nur ins Leere. Das war keine Halluzination im Suff gewesen, und der Fahrer hatte auch nicht plötzlich die Kontrolle über sein Fahrzeug verloren. Schlagartig wurde es ihm klar: Irgendwer wollte ihm Angst machen, und das konnte nur mit seinem Besuch in Hall zusammenhängen.

***

Die Dielen knarrten, als Johan Rokka ins Schlafzimmer humpelte. Der Schmerz im Bein strahlte bis in den Rücken aus, doch es schien nichts gebrochen zu sein. Die Luft war stickig, sodass er sich nach dem Fenstergriff reckte. Er öffnete es einen Spalt, damit ein bisschen kühle Nachtluft hereinsickerte. Er tippte den Code am Safe ein, der sich im Kleiderschrank befand.

Seine Glock fühlte sich schwer an, als er sie in die Hand nahm. Das Metall lag kalt auf der Haut. Er strich mit den Fingern über den Kolben, bis zum Abzug. Es war lange her, dass er sie benutzt hatte. Dann schloss er die Tür des Kleiderschranks und humpelte in die Küche.

Er sah aus dem Fenster auf die Straße. Sah den Zaun, der jetzt umgestürzt am Boden lag. Dann warf er einen Blick auf sein Bein. Es war von Schürfwunden übersät und angeschwollen. Jemand hatte versucht, ihn zu überfahren. Vielleicht sogar, ihn zu töten. Es konnte kein Zufall sein, dass das genau jetzt passierte, kurz nach seinem Besuch in Hall. Unentwegt musste er daran denken, wie er versucht hatte, Peter Krantz zum Reden zu bringen. Ob der erzählt hatte, was im Besuchsraum geschehen war? Vieles machte innerhalb dieser Mauern schneller die Runde als Brechdurchfall. Und außerhalb meistens auch.

Er öffnete die Musik-App, die er auf seinem Handy hatte. Suchte nach Pink Floyd. Dachte dankbar an Janna, die sein Handy per Bluetooth an seine Musikanlage gekoppelt hatte. Er drehte die Lautstärke auf, dass die Musik durchs ganze Haus schallte. Dann ging er zum Weinregal, das zwischen zwei Küchenschränken eingebaut war. Reckte sich nach einem Amarone Classico aus Valpolicella, einem 1997er-Jahrgang. Der Italiener würde ihm heute Abend in den Schlaf helfen.

Mit dem Blick auf den Hudiksvallfjord setzte er das Glas an die Lippen und trank. Erst nur einen Schluck. Sog etwas Luft in den Mund und ließ die Flüssigkeit die Zunge und die obere

Zahnreihe benetzen. Er umschloss die Pistole, während der vollmundige Amarone ihm den vertrauten, warmen Schauer über den Rücken jagte. Dieses Gefühl, nach dem er sich gesehnt hatte, dieses Gefühl von absoluter Ruhe. Wieder hob er das Glas an den Mund und ließ die wohltuende Flüssigkeit durch seine Kehle laufen, immer wieder.

Wish you were here erklang aus den Lautsprechern, und vor seinem inneren Auge tauchte der Köpmanberg auf.

Wie oft hatte er nicht schon hier gesessen, über die Vergangenheit gegrübelt, sie in Gedanken auseinandergepflückt? Hatte sich selbst verflucht, weil er diese verdammte Sehnsucht nicht loswurde und das schlechte Gewissen auch nicht.

Er ließ die Zeit bei Solentos Revue passieren. Die anderen Laufburschen und er. Jerker, sein bester Freund. Damals zumindest. Er könnte mal nach Gävle fahren, da wohnte Jerker heute. Jerker würde ihn in seiner Jugendstilvilla empfangen, die innen aussah wie das Moulin Rouge. Die Einrichtung hatte er mit dem Geld, das er bei dem Überfall eines Werttransports gemacht hatte, bezahlt. Ein High five, und alles wäre geritzt. Allerdings würde auch nur die kleinste Hilfe von Jerkers Jungs für Rokka das Ende als Polizist bedeuten. Er musste lachen. Seine Karriere als Bulle war schließlich schon längst zu Ende.

Plötzlich fiel ihm Eddie wieder ein. Er hatte völlig vergessen, bei den Kollegen auf der Station mal nachzufragen, wie die Vernehmung eigentlich gelaufen war. Eddie berührte ihn auf eine ganz besondere Art und Weise. Jedes Mal, wenn sie aufeinandertrafen, war es, als würde jemand sein Herz in den Schwitzkasten nehmen. Wenn Rokka Eddies zaghaften Versuchen lauschte, zu erklären, was in ihm vorging, wenn er alle Grenzen überschritt, dann war es, als würde er sich selbst als Siebzehnjährigen hören: Da war dieser Kampf, der in ihm tobte. Das Gefühl, den eigenen Impulsen machtlos zu unterliegen, wenn ein paar Hunderter für das Verticken einer Tüte

Koks lockten. Rokka wusste, dass Eddie die älteren Gangster in Hudik bewunderte. Immer gab es welche, die mit noch gefährlicheren Waffen unterwegs waren, mit noch härteren Drogen. Versuchungen überall.

Seine Hand vibrierte, als das Handy klingelte.

»Melinda Aronsson« stand auf dem Display. Sein Herz pochte heftig.

»Entschuldige die Störung«, sagte sie.

Rokka saß regungslos da.

»Bengtsson hat erzählt, dass es interne Ermittlungen gegen dich gibt«, fuhr sie fort. »Ich wollte nur hören, ob du okay bist.«

»Es ging mir schon besser, wenn man es mal so ausdrücken will.«

Er hörte ihre Atemzüge in der Leitung. Als wäre sie ganz nah.

»Du …«, sagte sie in sanftem Ton. »Ehrlich gesagt wollte ich fragen, ob du Lust hast, mich zu sehen? Also, ich hätte Lust. Wenn du magst.«

Rokka sank zu Boden. Lehnte sich mit dem Rücken an die Spüle.

»Ganz ehrlich: Ich weiß nicht.«

»Wir müssen nicht über die Arbeit reden«, sagte sie. »Wir können auch …«

Sie lachte, und er konnte nicht umhin, sich auszumalen, wie sie in seinem Bett lag. Ins Laken gewickelt, ihre langen Haare auf dem Kopfkissen verteilt. Er seufzte.

»Heute nicht, aber ein andermal gerne«, sagte er schließlich und beendete das Gespräch.

Dann nahm er Handy, Pistole und Weinflasche und ging ins Badezimmer, stieg in die Wanne, legte die Pistole auf den Boden und drehte den Wasserhahn bis zum Anschlag auf. Die harten Wasserstrahlen trafen sein verwundetes Bein. Es brannte heftig, aber das Gefühl war trotzdem gut, es half ihm, für einen Moment alles zu vergessen. Das Wasser umschloss seinen Brustkorb, als er sich nach unten sinken ließ und den Kopf auf dem Wannenrand ablegte. Er hob die Weinflasche an den Mund und nahm einen Schluck nach dem anderen. Die Müdigkeit übermannte ihn, aber bevor ihm vom Wein die Augenlider zufielen, sah er das Handydisplay aufblinken. Eine SMS von Melinda.

Vielleicht morgen zum Mittagessen? Bei mir.

14

»Zeit zum Briefelesen«, rief Liselott gut gelaunt und zog die Vorhänge auf, sodass das Morgenlicht den Raum durchflutete. Sie zog ihre blaue Schwesternkleidung zurecht und setzte sich auf die Bettkante, gegenüber Ann-Margrets Sessel. Ann-Margret hätte ihr so gern ihre Dankbarkeit gezeigt, doch alles, was sie hervorbrachte, war ein krächzender Laut.

An manchen Tagen war es, als habe sie vergessen, dass es keine Worte mehr gab, die aus ihrem Mund purzeln konnten. Und manchmal fühlte es sich so an, als müsse sie vor Frustration explodieren, und dann lägen alle Worte und Emotionen, die sich seit dem Unfall in ihr angestaut hatten, wie ein riesiger unübersichtlicher Haufen aus gedachten Sätzen und Gefühlen vor ihr auf dem Boden. Doch das geschah nie.

Sie sammelte sich und dachte wie schon so oft zuvor, dass diese Krankheit sie nur aus einem Grund ereilt hatte: um ihr zu helfen, still zu sein.

»Ich weiß, dass Sie Henri lieben«, sagte Liselott und kicherte. »Ich muss zugeben, ich bin selbst ein kleines bisschen in ihn verliebt.«

Und das war die Wahrheit, Ann-Margret liebte Henri. Mehr als ihr Leben.

»Ich fange jetzt an«, sagte Liselott und warf einen Blick auf Ann-Margret, um sicherzugehen, dass sie auch zuhörte.

Liebe Ann-Margret!
Die Sonne scheint jeden Tag, und ich habe mich hier arrangiert. Nach mehreren Jahren ohne echtes Zuhause ist das ein wunderbares Gefühl.

Ann-Margret konnte nicht leugnen, dass Liselott ein wenig albern klang, gerade so als lese sie einen schnulzigen Liebesroman. Sie selbst fand die Sprache, die Henri benutzte, mitunter etwas altmodisch. Aber das war egal. Die Päuschen, in denen die Schwestern ihr diese Briefe vorlasen, bildeten trotz allem die Höhepunkte ihres Tages.

Bis zu dem Heim, in dem die Jungs wohnen, ist es nicht weit. In ihren Zimmern stehen jeweils nur ein Bett und ein kleiner Tisch, und auf dem Boden liegen bunte Teppiche. Kannst du dir das vorstellen: Für viele ist ein Bett, das an einem sicheren Ort steht, alles, was sie brauchen. Draußen stehen unsere Wachleute Tag und Nacht, und ich selbst habe keine Angst.
Ich kann nicht in Worte fassen, wie dankbar ich dafür bin, dass ich die Möglichkeit habe, ihnen zu helfen. Mein einziger Wunsch ist, dass du hier bei mir wärst.
In Liebe, Henri

»Das ist sooo romantisch«, schwärmte Liselott und hielt sich die Hände an die Wangen. »Was für ein fantastischer Mann er doch ist.«

Ann-Margret musste dabei denken, dass die Liebe in Liselotts Leben offenbar durch Abwesenheit glänzte. Soweit Ann-Margret wusste, hatte die Schwester einige unglückliche Liebesbeziehungen hinter sich.

Jetzt beugte sich Liselott zu ihr hinüber und flüsterte ihr hinter vorgehaltener Hand zu: »Entschuldigen Sie bitte, wenn ich so offen bin, aber ich bin so froh, dass Sie Henri haben. Das ist doch überhaupt kein Vergleich zu Jan Pettersson.«

Sie hatte vollkommen recht, dachte Ann-Margret. Ihr Mann war nie so ein Romantiker gewesen. Aber er hatte seine Tochter geliebt, obwohl Fanny seine Gefühle nur schwach erwidert hatte. Ansonsten hatte Jan Petterssons Liebe vor allem seinem Unternehmen Mitos Helsing gegolten, oder besser gesagt dem

Geld, das er damit verdiente. Hätte es Henri nicht gegeben, dann wäre Ann-Margrets Leben armselig und einsam gewesen.

»Ich versuche immer wieder, mir vorzustellen, wie Henri aussieht«, sagte Liselott und verdrehte die Augen. »Dunkles Haar und schwarzer Anzug.« Ann-Margret war froh, dass sie sie nicht enttäuschen konnte. Denn ganz im Gegenteil: Henri war blond und hatte noch nie so förmliche Kleidung wie Anzüge getragen.

***

Janna Weissmann hatte eigentlich vorgehabt, an diesem Abend zu Hause zu essen, doch als sie das Handy mit ihrem Kühlschrank verband, konnte sie nichts entdecken, worauf sie Appetit hatte. Zeit und Energie waren in letzter Zeit einfach zu knapp gewesen, um die Einkäufe zu erledigen. Und wenn sie ganz ehrlich war, so fand sie es auch immer deprimierender, den Tisch am Abend für sich allein zu decken.

Jetzt stand sie vor dem Gemüseregal im Supermarkt und versuchte einfach nur, stinknormale Lebensmittel einzukaufen. Doch sie war so unentschlossen.

Vor den Paprikaschoten blieb sie stehen.

Rote, gelbe, grüne.

Sie starrte sie ratlos an.

Dann nahm sie ihr Handy und tippte drei Suchworte in Google ein: Low Carb, Rezept, schnell.

Ganz oben war eine Sammlung von Low-Carb-High-Fat-Rezepten gelistet. Perfekt. Sie klickte das Erste an.

Rinderfilet.

Genau, dachte Janna. Ein paar Minuten in die Pfanne und fertig. Aber dazu?

Blumenkohlgratin. Blumenkohlpüree. Blumenkohlsuppe.

Sie seufzte und blätterte weiter, konnte förmlich spüren, wie die bitteren, weißen, kleinen Gemüsestückchen in ihrem Mund immer größer wurden.

»Brauchst du ein paar Rezepttipps?«

Die Stimme kannte sie, und als sie sich umdrehte, stand er da mit seinem auffälligen blonden Pony, Mårten oder wie diese Kopie von Michel aus Lönneberga nun tatsächlich hieß. Er hatte seine Sporttasche lässig über die Schulter geworfen und stand breitbeinig in Shorts vor ihr.

Sie schüttelte den Kopf und spürte, wie sie rot anlief, dann beugte sie sich über die Tiefkühltruhe mit den Fertiggerichten. Sie griff nach einer Schachtel mit Pasta und Frikadellen in einer cremigen Tomatensoße. Ein paar Kohlenhydrate konnten nicht schaden. Wenn sie zwei Portionen kaufte, dann könnte sie sich allein an den Hackbällchen satt essen. Sie unterdrückte ein Würgen, als sie das Bild auf der Verpackung mit dem Inhalt unter dem Plastik verglich. Ein letzter Blick auf die Uhr, und sie schmiss das Fertiggericht in den Einkaufswagen und ging zur Kasse.

»Hast du es dir inzwischen vielleicht anders überlegt?«, fragte Mårten mit einem Lächeln.

Janna sah ihn verstohlen an. Dachte, dass er mit seinen frechen blauen Augen durchaus eine Option sein könnte, wenn sie auf Männer stehen würde. Er war groß, sie schätzte ihn auf 1,90, und er hatte große Hände. Ihr Blick wanderte nach unten. Schuhgröße 45, dachte sie, und fragte sich, ob wohl alle Kriminaltechniker mit so einem Röntgenblick unterwegs waren.

Mårten zog eine Augenbraue hoch. Lächelte dann breit, sodass man seine gleichmäßigen weißen Zähne sah.

»Nein, ich habe es mir nicht anders überlegt«, sagte sie und lächelte zurück.

Mit einem Mal wurde er ernst. »Du bist doch bei der Polizei. Ich arbeite bei Mitos Helsing, und da ist gestern Abend eingebrochen worden.«

»Ist etwas gestohlen worden?«

»Ich weiß es nicht, jemand ist mit einem Brecheisen in einen Lagerraum eingebrochen und hat den Safe geknackt.«

»Habt ihr Anzeige erstattet?«, fragte Janna.

»Nein. Die Sachen, die im Safe lagen, gehörten jemandem, der vor gefühlt hundert Jahren bei Mitos für die Finanzen zuständig war«, antwortete er und lachte. »Er war der Einzige, der einen Schlüssel für den Stahlschrank besaß. Wir müssen uns mit ihm mal in Verbindung setzen.«

Janna starrte auf ihren Einkaufswagen und dachte, dass es ja ihre Entscheidung war, ob sie den Einbruch meldeten oder nicht. Trotzdem wurde sie das Gefühl nicht los, dass da irgendetwas nicht mit rechten Dingen zuging. Einbruch und ein aufgebrochener Safe. Konnte so etwas unwichtig sein?

***

Eddie Martinsson wunderte sich, dass gerade er diesen Auftrag bekommen hatte. Obwohl er eigentlich ahnte, was der Grund dafür war. Wenn man ihn doch schnappte und einbuchtete, dann würde er eine geringere Strafe bekommen als einer der Älteren. Was er aber wirklich nicht verstand, war, warum er in dieser Firma einbrechen und Kassetten vernichten sollte, die aussahen wie Miniaturausgaben von Mutters alten VHS-Filmen. Es ging weder um Drogen noch um Geld oder Waffen. Wie auch immer, er musste es hinter sich bringen. Und er hatte nicht vor, sich erwischen zu lassen.

Er hielt gerade die Videokassetten in der Hand und wollte über den Stacheldrahtzaun, der um ein baufälliges Haus gezogen war, springen, da hörte er jemanden kommen. Verdammt, keiner durfte ihn sehen! Sein Herz schlug bis zum Hals, er ließ den Zaun los und fiel auf den Boden. Da blieb er einige Sekunden liegen, er spürte den Schmerz vom Steißbein bis hoch ins

Kreuz. Als er sich wieder hochrappeln wollte, rutschte er im Kies aus, doch schließlich gelang es ihm, sich in das alte Haus hineinzuschleichen. Den Rücken an der Betonwand, sank er zu Boden.

Das Geräusch der Schritte vom Fußweg hallte durch die kaputten Fensterscheiben und wurde von den kahlen Wänden zurückgeworfen. Es klapperte, so wie wenn Mutter abends die Wohnungstür zumachte und zur Arbeit ging. Er fuhr mit der Hand in die Hosentasche. Fingerte an seinem Feuerzeug herum. Es fühlte sich feucht und klebrig an. Er zog die Hand heraus und betrachtete sie. Sie war blutig, tat aber nicht weh.

Mats konnte zufrieden sein, er musste sich über die Leute, von denen er gesprochen hatte, keine Gedanken machen. Die von oben. Eddie hatte alles erledigt, und keiner hatte ihn gesehen. Auf die Überwachungskamera hatte er einen Stein geworfen, dann war er über den Zaun geklettert und hatte das Brecheisen am Schlossriegel angesetzt. Der Safe war easy zu knacken gewesen.

Er ließ das Feuerzeug durch die Finger gleiten. Dann kniete er sich hin und griff nach seinem Rucksack. Seine Hand zitterte, als er am Reißverschluss zog. Er holte zwei Videokassetten heraus. Es hätten eigentlich drei sein sollen, aber er hatte nur zwei finden können. Obwohl er alles auf den Kopf gestellt hatte. Das war natürlich Mist. Womöglich würde Mats deswegen noch richtig wütend werden.

Die Flamme des Feuerzeugs leuchtete vor ihm auf. Er sank zu Boden und hielt das Feuerzeug an die Kassetten. Auf ihnen sah er weiße Etiketten mit der Aufschrift »Ghana 1993«. Er kapierte gar nichts, aber hob die Kamera hoch, um zu filmen, wie die Kassetten schmolzen und ihre Form verloren.

***

Johan Rokka blieb vor Melindas Wohnungstür stehen. Der Rotwein vom Vorabend machte sich wie eine Bleimütze auf dem Kopf bemerkbar, und er fragte sich ernsthaft, ob es eigentlich noch schlimmer kommen konnte: Jemand hatte versucht, ihn umzubringen, und er war Gegenstand einer internen Untersuchung. Im Grunde sollte er die Ermittler machen lassen, die Gehaltsherabstufung hinnehmen und dann einen Schlussstrich ziehen. Einsehen, dass er mit dem Fall Fanny auf der Stelle trat. Zumindest im Moment.

Zudem sollte er Melinda ignorieren, die Staatsanwältin in ihrem aktuellen Fall. Aber da war er wie ein Fünfjähriger, dem man eine Schale Bonbons vor die Nase hielt.

Er hob die Hand und klopfte zweimal. Fest. Dann drückte er die Türklinke nach unten und öffnete die Tür.

»Komm rein!«, hörte er Melindas Stimme.

Ein süßlicher Duft schlug ihm entgegen, als er den Flur betrat. Vermutlich stammte er von dem gigantischen Strauß Lilien, der auf dem Schreibtisch stand. Melinda kam auf ihn zu. Ihr Kostüm hatte sie gegen ein weißes, oversized geschnittenes T-Shirt getauscht, das ihr über die Schultern gerutscht war. Die Haare hatte sie lässig zu einem Knoten gebunden, und die braun gebrannten Beine waren nackt. Aus den Lautsprechern drang Musik, elektronische Klangschleifen, die sich in verschiedenen Variationen wiederholten.

»Ich stehe total drauf, zum Essen verabredet zu sein«, sagte er und küsste sie sanft. Die salzige Wärme ihrer Zunge jagte ihm wohlige Schauer über den Rücken. Er streichelte sie unter ihrem Shirt, liebkoste ihre nackte Haut, fuhr mit seiner Hand über ihre Brust und mit seinem Daumen über ihre steife Brustwarze. Melinda machte sich los und ging in die Küche. Er ging ein paar Schritte ins Wohnzimmer hinein und sah sich um. Zwei helle große Sofas standen einander gegenüber. In den hohen Fenstern hingen weiße bodenlange Gardinen.

Er ließ sich auf eins der Sofas fallen, und bald darauf war auch Melinda wieder da. Sie hielt zwei hohe Gläser in der Hand und stellte eine Karaffe mit eiskaltem Wasser auf den Tisch.

»Ich hab dich vermisst«, sagte sie.

»Oh, sogar vermisst.« Rokka sah sie aufmunternd an, während er beide Gläser randvoll goss. Schon als sie das erste Mal zusammen im Bett gelandet waren, hatte er gewusst, dass es nicht das letzte Mal gewesen sein würde. Sie waren wie zwei Magneten, ihre Körper zogen einander magisch an. Ihre Affäre ging jetzt seit ein paar Monaten, und bislang gab es nur die sexuelle Ebene. Natürlich unterhielten sie sich auch, sie konnten stundenlang dasitzen und Diskussionen führen, und dies nicht nur oberflächlich. Aber wenn es um vergangene Beziehungen ging, wurde Melinda mit einem Mal wortkarg, sagte nur, dass sie es leid war, nach der Pfeife von jemand anderem zu tanzen, und dass sie keine Lust habe, sich zu binden.

»Was sagst du dazu, dass Tindra mit einem in Polen zugelassenen Fahrzeug in Verbindung steht?«, fragte Melinda und legte ihm eine Hand auf den Arm. »Ich habe im Bericht gelesen, dass Tindras Handy weiterverkauft worden ist, dass so ein etwas naiver Familienvater es von einem Typen mit polnischen Nummernschildern am Wagen erstanden hat.«

»Müssen wir jetzt wirklich über die Arbeit reden?«

Melinda schüttelte langsam den Kopf und sah ihn mit diesem sinnlichen Blick an. Rokka trank hastig ein paar große Schlucke kaltes Wasser und spürte die Erfrischung sofort. Melinda ließ sich neben ihm auf das Sofa sinken. Rutschte ganz dicht an ihn heran. Allein ihre Haut an seiner zu spüren empfand er als unwahrscheinlich antörnend.

Plötzlich sah sie ihn betreten an. »Warum haben sie eigentlich die internen Ermittlungen eingeleitet?«

Rokka biss die Zähne zusammen. Kurz fragte er sich, woher sie das eigentlich wusste. Der Ärger vertrieb seine Erregung für den Moment. Konnte sie nicht einfach aufhören, über Jobangelegenheiten zu reden?

»Okay. Für dich zur Info«, sagte er kurz angebunden, »ich bin nach Hall gefahren, um mit Peter Krantz zu sprechen. Dann hat er sich erhängt, und das hat Bengtsson wohl kurz darauf erfahren. Sie will jetzt zeigen, dass die Behörde die Verantwortung übernimmt.«

Melinda lächelte ihn schief an.

»Aber warum sollte er sich das Leben nehmen, nur weil du zu Besuch warst?«

Rokka ließ den Kopf sinken und sah sie an. Einen Augenblick lang spielte er mit dem Gedanken, ihr alles zu erzählen.

»Ich …«, begann er, aber verkniff sich dann das Geständnis. Im Grunde ging sie das nichts an.

»Heißt das, du wirst nun vernommen?«

Er seufzte.

»Irgendwer wird sich vermutlich bei mir melden, aber ich werde wohl von meinem Aussageverweigerungsrecht Gebrauch machen.«

Melinda betrachtete ihn lange.

»Du brauchst jemanden, der sich um dich kümmert.«

Sie strich ihm über den Kopf und den Nacken hinunter, massierte seine Schultermuskulatur mit kräftigen, ruhigen Bewegungen. Langsam fiel die Anspannung von seinem Körper ab.

Es war schon vorgekommen, dass er sich eine gemeinsame Zukunft mit Melinda vorgestellt hatte. Sie hatte ihm schon frühzeitig erklärt, dass sie kein Interesse an einer Familie habe und die Pille nehme, seit sie fünfzehn gewesen sei. Sie sei nicht der Typ für Kinder, meinte sie. Und wenn er ehrlich war, hatte er auch gar nicht so weit gedacht, selbst wenn er nicht leugnen konnte, dass ihre direkte Art ihm einen leichten Stich versetzt hatte. Auf jeden Fall verstanden sie sich gut, besonders beim

Sex. Aber zu glauben, er sei der einzige Mann in Melindas Leben, war sicherlich etwas naiv.

Er betrachtete sie zärtlich, als sie sich rittlings auf ihn setzte. Im Moment war er der Mann in ihrer Nähe, und er hatte vor, diesen Augenblick zu genießen.

»Du bist nicht wie die anderen«, sagte sie und sah ihm tief in die Augen. »Das wusste ich schon beim ersten Mal.«

Sie beugte sich über ihn und küsste ihn zärtlich auf den Mund. Alle bedrückenden Gedanken lösten sich in Luft auf. Alles, was er sich jetzt erlauben würde, war, diesen Moment mit Melinda im Hier und Jetzt zu genießen.

Hinterher streckte er sich auf dem Sofa aus, und Melinda kuschelte sich an ihn. Ihre Haare hatten sich aus dem Band gelöst, ihre Wangen waren hochrot. Die strenge Staatsanwältin war gerade sehr weit weg, und er hatte sie noch nie so attraktiv gefunden. Als sich ihre Blicke trafen, saßen sie eine ganze Zeit lang da und sahen sich nur an. Er hatte das eigenartige Gefühl, dass ihre Pupillen ihn in ihr Innerstes blicken ließen. Langsam streichelte sie über seinen Kopf, während er die Augen schloss und die Berührung genoss. Da hielt sie mit einem Mal inne.

»Zeit zum Haareschneiden«, sagte sie mit einem Lachen. »Das sind schon mehr als drei Millimeter.« Sie zog die Beine vor den Brustkorb und schlang die Arme um die Knie. Plötzlich war es, als lägen zehn Kilometer zwischen ihnen, obwohl sie sich vor ein paar Sekunden noch so nah gewesen waren, wie zwei Menschen sich nur nah sein konnten. Sie hatte tatsächlich recht: In der Regel ließ er seine Haare nicht länger als drei Millimeter wachsen, jetzt waren sie schon fast doppelt so lang. Aber den plötzlichen Abstand, der zwischen Melinda und ihm entstanden war, konnte er nicht ignorieren. Rokkas Blick blieb an dem gigantischen Goldring mit dem dreikantig geschliffenen rosa Edelstein hängen, der an ihrem Mittelfinger prangte.

»Einen schicken Ring hast du da. Ist der Stein echt?«

Sie nickte und drehte ihn hin und her, sodass er sich die Frage nicht verkneifen konnte: »Hast du ihn geschenkt bekommen?«

»Mmh«, sagte sie, und plötzlich rutschte ihr der Ring vom Finger und fiel auf den Teppich. Er rollte noch ein Stückchen weiter und blieb unter dem Tisch liegen.

»Ich hole ihn dir«, sagte Rokka und beugte sich vor.

»Nicht nötig.« Melinda kniete sich auf den Boden und hatte es sehr eilig, das Schmuckstück wieder auf den Finger zu schieben. Sie warf Rokka einen Blick zu, und da erkannte er etwas ganz Fremdes. Als er sie danach wieder ansah, lag eine seltsame Spannung zwischen ihnen, und da war er sich sicher: Was er in ihrem Gesicht gelesen hatte, war ein deutlicher Ausdruck von Angst.

15

Ingrid Bengtssons Koffeinabstinenz machte sich durch einen dumpf klopfenden Kopfschmerz bemerkbar. Im Moment hatte sie das Gefühl, dass sie nicht einen vernünftigen Gedanken fassen könne, wenn sie nicht sofort eine Tasse Kaffee bekäme.

War es richtig gewesen, die internen Ermittler zu verständigen und sie über Rokkas Besuch in Hall zu informieren? Schon jetzt hatten sie viel zu wenig Leute. Aber sie hatte der Versuchung einfach nicht widerstehen können.

Mit jeder Stunde, die verstrich, wurde sie nervöser. Die Presseabteilung in Gävle hatte alle Hände voll zu tun. Zwar hatten sie Tindras Todesursache bekannt gegeben, aber ansonsten verwiesen sie auf die Geheimhaltung aufgrund der laufenden Ermittlungen. Natürlich hatte diese Vorgehensweise die Spekulationen erst richtig in Gang gebracht. Die Medienpolitik war ein ständiger Balanceakt. Man durfte nicht zu viele Informationen nach draußen geben, damit der Täter nicht Kenntnis davon bekam, wie viel die Polizei bereits recherchiert hatte. Andererseits musste man die Journalisten davon abhalten, zu viele eigene Theorien zu entwickeln und vorschnell irgendwelche Schlüsse zu ziehen und zu verbreiten.

Plötzlich hörte Ingrid Bengtsson Schritte. Sie sah auf. Hjalmar Albinsson kam den Gang entlanggeschlichen, und Bengtsson überlegte, was Rokka jetzt an ihrer Stelle getan hätte. Als Hjalmar noch ein paar Meter entfernt war, machte sie einen Ausfallschritt auf ihn zu und ballte die rechte Hand zum Faustcheck, während sie ihn anlächelte und zwinkerte. Er machte einen Satz zur Seite und presste sich an die Wand. Bengtsson spürte, wie ihr die Hitze ins Gesicht stieg, und eilte davon.

Hjalmar. Ihn hatte sie nie durchschaut. Er war immer reserviert, blieb am liebsten in seinem Büro. Sie hatten beide zur gleichen Zeit ihren Dienst in Hudiksvall begonnen, aber das

Einzige, was sie von ihm wusste, war, dass er in einem großen Haus in einem Vorort lebte. Und zwar allein. Wenn sie Personalentwicklungsgespräche mit ihren Angestellten führte, fragte sie die Kollegen in der Regel, was sie von ihm hielten. Alle sagten einstimmig, dass er ein sehr kompetenter Kriminaltechniker sei. Analytisch und genau, allerdings mit der Eigenart, auch völlig belanglose Dinge ausschweifend und sehr umständlich in Worte zu fassen.

Plötzlich klingelte ihr Handy.

»Gert Fransson«, meldete sich eine raue Männerstimme, als sie das Gespräch annahm. »Ich möchte gern mit Ihnen über die aktuellen Ermittlungen sprechen.«

Auf diesen Moment hatte Ingrid Bengtsson gewartet. Gävle fragte den Stand der Ermittlungen im Fall Tindra Edvinsson ab. Sie wollten wissen, wie sie das Verfahren vorantreiben konnten, und Gert Fransson sollte das in Erfahrung bringen. Mit ihm hatte sie schon eine Weile nicht mehr zu tun gehabt. Zuletzt bei einem Polizeieinsatz in Stockholm in Zusammenhang mit einem Staatsbesuch. Damals hatte ein Missverständnis vorgelegen, sodass sie einen Polizisten zu viel abgeordnet hatten und einer wieder nach Hause geschickt werden musste. Und von allen Kollegen hatte Fransson gerade sie auserkoren, sie musste wieder in den Zug steigen. Selten hatte sie sich so erniedrigt gefühlt, weder vor noch nach diesem Ereignis. Und jetzt war Fransson also der Leiter der Kriminalpolizei in Gävle.

»Selbstverständlich«, antwortete Bengtsson und spürte, wie ihr Mund trocken wurde. »Wann?«

»Ich möchte Sie bitten, nach Gävle zu kommen. Morgen.«

Sie beendete das Gespräch und ließ ihre Hand mit dem Telefon sinken. Drei Espressi würde sie sich jetzt aus dem Kaffeeautomaten holen.

»Haben Sie Rokka gesehen?« Pelle Alméns aufgesetzt fröhlicher nordschwedischer Dialekt erklang von der Küchenzeile.

Er kippte sich gerade eine große Pfütze Desinfektionsmittel in die gewölbte Handfläche.

»Nein, heute noch nicht«, sagte sie. »Er hat ja üblicherweise eigene Arbeitszeiten.«

»Ja, er ist halt anders als die anderen Polizisten.«

Bengtsson musste lachen.

»So … könnte man es ausdrücken. Ein bisschen wie ein bunter Hund.«

»Ich habe die Erfahrung gemacht, dass die erfolgreichsten Polizisten die sind, die sich trauen, ihren eigenen Weg zu gehen.«

»Stimmt, aber ohne sich dabei in die Grauzone zu begeben.«

Almén zuckte mit den Schultern. »Er kam her und hat als Erstes den Mord an Måns Sandins Frau aufgeklärt«, entgegnete er. »Und das hat er enorm gut gemacht.«

»Absolut«, sagte sie und spürte, wie sie ganz kribblig wurde.

»Passen Sie auf ihn auf. Sonst ist er vielleicht bald weg.«

Bengtsson blickte erschrocken auf. »Wie meinen Sie das?«

»Mir ist zu Ohren gekommen, dass sie in Gävle umstrukturieren wollen. Sie werden eine Kommission für Schwerverbrechen einrichten, und Rokka ist im Gespräch für die Leitungsposition.«

Es war ein Gefühl, als würde ihr Brustkorb in eine Schraubzwinge gespannt. Jetzt hatten also schon mehr Leute davon Wind bekommen. Dabei war doch sie diejenige, die diesen Job brauchte, mehr als jeder andere.

»Nun, was soll ich dazu sagen«, entgegnete sie. »Er ist ein sehr kompetenter Polizist, das steht außer Frage … aber …«

»Haben Sie etwa selbst Interesse an dem Posten?«

Alméns Gesichtsausdruck war plötzlich angriffslustig, und Bengtsson druckste herum.

»Natürlich möchte man … ich meine, jeder will sich weiterentwickeln, stimmt's?«, sagte sie und wusste nicht, wohin mit ihren Händen.

»Kennen Sie Gert Fransson?« Almén stemmte die Hände in die Hüften.

»Er ist mir hier und da mal über den Weg gelaufen«, sagte sie und kontrollierte kurz ihr Handy, um sich zu vergewissern, dass sie das Gespräch mit Fransson auch wirklich beendet hatte.

»Er ist für die Besetzung zuständig«, sagte Almén. »Er mag Leute, die sagen, was sie denken, daher hat Rokka sicher gute Karten.«

Bengtsson kniff die Lippen zusammen. Das konnte ja alles stimmen. Aber jemanden einzustellen, gegen den gerade intern ermittelt wurde, wäre doch wohl ein Unding. Oder?

***

Eddie Martinsson lehnte sich an den Kühlschrank. Der fühlte sich im Rücken schön kalt an. Eddie setzte die Milchpackung an den Mund und trank den letzten Rest, dann drückte er den Tetrapak zusammen und warf ihn in die Spüle. Eine Weile stand er regungslos da. Hatte wieder den Geruch der verbrannten Kassetten in der Nase.

Dann ging er ins Wohnzimmer, wo noch der Fernseher lief. Es war zwei Uhr nachmittags, im vierten Programm kamen gerade Nachrichten. Eddie war es zu mühsam, die Fernbedienung zu holen. Und die Nachrichtensprecherin war zudem ziemlich hübsch, obwohl sie bestimmt schon über dreißig war. Doch sie war nicht lange im Bild. Stattdessen kamen Aufnahmen von Hudiksvall. Der Köpmanberg. Die Kerzen, die Blumen. Ein Polizist, der mit ernster Stimme in ein Mikrofon sprach. Man habe Tindra die Kehle durchgeschnitten, sagte er. Als Eddie an sie dachte, grummelte es in seinem Magen, und er stand auf und ging ins Badezimmer. Sie war nur ein Jahr älter als er gewesen, er hatte sie jeden Tag in der Schule gesehen.

Jetzt hatte sie einer ermordet. Die Polizei wusste auch nicht, wer es gewesen war. Aus dem verschlafenen Hudik war echt eine Gangsterstadt geworden.

Eddie betrachtete sich im Spiegel. Rückte näher an die Scheibe, drehte und wendete sein Gesicht vor dem Glas. Bohrte in der Nase und stellte fest, dass sie innen kohlrabenschwarz war, seit er diese Kassetten angezündet hatte. Er schnaubte ordentlich, sodass das Waschbecken von kleinen, schwarzen Punkten übersät war. Gerade als er den Wasserhahn aufdrehen wollte, hörte er jemanden dreimal an die Tür klopfen.

War das Adam? Obwohl der eigentlich nie klopfte, er rüttelte am Türgriff, und wenn nicht offen war, schrie er durch den Briefschlitz. Eddie konnte die Wohnungstür im Spiegel sehen. Der Türgriff bewegte sich nach unten. Jeder Muskel in seinem Körper spannte sich an, und sein Herz machte doppelte Schläge. Er hatte doch wohl abgeschlossen?

Das Scharnier quietschte, als die Tür langsam aufging. Eddie stand noch immer vor dem Spiegel. Unfähig sich zu rühren.

Der Mann, der in der Tür stand, war der größte Mensch, den er je gesehen hatte. Er konnte nicht gerade stehen, sondern musste seinen Kopf gebeugt halten, dann kam er durch den Flur ins Badezimmer. Wer war der Typ bloß?

»Du scheinst nicht ganz zu kapieren, dass es wichtig ist, dass du alles so machst, wie du es gesagt bekommst«, sagte das Monster. »Wir müssen uns auf dich verlassen können.«

Erst war seine Stimme hoch und etwas lächerlich, als würde sie gar nicht zu diesem riesigen Körper passen. So eine Tunte! Aber als das Monster näher kam, begriff Eddie, dass der Kerl alles andere als lächerlich war. Panik ergriff ihn, Eddie hob ein Bein und trat direkt zu. Aber seltsamerweise gehorchte es ihm nicht. Die Kraft, die er normalerweise hatte, war einfach nicht da.

Das Monster kam näher. Walzte direkt auf ihn zu wie ein Radlader. Die Brustmuskeln unter seinem T-Shirt waren so groß wie Sofakissen. Als seine Hände nach Eddies Oberarmen fassten und ihn hochhoben, war Eddie klar, dass er geliefert war. Der Mann drehte ihn um. Hielt Eddies Arme mit einer Hand in Schach. Griff nach seinen Fingern mit der anderen. Eddie versuchte, eine Faust zu machen, doch der Kerl bog sie auf. Eddie hatte keine Chance mehr, sich zu wehren, da knickte der Typ schon einen kleinen Finger nach hinten. Das Knacken kam vor dem Schmerz. Der schoss dann wie ein Blitz durch den ganzen Arm und hoch in den Kopf. Eddie wurde schwarz vor Augen, seine Knie wurden weich. Er schlug noch mit dem Hinterkopf ans Waschbecken, bevor er auf den Boden fiel.

»Wir haben gesagt, drei Kassetten«, zischte der Riese, bevor er sich umdrehte. »Aber auf deinem Film waren nur zwei zu sehen.«

Eddie fing an zu zittern. Wollte losschreien, dass da nur zwei waren, aber er verkniff sich die Worte. Als die Tür ins Schloss fiel und die Schritte im Treppenhaus verhallten, ließ er den Tränen freien Lauf.

***

»Hat irgendwer Rokka gesehen?«, fragte Bengtsson und ließ ihren Blick über den Besprechungsraum schweifen, während sie die Whitebord-Stifte einsammelte und in einer Dose verstaute, die auf dem Fensterbrett stand. Dann legte sie den Schwamm auf die eine Ecke der Tafel.

Janna schüttelte den Kopf, und Melinda starrte auf ihren Collegeblock, wo sie Kringel um das Wort »polnische Kennzeichen« gemalt hatte, das mitten auf der Seite stand.

Das ist überhaupt nicht Rokkas Art, ein Statusmeeting zu verpassen, dachte Janna und betrachtete die ausgedruckten

213

Listen der Telefonnummern von Tindras Handy, die vor ihr auf dem Tisch lagen. Es ärgerte sie, dass sie nichts Auffälliges finden konnte.

»Drei Minuten kriegt er noch.«

Bengtsson stellte sich mit verschränkten Armen hin und wippte auf den Fußsohlen vor und zurück. Höchstens zwei Minuten waren verstrichen, als sie sich räusperte.

»Was liegt uns jetzt vor?«

»Die polnischen Kennzeichen sind wohl die einzige richtig heiße Spur«, sagte Almén.

»Wir müssten das Auto ausfindig machen, das Emilia Svartvadts Vater gesehen hat, als er das Handy gekauft hat. Aber jetzt wird es vermutlich Hunderte von polnischen Autos in der Stadt geben, so kurz vor der Beerenpflücksaison?«

»In Tumba, einem Vorort von Stockholm, haben wir einen Fall von Gruppenvergewaltigung. Ein Zeuge hat ein paar polnische Pflücker erkannt«, teilte Melinda mit und sah von ihrem Gekritzel auf.

»Es müssen doch noch mehr Leute etwas gesehen haben«, sagte Bengtsson und klang fast schon verzweifelt.

Janna streckte sich und strich über die Papiere, die vor ihr lagen. »Ich möchte gern die Daten des Sendemastes am Köpmanberg überprüfen, am besten schon eine Woche vor dem Tag, an dem wir Tindra gefunden haben. Wenn ich an die vielen DNS-Spuren denke, könnten in diesem Fall neben dem eigentlichen Täter noch weitere Personen interessant sein.«

»Wir verhandeln mit Telia«, sagte Almén. »Zuerst die Daten vom Mast am Köpmanberg, und dann von anderen strategischen Punkten.«

Melinda sah Almén kritisch an.

»Ich verstehe Ihre Denkweise«, erklärte sie, »aber es ist eine Menge Arbeit, diese Informationen durchzuforsten, und zudem kann ich diese Maßnahme nicht absegnen, solange wir keinen Verdächtigen haben. Wir müssen auch den Datenschutz im Auge behalten.«

Janna spürte, wie sie immer ärgerlicher wurde. Was hatte Melinda eigentlich für ein Problem, warum behinderte sie die Ermittlungsmaßnahmen? Bald war es wirklich genug mit ihrer Kontrollsucht. Ein Datenabruf von einem Sendemast kostete zwar eine Stange Geld, aber auf der anderen Seite könnten sie wichtige Informationen erhalten, die sie endlich weiterbrachten. Und wenn nicht über den Täter, dann vielleicht über andere Personen in seinem Umfeld.

Ihr fiel ein, wie sie vor langer Zeit für eine Ermittlung schon einmal Listen mit den Handydaten von drei Verdächtigen analysiert hatte. Sie hatte sehr bald festgestellt, dass da drei verschiedene Prepaid-Karten mit ähnlichen Telefonnummern auftauchten. Als sie die IMEI-Nummern der Telefone kontrolliert hatte, in denen die Prepaidkarten benutzt worden waren, hatte sie ein Muster erkennen können. Die Karten waren zwischen drei verschiedenen Handys getauscht worden. Als sie dann vom Netzbetreiber die Daten des Sendemastes erhalten hatte, hatte sie festgestellt, dass sich diese drei Telefone an dem Mast eingewählt hatten, der dem Tatort am nächsten war. Auf diese Art und Weise hatten sie eine Bande entlarvt, die Geschäfte ausgeraubt hatte. Auch das waren Polen gewesen.

Plötzlich schoss ihr etwas durch den Kopf. Das Gespräch mit Tindras Großvater, Bernt. Sie musste daran denken, wie sich sein Gesichtsausdruck verändert hatte, als er sich über Tindras Vater und dessen Bauunternehmen ausließ. Janna spürte, wie ihr Puls sich beschleunigte. Sie legte die Unterlagen zur Seite und räusperte sich. Auf einmal waren alle Blicke auf sie gerichtet.

»Tindras Großvater ... er hat erwähnt, dass ihr Vater Bauarbeiter aus Polen anstellt.«

16

Das Motorengeräusch verebbte allmählich, als Eddie Martinsson sein Moped auf dem Parkplatz von *McDonald's* an den Rand lenkte. Er hielt Ausschau nach Mats. Oder besser gesagt nach einem schwarzen Audi A8. Mats ging nie zu Fuß.

Unter dem Helm war Eddies Kopf schweißgebadet, und er bekam eine Gänsehaut, sobald er die linke Hand bewegte. Der monsterähnliche Typ hatte genau gewusst, was er tat, und jetzt sah Eddies Hand schlimm aus. Er hatte den kleinen Finger an den Ringfinger getapt, um ihn ruhigzustellen. Im Badezimmerschrank hatte er eine Packung Voltaren gefunden. Die nahm seine Mutter immer, wenn sie nach dem Putzen Rückenschmerzen hatte. Er hatte gleich drei Tabletten auf einmal geschluckt, und jetzt tat es nicht mehr ganz so weh.

Ein paar Minuten später tauchte der Audi auf dem Parkplatz auf. Alle Scheiben waren getönt. Eddie fragte sich, wie lange man es hinkriegen konnte, unbehelligt ohne Nummernschilder unterwegs zu sein. Mats saß am Steuer, und Eddie nahm auf dem Beifahrersitz Platz. Er holte einmal ganz tief Luft.

»Tut deine Hand weh?«

»Übel, was glaubst du?«

»Hier«, sagte Mats und hielt ihm eine Dose hin, in der Tabletten lagen. »Nimm ein paar davon, wenn es zu heftig wird.«

Eddie griff nach der Dose. Schüttelte sie. Wollte lieber nicht wissen, was da drin war.

Mats zog seine Kanakenkette gerade, dann legte er Eddie eine Hand auf den Oberschenkel und sah ihm in die Augen.

»Das ist nicht gut gelaufen«, sagte er.

»Hey, was meinst du?« Eddie spürte sofort wieder den Druck auf der Brust. »Da waren nur zwei Kassetten.«

»Jetzt hör mir mal genau zu«, erwiderte Mats und biss an einem Fingernagel herum. »Die Kassetten sind sehr wichtig.

Früher gab es sogar mal vier davon. Jetzt ist noch eine da, und wir müssen sie kriegen. Außerdem warst du viel zu langsam. Wenn du es beim nächsten Mal nicht besser machst, fliegst du raus. Ich weiß, dass du das kannst, also enttäusch mich nicht.«

Plötzlich hörte Eddie, dass sich jemand räusperte, der auf dem Rücksitz saß. Eddie zuckte zusammen und drehte sich um.

Das Erste, was er sah, waren die großen blauen Augen. Dann die hellbraunen Locken, die ihr auf die Schulter fielen. Sie sah aus wie eins von diesen Blogger-Mädels, die Millionen Follower hatten. Und sie lächelte ihn an.

»Das ist Isabella«, sagte Mats. »Sie hat von dir gehört und wollte dich kennenlernen, deshalb hab ich sie mitgenommen.«

Isabella streckte die Hand aus, und er erwiderte die Begrüßung. Ihre weiche Haut berührte ihn.

Sie hatte von ihm gehört! Das plötzliche Kribbeln im Bauch, das sich bei ihm einstellte, war erregend und nicht zu toppen.

Er konnte sie nicht aus den Augen lassen. Ihr Dekolleté war der Hammer. Ob das Silikon war? Aber vielleicht waren ihre Brüste auch von Natur aus so – das wäre sogar noch geiler. Mit einem Mal fühlte er sich wie der King. Der King von Hudiksvall.

»Die Braut gefällt dir, oder?« Mats lachte laut. »Ich kann dafür sorgen, dass ihr euch wiederseht.«

Eddie drehte sich zu ihm um. Fuhr sich durch die Haare, versuchte sie zu bändigen.

»Kann ich jetzt gehen?«, fragte er, obwohl er sich am liebsten auf den Rücksitz zu Isabella gesetzt hätte.

»Wir halten Kontakt wie gewohnt«, sagte Mats.

Wie gewohnt, dachte Eddie und verabschiedete sich mit dem Faustcheck. Dann stieg er aus und schlug die Tür zu. Durch die getönten Scheiben konnte er Isabella nicht mehr erkennen, aber er hob trotzdem die Hand zum Abschied. Der Motor heulte auf, dann fuhr der Wagen los.

Eddie blieb noch eine Weile stehen. Die Rücklichter des

Audis sahen wie zwei Roboteraugen aus. Dann waren sie fort. Eddie wurde dennoch das ungute Gefühl nicht los, das ihn da im Wagen beschlichen hatte. Er hatte exakt das gemacht, was man ihm aufgetragen hatte. Da waren nur die zwei Kassetten gewesen. Und trotzdem hatten sie ihm diesen Typ auf den Hals gehetzt, der aussah wie Hulk. In seinem Kopf kriegte er das nicht zusammen. Aber er würde es ihnen schon zeigen. Es war richtig gewesen, sich für ihn zu entscheiden. Er war ihr Mann.

Und dann musste er an Isabella denken. Eins wusste er sicher: Sie hatte Klasse. Sie war ein tolles Mädchen. Und er würde sie kriegen.

***

Ingrid Bengtsson rutschte auf ihrem Schreibtischstuhl hin und her. Ihr Büro lag auf der schattigen Seite des Gebäudes, daher musste sie schon die Lampe anknipsen. Morgen würde sie den Polizeidirektor Gert Fransson in Gävle aufsuchen und die bisherigen Ermittlungsergebnisse präsentieren. Vielleicht konnte sie dabei auch mit ihm über die vakante Leitungsstelle und das Bewerbungsverfahren reden. Ansprechen würde sie es auf jeden Fall. Jetzt musste sie sich auf den Termin vorbereiten.

Vor ihr standen ein halb gegessener Joghurt und zwei Käsebrote. Sie nahm ein Brot in die Hand. Der Käse sah blass aus, aber sie biss ab. Beim Kauen wurde er zu einem Klumpen, der nicht kleiner werden wollte, erst mit ein paar Löffeln Joghurt bekam sie ihn hinunter. Den Teller, auf dem die Brote lagen, schob sie dann zur Seite und starrte ins Leere.

Sie hatte versucht, diese Lammfrikadellen selbst zuzubereiten, aber das hatte nicht richtig geklappt. Sie hatte sogar welche aus einem Restaurant mit nach Hause genommen, aber gegen Stigs Zubereitung kam nichts an. Wahrscheinlich lag es daran, wie er die Gewürze kombinierte. Und das hatte er nicht einmal ihr verraten wollen. Sie regte sich heute noch darüber auf. Er hatte es ihr einfach vorenthalten. Doch dann dachte sie kurz nach. Was war außer seinen Lammfrikadellen an ihm schon so besonders gewesen? In den zwanzig Jahren, die sie zusammengelebt hatten, war immer sie diejenige gewesen, die die Sachen in die Hand hatte nehmen müssen. Ob es um Reisen oder Möbel ging, immer hatte sie die Initiative ergriffen.

Sie holte ihr Handy heraus und rief die Seite *dagensnyheter.se* auf. Dabei war sie richtig stolz auf sich selbst, dass sie diese moderne Technik so gut beherrschte. Der Mord an Tindra war noch immer der Aufmacher. *DNS-Spur gibt Polizei Rätsel auf*, war da zu lesen. Bengtsson konnte das nur bestätigen. Und für die polnischen Nummernschilder galt dasselbe.

Sie starrte wieder auf ihren Joghurt und die belegten Brote. Dieses Essen war immerhin schnell gemacht. Und sie hasste es, sich beim Kochen so einsam zu fühlen, wenn sie dastand und nur für sich allein ein Essen zubereitete.

Sie räusperte sich und streckte den Rücken durch. Jetzt war keine Zeit zu verlieren. Alles musste klappen.

Sie schlug ihren Notizblock auf und griff zum Stift.

Hintergrund, schrieb sie und zog einen Strich unter dem Wort. Dann betrachtete sie die krakeligen Buchstaben. Sie sahen so unprofessionell aus, dass sie das Blatt abriss und zusammengeknüllt in den Papierkorb schmiss. Dann schrieb sie dasselbe noch einmal. Eigentlich hatte sie vorgehabt, eine schicke PowerPoint-Präsentation zu erstellen. Aber das war immer Stigs Metier gewesen. Er hatte ihr meist geholfen. Hatte alles andere stehen und liegen gelassen, seinen Stuhl neben ihren geschoben und ihr gezeigt, wie es ging. Und es am Ende auch erledigt. Daher musste sie jetzt mit einem einfachen Blatt Papier und einem Stift vorliebnehmen. Sie spürte wieder diesen Kloß im Hals und das Brennen in den Augen. Eine Träne fiel aufs Papier, die Tinte verschwamm, und ihr Wort wurde unlesbar.

Irgendwie kam sie nicht vom Fleck. Kriminalkommissarin Ingrid Bengtsson von der Polizei Hudiksvall. Vorgesetzte von zehn Mitarbeitern. Ende.

Nein, nicht mit ihr. Niemals!

Mit dem Handrücken wischte sie die Tränen fort und betrachtete die Mascara, die nun auf der Haut war. Genug gejammert. Sie klemmte den Stift zwischen die Finger und drückte ihn aufs Papier. Zwang die Worte, sich in ordentlichen Sätzen niederzuschlagen.

Sie beschrieb die Basisinformationen detailliert. Die Beweise und Verdachtsmomente, die sie mit ihrem unterbesetzten Team zusammengetragen hatte, seit sie die Ermittlungen aufgenommen hatte.

Dann las sie ihren Text einmal durch und war zufrieden.

Sie schaute auf ihr Handy und stellte fest, dass sie eine Mitteilung in ihrer Dating-App erhalten hatte. Sie war von [Krimmo69]. Wieder und wieder las sie seine Worte.

Was würde die Dame davon halten, ein paar Stunden miteinander zu verbringen? Ganz ohne Erwartungen. Aber deshalb nicht minder beglückend.

Sie holte tief Luft. Er wollte sich treffen. Mit ihr. War sie dafür bereit?

Sie atmete aus. Dann schrieb sie:

Sehr gerne. Wann? Und wo?

***

Melinda Aronsson ließ ihr Handy in die Handtasche fallen und warf einen Blick über die Straße. Obwohl Wolken die tief stehende Abendsonne langsam verdeckten, schob sie die dunkle

Sonnenbrille noch höher auf die Nase und zog ihre Kappe tiefer ins Gesicht, als sie auf das Hotel *Hudik* zuging. Es war ein roter Backsteinbau, davor schwarz-weiße Markisen. Als Melinda die Eingangstür passierte, fiel ihr auf, dass das Hotel innen frisch renoviert aussah, strahlend weiße Wände und Einlagen aus dunklem Holz.

Melinda setzte sich aufs Sofa in der Lobby. Zum ersten Mal nach Tagen gönnte sie es sich, ein paar Minuten auszuruhen. Sie atmete ganz bewusst und stellte fest, dass in ihr ein Gefühlschaos herrschte, das sie nicht unter Kontrolle brachte.

Der Umzug nach Hudiksvall war die richtige Entscheidung gewesen, aber sie hatte ein paar Wochen gebraucht, um sich an ihrem neuen Arbeitsplatz zurechtzufinden. Mit der Polizei in einem kleinen Ort zusammenzuarbeiten war etwas ganz anderes, als sie es von der Staatsanwaltschaft in Stockholm gewohnt war. Zumindest was die Polizisten vor Ort anging. Offenbar war es hier üblich, dass sie ganz selbstständig ermittelten, bis sie einen Verdächtigen hatten. Melinda arbeitete lieber parallel und besprach sich gern mit den Beamten in der Station, zumindest wenn es sich um so wichtige Fälle wie den Mord an Tindra handelte.

Aber die Kompetenz der Mitarbeiter hier beeindruckte sie, auch wenn die Tatsache, dass Johan Rokka gelinde gesagt ziemlich aus dem Gleichgewicht zu sein schien, die Arbeit erschwerte. Jetzt wurde auch noch intern gegen ihn ermittelt, das machte alles noch komplizierter. Sie brauchten ihn an der Spitze. Und sie selbst brauchte ihn auch.

Sie griff nach ihrem Handy und rief ein Bild von ihm auf. Er saß auf seinem Bürostuhl, zurückgelehnt, die Arme verschränkt. Und hatte dieses Lächeln.

Er war etwas Besonderes, dachte sie. Schon in Stockholm hatte sie von ihm gehört. Er sei kompetent und nehme kein Blatt vor den Mund. Verließ mitunter die üblichen Wege, wenn er es für nötig hielt. Sie musste zugeben, dass ihr das gefiel. Dass er ihr gefiel, das hatte sie schon bei ihrer ersten Begegnung festgestellt. Ihre private Beziehung hatte sich intensiver gestaltet, als sie es erwartet hatte, aber sie hatte auch nichts dagegen einzuwenden gehabt.

Das Sofa war überraschend bequem, und sie kuschelte sich hinein. Lehnte den Kopf nach hinten. Drehte ihren Goldring mit dem rosafarbenen Stein, den sie an der linken Hand trug. Sie schloss die Augen und dachte, wie schön er doch war. Als sie sich völlig entspannte, spürte sie die Müdigkeit kommen.

Dann piepte auf einmal ihr Handy. Sie warf einen Blick auf die Uhr und merkte, dass sie eingenickt war.

Zimmer 105, stand in der SMS.

Melinda ging in den ersten Stock hinauf. Der weinrote Teppich dämpfte ihre Schritte, aber sie ertappte sich selbst dabei, dass sie versuchte, sich leise zu bewegen. 101, 103. Sie blieb stehen. Das nächste Zimmer war es. Mit weichen Knien machte sie die letzten Schritte. Die Tür von Zimmer 105 stand einen Spalt offen, doch sie klopfte trotzdem, bevor sie langsam hineinging. Ihr Magen grummelte.

Er saß auf dem Bett. Wie eine Silhouette erschien er ihr. Sie trat direkt ans Fenster und zog die Vorhänge zu. Jetzt sah sie ihn deutlich. Seine Haare waren strubbeliger als beim letzten Mal. Es kribbelte in ihrem Bauch, als ihre Blicke sich trafen, und sie ging ein paar Schritte auf ihn zu.

Er stand auf. Als er ihr entgegenkam, schwankte er leicht. Das lag an den steifen Gelenken, das wusste sie, aber wenn man davon absah, hätte man ihn für viel jünger gehalten als die 68 Jahre, die er tatsächlich auf dem Buckel hatte.

Die Unsicherheit, die sie anfangs gespürt hatte, war verflogen. Er streichelte ihr übers Haar und die Wange. Ihr schossen Tränen in die Augen, als er sie anstrahlte, und ohne sich wehren zu können, überkam sie wieder dieses Gefühl. Ihr wurde warm, und alles fühlte sich plötzlich so selbstverständlich an.

Er umschlang ihren Hals, beugte sich vor und küsste sie.

»Dich zu bitten herzuziehen, war das Beste, was ich tun konnte. Ich bin so stolz auf dich, Melinda, du hast so viel erreicht«, sagte Jan Pettersson, als er sich wieder zurücklehnte, um ihr in die Augen sehen zu können.

Seine ganze Erscheinung strahlte Souveränität und Macht aus, und es stand außer Zweifel, wodurch er und sein Unternehmen so erfolgreich geworden waren. Mitos Helsing, der ganze Stolz Hudiksvalls.

Jan hob die Hand und strich ihr wieder über die Wange, dann flüsterte er: »Und gleich erzählst du mir alles, was du weißt.«

17

»Hast du Melinda gesehen?«, wandte sich Johan Rokka an Janna, die gerade ihre Wasserflasche unter den Hahn hielt.

Er fuhr sich über seine Haarstoppeln und sah sich in der Cafeteria um. Der dumpfe Kopfschmerz hielt noch immer an und malträtierte seinen Hinterkopf. Konnte das wirklich noch der Kater sein?

Janna stellte die Flasche polternd auf der Spüle ab.

»Das wollte ich dich auch schon fragen«, sagte sie. »Ich wollte dich bitten, mit ihr über ein paar Maßnahmen zu reden, ich komme einfach nicht weiter.«

Rokka zuckte mit den Schultern, kam aber nicht umhin festzustellen, dass Janna ihn irgendwie anders ansah als sonst. Stand ihm etwa auf der Stirn geschrieben, dass er am Vortag Sex mit Melinda gehabt hatte?

Er humpelte zu einem Stuhl und nahm Platz. Der Stuhl wackelte unter ihm, und er stützte die Ellenbogen auf die Knie und legte das Gesicht in die Hände. Melinda hatte komisch reagiert, als ihr der Diamantring auf den Boden gefallen war. Es war ganz offensichtlich gewesen, dass sie vermeiden wollte, dass Rokka ihn ins Visier nahm.

»Du humpelst«, sagte Janna. »Was ist passiert?«

»Gegen mich wird intern ermittelt«, sagte er. »Und …«

Und ich habe Peter Krantz misshandelt und bin neulich abends beinahe überfahren worden, hätte er fast geantwortet, doch er entschied sich, den Mund zu halten.

Janna lehnte sich an die Arbeitsplatte und verschränkte die Arme.

»Bist du in Hall vielleicht ein bisschen zu weit gegangen?«

Scheiße, sie konnte direkt in ihn hineinsehen, dachte er.

»Es ist rausgekommen, dass ich dort in Zivil war und nicht als Dienstperson«, sagte Rokka und spürte, wie sein Hals trocken wurde. »Ich nehme an, das hat Bengtsson gestört.«

Janna betrachtete ihn durchdringend mit einer gewissen Skepsis, und dieser Blick ging ihm unter die Haut.

»Denk dran, dass ich dir nichts Böses will«, sagte sie und drehte sich um, öffnete die Flasche und schenkte sich ein Glas voll ein. Rokka zog die Nase kraus. Wenn man schon unbedingt Wasser trinken wollte, dann konnte man es doch gleich aus dem Wasserhahn nehmen. Er streckte sich und gähnte.

»Zurück zu den wesentlichen Dingen«, sagte er. »Ich hab von der Verbindung zwischen Tindra Edvinssons Vater und einer Gruppe von polnischen Bauarbeitern gehört, das war ein guter Gedanke von dir.«

»Ich hoffe, es bringt uns weiter«, erwiderte Janna, und dann nahm er eine Spur von Bitterkeit in ihrer Stimme wahr, als sie fortfuhr: »Wir brauchen jetzt dringend eine weitere Spur, da uns andere Maßnahmen ja nicht gestattet werden.«

***

Wie immer verrutschten die Sofakissen. Als Eddie Martinsson versuchte, es sich gemütlich zu machen, spürte er die Metallfedern im Rücken. Verfluchtes Sofa. Die Wahrscheinlichkeit, dass seine Mutter ein neues anschaffen würde, war wohl genauso hoch, wie dass er Bulle werden würde. Aber das Sofa war gemütlicher als sein Bett, das sagte schon alles. Adam saß im Sessel gegenüber und zupfte an den abgewetzten Armlehnen herum. Er fand einen losen braunen Faden und zog daran.

»Hast du was gefrühstückt?«

»Im Kühlschrank ist noch eine Tube Kalles Kaviar«, sagte Eddie. »Kannst du essen, wenn du willst.«

Adam verzog das Gesicht und betrachtete Eddies getapte Hand.

»Was ist da passiert?«, fragte er.

Die Hand war noch immer ordentlich geschwollen, aber die Schmerzen hatten seit gestern nachgelassen. Die Pillen wirkten, er war richtig high davon.

»Hab mich beim Training verletzt«, sagte Eddie. »Der Trainerpatrik hat die Handschuhe falsch gewickelt.«

»Das kann doch echt nicht sein«, sagte Adam und holte seine Snusdose raus. Zwischen Daumen und Zeigefinger rollte er sich eine ordentliche Portion zurecht.

»Nicht so schlimm«, sagte Eddie. »Ist nur verstaucht.«

Das Bällchen verschwand unter Adams Oberlippe. Snus war wirklich etwas Ekliges, fand Eddie. Zum einen stand die Lippe richtig ab, zum anderen lief einem nach einer Weile der gelbe Saft an den Zähnen runter. Wer wollte so einen küssen? Kein Wunder, dass Adam nie eine ins Bett bekam.

»Was macht deine Mutter heute Abend?«, fragte Adam.

»Keine Ahnung. Arbeiten, schätze ich.« Er wusste es wirklich nicht. Seit ein paar Tagen hatten sie sich nicht gesehen, ihre Tagesabläufe waren sehr unterschiedlich.

»Voll cool, dass du so viel allein zu Hause sein kannst.« Adam verschränkte die Arme hinter dem Kopf und machte es sich bequem.

Eddie sah ihn an. Er wollte eigentlich etwas antworten, aber verkniff es sich. Klar, es war ganz cool hier, wenn sie nicht zu Hause war. Er musste sich kein Gemecker anhören, wieso er nicht endlich ins Bett ging oder aufstand. Aber trotzdem wäre es schön gewesen, wenn sie sich mehr um ihn gekümmert hätte. Sich mal erkundigt hätte, wie's in der Schule lief. Mal was anderes als die Tiefkühlgerichte und den Blutpudding gekocht hätte. Nachgefragt hätte, wie es ihm ging. Trotzdem nickte er Adam zu. Man musste das Gute daran sehen.

»Gestern hab ich ein richtig scharfes Mädchen kennengelernt«, sagte Eddie und hatte Isabella vor Augen. »Megageil.«

»Nice. Eine, die wir kennen?«

»Nein. Ich glaub nicht, dass sie von hier ist.«

»Wo hast du sie getroffen?«

Eddie schluckte. Sein Hirn arbeitete auf Hochtouren, als er überlegte, mit welcher Ausrede er jetzt kommen sollte.

»Bei *McDonald's*«, antwortete er. »In der Schlange.«

Adam klappte das Notebook auf, das auf dem Tisch stand. Er zuckte zusammen, als er die aufgerufene Seite sah. Dann musste er lachen.

»Was ist das denn?«

Er hatte die Augen aufgerissen und beugte sich nun weiter nach vorn.

»Die Seite kenne ich nicht«, fuhr er fort und setzte sich auf. »Ist die gut?«

Eddie war mit einem Satz bei ihm und riss das Notebook vom Tisch.

»Lass das!«, schrie er.

Adam sprang auf und hielt beschwichtigend die Hände hoch.

»Hey, chill mal«, sagte er. »Wundert mich nicht, dass du Pornos anschaust. Tut doch jeder.«

»Mach das nicht noch mal.« Eddie hob mahnend die Hand.

»Aber die Seite war doch schon aufgerufen. Alter, was ist denn bloß los mit dir?«

»Du hast doch gehört, was ich gesagt hab.«

»Ganz im Ernst. Was hast du in letzter Zeit?«

Eddie sank aufs Sofa. Griff nach der Fernbedienung und schaltete den Fernseher an. Da erschien ein Haufen älterer Herren in Anzügen, die vor irgendeinem großen Gebäude standen, vor dem Flaggen gehisst waren. Einer von denen war vermutlich der Ministerpräsident? Politik war wirklich kompliziert.

»Hallo«, sagte Adam. Er ließ einfach nicht locker.

»Ach, Ärger mit meiner Mutter. Ziemlich viel grad.«

Eddie versuchte zu erkennen, ob Adam ihm glaubte. Der schüttelte nur den Kopf.

»Ich hau ab«, sagte er.

»Hey, mach dich mal locker. Wir könnten uns 'nen Film reinziehen. Chips sind auch noch da.«

»Lass mal, es ist schon halb zwei. Ich hab morgen ein Bewerbungsgespräch für einen Ferienjob.«

Wieder einmal hatte Eddie das Gefühl, von der Welt der anderen komplett ausgeschlossen zu sein.

»Dann viel Glück«, sagte er und drehte sich wieder zum Fernseher um. Schaltete auf ein anderes Programm um und stellte den Ton lauter. Es war die Wiederholung eines Musikfestivals. Im Hintergrund hörte er die Wohnungstür zuschlagen.

***

Kent Edvinssons Bauunternehmen befand sich in einem Industriegebiet, direkt an der E4. Durch die Wände war der Verkehr zu hören, wenn die Autos mit 150 Stundenkilometern vorbeirasten, und Rokka fragte sich, ob man sich an diesen Lärm jemals gewöhnen konnte.

Tindras Vater sah im Gesicht noch aufgedunsener aus als beim letzten Besuch. Auf seinem Tisch stapelten sich unzählige Zeichnungen, obendrauf stand ein Laptop, der Bildschirm war übersät mit fettigen Fingerabdrücken. Kent griff zu seiner Kaffeetasse, in der braune Ränder auf verschiedenen Höhen zu sehen waren.

»Bitte sagen Sie mir, dass Sie vorangekommen sind«, sagte er Hilfe suchend.

Rokka schüttelte den Kopf und warf einen Blick auf den Wandkalender. Einige Termine waren mit einem kryptischen Gekritzel markiert. Daneben hing ein Foto von Kent, auf dem er einen roten Overall trug und sich an einen Lamborghini in derselben Farbe lehnte, im Hintergrund die Rennstrecke. Ein anderes Foto zeigte Kent, wie er triumphierend neben einer erlegten Antilope irgendwo in einer Savannenlandschaft stand, das Gewehr noch in der Hand.

Kent schlug verzweifelt auf die Tischplatte.

»Sitzen Sie eigentlich nur da und drehen Däumchen?«

Rokka beugte sich vor und warf einen Blick ins nächste Zimmer. Auch dort stand ein Schreibtisch mit ein paar Stühlen davor.

»Wie viele Angestellte haben Sie eigentlich?«

Kent räusperte sich.

»Kommt ganz drauf an.«

»Wie ist das zu verstehen?«

»Zurzeit sind wir mit einem Neubau für eine Autofirma am Kreisel beschäftigt«, sagte er. »Da sind fünfzehn Jungs für mich im Einsatz. Und ein Mädel auch.«

Rokka faltete die Hände und beugte sich vor. Dabei sah er Kent eindringlich an.

»Kann es sein, dass Sie polnische Arbeiter auf dem Bau beschäftigen?«

Kent zog verschreckt die Hände vom Tisch.

»Sie bekommen den Mindestlohn«, entgegnete er sofort und zog eine Mappe zu sich heran, die auf dem Schreibtisch lag. Sie war mit Unterlagen so vollgestopft, dass man sie nicht ganz schließen konnte, und als er danach griff, fielen die Unterlagen auf den Boden.

»Soll ich mich mal erkundigen, ob die Leute angemeldet sind?«

Kent schlug die Augen nieder.

»Okay«, sagte er. »Es stimmt, ich habe ein paar Polen, die für mich arbeiten. Drei Brüder.«

Rokka spürte das Echo seines Herzschlags in den Gehörgängen. Er hoffte inständig, dass er jetzt eine heiße Spur hatte.

»Es gibt Grund zu der Annahme, dass es eine Verbindung gibt zwischen Tindra und jemandem, der ein Auto mit polnischen Kennzeichen fährt«, sagte er.

Kent schlug die Hände vors Gesicht.

»Das ist meine Schuld«, erklärte er leise. Seine Stimme zitterte. »Sie bringen Tindra manchmal zum Training ... meine Frau und ich haben uns abgewechselt ... aber die Firma kostet so viel Zeit ... ich habe es oft einfach nicht geschafft ...«

Er sah Rokka an. Kents Gesicht hatte jegliche Farbe verloren, es war schneeweiß. Er räusperte sich röchelnd.

»Fuhr einer von denen ein dunkles Auto?«

»Ja ...«, sagte Kent zögernd. Dann drehte er sich zu dem Kalender an der Wand um.

»Von meinen Jungs kann es aber keiner gewesen sein«, fuhr er nachdenklich fort.

»Und warum nicht?«

»Sie sind letzte Woche nach Gdansk gefahren und kommen erst am nächsten Samstag zurück. Ihr Cousin heiratet, und diesen Urlaub haben sie schon letztes Jahr angemeldet. Ich habe ihnen selbst die Flugtickets gebucht. Das können Sie bei der Fluggesellschaft überprüfen.«

Rokka sackte in sich zusammen. Alle Hoffnung war schlagartig zunichtegemacht, alle Energie verpufft. Wieder mal eine Sackgasse.

18

Ingrid Bengtsson betrat die Kantine der Polizeistation Gävle. Ihren Collegeblock, auf dem alle Details des aktuellen Falls notiert waren, umklammerte sie fest mit einer Hand.

Sie sah sich um, konnte aber Gert Fransson in dem vollbelegten Speisesaal nicht sofort entdecken. Ihr Puls war nach dem zügigen Marsch vom Bahnhof noch erhöht. Sie war mit einem frühen Zug hierhergefahren, doch er hatte Verspätung gehabt, sodass sie Fransson mitteilen musste, dass sie sich leider um zehn Minuten verspäten würde, was ihr natürlich sehr unangenehm war.

Sie fand ihn schließlich etwas weiter hinten im Speisesaal. Er hatte einiges an Gewicht zugelegt. Als er sie erblickte, hob er die Hand und winkte. Fransson trug ein hellblaues Polizeihemd, das am Hals ein bisschen eng saß. Oder er hatte den Krawattenknoten zu fest gezogen. Jedenfalls schnitt der Kragen ordentlich ein.

»Es tut mir wirklich furchtbar leid«, sagte sie. »Die Bahn …«

»Setzen Sie sich doch«, sagte Fransson und lächelte gequält, während er sie eingehend betrachtete. »Wir haben uns doch schon mal gesehen, oder?«

Bengtsson wurde auf ihrem Stuhl noch kleiner.

»Mmh«, sagte sie.

»Bei dem Einsatz in Stockholm, oder?«

Typisch, dachte Bengtsson und wünschte sich, einfach auf Knopfdruck verschwinden zu können. Dennoch nickte sie.

»Und jetzt sitzen wir hier«, fuhr Fransson fort. »Soweit ich weiß, hat der Pressesprecher alle Hände voll zu tun. Wie geht's denn mit den Ermittlungen voran?«

Ingrid Bengtsson räusperte sich. Dann schlug sie den Collegeblock auf. Sie wiederholte den Eingangssatz, den sie sich zurechtgelegt hatte, und nahm wahr, dass Fransson eine Augenbraue erstaunt hochzog.

»Ja … Gut … Wir …«

»Zu welchem Ergebnis sind Sie gekommen?«

»Von den DNS-Spuren haben Sie ja bereits Kenntnis erhalten. Außerdem wissen wir, dass Tindra in ein dunkles Auto eingestiegen ist, das niemand kennt, aber das in Polen zugelassen ist.«

»Es freut mich zu hören, dass Sie ein paar Spuren verfolgt haben. Wie läuft es mit der neuen Staatsanwältin?«

Bengtsson zögerte einen Augenblick. Melinda Aronsson war zurückhaltender als ihr Vorgänger. Dennoch hatte Bengtsson den Eindruck, dass sie immer bestens informiert war.

»Sie ist sehr engagiert und arbeitet effizient«, antwortete sie. »Aber die Ermittler …«

Die Ermittler arbeiteten rund um die Uhr, und mehr Personalstärke wäre eigentlich dringend notwendig. Die Frage war nur, wie sie das formulieren sollte. Sie holte tief Luft und wollte gerade den Mund aufmachen, da kam ihr Fransson zuvor.

»Und jetzt wollen Sie sagen, dass Sie mehr Leute brauchen.«

Bengtsson seufzte und merkte, wie alles, was sie vorbereitet hatte, zusammen mit ihrer Würde dahinschwand.

Fransson fuhr fort: »Sie wissen sicherlich, dass wir vom Bezirkspolizeidirektor angehalten wurden, Einsparungen vorzunehmen. Und Sie wissen auch, was das zu bedeuten hat. Irgendwo müssen wir sparen.«

»Das heißt wohl, wir sparen an der Lösung vom Mordfall Tindra?«

Bengtsson bereute ihren schnippischen Kommentar sofort, als sie sah, wie Fransson verstimmt den Mund verzog und eine Bedienung zu sich winkte.

»In unseren Wachen auf dem Land brauchen wir Führungskräfte, die es verstehen, effektiver zu arbeiten und die Ressourcen, die vorhanden sind, optimal zu nutzen. Leute, die ein bisschen Kreativität entwickeln, wenn es ums Sparen geht.«

Bengtsson nickte.

Die Bedienung reichte ihnen beiden je eine Speisekarte und informierte sie über das Tagesmenü.

»Ich weiß genau, dass Sie wissen, wovon ich spreche. Was möchten Sie denn essen? Ich werde eine Kalbsfrikadelle bestellen.«

»Die ... nehme ich auch«, sagte Bengtsson, obwohl sie eigentlich nicht richtig wusste, was sie wollte. Das war nicht dasselbe wie Lammfrikadellen, aber ein paar Bissen würde sie schon hinunterbringen. Gert gab der Bedienung die Speisekarten zurück.

»Eine ganz andere Geschichte«, sagte Fransson. »Sie wissen vermutlich, dass wir gerade ein Bewerbungsverfahren eingeleitet haben.«

»Ich habe davon gehört, ja.«

»Wir brauchen jemanden, der die Leitung der neuen Kommission für Schwerverbrechen übernimmt. Können Sie Johan Rokka für diese Stelle empfehlen?«

Ingrid Bengtsson erstarrte. Hoffentlich konnte Fransson ihr nicht ansehen, dass sie die Stellenanzeige in- und auswendig kannte.

»Gegen Rokka wird im Moment intern ermittelt, haben Sie davon Kenntnis?« Ihre Stimme brach.

»Meine Frage war, ob Sie ihn empfehlen können. Ist er kompetent genug? Hat er alles, was wir brauchen?«

Ingrid räusperte sich. »Ja ... Er ist kompetent, ohne Frage ...«

»Aber?«

»Wenn ich ehrlich sein soll, weiß ich nicht, ob er gerade in der Verfassung ist, solch einen Posten zu übernehmen, im Moment ist er nicht voll leistungsfähig. Unter uns gesagt, ich glaube, er trinkt ein bisschen viel.«

Ingrid Bengtsson spürte, wie sich bei dem Gedanken an die internen Ermittlungen etwas in ihrer Magengegend zusammenzog. Wusste Fransson, dass sie den Vorfall gemeldet hatte? Immerhin saß sie hier und warf Rokka vor, etwas aus der Balance zu sein, und der Grund dafür war etwas, das sie selbst in die Wege geleitet hatte. Sie beobachtete den Kollegen, wie er nach der Serviette griff und sie vorbildlich auf seinem Schoß platzierte.

»Haben Sie selbst Interesse an dem Posten?«, fragte er ohne Umschweife.

»Äh … natürlich«, antwortete Bengtsson und richtete sich auf.

»Dann empfehle ich Ihnen, dafür zu sorgen, dass Rokka jede erdenkliche Hilfe erhält. Die Behörde darf ihre Mitarbeiter nicht im Stich lassen. Wir müssen immer für sie da sein.«

»Aber …«

»Zeigen Sie uns so Ihre Kompetenz. Beweisen Sie, dass Sie eine Führungskraft sind, die ihr Personal unterstützt. Die ihren Mitarbeitern vermittelt, dass sie wichtig sind und gebraucht werden. Erst wenn Sie vorweisen können, dass Sie das beherrschen, erst dann können wir darüber reden, ob Sie möglicherweise für die Besetzung der Stelle infrage kommen.«

Ingrid Bengtsson griff nach ihrem Block und verstaute ihn wieder in ihrer Tasche.

»Ich … ja, natürlich kann ich das tun.«

»Gut. Und jetzt lassen wir uns das Essen schmecken.«

***

Janna Weissmann ging vor dem Blumenmeer und den vielen Kerzen in die Hocke. Meterbreit bedeckten sie den Boden vor der Absperrung am Tempel auf dem Köpmanberg.

Janna war frustriert, dass sie mit den Ermittlungen auf der Stelle traten, daher war sie an den Tatort gefahren. Sie erhoffte sich neue Impulse, vielleicht entdeckte sie Details, die ihr vorher entgangen waren, weil die Zeit zu knapp war oder sie ihre Aufmerksamkeit anderen Dingen gewidmet hatte.

Das grüne Kupferdach bildete einen starken Kontrast zu dem grauen Himmel. Janna beobachtete eine Möwe, die ganz einsam übers Wasser flog. Über diesem Ort lag die Stille der Trauer. Als ob die gesamte Vegetation hier, die Birkenblätter, jeder Fliederstrauch, wusste, dass es Tindra nicht mehr gab. Dass sie sich daran gewöhnen und weiterwachsen mussten, als sei nichts geschehen.

Mit den Ermittlungen waren sie in eine Sackgasse geraten. Aber Janna musste immer wieder über den Mann, der das Handy verkauft hatte, und den Wagen mit dem polnischen Kennzeichen nachdenken. Sie schloss die Augen. Überlegte.

Was war ihnen entgangen? Was war ihr entgangen? Sie versuchte, sich den Tathergang bildlich vor Augen zu führen. Jemand hatte Tindra hier im Tempel überrascht. Er hatte hinter ihr gestanden. Das Messer in der rechten Hand gehalten und es mit einer schnellen Bewegung über ihren Hals gezogen. Diese Verletzung war tödlich gewesen. Der Täter hatte sie so auf dem Betonboden zurückgelassen. Vielleicht hatte es sogar mehrere Täter gegeben. Aber warum hatten sie das Opfer so demonstrativ liegen gelassen? Was war die Botschaft?

Jannas Blick blieb an einem Herz hängen, das jemand aus brennenden Grabkerzen gestellt hatte. So viel Trauer lag in den Flammen, die im lauen Wind flackerten. Jemand hatte seine Tochter verloren. Jemand seine Enkeltochter. Eine Freundin. Vielleicht eine Geliebte.

Sie musste an Rokka denken. Er hatte auch jemanden verloren, der ihm sehr nahegestanden hatte. Sie wusste, dass er darunter litt. Jeden Tag.

Plötzlich hörte sie Schritte im Kies, und als sie sich umdrehte, stand Tindras Freundin Rebecka Klint vor ihr. Sie sah aus, als fröstelte sie, denn sie hielt die Arme um den Körper geschlungen. Ihre Haare waren offen, und sie trug ein rosafarbenes Polohemd und weiße Shorts, die bis zur Mitte der Oberschenkel reichten. Über ihrem linken Knie war eine lange Narbe zu sehen.

»Hallo«, sagte Janna leise.

»Ich habe beschlossen, jeden Tag herzukommen.« Rebecka legte eine Rose zu den anderen Blumen, dann hockte sie sich neben Janna.

»Werden Sie den Täter finden?«

»Ja«, antwortete sie. »Wir werden den Täter finden.«

Früher oder später würden sie den Durchbruch erzielen, das wusste sie. Das Böse hatte immer eine Schwachstelle, sie und ihre Kollegen mussten nur einen langen Atem haben.

Sie hockten eine Weile so da. Schwiegen, sahen nur hinunter aufs Meer. Dann stand Rebecka auf. Ohne ein Wort ging sie. Janna betrachtete wieder die schönen Arrangements. Dann las sie die Karten, die zwischen Blumen und Kerzen lagen.

Ruhe in Frieden.

Wir denken an dich.

Ruhe sanft.

Auf einer Karte hatte jemand, offenbar ein Kind, drei Strichmännchen gemalt. Den Frisuren nach zu urteilen, waren es Mädchen. Sie hatten auch Röcke an, und es sah aus, als ob sie tanzten. *Tanz weiter im Himmel* stand darunter in krakeligen Großbuchstaben. Der Mord an Tindra berührte alle.

Janna seufzte tief und wollte gerade aufstehen, da blieb ihr Blick an einem gelben Post-it-Zettel hängen, der zwischen zwei Sträuße aus Wildblumen gerutscht war. Sie zog einen Plastikhandschuh aus ihrer Jackentasche. Vorsichtig holte sie den kleinen Zettel hervor und las die paar Worte, die sauber geschrieben dort standen.

Im Himmel bringt uns niemand zum Schweigen.

Ihr lief ein Schauer über den Rücken, als sie die Worte noch einmal las. Uns. Nicht nur eine Person. Nicht nur Tindra?

19

Johan Rokka ließ einen dicken Klecks Butter auf die Nudeln im Kochtopf fallen und rührte um. Kohlenhydrate zum Abendessen waren nie verkehrt, dachte er. Kohlenhydrate gingen immer.

Janna hatte gerade angerufen und von dem Zettel berichtet, den sie am Tatort auf dem Köpmanberg gefunden hatte. *Im Himmel bringt uns niemand zum Schweigen.*

Musste Tindra zum Schweigen gebracht werden?

Vielleicht hatte sie etwas gesehen, das nicht für ihre Augen bestimmt gewesen war, und jemand anderem davon erzählt, der nun diesen Zettel am Tatort hinterlassen hatte? Aber warum hinterließ diese Person einen Zettel, anstatt mit der Polizei zu reden?

Rokka schüttelte den Kopf über seine hilflosen Interpretationsversuche. Dann griff er nach dem Salzstreuer und schüttete üppig Salz auf die Nudeln. Danach wiederholte er den Vorgang mit einer Dose Grillgewürz. Er setzte sich an den Esstisch und wollte sich gerade den ersten Löffel in den Mund schieben, da klingelte sein Handy.

»Guten Tag, ich rufe von der Abteilung für Interne Ermittlungen an«, sagte die Stimme am anderen Ende.

Rokka hielt sein Handy krampfhaft fest und wartete auf das, was jetzt unweigerlich kommen würde. Er sah sich selbst schon seine sieben Sachen packen, ins Auto springen und die E4 in Richtung Süden fahren. Völlig ohne Ziel. Von nun an keine gewohnten Tagesabläufe mehr, kein Zuhause. Dafür Freiheit. Vielleicht würde er auch einfach bei Jerker von den Solentos unterschlüpfen, in seiner Zweihundert-Quadratmeter-Wohnung in Gävle. Oder er würde ganz woanders hinfahren.

»Ich wollte Ihnen nur mitteilen, dass wir keine internen Ermittlungen einleiten werden«, erklärte die Stimme. »Es wird also für Sie keinerlei Konsequenzen haben.«

Das war vermutlich das kürzeste Telefongespräch seiner Polizeiaufbahn. Er schob den Topf beiseite und starrte ins Leere. Keine Konsequenzen, obwohl er einfach in die Strafanstalt Hall hineinmarschiert war und einen Sträfling misshandelt hatte. Der sich kurz darauf das Leben nahm.

Das Gefühl der Erleichterung prallte auf die Angst, die Peter Krantz' Selbstmord in ihm ausgelöst hatte. Rokka stand auf und ging hinüber zu seinem Bett, hob das Kopfkissen hoch und nahm die Glock wieder in die Hand. Strich zärtlich über die Rillen am Visier. Dann legte er die Waffe zurück in den Safe in seinem Kleiderschrank.

Nach Rokkas Überlegungen konnte es nur einen Grund für diesen Rückzug geben: Bengtsson war richtig unter Druck geraten, wenn sie sich dazu durchgerungen hatte, ihre Aussage zurückzunehmen. Und wenn es etwas gab, das Bengtsson zu diesem Schritt veranlasst hatte, dann würde er die Situation für sich nutzen.

***

Eddie Martinsson hockte auf der Rückenlehne einer Parkbank. Seine Jeans war klitschnass, weil er mit dem Moped durch eine Pfütze gefahren war.

Vor ihm lag der Lillfjärden. Zwei Enten kamen aus dem Wasser gestakst, geradewegs auf ihn zu. Ein Pärchen. Der Erpel reckte seinen blaugrünen Hals und stupste seine Begleitung in die Schwanzfedern. Das Weibchen drehte sich um und schnatterte ihn an. Dann jagte sie ihn zurück ins Wasser. Eddie musste lachen. Er schob die Sonnenbrille ein Stück nach unten und streckte das Gesicht in Richtung der wenigen hellen Fleckchen in dem sonst trübgrauen Himmel.

Er wartete auf Isabella. Seit er sie in Mats' Wagen kennengelernt hatte, musste er unentwegt an sie denken. Und tatsächlich war das Wunder geschehen, er konnte es immer noch nicht glauben: Sie hatte ihn angerufen. Die Nummer hatte sie von Mats bekommen. Dann hatte sie ihn gefragt, ob er Lust habe, sie zu treffen. Was für eine Frage!

Ein paar Minuten später tauchte Isabella auf der Wiese auf. Sie kam in ihrem knallblauen Kleid auf ihn zu und trug ihre hohen Schuhe in der Hand. Wie ein Model.

»Setz dich«, sagte er und legte seine Lederjacke auf die Parkbank.

»Coole Jacke«, sagte sie und strich sanft über das Leder. »Ist die neu?«

Eddie nickte stolz und schob sich die Sonnenbrille in die Stirn.

»Wie kann es sein, dass wir uns noch nie begegnet sind?«

»Ich bin erst vor Kurzem hergezogen«, antwortete Isabella. »Aus Sundsvall.«

Ihre blauen Augen strahlten ihn an. Dieses Schimmern konnte er nicht einordnen. Sie legte den Kopf ein bisschen schräg und ließ den Blick nicht von ihm ab. Noch nie hatte ihn jemand so angesehen, und er spürte die Schmetterlinge im Bauch.

»Wirst du nach den Sommerferien hier auf die Schule gehen?«

»Nein, ich such mir einen Job in einem Café«, sagte sie. »Oder bei einem Friseur. In Sundsvall hab ich auch schon gejobbt. Habe die Bürsten gereinigt und Haare zusammengefegt und so. Ich würde gern Friseurin werden und sollte dafür eigentlich auf die Berufsschule gehen, aber im Moment ist mir das zu viel Stress.«

Sie rutschte näher an ihn heran, sodass er ihre Wärme durch seine Jeans am Oberschenkel spürte. Es kribbelte von Kopf bis Fuß.

»Woher kennst du Mats?«

»Mein Bruder kennt ihn, und wir haben uns dann auf irgendeiner Party mal getroffen.«

»Magst du ihn?«

»Er war immer korrekt zu mir. Wie ein zweiter großer Bruder.«

»Und was macht dein richtiger Bruder?«

»Er ist … verreist«, sagte sie und schlug die Augen nieder.

In Eddies Kopf drehte sich alles. Sie tauchte hier plötzlich in Hudik auf, in Gesellschaft von Mats. Und hatte einen Bruder, der verreist war.

Da spürte er eine Hand auf seinem Bein und sah Isabella an. Sie warf einen Blick auf seine verletzte Hand, dann griff sie nach ihr und hob sie hoch. Er sah Sternchen, als sie seine Finger streichelte.

»Tut bestimmt fies weh, oder?«

»Halb so wild.«

»Ich hab schon so viel von dir gehört.«

»Und was hast du gehört?«

»Dass du voll gut im Kickboxen bist, dass du jetzt auch Kämpfe machst und so.«

Eddie streckte den Rücken durch.

»Das werden wir noch sehen. Ehrlich gesagt trainiere ich im Moment nicht so viel.«

»Morgen Abend ist eine Party in Mats' Wohnung. Magst du mit mir hingehen?«

Eddie sah sie an.

»Geht klar«, sagte er, und sein Herz schlug wie verrückt. Es war ein Gefühl, als hätte sie ihn gefragt, ob er eine Million haben wolle. Dollar.

»Können wir nicht eine Runde mit deiner Maschine drehen?« Sie sprang von der Bank auf und hielt ihm die Hand hin, die er bereitwillig nahm.

Als sie sich aufs Moped setzten, spürte er gleich, wie sich ihre Arme um seine Taille schlangen. Ihre Brüste fühlten sich an seinem Rücken wie zwei prall gefüllte Ballons an, als sie sich an ihn schmiegte. Die Erregung, die seinen Körper in Besitz nahm, brachte ihn fast aus der Balance.

Es war völlig um ihn geschehen.

***

»Suchen Sie sich einen aus«, sagte Liselott und blätterte durch den Stapel mit den Briefen. Die Schwestern trugen heute weiße Kleidung. Ann-Margret gefiel die hellblaue besser. Irgendwie sahen sie in Weiß viel mehr nach Krankenschwestern aus. Steril, wie in der Klinik. Allerdings bemerkte Ann-Margret, dass Liselotts hennarotes Haar stärker hervorstach, wenn sie Weiß trug.

Es war wieder an der Zeit für ihr »spezielles Päuschen«. Sie schätzte es sehr, dass sich die Schwestern für das Vorlesen so viel Zeit nahmen. Oder besser gesagt, dass Liselott sich die Zeit nahm. Aber es gab auch Tage, an denen Ann-Margret eigentlich gar keine Kraft zum Zuhören hatte. Dann schloss sie die Augen und ließ ihren Gedanken freien Lauf.

»Sind Sie so weit?«, fragte Liselott. »Dieser Brief kam vor ein paar Jahren.«

Liebste Ann-Margret!
Heute gibt es zu berichten, dass ich angefangen habe, für die internationale Menschenrechtsorganisation FIAN zu arbeiten. Die Bezahlung ist nicht besonders, aber wie du weißt, geht es mir nicht ums Geld.
Ich bin so wahnsinnig dankbar, dass du Verständnis für meine Entscheidung aufbringst. Am liebsten wäre mir, wir könnten an einem Ort sein. Aber die Zeit wird kommen. Auf etwas Gutes kann man nie zu lange warten ...
In Liebe, Henri

»Ich hoffe, in meinem nächsten Leben wird mir auch mal ein Mann mit so einem großen Herz über den Weg laufen!«, rief Liselott begeistert aus. »Da draußen gibt es viel zu viele, die nur Macht und Erfolg hinterherjagen.«

Ann-Margret vermutete, dass sie Jan damit meinte. Liselott vertrat die Meinung, dass Jan Pettersson ein zynischer Lobbyist war. Dabei war es nicht der Inhalt, der zählte, fand Liselott, sondern vielmehr die Art, wie er seine Argumente vorbrachte. Er konnte die Leute dazu bewegen, ihm zuzuhören und Beschlüsse zu fassen, die ihm und seinem Unternehmen Vorteile verschafften und nicht den Einwohnern.

Ann-Margret holte tief Luft. Immer wieder wunderte sie sich, dass Liselott kein Blatt vor den Mund nahm. Vielleicht weil sie wusste, dass Ann-Margret nicht widersprechen konnte? Da hatte sie ja leider auch recht. Jan hatte es immer leicht gehabt. Er musste nur laut und deutlich »Ruhe!« sagen, schon verfügte er über die Aufmerksamkeit der anderen und konnte seinen Willen durchsetzen.

Liselott faltete die Hände und wandte sich Ann-Margret zu.

»Ich muss Henri wirklich mal kennenlernen, wenn er kommt!«, sagte sie mit einem bittenden Ton in der Stimme.

Ann-Margret sah Liselott in die Augen. Und dachte, dass Henris und Liselotts politischen Ansichten gut zusammenpassen würden.

***

Janna Weissmann hetzte über den Flur, in dem die Kriminaltechniker saßen. In der Hand hielt sie eine durchsichtige kleine Tüte, in der sich der Post-it-Zettel befand.

Vor Hjalmar Albinssons Bürotür blieb sie stehen. Es drangen Töne eines Schlagers nach draußen. Janna atmete tief durch und klopfte energisch, wartete einen Moment und klopfte dann erneut, diesmal kräftiger.

Die Tür ging auf, und Hjalmars Kopf lugte hervor. Seine Brille saß schief, und die Haare, die er über seine Glatze zu kämmen pflegte, hingen herunter.

»Was verschafft mir so überraschend die Ehre am Abend?«

»Ich brauche deine Hilfe«, sagte Janna und hielt ihm die Beweistüte vor die Nase. Noch einmal las sie die verschnörkelten Buchstaben.

Im Himmel bringt uns niemand zum Schweigen.

Dann überreichte sie Hjalmar die Tüte, die er neugierig begutachtete.

»Ein aussagekräftiger Satz. Er bezieht sich auf mehrere Personen. *Im Himmel bringt uns niemand zum Schweigen.*«

Janna trat von einem Fuß auf den anderen.

»Jemandem Tape über den Mund zu kleben, ist doch eine sehr effiziente Art und Weise, jemanden zum Schweigen zu bringen, oder?«

»Das ist wohl wahr«, stimmte Hjalmar zu und öffnete die Tür ganz.

»Ich würde sagen, die Worte sind mit Bleistift geschrieben.«

»Ich arbeite evidenzbasiert, und bevor ich weitere Daten habe, will ich dazu keine verlässliche Aussage treffen«, erklärte Hjalmar. »Aber du könntest durchaus recht haben. Ich würde außerdem vermuten, dass es sich um eine ältere Person handelt.«

»Und was veranlasst dich dazu?«

»Kann die Jugend heutzutage mit einem Stift so schreiben?«

»Gute Frage. Vermutlich nicht«, entgegnete Janna.

»Ich selbst versuche ja, die Werkzeuge zu benutzen, die die jungen Leute heute verwenden«, sagte Hjalmar und hielt demonstrativ sein Handy in die Höhe. »Dieses Ding kann eine ganze Menge. Und ich kann alle Musik hören, die ich will, wann ich will. Und sie ist nie zu Ende.«

Hjalmar drückte etwas auf dem Display, und schon erklang ein anderer schwedischer Schlager aus den vier Lautsprechern, die in den Ecken seines Büros montiert waren. Hjalmar machte ein paar Schritte zurück und ließ sich auf seinen Drehstuhl fallen. Dramatisch wedelte er mit den Fingern im Takt zur Musik.

Janna sah auf die Uhr.

»Willst du nicht langsam Schluss machen?«

Hjalmar sah sie skeptisch an. Genau wie sie sprach er höchst ungern über sein Privatleben. Nur ein einziges Detail hatte er Janna einmal anvertraut: nämlich dass die einzige Frau, mit der er je zusammen gewesen war, fünfzehn Jahre älter gewesen sei. Mit dem Ende der Beziehung sei er ein unverbesserlicher Single geworden. Mehr wusste Janna nicht über ihn.

»Wie du weißt, wartet auf mich keiner zu Hause«, sagte er und grinste breit. »Die DNS-Spuren lassen mir keine Ruhe. Sperma, blutiges Sekret und Haare.«

»Da bist du nicht der Einzige.«

»Im Moment mache ich gerade eine sehr interessante Analyse.«

Er beugte sich über sein Mikroskop.

»Was hast du da?«

»Ich hatte darum gebeten, noch ein paar Haare, die wir am Tatort gefunden hatten, zurückzubekommen. Ich bin nach wie vor fasziniert von ihnen, das ist verrückt.«

Janna sah ihn mit großen Augen an. »Warum?«

»An allen sind noch die Haarfollikel erhalten. Meist fehlen die nämlich, aber hier sind sie alle intakt.«

Janna runzelte die Stirn. »Was willst du damit sagen?«

»Nun, dass wir es hier mit einem Glücksfall zu tun haben. Wären die Haarfollikel nicht intakt gewesen, dann wäre die DNS-Analyse auch ungleich schwieriger geworden und weniger verlässlich. Der Täter, oder die Täter, hat uns mit einer sehr einfachen Beweisführung versorgt. Wenn denn der Tag der Auflösung einmal kommen sollte.«

Janna musste lachen, aber ihre grauen Zellen arbeiteten weiter.

»Es gehört einiges dazu, dass so viele Haare hängen bleiben«, sagte sie.

»Das passiert eigentlich nur, wenn jemand seinen Kopf direkt an einem anderen reibt, und zwar ausgiebig«, sagte Hjalmar.

»Aber so viele Personen, was haben die bloß gemacht?«

»Janna«, sagte er und bewegte seinen Zeigefinger im Takt zur Musik. »Die Besonderheiten der Kriminaltechnik werden uns weiterhin Rätsel aufgeben.« Dann fuhr er fort: »Willst du nicht langsam heimfahren?«

»Ja, das sollte ich wohl«, sagte sie.

Sie warf noch ein letztes Mal einen Blick auf die Tüte mit dem Zettel. *Im Himmel bringt uns niemand zum Schweigen.* Der handgeschriebene Satz musste nicht zwangsläufig etwas mit dem Tape zu tun haben. Auch nicht direkt mit dem Mord. Trotzdem ließ sie die Frage nicht los, wer wohl Grund gehabt hatte, das zu formulieren.

***

Ihre Absätze klapperten auf dem Bürgersteig, als Rebecka Klint von der Bushaltestelle nach Hause ging. Es waren nur ein paar Hundert Meter bis zum Haus ihrer Eltern. Sie beobachtete die Bäume des kleinen Waldes, der sich ans Wohngebiet anschloss, ganz genau, denn in den letzten Tagen hatte sie überall Gespenster gesehen. Schatten, fremde Männer. Sie versuchte, im Takt zur Musik im Ohr zu laufen. Der Song von Avicii gehörte nun zu ihren Lieblingsliedern, seit sie ihn im Training zum ersten Mal gehört hatte. Er gab ihr ein bisschen Energie zurück, half ihr, die Trauer auszuhalten. Rebecka holte ihr Handy heraus. Obwohl sie sich von Hampus erst vor zehn Minuten in Wayne's Coffee verabschiedet hatte, wollte sie nachschauen, ob er eine Nachricht geschickt hatte. Tatsächlich, da war ein Bild von ihm auf Snapchat: wie er im Bus saß und einen Kussmund in die Kamera machte.

Seit der Abifeier hatten sie sich jeden Abend gesehen und über Gott und die Welt gesprochen, auch über Tindra. Er war so toll. Als sie noch zusammen zur Schule gegangen waren, war ihr das gar nicht aufgefallen, sie hatte ihn gar nicht richtig wahrgenommen. Tindra und die anderen Mädchen auch nicht. Er war einfach einer von vielen im Klassenzimmer gewesen. Und sie hatte sogar vermutet, er könnte schwul sein. Bis zu ihrem Abiball.

Irgendwie hatte es gefunkt, als sie sich beim Essen gegenübersaßen. Es war, als hätte sie ihn zum ersten Mal gesehen. Er war kaum größer als sie, hatte abfallende Schultern und dünne Beine. Aber auch diese knallblauen Augen, die sie auf so besondere Weise anstrahlten. Den ganzen Abend lang hatte er nicht ein Wort über ihre Haare oder ihr Make-up fallen lassen, aber er hatte sich bei ihr bedankt, dass sie ihn stundenlang zum Lachen gebracht hatte.

Rebecka drückte die Ohrhörer fester in die Ohren und sang den Refrain mit. Hampus bekam einen Kussmund und bestimmt fünfzehn Herzchen zurück, dann loggte sie sich bei Facebook ein. Dieses Portal benutzte sie eigentlich nicht mehr oft. Seit ihre Mutter dort ein Profil angelegt hatte, war ihr klar geworden, dass das nicht mehr ihre Sache war.

Rebecka bemerkte, dass sie am Vortag eine Nachricht bekommen hatte. Von jemandem, der Anders Andersson hieß. Sie blieb stehen. An jemanden mit diesem Namen konnte sie sich nicht erinnern. Sie klickte die Nachricht an, und als sie die kurzen Sätze las, lief ihr sofort ein eiskalter Schauer über den Rücken.

Du hast Tindra gekannt. Ich möchte dich treffen.

Sie stand eine Weile lang da und sah sich um. Dachte, da sei etwas zwischen den Bäumen, neben der Straße. Ein Geräusch wie knackende Zweige.

Sie nahm die Ohrstöpsel heraus und lauschte. Nichts. Ihr Herz pochte laut, und sie lief, so schnell es ihr in den hohen Schuhen möglich war. Am Ende rannte sie. Ein Schatten bewegte sich zwischen den Baumstämmen. Oder bildete sie sich das nur ein? In dieser Umgebung war noch nie etwas passiert, dennoch fühlte sie sich nicht mehr sicher.

Im nächsten Moment konnte sie ihre Straße schon sehen. Sie warf einen Blick über die Schulter, spürte, wie sich ihr Herzschlag beruhigte, als sie niemanden ausmachen konnte. Gleich war sie daheim und konnte alle Türen verriegeln und sich gemütlich zu ihrer Mutter aufs Sofa setzen. Über irgendeine Fernsehshow lachen und Käseflips essen.

Wieder holte sie ihr Handy heraus, um ihrer Mutter eine SMS zu schicken und ihr mitzuteilen, dass sie auf dem Heimweg war. Als sie mit dem Finger auf das Display tippte, sah sie plötzlich jemanden vor sich stehen, zehn Meter entfernt. Sie blieb wie angewurzelt stehen. Es war ein Mann. Er hatte eine große Kapuze über dem Kopf und stand da mit angespannten Armen, als wolle er im nächsten Moment angreifen. Rebecka drehte sich um und rannte los.

»Rebecka, warte!«, rief er.

Sie rannte, so schnell sie konnte. Panik steuerte jetzt ihren Körper. Sie bewegte sich immer weiter von zu Hause fort und konnte nicht mehr klar denken. Ein einziger Gedanke beherrschte sie: Er würde auch sie töten!

Sie stolperte, aber fand das Gleichgewicht wieder. Wenn sie jetzt fiel, hatte sie verloren. Sie wagte es nicht, sich umzudrehen, um zu schauen, wie dicht er ihr auf den Fersen war.

»Ich will nur mit dir reden!«, rief er hinter ihr her. Seine Schritte kamen näher, und sie versuchte, schneller zu werden, doch ihre Beine gehorchten ihr nicht.

Ein Motorengeräusch erklang. Als Rebecka sich umdrehte und den BMW der Nachbarin sah, rannte sie auf die Straße und wedelte wild mit den Armen.

Der Wagen machte eine Vollbremsung.

»Ich hätte dich beinahe überfahren, was machst du?« Die Nachbarin sah sie schockiert an. Sie hatte die Scheibe heruntergekurbelt.

Rebecka riss die Tür auf und warf sich auf den Rücksitz.

»Mach die Zentralverriegelung zu!«, schrie sie. »Der Typ ist hinter mir her!«

Erst als der Wagen langsam weiterfuhr, traute sie sich hinauszusehen. Sie sah den Mann im Wald zwischen den Bäumen verschwinden. Irgendwann verschluckte ihn das Dickicht.

»Hast du eine Ahnung, wer das war?« Die Nachbarin starrte in den Rückspiegel. Rebecka schüttelte den Kopf.

Ich will nur mit dir reden, hatte er gesagt.

Sie bekam eine Gänsehaut am ganzen Körper. Das Schlimmste war, dass sie meinte, die Stimme zu kennen. Und die Art, wie er sprach. Aber sosehr sie sich auch bemühte, sie kam nicht darauf, wer es war.

20

»Sind die Stand-up-Comedians noch nicht gekommen?«, fragte Johan Rokka, als er sah, wie Fatima Voix mit ernster Miene den Bildschirm ihres PCs inspizierte und eine Haarsträhne um den Zeigefinger zwirbelte. Sie saß wie so oft schon früh am Morgen am Empfang. Als sie ihn bemerkte, musste sie lachen.

»Keine Angst, ich bin ja jetzt da«, sagte er und hob grüßend zwei Finger an die Stirn, dann nahm er Kurs auf sein Büro.

Sein Schreibtischstuhl knarrte genau wie immer, als er sich vor dem Computer niederließ. Bevor er ihn hochfuhr, warf er einen Blick auf das Papier, das neben seiner Tastatur lag. Die Unterlagen des Falls Fanny Pettersson.

Langsam schob er sie zur Seite und schluckte. Doch dann merkte er, dass er sie doch lieber in der Nähe haben wollte, und platzierte sie direkt neben der Tastatur.

Er schob seine ID-Karte ins Lesegerät und gab den sechsstelligen Code ein. Dann öffnete er die Datenbank der Polizei und rief die Dokumente auf, die zum Fall Tindra vorlagen.

Plötzlich klopfte es dreimal energisch an seiner Tür.

Rokka drehte sich um 180 Grad auf seinem Stuhl und sah, wie Ingrid Bengtsson sein Zimmer betrat.

»Falls ... falls Sie irgendwie Hilfe brauchen, ich bin für Sie da«, sagte sie und starrte zu Boden, während sie gleichzeitig die Hand ausstreckte. »Wir ... also die Behörde, meine ich, sind für Sie da.«

Rokka verstand überhaupt nicht, was sie da faselte, erwiderte aber ihren Handschlag, der ungewöhnlich fest war.

»In der Tat, ich brauche Hilfe«, sagte er mit dem Hintergedanken, dass sie ihm einen Gefallen schuldig war, nachdem sie ihm die Abteilung für Interne Ermittlungen auf den Hals gehetzt hatte. Bengtsson zog ihre Hand wieder zurück.

»Ja, gut … dann erzählen Sie mal«, sagte sie in ihrem gewohnt ruppigen Tonfall.

»Ich muss wissen, wer sich die Dokumentation der Vernehmungen im Fall Fanny Pettersson geholt hat. Fanny verschwand vor zweiundzwanzig Jahren«, erklärte Rokka kurz und knapp und hob die Papiere mit der Zusammenfassung hoch.

Bengtsson stemmte die Hände in die Seiten.

»Wollten wir nicht die privaten Dinge ruhen lassen? Außerdem handelt es sich dabei doch um einen längst abgeschlossenen Fall, soweit ich weiß«, sagte sie und sah auf die Unterlagen.

»Für mich nicht«, erwiderte Rokka. »Sie haben mir doch gerade Ihre Hilfe angeboten.«

»Aber …«, erwiderte sie.

»Sie haben gesagt …«

»Es … es gibt meiner Meinung nach wichtigere Dinge, um die wir uns im Moment kümmern sollten. Gestern wurde Rebecka Klint auf dem Heimweg von einem unbekannten Mann überrascht. Sie hat berichtet, dass sie fliehen konnte, doch sie steht noch unter Schock.«

Rokka presste die Kiefer aufeinander.

»Wenn Sie möchten, dass ich mich ausschließlich auf den aktuellen Fall konzentriere, dann bitte ich Sie, das herauszufinden.«

Bengtsson seufzte. »Ich kann nichts versprechen. Aber ich kümmere mich.«

Sie ging wieder zur Tür. Dann blieb sie im Türrahmen stehen und sah für einen Moment aus, als hätte sie vergessen, wie das Sprechen funktionierte. Ihr Mund bewegte sich, doch es kamen keine Worte.

»Es … es ist ein … ein … gutes Gefühl, Sie im Team zu haben«, brachte sie schließlich heraus. »Wir haben jetzt gleich ein Statusmeeting.«

Ihre Worte kamen am Ende so schnell aufeinander, dass Rokka sie kaum verstand und sich selbst dabei ertappte, wie er sie anstarrte, als sie in den Flur bog, auf dem Weg zum Besprechungsraum.

Er hatte richtiggelegen. Irgendwer hatte Bengtsson offenbar ordentlich in die Mangel genommen.

***

»Wie Sie nach dem jüngsten Vorfall verstehen werden, ist es enorm wichtig, dass wir vorankommen«, erklärte Ingrid Bengtsson. »Wir könnten es schließlich mit einem Serienmörder zu tun haben.«

Sie hielt die Hand ans Whiteboard, das immer voller wurde. Das Foto vom Tatort auf dem Köpmanberg teilte sich den Platz mit Bildern von Tindra, sowohl als lebenslustiges Oberstufenmädchen wie auch als entstellte Leiche mit Tape über dem Mund. Daneben hing nun auch ein Bild von Rebeckas Gesicht. Rokka fiel auf, wie ähnlich sich die beiden sahen, nur die Haarfarbe war anders.

Die Stimmung im Besprechungszimmer war angespannt, aber auf eher positive Art. Jetzt konzentrierten sie sich auf etwas Neues, sie alle glaubten daran, dass der Vorfall auf Rebeckas Heimweg sie irgendwie weiterbringen würde.

Rokka sah seine Kollegen an. Bengtsson. Hjalmar. Fatima. Melinda. Janna. Melinda lächelte ihn kokett an.

»Gibt es Zeugen von dem Vorfall?«, fragte sie.

»Rebeckas Nachbarin hat einen Mann gesehen, der davonrannte«, antwortete Bengtsson. »Sie hat ausgesagt, er sei dunkelhaarig gewesen, auffällig groß, und er trug weiße Turnschuhe mit schwarzen Streifen. Janna wird sich Rebeckas Handy vornehmen, sobald es da ist.«

Janna nickte.

»Wir haben noch einen gelben Post-it-Zettel bekommen, der auch am Tatort abgelegt wurde«, sagte Fatima Voix. »*Es tut mir leid.*«

»Wie bitte?« Rokka war perplex.

»Steht auf dem Zettel.«

»*Im Himmel bringt uns niemand zum Schweigen* und *Es tut mir leid*«, wiederholte Rokka. »Hat das vielleicht jemand geschrieben, der sie um Verzeihung bitten wollte dafür, dass sie etwas gesehen hat, was sie nicht hätte sehen sollen?«

»Es besteht die Möglichkeit, dass der Täter Schuldgefühle hat. Das ist nicht ungewöhnlich«, warf Janna ein. »Selbst wenn die Art, wie sie zu Tode gekommen ist und dort zurückgelassen wurde, nicht direkt dafürspricht.«

»Aber: *Im Himmel bringt uns niemand zum Schweigen?* Das klingt doch, als wären mehr Personen als Tindra involviert? Zumindest derjenige, der den Zettel geschrieben hat.«

»Hjalmar vertritt die Ansicht, dass es ein älterer Mensch war, der das aufgeschrieben hat«, sagte Janna und blickte zu Hjalmar hinüber, der aus dem Fenster starrte.

»Was heißt älter?«

Hjalmar, der gerade etwas in sein Handy tippte, überhörte die Frage.

»Jemand über vierzig«, sagte Fatima und zwinkerte Rokka zu. »Übrigens noch etwas anderes«, sprach sie weiter. »Ich habe eine Liste über mögliche Informanten zusammengestellt.«

Mit stolzem Gesicht hielt sie Rokka eine Mappe unter die Nase.

Er schlug sie auf und blätterte. Manche Namen waren ihm bekannt. Personen, die ihm irgendwann einmal über den Weg gelaufen waren, Fixer und Typen, die wegen Einbrüchen und Überfällen verurteilt worden waren. Aber einige von denen erschienen ihm durchaus interessant.

Nachdem sie die Besprechung beendet hatten, ging er zum Kaffeeautomaten. Wählte den stärksten Kaffee, den es gab. Beobachtete die Kollegen, wie sie aufstanden, um sich wieder in ihre Büros zu begeben. Janna blieb stehen und suchte Blickkontakt zu ihm, als wolle sie ihn auf irgendetwas ansprechen. Aber als Melinda auftauchte, ging sie auf Abstand.

»Ich habe mir ernsthaft Sorgen gemacht«, sagte Melinda zu Rokka.

»Warum?«

»Ich dachte schon, du kommst nicht mehr zurück ...«

»Die internen Ermittlungen wurden eingestellt.«

Melinda sah ihn mit großen Augen an, und er konnte nicht erkennen, ob in ihrem Blick Erstaunen oder eher Freude lag.

»Vielleicht könnten wir nachher in deinem Büro noch einmal reden«, sagte sie und blickte ihm tief in die Augen.

»Wir könnten gleich zusammen essen gehen«, schlug Rokka vor. »Da ist ein neues Restaurant, das ich gern ausprobieren würde.«

Sie lächelte. »Abgemacht.«

Er sah ihr hinterher, als sie ging.

»Du«, sagte Janna und kam wieder auf ihn zu. Sie sah sich kurz um, um sich zu vergewissern, dass niemand sie belauschte. »Ich habe gestern mit Hjalmar über die Haare gesprochen, die wir sichergestellt haben. Er hat herausgefunden, dass alle Haare noch mit Follikel versehen waren, und darüber würde ich gern mit dir sprechen.«

Rokka nickte, konnte die Augen jedoch nicht von Melinda lassen.

***

Janna Weissmann griff nach einer Mohrrübe, die sie in einer Plastikdose in ihrem Schreibtisch deponiert hatte. Dann flogen ihre Finger wieder über die Tastatur. Sie war etwas verärgert, dass Rokka ihr nicht richtig zugehört hatte. Er hatte sie auch nicht gefragt, ob sie zum Essen mitkommen wolle. Aber sie hätte sowieso dankend abgelehnt, denn sie hatte ja ihre Verpflegung dabei. Außerdem hatte sie keine Lust, Melinda im Restaurant gegenüberzusitzen. Zuzusehen, wie sie Rokka anschmachtete, die Brüste vorschob und mit ihren langen Wimpern klimperte. Ob Rokka wusste, dass sie falsche Wimpern trug?

Janna war heilfroh, dass niemand ihre fiesen Gedanken lesen konnte.

Sie biss von ihrer Mohrrübe ab. Dann holte sie sich Rebecka Klints Handy, das sich noch in einer verplombten Plastiktüte befand, und legte die Telefonlisten daneben. Rebecka hatte ihr erzählt, dass jemand sie nach dem Mord an Tindra mehrfach angerufen hatte, und diese Nummer war auch in der Auflistung zu finden. Aber genau wie Janna befürchtet hatte, handelte es sich dabei um die Nummer einer unregistrierten Prepaidkarte.

Um den kompletten Überblick über Tindras und Rebeckas Kommunikation zu erhalten, brauchte sie auch Tindras Handy. Das sie ja nicht gefunden hatten. Jannas Augen brannten. Sie kniff sie zusammen und hoffte, es würde vergehen. Dann griff sie nach zwei Haargummis, band ihre Haare zu einem Pferdeschwanz zusammen und rückte mit ihrem Stuhl dichter an den Schreibtisch.

Da klopfte es an der Tür.

»Darf ich reinkommen?«

Melinda.

Janna schielte zu ihr hinüber. Wieso waren sie und Rokka denn nicht beim Essen?

»Ich bin mitten in eine Sache vertieft«, sagte Janna. »Könnten wir das Gespräch verschieben?«

Gerade jetzt wollte sie auf keinen Fall unterbrochen werden, doch Melinda fuhr unbeirrt fort: »Ich wollte Ihnen nur sagen, dass ich finde, dass Sie einen super Job machen. Aber manchmal würde ich mir wünschen, dass Sie sich ein bisschen mehr durchsetzen. Davon würde unser Team sehr profitieren.«

»Danke«, antwortete Janna, ohne den Blick von ihrer Liste abzuwenden.

Melinda blieb stehen. Janna spürte, dass jeder ihrer Muskeln angespannt war. Wenn das alles war, was Melinda mitzuteilen hatte, dann konnte sie sich das sparen. Janna brauchte keine Komplimente.

»Haben Sie in Rebeckas Handy irgendetwas Spannendes gefunden?«, fragte Melinda.

Janna drehte sich zu ihr um.

»Ich werde den Facebook-Chat zwischen Tindra und Tapric mit dem vergleichen, was Anders Andersson Rebecka Klint geschrieben hat. Also, der Typ, der sich auf Facebook Anders Andersson nennt.«

»Interessant«, sagte Melinda. »Gute Arbeit.«

Janna spürte etwas wie Wut in sich hochkommen. Sie fasste sich ein Herz und holte tief Luft.

»Wir müssen Tindras Handy finden«, erklärte sie resolut. »Wir brauchen einen Tauchereinsatz im Meer vor dem Köpmanberg.«

Melinda versuchte vergeblich, eine widerspenstige Haarsträhne zurück in ihren Dutt zu befördern. Eine Haarklammer fiel dabei zu Boden, und Melinda fluchte leise.

»Ich habe mit Fachleuten gesprochen. Die Taucher bewerten die Chance, etwas zu finden, als miserabel, weil das Wasser dort extrem schlammig ist. Vielleicht könnten wir die Wasserpolizei aus Stockholm anfragen. Allerdings haben die im Sommer immer alle Hände voll zu tun.«

Das war äußerst merkwürdig, dachte Janna. Als zwei Rentner im vergangenen Jahr mit ihrem Segelboot vor Storsand gekentert waren und sie Taucher benötigten, waren die zehn

Stunden später vor Ort gewesen. Aber natürlich konnte die Lage jetzt eine andere sein.

»Okay«, sagte Janna und ballte die Hände im Schoß. »Und dann müssen wir dringend die Daten des Sendemasts bekommen. Ich möchte wissen, ob sich ein Handy mit einer ganz bestimmten Nummer in der Nähe des Tatorts befunden hat.«

»Ich kann verstehen, dass Sie frustriert sind, aber ich dachte, Sie haben so viel Erfahrung, dass Sie wissen, dass ich nicht jeder Maßnahme zustimmen kann.«

Janna spürte, wie ihr Herz schneller schlug.

»Dann muss ich Ihnen sagen, dass wir ohne diese Informationen nicht weiterkommen werden.«

Sie hielt die Luft an. War selbst überrascht, wie energisch sie dagegenhielt.

»Ich brauche weitere Anhaltspunkte, bevor ich das Okay zu so einer Maßnahme geben kann, und es ist nun mal Ihr Job, die zu sammeln«, entgegnete Melinda und kam auf Janna zu.

Janna verschränkte die Arme. »Mehr als Sie bereits erfahren haben, weiß ich nicht.«

»Eines möchte ich gern klarstellen«, fuhr Melinda fort. »Ich habe schon viel Gutes über Sie gehört, da hatte ich ehrlich gesagt ein bisschen mehr von Ihnen erwartet. Haben Sie denn gar keine Theorie?«

Janna spürte ihr Herz heftig pochen, und vor ihren Augen begann es zu flimmern. Plötzlich war sie wieder das kleine Mädchen, das seinem Vater Rede und Antwort stehen musste, weil sie bei einer Arbeit in der Schule statt hundert Punkten nur neunundneunzig erreicht hatte. Sie räusperte sich.

»Die Haare. Ich glaube … dass … ich glaube, jemand hat …«

»Was?«

Für den Bruchteil einer Sekunde lag in Melindas Augen neben der Verärgerung noch ein unbestimmbarer anderer Ausdruck. Janna schüttelte den Kopf.

»Sagen Sie schon!«

Jetzt stieg in Janna blanke Wut auf. Sie widerstand der Versuchung, ihre bisherigen Erkenntnisse zu präsentieren.

»Nein, ich will ganz sicher sein, bevor ich mich dazu äußere. Sie brauchen doch Beweise, oder?«

Da fiel die Tür mit einem lauten Knall zu, und Janna schloss die Augen. Ihr scharfer Tonfall tat ihr schon wieder leid, aber sie hatte sich in die Enge getrieben gefühlt. Bei ihrer Arbeit wurden ihr dauernd Steine in den Weg gelegt. Sie musste unbedingt mit Rokka sprechen. Irgendetwas überlegen, wie sie weiterkämen. Am besten gleich, wenn er vom Essen zurück war. Aber sie hatte das Gefühl, dass Melinda ihn um den Finger wickelte.

Janna klickte auf »Enter« und rief ein Word-Dokument auf. Sie überflog den Text. Es war das Fragment des Chats zwischen Tindra Edvinsson und Tapric, bei dem ihr eine Datenwiederherstellung gelungen war.

[Tapric] ... an der Kreuzung Storgata und Södra Kyrkogata. Lass uns da treffen ...
[Tindra] ... <3<3<3<3 ...

Dann nahm sie Rebecka Klints Handy aus der verplombten Plastiktüte. Ihr Herz schlug schneller, als sie Facebook aufrief. Sie öffnete den Nachrichteneingang. Die letzte Nachricht stammte von einem Profil mit dem Namen Anders Andersson. Als Janna sie durchlas, machte ihr Herz vor Freude einen Hüpfer:

Du hast Tindra gekannt. Ich möchte dich treffen.

Sie lehnte sich zurück. Las die Sätze wieder und wieder. Ein Triumphgefühl ergriff von ihr Besitz. Sowohl Tapric als auch

258

Anders Andersson hatten zwischen Punkt und großem Buchstaben kein Leerzeichen gesetzt. Ein einfacher Schreibfehler, aber immerhin: Für die Identifikation des Absenders konnte dies durchaus ausschlaggebend sein. Es gab also einen Zusammenhang.

***

»Ich bin froh, dass du wieder im Rennen bist.«

Melinda Aronsson lächelte Rokka an. Es klapperte, als sie ihr Besteck zurück auf den Teller legte und ihn beiseiteschob. Sie waren mit dem Wagen zu einer Gärtnerei gefahren, die vor den Toren von Hudiksvall lag. Von dem Gewächshaus aus, in dem sie saßen, hatten sie eine wunderbare Aussicht über einen blühenden Garten, und auf dem weißen Holztisch stand ein Tontopf mit einer rosafarbenen Geranie. Rokka hatte dieses Konzept, Blumen und Mittagessen unter einem Dach zu vereinen, mit Skepsis betrachtet, aber Pelle Almén hatte ihm mit ganz verträumtem Blick vorgeschwärmt, wie wunderbar frisch die Zutaten hier waren, was ja sonst eher die Ausnahme war.

Rokka streichelte ihr behutsam über die Wange. Wie sie da saß, wirkte sie fast ein wenig verletzlich. Sie trug ihr Haar offen, und in der Sonne sah er die zahllosen kleinen Sommersprossen, die sich ungleichmäßig über ihre Wangen verteilten.

»Du siehst müde aus«, sagte sie. »Ich kann mir vorstellen, dass dich diese Diskussion um die internen Ermittlungen ganz schön mitgenommen hat.«

»Melinda. Ich bin ein seelisches Wrack, das musst du wissen.«

»Ich mag Wracks«, sagte sie, beugte sich über den Tisch und küsste ihn mitten auf den Mund. Sie sah ihn mit so offenem, wehrlosem Blick an, dass er sich vorstellte, durch ihre Augen bis in ihr tiefstes Inneres blicken zu können.

»Da bin ich aber froh«, sagte er und überlegte, wohin die Reise mit ihnen beiden eigentlich ging.

Melinda drehte an ihrem Goldring. Rokka bemerkte es und fragte sich, wer ihr den wohl geschenkt hatte. Und ob sie mit diesem Jemand womöglich auch ins Bett ging.

»Hast du jemals etwas getan, das du hinterher bereut hast?«, fragte er sie. »Und zwar jeden Tag deines Lebens, von dem Tag an, an dem es passiert ist?«

»Hat das nicht jeder schon mal?«

»Ich spreche nicht von Kleinigkeiten. Ich meine etwas, das dein Leben verändert hätte, wenn du dich anders entschieden hättest.«

»Jetzt klingst du aber wirklich todernst«, sagte sie. »Ich weiß nicht, ob ich wissen will, was dir gerade durch den Kopf geht.«

Rokka lachte, dann griff er nach ihrer Hand.

»Vor gut zwanzig Jahren habe ich den Menschen im Stich gelassen, der mir am meisten bedeutet hat.«

»Oh, was ist denn da passiert?«, fragte Melinda und sah schockiert aus.

»Sie verschwand und tauchte nie wieder auf.«

Melinda kniff die Augen zusammen und drückte seine Hand ganz fest.

»Das klingt unheimlich.«

»Gibt es also etwas im Leben, vor dem du Angst hast?«

Melinda sah ihn lange und eindringlich an, überlegte offenbar.

»Ja, das gibt es«, sagte sie. »Unsichtbar zu sein.«

Ihre Stimme klang zerbrechlich, das war ihm fremd.

»Unsichtbar?«

»Das klingt vielleicht merkwürdig, aber als ich klein war, taten meine älteren Geschwister manchmal so, als wäre ich gar nicht da. Sie redeten nicht mit mir, und selbst wenn ich hinfiel und mir wehtat, ließen sie mich links liegen. Am Ende glaubte ich, dass ich wirklich unsichtbar wäre. Ich habe sogar meine Erzieherin im Kindergarten gefragt, ob sie mich sehen könne.«

Rokka griff nach ihrer Hand. Streichelte sie.

»Das Verrückte daran ist, dass ich diese Angst noch heute spüre. Dass ich unsichtbar bin.«

Einen Moment lang sah er einen Hauch von Unsicherheit über ihr Gesicht huschen, aber dann war es ihr plötzlich peinlich.

»Entschuldige, das geht jetzt vielleicht ein bisschen zu weit«, sagte sie.

Rokka war ziemlich aufgewühlt, als er sie aus dem Gewächshaus zog. Er nahm sie in die Arme und drückte sie an sich.

»Melinda, von den vielen Menschen, die ich kenne, bist du derjenige, der am allerwenigsten unsichtbar ist.«

Eine Weile standen sie einfach nur still da, und er konnte ihren warmen Atem an seiner Brust spüren. Was da auch zwischen ihnen war, er wollte es in diesem Moment einfach nur festhalten und genießen. Doch plötzlich spannte sich ihr Körper an, und sie löste sich aus seinen Armen.

»Eine Sache macht mir Kopfzerbrechen«, erklärte sie. Der Ärger stand ihr ins Gesicht geschrieben. »Ich habe mit Janna über die Ermittlungen gesprochen.«

»Und?«, fragte er und trat einen Schritt zurück.

»Sie gibt ja nicht viel von sich preis, sie will nur, dass ich bestimmte Ermittlungsmaßnahmen absegne.«

»Und?«

»Ich habe das Gefühl, dass sie nicht auf derselben Seite steht wie ich. Das macht die Zusammenarbeit nicht gerade leicht.«

»Komisch«, sagte er, und wieder fiel ihm die Unsicherheit in ihrer Stimme auf. »Janna ist sonst völlig unkompliziert.«

»Ich weiß, dass für euch Polizisten alle möglichen Spuren und Indizien von Bedeutung sind«, sagte Melinda. »Aber wir brauchen Beweise. Und meine Rolle ist es, dafür zu sorgen, dass das Recht auf den Schutz personenbezogener Daten und auf Privatsphäre gewahrt bleibt.«

Scheiße, dachte er. Warum konnten sie sich nicht einfach zusammenraufen und an einem Strang ziehen? Für interne Konflikte hatten sie definitiv keine Zeit.

»Ich rede mit Janna«, sagte er und streichelte Melinda über den Arm. Sie griff nach seiner Hand, und sie gingen los.

»Was meint der Herr Polizist?«, fragte sie und warf ihr Haar in den Nacken. »Wollen wir auf dem Weg zur Polizeistation noch einen Stopp bei dir einlegen …?«

Plötzlich hatte ihr Gesichtsausdruck etwas Flehendes, und er drückte sie an sich.

»Du weißt, dass ich das nur ungern ausschlage«, sagte er. »Aber wir müssen es auf später verschieben. Erst will ich mit Janna reden.«

21

Janna Weissmann zuckte zusammen, als ihre Bürotür aufsprang. Sie sah Rokka hereinkommen und die Tür wieder zuknallen. Er stellte sich vor sie hin, die Hände in die Seiten gestemmt, die Lippen zu einem schmalen Strich zusammengekniffen. War nun doch etwas bei den internen Ermittlungen herausgekommen?

Dann fiel ihr ein, dass er vielleicht hier war, um mit ihr über die Facebook-Nachrichten zu reden und die Ähnlichkeiten, die dabei aufgetaucht waren, also räusperte sie sich und erzählte in Kurzform, was ihr aufgefallen war. Doch sie bemerkte, dass Rokka mit seinen Gedanken ganz woanders war, und blickte verlegen zu Boden.

»Ich habe mit Melinda gesprochen«, sagte er und seufzte. »Bislang kenne ich nur ihre Version der Geschichte, jetzt möchte ich gern deine hören.«

Janna schob das Notebook zur Seite.

»Worüber?«

»Sie sagt, ihr verfolgt verschiedene Strategien.«

Jetzt wurden Jannas Wangen vom aufflackernden Ärger rot.

»Sie verlangt, dass wir Beweise vorlegen«, erwiderte Janna. »Gleichzeitig gestattet sie keine Maßnahmen, die für weitere Ermittlungen nötig sind. Ich will, dass wir mit Tauchern nach Tindras Handy suchen, und ich möchte die Daten vom Telefonmast haben.«

Rokka seufzte und ließ resigniert die Arme hängen.

»Übrigens, was wolltest du mir von den Haarfunden berichten?«

Janna schüttelte den Kopf und kam sich wie ein trotziger Teenager vor. Das klang ganz und gar nicht so, als ob er sich wirklich für diese Haare interessieren würde, eher erkundigte er sich jetzt aus Höflichkeit danach. Als hätte er plötzlich ein schlechtes Gewissen, weil er nur gekommen war, um die kollegiale Zusammenarbeit anzusprechen.

»Ich wäre sehr froh, wenn ihr zwei das miteinander klären könntet«, sagte Rokka.

Janna blickte ihm ins Gesicht, und mit einem Mal sah er aus, als sei ihm das Ganze furchtbar unangenehm.

»Wir werden es klären«, sagte sie kurz angebunden.

***

Auf dem Weg ins Büro lief Rokka an den Postfächern vorbei. Die Polizeiverbandszeitungen lagen da immer noch, seit Melinda in dem Fach gekramt hatte. Er nahm sie heraus und warf sie in den Papierkorb. Die Diskussion mit Janna hatte einen schalen Nachgeschmack hinterlassen. War das typisch für Frauen? Als Per Vidar Sammeli noch zuständiger Staatsanwalt in Hudiksvall gewesen war, hatte es solche Probleme nie gegeben. Vielleicht machte Rokka dieser Konflikt deshalb so viel aus, weil die beiden beteiligten Personen ihm so nahestanden.

Beim Gedanken an Melinda spürte er, wie sein Körper von Verlangen gepackt wurde, er war geradezu süchtig nach ihr. Seine Intuition sagte ihm eigentlich, er solle die Finger von ihr lassen. Er hatte in der Vergangenheit auch schon Affären mit Kolleginnen gehabt, und das Ende vom Lied war immer gleich gewesen: Einer von beiden war tief verletzt. Meist er selber. Aber wenn Melinda sich in seiner Nähe befand, war es, als würde sein Hirn alle Funktionen abschalten außer einer. Er wollte sie sehen. Und zwar jetzt sofort. Mit ihr ins Bett gehen und vergessen, was seinen Kopf so malträtierte. Er wusste nicht mehr, auf was er sich konzentrieren sollte. In welche Richtung steuerten ihre Ermittlungen im Fall Tindra? Was war Fanny passiert, und was geschah mit seinen Gefühlen?

Er wollte gerade zum Handy greifen, als es klingelte. Eine Stockholmer Nummer erschien auf dem Display.

»Hier Rickard Melander, aus der Vollzugsanstalt Hall«, sagte eine Stimme in Rokkas Ohr. »Ich habe eine Nachricht für Sie.«

Rokka hatte den kleinen, kräftig gebauten Beamten vor Augen, der in den blauen Dienstklamotten so schwungvoll unterwegs gewesen war.

»Okay«, sagte Rokka, ging in sein Zimmer und schloss die Tür hinter sich.

»Sie ist von Peter Krantz«, sagte Rickard Melander, und Rokka hörte, dass er ziemlich mitgenommen klang.

»Diese Art Witze mag ich gar nicht. Peter ist tot.«

»Ich weiß. Aber als wir seine Zelle geräumt haben, ist uns aufgefallen, dass er etwas auf das Laken geschrieben hat, mit dem er sich erhängt hat.«

Rokka spannte die Kiefermuskulatur an. Was kam jetzt?

»Es dauerte eine Weile, bis ich es lesen konnte. Da stand: ›Rokka. Die Weißen schlängeln sich.‹ Ich habe nicht die geringste Ahnung, was er damit meinen könnte, aber da die Nachricht an Sie gerichtet ist, verstehen Sie sie vielleicht.«

»Ach du Scheiße.«

Rokka verabschiedete sich und saß regungslos da, das Handy noch in der Hand. Ein Gefühl von Unwirklichkeit machte sich breit. Warum hatte Peter das aufgeschrieben, bevor er sich das Leben nahm?

Die Weißen schlängeln sich.

Er verstand nur Bahnhof.

Die Weißen schlängeln sich.

Er stand auf und hätte vor Frust laut schreien können.

22

Die Musik dröhnte aus den Lautsprechern, als Eddie und Isabella in Mats' Wohnung ankamen. Die Party war schon eine Weile im Gange. Der Flur war übersät von durcheinandergeratenen Schuhpaaren, Zigarettenrauch hatte sich wie dichter Nebel ausgebreitet, und der Boden klebte von Bier und Wein. Eddie ging vor und suchte einen Weg durch die Gäste. Isabella folgte dicht hinter ihm.

In der Küche hockten Mats und sein Kumpel vom Skatepark, der mit der Narbe. Weiter hinten am Fenster standen noch ein paar Jungs. Schwarze T-Shirts und Hemden, fette Bizepse. Nicht gerade Softies, die Typen hier. Das Narbengesicht sah zu ihm auf, und für einen kurzen Moment trafen sich ihre Blicke. Wer war der Kerl bloß?

Sie gingen weiter durch die Wohnung, und Eddie wusste gar nicht, wo er hinschauen sollte. Er fuhr sich mit der Hand durchs Haar. Nickte den Jungs zu, die auf dem Sofa im Wohnzimmer saßen. Mist, mit solchen Veranstaltungen hatte er keine Erfahrung. Er kannte hier niemanden. Isabella schob ihre kühle Hand in seine, und es ging ihm gleich viel besser. Da spürte er, wie ihn jemand von hinten an der Schulter packte.

»Hi, Bro. Willkommen.« Mats umarmte ihn etwas steif und klopfte ihm ein paarmal auf den Rücken. Eddie sah ihn an. Wusste nicht, ob er ins blaue oder ins braune Auge schauen sollte. Mats' Pupillen waren so groß, dass die Augen ganz künstlich aussahen.

Das Narbengesicht kam dazu und hob zur Begrüßung die Hand.

»Alle, die hier sind, haben schon von dir gehört«, sagte er, und Eddie fragte sich, ob da etwa eine Spur Neid in seiner Stimme lag.

»Na dann«, sagte Eddie. Und versuchte, cooler zu klingen, als ihm zumute war.

»Und in hübscher Gesellschaft bist du unterwegs.«

Eddie sah, wie er Isabella mit seinem Blick auszog. Etwas blitzte in seinem Kopf auf, und das Blut schoss nur so durch seine Adern. Diese Frau gehörte ihm, und die Art, wie das Narbengesicht sie ansah, gefiel ihm ganz und gar nicht. Aber gleichzeitig verzog sich diese Unsicherheit, die er anfangs verspürt hatte. Die Typen um ihn herum wussten, wer er war. Also konnte er nicht alles falsch gemacht haben.

Plötzlich drückte ihm jemand ein Glas in die Hand. Er betrachtete den blubbernden, durchsichtigen Drink mit der Zitronenscheibe am Rand. Dann nahm er einen ordentlichen Schluck. Gin Tonic. Garantiert der stärkste, den er je getrunken hatte, und das brauchte er jetzt auch, denn jede Faser seines Körpers stand unter Hochspannung. Mats zog eine kleine Tüte aus der Tasche, kaum größer als eine Kreditkarte. Dann beugte er sich über den Tisch.

»Willst du mal probieren?«, fragte er und reichte ihm einen zusammengerollten Zwanzigkronenschein.

»Klar«, sagte Eddie. Die Worte von Trainerpatrik über Drogen schossen ihm durch den Kopf, während Isabella ihm über den Rücken strich. Alles, was mit dem Training zu tun hatte, kam ihm so weit weg vor.

Mats schüttete das weiße Pulver auf die Tischplatte. Formte Lines. Eddie beugte sich vor und zog sich das Pulver in die Nase. Es war lange her, dass er das zuletzt gemacht hatte, aber das Gefühl kannte er noch gut. Es prickelte, und schon nach einer Minute merkte er, wie er plötzlich alles glasklar vor sich sah. Er war Eddie. Eingeladen auf die angesagteste Party der Stadt. Und neben ihm das schönste Mädchen der Welt.

»Komm, ich zeig dir mal was«, sagte Isabella und griff nach seiner Hand. Eddie registrierte, dass der Typ mit der Narbe sie beobachtete. In ihm schrillten sämtliche Alarmglocken. Mit diesem Typ stimmte irgendwas nicht.

Isabella führte ihn zu einem anderen Zimmer. Sie zog ihn hinein, dann schloss sie die Tür hinter sich. Die Arme um seinen Nacken geschlungen, sah sie ihm tief in die Augen. Er spürte ihren warmen Atem in seinem Gesicht. Langsam berührte sie mit ihren Lippen seinen Mund.

»Das wollte ich schon, seit ich dich das erste Mal gesehen habe«, sagte sie.

Der Raum fing an, sich um ihn zu drehen, und er musste sich mit der Hand an der Wand abstützen. Passierte ihm das hier wirklich? Er schloss die Augen und ließ sie seinen Mund entdecken. Sie schmeckte süß und frisch gleichzeitig.

Er legte seine Hände auf ihre Schultern und zog die BH-Träger über ihre Arme. Dann spürte er, wie sie nach seinem Hosenbund griff, den Knopf öffnete und den Reißverschluss herunterzog. In dem Moment war er froh, dass er seine neue, weiße Calvin-Klein-Unterhose angezogen hatte.

Eddie machte einen Schritt zurück und betrachtete sie. Ihre nackten Brüste, die steifen Brustwarzen. Womit hatte er das verdient?

Sie zog seine Hose nach unten.

»Wow«, sagte sie und ließ ihren Blick einen Moment lang auf ihm ruhen. Eddie glaubte, er würde explodieren. Hier und jetzt, sofort. Panisch versuchte er, an etwas anderes zu denken. Er rief sich das Bild seiner Mathe-Lehrerin vor Augen. Eine Frau Mitte fünfzig, die immer Strickjacke, Rock und Birkenstocks trug. Doch als Isabella vor ihm auf die Knie sank, war das Bild der Lehrerin sofort verpufft und ließ sich nicht mehr zurückholen.

Hinterher zog er Isabella an den Armen nach oben. Er streichelte ihr über den Kopf und strich ihr eine Haarsträhne hinters Ohr. Ihm wurde schwarz vor Augen, und erneut musste er sich an der Wand abstützen. Als die Welt um ihn herum nicht mehr schwankte, bemerkte er ihre Hand an seiner Wange.

»Ich mag dich«, sagte sie und küsste ihn sanft.

Und wie sehr ich dich mag, kannst du dir gar nicht vorstellen, dachte er.

***

Ingrid Bengtsson konnte es nicht fassen, dass sie da saß, wo sie jetzt saß. An einem Tisch, ganz hinten im Restaurant, den Rücken zum Ausgang. Sie strich über den weichen Plüschbezug. Das Sofa hatte hohe Armlehnen, sodass sie sich ein bisschen abgeschirmt fühlte. Die Musik war angenehm, es war eine bekannte französische Sängerin, deren Stimme aus den Lautsprechern erklang.

[Krimmo69] hatte diese Idee gehabt. Er hatte ihr geschrieben, dass er so etwas noch nie in seinem Leben getan habe. Dass er eigentlich nie richtige Dates gehabt habe. Zwischen den Zeilen hatte er fast ein bisschen schüchtern gewirkt, als sie gechattet hatten, aber dennoch war es ihm gelungen, ihr mit seinen Komplimenten zu schmeicheln.

Er hatte geschrieben, dass sie auf ihn faszinierend wirke. Dass er gern ein Bild von ihr sehen würde. Aber sie wollte kein Bild hochladen, und er hatte es akzeptiert und gemeint, das mache die Sache noch viel spannender.

Sie musste lächeln, wenn sie an seinen Spitznamen dachte. [Krimmo69].

Ja, ja. Er musste ja nicht albern sein, nur weil sein Spitzname es war. Sein Profilbild war schwarz-weiß. Er hatte dunkle Haare und trug eine große schwarze Sonnenbrille. Ein dunkles Sakko. Das erinnerte sie ein bisschen an James Bond, in der Besetzung mit Pierce Brosnan.

Sie zog einen Kosmetikspiegel aus der Handtasche. Fuhr sich mit der Hand durch ihren Kurzhaarschnitt und versuchte vergeblich, eine Locke an ihren Platz zu beordern, die stur in die falsche Richtung abstand. Ingrid Bengtsson konnte sich den Gedanken an Stig nicht verkneifen und versuchte, den Kloß im Hals hinunterzuschlucken. Ihr kam in den Sinn, wie sie sich damals kennengelernt hatten. Er hatte ihr widerspenstiges Haar geliebt. In jenem Sommer waren sie mit der Vespa die Amalfiküste entlanggebraust, ihr Haar wehte im salzigen Meereswind. Er hatte sich zu ihr umgedreht und ihr zugezwinkert. An diesem Abend war Jesper gezeugt worden. Aber jetzt war die Zeit mit Stig vorüber. Nun galt es, nach vorn zu schauen.

Vor dem Fenster sah sie ein Pärchen eng umschlungen vorbeilaufen. In ihrem Bauch kribbelte es bei dem Gedanken, was sie da gerade tat. Dann versuchte sie, sich zu beruhigen, indem sie sich klarmachte, dass das nichts Ernstes bedeuten musste. Sie hatte nur ein Date mit einem Mann. Sie würden am Tisch sitzen und sich unterhalten. Vermutlich hatten sie einiges gemeinsam, vielleicht konnte daraus eine Art Freundschaft werden. Auf keinen Fall mehr. Und schon gar nicht heute. Wenn andere so etwas taten, dann konnte sie das wohl auch.

Sie hörte, wie die Eingangstür aufging, leise Stimmen. Wenn er das jetzt war! Ihr Herz machte einen Satz, und sie nahm auf dem Sofa noch einmal Haltung an. Strich sich die Haare hinter die Ohren. Dann hörte sie, wie die Bedienung sich näherte. Im Augenwinkel nahm sie ihn schon wahr, in dunklem Sakko und schwarzen Hosen ging er vorbei, sie wagte kaum aufzusehen. Er blieb auf der anderen Seite des Tisches stehen. Da hob sie langsam den Kopf. Verblüfft zuckte sie zusammen, und dann hatte sie das Gefühl, als würde sie mitsamt des Sofas im Boden versinken.

Vor ihr stand ein Mann, den sie kannte.

Es war Hjalmar Albinsson.

***

»Sie ist gut, oder?«, sagte Mats, als Eddie ins Wohnzimmer zurückkam. Es waren jetzt mehr Leute auf der Party, und die Musik war noch lauter. Auch der Zigarettenkonsum und die Gesprächslautstärke hatten zugenommen. Eddie zwinkerte ihm zu, aber es gefiel ihm gar nicht, dass alle hier drinnen offenbar Bescheid wussten, was soeben geschehen war. Er tröstete sich damit, dass alle Männer hier im Zimmer liebend gern mit ihm getauscht hätten. Aber Isabella hatte es ihm besorgt. Keinem anderen.

Mats nahm ihn zur Seite, und als er sich zu ihm beugte, sah Eddie Blut in Mats' Nase. Mats legte seine Hand auf Eddies Schulter, als ob er sich abstützen wollte.

»Jetzt wo dein Schwanz seinen Spaß gehabt hat, lass uns mal über Geschäfte reden«, sagte er.

Eddie zuckte zusammen und spürte die Anspannung im Körper.

»Okay«, sagte er und versuchte, Mats' Zustand einzuordnen. Seine Pupillen waren immer noch gigantisch groß, und aus seiner Nase lief Blut. Wie oft konnte man sniffen, bis man eine Überdosis riskierte?

»Jetzt sind mal ein paar ernstere Dinge dran«, sagte Mats und fuhr sich mit der Hand über die Oberlippe. »Zeit zu zeigen, dass wir den richtigen Mann ausgewählt haben.«

Eddie hatte eine leise Vorahnung, dass ihm das, was er gleich zu hören bekäme, vermutlich nicht gefallen würde. Aber das hier war nicht die Situation, in der er einen Rückzieher machen konnte.

»Ich bin dabei«, sagte Eddie und trat von einem Fuß auf den anderen. »Was liegt an?«

»Da ist ein Typ, dem wir mal richtig Angst einjagen müssen. Der muss kapieren, dass wir es ernst meinen.«

»Okay. Und wie?«

»Du musst ihn im Skyttevägen mit dem Wagen holen, das ist die Straße, die nach Högliden hochführt. Er müsste morgen

Vormittag zu Hause sein. Du setzt ihn auf den Rücksitz und fährst mit ihm nach Hög. An der Kirche gibt es eine Abzweigung, da biegst du ab. Dann fährst du noch drei Kilometer weiter. An einem zwei Meter hohen Stein hältst du an, dann geht ihr direkt in den Wald rein. Ich warte auf euch an einer Lichtung. Pass bloß auf, dass alles glattläuft. Du musst ihm zu verstehen geben, wer das Sagen hat.«

Eddie nickte. Seine Unsicherheit wuchs. Sprach Mats gerade von einer Scheinhinrichtung? Klar, er hatte darum gebeten, etwas größere Dinger zu drehen, aber so was?

»Ich habe Druck von unserem Auftraggeber bekommen, wir haben keine Chance. Wir müssen das hinkriegen.«

Eddie sah an Mats Augen, wie ernst es ihm war, und spürte, dass der Zeitpunkt schlecht war, um anzusprechen, dass er gar keinen Führerschein hatte. Den er vermutlich auch nie kriegen würde. Klar, er war schon ein paar geklaute Autos gefahren, aber das war alles.

»Das krieg ich hin, du kannst dich auf mich verlassen«, sagte Eddie und streckte die Hand aus.

»Gut, Bro. Dann feiern wir mal weiter.«

Mats ging zurück zu seinen Gästen, Eddie blieb noch eine Weile stehen. Er hatte ein Gefühl, als ob ihm jemand ein eiskaltes Messer am Rückgrat entlangzöge. Jetzt kam es echt drauf an.

23

Ingrid Bengtsson saß an ihrem Schreibtisch. Es war fünf nach acht und regnete nun schon ununterbrochen seit dem vergangenen Abend. Sie ertappte sich selbst dabei, wie sie die Muster aus winzig kleinen Pünktchen betrachtete, die der Sommerregen auf ihre Fensterscheibe zeichnete.

Es hatte eine Weile gedauert, bis sie sich die Ereignisse im Restaurant wieder in Erinnerung rufen wollte. Die Stunden direkt danach hatte sie wie einen surrealen Traum empfunden. Hjalmar Albinsson. Wie konnte das nur möglich sein? Eigentlich sollte doch hinter so einer Dating-Plattform die Absicht stehen, Menschen zusammenzubringen, die etwas gemeinsam hatten. Wenigstens ein kleines bisschen. Niemals wieder würde sie diese App öffnen, so viel stand fest. Das Schlimmste war, dass sie nicht einmal wusste, wie sie dieses Programm von ihrem Handy wieder entfernen konnte.

Am liebsten wäre sie heute zu Hause geblieben und gar nicht erst in der Polizeistation aufgekreuzt. Aber selbstverständlich war das keine Option. Was würde das über ihre Führungsqualitäten aussagen? Sie schnaubte, als ihr Rokka in den Sinn kam. Ihm hatte sie auch noch versprochen, sich um diese verdammte Dokumentation zu kümmern.

Zärtlich strich sie über das Foto ihres Sohnes Jesper. Dann rief sie Facebook auf und suchte nach seinem Profil. Auf seinem Profilfoto war ein Joystick abgebildet. Sie klickte auf die letzte Nachricht, die er ihr geschrieben hatte, sie hatte sie eine Woche nach der Trennung von Stig bekommen.

Wenn du nur einmal im Leben an jemand anderen als an dich selbst denken könntest! Du wirst noch allein versauern!

Sie verstand gar nicht, was er damit meinte. Immerzu dachte sie an andere Menschen. In ihrer Familie war sie diejenige gewesen, die so viel Geld heimgebracht hatte, dass sie es sich leisten konnten, in einem Haus in der Stadtmitte von Hudiksvall zu wohnen. Bei ihrer Arbeitsstelle führte sie ihre Mitarbeiter an der kurzen Leine und schuf so die Voraussetzungen dafür, dass jeder die Arbeit machen konnte, die ihm am meisten lag. Und was Jesper betraf, so stimmte es zwar, es war ihr nicht leichtgefallen, ihn bei seiner Berufswahl zu unterstützen. Spiele zu entwickeln war für sie einfach keine ernst zu nehmende Arbeit. Aber mittlerweile war sie sogar richtig stolz auf ihn.

Sie streckte die Hand aus und legte sie aufs Handy. Eine Weile saß sie so da und sinnierte, was richtig und was falsch war. Dann kam sie zu dem Schluss, dass Rokka nicht lockerlassen würde. Darum nahm sie das Telefon in die Hand und wählte die Nummer von Carina Nilsson im Zentralarchiv. Sie hoffte, dass sie zu den Menschen zählte, die schon früh am Morgen am Arbeitsplatz waren. Nach zweimal Klingeln nahm sie ab. Bengtsson brachte die Höflichkeitsfloskeln schnell hinter sich. Und versuchte, darüber hinwegzusehen, dass ihr Gegenüber während des Telefonats Kaugummi kaute.

Carina erzählte vom Regenwetter in Gävle. Davon, dass ihre Katzen (reinrassige Ragdolls, Bengtsson kannte sie nicht) beim Friseur gewesen seien und den Pelz geföhnt bekommen hätten. Am Wochenende sollten sie nämlich an einer Ausstellung in Hudiksvall teilnehmen. Und dass die Hotels, die zur Wahl stünden, entweder ausgebucht oder zu teuer seien. Oder keine drei Katzen beherbergen wollten, wegen der Allergiegefahr.

»Ich habe ein Anliegen«, sagte Bengtsson.

»Schießen Sie los«, sagte Carina Nilsson und hustete.

»Es geht um einen Fall mit der Eingangsnummer 2102-K10145-93.«

»Hatten Sie schon Kontakt mit der Rechtsabteilung hier in Gävle?«

»Ich kann mich nicht an sie wenden«, erklärte Bengtsson. »Das dauert viel zu lange.«

»Dann kann ich Ihnen leider nicht helfen.«

Bengtsson presste die Zähne aufeinander. Jetzt musste sie sich etwas ausdenken.

»Sie waren doch auf der Suche nach einer Unterkunft, hatten Sie erwähnt.«

»Äh … ja.«

»Sie können bei mir wohnen. Ihre Katzen auch. Was halten Sie davon?«

Ingrid Bengtsson konnte förmlich hören, wie sich auf Carinas Gesicht ein Lächeln ausbreitete.

»Was war noch mal Ihr Anliegen?«

»Ich möchte die Dokumentation über den genannten Fall haben. Einer meiner Angestellten hatte mit Ihnen in derselben Sache schon mal Kontakt aufgenommen, aber offenbar fehlte die Dokumentation?«

Stille in der Leitung.

»Gehört Johan Rokka zu Ihrer Abteilung?«, fragte Carina Nilsson nach einigen Sekunden. Schweigend saß Bengtsson da und drückte sich den Hörer noch dichter ans Ohr. Je mehr Informationen sie erhielt, desto größer wurde ihr Ärger. Am Ende tippte sie voller Wut auf den Aus-Knopf.

Sie knallte das Mobiltelefon auf den Schreibtisch und starrte stur geradeaus. Eine Frau, die sie gar nicht kannte, würde bei ihr übernachten. Mit ihren Katzen. Ihr Blick fiel wieder auf die Facebook-Nachricht von ihrem Sohn. Nun gut. Jetzt hatte sie wirklich an jemand anderen gedacht und nicht an sich selbst. Sie hatte das Versprechen, das sie Rokka gegeben hatte, gehalten.

***

Johan Rokka schlug die Bettdecke zur Seite und legte sich hin. Melinda hatte er am Vorabend nicht lange überreden müssen, als er ihr seine Bedürfnisse mitgeteilt hatte. Als Erstes natürlich ein Gespräch über die Ermittlungen. Und dann ausgiebigen Sex. Sie hatte vor seiner Tür gestanden, in einem weißen, beinahe durchsichtigen Kleid, das ihm sofort zu verstehen gab, dass er keine Zeit damit verschwenden musste, ihr irgendwelche unbequeme Unterwäsche auszuziehen. Die Diskussion über den Fall hatten sie sehr schnell abgehakt. Im Bett hatten sie sich allerdings viel Zeit gelassen, genauer gesagt, die ganze Nacht.

Das Handy, das neben ihm lag, piepte. Es war eine SMS von Ingrid Bengtsson.

Treffen in der Polizeistation. In einer Stunde!

Er sah, wie Melinda zum Telefon schielte, bevor sie neben ihn kroch. Er liebte es, ihren nackten Körper anzusehen. Nicht nur, weil sie sehr attraktiv war, sondern weil sie dann ganz sie selbst war, Melinda ohne Verkleidung.

»Wenn Ingrid Bengtsson wüsste, was wir gerade tun. Während der Arbeitszeit.«

»Aber wir arbeiten doch«, entgegnete Rokka. »Ich zumindest.«

»Aha«, sagte Melinda und streichelte seine Brust.

»Ja. Ich möchte, dass du deine Zustimmung für weitere Maßnahmen für die Ermittlungen gibst.«

»Was brauchst du denn?« Mit einer geschmeidigen Bewegung legte sie sich auf ihn, und Rokka spürte, wie sich die Erregung wie ein Feuer in seinem Körper ausbreitete.

»Ich möchte eine Funkzellenabfrage des Sendemasts haben, der in der Nähe vom Köpmanberg steht.«

Seiner Meinung nach gab es keinen Grund, diese Anfrage nicht zu genehmigen.

»Aha«, antwortete sie und bewegte sich Stück für Stück nach unten, rieb sich an ihm, und er reagierte prompt.

»Du«, sagte er und stöhnte auf.

»Was denn?«, fragte sie, während sie sich langsam auf und ab bewegte.

»Hat Janna irgendwas von den Haaren erwähnt?«

Melinda hielt in der Bewegung inne und schüttelte dann den Kopf.

»Sie meinte, dass die Haare alle mit Follikel erhalten seien und dass das ungewöhnlich sei. Es stimmt schon, dass die Bestimmung der DNS einfacher und sicherer ist, wenn man auch die Follikel hat.«

»Schalt doch mal ab«, sagte sie und hörte nicht auf, sich rhythmisch auf ihm zu bewegen. Gleichzeitig strich sie ihm über den Schädel, fuhr über die Ohren, den Hals und hielt an seinen Schultern an. Da drückte sie zu, als wolle sie ihn massieren. Sie platzierte ihre Hände an seinem Hals. Beugte sich vor und küsste ihn innig. Seine Erregung steigerte sich ins Unermessliche.

»Ich will in dir kommen«, flüsterte er. Sie ritt weiter auf ihm, aber er merkte mit einem Mal, wie der Druck um den Hals zunahm und das Gefühl immer unangenehmer wurde. Gleichzeitig wurde sein Verlangen immer größer. Diese zwiespältigen Gefühle kämpften in ihm, aber sonderbarerweise nahm die Lust noch zu, und gleich würde er nicht mehr an sich halten können. Sie ritt ihn immer härter, immer schneller. Dann öffnete er die Augen, er wollte sie sehen, wenn er kam. Doch er erschrak, als er ihre weit aufgerissenen Augen sah. Ihr Gesicht war verzerrt, sie schien völlig besessen, war nicht mehr sie selbst.

»Melinda«, keuchte er. Aber sie starrte ihn weiterhin an, zwinkerte nicht ein einziges Mal, presste ihre Hände dabei noch fester auf seinen Hals. Er japste nach Luft und wand sich, um freizukommen. Sein Herz raste.

Er griff nach ihren Handgelenken und versuchte, sich zu befreien, aber sie waren wie festgeschraubt. Was war nur über sie gekommen? Auf dem Höhepunkt seiner Panik ließ der Druck am Hals plötzlich nach. Sie warf den Kopf nach hinten, und in diesem Moment erlebte er einen wahnsinnigen Orgasmus, der seinen ganzen Körper erzittern ließ.

»Verdammt, Melinda«, sagte Rokka und rang nach Luft. »Was ist nur in dich gefahren?«

»Entschuldige«, sagte sie und ließ sich auf ihn fallen. »Ich konnte mich nicht beherrschen.«

Sie rollte sich neben ihn auf den Rücken.

Er holte ein paarmal tief Luft, nahm seine Hände von ihrem Körper und sah an die Zimmerdecke.

»Das tust du nicht noch mal!«

Was hatte er da eben in ihren Augen gesehen?

Plötzlich hörte er, wie Melinda schluchzte. Als er sich zu ihr drehte, hatte sich ihr Gesichtsausdruck verändert, von dem wild entrückten Wesen war nichts mehr erkennbar. Jetzt sah sie aus wie ein zerzauster kleiner Vogel.

»Was ist los?«

»Entschuldige, es ist gerade alles etwas viel.«

Etwas viel, dachte er. Sie hätte ihn verdammt noch mal töten können, ihn, einen Bullen von gut 100 Kilo. Er stand auf und zog sich an.

»Zieh einfach die Tür zu, wenn du gehst«, waren seine letzten Worte, dann verließ er den Raum.

***

Bernt Lindberg schob den grünen Rasenmäher vor sich her. Das Gerät hatte anfangs nicht anspringen wollen, sodass er das Starterseil mehrmals hatte ziehen müssen, aber dann hatte sich der Mäher mit einem brummenden Motorengeräusch in Bewegung gesetzt. Der Rasen wuchs schnell, seit sie so viel Regen hatten. Nun hatte Bernt eine Pause abgepasst und nutzte die Gelegenheit. Er liebte den Duft von frisch gemähtem Rasen und genoss den Anblick seines gepflegten Grundstücks.

Außerdem musste er sich beschäftigen. Er konnte nicht einfach nur dasitzen und darauf warten, dass die Polizei mit ihren Ermittlungen vorankam. Kaum hatte er sich hingesetzt, verspürte er eine kribbelnde Unruhe im ganzen Körper.

Mit einem Mal gab der Rasenmäher ein ungewohntes Geräusch von sich und streikte. Bernt sollte sich wirklich um einen neuen kümmern, vielleicht sogar einen Aufsitzmäher. Über die Kopfhörer, die er trug, lauschte er einem Konzert der Königlichen Philharmoniker, das gerade in Sveriges Radio gesendet wurde. Dramatische Streicher und Holzbläser überboten einander im Crescendo, dem folgte ein melodiöses Andante, bevor der letzte Satz wieder lebhafter wurde. Diese pompöse Musik vertrieb für eine Weile die Gedanken an Tindra.

Plötzlich sprang die schwarze Katze der Nachbarin aus dem Fliederbusch und landete direkt vor dem Rasenmäher, sodass er abbremsen musste, um sie nicht zu erwischen. Sein Herz klopfte vor Schreck bis zum Hals, als ihm bewusst wurde, wie knapp es gewesen war. Er wusste, dass der alten alleinstehenden Nachbarin dieses Tier sehr am Herzen lag.

Bernt ließ den Blick über sein Grundstück schweifen. Von hier hatten Sonja und er eine großartige Aussicht über die gesamte Innenstadt von Hudiksvall sowie den Hafen und das Meer. Jetzt hatten sich über der Bucht vor Hudiksvall dunkle Wolken aufgetürmt, und im Wetterbericht im Radio war Gewitter angesagt worden.

Sonja winkte durch das Panoramafenster. Sorgfältig goss sie die Blumen, bevor sie wieder im Inneren des Hauses verschwand. Bernt schob die Kopfhörer zurecht, drehte die Musik lauter und setzte seine Arbeit fort. Er hatte erst die Hälfte des Rasens gemäht, und er wollte fertig sein, bevor der Regen einsetzte.

Plötzlich nahm er im Augenwinkel einen Schatten wahr. Irgendetwas war da auf der anderen Seite der Hecke. Es raschelte zwischen den Zweigen, und bevor er sichs versah, packte ihn jemand an den Schultern und zog ihn fort. Er hatte nicht die geringste Chance, sich zu wehren, er stolperte einfach mit. Die Zweige zerkratzten ihm die Haut, die Kopfhörer fielen auf den Boden, und er sah den Mann, der demonstrativ den Zeigefinger auf die Lippen legte, verängstigt an. Seine Furcht wurde noch größer, als er bemerkte, dass der junge Mann kaum älter als seine Tindra war. Er trug eine blaue Kappe und sah aggressiv aus. Doch in seinen Augen konnte Bernt eine Mischung aus Wut und Nervosität erkennen, etwas, das ihm noch mehr Angst einjagte. Der Griff um seinen Arm war so brutal, dass Bernt befürchtete, er würde ihm die Knochen brechen.

»Du kommst mit«, sagte der Mann, und seine Stimme brach. »Sonst passiert was.« Da spürte Bernt etwas Hartes und Spitzes im Rücken. Er wusste sofort, was das war. Eine Pistole. Er bewegte sich in die Richtung, in die der Mann ihn drängte. Bernt war wie gelähmt vor Angst. Er ging Schritt für Schritt um die Hecke herum, bis er auf der Straße stand. Der Rasenmäher brummte immer noch.

24

»Darf ich dieses Mal den Brief auswählen?«

Ann-Margret Pettersson saß in ihrem Zimmer in der Rehaklinik Backen, den grauen Seidenschal um die Schultern gelegt. Schwester Liselott kam ihr wie ein Kind vor, das seine Lieblingsbonbons aus einer großen Schale mit Süßigkeiten aussuchen durfte. Ann-Margret war innerlich zum Lachen zumute. Schließlich war es doch immer Liselott, die den Brief, der vorgelesen wurde, aus dem Stapel zog. Sie selbst konnte doch nur dankbar zuhören.

»Ich nehme jetzt den vom Frühling. Er ist einfach so irrsinnig spannend«, sagte Liselott, als sie sich auf Ann-Margrets Bettkante niederließ. Ein leichter Windhauch schlüpfte durchs offene Fenster und streifte Ann-Margrets Nacken. Sie bekam eine Gänsehaut und wünschte, Liselott würde ihr den Schal noch etwas enger um den Körper wickeln. Als könne die Schwester ihre Gedanken lesen, beugte sie sich tatsächlich vor und wickelte ihrer Patientin das wärmende Kleidungsstück noch einmal um den Hals.

Liebste Ann-Margret!
Heute möchte ich dir erzählen, dass ich heute Morgen Besuch bekommen habe. Als ich aufwachte, standen plötzlich drei Männer in dunklen Kleidern mitten in meinem Schlafzimmer. Sie sahen sehr gefährlich aus. Alle waren schwer bewaffnet und machten den Eindruck, als bereiteten sie sich auf einen Nahkampf vor. Sie boten mir zehn Millionen, wenn ich mich zurückziehe und meine Aktivitäten einstelle.

Liselotts Stimme war voller Dramatik, und sie warf aufgeregt einen Blick zu Ann-Margret hinüber, bevor sie fortfuhr:

Eigentlich war ich gar nicht sonderlich überrascht. Seit ich angefangen habe, für FIAN zu arbeiten, habe ich mich immer wieder bedroht gefühlt. Es gibt so viel Böses in der Welt. Sie hatten unsere Wachleute überwältigt, also müssen wir nach diesem Ereignis unsere Sicherheitsvorkehrungen überdenken.

Ich bin zwar nicht schwach, aber ohne Waffen hätte ich keine Chance gehabt. Wie froh bin ich über meine Gabe, argumentieren zu können. Und natürlich auch über das Geld, das du mir zur Verfügung stellst. Das Problem ist gelöst, sie werden nicht zurückkommen.

In Liebe, Henri

Ann-Margret war froh, dass der Brief nicht noch mehr Details enthielt. Es reichte schon vollkommen, zu wissen, dass diese Männer Henri bedroht hatten.

»Nicht dass es mich etwas anginge«, flüsterte Liselott. »Aber Sie haben vermutlich Geld, von dem Jan Pettersson nichts weiß, oder?«

Sie klang voller Hoffnung, dass es in dieser Welt vielleicht doch einen winzigen Bereich gäbe, den dieser Jan Pettersson nicht kontrollieren konnte. Und Ann-Margret dachte, dass alle Geheimnisse voreinander hatten, auch Eheleute.

»Ja, ja«, sagte Liselott und seufzte. »Manchmal wünschte ich, dass er wüsste, dass es diesen Henri gibt.«

***

Ein Auto zu steuern war einfacher, als Eddie Martinsson es sich vorgestellt hatte. Es war ein Automatikwagen. Das Risiko, geschnappt zu werden, war minimal, denn nach dem Mord an der Abiturientin hatten die Bullen andere Dinge zu tun, als ein Auto anzuhalten, das ganz unauffällig auf der Straße unterwegs war.

Es hatte gestimmt, der alte Mann war am Vormittag zu Hause gewesen. Bernt hieß er, Bernt Lindberg. Das klang nach einem gutmütigen alten Onkel, und es wäre Eddie viel lieber gewesen, Mats hätte seinen Namen nicht genannt. Der alte Mann hatte gedacht, dass Eddie ihm eine Pistole in den Rücken presste, dabei war das nur ein Stock gewesen, den er auf dem Boden gefunden hatte.

Eddie lenkte den Wagen auf einen schmalen Kiesweg. Nach ein paar Hundert Metern hielt er an. Warf einen Blick in den Rückspiegel. Bernt saß da mit geschlossenen Augen. Sein Gesicht war leichenblass.

»Komm schon«, sagte Eddie, als er die hintere Tür öffnete. »Steig aus.«

Bernt blieb sitzen.

»Bitte«, wimmerte er. »Tun Sie mir nichts. Wie viel Geld wollen Sie?«

Eddie sah ihn an, und für einen Moment überkamen ihn Zweifel. Was tat er da eigentlich? Und wie viel Geld besaß der alte Mann wohl? Er hatte nicht die geringste Ahnung.

»Es geht nicht um Geld«, sagte Eddie schließlich. »Es geht um viel mehr.«

Er griff Bernt am Arm und zerrte ihn aus dem Wagen. Der Mann stolperte über eine Wurzel und fiel vor Eddie zu Boden.

»Los, aufstehen«, rief Eddie und boxte ihn in die Seite. »Du hast was zu erledigen.«

Eddie öffnete den Kofferraum und holte einen großen Spaten heraus.

»Hier«, sagte er und hielt dem Alten das Werkzeug hin.

Bernt starrte ihn an. Seine Hand zitterte, als er den Spaten in die Hand nahm.

»Los jetzt«, kommandierte Eddie. »Vorwärts.«

»Was ... was haben Sie mit mir vor?«, stammelte Bernt und drehte sich um.

»Du weißt selbst, was du getan hast«, antwortete Eddie, genau so, wie Mats es ihm aufgetragen hatte. Er versuchte, autoritär zu klingen.

Bernt atmete keuchend, und Eddie beobachtete, wie er stolperte. Wenn er hier bloß nicht tot umkippte, dachte Eddie.

»Sie kriegen fünfhunderttausend«, wimmerte Bernt. »Fünfhunderttausend, wenn Sie mich laufen lassen.«

Eddie hielt inne. Fünfhunderttausend. Wen hatte er hier eigentlich vor sich? Das war mehr Geld, als er sich je hätte träumen lassen. Aber wenn er den Auftrag nicht zu Ende brachte, war er geliefert. Mats und die Gang würden niemals Ruhe geben. Und im Vergleich zu den Summen, von denen sie gesprochen hatten, waren fünfhunderttausend nicht einmal viel. Es war nichts.

»Vergiss es«, sagte Eddie und spürte, dass er Herr der Lage war.

Sie liefen etwa hundert Meter in den Wald hinein, bevor Eddie stehen blieb. Vor ihnen lag eine Lichtung. Ein paar Meter entfernt stand Mats. Er trug eine Sonnenbrille, obwohl es bedeckt war. Das eisblaue Auge vertrug Sonne schlecht, hatte er gesagt.

»Da sind wir«, sagte Eddie. »Jetzt fang an zu graben.«

»Wie meinen Sie das?«, fragte Bernt und taumelte ein paar Schritte zurück.

»Grab eine Grube. Einen Meter breit. Einen Meter tief. Zwei Meter lang. Das müsste doch reichen?«

***

Ingrid Bengtssons Gesichtsausdruck war noch angespannter als sonst, als sie in Rokkas Büro auf dem Besucherstuhl Platz nahm. Nach der SMS, die er von ihr bekommen hatte, dass er sich auf der Station einfinden solle, hatte er gedacht, dass sie ihr

Versprechen vielleicht doch gehalten habe. Vielleicht hatte sie sich nach der Dokumentation über den Fall Fanny umgehört.

»Es gibt etwas, über das ich mit Ihnen reden muss«, sagte sie und beugte sich vor. Rokka seufzte. Er war auf alles gefasst. Ihr wütender Blick verhieß nichts Gutes.

»Ich habe das getan, worum Sie mich gebeten haben«, begann sie. »Ich habe im Zentralarchiv angerufen. Vermutlich werden die sich an mich als die nervigste Person in der ganzen Behörde erinnern.«

»Fahren Sie fort«, sagte Rokka kurz, er wollte nicht noch länger auf die Folter gespannt werden.

»Was mich besonders wütend macht, ist, dass Sie den Überblick verloren haben.«

»Wie meinen Sie das?«

»Sie haben die Dokumentation doch ausgehändigt bekommen«, erklärte sie und sah aus, als hätte sie sich gerade etwas Bitteres in den Mund geschoben. »Ihretwegen habe ich mich jetzt total lächerlich gemacht. Ich komme an und bitte um die Unterlagen für Sie. Und Sie haben sie schon selbst per Mail angefordert.«

Rokka erstarrte.

»Moment mal«, sagte er. »Per Mail?«

Das Einzige, was er versucht hatte, war, die Mitarbeiterin im Zentralarchiv am Telefon zu überreden, ihm die Dokumentation auszuhändigen. Er erinnerte sich, wie Carina geächzt hatte, als sie den Archivschrank öffnete, um die Akte zu finden.

»Ja, per Mail«, antwortete Bengtsson und hielt ihm ein Papier vor die Nase. Rokka nahm es. Eine ausgedruckte Mail. Von seiner dienstlichen E-Mail-Adresse an Carina im Zentralarchiv.

Wie zur Hölle war das möglich? Er lehnte sich zurück. Sein Gehirn lief auf Hochtouren. Hatte er völlig vergessen, dass er auch eine Mail geschrieben hatte? Er las sie noch einmal. Da stand es ja schwarz auf weiß. Seine eigenen Worte: dass er das

Okay von der Rechtsabteilung bekommen habe. Dass sie ihm bitte die komplette Dokumentation mit der Hauspost zukommen lassen sollten. Er schauderte von dem unheimlichen Gefühl, dass er sich wirklich nicht daran erinnern konnte.

»Aber … die Dokumentation war doch schon zu dem Zeitpunkt, als ich mit Carina sprach, gar nicht mehr da … Das bedeutet, dass ich ihr vorher gemailt haben müsste.«

»Ja, und wenn Sie die Dokumentation nicht haben, dann gibt es sie nicht.«

Rokka hatte das Gefühl, als würde etwas in ihm zerbersten.

»Was wollen Sie damit sagen?«

»Carinas Vertretung hat offenbar aus Versehen die Originalunterlagen an Sie geschickt. Mit der Hauspost.«

Rokka legte den Ausdruck auf den Schreibtisch und starrte Bengtsson verständnislos an. Sein Brustkorb zog sich zusammen.

»Ja«, fuhr Bengtsson fort. »Ich muss wohl nicht extra erwähnen, dass sie versetzt worden ist, das war ja eine ernste Verfehlung, die sie sich da geleistet hat.«

»Ich habe überhaupt nichts mit der Hauspost bekommen«, entgegnete Rokka, der sich noch sehr gut daran erinnern konnte, dass das Einzige, was er in seinem Postfach in letzter Zeit gefunden hatte, diese Polizeizeitungen gewesen waren.

»Dann haben Sie das vermutlich auch vergessen«, sagte Bengtsson und kniff den Mund zusammen.

»Ich werde jetzt meine gesendeten Mails überprüfen«, sagte Rokka und schob seine Log-in-Karte in den Computer. Bengtsson stellte sich hinter ihn und linste ihm über die Schulter, als er den sechsstelligen Code eingab.

Dass sie da stand und ihn beobachtete, ärgerte ihn maßlos. Er wollte sie gerade bitten zu gehen, da schoss ihm etwas durch den Kopf. Wenn nun jemand anders eine Mail von seinem PC aus verschickt hatte?

Bei dieser Erkenntnis überkam ihn das Gefühl, der Boden würde ihm unter den Füßen wegbrechen. Um interne Mails zu verschicken, musste man eingeloggt sein. Um sich einzuloggen, benötigte man die Karte und den sechsstelligen Code. Seine Log-in-Karte lag immer auf dem Schreibtisch. Der Code war nirgendwo notiert, er hatte ihn im Kopf. Doch wenn jemand hinter ihm stand und ihm bei der Eingabe zusah, war es durchaus möglich, sich das Passwort zu merken.

Verdammt!

In Windeseile griff er nach seinem Handy und wählte eine Nummer. Als der Freiton erklang, presste er das Gerät ans Ohr.

»Gib es zu, du hast dem Zentralarchiv geschrieben«, schrie er in den Hörer. »Gib es zu!«

Das kurze Klicken, das erklang, als das Gespräch beendet wurde, fühlte sich an wie ein Schuss, der ihn ins Herz traf.

***

Bernt Lindberg ging inmitten der Heidelbeersträucher in die Knie. Er schluchzte und schniefte, die Panik stand ihm ins Gesicht geschrieben.

»Ich bitte Sie«, flehte er Eddie an. »Lassen Sie mich laufen!«

»Vergiss es«, sagte Eddie und versuchte, fieser zu klingen, als ihm zumute war. »Mach weiter. Wir haben nicht den ganzen Tag Zeit.«

Schlotternd erhob sich Bernt. Er setzte den Spaten an, trat mit dem Fuß auf das Blatt und drückte. Eddie setzte sich auf einen Stein und fragte sich, worauf er sich da eingelassen hatte. In seiner Tasche fummelte er nach einer Zigarette. Nach ein paar Zügen war er ruhiger. Jetzt gab es kein Zurück mehr.

Bernt brauchte etwa eine Stunde, um das Loch zu graben, und am Ende kam er nicht mehr vorwärts. Er sah völlig verstört aus, dachte Eddie, wie er da in der Grube stand. Der Schweiß strömte ihm über die Stirn und übers Gesicht.

»Das reicht«, meinte Eddie und sah hinunter. »Bleib da stehen.«

Bernt hielt sich die Hände vors Gesicht.

Mats kam ein paar Schritte auf Eddie zu. Er zog etwas aus dem Hosenbund und übergab es Eddie. Eine Pistole! Eddie erkannte sie, es war eine Zastava. So eine hatte er mal zu Hause unter dem Bett liegen gehabt. Ein anderer Typ wollte sie kaufen, Eddie war der Zwischenhändler gewesen. Aber er selbst hatte noch nie geschossen, mit keiner Waffe. Damit hatte er nicht gerechnet. Er war Mats' Gehilfe, aber doch kein Killer, den man kaufen konnte.

Er schielte zu Mats hinüber, doch der stand nur mit verschränkten Armen da und machte keinerlei Anstalten, die Drecksarbeit zu erledigen. Eine Welle von Angst überkam Eddie. Sollte er wirklich abdrücken? Er betrachtete den alten Mann, ein einziges Häufchen Elend. Was geschah, wenn er nicht schoss? Mats räusperte sich, und Eddie hob die Pistole. Mit der anderen Hand stützte er den rechten Arm ab, damit er nicht unkontrolliert zitterte. Dann legte er den Finger an den Abzug. Holte kurz Luft. Zielte.

Scheiße, er war gerade dabei, einen Menschen zu töten. Zu töten!

Sein Herz schlug wie wahnsinnig, bis hoch zum Hals. Er hielt die Luft an. Zielte. Schoss.

Bernt brach zusammen.

Eddie ließ die Pistole sinken. Blieb noch eine Weile stehen. Er spürte, wie ihm schwarz vor Augen wurde. Langsam ging er ein paar Schritte auf die Grube zu. Bernt lag da in Embryohaltung und starrte ihn mit weit aufgerissenen Augen an. Ein dunkler Fleck breitete sich zwischen seinen beigefarbenen Hosenbeinen aus.

Eddie hockte sich hin. Er spürte eine riesige Erleichterung, aber gleichzeitig überkam ihn eine sonderbare Kälte. Das Magazin war leer gewesen.

Mats kam zu ihnen und stellte sich an die Kante. Er atmete vernehmbar ein und räusperte sich.

»Nächstes Mal sind zwei Kugeln drin«, sagte er und spuckte in das Loch. »Eine für dich und eine für deine Frau. Aber wenn du die Klappe hältst, verschonen wir euch.«

Eddie bekam von dem Adrenalinschub so weiche Knie, dass er kaum aufstehen und zum Auto zurücklaufen konnte. Was hatte der alte Mann eigentlich verbrochen? Plötzlich spürte er einen heftigen Schmerz an der Stirn, und er beugte sich vor, stützte die Hände auf den Knien ab. Es war ein Gefühl, als müsse er sich übergeben.

»Allmählich kapierst du, wie es läuft«, sagte Mats, als er hinter ihm auftauchte. »Ich wusste, dass du das packst.«

Neben der aufwallenden Übelkeit stellte sich bei Eddie noch etwas ganz anderes ein: das Gefühl, endlich etwas geschafft zu haben. Das Gefühl, dass er etwas wert war. Langsam richtete er sich auf und ging die letzten Schritte bis zum Wagen.

25

In solcher Geschwindigkeit hatte Johan Rokka diese Treppe noch nie zuvor erklommen. Beinahe stolperte er über die letzte Stufe, bevor er die zweiflügelige Holztür erreichte. Er keuchte und hielt kurz inne. Zum ersten Mal bemerkte er, dass an der Tür von Melinda Aronssons Wohnung gar kein Namensschild hing.

Konnte das wahr sein, hatte sie ihn so gelinkt?

Er erinnerte sich an den Tag, als sie ganz nah bei ihm stand, während er am Computer saß, und wie sie sich dann mit gespreizten Beinen auf seinem Schreibtisch niedergelassen hatte. Natürlich hätte sie den Code lesen können, als er sich eingeloggt hatte. Zudem hatte sie vor seinem Zimmer gestanden und mit der Polizeizeitung gewedelt, die in seinem Postfach gelegen hatte – das Postfach, in dem die Hauspost landete. Er hatte nicht die geringste Ahnung, warum sie das getan hatte, aber sie hätte ihn ohne Frage überall kontrollieren können.

Mit der Faust hämmerte er wütend an ihre Tür und klingelte gleichzeitig Sturm. In der Wohnung war der Gong zu hören. Rokka spürte, wie ein pochender Kopfschmerz aufkam. Als nach zehn Sekunden noch niemand geöffnet hatte, fasste er an die Türklinke und drückte sie nach unten. Nichts. Er machte einen Schritt zur Seite und warf sich dann mit voller Wucht gegen die Tür. Krachend gab sie nach, er trat ein.

Die Räume waren leer. Kein einziger Schuh mehr im Flur. Nur eine Jeansjacke am Garderobenständer, mehr nicht. Er rannte ins Schlafzimmer und riss die Türen des Kleiderschranks auf, eine nach der anderen. Er war leer, von einer grauen Strickjacke abgesehen.

Er sank zu Boden und rieb sich über den stoppeligen Schädel.

Die Leere war unerträglich, nur Melindas süßlicher Duft hing noch in der Luft. Er vergrub das Gesicht in ihrer Strickjacke, sog ihren Geruch tief ein. Er sah Melinda noch vor sich, aber nicht ihre hübschen Gesichtszüge oder die perfekten Brüste. Er sah die Konturen eines Menschen, dem er langsam nähergekommen war. Und der sich ihm genähert hatte. Das hatte er jedenfalls geglaubt.

»Scheiße, scheiße, scheiße!«, schrie er.

Warum nur?

Jemand hatte ihn nach seinem Besuch in Hall versucht totzufahren. Jemand, vermutlich Melinda, hatte Informationen über Fanny in seinem Namen angefordert. Aber warum sie, und warum gerade jetzt? Er griff nach seinem Handy und wählte Bengtssons Nummer.

***

Ingrid Bengtsson stand am Drucker und starrte das blinkende grüne Lämpchen an, das anzeigte, dass ihr Ausdruck in Arbeit war. Sicherlich zehn Mal hatte sie versucht, die Einladung auszudrucken, jedes Mal ohne Erfolg. Sie hatte die Geschäftsführer, die sich beim nächsten Netzwerktreffen für die Zukunft junger Männer in Hudiksvall engagieren wollten, bildlich vor Augen. Immer wenn sie ihre eigene Expertise einbringen konnte, hatte sie das Gefühl, in ihrem Element zu sein, anders als bei der Ermittlungsarbeit. Zusammen würden sie Strategien entwickeln, der Jugend den rechten Weg zu weisen.

Sie stampfte mit dem Fuß auf, als könne sie damit den trägen Drucker anschubsen. Da klingelte ihr Handy, und sie nahm das Gespräch an.

»Hören Sie mir gut zu«, sagte Rokka am anderen Ende der Leitung. »Melinda Aronsson muss dem Zentralarchiv von meinem PC aus gemailt und die Unterlagen aus meinem Postfach genommen haben.«

Sonderbarerweise sprach er mit ganz dünner Stimme, sodass sie das Handy fester an die Ohrmuschel drücken musste.

»Jetzt komme ich nicht ganz mit.«

»Melinda ist weg. Ihre Wohnung ist leer.«

Er faselte so unzusammenhängendes Zeug, dass sie nicht begriff, was er sagen wollte. Da hörte sie, wie jemand in den Raum kam, und als sie sich umdrehte, stockte sie in der Bewegung. Es war Hjalmar Albinsson. Sein dunkles Haar war sorgfältig über die Glatze gekämmt, und er trug diese runde Brille, die ihm solche Glubschaugen verpasste. Sosehr sie es sich auch wünschte, er sah wirklich nicht aus wie Pierce Brosnan.

»Wir reden später darüber«, sagte sie zu Rokka und beendete das Gespräch. Dann starrte sie den Drucker an. Am liebsten wäre sie auf der Stelle im Erdboden versunken. Das Lämpchen blinkte fleißig weiter, doch es tat sich nichts. Sie sah hoch an die Decke, irgendwie wirkte der Technikraum heute viel kleiner als sonst. Sie konnte nicht hören, dass Hjalmar sich in Bewegung setzte. Wie lange wollte er hier noch stehen?

»Sind wir beide nicht zwei wundersame Vögel«, hörte sie ihn sagen. »Verloren im Himmel der Einsamkeit.«

Ihr Puls wurde schneller, und sie spürte, wie ihr die Röte ins Gesicht stieg. Sie starrte auf das Fenster, es war abgeschlossen. Da sie sich im zweiten Stock befanden, konnte es auch nicht geöffnet werden. So wollten es die Sicherheitsvorschriften am Arbeitsplatz. Es könnte ja jemand auf die Idee kommen, sich hinunterzustürzen. Sie zum Beispiel.

»Hjalmar …«, begann sie und drehte sich um.

»Du bist ein Habicht«, sagte er. »Ich bin ein Kranich. Der Habicht ist schüchtern. Bleibt für sich. Lässt niemanden nah an sich heran. Überaus intelligent, und ach, ein so schöner Vogel.«

»Also …«, sagte Bengtsson und machte einen Schritt vor. Sie wollte den Raum schnellstmöglich verlassen. Auf der Stelle. Bevor sie in tausend Stücke zersprang.

»Du bist dir deines tatsächlichen Wertes gar nicht bewusst«, fuhr Hjalmar fort und hob die Hand. »Du bist liebenswert.

Aber du kannst keinen Kranich gebrauchen. Ein Habicht wie du sucht die Nähe eines anderen Habichts. Ein Kranich fliegt mit seinesgleichen in wärmere Gefilde.«

In dem Moment ratterte der Drucker los, und Ingrid Bengtsson hechtete dem Papier entgegen. Eins nach dem anderen schoss heraus. Einige fielen zu Boden. Bengtsson versuchte sie einzusammeln. Hjalmar starrte sie nur an.

Einladung zum vierteljährlichen Treffen.
Gemeinsam für die Zukunft junger Männer
in Hudiksvall.
Ein Netzwerk aus heimischen Unternehmen
in Zusammenarbeit mit lokalen Sportvereinen
und der Polizei.

»Lass dich nicht von den Seeadlern verführen«, sagte er. »Sie führen oft Böses im Schilde.«

Bengtsson verdrehte die Augen, während sie die Papiere an sich raffte. Hjalmar Albinsson war wirklich mehr als verrückt.

***

Janna Weissmann krempelte die Ärmel ihrer Bluse hoch, bevor sie sich vor dem Computer niederließ. Mit ihren Ermittlungen traten sie auf der Stelle. Zumindest empfand sie es so. Es war zwar nicht ungewöhnlich, dass sie bei ihrer Arbeit auch Talsohlen durchschritten, aber alle Kollegen schienen irgendwie abwesend zu sein. Sie hatten zwar die Unterstützung der Beamten aus Bollnäs und Ljusdal, aber sie hätten viel mehr Personal gebraucht.

Sie selbst musste auch dringend ausspannen, ein intensives Boxtraining hätte ihr gutgetan, und danach ein Päuschen zu

Hause auf dem Bett. Aber sie traute sich nicht. Das Risiko, dass sie einnicken und dann vierundzwanzig Stunden durchschlafen würde, war viel zu groß.

Auf dem Bildschirm hatte sie ein Dokument aufgerufen, in dem sie alle Fakten, die seit Beginn der Ermittlungen vorlagen, aufgelistet hatte. Sie hatte zwar alles im Kopf, doch es tat gut, die Details sortiert überblicken zu können. Den aktuellen Stand rief sie sich noch einmal vor Augen: Sie hatte zwei Facebook-Nachrichten, die eine Verbindung aufwiesen. Zwei mit Bleistift geschriebene Mitteilungen auf Post-it-Zetteln. Sperma, blutiges Sekret und Unmengen von Haaren. Sie fuhr mit den Fingern durch ihren dichten Pferdeschwanz. Die Sache mit den Haaren ließ sie einfach nicht los.

Und dann kam ihr wieder Rokkas Vermutung in den Sinn, nämlich dass Tindras Fall etwas mit dem Verschwinden seiner Jugendliebe zu tun haben könnte. Ob das mehr als nur ein Bauchgefühl war? Und warum wollte er nicht darüber sprechen, was in Hall passiert war?

Sie hielt ihren Computer mit beiden Händen fest und starrte den Bildschirm an. Dann fuhr sie mit den Fingerspitzen langsam an den Seiten des Geräts entlang, spürte den Stecker vom Netzwerk, das kleine runde Loch für die Ohrhörer und die USB-Anschlüsse. Irgendwie entspannte sie dabei. Doch plötzlich fiel ihr etwas auf. Sie strich mit der linken Hand noch einmal über den Computer. Am zweiten USB-Port hielt sie inne. Da fühlte sie etwas, das da nicht hingehörte, eine kleine Auswölbung. Sie beugte sich vor und sah sich die Sache genauer an. Da saß ein winzig kleiner USB-Stick. Und den hatte nicht sie da eingesteckt.

Sie sprang so schnell auf, dass ihr Stuhl mit lautem Krachen umkippte. In Windeseile nahm sie den Akku aus ihrem Gerät und sah sich um.

So ein Mist!

Sie wusste genau, wo sie so einen Stick schon mal gesehen hatte. Bei einer Konferenz über Cyberkriminalität.

Jemand hackte ihren PC.

***

Es war ein Gefühl, als würden sich die Wände des Fahrstuhls auf sie zubewegen. Melinda Aronsson betrachtete sich selbst im Spiegel. Kleine Schweißperlen hatten sich auf ihrer Stirn gebildet. Gleich als sie Rokkas Stimme in der Leitung gehört hatte, war es ihr klar gewesen. Er wusste Bescheid. »Gib es zu, du hast dem Zentralarchiv geschrieben«, hatte er gesagt. Dann hatte sie das Gespräch beendet und getan, was zu tun war.

Der Fahrstuhl schwebte langsam abwärts. Gestresst verfolgte sie die rot leuchtenden Ziffern, die die Stockwerke bis zur Tiefgarage anzeigten. Ihre Arme zitterten. Sie hatte so viel wie möglich eingepackt und in zwei Kleidersäcken verstaut, die Bügel, auf denen die Kleidungsstücke hingen, schnitten ihr in die Finger. Noch zwei Etagen.

Sie warf einen Blick auf die extravagante Garderobe, die auf den vielen Bügeln hing: französische Designer, italienische waren auch darunter. Kleider, von denen ihre große Schwester nur träumen konnte. Mit ihrem Gehalt als Staatsanwältin wäre sie da nicht weit gekommen. Aber Geld war für sie nicht das Problem.

Schon frühzeitig hatte sie bemerkt, welche Wirkung sie auf das andere Geschlecht hatte, auch wenn sie selbst ihre Brüste zu klein fand und die Hüften zu breit. Als Zwanzigjährige war sie nach Saint-Tropez gereist und hatte sich mit Männern in weißen Hosen und Polohemden getroffen, die sich selbst wie kleine Könige fühlten, wenn sie in Jachten unterwegs waren, die zum Anlegen Seehäfen brauchten. Im Gegenzug hatten sie ihr die teuren kleinen Boutiquen gezeigt. Hatten draußen gewartet, während sie Minikleider und hochhackige Schuhe sichtete. Erst als es ans Bezahlen ging, kamen sie hinein und zückten ihre Platin-Kreditkarte. Sie hatte sich gefühlt wie Pretty Woman.

Doch auch an die Französische Riviera kam der Herbst, mit einem Stand-by-Ticket flog sie zurück nach Skavsta, wo die Billigflieger landeten, mit dem Flughafenbus ging es zurück zu ihrer kleinen Zwei-Zimmer-Wohnung in Årsta. Es folgte ein langer dunkler Winter an der Stockholmer Uni, bevor die neue Saison begann.

Jan Pettersson hatte wie eine Bombe in ihr Leben eingeschlagen. Es war ein eiskalter Tag im Februar gewesen, als er an der Universität eine Vorlesung über *Rhetorik in Führungsgruppen* hielt. Sechzig Minuten lang hatte er die Studenten in seinen Bann gezogen, nur hätte Melinda kaum etwas von dem, was er gesagt hatte, wiedergeben können. Doch die Art, wie er gesprochen hatte, hatte sich tief in ihr Gedächtnis eingebrannt. Sein intensiver, fast schon manischer Blick. Wie er mit Gesten seine Leitsätze und Philosophien unterstrich, wie ein Dirigent. Nach seinem Vortrag hatte sie regungslos dagesessen, und er war auf sie zugekommen.

Jan Pettersson war ein völlig anderer Typ Mensch als die untersetzten Italiener und Franzosen, die ihr vorher über den Weg gelaufen waren. Außerdem war sie gerade fünfundzwanzig geworden und hatte es satt, wie ein Sommerflirt behandelt zu werden. Jan wollte sie in seiner Wohnung in der Östermalmsgatan, wo er mitunter übernachtete, immer um sich haben. Doch es gab ein Problem.

»Melinda, das musst du verstehen«, hatte er zu ihr gesagt. Was sie verstehen sollte, war die Tatsache, dass er seiner Frau Ann-Margret nicht noch mehr Kummer machen wollte, denn schließlich saß sie schon im Rollstuhl und lebte in diesem

Heim. Deshalb mussten sie ihre Beziehung geheim halten. Melinda war gezwungen worden, sich zu arrangieren.

Eine vierwöchige Reise nach Polynesien hat es ihr leichter gemacht. Aber schließlich hatte der Alltag Einzug gehalten. Und wenn die kribbelnde Freude über eine neue Handtasche oder Kerzenleuchter von Svenskt Tenn verflogen war, machte sich die Leere immer von Neuem bemerkbar. Und so war es bis zu diesem Tag vor fünf Jahren gewesen. Da hatte er ihr den Ring geschenkt. Ein Statement aus fünfundzwanzig Gramm glänzendem Gold mit einem rosa Diamanten.

Als sie aus dem Fahrstuhl stieg, sah sie sich um. Die Leuchtstoffröhren verbreiteten ein grelles, kaltes Licht, und es stank nach Abgasen. Sie hörte ein Auto aus der Garage fahren und rannte so schnell sie konnte zu ihrem Wagen. Dabei stolperte sie über eines der Kleider, das sie über dem Arm liegen hatte, und strauchelte, doch fing sich wieder. Sie blieb stehen, öffnete schnell ihre Handtasche und fand glücklicherweise ihren Autoschlüssel sofort. Sie drückte auf den Knopf, und die Scheinwerfer des Coupés leuchteten auf.

Als sie mit zitternder Hand die Tür aufmachte, ging ihr Atem schneller. Ein letztes Mal warf sie einen Blick über die Schulter, dann stieg sie ein. Die Kleidersäcke warf sie auf den Rücksitz und die Handtasche auf den Beifahrersitz.

Da fiel ihr mit einem Mal ein, was sie vergessen hatte. Sie griff in die Tasche und holte ihr Handy heraus. Ging die Kontaktliste durch. Bei *Iron Man* stoppte sie. Dann klickte sie vor zu *Captain America*. Scrollte hoch. Scrollte runter. Musste an das Risiko denken. Das, was sie gerade tat, konnte Janna und die anderen IT-Forensiker bei der Polizei auf die Spur bringen, mit welcher Strategie sie die SIM-Karten in den unterschiedlichen Handys wechselten. Allerdings musste sie die anderen darüber informieren, dass es Personen gab, die langsam mehr begriffen, als gut war. Personen, die eine Theorie entwickelten.

Sie klickte auf *Captain America* und entschied sich, eine SMS zu versenden.

Behaltet Janna Weissmann im Auge.

Gleich als sie Janna kennengelernt hatte, war ihr klar gewesen, dass man auf sie besonders aufpassen musste. Sie hatte noch nie jemanden kennengelernt, der so konzentriert und strategisch an die Dinge heranging. Jannas Buchstaben- und Zahlengedächtnis half ihr, Muster in Programmierungscodes und Telefonlisten zu erkennen. Viel sagte sie nicht, aber wenn sie den Mund aufmachte, konnte sie immer mit einer brillanten Analyse aufwarten. Darum hatte Melinda viel Zeit mit Janna verbracht, sie wollte wissen, wie die Kollegin tickte. Den USB-Stick anzubringen war das größte Problem gewesen. Doch Jannas Schwäche war, dass sie immer so zurückhaltend war. Als Melinda sich so dicht an sie heransetzte und dann einen Stift fallen ließ, war es nicht schwer gewesen, den Stick anzubringen, während Janna den Stift aufhob.

Der Motor sprang an und heulte aggressiv auf. Als sie ans Lenkrad griff, fiel ihr Blick auf den Goldring, der an ihrem Finger saß, und sie musste an die gemeinsamen Stunden im Hotelzimmer denken. Ihre Hände in Jans Haaren. Wie er sie im Arm hielt. Wie er sie wahrnahm. Sie beide würden für immer zusammen sein. Und nach einer heißen Nacht unter dem Sternenhimmel von Ghana hatte er Melinda mitgeteilt, dass sie einen Teil seines Vermögens erben solle. Eine Erbin war schließlich nicht mehr da. Sie schloss die Augen, als sie die Tränen kommen spürte.

Dann fasste sie ihren Ring und zog ihn vom Finger. Sie hielt ihn zwischen Zeigefinger und Daumen und las die Gravur. *2005-06-17. Was meins ist, ist deins.*

Als sie sich bei Jan gemeldet hatte, um mitzuteilen, dass sie entlarvt worden war, hatte er sie gebeten abzuhauen. Er hatte ihr nicht gesagt, wohin sie fahren solle, nur dass sie verschwinden müsse, und zwar weit weg.

Aber wo sollte sie hin? Als sie an der großen gelben Jugendstilvilla vorbeigekommen war, hatte sie geklingelt, aber niemand hatte ihr geöffnet. War das der Dank dafür, nach allem, was sie für ihn getan hatte seit diesem Montag im letzten Frühjahr, als Jan ihre Hände ergriffen und ihr erklärt hatte, dass in seinem Unternehmen gerade einiges schieflief? Böse Mächte versuchten, alles, was er aufgebaut hatte, zu zerstören, und damit sie weiterhin zusammenleben konnten, benötigte er ihre Hilfe. Und wer war sie denn ohne ihn?

Den Job in Hudiksvall zu bekommen war ein Leichtes gewesen. Neben ihr gab es nur zwei andere Bewerber, von denen keiner so viele Lorbeeren gesammelt hatte wie sie. Die Ermittlungen zu behindern war auch nicht so schwierig gewesen, wie sie befürchtet hatte. Sie hatte gleich am Anfang ihre Philosophie kundgetan: dass die Voruntersuchungen am besten im Team stattfanden, was einen engen Austausch zwischen Polizisten und Staatsanwältin voraussetzte. Die Entscheidungswege wurden auf die Art kürzer, und in einem Gebiet, wo es an Personal mangelte, wie in Hudiksvall, würde der Ermittlungszeitraum damit dramatisch verkürzt werden. Sie hatte so überzeugend argumentiert, dass sie es am Ende selbst geglaubt hatte. Von dem Tag an hatte sie die volle Kontrolle über jeden kleinen Fortschritt bei den Ermittlungen gehabt.

Eines Tages hatte Jan sie gebeten, mit Johan Rokka ein Verhältnis anzufangen. Er hatte es so begründet, dass es ihr Sexleben etwas beleben könne, wenn sie mit einem anderen Partner ihren Horizont erweitere. Aber ihr war klar, dass es in Wirklichkeit darum ging, den Kriminalinspektor unter Kontrolle zu halten, was Jan nur schwer gelang. Allein konnte er Rokkas

Schwachstellen nicht ausnutzen. Melinda hatte nichts dagegen einzuwenden gehabt, mit Johan Rokka ins Bett zu gehen, im Gegenteil. Diese Mischung aus Härte und Verletzlichkeit hatte etwas Anziehendes. In der einen Sekunde war er ein brutaler Polizist, der wie eine Dampfwalze alles platt machte, in der anderen behandelte er sie wie chinesisches Porzellan. Selbst als sie ungeschminkt und splitterfasernackt war, hatte er sie wahrgenommen, ihr die Bestätigung gegeben, nach der sie so sehr hungerte. Und das Schlimmste war, dass sie sich nicht hatte verstellen müssen, sie hatte die Anziehungskraft wirklich gespürt. Hatte ungeheuerlicherweise sogar mit dem Gedanken gespielt, Jan zu verlassen.

Doch jetzt war sie nichts anderes als eine Verliererin. An allen Fronten.

Sie riss sich den Ring vom Finger und warf ihn zu Boden. Dann sah sie in den Rückspiegel und trat das Gaspedal durch. Mit einem röhrenden Motorengeräusch steuerte sie das hintere Ende der Tiefgarage an, wo der Ausgang lag. Ohne zu wissen, wohin sie fahren sollte.

***

Janna nahm ihr Handy und holte fluchend die SIM-Karte und die Batterie heraus. Sie ging davon aus, dass sie es mit Profis zu tun hatte und damit rechnen musste, dass noch weitere Geräte abgehört wurden. Es war in höchstem Maße beschämend, dass gerade sie als IT-Forensikerin ein solches Sicherheitsrisiko eingegangen war. Aber das Virenschutzprogramm auf ihrem Computer hatte nicht angeschlagen, der PC war genauso schnell wie immer gewesen, und sie hatte auch keine Nachrichten von unbekannten Absendern bekommen.

Aus einem verschlossenen Schrank holte sie ein Zweittelefon und eine neue SIM-Karte. Dann stellte sie ihren Computer auf den Kopf. Vier kleine Schrauben, dann ließ er sich auseinandernehmen. Zentimeter für Zentimeter suchte sie ihn ab, fuhr mit den Fingerspitzen in jeden Winkel.

Immer größere Wut stieg in ihr auf, und sie schubste das Gerät schließlich so heftig von sich, dass es umfiel. Dann stand sie auf und verließ ihr Büro. Mehrmals schlug sie mit der geballten Faust gegen die Wände, als sie durch den Flur hastete. Beiläufig nahm sie Fatima Voix' erstaunten Gesichtsausdruck wahr, als sie am Empfang vorbeikam und auf die Straße lief. Die Wolken waren mit einem Mal verschwunden, die Sonne strahlte. Unbeschwerte Stimmen erklangen vom nächsten Häuserblock, und es kam ihr ganz unwirklich vor, dass sie vor fünf Minuten festgestellt hatte, dass sie abgehört worden war.

Etwas weiter entfernt war ein Auto auf dem Gehweg geparkt. Nicht zum ersten Mal hatte jemand genau da seinen Wagen abgestellt, und das ärgerte sie noch mehr. Wenn sie einen Einsatz hatten, stand er ihnen im Weg. Es saß auch noch jemand hinter dem Steuer. Vermutlich jemand, dem Strafzettel egal waren, genau wie die Tatsache, dass der Wagen kein Nummernschild hatte. Jemand, der unbeeindruckt Hunderte von Kronen zahlte, um dann weiterhin auf Behindertenparkplätzen und in Ladezonen zu parken. Dieses Vorurteil rührte natürlich auch vom Anblick des Wagens her. Ein Audi in derselben Klasse wie ihr eigenes Auto, das sie von ihrem Vater geerbt hatte. Einen V8 unter der Haube, beige Ledersitze, die immer noch so einen sonderbaren Geruch verbreiteten, dass ihr übel wurde, sobald sie die Tür hinter sich schloss.

Sie spielte ernsthaft mit dem Gedanken, umzudrehen und einen Strafzettel auszustellen, um sich abzureagieren, aber ihr wurde schnell klar, dass es wichtigere Dinge gab, um die sie sich jetzt kümmern musste. Schnell tippte sie Rokkas Telefonnummer ins Handy. Seine Mailbox sprang sofort an, und sie verfolgte seinen aufgesprochenen Text.

»… seien Sie bitte so nett und hinterlassen Sie eine Nachricht nach dem Pfeifton.«

Sie schimpfte vor sich hin und legte auf. Wut und Frustration nahmen nun überhand, daher fuhr sie auf kürzestem Weg nach Håstaholmen. Zum Boxclub.

***

Das Bild von dem Mann, wie er in der Grube stand, mit weit aufgerissenen Augen, die Hosenbeine nass vom Urin, ließ ihm keine Ruhe. Eddie Martinsson setzte sich hastig in seinem Bett auf und sah sich im Zimmer um. Er hatte keine Ahnung, wie spät es war, aber Sonnenstrahlen drängten durch den Spalt unter dem Rollo, und die Hitze im Raum war quälend, es musste bereits Nachmittag sein.

Aus dem Badezimmer hörte er das Wasser laufen. Isabella war da.

Er legte sich wieder hin und presste sich die Hände gegen die Stirn. Nicht auszudenken, wenn in der Pistole Patronen gewesen wären. Wenn es tatsächlich geschehen wäre. Für den alten Mann war es Wirklichkeit gewesen. Er hatte geglaubt, dass sein Leben im nächsten Moment enden würde. In einer Grube, die er sich selbst gegraben hatte.

Eddie hatte einen säuerlichen Geschmack im Mund. Die Decke lag zusammengeknautscht an seinen Füßen, und das Bettlaken war schweißnass. Er versuchte, an etwas anderes zu denken. An Isabella. Wie sie ihm immer über die Wange streichelte und sagte, dass sie ihn mochte. Und sie meinte es ernst, das spürte er mit jeder Faser seines Körpers.

Doch seine Gedanken huschten immer wieder zurück zu diesem alten Mann. Zu der Todesangst in seinem Gesicht.

Eddie holte sein Handy und wählte Adams Nummer. Eine Weile betrachtete er das Display, dann drückte er auf »Wählen«. Es klingelte, aber niemand nahm ab. Eins. Zwei. Drei. Eddie legte auf und hockte da, das Telefon in der Hand.

Was tat er da eigentlich?

Er scrollte weiter in seiner Kontaktliste. *Rokka Bulle*. Ob er ihn anrufen und ihm alles erzählen sollte?

Nein. Dann hätte er für immer verschissen.

Du hast ja niemanden umgebracht, versuchte er sich einzureden. Komm schon, alles gut. Er stand auf und ließ das Rollo hoch. Auf der Straße sah er Autos vorbeifahren und beobachtete sie eine Weile. Ihm ging durch den Kopf, dass er jetzt aufgebrochen war. Weg von diesem tristen, normalen Leben, hin zu etwas ganz anderem.

Mats war mit ihm zufrieden gewesen, das hieß, Eddie war nicht angezählt. Ab jetzt würde er sein Ziel verfolgen, wirklich ein Typ werden, über den man sprach. Eddie Martinsson, der vor keinem den Schwanz einzog. Vielleicht konnte er sogar eines Tages der Boss von den White Pythons werden? Wenn er sich gut anstellte, gab es keine Grenzen, so war es doch.

Er kroch wieder ins Bett und zog die Decke über den Kopf.

»Du hast ganz unruhig geschlafen«, sagte Isabella, als sie aus dem Badezimmer kam und sich aufs Bett sinken ließ. Sie streichelte seine Hand.

»Tut es sehr weh?«

Die Mullbinde, die er sich um die Finger gebunden hatte, war mittlerweile ausgefranst und graubraun anstelle von weiß.

»Wenn du das machst, geht es mir gleich viel besser«, sagte Eddie, und er spürte, wie etwas Hartes, Kaltes in seinem Inneren schmolz.

»Soll ich den Verband mal neu machen?«

Sie nahm seine Hand. Ihre Hände waren ganz weich und sanft, sie berührte ihn nur ganz leicht, als sie den schmutzigen Verband abwickelte, dann küsste sie Finger für Finger, selbst Eddies kleinen Finger, der immer noch aussah wie eine blaue

Chorizo. Keiner hatte ihn je so berührt, nicht einmal seine Mutter.

»Ich kann nicht verstehen, warum er dir das angetan hat.« Sie wickelte die Binde wieder um seine Hand.

»Ach, das sind die Spielregeln«, sagte Eddie und versuchte, cool zu klingen. »Manchmal muss man einfach zeigen, dass man was aushält.«

Er bemerkte, dass Isabellas Blick das Plakat, das an der Wand hing, anstarrte. Darth Vader, der in seiner schwarzen Kluft so unbesiegbar aussah. Eddie hatte *Star Wars* immer geliebt. Anakin Skywalker, der wie seine Mutter als Sklave auf dem Planeten Tatooine lebte, bis er bemerkte, dass besondere Kräfte in ihm schlummerten, und Jedi-Ritter wurde.

»Ist es jetzt besser?«, fragte Isabella und fixierte das letzte Stück der Binde. Dann legte sie ihre Hand auf seine.

Eddie nickte und spürte ihre Wärme, die durch den Arm direkt in sein Herz floss.

»Und jetzt?«

Isabella fuhr mit dem Zeigefinger über Eddies Brustmuskulatur und hielt an jeder Wölbung seines Sixpacks an. Dann wanderten ihre Finger zielstrebig weiter nach unten, zum Bündchen seiner Boxershorts, um dann hineinzufahren. Er reagierte sofort.

Sie zog ihr blaues Kleid aus und saß mit einem Mal ganz nackt neben ihm. Er bewunderte ihre sonnengebräunte Haut, auf der sich die Ränder des Bikinioberteils abzeichneten. Ihre Brüste waren so groß, dass seine gewölbten Hände sie nicht ganz umschließen konnten. Die Brustwarzen sahen aus, als bäten sie nur darum, gestreichelt und geleckt zu werden. Wenn die Jungs das wüssten, dachte er. Sie war so unglaublich schön, und er war so heiß auf sie, dass er gar nicht wusste, wohin mit sich.

Er schloss die Augen. Und schon überkam ihn wieder diese

Angst; die Bilder von dem Mann in der Grube schossen ihm in den Kopf, drehten sich immer schneller, bis es sich anfühlte, als würde sein Hirn Karussell fahren.

Worauf hatte er sich nur eingelassen? Plötzlich fühlte sich sein Schwanz wie eine tote Nacktschnecke an.

Er schlug die Augen auf und sah Isabella an. Dann hörte er, wie die Worte aus seinem Mund kamen: »Können wir nicht einfach nur ein bisschen kuscheln?« Isabella sah ihn verwundert an, sodass er selbst ins Grübeln kam, ob er etwas Falsches gesagt hatte. Stimmte mit ihm etwas nicht?

Doch sie lächelte nur und streichelte seinen Arm. Ohne Make-up sah sie so rein aus. Als hätte niemand anders sie jemals berührt.

Er vergrub seine Nase an ihrem Hals und atmete tief ein.

»Ich möchte deinen Duft jeden Morgen riechen, wenn ich aufwache«, sagte er selig.

***

Janna Weissmann ging auf den Boxsack zu. Erst schlug sie mit rechts, dann mit links. Mit dem rechten Knie, mit dem rechten Fuß. Dann dasselbe noch mal. Härter, schneller.

Der Fitnessraum war leer, und mit den kräftigen Schlägen gegen den Sack ließ sie ihrer Wut freien Lauf.

Wer hatte sie abgehört, und welche Informationen hatte sie preisgegeben? Vermutlich alles, was sie in die Tastatur eingetippt hatte. Aber seit wann? Das Gefühl, dass sie überwacht wurde, war unangenehmer, als sie es sich vorgestellt hatte. Als ob sie jemand nackt gesehen hätte. Aber am schlimmsten war die Gewissheit, dass jemand von der Polizeistation diesen UBS-Stick in ihrem Rechner platziert hatte.

Nach drei Minuten warf sie die Handschuhe hin und beugte sich keuchend vor.

Sie hatte noch niemandem davon erzählt, dass sie abgehört wurde. Der Einzige, dem sie zu hundert Prozent vertraute, war Rokka, und mit ihm wollte sie als Erstes reden. Wenn sie genau nachdachte, dann konnte der Stick dort maximal seit einem Tag gesteckt haben. Oder irrte sie sich? Wie oft tastete sie die USB-Anschlüsse ab? So gut wie nie.

Sie stand auf und sah aus den großen Fenstern hinaus. Das Meer breitete sich vor ihr aus, und mit einem Mal bekam sie Lust, über das Wasser zu fliehen. Einfach weit weg.

Dann durchzuckte sie eine Erkenntnis. Ob es Melinda gewesen sein könnte? Anfangs konnte Janna diesen Verdacht an nichts Konkretem festmachen. Vielleicht war Janna ja nicht die Einzige, die unsozial war und fand, dass Melinda sich schwertat, ihre Privatsphäre zu akzeptieren. Vielleicht hatte Melinda es darauf angelegt und ganz gezielt geschnüffelt. Janna verließ ihren Platz am Rechner nie, ohne ihn zu sichern. Aber wenn sie nachdachte, konnte Melinda den Stick durchaus bei den Gelegenheiten in den Computer gesteckt haben, als sie ihr so auf die Pelle gerückt war. So unangenehm nah.

Plötzlich erklang Lärm vom Empfangstresen her. Janna drehte sich um und sah den Trainer Patrik Cima, wie er sich über einen Haufen Flaschen mit Energy-Drinks beugte, die aus dem Kühlschrank gerollt waren.

»Brauchst du Hilfe?«, rief sie und ging hinüber.

Als sie in sein Gesicht sah, stutzte sie. Er schien völlig übermüdet zu sein. Seine Haare waren fettig, und er hatte kolossale Augenringe. Hätte sie nicht gewusst, dass er knapp über dreißig war, sie hätte ihn auf fünfzig geschätzt. Er tippte frenetisch auf seinem Handy herum, legte es jedoch ebenso eilig zur Seite, als er sah, dass Janna sich näherte. Janna blickte auf das noch immer erhellte Display. Da war ein Gesicht als Hintergrundbild abgespeichert, doch bevor sie es erkennen konnte, schob Patrik seine Hand darüber.

Der Boxtrainer, der sonst immer so gut drauf war, wirkte bleich und kniff den Mund zusammen. Eilig ließ er das Handy in seiner Hosentasche verschwinden.

»Tut mir leid, ich muss los«, entschuldigte er sich und stieg über die vielen Flaschen, die sich nun auf dem Boden verteilten. »War nett, dich zu sehen.«

Er ging um die Empfangstheke herum und verschwand durch die Tür.

Janna blieb mit einem eigenartigen Gefühl zurück: Patrik hatte ein Bild auf seinem Handy, das er um jeden Preis vor ihr verbergen wollte.

26

Ihre Schritte hallten von den steinernen Treppenstufen wider, und je höher Ingrid Bengtsson kam, desto deutlicher konnte sie die Stimmen aus dem Festlokal hören. Das Netzwerk für die Zukunft der jungen Männer in Hudiksvall hatte ganz oben im Stadshotel eine Zusammenkunft. Als sie zuletzt hier gewesen war, hatte sie Stig zu einem Abendessen seines Sportschützenclubs begleitet.

Sie nahm die letzten Stufen und blieb kurz vor der hohen Holztür stehen. Einen Moment verweilte sie, damit ihr Atem sich normalisieren konnte. Das Sodbrennen machte sich wieder bemerkbar, als sie an all die hohen Tiere dachte, die sie hinter dieser Tür erwarteten. Dann fasste sie sich ein Herz, rief sich in Erinnerung, dass nicht jeder so eine Einladung erhielt, und öffnete die Tür.

Runde Stehtische mit weißen Tischdecken standen im ganzen Saal verteilt, und auf jedem von ihnen prangte eine große Vase mit Glockenblumen und Margeriten. Bengtsson sah sich um. Überall Anzüge, von dunkelstem Anthrazit bis zu ganz hellem Blau. Waren denn gar keine Frauen anwesend?

Auf die Schnelle konnte sie nicht feststellen, dass sie irgendeine Person kannte. An einem der hinteren Tische wurden alkoholfreier Sekt und Häppchen serviert, und sie trat zielstrebig den Weg dorthin an.

Sie griff nach einem Glas mit dem prickelnden Getränk und bestaunte die dreieckigen Appetithappen. Es sah aus, als sei eine Art Krabbenaufstrich darauf. Verlockend. Gerade als sie zugreifen wollte, spürte sie eine Hand auf ihrer Schulter. Ihr Herz schlug höher, als sie sich umdrehte und Jan Pettersson erblickte. In seinen Augen lag ein Funkeln, als er sie anlächelte, und jetzt verstand sie, was ihre Freundin meinte, die als Assistentin im Rathaus arbeitete und ihm schon einige Male begegnet war: Wenn er sie ansah, war das ein Gefühl, als habe er nur Augen für sie, sie ganz allein.

»Ich freue mich, dass Sie kommen konnten«, sagte der einflussreiche Geschäftsmann und nahm ihre Hand.

»Die Freude ist ganz meinerseits«, erwiderte Bengtsson und spürte ein lustvolles Prickeln durch ihren Körper rauschen.

»Mit Blick auf den Mord an der Abiturientin ist es nun wirklich an der Zeit, dass wir einmal miteinander sprechen«, sagte er, und das Lächeln in seinen Augen verschwand. »Jetzt haben derartige Verbrechen sogar schon in Hudiksvall Einzug gehalten. Ich hoffe, dass Sie mit Ihren Ermittlungen bald einen Durchbruch erzielen.«

Bengtsson nickte.

»Wir tun natürlich alles, was in unserer Macht steht, und ich freue mich, Ihnen mitteilen zu können, dass es vorangeht.«

Jan klatschte in die Hände und sah sie eindringlich an.

»Eigentlich wollte ich das erst vor versammeltem Publikum sagen, aber nun verrate ich es Ihnen schon. Ich werde unser gemeinsames Projekt noch großzügiger unterstützen als geplant, weil ich weiß, wie kompetent Sie sind. Gemeinsam können wir die bösen Mächte besiegen.«

Ingrid Bengtsson spürte eine wohlige Wärme in sich aufsteigen, während er sprach. Seine Stimme floss direkt in ihre Gehörgänge. Voller Konzentration versuchte sie, seinen Blick festzuhalten.

»Muss ich noch sagen, dass wir sehr dankbar dafür sind?«, fragte sie mit ernster Stimme. »Wenn wir mit zielgenauen Maßnahmen präventiv tätig sein können, um die jungen Männer mit ihren Problemen aufzufangen, dann sind wir ein ganzes Stück weitergekommen. Ihre Hilfe ist von unschätzbarem Wert.«

Er lächelte sie an und drückte ihre Hand, dann ging er weiter. Ingrid sah zu, wie er sich wieder unter die Leute mischte.

Enttäuschung flammte in ihr auf, als sie beobachtete, dass er mit demselben freundlich-charmanten Gesichtsausdruck die nächsten Gäste begrüßte.

Der Mord an der Abiturientin. Der Stress überkam sie wieder. Diese bösen Mächte, die Jan erwähnt hatte, hatten überhandgenommen. Zudem sah es so aus, als wäre ihnen die Staatsanwältin abhandengekommen, wenn sie Rokka recht verstanden hatte. Sie musste dringend mit ihm reden und ihn fragen, was das zu bedeuten hatte, dass Melinda die Dokumentation an sich genommen hatte.

**

Die Tür vom *The Bell* fiel hinter Johan Rokka ins Schloss. Der Barkeeper nickte zur Begrüßung, als Rokka sich an der Theke niederließ. Der Holzstuhl unter ihm knarrte beim Hinsetzen, doch aus Erfahrung wusste Rokka, dass er hielt. Es dauerte nicht lange, da stand auch schon ein Bier vor ihm.

»Du weißt doch, dass ich kein Bier trinke.« Rokka schob das Glas beiseite.

»Willst du lieber einen Gin Tonic?«, fragte der Barmann und zog die Augenbrauen hoch. »Du kriegst ihn natürlich auch mit Bombay Sapphire.«

»Ein Wasser auf Eis bitte.«

Der Barmann grinste.

»Wie läuft's denn, kriegt ihr den Mörder der Abiturientin langsam mal zu fassen?«

Rokka schüttelte den Kopf. Die Enttäuschung über Melinda hatte sich mittlerweile in Wut verwandelt. Und seine Verärgerung über Bengtssons lasche Haltung wuchs zunehmend.

»Hattest du schon mal einen Chef, der dir nicht zugehört hat?«

»Ich bin mein eigener Chef«, sagte der Barkeeper und wischte die Theke mit einem Handtuch trocken. »Ich vertraue nur mir selbst, und so solltest du es auch halten.«

Da hatte er nicht unrecht, dachte Rokka und leerte sein Wasserglas mit großen Schlucken. Dann bestellte er noch eins.

»Du weißt schon, dass man auch Wasservergiftung bekommen kann?« Der Barkeeper grinste ihn an.

Rokka nickte und dachte, an dem Tag, an dem sie Tindras und vielleicht Fannys Mörder fassten, würde er alle Flaschen Bombay Sapphire leer machen. Er starrte hinab in sein Wasserglas. Verfolgte die Luftblasen, wie sie vom Boden an die Oberfläche drängten. Dachte nach. Ließ sich alles noch einmal durch den Kopf gehen.

Das Sperma, die Haare, das blutige Sekret. Die Facebook-Chats. Die Zettel am Tatort. Peter Krantz' Nachricht. Die Ermittlungsunterlagen über Fannys Verschwinden, die Melinda einkassiert hatte.

Seine Gedanken drehten sich im Kreis, es war unmöglich, diese Puzzleteile zusammenzufügen. Er steckte das Ladekabel seines Handys in die Steckdose an der Wand. Es piepte dreimal, als es wieder Strom hatte, und Rokka überflog kurz die Nachrichten. Eine unbekannte Nummer war dabei.

Ich glaube, dass Melinda meinen Computer hackt. /Janna

Er schob das Handy zur Seite und vergrub das Gesicht in den Händen.

»Bist du sicher, dass du nicht doch einen willst?« Der Barmann stand bereit, in der Hand hielt er schon die Flasche Gin.

»Ganz sicher.«

Ab jetzt musste er alle Sinne hellwach halten. Melinda hatte irgendein Interesse an den Ermittlungen im Fall Fanny, sonst hätte sie die Dokumentation nicht an sich gebracht. Und wenn es stimmte, was Janna vermutete, dann wollte sie auch den Überblick über den Ermittlungsstand im Fall Tindra haben. Nun war die Verbindung zwischen Tindra und Fanny aufgetaucht, nach der er gesucht hatte, und diese bestand unerklärlicherweise in der Person Melinda Aronsson.

***

Die Umkleidekabine war leer, und heute hing kein Duft von Duschgel in der Luft. Rebecka Klint lehnte mit dem Rücken an der Wand. Heute Abend hatte kein normales Training stattgefunden. Alle Mädchen hatten in einem Kreis auf dem Boden zusammengesessen, und Lotta, ihre Trainerin, hatte sie ermahnt, nun besonders aufmerksam zu sein und der Polizei jede kleine Auffälligkeit mitzuteilen.

Ein paar von ihnen hatten geweint. Rebecka selbst hatte still dagesessen. Nach dem Vorfall mit diesem Typen war ihr klar geworden, dass nichts mehr sein würde, wie es gewesen war. Vor ihrem Abitur war sie in einer behüteten Welt zu Hause gewesen, sie hatte geglaubt, das Böse gebe es nur im Film.

Die anderen Mädchen waren dann gegangen, und sie war allein zurückgeblieben. Das Geräusch eines Zuges, der auf den nahe gelegenen Gleisen vorbeidonnerte, hallte von den Wänden wider. Komischerweise fühlte sie sich im Umkleideraum trotzdem sicher, und ihre Mutter würde sie gleich mit dem Wagen abholen. Sobald sie vor der Tür stand, würde sie Rebecka eine SMS schicken, damit sie herauskommen konnte.

Rebecka starrte auf die dünne Platte, die die Damenumkleide von der Herrenumkleide abtrennte. Zwischen Decke und Wand gab es einen kleinen Spalt, und man konnte alles hören, was sich auf der anderen Seite abspielte. Es hieß, sobald das Geld dafür da sei, wolle man eine neue Wand installieren.

Nun bemerkte sie, dass eine Dusche auf der anderen Seite ansprang, und kurz darauf erklangen Geräusche vom Einschäumen und Abbrausen.

Rebeckas Blick blieb an der gegenüberliegenden Wand hängen. Dort waren Bilder von der Kreismeisterschaft im vergangenen Jahr angepinnt. Die Mädchen trugen die blau-gelben Kostüme und hatten die Haare zu einem Dutt hochgesteckt. Jedem, der diese in Reihe posierenden Mädchen betrachtete, fiel es schwer, sie auseinanderzuhalten. Nur ihr nicht. Und als sie Tindra sah mit ihrem strahlenden Lächeln, konnte sie die Tränen nicht unterdrücken.

»Was ist bloß mit dir passiert?«, flüsterte sie und zog die Knie an die Brust. »Warum durfte ich es nicht wissen?«

Sie ließ den Tränen freien Lauf. Das tat gut.

»Hallo, wie geht's«, hörte sie jemanden sagen und zuckte zusammen. Sie riss den Kopf zur Seite, um festzustellen, wer da war, aber konnte niemanden erkennen. Die Stimme musste von der anderen Seite der Wand kommen.

»Was ist passiert? Du siehst ziemlich fertig aus«, sagte jemand anderes, und Rebecka lauschte gespannt.

»Ach, ich hab gerade einen Zehn-Kilometer-Lauf hinter mir«, erklärte die erste Stimme, und Rebecka setzte sich kerzengerade auf. Diese Stimme kam ihr irgendwie bekannt vor. Der Dialekt, der heisere Ton. Ihr Herz raste. Sie klang genau wie die Stimme, die sie an jenem Abend, da draußen auf der Straße, gehört hatte. Oder bildete sie sich alles nur ein? Jetzt war sie wieder unsicher.

Sie spannte jeden Muskel ihres Körpers an, saß völlig regungslos da und hielt die Luft an, damit ihre Atemzüge sie nicht verraten konnten. Wenn es nicht mehr ging, holte sie ganz kurz Luft. Eine Weile lief das Wasser auf der anderen Seite noch, dann wurde der Wasserhahn zugedreht. Sie hörte Kleidergeraschel, jemand lachte.

War das wirklich dieselbe Person gewesen?

Nach kurzer Zeit verklangen die Stimmen.

So schnell sie konnte, holte sie ihr Handy heraus und scrollte zu einem Bild von Tindra, zu ihrem Lieblingsfoto, auf dem sie beim Training im letzten Winter so schön lachte. Aber es war nicht das Gesicht, das sie sehen wollte. Im Hintergrund stand etwas verschwommen eine Person.

Mit zitternden Händen suchte sie nach der Handynummer des Polizisten, mit dem sie auf der Polizeistation gesprochen hatte. Sie starrte auf den Spalt an der Decke. Ihr Herz raste. Da war der erste Klingelton. Sie spürte Panik in sich aufsteigen, saß da wie versteinert. Dann der zweite Ton.

»Johan Rokka, Polizei Hudiksvall.«

Sie presste das Handy so dicht ans Ohr wie möglich, damit niemand sie hören konnte. Dann starrte sie an die Decke und flüsterte: »Ich glaube, ich weiß, wer es war.«

27

Johan Rokka legte sein Handy auf den Beifahrersitz, drehte die Klimaanlage herunter und umklammerte das Lenkrad. Rebecka Klint hatte dort in der Umkleidekabine um ihr Leben gefürchtet. Sie hatte behauptet, es sei der Boxtrainer gewesen, der sich ihr an diesem besagten Abend genähert habe, sie habe seine Stimme erkannt. Rokkas Kollegen von der Schutzpolizei waren zum Fitnessclub gefahren. Die Kollegen hatten alles durchsucht, doch nichts gefunden, das Aufschluss hätte geben können, keine Trainingspläne, keine Notizen, nichts. Alles war vor der Sommerpause weggeräumt worden.

Rokka wusste, dass er jemanden kannte, der ihm mehr über den Trainer sagen konnte. Er drehte die Musik lauter und ließ den VW Touareg beschleunigen, als er das Stadtzentrum durchquerte. Die Leute auf der Straße drehten sich um, aber Rokka dachte, dass der Zivilwagen zu neu war, als dass ihn jemand erkannte, also erlaubte er es sich, Gas zu geben.

Als er in Richtung Håsta abbog, blendete die Sonne ihn so stark, dass er hart in die Eisen steigen musste, um nicht eine ältere Dame zu überfahren, die am Stock über die Straße humpelte.

Rokka verspürte eine eigenartige Sehnsucht nach Eddie. Nachdem sie sich bei Vernehmungen und Gesprächen so oft begegnet waren, fühlte er sich irgendwie für den Jungen verantwortlich. Als er auf Håstahöjden zukam, drosselte er die Geschwindigkeit. Fuhr nur noch Schritttempo und betrachtete die Fenster der gelben Ziegelsteinhäuser. Einen Augenblick lang spielte er mit dem Gedanken, bei Eddie zu klingeln und nachzusehen, ob er zu Hause war.

Er beugte sich vor, um in das Fenster seines Zimmers sehen zu können. Ein Schatten huschte vorbei. Ob das Eddie war?

Was tat er wohl gerade?

War er allein? Wie mochte es ihm gehen?

Plötzlich bekam Rokka ein flaues Gefühl im Bauch. Er hatte eine Ahnung, dass Eddie gerade abdriftete. Und er selbst nichts dagegen tun konnte. Klar, er konnte weiterhin mit ihm sprechen, draußen, auf der Straße. Ihn wieder mal hierhin oder dorthin fahren. Ihn nächstes Mal, wenn er vorgeladen wurde, weil er geklaut oder jemandem eins aufs Maul gegeben hatte, selbst vernehmen. Aber er kam nicht gegen das an, was tief in Eddie schlummerte. Wie ein fester Knoten, der immer größer wurde und kaum noch aufzulösen war.

Vielleicht wäre es doch eine Idee, zu ihm hochzugehen. Sich zu ihm zu setzen und eine Weile zu reden. Über Gott und die Welt. Darüber, wie man auf den rechten Weg fand.

Als ob es ihm zustünde, etwas über den rechten Weg zu erzählen.

Stattdessen griff er zu seinem Handy und schrieb eine SMS.

Nicht wundern, aber sag mal, wie heißt eigentlich dein Boxtrainer?

Langsam legte er das Gerät zurück auf den Beifahrersitz. Drehte die Musik noch mal lauter. Da bemerkte er, dass das Display aufleuchtete. Er schielte hinüber und sah, dass Eddie schon geantwortet hatte.

Patrik Cima

Rokka starrte den Namen, den Eddie genannt hatte, einen Moment lang an.

Patrik. Tapric. Mit einem Mal war ihm der Zusammenhang klar. Die Buchstaben waren vertauscht, und aus dem k war ein c geworden. Es war der Boxtrainer, mit dem sich Tindra auf Facebook geschrieben hatte.

Rokka trat aufs Gaspedal, sodass der Motor aufheulte, und lenkte den Wagen zurück zur Polizeistation.

***

Eddie Martinsson lag in seinem Zimmer auf dem Bett, wo Isabella und er den ganzen Tag verbracht hatten. Draußen auf der Straße wollte jemand unheimlich cool sein. Fuhr mit quietschenden Reifen an. Eddie lauschte dem Motorengeräusch, bis es verklang.

Das Handy legte er auf den Boden. Für den Bruchteil einer Sekunde überlegte er, was Rokkas Frage zu bedeuten hatte. Warum interessierte er sich mit einem Mal für seinen Boxtrainer? Dann lenkte ihn Isabellas Kichern ab. Er sah von ihr nur die langen Haare, als sie unter die Decke kroch und sie sich über den Kopf zog. Sie zwickte ihn in die Seite, dann kitzelte sie ihn unter den Achseln und hielt seine Arme fest. Lachend wand er sich aus ihrem Griff.

»Aufhören!«, schrie er.

Sie legte sich auf die Seite und stützte sich auf den Ellenbogen.

»Du bist wirklich toll«, sagte sie und strich ihm zärtlich übers Haar.

»*Du* bist wirklich toll«, sagte er.

»Ich hab's zuerst gesagt.«

»Aber ich bin viel stärker als du«, erwiderte Eddie lachend und rollte sich auf sie. Vergeblich versuchte sie, ihn von sich zu schieben, Eddie beugte sich über ihren Mund. Seine Lippen kamen näher. Sie erwiderte seinen Kuss, und dieses Warme, Weiche, Feuchte versetzte Eddie in einen Zustand, als schwebte er. Vorsichtig rutschte er auf die Seite und küsste ihre Brust, ließ seine Hand über die glatte Haut auf ihrem Bauch gleiten und weiter nach unten. Sie spreizte die Beine und ließ seine

Hand gewähren. Er streichelte sie. Sah sie an, wie sie die Augen schloss und es sichtlich genoss. Er musste denken, was für ein Glückspilz er doch war, dass er hier und jetzt bei ihr sein durfte. Doch dann zog er seine Hand wieder weg. Streichelte noch einmal ihren Bauch und ihre Brüste. Sah ihr schließlich direkt in die Augen.

»Du bist so geheimnisvoll«, sagte er.

»Musst du gerade sagen.«

»Erzähl doch mal. Wo wohnen deine Eltern?«

Isabella zog die Knie an den Körper wie ein kleines Kind.

»In Sundsvall. Oder besser gesagt, meine Mutter wohnt da.«

»Und dein Vater?«

»Ich hab keinen Vater«, antwortete sie und sah ihn traurig an. »Er ist abgehauen, als ich fünf war. Danach hatte ich noch ungefähr zehn Stiefväter.«

Eddie konnte sich das Lachen nicht verkneifen.

»Was ist daran so komisch?«

»Es ist verrückt, aber das klingt genau wie meine Geschichte.«

Sie küsste ihn auf den Mund.

»Aber weißt du, was das Verrückteste ist?«, fuhr Eddie fort. »Meine Mutter hat mir mal was erzählt. Als ich fünf war, sind wir durch die Stadt gelaufen. Da hat sie auf einen Typen auf der anderen Straßenseite gezeigt. Ich weiß noch, dass er groß und dunkelhaarig war. Er ist stehen geblieben, hat uns angeschaut und ist weitergegangen. Und weißt du, was meine Mutter gesagt hat?«

Eddie setzte sich auf.

»Du machst Witze, war das dein Vater?«

»Krank, oder?«

»Hast du ihn danach noch mal gesehen?«

Eddie schüttelte langsam den Kopf. Dann griff er nach ihrer Hand.

»Jetzt erzähl du mal. Du hast gesagt, dein Bruder ist verreist. Wo ist er denn?«

Sie schlug die Augen zu Boden und sah so beschämt aus, dass er sie gleich trösten wollte.

»Er … er ist nicht verreist.«

»Hab ich mir schon fast gedacht. Er ist im Bau, oder?«

Sie sah ihn mit großen Augen an. »Woher weißt du das?«

»Ich bin doch nicht blöd.«

»Er ist vor eineinhalb Jahren in die Jugendstrafanstalt nach Borås gekommen. Entführung.«

»Scheiße«, sagte Eddie, verschränkte die Arme hinter dem Kopf und legte sich wieder hin.

»Sie haben ihn gezwungen, einem Mann Angst einzujagen. Er sollte beweisen, dass er sich traut. Also hat er den Typen in den Wald gebracht, ihn in einen Perserteppich eingerollt und Benzin über ihn gekippt. Und dann hat er ihn angezündet.«

Eddie setzte sich wieder auf. Fuhr sich mit der Hand durchs Haar. Das klang total krank, dennoch empfand er Respekt vor dem Kerl. Und das war Isabellas Bruder!

»Hat der Mann überlebt?«

»Ja, aber nicht viel mehr.« Isabella schluckte. »Mein Bruder hat es ziemlich schwer im Gefängnis«, erzählte sie weiter. »Er ist nicht so abgebrüht. Er war schon acht Monate in Untersuchungshaft, und das hat ihn völlig fertiggemacht.«

Eddie hörte, wie ihre Stimme brach. Er drehte sich zu ihr.

»Mats ist für mich wie ein zweiter großer Bruder. Er kümmert sich um mich, das hat er meinem Bruder versprochen.«

»Das scheint er ja richtig gut zu machen«, sagte Eddie. »Du bist ein klasse Mädchen.«

Isabella lächelte kurz, dann legte sie sich auch hin und stierte an die Decke. Eddie streichelte ihren Arm, doch plötzlich erstarrte sie.

»Was ist los?«, fragte Eddie.

»Nichts«, sagte sie. »Ich bin nur ein bisschen müde.«

Eddie strich ihr über den Kopf.

»Ich hab nicht gewusst, dass man so weiche Haare haben kann.«

»Weißt du nicht, dass man jeden Tag eine Haarkur machen muss«, sagte sie und hob belehrend den Zeigefinger, »sonst geht das Haar kaputt.«

»Du wirst bestimmt die beste Friseurin auf der ganzen Welt«, sagte Eddie und gab ihr einen Kuss auf die Wange. Sie lächelte ihn an, dann drehte sie sich zur Wand um und schob das Kissen unter ihrem Kopf zurecht. Eddie löschte das Licht, legte sich auf den Rücken und rief noch einmal Rokkas SMS auf. Plötzlich spürte er einen Kloß im Hals. Was war das für ein Gefühl? Er räusperte sich. Es war fast, als würde er Rokka vermissen. Den Bullen. Er legte das Telefon wieder auf den Boden und betrachtete ein letztes Mal Isabellas Konturen, dann schloss er die Augen. Dachte, dass immerhin sie da war und auch noch neben ihm lag.

28

»Haben Sie schon mal einen Verkehrsunfall mit Toten gesehen?« Pelle Almén betrachtete den verängstigten Gesichtsausdruck seiner neuen Kollegin, die auf dem Beifahrersitz saß. Langsam schüttelte sie den Kopf.

Es war halb neun Uhr morgens, und sie waren mit fast 180 Stundenkilometern die E4 nach Süden gerast, nachdem der Notruf eingegangen war, dass ein PKW auf der Autobahn von der Fahrbahn abgekommen und mit einem Fernlastzug kollidiert sei. Nach den Informationen der Bezirkseinsatzzentrale war der Wagen aus unerklärlichen Gründen in den Gegenverkehr geraten.

Almén parkte auf dem Standstreifen ein Stückchen von der Unfallstelle entfernt. Seine Kollegin hockte wie angenagelt auf ihrem Platz, leichenblass im Gesicht.

»Du kannst im Wagen bleiben, wenn dir das lieber ist«, sagte Almén.

Schon als er den Wagen sah, stieg das Unwohlsein in ihm hoch. Um es zu unterdrücken, steckte er sich schnell ein Hustenbonbon in den Mund. Bei dem Gedanken, sich vielleicht übergeben zu müssen, brach ihm der kalte Schweiß aus. Als er näher kam, stellte er fest, dass von dem Wagen nicht mehr viel übrig war. Es war so ein Volvo, wie ihn auch seine Schwiegereltern fuhren. Die Feuerwehr war vor Ort, zusammen mit den Sanitätern hatte sie den Fahrer bereits aus dem Fahrzeug geborgen. Er lag, in eine gelbe Rettungsdecke eingewickelt, auf der Straße. Eine Sanitäterin stand auf und kam auf Almén zu.

»Wir können keine Vitalfunktionen mehr feststellen«, sagte sie und streifte die Plastikhandschuhe ab. »Das war ein Frontalaufprall, vermutlich war sie auf der Stelle tot.«

Sie, dachte Almén. Seine schwangere Frau lieh sich mitunter den Wagen ihrer Eltern.

»Hat sie allein im Auto gesessen?«

Widerwillig schielte Almén über die Schulter der Sanitäterin und sah, wie der Feuerwehrmann eine Decke über den leblosen Körper legte.

Er machte ein paar zögernde Schritte in Richtung des Unfallopfers.

»Ja ...«, antwortete die Sanitäterin. »Und ... eins sollten Sie noch wissen.«

Almén blieb stehen. »Was denn?«

»Sie kennen sie.«

Einen Moment lang war er unfähig, sich zu rühren. Seine Gedanken spielten verrückt, Bilder seiner hochschwangeren Frau rasten ihm durch den Kopf. Er versuchte, sich an das Nummernschild seiner Schwiegereltern zu erinnern. Doch an der völlig zerstörten Front des Volvos war kein Kennzeichen mehr lesbar. Der Kloß im Hals wurde immer größer. Vorsichtig schlug der Feuerwehrmann die Decke zurück.

Almén zuckte zusammen, als er die Frau erkannte, die tot vor ihm lag. Er schloss die Augen, dann öffnete er sie wieder. Die Nase war in das angeschwollene Gesicht hineingedrückt, und über Augen und Nasenwurzel verlief ein dunkellilafarbener Streifen. Der Mund war nur noch ein weites, aufgerissenes Loch, die Lippen waren zerrissen, nur noch Fleischfetzen waren übrig. Das Blut war ihr von mehreren Schnitten in der Kopfhaut übers Gesicht gelaufen, und die langen Haare klebten strähnig am Kopf. Trotzdem erkannte Almén gleich, wer das war.

Die Staatsanwältin Melinda Aronsson.

Er machte ein paar Schritte zurück, beugte sich über das Gebüsch und übergab sich.

***

Johan Rokka saß im Besprechungsraum und wartete auf Ingrid Bengtsson. Als er sie angerufen und ihr mitgeteilt hatte, dass sie offenbar vor dem Durchbruch ständen, hatte sie alles stehen und liegen lassen. Völlig außer Atem sank sie nun auf den Stuhl ihm gegenüber. Einen Moment lang saß sie einfach nur da und starrte ihn an, während ihre Hände ihre Tasche fest umklammert hielten.

»Was meinten Sie kürzlich am Telefon?«, fragte sie. »Etwas war mit Melinda Aronsson?«

»Ja. Sie hat sich die Ermittlungsunterlagen aus dem Zentralarchiv genommen und vermutlich auch Jannas PC gehackt, da sind wir noch nicht ganz sicher. Aber derjenige, der das getan hat, hat vermutlich Zugang zu allem, was Janna in die Tastatur getippt hat.«

»Ist das wahr?« Bengtsson sah plötzlich aus wie ein Spieler, der die Hockey-WM mit null zu elf verloren hatte. »Worum ging es in diesen Ermittlungen eigentlich?«

»Um das Verschwinden eines jungen Mädchens vor zweiundzwanzig Jahren.«

Bengtsson kratzte sich am Kopf, während Rokka fortfuhr: »Aber im Moment brauche ich nur Ihr Okay, dass wir Patrik Cima zur Vernehmung vorladen können.«

»Wer ist das?«

»Er ist Trainer im Kickbox-Club in Håstaholmen. Sie trainieren direkt neben dem Cheerdance-Club.«

»Und was haben wir gegen ihn in der Hand?«

»Rebecka hat seine Stimme wiedererkannt.«

»Seine Stimme wiedererkannt?«

»Ja, und ich habe noch mal die Bestätigung erhalten, dass er Patrik Cima heißt und einen småländischen Dialekt spricht. Auch daran hat Rebecka ihn erkannt. Außerdem sehe ich einen Zusammenhang zwischen Patrik und Tapric. Die Buchstaben sind nur vertauscht.«

»Das bleibt vorerst einmal Ihre Theorie«, sagte Bengtsson skeptisch, und zwischen ihren Augenbrauen bildete sich eine Falte. »Was wissen wir darüber hinaus noch von ihm?«

»Er hat zwei Kinder. Ist Anfang dreißig. Polnische Abstammung, seit einem Jahr in Hudiksvall gemeldet.«

»Polnische Abstammung«, sagte Bengtsson. »Dann könnte das doch die Verbindung zu den polnischen Kennzeichen sein.«

Dennoch starrte sie ihn skeptisch an, dann seufzte sie. Rokka sah, wie sie überlegte. Er machte sich schon auf eine lange Litanei gefasst, in der es um den Beschluss des Staatsanwalts ging und andere Dinge, die Gävle ihnen vorschrieb.

»Laden Sie Cima vor«, sagte Bengtsson und deutete auf die Tür. »Und zwar sofort. Machen Sie Druck. Konfrontieren Sie ihn mit den Facebook-Chats. Und verhaften Sie ihn. Wir müssen den Fall endlich abschließen.«

***

»Das Auto ist gesichert, Sie können es untersuchen, wenn Sie möchten«, sagte einer der Feuerwehrmänner an der Unglücksstelle. Pelle Almén erhob sich langsam. Jetzt war zumindest die Übelkeit vorüber. Es spielte keine Rolle, wie viele Unfälle er zu Gesicht bekam. Zur Routine wurden solche Situationen nie. Und nun handelte es sich auch noch um eine Kollegin. Er musste an Rokka denken. Wenn er sich nicht täuschte, dann hatte sein Kollege doch ein Verhältnis mit ihr gehabt. Instinktiv wollte er schon zum Telefon greifen und es ihm berichten, doch dann ließ er es sein. Irgendwie hatte Rokka kein Glück in der Liebe.

Almén fuhr sich mit dem Handrücken über die Augen und ging hinüber zu dem Wrack. Die Tür war aufgesägt. Almén kniete sich auf den Fahrersitz und beugte sich vor. Da bemerkte er etwas Glitzerndes vor dem Beifahrersitz. Es war ein breiter

Goldring mit einem großen rosafarbenen Stein. Er hob ihn auf und hielt ihn zwischen Daumen und Zeigefinger. Auf der Innenseite befand sich eine Gravur.

2005-06-17 Was meins ist, ist deins.

Almén steckte den Ring in eine Tüte und verschloss sie. Er würde nicht die Stirn haben, ihn Rokka zu zeigen. Dann suchte er weiter im Handschuhfach. Einige Male musste er fest daran ziehen, dann ließ sich die Klappe öffnen. Die braune Mappe war das Erste, was er sah. Solche Pappmappen benutzten größere Firmen für die Hauspost. Sein Herz pochte, als er einen dünnen Stapel Papier herauszog.

Es ging um einen Ermittlungsfall über das Verschwinden einer Person, das Datum lag zweiundzwanzig Jahre zurück. Wie kam diese Dokumentation in Melinda Aronssons Fahrzeug? Je länger er darin blätterte, desto nachdenklicher wurde er. Plötzlich blieb sein Blick an einem Namen aus einer Vernehmung hängen. Dem Staunen folgte ein unangenehmer Druck im Brustkorb.

Johan Rokka.

***

Eddie, Adam und sein Kumpel saßen an den Tischen vor dem *Hot Chili* in der Hamngata. Genau gegenüber lagen der große Marktplatz Möljen und die Bootshäuser. Es war wieder wärmer geworden, und die Schlange vor der Eisbude war lang. Ein paar Kinder zerrten ungeduldig an ihren Eltern, sie wollten nicht mehr warten. Eddie kam der Gedanke, dass er das nie gemacht hatte, wenn er mal ein Eis kaufen durfte. Er hatte wie eine Eins in der Schlange gestanden, stundenlang, wenn es hätte sein müssen.

»Was willst du essen?«, fragte Adam und schob die laminierte Speisekarte zu ihm über den Tisch.

Eddie zuckte und nahm die Karte in die Hand. Überflog die Preise. Wenn er drei kleine Gerichte bestellte, würde es auch noch für eine Cola reichen. Nicht berauschend, aber so würde er es machen.

Er reichte die Speisekarte an Adams Kumpel weiter. In letzter Zeit tauchten sie häufig zusammen auf. Eddie hatte nichts gegen ihn einzuwenden, er hatte in der Oberstufe das Technikprofil gewählt und konnte echt gut schweißen, nur hatte Eddie das Gefühl, dass der Typ ihn manchmal komisch ansah. Aber eigentlich war das dessen Problem, dachte er sich.

Wieder sah er hinüber zum Möljen-Platz. In der Schlange bewegte sich etwas, und er sah, wie ein Mädchen mit einer großen Tüte Eis zur Seite trat. Er hätte sie auf hundert Meter Entfernung erkannt. Schon an ihrem Gang, denn sie setzte den einen Fuß vor den anderen wie eine Katze. Und dann das Haar, wie der Wind damit spielte. Sie ging auf den Zebrastreifen zu, blieb kurz stehen und sah sich um, bevor sie über die weißen Streifen auf der Straße lief.

Isabella.

Eddie stand auf und winkte. Er wollte gerade rufen, da blieb sie stehen und drehte sich um. Ein Typ kam auf sie zugelaufen, und als er auf ihrer Höhe war, legte er den Arm um sie. Küsste sie.

Die Zeit blieb stehen. Alles gefror zu Eis. Eddie spürte Beklemmungen in der Brust, konnte den Blick nicht von den beiden abwenden. Und er kannte den Typen auch noch. Es war das Narbengesicht!

Eddie stand da wie angewurzelt und sah sie näher kommen. Es war ein Gefühl, als sähe er einen kitschigen Liebesfilm. Als ob Isabella und dieser verfluchte Kerl die schlechtesten Schauspieler der Welt wären. Sie blickte nicht einmal in seine Richtung.

»Eddie«, sagte Adam. »Was ist denn los mit dir? Setz dich wieder hin.«

Eddie sah sie vorbeilaufen. Wie sie die Käppuddsgata hinaufspazierten, Hand in Hand. Sie lachte über einen Witz von ihm. Eddie wurde beinahe schwarz vor Augen, er lief zum Zaun, der die Terrasse begrenzte, und sprang mit einem Satz darüber.

»Wohin willst du?«, schrie Adam.

Eddie hielt einen Abstand von vier, fünf Metern zu Isabella und dem Typen. Als sie die Storgata überquerten, legte er zu und war direkt hinter ihnen. Eddie griff den Kerl von hinten am Halsausschnitt seines T-Shirts und zog. Der Typ drehte sich um und schubste Eddie.

»Was willst du denn?«

Der Kerl sah ja aus wie Frankensteins Monster. Wie konnte Isabella nur mit dem zusammen sein? Der war doch bestimmt über vierzig!

»Sie gehört mir!«, schrie Eddie. »Du rührst sie nicht an. Kapiert?«

»Ich bumse, wen ich will, und das tut sie auch«, sagte das Narbengesicht und schubste ihn noch mal. Dann drückte er Eddie gegen die Hauswand.

Eddie sah zu Isabella hinüber. Ihr Blick war eiskalt. Fast wie tot. Sie sah an ihm vorbei, als würde es ihn gar nicht geben.

Wo war nur sein süßes, hübsches Mädchen geblieben?

Plötzlich spürte Eddie etwas Hartes und Kaltes am Hals, einen Schlagring. Er presste den Hinterkopf an die raue Hauswand.

»Du würdest mit einer Narbe hier besser aussehen«, sagte das Narbengesicht und drückte das Eisen immer fester auf Eddies Hals.

Eddie sah dem anderen direkt in die Augen. Biss die Zähne zusammen. Blitzschnell gab er ihm einen Schubs. Dann schlug er eine rechte Gerade, machte einen Schritt zurück und kickte seinem Gegner in die Seite. Zuletzt packte er ihn an den

Schultern und rammte ihm sein Knie in den Magen. Das Narbengesicht konnte nicht mehr reagieren und brach zusammen. Er wimmerte wie ein Katzenjunges, das seine Mutter vermisste. Was für ein Loser. Jetzt verstand Eddie, warum Mats ihn, Eddie, brauchte. Er kuschte nicht, gab sich nie geschlagen.

Isabella sank neben dem Narbengesicht zu Boden und streichelte ihm über den Kopf.

Diese kühlen, weichen Hände, dachte Eddie. Die ihn berührt hatten, seinen Schwanz.

Er wandte ihnen den Rücken zu. Trat den Rückweg an, zum *Hot Chili*. Dann blieb er stehen. Hier konnte er nicht bleiben. Er musste abhauen. Er warf noch einen Blick auf Isabella und ihren Typen, der sich offenbar nicht prügeln konnte. Ein letztes Mal sah er ihr ins Gesicht, dann ging er.

Beschissene Schlampe. Beschissenes Leben.

29

Aus der Cafeteria in der Rehaklinik Backen erklangen fröhliche Stimmen. Ann-Margret Pettersson saß wie immer in ihrem Sessel. Staunte über diesen ungewöhnlichen Tag. Jemand vom Personal hatte selbst gebackene Plätzchen mitgebracht. Die Tür flog auf, und Liselott stürmte hinein.

»Es ist ein neuer Brief gekommen!«, rief sie aufgeregt, als wäre Heiliger Abend. Sie rieb sich die Hände, dann zog sie einen weißen Umschlag aus der Brusttasche.

Mit ein paar schnellen Handgriffen öffnete Liselott das Kuvert und zog das einfache weiße Briefpapier heraus. Ann-Margret beobachtete sie, als sie las. Ihre Augen wanderten schnell über die handgeschriebenen Zeilen, die auf der Rückseite des Papiers durchschienen.

»Jetzt, Ann-Margret«, sagte sie und sah auf. »Jetzt passiert was, das kann ich Ihnen sagen.«

Liebe Ann-Margret!
Ich habe gute Neuigkeiten. Wenn du diese Zeilen liest, bin ich bereits in Stockholm, und der World Human Rights Congress ist in vollem Gange.

»Verstehen Sie?«, rief Liselott lachend. »Er ist in Schweden!«

Außerdem werde ich an der Sendung »Nachgeforscht« am 18. Juni teilnehmen. Ich hoffe, die Schwestern können es einrichten, dass du sie sehen kannst.

»Nur noch ein paar Tage bis dahin, Ann-Margret«, säuselte Liselott. »Dann darf ich ihn auch sehen!«

*Wenn ich meinen Verpflichtungen in Stockholm nachge-
kommen bin, besuche ich dich selbstverständlich. Ich kann
es kaum erwarten.*
In Liebe, Henri

Liselott ließ die Arme fallen, und Ann-Margret spürte, wie sich
eine tiefe Ruhe in ihr ausbreitete, wie eine behagliche Decke,
die sie innerlich sanft einhüllte.

»Aber ...«, sagte Liselott, und ihr Blick flackerte unruhig
auf. »Was machen wir bloß mit Jan Pettersson, wenn Henri
kommt?«

Ann-Margret machte sich längst keine Gedanken mehr. Früher oder später war es an der Zeit, dass er erfuhr, was zwischen
ihr und Henri geschehen war.

***

Der Bus bremste ab, und es zischte und quietschte, als die
Tür sich langsam öffnete. Eddie lehnte sich dagegen und
sprang auf den Gehweg. Er war schweißgebadet, sein T-Shirt
klebte am Körper, seine Augen brannten. Außerdem tat sein
Hals weh, seit der Idiot ihm den Schlagring dagegen gedrückt
hatte. Der Idiot, der sein Mädchen vögelte. Eddie machte mit
der linken Hand eine Faust, so fest, dass sich seine Fingernägel in die Handfläche gruben. Jetzt wollte er nur noch nach
Hause. Die Tür hinter sich schließen und nie wieder aufmachen.

Plötzlich spürte er das Vibrieren in der Hosentasche und
zog das Handy heraus. Die Nummer war ihm fremd, er hatte
in dem neuen Apparat keine Kontakte angelegt. Mats hatte gesagt, das sei besser. So wenig Spuren wie möglich hinterlassen.
Der Nachteil war, dass er auf die Art nie wusste, wer in der
Leitung war. Trotzdem ging er ran.

»Hey, was ist denn da eben passiert?«, fragte Adam aufgeregt.

»Vergiss es, dann lebst du länger«, entgegnete Eddie.

»Wer war der Typ? Und wer war das Mädchen?«

Eddie war der Ansicht, dass Adam einfach nichts kapierte, und das war auch egal.

Er warf einen Blick über die Schulter. Er fühlte sich beobachtet. Ein schwarzer Audi fuhr in die entgegengesetzte Richtung. Scheiße, überall sah er schwarze Audis.

»Ich muss auflegen«, sagte Eddie und drückte das Gespräch weg.

Er öffnete die Haustür und rannte die drei Stockwerke hoch bis zu seiner Wohnung. Steckte den Schlüssel ins Schloss. Zuckte zusammen, als die Tür unten zuschlug.

Als er im Flur stand, lehnte er sich an die Wohnungstür und sank auf den Boden. Blieb da einfach sitzen. Tastete seinen Hals ab, wo immer noch die Spuren des Schlagrings zu fühlen waren.

Worauf hatte er sich da eigentlich eingelassen?

Das war es nicht wert.

Plötzlich ging die Tür auf und schubste ihn vornüber. Er sah auf und starrte in die Augen seiner Mutter. Sie kniete sich gleich neben ihn.

»Eddie, was ist passiert?« Sie war ganz aufgeregt, und er sah, wie ihr Tränen in die Augen traten. Sie streichelte ihm über die Wange.

»Ein Typ hat mir einen Schlagring auf den Hals gedrückt.«

Sie strich ihm sanft übers Haar. Dann stand sie auf. Ihr Tonfall veränderte sich von einer Sekunde auf die andere.

»Warum gerätst du nur immer in Schwierigkeiten?«

Wieder einmal klang sie, als sei er der Grund für die vielen Probleme in der Welt. Eddie stand auf. Schloss die Wohnungstür und ging in sein Zimmer. Er musste Mats anrufen. Und rauskriegen, was mit Isabella passiert war.

»Verstehst du, was ich sage?« Seine Mutter auf der anderen Seite der Wand schrie nun hysterisch. Eddie starrte sein *Star-Wars*-Plakat an. Dachte dabei, dass er es verstand. Dass er alles verstand.

***

»Vernehmung von Patrik Cima«, diktierte Johan Rokka ins Mikrofon seines Handys. »Ich leite die Befragung, neben mir sitzt Hjalmar Albinsson.«

»Ja«, sagte Hjalmar und nickte so heftig, dass ihm die Haarsträhnen von der Glatze rutschten. Er zupfte sie wieder einigermaßen zurecht.

Der Boxtrainer saß im Vernehmungsraum, er trug Trainingshosen und einen Kapuzenpullover. Die schwarzen Sportschuhe hatten schon bessere Tage gesehen, seine Haare waren verstrubbelt, und sein Blick wanderte unruhig zwischen den Wänden hin und her. Sein Anwalt hatte neben ihm Platz genommen, ein Anzugtyp, den Rokka noch nie zuvor gesehen hatte. Weißes Hemd und eine Krawatte mit so engem Knoten, dass Rokka sich fragte, ob er den jemals wieder aufkriegen würde.

Rokka fuhr fort: »Außerdem ist anwesend der Rechtsanwalt …«, den Namen hatte er vergessen, und nun sah er den Mann Hilfe suchend an.

»Björling«, sagte der und schob seine metallene Brillenfassung gerade. »Rolf Björling.«

Johan Rokka legte die Hände auf den Tisch und beugte sich zu Patrik Cima vor.

»Sie wissen vermutlich, warum wir hier sitzen?«

Patrik Cima schüttelte den Kopf, und Rokka faltete die Hände.

»Wie gefällt es Ihnen hier in Hudiksvall?«

Cima sah ihn irritiert an. Umschlang mit den Armen seinen Oberkörper.

»Ich weiß, dass es hart sein kann, wenn man neu hier ist«, sprach Rokka weiter. »Hudiksvall ist eine Kleinstadt, jeder weiß alles von jedem. Wie lange sind Sie schon hier?«

Cima wurde immer nervöser. Fummelte an seinem Handy herum.

»Meine Familie und ich sind vor zwei Jahren hergezogen, als ich die Möglichkeit hatte, diesen Boxclub aufzumachen.«

»Wie lange sind Sie mit Ihrer Frau schon zusammen?«

»Bald zehn Jahre.«

»Beeindruckend. Was haben Sie an dem Abend und in der Nacht gemacht, als die Abiturfeier stattfand?«

»Ich … ich war zu Hause.« Seine Stimme brach, seine Schultern sanken nach unten.

»Und was haben Sie vorgestern Abend gemacht?«

»Da war ich auch zu Hause.«

Patrik Cima drehte sein Handy zwischen den Fingern hin und her.

»Okay, Sie sind also so ein richtig häuslicher Mensch. Das Telefon haben Sie bei eBay gekauft, stimmt's?«

»Wie meinen Sie das?«

»Ich habe gehört, dass man da Handys ziemlich billig kriegt. Wie ist denn Ihr Autokennzeichen?«

»Was hat das mit der Sache zu tun?« Es war offensichtlich, dass Cima etwas schwer von Begriff war. Sein Anwalt hob die Hand und schnappte nach Luft, aber Rokka ließ nicht locker.

»Sie haben ein Problem mit Zahlen, oder?«

Plötzlich landete das Handy auf dem Boden, und Patrik Cima sah Rokka erschrocken an. Dann sagte er die Nummer seines Kennzeichens so schnell auf, dass Rokka ihn bitten musste, sie langsam zu wiederholen.

»Warum ist Ihr Wagen in Polen registriert?«

»Mein Onkel arbeitet hier bei einem Bauunternehmen, und manchmal leihe ich mir seinen Wagen. Ich ... ich habe kein eigenes Auto.«

Cima starrte auf die Tischplatte.

»Ein Zeuge hat gesehen, wie Tindra vor dem Boxclub in einen dunklen Wagen gestiegen ist«, sagte Rokka. »Außerdem haben wir die Aussage eines Zeugen, dass eine Person, die ein Handy weiterverkauft hat, das ursprünglich Tindra erstanden hatte, ein Auto mit polnischen Kennzeichen fährt. Waren Sie das?«

Patrik Cima biss die Zähne zusammen und begann zu zittern.

»Stimmt es, dass Sie sich mit Tindra am Abend ihrer Abiturfeier getroffen haben?«

Rokka legte die Hand auf das Bild, das neben ihm auf dem Tisch lag. Dann schob er es zu Cima hinüber. Und drehte es um.

Cima zuckte zusammen, als er Tindra sah. Er presste sich gegen die Stuhllehne. Kniff die Augen zusammen, um sie dann wieder zu öffnen und das Bild anzustarren. Er schnappte nach Luft und hielt sich die Hand vor den Mund.

»Ich habe sie nicht getötet!« Er schrie die Worte heraus und sprang gleichzeitig auf, sodass der Stuhl wackelte.

»Das habe ich nicht behauptet«, sagte Rokka gelassen. »Wir versuchen nur, die letzten Tage und Wochen in Tindras Leben zu rekonstruieren. Sie können sich wieder setzen.«

Rokka drehte das Bild um und schob es beiseite.

»Der Gerichtsmediziner hat in Tindras Körper Sperma sichergestellt, wir haben eine DNS-Analyse gemacht.«

Patrik Cima sank in sich zusammen.

»Wir ... wir hatten eine Beziehung, Tindra und ich.«

»Heißt das, wenn wir Ihre Speichelprobe haben und sie analysieren, dann werden wir feststellen, dass Ihre DNS der DNS des Spermas entspricht?«

Das Gesicht des Verdächtigen legte sich in Falten, dann nickte er.

»Dann geben Sie zu, dass sie Tindra am Abend der Abiturfeier getroffen haben?«

Patrik Cima nickte wieder, und Rokka konnte ihm ansehen, dass er kurz vor einem Zusammenbruch stand.

»Waren noch mehr Leute dabei?«

Cima sah ihn mit großen Augen an und schüttelte lange den Kopf.

»Bitte«, sagte er dann. »Ich will mein Leben nicht zerstören. Ich habe Frau und Kinder.«

Rokka lachte auf.

»Daran hätten Sie früher denken müssen«, erwiderte er. »Eine Rebecka Klint hat angegeben, dass sie von einer Person verfolgt worden ist, deren Beschreibung auf Sie zutrifft. Sie fühlte sich eindeutig bedroht. Und sie wurde auch auf Facebook von einem Anders Andersson angeschrieben.«

Patrik Cima schüttelte immer noch den Kopf und vergrub sein Gesicht in den Händen.

»Ich habe Tindra an diesem Abend vor ihrem Haus abgeholt«, erzählte er leise. »Wir sind hoch zum Köpmanberg gefahren und wir haben … im Auto … na ja, Sie wissen schon.«

»Nein, weiß ich nicht. Ich bin nicht Bulle geworden, weil ich der Schlaueste in der Klasse war. Erklären Sie es uns.«

Patrik Cima setzte sich auf seine Hände, ließ den Kopf sinken und kniff die Augen zusammen.

»Wir … ich …«, setzte er an.

»Sie haben sie gevögelt, wollten Sie sagen«, ergänzte Rokka. »Jetzt versteh ich es.«

Hjalmar Albinsson gab plötzlich Geräusche von sich, als

stecke ihm etwas im Hals, und Björling, der Anwalt, fuchtelte verärgert mit den Händen durch die Luft.

»Ich möchte Sie bitten, andere Worte zu benutzen, wenn Sie mit meinem Mandanten reden«, ermahnte er Rokka und sah ihn wütend an.

Patrik Cima blickte Hilfe suchend in Björlings Richtung, doch dann gelang es ihm, sich wieder zu sammeln.

»Ich wollte sie hinterher nach Hause fahren. Aber sie hat mich überredet, sie dort auf dem Berg zurückzulassen. Sie wollte eine Weile alleine sein und dann nach Hause laufen. Obwohl es leicht regnete. Ich habe nicht verstanden, warum sie darauf bestand.«

»Und was haben Sie dann getan?«

»Ich bin nach Hause gefahren.«

»Okay. Und was ist mit Rebecka Klint?«

»Ich war völlig verzweifelt, als ich gehört habe, was mit Tindra passiert ist, und wollte mit Rebecka sprechen, weil ich wusste, dass sie Freundinnen waren. Ich wollte sie fragen, ob sie irgendwas wusste, was passiert ist. Ich wollte sie nicht erschrecken.«

»Dann sind Sie also dieser Anders Andersson auf Facebook?«

Patrik Cima schloss kurz die Augen und nickte.

Hjalmar Albinsson zog ein Wattestäbchen aus der Plastikverpackung.

»Machen Sie mal den Mund weit auf«, sagte er und nahm eine Schleimhautprobe von einer Wangeninnenseite. Dann schob er das Stäbchen kurz unter Cimas Zunge, um sicherzustellen, dass er auch genügend Speichel erwischt hatte. Rokka sah die Angst in Cimas Augen.

»Ich muss mit dem diensthabenden Staatsanwalt sprechen. Es kann sein, dass Sie hierbleiben müssen«, erklärte Rokka.

Der Anwalt setzte zum Protest an, doch sah offenbar noch

früh genug ein, dass er die Entscheidung des Staatsanwalts abwarten musste, und schwieg.

»Aber ich habe doch gar nichts getan!«, schrie Cima verzweifelt und schlug mit der Faust auf den Tisch.

»Leider sieht es im Moment nicht so gut für Sie aus«, antwortete Rokka.

30

Eddie Martinsson nahm immer zwei Treppenstufen auf einmal, und plötzlich stand er vor der Wohnungstür. *Malcovic.* Die Wände waren giftgrün, und der Boden sah aus, als hätte jemand schwarze Farbe verspritzt. Ihm war schlecht. Eigentlich hatte er gar nicht herkommen wollen. Aber er wusste nicht, wohin. Er schloss die Augen. Wurde das Bild von Isabella nicht los, wie sie mit dem Narbengesicht rumgemacht hatte. Wie konnte Mats das zulassen? Er war doch derjenige gewesen, der Isabella Eddie vorgestellt hatte.

Eddie hob die Hand und wollte anklopfen, doch dann drückte er einfach die Klinke herunter und ging rein.

Mats trug ein weißes Unterhemd, und Eddie fiel sofort das Tattoo auf, das der Halsausschnitt offenbarte. Eine große Schlange, die sich über die Brust bis zum Hals schlängelte. Über ihr stand in großen Buchstaben *White Pythons*. Richtig gut gemacht. Er wollte sich auch schon seit längerer Zeit ein Tattoo stechen lassen, aber er hatte noch kein Motiv gefunden, das ihm gefiel.

»Was ist mit dir los?« Mats sah ihn mit großen Augen an.

»Das kannst du mir vielleicht sagen. Dein Kollege und Isabella. Was läuft da?«

Mats musste lachen, und in seinen verschiedenfarbigen Augen blitzte etwas auf.

»Ach, die«, sagte er abschätzig. »Du darfst Mädchen nie vertrauen, besonders nicht denen, die auf Gangster stehen.«

Er schlug sich auf die Oberschenkel und lachte glucksend.

»Aber … wir waren zusammen.«

»Das ist so mit den Bräuten. Man kann nicht mit ihnen leben, ohne sie geht's aber auch nicht. Das musst du noch lernen.«

Eddie seufzte. Wollte schon wieder zur Tür hinaus und diesen ganzen Mist hinter sich lassen. Wäre das Narbengesicht da gewesen, hätte er den Kerl endgültig platt gemacht.

»Jetzt komm schon rein und mach die Tür zu«, sagte Mats und winkte ihn zu sich herüber.

Eddie knallte die Tür zu, sodass es im ganzen Treppenhaus hallte. Unruhig blickte er Mats an.

»Wir setzen uns mal«, sagte Mats und ging vor ins Wohnzimmer. Die Jalousien waren heruntergelassen, Rauch lag in der Luft. Süß und stark zugleich.

»Ich kann verstehen, dass du dich beschissen fühlst«, sagte Mats und ließ sich auf dem Sofa nieder. »Und gerade jetzt ist es besonders schlimm. Aber glaub mir, es warten noch viele Gelegenheiten auf dich. Mädchen rumzukriegen ist ja nun wirklich nicht dein Problem.«

Er rieb sich mehrmals die Nase. Eddie dachte, dass Mats vielleicht recht hatte, aber im Moment spürte er nur diesen Druck im Brustkorb und dachte, sein Herz würde explodieren. Er sah sich um. Ließ den Blick über das abgewetzte Sofa wandern. Fleckiger gelber Schaumgummi lugte aus den Ritzen in den Sitzen hervor. Fast noch schlimmer als zu Hause.

»Wohnst du hier?«

»Ja, wenn ich in Hudik bin.«

Auf dem Couchtisch befand sich ein Stapel mit Verpackungen. Einige waren geöffnet und kleine schwarze rechteckige Plastikteile kamen zum Vorschein, nicht größer als Streichholzschachteln. Daneben lag etwas, das aussah, wie ein Handyladegerät, und eine Maus für den Computer.

»Und was ist das?«, fragte Eddie und beugte sich vor, um eins von den schwarzen Plastikdingern in die Hand zu nehmen.

»Nein, nicht anfassen!«, rief Mats.

Eddie hob abwehrend die Hände. »Sorry, reg dich ab, Mann.«

»Da willst du deine Fingerabdrücke bestimmt nicht drauf haben, das kannst du mir glauben«, sagte Mats, lachte und zog an der Kanakenkette. »Das ist eine Abhörvorrichtung. Wir schieben einfach eine SIM-Karte in die Dinger, dann können wir alles mithören, was wir wollen.«

Eddie war sauer. Woher sollte er das wissen?

»Ich will nicht zu viel verraten, aber wir haben ein ganz großes Ding am Laufen«, erklärte Mats und faltete die Hände. »Und wenn du deine Karten geschickt spielst, dann wirst du ein Teil davon sein. Man wird von dir reden.«

Eddie nickte. Er wusste gar nicht, ob er das noch wollte. Dann sah Mats ihn scharf an und blinzelte.

»Das Schlimmste sind unsere Gegner. Die Bullen zum Beispiel. Aber wir sind die White Pythons. Uns zu stoppen versucht man nur einmal.«

Mit einem Mal wusste Eddie wieder, wo er hingehörte. Er brauchte weder seine Mutter noch Adam oder seine lächerlichen Freunde.

»Wo hast du das Zeug her, so was hat doch nur die Polizei?«, fragte er und zeigte auf die Abhörausrüstung.

»Kann jeder im Laden kaufen. Sogar du.«

Mats nahm das Teil in die Hand, das aussah wie ein Handyladegerät.

»In jedem Teil steckt eine SIM-Karte. Wir setzen sie da ein, wo wir etwas abhören müssen, das ist auch schon alles.«

»Cool«, sagte Eddie.

»Aber die Bullen sind wirklich nicht blöd. Deswegen will ich, dass du vorsichtig bist.«

Eddie sah auf den Couchtisch. Plötzlich überkam es ihn wieder. Isabella und der andere, der jetzt bei ihr sein durfte, seine Finger auf ihrer nackten Haut hatte. Er schluckte, um diesen Kloß im Hals loszuwerden. Und das Bild von Isabella.

»Was ist los, wo ist dein Biss geblieben?«

»Ich … keine Ahnung.«

»Komm schon. Es geht um einen Haufen Geld. Ich rede keinen Scheiß. Und du wirst noch jede Menge andere Mädchen finden. Bessere. Isabella ist … sie ist eigentlich sehr schwach.«

Eddie sah zu ihm auf. Isabella war nicht schwach. Sie war das tollste Mädchen, das er je kennengelernt hatte.

»Okay«, sagte er. »Dann erzähl mal, was da läuft.«

Und als Mats erzählte, lief ihm ein eiskalter Schauer den Rücken hinunter.

***

Die Tür fiel mit einem lauten Knall hinter Johan Rokka ins Schloss. Er warf die Post auf den Stapel mit Werbeprospekten und Rechnungen, der auf dem Flurboden lag, dann schleuderte er die Schuhe in die Ecke und stand einen Moment lang ruhig da. Stille umgab ihn. Eine angenehme Stille. Er musste sich ausruhen, vielleicht einmal früher als zwei Uhr nachts ins Bett gehen.

Der Boxtrainer Patrik Cima hatte zugegeben, dass er und Tindra ein Verhältnis gehabt hatten, und dass er, weil er so verzweifelt war, Kontakt mit ihrer besten Freundin aufnehmen wollte. Er hatte außerdem zugegeben, dass er sie am selben Abend, an dem sie ermordet wurde, getroffen und mit ihr Sex im Auto gehabt hatte, sie danach aber auf dem Köpmanberg allein zurückgelassen hatte. Seine Intuition sagte Rokka, dass Patrik Cima unschuldig war. Trotzdem war es eine Tatsache, dass im Moment das meiste gegen ihn sprach.

Als Rokka durch den Flur in die Küche ging, überkam ihn das sonderbare Gefühl, dass er nicht allein in der Wohnung war. Vielleicht war es das Knacken, das er hörte, oder wie es an den Fußknöcheln zog, als er durch den Flur marschierte. Oder war es doch nur Einbildung? Er spannte jeden Muskel an, als er sich an der Wand entlangbewegte. Seine Dienstwaffe hatte er auf der Polizeistation gelassen, daher sah er sich nach etwas um, mit dem man zuschlagen konnte. Er griff nach einem Holzkleiderbügel von der Garderobe. War er langsam paranoid? Doch da erklang dieses Knacken noch einmal. Er machte sich auf eine Überraschung gefasst und ging in die Küche.

»Das war ja neulich ein kurzer Besuch«, sagte der Mann, der in der Tür zum Wohnzimmer stand. Er schmatzte beim Sprechen. Es war das Narbengesicht, das er in Hall im Gefängnistunnel gesehen hatte. Rokka lehnte sich an die Arbeitsplatte. Der Mann verlagerte sein Gewicht vom einen auf den anderen Fuß.

»Hi, Junkie«, sagte Rokka und hielt den Bügel ganz fest. »Wie bist du reingekommen?«

»Du bist aus der Übung, das Schlafzimmerfenster stand offen.«

Scheiße, dachte Rokka. Das war offen seit dem Abend, an dem er fast überfahren worden wäre.

»Ich dachte, ich müsste dich nicht wiedersehen«, sagte er.

»Bin seit ein paar Tagen auf freiem Fuß«, sagte das Narbengesicht, und Rokka bemerkte, wie er spastisch zuckte von dem Amphetaminpegel in seinem Körper.

»Und als Erstes besuchst du mich, was für eine Ehre!«

Das Narbengesicht machte einen Schritt auf Rokka zu.

»Ich will dir nur mitteilen, dass du deinen Job morgen um halb zehn gekündigt hast.«

»Ach, woher weißt du das denn?« Rokka schlug einige Male mit dem Kleiderbügel auf seine Handfläche.

»Und du hast beschlossen, Hudiksvall zu verlassen. Auf unbestimmte Zeit.«

»Du versuchst also, die Spielregeln festzulegen«, sagte

Rokka. »Aber du musst dir klarmachen, dass du in meinem Haus stehst, in meiner Stadt.«

Das Narbengesicht ließ ein dreckiges Lachen hören und fuhr sich über die weiße Narbe.

»Deine Stadt? Jetzt redest du wie früher. Hast du Heimweh nach der anderen Seite?«

»Ich habe mich schon vor zweiundzwanzig Jahren entschieden, auf welcher Seite ich stehe«, erwiderte Rokka.

»Peter hatte ziemliche Ohrenschmerzen, nachdem du ihn besucht hast«, sagte das Narbengesicht. »Einmal Schläger, immer Schläger.«

Rokka schluckte, jetzt konnte er sich erklären, was mit Peter passiert war, wenn das Narbengesicht mitbekommen hatte, dass er mit dem Bullen gesprochen hatte.

»Peter ging es schlecht«, sagte Rokka. »Man könnte sagen, er hatte nicht nur Ohrenschmerzen.«

»Ich kann dafür sorgen, dass die ganze Polizeibehörde erfährt, wo du eigentlich herkommst«, sagte das Narbengesicht. »Aber ich bin so nett und mache dir ein Angebot.«

»Aha«, sagte Rokka. »Ist heute mein Glückstag?«

»Ich will, dass du den aktuellen Fall abschließt«, sagte der andere und durchbohrte ihn mit dem Blick. »Ist das deutlich genug?«

Rokka spürte, wie sein Mund trocken wurde.

»Nein, ist es nicht«, antwortete er und umfasste den Bügel nochmals fester. Der würde ihm nicht viel helfen. Sein Gesichtsfeld schrumpfte im Takt mit den immer höheren Adrenalindosen in seinem Blut.

»Morgen früh um halb zehn will ich einen glaubwürdigen Bescheid von dir, dass du deine Polizeimarke abgegeben hast. Sonst setzen wir ein Kopfgeld auf dich aus. Und deine Lesbenkollegin soll ihre Untersuchungen auch gleich einstellen, sonst ist sie die Nächste.«

Das Narbengesicht sah Rokka scharf an, der einen Arm langsam hinter dem Rücken ausstreckte, um in die Nähe des Fleischmessers zu gelangen, das an der Wand hing.

»Eins solltest du dir klarmachen«, sagte er und fasste den Griff. »Meine Kollegen und ich bestimmen unsere Arbeitsweise selbst.« Rokka fuhr mit dem Messer durch die Luft.

»Du scheinst mich nicht ernst zu nehmen«, sagte der Mann und trat näher. Blitzschnell streckte er die Hand aus und fasste Rokka am Arm.

»Natürlich nicht«, sagte Rokka, und mit einer schnellen Bewegung befreite er sich aus dem Griff. Der Mann war überrumpelt, und Rokka schnitt ihm direkt in die Handfläche. Sein Gegner fiel zu Boden und wimmerte.

Die Vorstellung, dass das Narbengesicht mit Peter Krantz gesprochen hatte, bevor der sich das Leben genommen hatte, kreiste in Rokkas Kopf. Der Mann sah Rokka mit einem hasserfüllten Blick an und wand sich so, dass sein Hemd hochrutschte und ein Tattoo auf dem Rücken entblößte.

»Typisch, wieder mit dem Messer rumzufuchteln, wenn sich dir etwas in den Weg stellt«, zischte er und hielt seine Hand krampfartig fest, während das Blut zwischen den Fingern hinunter über die Unterarme lief und auf den weißen Dielenboden tropfte.

»Einmal Schläger, immer Schläger«, sagte Rokka. »Hau ab, sonst schlitz ich dich vom Sack bis zum Hals auf!«

Rokka konnte seinen Blick nicht von dem Tattoo auf dem Rücken des Narbengesichts abwenden. Es stellte eine sich windende Schlange dar. Das Narbengesicht kam hoch auf die Füße und hielt sich die blutüberströmte Hand.

»Denk dran, dass du jetzt Freiwild bist«, sagte er. »Bald wird dein fetter Kopf wie eine Trophäe an der Wand hängen.«

Er zog sein Shirt zurecht und schleppte sich aus dem Haus. Rokka fuhr sich über den Schädel und merkte, wie ihm der

Schweiß ausbrach. Plötzlich begriff er es: Das Schlangentattoo und die Nachricht von Peter Krantz auf dem Bettlaken, mit dem er sich aufgehängt hatte.

Die Weißen schlängeln sich. Weiße Schlangen. So musste es sein. Das Narbengesicht war jetzt einer von den White Pythons.

31

»Ich muss mit dir reden«, hatte Rokka völlig außer sich am Telefon zu Janna gesagt. Und darauf bestanden, dass sie sich trafen, bevor sie zur Arbeit fuhr.

Sie ließ sich in dem Sessel, der am Fenster stand, nieder. Ein herrlicher weißer Flieder blühte auf dem Rasen. Der Morgenhimmel war klar und blau, und vereinzelt zogen Schwalben über dem Ziegeldach des Hauses gegenüber ihre Kreise. Aber diese Idylle wurde von der Tatsache, dass sie von jemandem abgehört worden war, getrübt. Immer mehr wuchs in ihr die Überzeugung, dass es Melinda gewesen war. Außerdem war der schwarze Audi am Vorabend wieder aufgetaucht. Zuerst hatte er vor der Polizeistation gestanden, aber jetzt hatte sie ihn auf der Straße vor ihrem Haus bemerkt.

Sie hielt die Fernbedienung in Richtung Fernseher. Es liefen gerade Nachrichten. Als wieder Bilder von dem World Human Rights Congress erschienen, wollte sie schon weiterzappen, doch sie blieb an einem Trailer für den nächsten Beitrag der Sendung »Nachgeforscht« hängen: »Im Anschluss an den Kongress nehmen wir Aktivitäten schwedischer Unternehmen in Afrika unter die Lupe. Verpassen Sie diese Sondersendung nicht«, sagte die Stimme zu den Bildern des Trailers.

Plötzlich klopfte es an der Tür. Janna drosselte die Lautstärke, erhob sich aus dem Sessel und ging zur Haustür.

Rokka war nicht wiederzuerkennen. Ihm stand die Angst ins Gesicht geschrieben.

»Was ist passiert?«

»Ich habe Besuch bekommen. Ein Freund von früher, wenn man es so nennen möchte.«

Sein Gesichtsausdruck kam Janna für einen Augenblick fremd vor.

»Wer war das?«

»Du bist der klügste Mensch, den ich kenne«, sagte Rokka und ging ins Wohnzimmer, ohne auf Jannas Aufforderung zu warten. »Dir ist klar, dass es ein Leben gab, bevor ich auf der Polizeiakademie wieder die Schulbank gedrückt habe.«

Janna spürte, wie ihr die Hitze ins Gesicht stieg, und ließ sich in einen Sessel fallen.

»Ja sicher, aber wer war denn bei dir?«

»Der übelste Gangster, den du dir vorstellen kannst.«

Bei Janna fiel langsam der Groschen, was sie jetzt erwartete. Rokka fuhr fort. »Ich werde dir jetzt alles erzählen«, sagte er, und Janna umschlang ihre angezogenen Beine und lauschte ihm mit äußerster Konzentration.

»Wir sind uns zufällig begegnet, als ich in Hall war, er hat mich sofort erkannt«, sagte Rokka.

»Erkannt?«

»Du erinnerst dich, an dem Abend, als Fanny verschwand«, sagte er, und Janna nickte, »da hatte ich etwas zu erledigen.«

»Okay …«, sagte Janna. »Ob ich das wirklich hören will …«

»Ich sollte Geld eintreiben.« Rokka sah sie eindringlich an, wartete auf eine Reaktion. Janna war natürlich klar gewesen, dass Rokka anders als die Kollegen war, aber so etwas?

»Worum ging es?«

»Der Typ hatte noch Geld für ein Auto zu bezahlen. Aber die Sache lief anders als erwartet, und plötzlich zog er eine Knarre. Das Ende vom Lied war, dass ich ihm mit einem Messer das Gesicht aufgeschlitzt habe. Jetzt hat er eine hässliche Narbe, und man könnte es so zusammenfassen, dass er die Sache nicht vergessen hat.«

»Und gestern hat er dir einen Besuch abgestattet?«

»Vorgestern ist er aus Hall entlassen worden.«

»Du musst mit Bengtsson reden«, erwiderte Janna.

Rokka schnaubte.

»Ich hab schon genug interne Ermittlungen hinter mir. Ich sage nur noch das Nötigste.«

Janna schüttelte den Kopf.

»Und was hat der Typ mit der Narbe gewollt?«

»Er hat deutlich zum Ausdruck gebracht, dass wir die Ermittlungen im Fall Tindra einstellen sollen. Und ich hab ihm gezeigt, wie scharf meine Messer sind.«

Janna bekam Angst. Mit diesen Typen war nicht zu spaßen.

»Dann hat Melinda also die Ermittlungsunterlagen im Fall Fanny Pettersson an sich genommen«, schlussfolgerte sie. »Und mich hat sie abgehört, und jetzt will der Typ mit der Narbe, dass wir den Fall abschließen.«

»Wir sind an irgendwas dran«, sagte Rokka. »Und es gibt einen Zusammenhang, das hatte ich von Anfang an im Gefühl.«

»Aber was haben diese Leute mit Tindra und Fanny zu tun?«

»Das weiß ich noch nicht. Aber ich glaube, dass sie Teil eines Netzwerks sind.«

»Und wie kommst du darauf?«

»Bevor Peter Krantz sich das Leben nahm, schrieb er eine Nachricht an mich. Er wollte mir etwas sagen. *Die Weißen schlängeln sich.* Damit kann er nur die White Pythons gemeint haben. Das Narbengesicht hat sich deren Emblem als Tattoo stechen lassen.«

»Die White Pythons wollen also nicht, dass wir im Fall Tindra noch tiefer graben«, sagte Janna. »Aber glaubst du, dass Melinda auch zu den White Pythons gehört?«

Sie hörte es selbst, das klang weit hergeholt, und Rokka musste lachen.

»Tja, was soll man davon halten?«

»Aber warum wollte Peter Krantz dich vor den White Pythons warnen?«

»Keine Ahnung, da kann ich nur spekulieren. Ich glaube, dass er mir eigentlich sagen wollte, was er wusste, doch sich aus Angst vor den anderen Häftlingen nicht getraut hat. Aber als er sich dann das Leben nahm, konnte er diese Information genauso gut offenlegen.«

Janna wusste nicht, was sie sagen sollte. Sie hatte den Verdacht schon lange gehabt. Es war offensichtlich, dass Rokka sich in der Grauzone bewegte. Zog er sie da jetzt mit rein? Zum Teufel, sie würde sich nicht einschüchtern lassen.

»Ich habe den schwarzen Audi wieder gesehen, den ohne Nummernschilder«, sagte sie. »Die wollen dir Angst machen.«

Rokka sah aus, als zitterte er.

»Könnte Patrik Cima auch mit den White Pythons in Verbindung stehen?« Janna sah ihn fragend an. »Er ist nicht gerade der Prototyp für so was.«

»Ist Melinda auch nicht«, entgegnete Rokka.

»Wie machen wir jetzt weiter?«

»Jetzt ist es Zeit, sich um das hier zu kümmern.« Er wedelte mit einer roten Plastikmappe, die er von Fatima Voix erhalten hatte. Sie enthielt Kopien aus dem Fahndungsregister, die einen gewissen Christer Lönn betrafen, der sowohl in Hall als auch in Tidaholm wegen eines Überfalls auf einen Werttransport sowie wegen Drogenmissbrauchs gesessen hatte.

Rokka drehte sich um und legte die Hand auf die Türklinke.

»Unternimm bitte nichts allein«, sagte Janna.

»Es wird eine Weile dauern, bis der neue Staatsanwalt vor Ort ist, egal was Bengtsson erzählt. Jetzt muss es schnell gehen, und da ist es besser, im Nachhinein zu berichten.«

Janna verhandelte mit ihrer eigenen Moral.

»Okay, aber du machst nichts ohne mich«, erwiderte sie schließlich.

Rokka ging auf sie zu und drückte sie kurz, dann steuerte er wieder zur Tür. Kurz davor drehte er sich noch einmal um.

»Eins hätte ich beinahe vergessen«, sagte er.

»Was denn?«

»Die Sache mit den vielen Haaren, diese Diskussion über die Haarwurzeln. Hast du eine Theorie dazu?«

Janna stand da, die Hände in die Seiten gestemmt.

»Ich bin überzeugt, dass jemand diese Haare absichtlich am Tatort platziert hat, um uns in die Irre zu führen.«

***

Johan Rokka bog langsam auf den Parkplatz an den alten Bootshäusern am Möljen ab. Hier hielt sich der Informant, Christer Lönn, üblicherweise auf. Zumindest, wenn das Wetter mitspielte. Rokka gingen Jannas Worte durch den Kopf, was es zu bedeuten hatte, wenn sie damit richtiglag, dass jemand falsche DNS-Spuren am Tatort hinterlassen hatte. Es bestand kein Zweifel, dass sie es mit Profis zu tun hatten. Profis wie den White Pythons.

Rokka schaltete den Motor aus, griff nach der Mappe mit den Unterlagen über Christer Lönn und blätterte sie durch. Betrachtete das schwarz-weiße Passbild. Seine Haare waren dunkel, und der Haaransatz wirkte wie eine Spitze auf der Stirn. Rokka war ihm noch nie begegnet, daher las er sich den letzten Teil von Lönns Lebenslauf durch.

Hin und wieder Drogenmissbrauch.

Straßendealer.

Überfall eines Werttransports.

Verdacht auf Misshandlung.

Rokka fiel auf, dass der Verdacht auf Misshandlung erst in den letzten Tagen eingetragen worden war. Ein Zeuge hatte sich anonym gemeldet und der Polizei einen Tipp gegeben, und so war es zu dem Eintrag ins Fahndungsregister gekommen. Rokka merkte es sich.

Es donnerte und heulte von den Gleisen, als der Schnellzug von Sundsvall vorbeifuhr. Rokka ging hinüber zu den Bootshäusern. Die Kollegen von der Schutzpolizei hatten ihm die Information gegeben, dass Christer Lönn sich meist auf der Seite aufhielt, die zum Kanal hinausging. Eine Tür klapperte im Wind, als Rokka näher kam. Er lief zwischen den Schuppen hindurch. Die Holzplanken federten unter seinen Schuhen. Der warme Wind pfiff und trug Zigarettenrauch mit sich, der ihm in die Nase wehte, und Rokka wedelte mit der Hand vor seinem Gesicht herum.

Christer Lönn saß da, an die Wand gelehnt. Rokka erkannte den spitzen Haaransatz, der nun wesentlich dünner aussah als auf dem alten Passfoto. Seine Jeans war an den Knien kaputt, und das schwarze T-Shirt war ausgewaschen. An den Handgelenken trug er mehrere Lederriemen und Silberarmbänder.

»Ich komme von der Polizei Hudiksvall«, stellte Rokka sich vor. »Du kennst mich vielleicht?«

Christer beugte sich vor und warf die Kippe in den Kanal.

»Dann hock dich hin«, sagte er.

Rokka ließ sich nieder und zog die Sonnenbrille von der Nase.

»Und, was wollen die Ordnungshüter heute von mir?«

»Es ist schon eine Weile her, dass du entlassen wurdest.«

»Ein halbes Jahr«, sagte Christer.

»Seitdem ist einiges passiert, stimmt's?«

»Komm schon zur Sache, du bist bestimmt nicht hier, um irgendwelche Nettigkeiten loszuwerden.«

»Hier oben passiert so manches«, sagte Rokka.

Christer musste lachen.

»Hier oben passiert immer was. Hudik ist nicht so klein und unschuldig, wie man denkt. Raus jetzt mit der Sprache, Bulle.«

»Was weißt du von den White Pythons?«

Christer blinzelte ihn an. Griff nach der nächsten Zigarette, zündete sie an und zog tief daran.

»Was ist drin, wenn ich rede?«, fragte er und blies Kringel in die Luft.

»Du weißt, dass ich kein Geld habe«, antwortete Rokka.

»Irgendwas muss dabei rausspringen, sonst schweige ich wie ein Grab.«

»Wie wäre es, wenn wir bei deinem letzten Ausreißer ein Auge zudrücken. Dich sozusagen reinwaschen. Ich kenne Leute in der Nachrichtenabteilung.«

Nur die Nachrichtenabteilung konnte Einträge im Ermittlungsregister ändern, und wenn man gute Kontakte dorthin besaß, hatte man Verhandlungsspielraum.

»Okay«, antwortete Christer. »Die White Pythons versuchen, hier das Geschäft zu übernehmen. Sie suchen Laufburschen.«

Rokka merkte, dass er gleich die Information bekommen würde, auf die er aus war.

»Kennst du so einen Typen mit Glatze und einer Narbe, die vom Kinn quer über die Wangen bis hoch zum Schädel geht?«

Christer zuckte. Sah hinunter zum Kanal. Schüttelte den Kopf.

»Ich glaube, du lügst«, sagte Rokka.

»Wie hast du die Narbe beschrieben … quer über die Wange … hab noch nie was von so einem Typen gehört.«

Christer schüttelte weiterhin den Kopf.

»Bist du dir sicher? Meine Kollegen behalten dich im Auge. Sie haben kürzlich einen Hinweis bekommen, der im Ermittlungsregister unter Angabe einer zuverlässigen Quelle geführt wird.«

Christer sah aus wie ein Hund, der gerade eine Tracht Prügel bezogen hatte, und Rokka witterte seine Chance.

»Wenn wir dafür sorgen, dass der Tipp aus keiner vertrauenswürdigen Quelle stammt«, sagte er, »fällt dir dann vielleicht

352

ein, dass du von einem Typen mit einer solchen Narbe schon mal etwas gehört hast?«

Christer warf die Zigarette auf den Boden und trat darauf.

»Sie nennen ihn Scarface. Ich glaube, irgendeine Bestie hat ihm vor langer Zeit das Gesicht aufgeschlitzt.«

»Eine üble Bestie vermutlich«, sagte Rokka und konnte sich ein Grinsen nicht verkneifen.

»Ich hab keine Ahnung, aber erinnerst du dich an die Brände in den Stockholmer Restaurants vor zehn Jahren? Das war er. Ganz allein. Die Schießerei im Bishops Arms in Gävle. War er auch.«

»Mann, was du alles weißt. Hast du auch eine Ahnung, wo er sich jetzt aufhält?«

»In einer Wohnung in der Djupegata. Ich weiß nicht, wie er wirklich heißt, aber er umgibt sich mit einem Typen, der Mats heißt. An der Tür steht Malcovic.«

Rokka stand auf.

»Mats und weiter?«

»Mats … Wiklander.«

»Hast du noch mehr Infos?«

Christer steckte sich die nächste Zigarette an und schüttelte den Kopf.

»Ich würde mal so sagen: Mats Wiklander und Scarface arbeiten nicht auf eigene Initiative, die sind nur zwei Marionetten. Da gibt es einen, der gern die Brieftasche öffnet, damit das, was er getan hat, nicht herauskommt.«

***

Eddie Martinsson sank auf dem Parkplatz vor der Galeria Guldsmeden zwischen zwei Wagen zu Boden. Er hatte gerade mit Mats telefoniert, und der hatte ihm erklärt, er solle das Telefon ausschalten und die SIM-Karte an einem Ort, wo viele

Leute waren, herausnehmen. Das hatte damit zu tun, dass das Telefon sich noch in einen Mast einwählen sollte, wo schon viele andere Telefone eingewählt waren. Irgendwie sei es dann schwieriger für die Bullen, das Gespräch nachzuverfolgen.

Eddie kam sich schon richtig wie ein Profi vor. Er stellte den Rucksack vor sich ab, holte die drei Thermoskannen heraus und steckte das Telefon in eine, die SIM-Karte und die Batterie in jeweils eine andere. Er sah sich um, keiner bemerkte ihn.

Mats war auf jeden Fall cool, dachte er. Er zählte auf Eddie und wollte ihn auch bei den größeren Aktionen dabeihaben. Ein gebrochener Finger gehörte zu den Spielregeln. Aber diese miese Hure, Isabella. Sie hatte ihn gelinkt.

Er hörte, wie jemand eine Autotür neben ihm öffnete. Eddie spannte jeden Muskel seines Körpers an. So schnell es ging, stopfte er die Thermoskannen zurück in den Rucksack. Er hockte da und lauschte, wie die Schritte näher kamen. Ihm schwirrte der Kopf, und er konnte gerade noch aufstehen, als er eine Stimme hörte.

»Was machst du hier?«

Da stand plötzlich ein Mann zwischen den Autos. Er hielt einen kleinen Jungen an der Hand, der hin und her hüpfte.

»Ich hab mich im Wagen geirrt«, sagte Eddie rasch und setzte sich den Rucksack so schnell auf, dass die Thermoskannen klirrten. »Ich hab den gleichen.«

Der Mann sah ihn skeptisch an. Dann strich er dem Jungen über den Kopf und half ihm beim Einsteigen. Eddies Blick blieb an dem Kind hängen, das es sich im Kindersitz bequem machte. Der Vater beugte sich zu ihm und küsste ihn auf die Stirn. Eddie spürte einen Kloß im Hals bei dem Gedanken an seinen eigenen Vater. Der nichts von ihm wissen wollte. Dann zwang er sich, den Mann anzulächeln, und hob die Hand, bevor er quer über den Parkplatz lief und weiter davonrannte.

Er wiederholte den neuen Auftrag immer wieder, nur für

sich selbst. Er sollte bei dem alten Mann, den er in den Wald gezwungen hatte, ins Kellergeschoss einsteigen. Dann hatte er zwei Aufgaben: eine Abhöranlage zu installieren und eine Videokassette zu klauen – die dritte. Er hatte Mats gefragt, was eigentlich auf diesen blöden Kassetten drauf sei, aber Mats schien es auch nicht zu wissen. Er hatte nur gesagt, dass es vor langer Zeit auch eine vierte gegeben habe. Auf jeden Fall war sich Mats ganz sicher, dass die letzte Kassette bei dem Alten zu Hause liegen müsse.

Der Einbruch sollte noch an diesem Abend geschehen. Eddie verstand immer noch nicht, was da eigentlich Großes im Gange war. Irgendwie gab es wohl auch eine Verbindung nach Stockholm. Aber es war ihm im Grunde egal. Hoffentlich begegnete er nicht dem alten Mann. Alles, was er wollte, war, den anderen zu zeigen, wohin er gehörte.

***

Johan Rokka stieg die letzten Stufen der Treppe zum dritten Stockwerk in der Djupegata 35 hinauf, die Adresse, die er von Christer Lönn erhalten hatte. Janna ging dicht hinter ihm und hielt sich am Geländer fest. Sie lasen die Schilder auf den Briefkästen. *Svensson. Hult.* Und dann *Malcovic.* Das war die Wohnung.

Der Form halber rief Rokka den Staatsanwalt an, der gerade Dienst hatte. Aber noch bevor der erste Klingelton zu hören war, beendete er das Gespräch. Es würde viel zu lange dauern, bis sie einen Durchsuchungsbefehl hätten, und er hatte keine Ahnung, mit welchem Anzugträger er sich dafür herumschlagen musste. Aber das eigentliche Problem war, dass das einzige Motiv, das er vorweisen konnte, war, dass dies vermutlich ein Aufenthaltsort der White Pythons war. Da das Netzwerk daran interessiert war, dass Rokka sich aus den Ermittlungen über den Mord an Tindra zurückzog, hatte er offenbar eine heiße Spur. Deshalb mussten sie möglichst schnell noch mehr in Erfahrung bringen. Bevor es weitere Opfer geben würde.

Keinen Staatsanwalt, alles auf eigene Kappe, dachte Rokka und zog an der Tür. Es schien, als sei sie niemals erneuert worden, seit das Haus in den Vierzigerjahren gebaut worden war. Die Farbe im Treppenhaus blätterte an vielen Stellen ab, und oberhalb des Fensters, das zur Straße hinausging, bröckelte der Beton.

Sein Herz pochte von der Anstrengung, und er drehte sich um und betrachtete Janna Weissmann. Die vielen Stufen schienen ihr überhaupt nichts auszumachen.

»Wollen wir wirklich in die Wohnung reingehen?«, fragte sie.

»Ich habe versucht, den Staatsanwalt zu erwischen«, sagte er. »Schau.« Er hielt ihr seine Anrufliste unter die Nase.

»Gefahr im Verzug«, sagte er und zwinkerte Janna zu. Sie schüttelte nur den Kopf.

»Und welche Beweise könnten vernichtet werden?«, fragte sie, und nun schüttelte Rokka den Kopf. Er hatte nicht die geringste Ahnung, wonach sie suchten. Wenn jemand davon erfuhr, dass sie nur aufgrund von Spekulationen hier waren, würden wieder interne Ermittlungen in Gang gesetzt werden. Aber wie er es auch drehte und wendete, dies war ihre einzige Chance voranzukommen. Zumindest im Moment.

»Okay«, sagte sie. »Ich gehe mit.«

Er klopfte dreimal schnell hintereinander. Ein paar Sekunden lang standen sie da und sahen sich an. Normalerweise mochte er Hausdurchsuchungen nicht besonders. In die Privatsphäre anderer Leute eindringen und herumwühlen. Aber jetzt machte es ihm nicht das Geringste aus.

Als nach dem nächsten Klopfen noch immer kein Ton zu hören war, hockte sich Rokka vor den Briefschlitz. Er fuhr in die

Innenseite seiner Jacke und zog einen 50 cm langen Metallstab heraus, der am einen Ende gebogen war.

»Eine Türklinkenangel?«, fragte Janna leise. Auch wenn die eleganter als ein Brecheisen war, benutzte sie die Polizei nicht. Normalerweise.

»Mir ist die Brechstange zu schwer«, flüsterte er zurück. Mit einer Hand hielt er die Klappe vor dem Schlitz auf, mit der anderen schob er das Gerät hinein. Es dauerte keine dreißig Sekunden, dann saß die Schlaufe an der Klinke. Es klickte, und die Tür sprang auf.

Rokka nahm die Pistole aus dem Holster und betrat den Flur. Janna war gleich hinter ihm.

»Hallo. Hier spricht die Polizei. Wir betreten jetzt die Wohnung.«

Keine Antwort.

In der Wohnung war es dunkel, und ihnen schlug abgestandene, muffige Luft entgegen. Hier hielten sich also das Narbengesicht und dieser Mats Wiklander auf.

Während Rokka sich umsah, zog er sich blaue Plastikhandschuhe über. Die Tapeten waren braun mit gelben Medaillons. Während er die Küche inspizierte, nahm Janna sich das Schlafzimmer vor. Er öffnete alle Schränke. Alte Töpfe standen dicht an dicht mit kaputten Tellern und Gläsern. Im Wohnzimmer trafen sie sich wieder. Das Eichenparkett hatte schwarze Brandflecke und Kratzer von Möbeln, die man hin und her gerückt hatte. In der Ecke lagen dicke Wollmäuse, und auf dem Wohnzimmertisch stand ein kaputter Kunststoffteller mit eingetrocknetem Schinken.

Einige Regalbretter im Bücherregal waren lose. Schnell und wortlos hob Rokka alle Bücher hoch, blätterte sie einzeln durch, bis das Regal leer war. Dann legte er sie auf den Boden, während Janna den Schrank, der gegenüberstand, öffnete und Fach für Fach kontrollierte.

»Wonach suchen wir?«, fragte Janna schließlich.

Rokka seufzte. Dass er gerade wieder einmal gegen die Vorschriften verstoßen hatte, bereitete ihm Bauchschmerzen. Er setzte sich aufs Sofa und wedelte Staub auf, der durch die Luft flog. Und da sah er es. Ganz hinten in der Ecke ragte etwas heraus, etwas Blaues. Rokka ging hinüber und zog einen Pullover hervor. Er hielt ihn in die Luft und sah das weiße Emblem mit einer Schlange, die sich um die Buchstaben der Worte »White Pythons« schlängelte. Er betrachtete auch den dunkel verfärbten, schmuddeligen Halsausschnitt. Voll von DNS.

»Der darf mit«, sagte er und steckte den Pulli vorsichtig in einen Asservatenbeutel.

32

Die Autotür schlug hinter Janna zu, und Rokka beobachtete sie, wie sie die Lotsgata zu ihrem Haus hinauflief. Mit der Berichterstattung über die Hausdurchsuchung wollte er noch warten. Bei Bengtsson musste man immer auf der Hut sein.

Neben ihm auf dem Beifahrersitz lag der Asservatenbeutel mit dem White-Pythons-Pullover. Ein leichtes Angstgefühl machte sich bemerkbar. So wie früher, wenn es ihm gelungen war, im Supermarkt etwas zu klauen, ohne sich erwischen zu lassen. Er hatte zwar das bekommen, was er haben wollte, doch das Gefühl, etwas Unrechtes getan zu haben, überschattete den Triumph.

Langsam fuhr er die Storgata entlang, am Stadshotel und bei *O'Learys* vorbei. Vor dem Eingang lagen immer noch zerplatzte Luftballons, blau-gelbe Zierbänder und Birkenreisig wie besudelte Erinnerungen an die Ereignisse ein paar Tage zuvor.

Plötzlich verspürte er ein Hungergefühl, und er spielte mit dem Gedanken, sich auf der Stelle einen Hamburger zu besorgen. Die Alternative wäre, noch ein Stück weiter zu *McDonald's* zu fahren.

Und da sah er ihn. Wie er allein die Straße entlanglief. Mit diesem vertrauten, schlendernden Gang. Die Kappe tief im Gesicht, die Converse viel kaputter als beim letzten Mal, als sie sich über den Weg gelaufen waren. Doch die Erleichterung, Eddie heil und auf zwei Beinen zu sehen, war wie immer riesengroß.

In Windeseile stopfte er die Tüte mit dem White-Pythons-Pullover unter den Sitz. Als er auf der Höhe von Eddie war, trat er in die Eisen, beugte sich zum Beifahrersitz hinüber und öffnete die Tür. Bevor Eddie wusste, wie ihm geschah, war

Rokka schon aus dem Wagen gesprungen. Jetzt schob er Eddie auf den Beifahrersitz.

»Hey, was machst du?« Eddie versuchte loszukommen, aber Rokka verhinderte es und schlug die Wagentür zu.

»Ich will wissen, wie es dir geht«, sagte Rokka, als der Wagen schon wieder rollte.

»Wie, das ist deine Art, es herauszufinden?«

»Ja, so könnte man es ausdrücken.«

Eddie schüttelte den Kopf und sah zum Beifahrerfenster hinaus. Trommelte mit den Fingerspitzen auf den Oberschenkel. Zog den Schirm seiner Kappe noch tiefer ins Gesicht. Trommelte weiter.

»Wo fährst du hin, willst du mich zur Polizeistation bringen?«

Rokka konnte sich das Lachen nicht verkneifen. Es war mehr ein Glucksen, doch dann brach er in heftiges Lachen aus.

Eddie zog die Augenbrauen hoch.

»Mir ist schon klar, dass du anders bist als die anderen Bullen, aber ich checke grad gar nichts.«

Rokka sah ihm in die Augen. Eigentlich wollte er ihm erzählen, was in den letzten Tagen geschehen war, aber er verwarf den Gedanken wieder.

»Ach, es geht hier nicht um mich. Wie läuft's denn zu Hause?«

»Mit der tollsten Mutter der Welt, meinst du?«

Wieder musste Rokka lachen. Hatte das Bild von Eddies Mutter vor Augen. Bei ihrer letzten Begegnung auf der Polizeistation hatte sie Rokka nur angestarrt. Als sie sich verabschiedeten, hatte sie ihn gefragt, was er am Abend vorhabe.

»Oh Mann, die ist so peinlich.« Eddie hielt sich die Hand vor die Augen. Rokka spürte den Kloß im Hals. Am liebsten hätte er Eddie nicht mehr aus seinem Wagen gelassen, hätte aufgepasst, dass er nie mehr auf die schiefe Bahn geriet.

»Was hast du im Sommer vor?«, fragte er ihn.

»Irgendwie muss ich Geld verdienen. Ich hatte schon eine Bewerbung laufen, wollte dem Hausmeister in der Kirche helfen, aber meine Mutter hat mir die Tour vermasselt, als sie versucht hat, ihn abends in der Kneipe aufzureißen.«

»Und wie läuft's beim Kickboxen, machst du schon Kämpfe?« Rokka musste an Patrik Cima denken. Für eine Weile würde das Training sicherlich ausfallen.

»Ja, das hat mein Trainer gesagt, aber ich weiß es auch nicht. Im Moment lässt er mich auf keinen Gegner los. Wieso wolltest du eigentlich wissen, wie er heißt?«

»Ach, ich wollte es einfach wissen«, sagte Rokka und hielt sich mit den Händen am Steuer fest. Höchste Zeit, das Gesprächsthema zu wechseln.

»Machst du im Herbst mit der Schule weiter?«

»Keine Ahnung«, sagte Eddie. »Ich weiß nicht, ob ich das durchhalte. Wenn wir an den Autos rumschrauben, ist alles gut, aber das Stillsitzen im Unterricht, das viele Zuhören, das halte ich kaum aus.«

»Reiß dich zusammen. Es ist nur noch ein Jahr.«

»Und dann?«

Rokka biss sich auf die Unterlippe. Das kam ihm alles so bekannt vor. Am liebsten würde er Eddie erklären, dass man die Dinge ändern konnte, dass ein besseres Leben möglich war. Aber, stimmte das auch wirklich? Er war schließlich selbst gerade wieder gefährlich nahe daran, auf die schiefe Bahn zu geraten.

Eddie sah aus dem Fenster. Ballte die Fäuste in seinem Schoß. Auf dem Fußweg lief ein Junge mit einem Rucksack, der so groß war wie sein ganzer Oberkörper. Er blieb stehen, um einen Schultergurt zu lockern, und es sah fast so aus, als würde er umkippen vom Gewicht des Gepäcks. Stolpernd lief er weiter. Eddie beobachtete ihn, dann drehte er sich zu Rokka um.

»Ich … ich hab nur dich.«

***

Der Geruch von Frittieröl schlug Rokka entgegen, als er das Restaurant *O'Learys* betrat. Er musste sich unbedingt setzen. Vorher hatte er Eddie nach Hause gebracht, und es hatte ihm in der Seele wehgetan, zuzusehen, wie Eddie die Wagentür zuschlug und auf den Eingang der tristen Mietskaserne zuging.

Das Licht im Lokal war gedämpft, und *The first cut is the deepest* erklang aus den Lautsprechern. Rokka grüßte den Kellner und suchte nach einem Tisch, der ihm zusagte. Dann ließ er sich auf ein Sofa an einer Wand fallen.

Obwohl es Mittagszeit war, saßen nicht viele Gäste im Lokal. Ein paar Tische entfernt war ein junges Paar in eine ernste Diskussion vertieft. Pelle Almén war mit dem Streifenwagen in der Gegend unterwegs und musste jeden Moment auftauchen. Er hatte gesagt, es gebe Neuigkeiten, aber Rokka war mit seinen Gedanken nach wie vor bei Eddie.

Er schloss die Augen, spürte das Kneifen im Bauch und den Druck auf der Brust, als er daran dachte, was Eddie zu ihm gesagt hatte. Er habe nur ihn. Er war Bulle, und Eddie war offensichtlich gerade dabei, die Gangsterlaufbahn einzuschlagen.

Ein großer, schlaksiger Kellner kam an Rokkas Tisch. Er trug ein kurzärmliges Polohemd und lächelte unentwegt. »Einen Baconburger bitte«, sagte Rokka. »Mit Pommes.« Dann betrachtete er die Bilder an der Wand. Hinter ihm hingen ein Baseballschläger und ein Catcher-Handschuh, daneben signierte Fotos von Ted Williams von den Boston Red Sox. Als Rokka ein kleiner Junge gewesen war, liefen so viele Highschool-Filme im Fernsehen, dass er immer davon geträumt hatte, Baseballspieler zu werden.

»Und, wie geht's?«

Er zuckte zusammen, als Almén mit einem Mal vor ihm stand.

»Ganz ehrlich, kann ich nicht sagen.«

»Was ist los?«

»Vermutlich werde ich nie eigene Kinder haben«, sagte Rokka. »Aber jetzt weiß ich, was Vatergefühle sind. Und ich weiß nicht, ob ich das noch einmal erleben will.«

»Meinst du Eddie?«

Die besondere Verbindung, die zwischen Rokka und Eddie bestand, war den Kollegen auf der Station bekannt. Rokka nickte und spürte den Kloß im Hals. Jetzt wollte er lieber das Thema wechseln.

»Ich hab Arbeit für dich«, begann er. »Ich brauche über Mats Wiklander und seinen Kontakt zu den White Pythons in Gävle alle Infos, die wir kriegen können. Sie etablieren sich nach und nach hier bei uns, und ich habe Informationen, dass er sich in einer Wohnung in der Djupegata aufhält. Wenn wir ihn auftreiben, müssen wir ihn durch die Mangel drehen. Schnappt ihn euch, egal weshalb, wegen irgendwas muss er sich ja drankriegen lassen. Beim Abbiegen nicht geblinkt, falsche Scheinwerfer, was auch immer.«

Almén nickte.

»Du bist schon in seiner Wohnung gewesen, stimmt's?«

»Wie kommst du denn darauf?« Rokka grinste breit.

»Ich kenne dich«, antwortete Almén lächelnd. Dann wurde sein Gesicht wieder ernst, und er faltete die Hände.

»Ich habe traurige Nachrichten«, fuhr er fort. »Und ich kann dich leider nicht verschonen. Melinda Aronsson ist tot.«

Rokka umklammerte sein Besteck. Starrte Almén an, sah ihm direkt in die Augen, um sicherzugehen, dass er sich nicht verhört hatte.

»Wie … wie ist das passiert?«

»Aus unerklärlichem Grund geriet ihr Wagen auf die Gegenfahrbahn und kollidierte mit einem Laster.«

Rokka schloss die Augen. Sein Herz raste so, dass es

schmerzte. Alles brach über ihn herein. Die Wärme, wenn er sie umarmt hatte, mischte sich mit dem unangenehmen, kalten Gefühl, das ihn überkommen hatte, als ihm klar wurde, dass sie verschwunden war. Mit ihren hochhackigen Schuhen hatte sie seine kleine Hoffnung, dass die Sache zwischen ihnen vielleicht etwas Ernstes sei, zertreten. Aber tief in seinem Inneren hatte er darauf gehofft, dass sie zurückkommen würde. Dass sie nur umgezogen sei und dass sein Verdacht, sie könne die Ermittlungsunterlagen an sich genommen haben, sich als unbegründet herausstellte. Aber jetzt war sie tot.

»Das hab ich in ihrem Wagen gefunden«, sagte Almén und reichte ihm eine braune Pappmappe. Rokka sah den Papierstapel, der daraus hervorlugte, und wusste sofort, was er da in den Händen hielt: die Dokumentation der Ermittlungen zu Fannys Verschwinden.

***

Der Kellner stellte Rokkas Baconburger auf den Tisch, doch Rokka schob den Teller wieder weg. Mit den Handflächen rieb er sich übers Gesicht und über den Schädel. Almén war gegangen und hatte ihn mit seinen Gefühlen allein gelassen. Die Wut über das, was Melinda getan hatte, mischte sich mit der Trauer über ihren Tod und der Frustration, dass er nicht mehr über sie in Erfahrung gebracht hatte. Wer war sie eigentlich gewesen? Was für ein Mensch hatte sich hinter dieser Fassade verborgen? Sie hatten ein paar Monate zusammengearbeitet und irgendeine Form von Beziehung gehabt. Aber er hatte nur ein bisschen an der Oberfläche gekratzt. Wer waren ihre Freunde, ihre Familie?

Die Frage, warum Melinda die Dokumentation bei sich hatte, blieb offen. Rokka betrachtete die braune Mappe auf dem Tisch. Es war klar, dass sie ihm die Informationen vorenthalten wollte. Aber warum Melinda? Wie konnte sie in eine Ermittlung verstrickt sein, die eingestellt wurde, als sie erst zwölf Jahre alt war?

Er fuhr mit dem Daumen über den Pappdeckel. Konnte es kaum glauben, dass die Dokumentation nun endlich vor ihm lag. Nach all den Jahren, in denen seine Gedanken und seine Sehnsucht darum gekreist hatten, endlich herauszufinden, was an dem entscheidenden Tag geschehen war. Die Dokumentation, hinter der er her war, seit er vor zweieinhalb Jahren nach Hudiksvall gezogen war.

Und trotzdem zögerte er jetzt. Er hatte Angst vor der Enttäuschung, dass er am Ende hier sitzen würde und noch mehr Fragen hätte als vorher. Schließlich fasste er sich ein Herz und schlug die Mappe auf.

Als Erstes fand er die Zusammenfassung des Falls, das waren die Unterlagen, von denen er bereits eine Kopie erhalten hatte. Danach folgte die Dokumentation von vier Vernehmungen. Zuerst überflog er das Gespräch mit Jan Pettersson. Fannys Vater hatte dem Polizeiinspektor erläutert, wie er die Polizei verständigt hatte, als ihm klar wurde, dass Fanny verschwunden war. Hatte die letzten Wochen und Monate beschrieben. Mit wem sie Kontakt gehabt hatte. Ein paar Freundinnen wurden namentlich genannt. Rokkas Herz schlug immer schneller, während er fieberhaft nach seinem eigenen Namen suchte.

Warum wurde er nicht erwähnt? Jan Petterssons Stimme hallte noch in seinem Hinterkopf, wie er sagte: »Du hast sie nicht verdient.«

Sein Blick blieb an der Zeile hängen, wo Jan Petterssons Antwort auf die Frage dokumentiert war, ob Fanny einen Freund gehabt habe.

Jan Pettersson hatte mit Nein geantwortet.

Warum Nein?

Rokka knallte die Unterlagen auf den Tisch. Fuhr sich verzweifelt über den Schädel. Dann sah er wieder runter auf die Mappe. Die nächste Vernehmung. Von Fannys bester Freundin. Da konnte er nichts Interessantes entdecken. Sie hatte von der Feier auf dem Köpmanberg berichtet. Fanny sei verschwunden, doch sie habe gedacht, sie gehe heim.

Rokka spürte, wie ihm die Tränen in die Augen schossen.

Als Nächstes hatten sie Ann-Margret Pettersson vernommen, Fannys Mutter. Zwei Tage nach Fannys Verschwinden. Rokka las Antonssons handgeschriebenes Protokoll:

10. Juni 1993. Vernehmung von Ann-Margret Pettersson. 1943-01-13. ID: Führerschein. Die Vernehmung beginnt um 15:05 Uhr im Krankenhaus Hudiksvall, wo sich die betreffende Person nach einem Sturz befindet.

Rokka überflog schnell ihre Angaben über Fannys letzte Tage. Auch hier kamen die Namen der Freundinnen vor.

Wissen Sie, ob Fanny einen Freund hat?
Ann-Margret zögert mit ihrer Antwort, dann sagt sie Ja. Die befragte Person hat Schwierigkeiten, die richtigen Worte zu finden, aber teilt mit, dass er Rokka heißt. Den Vornamen kann sie nicht richtig artikulieren.

Rokka blätterte weiter. Es folgten die Notizen von seiner eigenen Vernehmung, das waren die letzten Seiten der Dokumentation. Ihm liefen die Tränen über die Wangen, als er las, was er zu Protokoll gegeben hatte, wie er auf dem Köpmanberg nach Fanny gesucht hatte und fast mit einem Mercedes kollidiert wäre, als er auf dem Weg zu ihr nach Hause gewesen war. Und wie er am darauffolgenden Morgen Bescheid von ihrem Verschwinden erhalten hatte.

Er blätterte wieder zurück zum Protokoll von Ann-Margrets Vernehmung.

Ich berichte ihr, dass Zeugen einen schwarzen Mercedes vom Tatort wegfahren sahen, und frage sie, ob sie den Wagen kenne.
Die Befragte versucht, etwas zu antworten, doch stattdessen bewegt sie den Kopf in der Art, dass ich es als ein Nicken, als Ja verstehe. Die Vernehmung wird durch den Zustand der Frau sehr erschwert.

Rokka spürte eine zunehmende Ohnmacht. Wenn es nun Fanny gewesen war, die in dem Mercedes gesessen hatte? Er las weiter.

Ich frage, ob es stimmt, dass Ann-Margret Pettersson am Tag nach Fannys Abiturfeier die Treppe im Haus hinuntergestürzt sei.
Die Befragte nickt sehr deutlich, und ich deute es als ein Ja. Ich frage sie, ob es ein Unfall war.
Ann-Margret will nicht antworten. Schließt die Augen und öffnet sie nicht mehr. Ich stelle die Frage anders, frage sie, ob sie gestoßen wurde.
Die Befragte bricht in Tränen aus. Es ist schwer, in ihrem gegenwärtigen Zustand eine Antwort zu erhalten. Das Personal im Krankenhaus bittet mich, die Vernehmung abzubrechen. Ich verabschiede mich und bitte darum, das Gespräch fortsetzen zu dürfen, wenn sie sich in einem besseren Gemütszustand befindet.

Darunter die Unterschrift des Sachbearbeiters Antonsson.

Rokka blätterte weiter und fand eine Notiz von einem späteren Zeitpunkt.

Die Ärzte im Krankenhaus Hudiksvall haben bei Ann-Margret Pettersson eine Aphasie diagnostiziert. Weitere Vernehmungen sind dadurch weitestgehend unmöglich.

Rokka spürte, wie ihm ein eiskalter Schauer über den Rücken lief. Wenn es nun gar kein Unfall gewesen war? Wenn jemand Ann-Margret am Tag nach Fannys Verschwinden die Treppe hinuntergestoßen hatte?

33

Bernt Lindberg saß am Küchentisch, in der Hand eine Tasse aus Gustavsbergporzellan. Zum Frühstück brachte er nur ein paar Schlucke Tee hinunter. Er sah auf sein Oberhemd und stellte fest, dass es an den Manschetten schon dunkel und fleckig aussah. Er erschauderte bei dem Gedanken daran, wie er neulich abends ins Haus geschlichen war, voller Panik nach diesem schrecklichen Ereignis im Wald. Ein Jugendlicher hatte ihn auf eine Art und Weise bedroht, die er niemals für möglich gehalten hätte. So was gab es doch nur im Film.

Die Hose, die vom Urin gestunken hatte, hatte er zusammengeknüllt und in die Mülltonne geschmissen. Er hatte keine Ahnung, wie man die Waschmaschine bediente, und er wollte nicht riskieren, dass Sonja ihm irgendwelche Fragen stellte.

Seine Fingernägel waren lang geworden, er musste sie unbedingt mal wieder schneiden. Wenn er sich bewegte, fuhr ihm der Geruch seines Achselschweißes in die Nase. Was für eine erbärmliche Gestalt er war. Das hätte er schon einsehen sollen, als er klein war. Dass er nur gemocht wurde, weil er sich alle Mühe gab, dazuzugehören. Von seiner kleinen Körpergröße abzulenken und für etwas anderes geschätzt zu werden. Jemand anderes zu sein als nur der kleine Bernt.

Sein Blick wanderte zu seinem Ehering. Er war knapp einen Zentimeter breit und mehrere Millimeter dick. Gold. In den letzten Jahren hatte er einige Kratzer abbekommen, er sollte ihn mal zum Polieren bringen. Mit dem Zeigefinger fuhr er darüber.

Bernt drehte den Kopf und schielte hinüber ins Wohnzimmer. Sonja saß auf dem Sofa und trank mit einer Freundin Kaffee. Sie unterhielten sich leise, während sie gleichzeitig die Nachrichten anschauten. Bernt, der üblicherweise keine Möglichkeit ausließ, sich über die Welt zu informieren, wollte

weder etwas davon sehen noch hören. In den letzten Tagen war
der Mord an Tindra riesig aufgebauscht worden, er war immer
noch der Aufmacher. Bilder vom Köpmanberg, all die Blumen
und Kerzen, dazwischen Interviews mit Polizeibeamten, die
ein ernstes Gesicht machten. Sie hatten einen Verdächtigen,
doch in Bernt kam kein Funken Hoffnung auf.

Aber an diesem Abend berichteten sie nichts von den Ermittlungen. Stattdessen war der Kongress über die Menschenrechte, der gegenwärtig in Stockholm stattfand, das Haupt-
thema. Mit geschlossenen Augen hörte Bernt zu.

Er faltete die Hände und sah an die Decke. Eigentlich war er
nie besonders religiös gewesen. Und er würde sich selbst auch
nicht als gläubig bezeichnen. Dennoch verspürte er das eigenartige Bedürfnis, sich an jemanden zu wenden. Jemandem seine
Gefühle anzuvertrauen, als sei dies der letzte Ausweg. Das Gesicht zum Himmel gerichtet, schloss er die Augen und begann,
vor sich hin zu murmeln.

Bernt war tief in seine Gedanken versunken, als er plötzlich einen Laut vernahm. Es klang, als käme er vom Keller.
Bernt krallte die Hände ineinander und lauschte. Es klirrte.
Eine Scheibe wurde eingeschlagen. Sein Herz schlug nun immer schneller, an den Schläfen pochte es. Er spürte den Impuls,
aufzuspringen und in den Keller zu rennen, doch er konnte es
nicht. Irgendwie hatte er schon aufgegeben.

Er hörte, wie das Fenster geöffnet wurde und jemand einstieg. Bernt warf einen Blick auf Sonja und deren Freundin.
Sie hatten nichts bemerkt. Da unten trieb einer sein Unwesen.
Öffnete Schränke und Schubladen. Dann war ein Krachen zu
hören, irgendwas brach er auf. Bernt saß wie versteinert da, die
Hand auf der Brust. Etwas später war es wieder still. Er wartete
noch ein paar Minuten, dann erhob er sich wie in Zeitlupe. Mit
ganz langsamen Schritten tappte er in den Flur, dann stieg er die
Treppe hinunter. Er wusste genau, wonach sie gesucht hatten.

***

Es war das erste Mal, dass Johan Rokka die Rehaklinik Backen betrat. Der gepflasterte Weg, der zum Haupteingang führte, war von rosa Buschröschen gesäumt, die Knospen trugen. Auf dem Rasen befanden sich Gartenmöbel aus weißem Holz, daneben ein stabiler Sonnenschirm, und etwas weiter hinten stand auf einer kleinen Anhöhe ein Pavillon mit Blick auf den See Lillfjärden. Hier wohnte Fannys Mutter Ann-Margret also jetzt.

Rokka streckte die Hand aus und begrüßte die Schwester, die ihn empfing. Sie hatte rotes Haar, trug ein kurzärmliges blaues Hemd und eine weite Hose aus demselben Stoff. Das Namensschild, das sie neben ihrem V-Ausschnitt trug, teilte mit, dass sie Liselott hieß und die Leitung des Pflegedienstes innehatte. Sie führte ihn durch das Haus.

»Ann-Margret ist auf ihrem Zimmer«, erklärte sie und öffnete eine Tür. »Wir haben ihr gesagt, dass der ehemalige Freund ihrer Tochter zu Besuch kommen würde, das stimmt doch so, oder?«

Rokka nickte, das stimmte. Es war ihm lieber, dass das Personal ihn als Privatperson wahrnahm. Er warf einen Blick in den Raum. Er war hell gestrichen, hatte bodentiefe Fenster an zwei Seiten. Dadurch hatte man auch einen Blick auf das Stadion und die Fontäne im See.

»Seit wann wohnt sie schon hier?«

»Sehr lange. Vielleicht wissen Sie, dass sie vor gut zwanzig Jahren eine Treppe hinuntergestürzt ist. Dadurch erlitt sie eine Fraktur der oberen Halswirbel, die auf das Rückenmark drücken, was eine Lähmung von der Halswirbelsäule abwärts verursacht hat.«

»Kann sie sprechen?«

»Als Folge des Sturzes bekam sie einen Schlaganfall, worauf sich eine sogenannte expressive Aphasie einstellte. Bei ihr äußert sich das so, dass ihr die Worte, die sie sagen will, nicht einfallen. Oder sie wiederholt ständig dasselbe Wort.«

»Versteht sie, was man ihr sagt?«

Liselott nickte.

»Wir gehen davon aus.«

»Wissen Sie etwas darüber, wie es zu dem Sturz kam?«

Liselott hielt inne.

»Genaues weiß man nicht. Nur, dass ihr Mann sie am Fuß der Treppe gefunden hat, als er von der Arbeit nach Hause kam. Vielleicht ist sie einfach gestolpert. Treppenstürze können böse enden.«

Rokka nickte und musste daran denken, was im Vernehmungsprotokoll stand. Dass Ann-Margret auf die Frage, ob der Sturz ein Unfall gewesen sei, nicht geantwortet hatte. Jetzt begriff er, dass er auf seine Frage, was wirklich passiert war, keine Antwort bekommen würde.

»Vielleicht sind Sie darüber informiert, dass Jan Pettersson die Renovierung der ganzen Klinik finanziert hat«, sagte Liselott. »Unser gemeinsames Ziel ist es, den Patienten ein möglichst ruhiges Leben hier zu ermöglichen und ihre Fähigkeiten zur Rehabilitation voll auszuschöpfen. Viele kommen auch am Ende ihres Lebens zu uns …«

Rokka nickte.

»Bekommt sie häufig Besuch?«

»Jan Pettersson kommt einmal im Monat. Aber wenn Sie mich fragen, macht es für Ann-Margret keinen Unterschied, ob er sie häufig besucht oder nicht. Und ganz ehrlich: Ich kann sie verstehen.«

Rokka runzelte die Stirn. »Wie meinen Sie das?«

»Ich tue mich schwer mit ihm«, gab Liselott zu.

»Da sind Sie nicht die Einzige.«

»Jan Pettersson hat hier in Hudik viel zu großen Einfluss«, fuhr sie fort und hob demonstrativ den Zeigefinger. »Mein

Vater saß früher im Gemeinderat und ärgerte sich immer darüber, dass es niemand durchschaute. Erinnern Sie sich noch, als die Gemeinde neue Wohnungen auf dem Gelände gegenüber von Mitos Helsing bauen wollte? Jan Pettersson argumentierte, dass die Aussicht für die Bewohner in Tjuvskär auf der anderen Seite der Bucht doch viel schöner sei, und da hätten sie sowohl Morgen- als auch Abendsonne. Was denken Sie, wie die Sache ausging?«

Rokka lauschte ihrem Monolog. Ihm kam der Gedanke, dass es kaum etwas gab, das so langweilig war wie Kommunalpolitik.

»Und sonst kommt niemand zu Besuch?«, fragte er weiter.

»Nein … nicht direkt«, antwortete Liselott etwas zurückhaltend. Sie fuhr sich mit der Hand durchs Haar und kam einen Schritt auf Rokka zu. »Soll ich Ihnen ein Geheimnis verraten? Ich glaube, sie hat einen heimlichen Verehrer, von dem ihr Mann nichts weiß.«

»Wie meinen Sie das?«

»Jeden Monat bekommt sie Post von einem Mann.«

Liselott senkte die Stimme und trat näher an Rokka heran.

»Im ersten Brief bat er uns, die Umschläge zu entsorgen und nur die Briefe zu behalten. Wir wissen nicht, wer dieser Herr ist, aber die Briefe sind alle von einem Henri unterschrieben. Wir Schwestern stellen uns immer vor, er sei ein eleganter Franzose.« Liselott kicherte, dann fuhr sie fort. »Wir öffnen die Briefe und lesen sie ihr vor, einfach weil es ihr guttut. Sie sieht dann immer so glücklich aus, daher ist das ein kleines Ritual für sie und uns geworden. Aber Jan Pettersson hat davon keine Kenntnis, und ich muss auch Sie bitten, das für sich zu behalten. Ein paar Geheimnisse müssen schließlich erlaubt sein.«

Rokka nickte.

»Ist es in Ordnung, wenn ich zu ihr reingehe?«

»Ja, sicher.«

»Eins frage ich mich noch«, sagte Rokka. »Sie wissen nicht zufällig, wo die Briefe abgestempelt sind?«

»Doch …«, sagte Liselott. »In Accra.«

»Ich saß im Klassenzimmer in der letzten Reihe und hab in den Erdkundestunden immer geschlafen. Können Sie mir auf die Sprünge helfen?«

»Das ist die Hauptstadt von Ghana«, antwortete Liselott und musste lachen.

Ein Franzose, der Briefe aus Ghana schrieb. Rokka betrat Ann-Margrets Zimmer. Sie saß ganz hinten in einem weißen Sessel. Fannys Mutter.

»Ich lasse Sie beide allein«, verabschiedete sich Liselott und schloss vorsichtig die Tür.

Langsam ging Rokka auf Ann-Margret zu. Ihr silbergraues Haar war zu einem Knoten gesteckt. Eine lockige Strähne hatte sich gelöst und hing ihr über den Rücken.

Er beugte sich vor und legte ihr die Hand auf die Schulter.

»Ann-Margret, ich bin Johan Rokka.«

Ihr Kopf zuckte, und sie sah zu ihm hoch.

Rokka spürte einen Stich im Herzen, als er ihr Gesicht betrachtete. Feine Linien breiteten sich um die Augenwinkel und auch auf den Wangen aus. Ihr Blick war leer, sie schien auf etwas zu starren, das weit hinter Rokka lag. Aber ihr Anblick versetzte ihn um Jahrzehnte in der Zeit zurück.

Fanny war eine Kopie ihrer Mutter gewesen. Er erinnerte sich an ihre funkelnden blauen Augen, die immer so wissbegierig schauten. Die alles infrage stellten. Die diese Zuverlässigkeit ausstrahlten.

Rokka trat einen Schritt zurück und räusperte sich.

»Ich kann verstehen, wenn du mich nicht mehr wiedererkennst. Es ist über zwanzig Jahre her, und ich weiß, dass dir in der Zwischenzeit etwas zugestoßen ist.«

Die Frau änderte ihre Blickrichtung, aber fixierte noch immer einen Punkt weit hinter ihm. Vergeblich versuchte er, Blickkontakt aufzunehmen. Er hockte sich neben ihren Sessel.

»Ich weiß nicht, ob du dich daran erinnern kannst, aber Fanny war meine Freundin.«

Er sah ihr immer noch tief in die Augen.

»Ich möchte nur sagen ... es tut mir so leid, dass sie verschwunden ist. Sie wollte mir an diesem letzten Abend noch irgendetwas anvertrauen und ich ... ich bin einfach gegangen. Es ... es war mein Fehler.«

Er spürte die Tränen, wie sie ihm in die Augen stiegen. Und den Kloß im Hals. Ann-Margret öffnete den Mund, als wolle sie etwas sagen. Sie stieß einen Laut aus, der wie ein Stöhnen klang, dann schloss sie den Mund wieder. Als sie aufsah, konnte Rokka in ihrem Blick eine Veränderung erkennen. Nur ganz kurz, dann war es schon wieder vorüber.

Er sah sich im Zimmer um und fragte sich, wo sie wohl die Briefe von dem Franzosen verwahrten. Sein Blick fiel auf den Nachttisch.

Behutsam drehte er Ann-Margrets Sessel ein Stück, sodass sie die Fontäne sehen konnte. Und keine Sicht auf den Nachttisch hatte.

»Vielleicht möchtest du mal für eine Weile etwas anderes anschauen«, sagte er und streichelte ihr über die Schulter. Dann machte er ein paar schnelle Schritte zum Nachttisch und öffnete die kleine Tür. Bis auf eine Tube Handcreme war er leer. Dann bemerkte er die Kommode, die neben der Tür stand. Eine antike, weiß gebeizte Kommode mit ein paar kleinen Schubfächern und ein paar größeren.

Plötzlich stöhnte Ann-Margret auf, sodass er sich umdrehte. Sie schien sich vergeblich zu bemühen, in seine Richtung zu blicken. »Ich schaue mir nur dein schönes Zimmer an«, sagte er zu ihr und trat an die Kommode. Er öffnete eine Schublade. Ein paar Schmuckschatullen, Tücher, Handschuhe für den Winter.

In der vierten Schublade lag ein ordentlich zusammengeschobener Stapel Papier, mit einem Gummi darum. Er hob ihn hoch. Dahinter befand sich noch so ein Paket. Rokka faltete ein Papier aus dem ersten Stapel auf und erkannte, dass er gefunden hatte, wonach er gesucht hatte. In dem Moment klopfte es an der Tür. So schnell es ging, ließ er seine Hände hinter dem Rücken verschwinden.

Liselott sah herein und lächelte ihn an.

»Ann-Margret wird gleich ihr Mittagessen bekommen. Möchten Sie auch eine Portion Lachs mit Kartoffeln und Soße?«

»Nein danke«, sagte Rokka. »Ich muss schon wieder los. Hatte leider nur Zeit für eine Stippvisite.«

Liselott schloss die Tür hinter sich. Rokka legte den Stapel zurück in die Kommode, doch den einen Brief ließ er in der Jackentasche verschwinden.

»Ich will nur noch eins wissen«, sagte Rokka und legte die Hand auf Ann-Margrets Arm. »Als du die Treppe hinuntergefallen bist, hat dich da jemand gestoßen?«

Sekunden vergingen, und ganz langsam konnte er erkennen, wie sich ihre Augen mit Tränen füllten, bis ihr Lid nicht mehr verhindern konnte, dass sie ihr über die Wange liefen. Rokka streichelte ihre Hand und drückte sie fest.

Jetzt war er sich sicher. Das war kein Unfall gewesen. Dem Vernehmungsprotokoll nach zu urteilen, hatte sie auch den Mercedes gekannt, der ihm begegnet war. Wenn nun Fanny damit weggefahren war! Er konnte nicht umhin zu glauben, dass Melinda ihm diese Information hatte vorenthalten wollen und dass sie irgendwie in Verbindung zu den White Pythons stand.

***

Ein typischer Kondolenzstrauß, dachte Janna Weissmann, als der Bote die weißen Lilien auf der Polizeistation abgab. Fatima wickelte die Blumen ganz vorsichtig aus dem Papier und arrangierte sie sorgsam in der Glasvase. Sie stellte sie neben die anderen Blumen, die sie erhalten hatten, auf den Tisch.

Bengtsson hatte vorher schon eine Sitzung einberufen, bei der sie alle über den Unfall informiert hatte. Niemand dürfe sich den Medienvertretern gegenüber äußern, hieß es wieder einmal, dafür sei der Pressereferent in Gävle zuständig. Die Nachricht dämpfte die Stimmung auf der Station. Selbst wenn bekannt war, was Melinda Rokka angetan hatte und dass sie vermutlich Janna abgehört hatte, so war ihr Tod trotzdem schockierend. Manche von den Kollegen hatten zwar ihrem Ärger Luft gemacht, aber die meisten waren mit ihren Gedanken bei den Angehörigen, die sicherlich nicht die geringste Ahnung hatten, was Melinda auf dem Kerbholz gehabt hatte.

Janna wurde das Gefühl nicht los, dass Melinda tief in ihrem Herzen sehr traurig gewesen war. Was sonst hätte sie dazu gebracht, so zu handeln? Wahrscheinlich würden sie die Wahrheit nie erfahren.

Janna las die weiße Karte mit der blauen Taube darauf:

Im Gedenken an Melinda/
Die Kollegen aus Bollnäs und Ljusdal

»Ich bin noch nie in meinem Leben auf einer Beerdigung gewesen«, sagte Fatima und tupfte sich mit einem Papiertaschentuch die Nase. »Und einen Toten habe ich auch noch nie gesehen.«

Sie schluchzte. Janna legte den Kopf auf die Seite und betrachtete die Lilien, die mit ihren weißen Blütenblättern und ihren gelben Stempeln, die emporragten, über der Vase thronten, als wollten sie darauf aufmerksam machen, dass es ein Leben gab, das den Tod überdauerte.

Immer, wenn sie tote Menschen gesehen hatte, hatte sie sich die Frage gestellt, ob mit dem Tod wirklich alles vorbei war.

Ob die verstümmelten oder von Autos überfahrenen Körper noch der letzte Sitz der Seele waren, die alle Freude und alles Leid eines kurzen oder langen Lebens in sich trugen. Sie nahm eines der weißen Blätter zwischen ihre Finger und strich sanft darüber. Es fühlte sich unter ihren Fingerspitzen ganz weich an. Für sie war der Tod etwas Friedvolles. Ein Leben, das beendet war, zumindest hier auf der Erde.

Es war eigenartig, doch sie spürte eine tiefe Ruhe in ihrem Innern, wenn sie die Blumen betrachtete. Genau solche Blumen hatte sie an jenem Wintertag vor gut zwei Jahren zum Waldfriedhof in Stockholm mitgenommen, als sie das Grab ihrer Eltern zum allerersten Mal besucht hatte.

Sie musste wieder an Melinda denken, die das jüngste von fünf Geschwistern gewesen war. Sie sah es bildlich vor sich, wie Melinda bei ihrer Abifeier zu Hause saß. Auf Plastikstühlen, mit einem Buffet auf Warmhalteplatten. Janna hatte begriffen, dass es völlig egal war, ob man keine oder vier Geschwister hatte, arm oder reich war. Kinder konnten überall übersehen werden.

**

Eddie Martinsson sank auf dem Betonboden in der Baracke zusammen. Es war gar kein Problem gewesen, den Safe zu knacken und die Kassette herauszuholen. Er hatte auch die Abhöranlage installieren können. Sie saß jetzt mit doppelseitigem Klebeband befestigt in einem Bücherregal. Wenn der Alte laut genug sprach und nicht weiter als zehn Meter entfernt stand, würde Mats seine Worte mithören können.

Eddie drückte mit dem Daumen aufs Feuerzeug. Eine blaue Flamme flackerte auf, dann erlosch sie. Er warf das Feuerzeug mit aller Gewalt an die Wand. Ausgerechnet jetzt musste das Scheißding streiken, das Gas war alle!

Er knallte die Kassette auf den Boden. Es hallte von den Betonwänden wider, als sie abprallte und etwas entfernt zum Liegen kam. Wie war er da nur reingeraten? Sie hatten ihn doch ausgesucht, weil er stark war. Durchsetzungsfähig. Er hatte einen größeren Auftrag verdient, als irgendwelchen beschissenen Kassetten hinterherzurennen. Er brauchte Jobs, die ihm Türen öffneten. Ihm Geld verschafften. Wut machte sich in ihm breit.

Und was war an diesen Kassetten eigentlich so besonders? Er hockte sich hin, starrte sie an. Las das kleine Etikett. *Ghana 1993*. Scheiße, wo lag überhaupt Ghana? War das Afrika? Er hatte keinen Schimmer. Er war echt ein richtiger Loser. Was konnte er eigentlich, außer sich prügeln? Gar nichts, null.

Er warf die Kassette fort und fuhr sich durchs Haar. Da kam ihm eine Idee. Es war ja klar, dass diese Kassette wichtig war, nicht für ihn selbst, aber für irgendwen anders. Und wenn sie für jemanden so wichtig war, warum sollte er das nicht nutzen? Und noch mehr Geld verdienen als das, was sein Kumpel ihm versprochen hatte?

Diese Kassette nicht zu verbrennen hatte nur einen Haken. Wenn es herauskäme, erging es ihm am Ende wie einem Zigarettenstummel unter einem Dr.-Martens-Stiefel. Er konnte höchstens sagen, sein Akku sei leer gewesen, und er habe nicht aufzeichnen können, wie er die Kassette verbrannt hatte. Bestenfalls würden sie es ihm abnehmen. Er betrachtete die Kassette von allen Seiten, dann legte er sie wieder hin. Seine Gedanken drehten sich im Kreis. Schließlich nahm er die Kassette und steckte sie sich in die Hosentasche. Dann rannte er weg, so schnell er konnte.

34

Bernt Lindberg trat ans Fenster. Die Sonne ging gerade unter und tauchte den Garten in violett schimmerndes Dämmerlicht. Er dachte an Tindra, seine wunderschöne Enkeltochter, die diesen Sommer nicht mehr erleben durfte. Keine Walderdbeeren mehr pflücken, nicht mehr bei ihrem Sommerhäuschen in Hornsland ins Wasser springen konnte. Er würde es nicht mehr erleben, wie sie eine erfolgreiche Physiotherapeutin wurde. Nicht mehr seine Urenkel im Arm halten. Er hatte das Gefühl, sein ganzer Brustkorb krampfte sich zusammen, um sein Herz zum Explodieren zu bringen.

Letztes Jahr um diese Zeit hatte er das Grünen und Blühen verfolgt und bestaunt, all die Farben, die um diese Jahreszeit am deutlichsten hervorstachen. Jetzt war alles nur grau in grau. Nass. Klebrig. Tag und Nacht flossen nebelartig ineinander. Seine Angst war jetzt nicht mehr das Schlimmste, doch die Trauer hing wie eine dunkle Wolke über seinem Leben.

Er hatte es Sonja verheimlichen können, dass jemand in den Keller eingebrochen war und die Kassette geklaut hatte. Natürlich hatte sie von deren Existenz keine Ahnung. Es war ein sauberer Einbruch gewesen. Jemand hatte die Fensterscheibe eingeschlagen und den Safe aufgebrochen, aber ansonsten hatte der Täter keinerlei Spuren hinterlassen.

Bernt betrachtete das gerahmte Foto, das auf dem Fensterbrett stand. Eine Aufnahme aus Ghanas Hauptstadt Accra, 25 Jahre alt. Er stand da und hielt Sonja im Arm. Sie waren braun gebrannt und lachten. Hinter ihnen sah man ein Gebäude mit großen Glasfronten. *West Gold Mining* stand über dem Eingang. Er konnte sich noch gut daran erinnern, wie stolz er gewesen war, als er den Vertrag unterzeichnet hatte und einer der Eigentümer der Grube wurde. Ein ungutes Gefühl breitete sich in ihm aus, er wünschte, er könnte die Zeit noch einmal zurückdrehen.

Mutlos ließ er sich auf einen Küchenstuhl sinken. Er kniff den Mund zusammen, spürte die Stiche im Herzen. Vielleicht gab sein Herz den Kampf jetzt einfach auf. Der Gedanke daran, sich irgendwann von seiner Sonja verabschieden zu müssen, jagte ihm Angst ein, doch er wurde immer realistischer. Tränen schossen ihm in die Augen. Jetzt war es zu spät. Jahrzehntelange Lügen würden niemals wiedergutzumachen sein, und mit Tindras Tod gab es nun keinen Ausweg mehr, das spürte er ganz deutlich.

Ihr grotesker Gesichtsausdruck mit dem Tape über dem Mund tauchte in seinem Kopf auf. Tindras hübsches Gesicht zur Fratze entstellt.

Vor ihm auf dem Tisch lag ein Block mit gelben Post-it-Zetteln.

»Im Himmel bringt uns niemand zum Schweigen«, schniefte er und zupfte ein Blatt ab. »Tut mir leid, mein Engel. Ich kann nicht länger schweigen.«

Es hatte schon in der Grundschule begonnen. Er war ihr Helfer gewesen und hatte alles getan, damit sie ihn nicht »kleiner Bernt« riefen. Er trug ihre Taschen und putzte ihre Lederschuhe. Später kaufte er Zigaretten und Bier, wenn sie sich trafen. Räumte nach ausufernden Partys alles wieder auf. Chauffierte sie, sobald er den Führerschein hatte, von A nach B. Und so war es immer weitergegangen. Der Pakt wurde nach dem Studium noch fester. Bernt hatte die Uni mit Auszeichnung verlassen, ihm stand eine glänzende Karriere bevor. Die Freunde fassten den Beschluss, gemeinsam die höchsten Posten in der Wirtschaft zu erobern. Am Ende war der Pakt nicht mehr aufzulösen. Komme, was wolle.

Aber jetzt war Schluss damit. Sie hatten ihm Tindra genommen, und sein eigenes Leben hatte seinen Sinn verloren. Aus der Hemdtasche zog er die Serviette, auf der er die Handynummer notiert hatte. Was er jetzt tat, war das einzig Richtige. Er war bereit, die Folgen zu tragen.

Mit weichen Knien stieg er in den Keller hinunter, suchte Halt am Geländer. Er stellte sich vor das helle Birkenregal. Betrachtete das hübsche Foto von Tindra vor ihm. Seine Hände zitterten, als er zum Handy griff, und er musste sich sehr konzentrieren, um die richtigen Tasten zu drücken. Er starrte abwechselnd auf die Serviette und das Handy, als er Johan Rokkas Telefonnummer eingab. Am Ende kontrollierte er sie noch einmal, dann drückte er auf »Wählen«. Die Erleichterung stellte sich sofort ein.

**

Johan Rokka schreckte in seinem Bett hoch. Sein Traum war bestürzend real gewesen. Melinda hatte lächelnd vor ihm gestanden, die kleine Lücke zwischen den Schneidezähnen, die vielen Sommersprossen auf den Wangen. Sie hatte sich vorgebeugt, um ihn zu küssen, doch dann hatte das Telefon geklingelt.

Er sank zurück in die Kissen, versuchte sich zu entspannen. Draußen war es erstaunlich dunkel, wahrscheinlich war es schon nach Mitternacht. Plötzlich kam ihm der Gedanke, dass er das Telefonklingeln vielleicht nicht nur im Traum gehört hatte. Er reckte sich nach seinem Handy, das immer neben dem Kopfkissen lag, doch er konnte es nicht finden. Wenn man es zu dicht am Kopf liegen hatte, konnte man einen Hirntumor bekommen, hieß es. Von den meisten Dingen konnte man Krebs bekommen, hatte Rokka gehört. Wie auch immer, das Handy lag nicht an seinem Ort, und er hatte nicht die geringste Lust, danach zu suchen.

Ihm ging so vieles durch den Kopf. Was hatten die White Pythons und Melinda mit den Ermittlungen in den Fällen Fanny und Tindra zu tun? Die Theorie von den absichtlich hinterlassenen DNS-Spuren hatte er schon fast wieder vergessen. Er hatte das Gefühl, sein Hirn war kurz vor dem Siedepunkt.

Dann fiel ihm der Brief wieder ein, den er in der Rehaklinik eingesteckt hatte. Seine Jeans lag am Fußende des Betts. Er kramte das Papier aus der Hosentasche und überflog den Text zum zweiten Mal.

Liebe Ann-Margret!
Das Leben ist gut zu mir, hier wo ich bin. Ich bin wie gemacht für ein Land, in dem immer die Sonne scheint. Aber jeden Tag muss ich an dich denken, an alles, was du verloren hast. Deine Tochter, deinen Körper, dein Leben. Ich erinnere mich an deine warmen Hände, die mich umarmen, und dann habe ich das Gefühl, dass es gar nicht so lange her ist, dass wir uns zuletzt gesehen haben.

Rokka überkam wieder die Traurigkeit. Er hatte seine Jugendliebe verloren, aber Ann-Margrets Verlust war doch viel, viel größer.

Das Geld kommt jeden Monat bei mir an, und ich bin unendlich dankbar dafür. Die Jungs hier unten brauchen mich wirklich. Alles, was ich hier tue, tue ich nur für sie. Ich lege dir ein Bild von einem von ihnen bei, dann kannst du sehen, wem du wirklich hilfst. Dieser Junge hat seinen Vater verloren, und wir haben ihn bei uns aufgenommen, als er beim Klauen erwischt wurde. Er hat es nur getan, um seine Familie zu ernähren. Und er ist nicht der Einzige. Deine Pflegerinnen haben auf meinen Brief geantwortet, daher weiß ich, dass es dir gut geht und dass sie dir alles vorlesen, was ich dir schreibe. Ich bin ihnen von Herzen dankbar, dass sie unsere Verbindung geheim halten.
Manchmal ist der Preis für die Gerechtigkeit hoch, aber ich hoffe und glaube, dass du und ich uns in Kürze wieder nah sein werden.
In Liebe, Henri

Rokka musste grinsen. Henri kam ihm irgendwie bekannt vor. Vielleicht wegen des französischen Tennisspielers Henri Leconte, der in den Achtziger- und Neunzigerjahren aktiv gewesen war. Wie auch immer, ein Franzose in Ghana, der auf Schwedisch schrieb. Er musste an Ann-Margret denken, wie sie da in ihrem Sessel saß. Zu einem Leben in Schweigen verdammt. Und er teilte die Ansicht der Schwestern: Wenn jemand ein bisschen Spannung und Romantik verdient hatte, dann war sie es. Noch einmal warf er einen Blick auf die Zeilen, dann faltete er den Brief wieder zusammen und setzte sich auf. Musste an die Romantik in seinem eigenen Leben denken. Wie Melinda ihn so hatte umgarnen können, dass er nicht durchschaut hatte, wer sie wirklich war. Sie hatte seine Schwäche ausgenutzt, um an ihn heranzukommen. Nicht weil sie Gefühle für ihn gehegt, sondern weil sie bestimmte Ziele verfolgt hatte. Und außerdem war sie so abgebrüht gewesen, an Jannas Computer eine Wanze zu installieren.

In dieser Nacht würde er kein Auge mehr zutun. Als er seine Füße auf den Boden setzte, spürte er das Handy. Sein Herz schlug schneller, als er feststellte, dass er fünf entgangene Anrufe und eine Nachricht auf der Mobilbox hatte.

»Eine neue Nachricht«, sagte die Automatenstimme. Erst hörte Rokka, wie jemand laut atmete. Schnell und unregelmäßig. Fast schon keuchend.

»Hier ... hier spricht Bernt Lindberg, Tindras Großvater ...« Rokka zuckte zusammen und lauschte.

»Ich ...«, fuhr Lindberg fort, und Rokka hörte, wie er schluchzte. »Ich muss Sie treffen. Ich habe Informationen, die äußerst wichtig sind. Ich weiß, warum Tindra umgebracht wurde.« Dann brach die Verbindung ab. Rokka stand da und hielt das Handy regungslos in der Hand. Er griff nach der Jeans, die er gestern getragen hatte, und auch das verschwitzte T-Shirt daneben musste noch einmal herhalten. Auf dem Weg zum

Wagen rief er Tindras Großvater zurück. Es klingelte. Einmal, zweimal. Nach dem fünften Mal sprang die Mobilbox an. Mit Vollgas raste Rokka zur Norra Kyrkesplanade. Die Fahrt zu Bernts Haus würde höchstens zehn Minuten dauern. Aber irgendwie hatte er das dumpfe Gefühl, dass es schon zu spät war.

**

Bernt Lindberg hatte noch abgewartet, bis Sonja eingeschlafen war. Wenn sie gemerkt hätte, dass er mitten in der Nacht aus dem Haus gehen wollte, hätte sie versucht, ihn davon abzubringen, und das hätte er nicht durchgestanden. Er musste raus und auf andere Gedanken kommen.

Als die Haustür hinter ihm ins Schloss fiel, machte sich eine unheimliche Stille bemerkbar. Er erzitterte und zog sein Sakko enger um sich. Eine Amsel trällerte unverdrossen im Fliederbusch. Es war fast halb zwei Uhr nachts, und die Dunkelheit, die zu dieser Jahreszeit nur wie ein dünner Schleier über der Stadt lag, verzog sich schon langsam. Die knorrigen Stämme und Äste der Apfelbäume bildeten vor dem rosa schimmernden Himmel ein dunkles Netz.

Johan Rokka hatte sich nicht gemeldet, aber womit hatte er eigentlich gerechnet? Es war schon kurz vor Mitternacht gewesen, als er ihn angerufen hatte. Sicherlich würde er den Anruf frühestens am nächsten Morgen abhören.

Plötzlich ertönte ein Scharren, sodass er sich zur Garage umdrehte. Eine schwarze Katze kam um die Ecke gelaufen. Sie drehte den Kopf nach ihm um, presste ihren Körper an den Boden, kroch weiter über die Straße und verschwand in einem Loch im Zaun des Nachbargrundstücks. Bernt zog sein Sakko noch enger um den Körper und stieg vorsichtig die Treppenstufen hinunter. Ihm war schwindelig, als er die Einfahrt hinablief, hinunter zur Straße.

Dann hörte er ein Geräusch hinter sich. Es klang, als seien da Schritte. Er warf einen Blick über die Schulter. War da wirklich jemand?

Pure Einbildung.

Dennoch ging er jetzt schneller. Sein Schuh fiel ab, und ein Stein bohrte sich in seinen Fuß. Der Schmerz war so heftig, dass seine Knie weich wurden. Das Handy glitt ihm aus der Hand und fiel auf den Kies neben dem Straßengraben. Von der Fußsohle strahlte der Schmerz in den ganzen Körper aus und zwang ihn, sich auf den Asphalt zu setzen, um erst einmal tief durchzuatmen. Dann raschelte es in der Hecke gegenüber. Das war keine Einbildung mehr. Da war jemand.

Geistesgegenwärtig griff er nach seinem Handy. Das Display war gesprungen. Verzweifelt wischte Bernt vor und zurück, doch nichts geschah. Er stand auf und sah sich um. War jetzt alles zu Ende? Passierte jetzt genau das, was er befürchtet hatte? Hatte er sich zu spät bei der Polizei gemeldet?

Irgendwie sagte ihm sein Instinkt, sich vorwärtszubewegen, nicht zurück zum Haus. Er humpelte die Straße entlang, so schnell er konnte. Sein Sichtfeld wurde immer kleiner, er musste sich stark konzentrieren, um noch vorwärtszukommen. Im Augenwinkel bemerkte er einen Schatten, der näher kam. Bernt unternahm einen Versuch zu rennen, doch seine Beine gehorchten ihm nicht. Jemand zog ihn am Sakko, er verlor das Gleichgewicht und fiel.

»Hör auf!« Er schrie, doch nun würgte ihn jemand so, dass er keine Luft mehr bekam. Er fuchtelte wild mit den Händen, doch der Druck wurde immer schlimmer, und er begriff, dass es eine Schlinge war. Er fuhr sich mit den Händen an den Hals und spürte das raue Seil. Vergeblich versuchte er, die Finger darunterzuschieben. Stattdessen wurde es immer fester gezogen. Der Kraft, mit der er ins Gebüsch gezerrt wurde, konnte er nichts entgegensetzen. Er machte noch einen letzten Versuch sich umzudrehen, um wenigstens zu erkennen, wer den Auftrag bekommen hatte, seinem Leben ein Ende zu setzen.

***

Eine ältere Dame stand in der Tür, als Johan Rokka auf der Auffahrt zu Bernt Lindbergs Haus parkte. Sie hatte sich einen Morgenmantel übergezogen und umklammerte die Türklinke.

»Sind Sie Sonja Lindberg?«, fragte Rokka und schlug die Wagentür zu. »Mein Name ist Johan Rokka, ich bin Kriminalinspektor bei der Polizei Hudiksvall. Ich suche Ihren Mann.«

Sonja riss die Augen auf und schlug sich die Hand vor den Mund.

»Ich bin aufgewacht, und er war fort«, sagte sie und schluchzte.

»Haben Sie eine Ahnung, wo er sein könnte?«

»Ich habe das ganze Haus abgesucht und ihn nicht gefunden. Normalerweise geht er nachts nie aus dem Haus«, sagte sie und sah sich völlig verwirrt um.

»Können wir vielleicht hineingehen?«, fragte Rokka, stieg die Steintreppe hinauf und versuchte, Sonja in den Hausflur zu schieben. Sobald die Tür hinter ihm ins Schloss fiel, beförderte er sie in die Küche.

»Wieso sind Sie gekommen?«, fragte sie ihn, und Rokka sah die Verzweiflung in ihren Augen.

»Gestern Abend hat Ihr Mann sehr spät noch versucht, mich zu erreichen, und zwar mehrmals. Dann hat er eine Nachricht hinterlassen. Er wusste offenbar etwas, was er uns noch nicht gesagt hat. Warum Tindra ermordet worden ist.«

Sonja sah Rokka verschreckt an.

»Aber was sollte das sein?« Sie fasste sich an die Brust und atmete stoßweise.

»Hat er Ihnen davon erzählt?«

Sonja verneinte und kniff die Augen zu.

»Ist alles in Ordnung?«, fragte Rokka. »Soll ich lieber einen Arzt rufen?«

Sonja bemühte sich, tief durchzuatmen, und schüttelte den Kopf, doch Rokka merkte, dass sie sich kaum beruhigte. Er versuchte, einen klaren Gedanken zu fassen. Da Sonja ihren Mann nicht gefunden hatte, konnte er davon ausgehen, dass Bernt das Haus verlassen hatte. Rokka musste ihn auf eigene Faust suchen, außerdem musste er Verstärkung anfordern.

»Wenn wir mal annehmen … dass Bernt einen Spaziergang machen wollte. Wo würde er langgehen?«

»Wenn wir zusammen eine Runde gedreht haben, sind wir den Hang hinuntergelaufen, in den Wald hinein, auf den Liebespfad, der um den Lillfjärden geht … Sie kennen ihn vielleicht?« Wieder überkam sie ein Schluchzen.

Es gelang Rokka, Sonja zu überreden, dass sie auf dem Sofa im Wohnzimmer auf ihn wartete. Im Haus war sie hoffentlich sicher. Dann ging er hinaus, stieg die Treppe am Eingang hinunter und trat auf die asphaltierte Einfahrt. Einen Moment lang stand er einfach da, atmete die kühle Nachtluft ein und dachte nach. Wieso war Bernt auf die Idee gekommen, nachts das Haus zu verlassen?

Er ging hinunter auf die Straße. Sah sich um, schlug den Weg nach rechts ein. Jetzt war es bereits so hell, dass er mühelos alles um sich herum erkennen konnte, als er mit den Augen die Umgebung absuchte.

Er ging schnell, sah zur Seite in den Graben. Am Briefkasten des Nachbarn blieb er stehen. Da lag tatsächlich ein Schuh auf der Erde. Ein brauner Slipper. Rokka hockte sich hin. Der Schuh war noch feucht vom Tau. Als er mit der Hand hineinfuhr, spürte er, dass die Sohle noch immer leicht warm war.

Rokka sah sich um. Eine schwarze Katze strich ihm plötzlich um die Beine. Schnurrte. Rokka streichelte ihr über den

Rücken und hielt ihr die Hand hin, damit sie daran schnuppern konnte. Als er sich erhob und weiter die Straße entlanglief, folgte sie ihm.

Ein Stück entfernt konnte er den Pfad ausmachen, den Sonja gemeint hatte. Er führte den Hang hinauf und auch hinunter an den See. Wie oft war er hier entlang nach Hause getorkelt, nachdem er einen feuchtfröhlichen Abend in Hudiks beliebtestem Biergarten verbracht hatte. Die Vorstellung, dass er jetzt, gut zwanzig Jahre nach seiner Zeit auf dem Gymnasium, denselben Weg ablief und sich mitten in einer Mordermittlung befand, kam ihr surreal vor. Die Bäume standen immer dichter, und nach nur wenigen Metern war er von Nadelwald und Blaubeersträuchern umgeben. Er lauschte, und plötzlich flatterte ein Vogel direkt vor ihm in die Luft, sodass er vor Schreck zusammenzuckte. Er hielt an und wartete, bis sein Herzschlag sich wieder beruhigt hatte.

Er sah hinunter in die Blaubeeren. Ließ den Blick über die grauen Steine wandern, die an kleine Trolle erinnerten. Da entdeckte er etwas, nur ein paar Meter entfernt. Etwas Hellgraues, Zerzaustes. Er stapfte direkt in die Sträucher, und als er näher kam, begann sein Herz wieder zu rasen. Tindras Großvater lag dort mit dem Gesicht im Moos. Rokka beugte sich hinunter zu ihm. Die Haut an seinem Hals trug Spuren von einer Schlinge, und sie hatte bereits einen bläulichen Ton angenommen.

35

Eddie Martinsson hatte den ganzen Morgen zu Hause gehockt und überlegt, was er nun mit der Kassette machen könnte. Dass sie einiges wert war, hatte er kapiert. Aber auf der Information, wen man damit erpressen konnte, saß Mats. Eddie fühlte sich, als hätte er einen Kopfsprung gewagt, aber nicht bemerkt, dass kein Wasser im Becken war. Litt er vielleicht unter Größenwahn? Er war ein verdammter Idiot.

Jetzt lief er in Håstaholmen am Kai entlang. Der Wind fuhr ihm unter die Kappe, sodass er sie festhalten musste. Er warf einen Blick hinüber auf das wellblechgedeckte Gebäude. Eigentlich sollte er morgens trainieren, aber er hatte keine Lust und keine Nerven. Er überlegte. Es war schon ein paar Tage her, seit er zuletzt etwas von Trainerpatrik gehört hatte. Komisch.

Seit er Mats zuletzt getroffen hatte, war Eddies gute Stimmung wie weggeblasen. Er wagte es kaum noch, ans Telefon zu gehen. Jedes Mal, wenn ein Auto ihm zu nahe kam, zuckte er zusammen, immer mit dem dummen Gefühl, es könne ein schwarzer Audi oder ein Streifenwagen sein.

Er konnte auch nachts nicht mehr schlafen. Sobald er im Bett lag, tauchte dieses Bild von dem alten Bernt auf, wie er sich in die Hosen gemacht hatte. Dann lag er wach und wartete darauf, dass es an der Tür klopfte und ihn die Männer in Uniform abführten. Er hätte verdammt noch mal beinahe einen Menschen umgebracht. Nur um zu den White Pythons zu gehören. War es das wert?

Mats wurde immer gestresster. Kokste immer mehr. Fragte Eddie auch immer, ob er was wolle, doch er hatte keinen Bock drauf. Mats redete auch von Stockholm, irgendwas lief da, was alles vernichten könne. Warum bekam er eigentlich immer nur die halbe Information?

Eddie blieb stehen und sah hinunter ins dunkelgrüne Wasser. Hier konnte man nicht bis auf den Grund schauen. Es war viel zu schlammig und zu tief. Einmal war er hier im Wasser getaucht, er hatte einfach nur wissen wollen, wie es sich anfühlte. Schon einen Meter unter der Wasseroberfläche war die Sicht gleich null gewesen, aber irgendwie war es, als käme er in eine andere Welt. Irgendwann wollte er mal einen Tauchschein machen. Ins Ausland reisen, bunte Fische beobachten und mit Delfinen schwimmen. Irgendwann mal.

Sein ungutes Gefühl im Magen wurde stärker. Er spürte das Kneifen vom Hunger, doch er hätte beim besten Willen nichts herunterbringen können. Wenn er genau nachdachte, dann hatte er seit dem Cheeseburger am Vortag nichts mehr gegessen. Aber auch das andere Gefühl im Bauch wurde immer deutlicher, ließ sich nicht mehr ignorieren: Er wollte da nicht mehr mitmachen. Eddie Martinsson, der vor nichts und niemandem zurückschreckte, wollte aussteigen! Er war überhaupt nicht tough, er war eine Memme!

Ihm schossen die Tränen in die Augen. Scheiße, jetzt auch noch heulen. Er sah sich um. Kein Mensch in der Nähe. Dann richtete er den Blick aufs Meer und ließ die Tränen laufen. Das tat gut.

Dann kam ihm die Idee. Er würde Mats eben sagen, dass er aufhören wollte. Vorgeben, er habe keine Zeit, er wolle wieder mehr trainieren und im Herbst an Wettkämpfen teilnehmen. Der Trainerpatrik hatte ja gesagt, dass das ginge. Eddie würde einfach aussteigen, wenn es gut gelaufen war. Es gab doch so was wie good standing, also sollte es kein Problem sein.

Es durfte kein Problem sein.

***

»Was kam denn bei der ersten Untersuchung des Tatorts heraus?«, fragte Ingrid Bengtsson und sah die Kollegen an. Rokka, Janna und Bengtsson saßen in einen Bus gezwängt, der direkt vor Bernt Lindbergs Haus stand und als vorübergehender Arbeitsplatz fungierte. Der Rechtsmediziner hatte Rokkas Vermutung bestätigt: Bernt war nur Minuten, bevor Rokka ihn im Wald gefunden hatte, ermordet worden. Hjalmar Albinsson war noch im Haus unterwegs und sicherte Spuren.

»Das war ein extrem professionell ausgeführter Mord«, sagte Janna. »Bernt war schnell tot, die Schlinge war präzise und effektiv platziert.«

»Haben Sie irgendwelche Spuren gefunden?«

»Ein paar Schuhabdrücke auf dem Kiesweg und im Moos in der Nähe vom Tatort. Wir haben es mit Schuhgröße 43 oder 44 zu tun.«

»Das sind Allerweltsgrößen, und die haben wir auch am Köpmanberg gesichert«, sagte Bengtsson. »Wenn wir bedenken, dass innerhalb so kurzer Zeit zwei Verbrechen dieses Kalibers passieren, ist es schon naheliegend anzunehmen, dass wir es mit ein und demselben Täter zu tun haben. Sicher ist es natürlich nicht.«

»Was machen wir mit dem eingeschlagenen Fenster im Keller?«, fragte Rokka. »Wir haben einen aufgebrochenen Safe, aber wissen nicht, was darin verwahrt wurde.«

»Hat derselbe Täter den Einbruch und den Mord auf dem Gewissen?«

»Die Schuhabdrücke vor dem Fenster sind wesentlich größer, aber wir hatten auch schon den Fall, dass ein Täter die Schuhe gewechselt hat, um uns irrezuführen«, sagte Janna.

»Interessant«, befand Rokka. »Welche Schuhgröße hat Patrik Cima?«

»Ich würde sagen, 45 oder größer«, antwortete Janna.

»Womit wir bei Patrik Cima sind. Das Kriminaltechnische

Institut hat die DNS-Analyse wirklich blitzschnell durchgeführt«, berichtete Rokka. »Wir haben eine Übereinstimmung mit dem Sperma, das wir in Tindras Körper gefunden haben. Es stammt von Cima, wie erwartet. Aber es gibt keine Übereinstimmung mit dem blutigen Sekret oder den Haarpartikeln.«

»Was gibt es denn zu den Haaren?«, fragte Bengtsson. »Wenn Sie mich fragen, ist das das außergewöhnlichste Detail in diesem Fall.«

Rokka schüttelte den Kopf. »Wir haben keine Übereinstimmungen mit unserem Register. Zudem vermutet Janna, dass die Haare dort vorsätzlich platziert worden sind, um uns an der Nase herumzuführen. Dass jede Haarwurzel intakt ist, stellt für die Beweislage ein Wunschszenario dar, aber eben kein besonders realistisches.«

Janna lächelte ihn an, und er bemerkte einen Anflug von Stolz in ihrem Blick.

»Wenn wir annehmen, dass Patrik Cima der Täter ist«, sagte Bengtsson, »welche Motive könnte er gehabt haben, Tindra und Bernt umzubringen?«

»Wir dürfen nicht vergessen, dass die Möglichkeit besteht, dass Cima die Wahrheit sagt«, entgegnete Janna. »Dass er Tindra auf dem Köpmanberg zurückgelassen hat und gefahren ist. Und dass sie dort oben dann von jemand anderem überrascht worden ist, der später auch ihren Großvater umbrachte.«

Plötzlich ging die Tür zum Bus auf. Hjalmar Albinsson stand vor ihnen und schob die Brille auf die Nasenwurzel. In der Hand hatte er ein paar schwarze viereckige Plastikteile.

»Die habe ich im Keller gefunden.«

»Was ist das?«, fragte Bengtsson und blinzelte.

Rokka sah Janna an und las an ihrem Gesicht ab, dass sie die Antwort bereits wusste.

»Eine professionelle Abhöranlage«, antwortete Hjalmar leise.

***

Eddie Martinsson saß auf einer Parkbank, blies Rauchringe in die Luft und ließ seinen Blick über den See gleiten. Die Sonne stand hoch am Himmel und schien ihm direkt in die Augen. Seine Sonnenbrille war kaputtgegangen. Das eine Glas war aus der Fassung gefallen und ließ sich nicht wieder einsetzen. Es war eben so ein billiger Mist, den Adam in Thailand gekauft hatte.

Jemand hatte F U C K auf die Bank geschrieben, und Eddie kratzte mit seinem Mopedschlüssel an den krakeligen Buchstaben entlang. Er sah einige Pärchen vorbeilaufen, Hand in Hand oder, was noch schlimmer war, eng umschlungen. Liebespfad hieß der Weg ja auch noch. So ein Scheiß. Er würde sich nie wieder auf ein Mädchen einlassen.

In einiger Entfernung erkannte er Mats, der auf ihn zukam. Er stolziert daher wie der übelste Poser, dachte Eddie. Mats' Kanakenkette glitzerte in der Sonne, und seine Sonnenbrille ließ ihn wie ein Insekt aussehen, weniger wie der Gangsterboss, dem er vermutlich ähneln wollte.

»Hi, Bro«, sagte Mats, streckte die Hand aus und schob die Brille auf die Stirn. Er kaute Kaugummi schlimmer als ein Dreijähriger, der zum ersten Mal ein Stimorol im Mund hatte. Eddie sah ihm geradewegs in die verschiedenfarbigen Augen. Es fühlte sich an, als würde das eisblaue Auge direkt durch ihn hindurchschneiden.

Ich bin nicht dein fucking Bro, dachte Eddie, aber klopfte ihm doch auf die Schulter. Versuchte zu lächeln.

Mats sah ihn an. Zwischen seine Augenbrauen grub sich eine Sorgenfalte.

»Du sieht irgendwie anders aus als sonst«, sagte er. »Was ist passiert?«

»Ich will den hier zurückgeben«, sagte Eddie und holte den

zusammengelegten Pullover heraus, den er unter der Jacke hatte.

Mats stemmte die Hände in die Seiten. Spuckte sein Kaugummi aus. Sah aus, als traue er seinen Ohren nicht.

»Bist du dir sicher?«

Eddie nickte.

»Okay … ich hätte nicht gedacht, dass du so eine Memme bist«, sagte Mats. »Ich hatte erwartet, dass du den Druck aushältst. Weißt du, was das jetzt zu bedeuten hat?«

Eddie sah zu ihm hoch. Eigentlich hatte er erwartet, dass Mats versuchen würde, ihn zum Bleiben zu überreden.

»Nein, was denn?«

»Wenn du den Pullover zurückgibst, schuldest du uns Kohle.«

»Wieso Kohle?«

»Zweihundert Riesen.«

Eddie schnappte nach Luft. Das konnte nicht sein Ernst sein.

»Zweihunderttausend Kronen?«

Mats grinste breit. »Ganz genau.«

Eddie schossen die Tränen in die Augen.

»Ich hab keine zweihunderttausend«, sagte er und fragte sich, ob man ihm ansehen konnte, dass er gleich losheulen würde.

»Das ist der Preis, ansonsten kannst du das nächste Mal im Wald dein eigenes Grab buddeln.«

»Aber …«, begann Eddie und ließ die Arme hängen.

Woher sollte er zweihunderttausend Kronen nehmen? Mit seiner Mutter reden? Das war ungefähr der Betrag, den sie mit ihren beiden Putzjobs in einem ganzen Jahr verdiente.

Mats drehte um und machte ein paar Schritte. Dann blieb er doch noch einmal stehen.

»Aber wir sind ja nicht fies«, grinste er. »Du kannst es abstottern.«

Eddie sah zu, wie Mats verschwand, dann fing auch er an zu laufen. Wusste überhaupt nicht, wohin. Das Einzige, was er wusste, war, dass er irgendwie diese zweihunderttausend Kronen auftreiben musste.

**

»Sie werden verstehen, dass es zwischen den zwei Mordfällen einen Zusammenhang geben könnte.« Johan Rokka sah Sonja Lindberg an, deren Gesicht nun zwischen der Krankenhausbettwäsche nahezu verschwand. Sie hatte einen schweren Schock erlitten, nachdem man Bernt erdrosselt aufgefunden hatte, und war mit dem Rettungswagen ins Krankenhaus eingeliefert worden. Ihr graues Haar rahmte ihr Gesicht auf dem Kopfkissen ein, und ihre Arme lagen auf der glatten weißen Bettdecke. Sie hielt ihren Blick auf die große runde Wanduhr gerichtet. Der Sekundenzeiger bewegte sich mit einem lauten Ticken weiter. Auf dem Rolltisch neben ihrem Bett stand eine Vase mit weißen Tulpen. Rokka lehnte sich gegen das Fensterbrett, Janna Weissmann stellte sich direkt ans Krankenbett.

»Für uns ist es wichtig, dass wir so viele Informationen wie möglich bekommen, um diese Annahme zu untermauern, und dazu benötigen wir Ihre Hilfe«, sagte Rokka. Sonja reckte sich nach dem Griff, der an einer Kette über ihr hing. Doch sie bekam ihn nicht zu fassen und sank zurück auf ihr Bett.

»Bleiben Sie einfach liegen und beruhigen Sie sich«, sagte Janna.

»Bernt hat erwähnt, dass das Verhältnis zwischen ihm und Tindras Eltern ein wenig unterkühlt gewesen sei«, begann Rokka.

»Er war der Meinung, dass Kent kein guter Vater war, weil er all seine Zeit nur ins Unternehmen steckte. Er vertrat die Auffassung, dass unsere Tochter einen anderen Mann hätte heiraten sollen. Ich habe immer dagegengehalten und gesagt, dass sie sich diesen Mann ausgesucht habe, aber Bernt war da anderer Meinung. Mein Mann war ein bisschen überbehütend.«

Sonja blickte aus dem Fenster, die Tränen liefen ihr über die Wangen.

»Bernt hat sein Leben lang gearbeitet, eine glänzende Karriere hingelegt, aber er hat sich trotzdem immer Zeit für seine Kinder genommen. Manchmal fand ich es etwas übertrieben, er hat sie auch mit teuren Geschenken verwöhnt. Es sollte ihnen an nichts fehlen, hat er immer gesagt.«

»Wo hat Bernt gearbeitet?«

Sonja wischte sich die Tränen am Bettlaken ab.

»Er war Finanzchef bei Mitos Helsing. Wenn Sie mich fragen, war er maßgeblich am Erfolg des Unternehmens beteiligt.«

Für Rokka war es, als bliebe die Welt stehen, als hörte die Wanduhr auf zu ticken. Er starrte Sonja an.

»Mitos Helsing«, sagte er und spürte, wie sein Hals trocken wurde. Das Unternehmen, das Fannys Vater gehörte.

»Jan Pettersson und Bernt waren seit Kindesbeinen eng befreundet«, schniefte Sonja. »Jan wird Bernts Tod schwer mitnehmen. Es war fast, als hätten sie einen Pakt geschlossen. Bernt hat immer gesagt, dass die Freundschaft das Wichtigste sei. Komme, was wolle.«

***

Das Industriegebäude war von einem hohen Zaun umgeben. Eddie sah sich um, als er durchs Tor ging. Adam hatte ihn mehrmals gefragt, ob er nicht vorbeikommen und ihn bei seinem Ferienjob besuchen wolle. Schließlich hatte Eddie zugesagt. Sonst hätte es einen komischen Eindruck gemacht, nun, wo Adam sich endlich mal wieder meldete.

Jetzt bei Tageslicht sah Eddie, dass die Stahlplatten blau waren. An einer Wand war ein blau-gelbes Logo angebracht. M I T O S stand da, und darunter war ein altmodischer Ziegenbock, wie aus dem Wappen der Provinz Hälsingland. Das konnte echt nicht wahr sein! Adam jobbte da, wo Eddie eingebrochen war und die ersten beiden Kassetten geklaut hatte.

Er sah hinauf. Oberhalb des Eingangs war das Glas der Überwachungskamera noch immer zersplittert.

Direkt am Eingang stieß er beinahe mit einem Mann zusammen, der eine große Filmkamera direkt auf das Logo an der Wand hielt. Eddie entschuldigte sich und lächelte die Frau, die hinter dem Kameramann stand, verlegen an. Sie sah aus, als sei sie kaum älter als er selbst. Mit einem Mal wurde er neugierig.

»Sind Sie vom Fernsehen?«

»Ja«, sagte die Frau. »Von der Redaktion ›Nachgeforscht‹.«

Eddie hatte nicht die geringste Ahnung, was für eine komische Sendung das war. Er lief weiter zum Eingang.

Maschinengeräusche schlugen ihm entgegen, als er die offene Tür passierte. Drinnen stand Adam, mit einer Schutzbrille auf der Nase und in einem blauen Arbeitsoverall, der an seinem Körper schlabberte. Er reinigte gerade den Betonboden, doch als er Eddie bemerkte, stellte er das Putzzeug zur Seite und setzte die Brille ab.

»Hi«, sagte er und hob die Hand zum Faustcheck. »Cool, dass du gekommen bist.«

»Siehst ja echt hübsch aus«, sagte Eddie und zeigte auf den Overall.

Adam betrachtete ihn von oben bis unten. Holte eine Schachtel Zigaretten heraus und bot Eddie eine an.

Eddie schüttelte den Kopf und folgte Adam aus dem Gebäude heraus. Er sah sich um. Spürte, wie sich der Stress bemerkbar machte. Zwar hatte ihn keiner beobachtet, als er hier eingebrochen war, da war er sich nahezu sicher. Trotzdem hatte er das Gefühl, dass jederzeit ein Polizist vor ihm stehen könne. Mit Handschellen und Bildern von einer versteckten Überwachungskamera. Das wäre es dann gewesen.

»Ja, hier hänge ich zurzeit also ab«, sagte Adam und zündete sich eine Kippe an.

»Und, ist es cool?«

»Ich mach mich hier jedenfalls nicht tot. Der Typ, mit dem ich zusammenarbeite, ist echt nett. Er sieht ein bisschen wie Michel aus Lönneberga aus, ist aber total okay. Du würdest ihn auch mögen.«

»Schön für dich«, sagte Eddie.

Mit einem Mal blieb Adam stehen, sah sich kurz um und beugte sich dann zu Eddie hinüber.

»Hey, vor ein paar Tagen ist hier eingebrochen worden.«

»Shit«, sagte Eddie und spürte, wie sein Mund trocken wurde. »Habt ihr die Polizei gerufen?«

»Nee, die haben wohl nichts Wichtiges geklaut, und die Bullen machen sich wegen so einer Kleinigkeit auch nicht tot.«

Eddie spürte einen Kloß im Hals.

»Alles in Ordnung?«, fragte Adam und nahm einen tiefen Zug von seiner Kippe.

Eddie linste zwischen den Häusern hindurch. Meinte, einen schwarzen Audi gesehen zu haben. Scheiße.

»Ja, ja klar.«

Eddie überlegte kurz, ob er Adam alles erzählen sollte. Aber was könnte der schon ausrichten? Er war ja nicht gerade ein Fighter. Der konnte nicht mal eine Ameise plattmachen.

»Du siehst aus wie ein Gespenst«, sagte Adam. »Bist du krank? Voll fertig, wenn du mich fragst.«

Eddie zog eine Fratze.

»Nimmt dich das Mädel so mit?«, feixte Adam und brach in Lachen aus. »Vögelst du zu viel?«

»Schön wär's«, sagte Eddie und sah wieder zur Straße hinüber. Da war bestimmt ein schwarzer Audi gewesen. Oder bildete er sich das jetzt schon ein?

»Bist du hier nicht bald fertig?«, fragte er und trat von einem Fuß auf den anderen. Dann nahm er Adam die Zigarette aus dem Mund, zog selbst daran, schmiss sie auf den Boden und trat sie aus.

»Hey, was machst du?«

»Ich muss los. Kommst du mit?«

»Ich arbeite, kapierst du das nicht?«

Adam ging zurück zum Eingang, wo noch das Putzzeug stand.

»Mach, was du willst«, sagte Eddie und ging raus auf die Straße. Er schaute sich um, sah aber keinen Audi. Dann steckte er sich die Kopfhörer in die Ohren, setzte die Kapuze auf und ging los. Adam putzte die Böden, das machte er jetzt also von morgens bis abends. Wie bescheuert. Und dann musste er auch noch diesen lächerlichen Overall tragen. Aber er verdiente Geld. Und was tat Eddie selbst? War gerade dabei, sein ganzes Leben vor die Wand zu fahren. Und zwar endgültig.

Er kickte gegen einen Stein, der quer über die Straße flog. Dachte, es würde sich schon irgendwie lösen. Irgendwie würde er das Geld auftreiben.

Plötzlich bemerkte er, dass ein Wagen neben ihm hielt. Die Tür wurde aufgerissen, jemand zog ihn hinein. Bevor er reagieren konnte, drückte ihn einer zu Boden. Als er aufsah, erkannte er riesige Pupillen, die ihn anstarrten. Die Adern an Mats' Hals schienen gleich durch die Haut zu platzen. Neben ihm hockte das Narbengesicht.

»Wir haben geschnallt, dass du keiner von den White Pythons sein willst, dass du die coolen Autos nicht willst und die Schnecken, die alles tun, um dir den Schwanz zu lutschen.«

Das Narbengesicht stellte seinen Fuß auf Eddies Mund und drückte nach unten. Eddie hatte das Gefühl, als würde er ihm Kinn und Kiefer auf einmal brechen, er kriegte Dreck in den Mund und in den Hals. Verzweifelt drehte Eddie den Kopf und versuchte zu schreien, aber bekam nicht mehr als ein Röcheln heraus. Das Narbengesicht trat nur noch fester zu.

»Der einzige Grund, warum du noch Luft kriegst, ist, dass du etwas hast, das uns interessiert«, zischte er. »Du kennst Johan Rokka.«

Eddie schnappt nach Luft. Der Mann presste den Schuh immer härter auf ihn.

»Du hast zweihunderttausend Kronen Schulden bei uns. Ein Bulle weniger, und wir sind quitt.«

Das Narbengesicht nahm den Fuß hoch und verpasste Eddie einen Schlag auf den Kopf. Eddie verstand kein Wort. Wollten sie, dass er Rokka tötete? Waren sie wahnsinnig?

»Steh auf!« Mats öffnete die Wagentür.

Eddie kroch auf die Straße. Autos fuhren vorbei. Eine Frau mit Kinderwagen machte einen Bogen um ihn.

»Du hast zwei Tage«, zischte Mats, dann fuhr er die abgedunkelte Scheibe wieder hoch.

Eddie spürte die Tränen in den Augen, als er vorwärtsstolperte und schließlich zu rennen begann.

36

Auf dem Rückweg zur Polizeistation waren sie bei *McDonald's* vorbeigefahren. Nach dem Gespräch mit Bernt Lindbergs Frau Sonja verspürte Rokka einen dringenden Bedarf an Koffein, und es war ihm gelungen, Janna zu überzeugen, dass der Kaffee von *McDonald's* immer noch besser sei als der Kaffee im Büro. Schließlich hatte sie zugestimmt anzuhalten. Er bestellte sich einen Becher, sie lehnte dankend ab.

Während er zusah, wie das junge Mädchen am Ausgabeschalter den Deckel auf den Pappbecher drückte, dachte er nach. Tindras Großvater und Jan Pettersson hatten im selben Unternehmen gearbeitet. Und jetzt waren Bernt und Tindra tot.

Janna wollte etwas sagen, doch Rokka meinte, erst wenn er seinen Kaffee in der Hand halte, könne er sich wieder konzentrieren. Er fummelte nervös am Schaltknüppel herum.

»Kürzlich hab ich einen Typen kennengelernt«, sagte sie plötzlich. »Im Supermarkt.«

»Einen Typen«, wiederholte Rokka erstaunt und zwinkerte ihr zu. Sofort liefen Jannas Wangen rot an.

»Er trainiert im selben Fitness-Studio wie ich und arbeitet bei Mitos Helsing. Er hat erzählt, dass sie dort einen Einbruch hatten.«

Rokka drehte sich zu ihr um, als sie weitersprach: »Sie haben keine Anzeige erstattet, weil der Einbrecher wohl nur in ein Lager eingestiegen ist, in dem sich Sachen des alten Finanzchefs von Mitos befanden. Der Einbruch hat ein paar Tage vor dem Einbruch bei Tindras Großvater stattgefunden. Das kann kein Zufall sein.«

Janna hatte natürlich recht, es war naheliegend, dass es sich um denselben Täter handelte. Oder dieselben Täter. Aber wonach hatten sie gesucht?

Da klingelte das Handy. Johan Rokka versuchte, das Headset zu entwirren, aber riss es nur genervt vom Apparat los. Die Nummer, die das Display anzeigte, kannte er nicht, aber so schnell er konnte, wischte er mit dem Zeigefinger darüber.

»Hallo?«

Stille in der Leitung, nur kurze Atemzüge.

»Wo bist du?«, flüsterte jemand.

»Eddie, bist du's?«

Rokka richtete sich auf und presste den Apparat ans Ohr.

Wieder schnelles Atmen, eine Schranktür wurde zugeschlagen.

»Was ist passiert, Eddie?«

»Das kann ich am Telefon nicht sagen.«

»Sitzt du in der Klemme?«

»Ich hab Scheiße gebaut … muss mit wem reden. Aber diesmal nur mit dir, nicht mit irgendeinem anderen beschissenen Bullen.«

Rokka hatte Eddie vor Augen. Wusste genau, wie er jetzt verloren dastand, so wie vor ein paar Tagen, als sie sich auf der Station begegnet waren.

»Du weißt, wo du mich findest«, sagte er witzelnd, um herauszufinden, ob Eddie es ernst meinte. Eigentlich hatte er für ihn gerade keine Minute Zeit. Endlich hatten sie eine heiße Spur.

»Ich kann nicht zu dir kommen«, sagte Eddie, und Rokka hörte das Zittern in seiner Stimme, als würde er gleich anfangen zu heulen. »Polizeistation geht gar nicht.«

Rokka drückte kurz das Mikro aus und sah hinüber zu Janna.

»Es ist Eddie. Ich kann ihn nicht im Stich lassen.« Dann stellte er das Mikro wieder an und schlug vor: »Wie wäre es unten bei den Lagerhäusern am Hafen? Um diese Zeit ist da kein Mensch.«

Rokka hörte, wie eine Tür zuschlug und Eddie zu rennen begann.

»Ja … Aber beeil dich.«

***

Rokka parkte den Wagen am alten Zollhaus in der Nähe vom Jachthafen. Die graubraunen Lagerhäuser lagen ein Stück weiter hinten. Er spürte, wie er unter Strom stand, er musste sich unbedingt in Ruhe mit Janna hinsetzen und alles strukturieren. Auch wollte er sich unbedingt Mats Wiklander schnappen, herausfinden, was die White Pythons gerade vorhatten und warum sie es darauf anlegten, dass er aus dem Ermittlungsteam ausstieg. Ohne nähere Informationen wollte er sich noch nicht an Ingrid Bengtsson wenden.

Doch dann musste er wieder an Eddie denken. An die Angst in seiner Stimme. Rokka stieg über die alten Eisenbahnschienen und hatte nun die Lagerhäuser vor Augen, die auf Pfählen im Wasser standen. Er hielt sich die Hand wie einen Schirm vor die Augen, die tief stehende Abendsonne stach ihm ins Gesicht. Sie hatten sich am vierten Lagerhaus verabredet.

Er überquerte den kleinen Steg und trat auf den Bohlenweg, der an den graubraunen Holzhäusern entlangführte. Er strich über die Wand, spürte die raue Holzoberfläche unter den Fingerspitzen. Die Sonne warf goldene Strahlen auf die Bucht von Hudiksvall, aber das Wasser weiter unten glänzte schwarz. Rokka blieb stehen und beobachtete, wie es gegen die Pfähle schlug und klatschte, hier war es sehr tief.

Von Eddie war noch keine Spur zu sehen. Rokka ließ sich auf einer Holzbank, die vor dem Gebäude stand, nieder und zog sein Handy heraus.

Mit Eddie stimmt was nicht, dachte Rokka. Es war zwar nicht das erste Mal, dass er ein ungutes Gefühl hatte, aber noch nie hatte Eddie ihn um Hilfe gebeten, daher musste es ihm jetzt wohl richtig dreckig gehen.

Da hörte er Schritte auf den Bohlen. Er schaute direkt in die Sonne. Erkannte eine dunkle Silhouette, die sich näherte. Eine große Gestalt. Eddie sah echt gut aus, dachte Rokka. Keine Frage. Er warf einen Blick auf sein Handy und schaltete es aus. Plötzlich waren die Schritte verstummt, und als er aufsah, war Eddie nicht mehr da. Rokka steckte das Handy in seine Hosentasche und stand auf. Machte ein paar Schritte auf dem Bohlenweg.

Aber das war doch ganz sicher Eddie gewesen – oder hatte er sich etwa getäuscht? Reflexartig griff er an sein Holster, aber die Pistole hatte er im Wagen liegen lassen. Verdammt! Er ging weiter und hielt sich die Hand wieder schützend über die Augen.

»Eddie«, rief er. »Bist du da?«

Da passierte es, direkt von rechts. Ein heftiger Schlag auf den Kiefer. Rokka stolperte zur Seite und war kurz davor, neben den Steg zu treten. Er hielt sich an einem Holzpfeiler fest und merkte, wie ihm schwarz vor Augen wurde. Er griff sich an den Kiefer und beugte sich vor. Dann kam der Tritt. Voll in den Magen. Rokka sank auf die Knie. Der Schmerz war unbeschreiblich. Er drehte den Kopf zur Seite. Erkannte nur einen schwarzen Schatten. Hatte Eddie ihn in eine Falle gelockt?

Der nächste Tritt. Diesmal in die Seite. Rokka biss die Zähne aufeinander, um nicht laut aufzuschreien. Versuchte, konzentriert zu bleiben. Mitzukriegen, was passierte. Dann kam der letzte Tritt. Auf den Schädel. Rokka versuchte, den Pfeiler zu fassen, doch es war zu spät. Er nahm den rosafarbenen Himmel noch wahr, bevor er mit dem Kopf voran ins Wasser fiel. Gerade als er die Wasseroberfläche durchstieß, hörte er einen Angstschrei.

Er ging unter wie ein Stein, direkt in die Tiefe. Das Wasser umgab ihn, und er konnte sehen, wie das Licht, das von oben kam, immer schwächer wurde. Er versuchte, die Arme zu bewegen, doch die Schmerzen lähmten ihn. Er sank und trudelte gleichzeitig. Versuchte, im trüben Wasser etwas zu erkennen. Es wurde immer dunkler, und nun konnte er oben und unten nicht mehr unterscheiden. Er spürte einen heftigen Druck auf der Brust, als die Luft in den Lungen nicht mehr reichte.

Sollte es so mit ihm zu Ende gehen?

Mit letzter Kraft streckte er die Arme aus und versuchte hochzukommen. Dann wurde es schwarz um ihn.

***

Eddie brach auf dem Bohlenweg zusammen. Sah hinab in das dunkle Wasser. Das Adrenalin rauschte durch seinen Körper, er keuchte nur noch. Er konnte überhaupt nichts erkennen. Rokka war weg, und in Eddies Kopf drehte sich alles. Mama. Adam. Mats. Die Scheinhinrichtung. Alles raste im Kreis, schneller als jedes Karussell, mit dem er nicht hatte fahren dürfen, als er klein gewesen war. Und jetzt wollte er nicht mehr.

Mit einem Mal stand alles still. Jemand hatte die Erde angehalten. In seinem Körper breitete sich eine sonderbare Kälte aus.

Was hatte er nur getan?

Er rappelte sich auf und versuchte, ruhiger zu atmen. Dann sprang er, zog die Beine an den Körper, umschloss sie mit den Armen. Blies die Luft aus und versuchte, sich so klein und schwer wie möglich zu machen. Er sank, immer tiefer und tiefer. Konnte kaum einen Meter weit sehen. Er drehte sich, schwamm einfach in irgendeine Richtung.

Großer Gott, er hatte einen Menschen getötet!

Verdammter Mats, dieses Arschloch! Wie hatte es nur so weit kommen können? Wegen diesem Idioten hatte er jetzt alles verloren.

Er würde die Luft nicht mehr lange anhalten können und spürte Panik aufkommen. Gerade als er sich wieder hochtreiben ließ, kam ihm etwas in den Weg. Er griff danach und hielt es fest. Es fühlte sich an wie ein Arm. Er tastete weiter nach oben, da war ein Hals. Dann packte er den Körper unter den Kiefern und strampelte mit den Beinen, bis er mit letzter Kraft an die Oberfläche kam. Er spuckte. Holte ein paarmal tief Luft.

Es war unmöglich, Rokka die Stufen hinaufzuziehen, die zum Lagerhaus führten. Über der Wasseroberfläche würde er tonnenschwer sein. Und die Kaikante war viel zu hoch. Er konnte mit Rokka zum Jachthafen schwimmen und hoffen, dass sie da jemand von einem Segelboot aus sah. Aber dann wäre er geliefert. Die einzige Möglichkeit war, in eine Bucht zu schwimmen und den ausgeknockten Rokka an den Strand zu ziehen. Die Frage war nur, ob er das schaffte.

Eddie lehnte sich nach hinten. Fasste noch einmal richtig zu. Dann setzte er seine Beine mit aller Kraft in Bewegung. Stieß sich im Wasser ab. Mit jedem Zug ging er kurz unter und musste noch mehr kämpfen, um wieder über die Wasseroberfläche zu kommen, und die Kleidung erschwerte jede Bewegung enorm. Er spuckte das schlammige Wasser aus. Der Metallgeschmack im Mund wurde immer penetranter. Doch als er sich kurz umdrehte, sah er, dass es nur noch gut zehn Meter waren. Das beflügelte ihn.

Schließlich konnte er den weichen Grund unter den Füßen spüren. Er griff Rokka unter den Achseln und zog und zerrte ihn in Richtung Düne. Verdammt, wie schwer Rokka war! Eddie hatte das Gefühl, sich allein von der Anstrengung übergeben zu müssen. Rokkas Kopf hing zur Seite, aber Eddie kämpfte sich weiter vor und legte ihn schließlich so auf dem Sand ab, dass er nicht zurück ins Wasser rutschte.

Er legte Rokka zwei Finger an den Hals, dicht unter dem Ohr. So machte man das, oder? Er konnte keinen Puls fühlen.

Rokka war tot! Scheiße, Scheiße, Scheiße!

Eddie hielt die Hand über Rokkas Mund. Spürte da auch nichts. Seine Augen brannten, und er hatte einen Kloß im Hals. Das durfte nicht wahr sein. Er hatte den einzigen Menschen, der ihn nie beschissen hatte, umgebracht. Einen Polizisten.

Konnte man mehr als lebenslänglich bekommen?

Und wie ging eine Mund-zu-Mund-Beatmung?

Er erinnerte sich noch ganz dunkel an die Sportstunde vor ewig langer Zeit. Eddie beugte sich über Rokkas Mund. Ein Gefühl von Ekel kam auf, als er seinen Mund auf Rokkas presste und zu pusten begann. Nichts geschah. Musste man nicht auch noch auf den Brustkorb drücken?

Sein eigener Brustkorb hob und senkte sich angestrengt, er bekam selbst kaum Luft. Er musste ruhiger atmen. Irgendwas musste er anders machen. Eddie kniete sich neben Rokka. Legte beide Hände auf dessen Brustkorb. Dann drückte er. Nichts geschah.

Was sollte er jetzt mit dem leblosen Körper machen?

Er richtete sich auf, um mehr Kraft in den Händen zu haben. Drückte zu. Immer wieder. So sehr er konnte, drückte er. Dann brach er auf Rokka zusammen. Es war endgültig vorbei.

Jetzt konnte er auch zum Hafen rennen und den Hafenmeister bitten, die Polizei zu rufen. Er würde hier warten, bis sie ihn holten. Er ließ los, sein Körper fühlte sich an wie ein bleischwerer Sack. Eddie war siebzehn, und sein Leben war vorbei. Aber das war wohl in Ordnung so, er hatte ja sowieso nie wirklich eine Zukunft gehabt. Jetzt hörte er seine eigenen Herzschläge im Schädel vibrieren. Obwohl er einen Menschen getötet hatte, schlug sein Herz jetzt wieder ruhiger, als hätte es nicht verstanden, was geschehen war.

Da spürte er mit einem Mal eine Bewegung unter sich. Eddie sprang auf die Füße. Starrte Rokka an, der das Gesicht verzog und zu husten begann. Plötzlich lief grünlich trübes Wasser aus Rokkas Mund. Er holte röchelnd Luft und riss die Augen auf. Dann drehte er den Kopf zur Seite und schloss sie wieder.

Eddie hielt sein Gesicht direkt an Rokkas Mund. Die Luft, die auf seine Wange traf, erfüllte ihn mit unglaublicher Wärme. Er legte seine Hand auf Rokkas Kopf. Streichelte ihm langsam über die Stoppeln. Und dann ließ er den Tränen freien Lauf.

37

Johan Rokka schlug die Augen auf und sah geradewegs in den blauen Himmel. Er hörte Möwen kreischen und schloss daraus, dass er sich in der Nähe des Meeres befand. Die Sonne brannte ihm ins Gesicht, seine Haut spannte. Wie lange lag er schon hier? Vorsichtig drehte er den Kopf zur Seite. Dann übermannte ihn der Schmerz. Hohes, grünes Gras, mehr konnte er nicht sehen. Alles begann sich zu drehen, wieder schloss er die Augen. Er hatte das Gefühl, der Boden unter ihm gäbe nach.

Da fiel es ihm ein. Die alten Lagerhäuser am Hafen. Eddie. Der nicht Eddie war. Oder war er es doch gewesen? Und wenn nicht, mit wem hatte er es dann zu tun gehabt?

Vorsichtig bewegte er seine Füße. Er konnte sie spüren. Arme und Hände auch. Langsam hob er einen Arm an. Auch das funktionierte.

Er drehte sich auf die Seite. Blieb eine Weile so liegen. Dann richtete er sich ganz langsam auf. Er saß so da und betrachtete das Meer. Die Sonne war gerade aufgegangen, es war höchstens drei Uhr morgens. Mehr als fünf Stunden hatte er hier gelegen.

Er stützte sich mit der Hand ab und versuchte, auf die Beine zu kommen. Etwas entfernt erkannte er das Zollhäuschen und seinen Wagen. Schritt für Schritt bewegte er sich vorwärts. Hatte nur den einen Gedanken im Kopf: Er musste Eddie finden.

***

Es war ein süßlicher, muffiger Geruch, der Janna Weissmann entgegenschlug. Als ob man nach dem gestrigen Mittagessen noch nicht gelüftet hatte – gestern, als Bernt sich hier noch quicklebendig bewegte und Sonja und er nicht ahnen konnten, dass sie nur ein paar Stunden später Witwe sein würde.

Aber vielleicht hatte Bernt sogar geahnt, dass ihm etwas passieren würde, und hatte deshalb mitten in der Nacht das Haus verlassen?

Janna und Hjalmar waren in die weiß geklinkerte Villa zurückgekehrt, um sich das Haus noch einmal genauer anzusehen. Janna stellte sich mitten in die Küche und ließ ihren Blick über die Wandschränke, die Arbeitsplatte und die Altpapierstapel, die dort lagerten, schweifen. Auf dem Fensterbrett standen weiße Porzellanübertöpfe mit rosa Begonien. Zwischen zwei Töpfen lag ein Block mit gelben Post-it-Zetteln. Janna nahm ihn in die Hand und stellte fest, dass deren Größe mit den Zetteln, die sie am Tatort gefunden hatten, übereinstimmte. *Im Himmel bringt uns niemand zum Schweigen. Es tut mir leid.*

Dann blieb ihr Blick an einem Foto, das auch auf dem Fensterbrett stand, hängen. Auch wenn sie auf dem Bild sicherlich gut fünfzehn Jahre jünger waren, erkannte sie Bernt und Sonja sofort, wie sie lächelnd und braun gebrannt in die Kamera blickten. Rechts von Bernt stand ein breitschultriger Mann im Anzug, der nur noch einen dunkelbraunen Haarkranz um den Kopf trug. Hinter ihnen konnte man ein großes Gebäude mit Glasfassade erkennen. Über dem Eingang stand in hohen, schmalen Buchstaben: *West Gold Mining.*

Mitos Helsing gehörte zu den führenden Unternehmen im Bergbau und Anlagenbau, fiel Janna ein. Und Bernt stand hier vor einem Gebäude, das offensichtlich etwas mit Gold zu tun hatte.

Sie googelte *West Gold Mining* mit ihrem Handy. Die erste Webadresse führte zur Homepage der Firma. Sie saß in Accra und förderte Gold in der Ashanti-Region im Landesinneren von Ghana. Das Unternehmen thematisierte seine Verantwortung für die Umwelt, für die Sauberhaltung des Trinkwassers. Auch soziale Verantwortung war ein Thema: Wie man die Angestellten vor arbeitsbedingten Unfällen und Krankheiten schützte, die auf gar keinen Fall akzeptabel seien. Dass es für die Unternehmensleitung eine Selbstverständlichkeit sei, dass ihre Mitarbeiter abends wieder sicher bei ihren Familien ankamen.

Nun hatte Janna die Neugier gepackt, und sie klickte weiter auf *Investors*. Da fand man umfassende Informationen für die Aktionäre. Sie überflog die letzten sieben Quartalsberichte und stellte fest, dass der Gewinn jedes Jahr stieg.

Dann sah sie sich die Seite an, auf der die Geschäftsleitung präsentiert wurde. Zahlreiche englische Namen waren da gelistet, ein einziger, der afrikanisch klang. Plötzlich stolperte sie über einen Herrn auf dem Foto. Im grauen Anzug und mit einem hässlichen mintgrünen Schlips mit gelben Punkten. Das lichte Haar hatte sich kaum verändert, nur war der Haarkranz grau gesprenkelt. Sie verglich das Bild mit dem Foto auf dem Fensterbrett. Es war definitiv derselbe Mann.

Sie öffnete die nächste Rubrik, *Ownership Structure*. Schon wenige Zeilen unterhalb der Überschrift fand sie die Angabe: *Pettersson & Lindberg Investment*. Sie hielten 51 Prozent der Aktien an West Gold Mining, dem Unternehmen, dem Mitos Helsing die Bohrausrüstung lieferte.

Da fiel ihr wieder der Kongress ein, der derzeit in Stockholm stattfand, und der Trailer, den sie im Fernsehen von der Sendung »Nachgeforscht« gesehen hatte. In einer Reportage sollten die Aktivitäten schwedischer Unternehmen in Afrika unter die Lupe genommen werden. Die Vorstellung, dass es einen Zusammenhang geben könnte, war zwar etwas weit hergeholt, aber doch nicht völlig abwegig.

***

Johan Rokka hielt sich am Treppengeländer fest und sank auf den Boden. Er lehnte sich an die Ziegelwand neben dem Eingang des Hauses, in dem Eddie wohnte. Wartete. Er hatte keine Ahnung, wann Eddie nach Hause kommen würde. Ob er überhaupt kommen würde. Aber wie sollte er ihn sonst erwischen?

Nach einer Weile erklangen schlurfende Schritte auf dem Asphalt. Vorsichtig griff Rokka mit seiner Hand an die Pistole und warf einen Blick zum Weg. Nur so kurz, dass er erkennen konnte, wer da kam. Und es war Eddie. Er trug die großen schwarzen Kopfhörer. Mit schleppenden Schritten stieg er die Treppe hinauf und öffnete die Haustür. Rokka quälte sich hoch. Die Schmerzen im ganzen Körper waren so stark, dass er hätte schreien können. Er schlich die Stufen hinauf und schob sich hinter Eddie durch die Tür.

Rokka versuchte Eddie zu packen, der drehte sich blitzschnell um und ging sofort in Stellung.

»Was zum Teufel treibst du eigentlich?«, zischte Rokka, drehte ihm die Arme auf den Rücken und drückte ihn auf den Boden des Treppenhauses. Eddie drehte das Gesicht zu ihm um, und Rokka lief ein Schauer über den Rücken, als er Eddies Blick sah. Siebzehn Jahre alt, und schon ein Greis.

»Willst du mich jetzt verhaften?«, fragte Eddie leise.

»Dann hast du mich also zusammengeschlagen.« Rokka hatte schon vor Augen, was Eddie erwartete. Die Festnahme. Die Anklage. Das Urteil. Versuchter Mord. Siebzehn Jahre alt. Mildernde Umstände. Trotzdem musste er mit einer langen Gefängnisstrafe rechnen.

Langsam ließ Rokka Eddies Arme los.

»Wenn ich dich jetzt verhafte, kommst du aus dem Bau so schnell nicht mehr raus. Das will ich nicht.«

Eddie ließ sich auf eine Stufe sinken. Stützte die Ellenbogen auf die Knie und begrub das Gesicht in den Händen.

»Machst du Witze?«

»Nein. Aber ich will dir was erzählen.«

Eddie sah zu ihm hoch. »Was denn?«

413

»Erst gehen wir rein«, sagte Rokka. Sie stiegen die drei Stockwerke hoch.

Eddie schloss die Wohnungstür auf und blieb im Gang stehen. Lauschte. Rokka lief an ihm vorbei, geradewegs in die Wohnung. Suchte schnell Wohnzimmer und Schlafzimmer ab. Die Jalousien waren heruntergelassen, die Luft stickig und verraucht. Dann ging Rokka in Eddies Zimmer. Auf dem Bett lag eine zusammengeknüllte Bettdecke mit Donald-Duck-Muster. Er starrte auf ein Bücherregal, das voller Comics war.

Eddie kam rein, ging aufs Bett zu und legte sofort den Überwurf darüber. Rokka drehte sich noch mal zum Bücherregal um. Sein Blick blieb an einem Foto hängen, das da lag. Das Bild war unscharf, aber er erkannte einen Mann mit dunklem Haar und braunen Augen, ein Latino-Typ. Sah Eddie enorm ähnlich.

»Wer ist das?« Rokka drehte sich wieder zu Eddie um.

»Niemand Besonderes. Ein Typ, den meine Mutter vor Urzeiten kennengelernt hat.«

»Dein Vater?«

Eddie nickte und sah zu Boden.

»Was wolltest du mir erzählen?«, fragte er. »Dass ich dich fast umgebracht habe?«

Rokka setzte sich aufs Bett.

»Noch lebe ich. Wer hat dich in diese Geschichte reingezogen?«

Eddie rieb sich übers Gesicht.

»Mats Wiklander von den White Pythons«, antwortete er, und Rokka merkte, wie er dabei zitterte. »Ich … ich hab an die geglaubt. Es hieß, ich kann größere Dinger drehen. Richtig Kohle machen. Endlich jemand sein.«

Rokka musste lachen.

»*Been there, done that …*«, sagte er.

»Wovon redest du?«

»Sie bitten dich, Dinge für sie zu erledigen. Versprechen dir

Geld. Mädchen. Brechen dich, um Macht über dich zu gewinnen.«

Rokka kannte das nur zu gut, die Tränen standen ihm in den Augen.

»Sie war so toll.«

»Ach wirklich? Wer war das Mädchen?«

»Mats hat sie mir vorgestellt. Natürlich war sie hübsch. Aber es war nicht nur das, sie träumte auch davon, etwas aus sich zu machen.«

Ein typischer Schachzug, dachte Rokka. Sie benutzten das Mädchen, um Eddie steuern zu können. Wenn man Kontrolle über Eddies Hormone hatte, hatte man Kontrolle über seine Handlungen.

»Ah ja. Was wollte sie denn werden?«

Eddie sah ihn scharf an, und Rokka bedauerte seinen ironischen Tonfall.

»Sie hatte vor, Friseurin zu werden. Hat in einem Salon gejobbt und so.«

Als Eddies Worte in sein Ohr drangen, war es, als ob jemand in Rokkas Hirn einen Schalter umlegte.

»Friseurin …«, wiederholte er langsam. »Weißt du, was sie da im Salon genau gemacht hat?«

»Am Anfang durfte sie nur den Boden fegen und die Bürsten sauber machen«, sagte Eddie und sah ihn eindringlich an. »Aber dann haben sie ihr auch andere Aufgaben gegeben.«

»Ich brauche den Namen des Mädchens«, sagte Rokka. In seinem Kopf nahm eine Hypothese Gestalt an.

»Was willst du von ihr?«, fragte Eddie. »Du hast doch gar keine Haare.«

Da musste Rokka laut lachen.

»Nein, aber ich muss trotzdem mit ihr reden.«

»Aber sie hat nichts getan!« Eddie stemmte die Arme in die Seiten.

»Nein, nicht direkt«, sagte Rokka. Aber das Mädchen hatte Zugang zu Haaren und stand außerdem mit den White Pythons in Kontakt. Und wenn ein Gangmitglied der Täter war, dann hätte Eddies Mädchen ihn mit Haaren versorgen können, die er am Tatort hinterließ, um die Untersuchungen zu erschweren. Die Frage war nur, welches Motiv die White Pythons eigentlich hatten.

***

Eddie Martinssons Blick fiel auf das kaputte *Star-Trek*-Poster, das schief an der Wand vor ihm hing. Darth Vader hob sein rotes Laserschwert und starrte sie durch seine schwarze Maske an. Rokka musste an Anakin Skywalker denken, der am Anfang nur ein unschuldiger neunjähriger Junge gewesen war, der dann von einem gutherzigen Jedi zum Handlanger des Bösen mutiert war, zu Darth Vader.

»Diese Unterwelt, in die du jetzt einen Einblick bekommen hast, besteht nur aus Dreck«, sagte Rokka. »Glaub mir. Es ist ein einziger Sumpf, egal was die dir erzählen. Ich habe noch nie einen glücklichen Gangster kennengelernt.«

Eddie griff nach einem Kissen, auf dem Goofy abgebildet war, und schleuderte es an die Wand.

»Ich weiß«, sagte er und schluchzte. »Aber ich will wissen, was aus dem Alten geworden ist.«

»Welcher Alte?«

»Ich … sie haben mich gezwungen, eine Scheinhinrichtung zu machen … ich hab die Bilder ständig vor Augen. Ich kriege sie nicht weg. Ich muss wissen, wie es ihm geht.«

»Weißt du, wie der alte Mann hieß?«

»Bernt.«

Rokka spürte, wie sich jeder Muskel in ihm verkrampfte.

»Bernt ist leider tot.«

Eddies Gesicht wurde schlagartig leichenblass. Er hielt sich die Hand vor den Mund.

»Aber nicht wegen dir, Eddie. Trotzdem musst du mir alles, was du getan hast, ganz genau erzählen.«

Eddie nickte und rieb sich mit dem Handrücken die Augen.

»Ich habe gedacht, ich sollte Geld holen und übergeben, Automatikwaffen verstecken und so was. Mats hat die ganze Zeit davon gefaselt, dass irgendwas Großes im Gange ist. Manche Aufträge fand ich total erniedrigend, weil das was für Memmen war. Wie der Einbruch, bei dem ich Kassetten klauen sollte.«

»Wo bist du eingebrochen?«

»Bei dem Alten und bei dem Unternehmen, das diesen Helsingland-Bock im Wappen hat«, sagte Eddie.

»Und was für Kassetten waren das?«

»Weiß ich doch nicht. Aber eine hab ich mitgenommen. Die kann ich dir zeigen.«

Eddie stand auf und ging zu seinem Kleiderschrank. Zog einen Metallkorb heraus. Dann kramte er zwischen Socken und Unterhosen und fischte die Kassette heraus.

»Ich … ich hab keine Ahnung, was da drauf ist«, sagte Eddie und gab sie Rokka.

Rokka griff nach der Kassette und las das Etikett. *Ghana 1993.*

Das war sonderbar, dachte er. Sehr sonderbar. Ann-Margrets heimlicher Liebhaber war doch in Ghana.

»Weißt du, wer über Mats in der Hierarchie steht?«, fragte Rokka. »Von wem Mats seine Aufträge bekommt?«

Eddie fuhr sich durch die Haare und sah ihn nachdenklich an.

»Nee«, sagte er schließlich. »Mats hat nur erzählt, dass sich einer von oben gemeldet hätte und die Dinge völlig schieflaufen würden, und danach musste ich diese Scheinhinrichtung durchziehen.«

Rokka spürte, wie ein Puzzleteil nach dem anderen sich zu einem Bild zusammenfügte. Jetzt musste er nur noch beweisen, dass seine Hypothese stimmte.

***

»Ich will Jan Pettersson zur Vernehmung vorladen«, sagte Johan Rokka.

Ingrid Bengtsson schielte zu ihm hinüber, während sie angestrengt die App auf ihrem Handy verfolgte. Sie hatte vorher mit ihrem Sohn Jesper telefoniert, und er hatte ihr erklärt, wie man eine App deinstallierte. Aber egal, wie sie auch klickte und drückte, das blöde Symbol wollte einfach nicht verschwinden.

»Jan Pettersson? Aber warum?«

»Bei dem Einbruch im Haus von Bernt Lindberg wurde das hier von einem Typ gestohlen, der mit den White Pythons in Verbindung steht.« Rokka wedelte mit der alten Videokassette. »Bernt Lindberg und Jan Pettersson haben beide bei Mitos Helsing gearbeitet, und dort ist auch eingebrochen worden. Auch da fehlen Kassetten.«

»Woher wissen Sie das?«, fragte Bengtsson. »White Pythons? Ich habe das Gefühl, irgendetwas habe ich verpasst.«

Wahrscheinlich hat er wieder auf eigene Faust ermittelt, dachte Bengtsson und griff nach der Kassette. Als sie sie drehte, fiel ihr Blick auf das Etikett.

»Ghana 1993?«

»Schauen Sie sich den Film an«, sagte Rokka, hielt ihr einen alten Sony-Recorder hin und klappte einen kleinen Bildschirm aus.

Bengtsson zuckte zusammen, als der Film losging. Die Bilder waren verblasst, wahrscheinlich lag das am Alter der Aufnahme, aber sie konnte trotzdem alles erkennen. Eine Art Traktoren mit Schaufeln vorn und sonderbarem Gerät hinten.

Motorenlärm war zu hören, als die Fahrzeuge über Stock und Stein fuhren.

»Was sind das für Traktoren?«

»Janna hat herausgefunden, dass das Maschinen mit zwei Funktionen sind. Man setzt sie ein, um die Erde für die Goldgewinnung vorzubereiten, und gleichzeitig kann man mit ihnen Steine und Erde abtransportieren.«

Bengtsson nickte und fuhr sich mit der Hand übers Kinn. Ein neues Bild war zu sehen. Die Kamera zeigte eine Nahaufnahme von einem der Traktoren. An einer Seite war ein blaugelbes Logo angebracht. Bengtsson dämmerte langsam, worum es ging, und nun waren die Buchstaben deutlich zu erkennen: M I T O S, und daneben ein stattlicher Hälsingland-Bock.

In der Schaufel lagen drei kleine Körper. Ihre Köpfe mit dem schwarzen Kraushaar polterten gegen den Stahl, als der Traktor über unebenmäßiges Gelände fuhr. Das Geräusch erinnerte an die Schläge auf einer Basstrommel. Als der Traktor an der Grube anhielt, lagen sie ganz still da. Arme und Beine standen in unnatürlichen Winkeln ab. Mit einem Ruck wurde die Schaufel gekippt, und die Körper rutschten hinunter in die Grube. Eine riesige Staubwolke wirbelte auf. Drei tote Kinder. Bengtsson spürte, wie ihr Mageninhalt nach oben drückte.

»Muss ich noch darauf hinweisen, dass Mitos Helsing einem der erfolgreichsten Goldgewinnungsunternehmen in Afrika die Förderausrüstung liefert und dieses Unternehmen zufällig Gruben in Ghana besitzt?«

»Aber nur weil sie die Ausrüstung liefern, heißt das doch noch lange nicht, dass sie mit dem Tod der drei Kinder etwas zu tun haben, oder?«

Rokka zuckte mit den Schultern. »Und wenn ich sage, dass die Pettersson & Lindberg Investmentgesellschaft 51 Prozent der Aktien an dem sehr erfolgreichen Goldgewinnungsunternehmen hält?«

»Das muss doch nichts zu bedeuten haben«, entgegnete Bengtsson. Allerdings wurde ihr langsam mulmig zumute. Dass Jan Petterssons und Bernt Lindbergs Investmentgesellschaft die meisten Anteile hielt, sprach durchaus für sich. Aber erst sollte Rokka mehr in Erfahrung bringen.

38

Johan Rokka rollte langsam vor dem weiß gestrichenen Tor vor. Die Sonne brannte und hatte der Stadt eine flimmernde warme Decke übergelegt. Er lehnte sich auf dem Fahrersitz zurück und betrachtete Jan Petterssons gelbe Jugendstilvilla. Sie sah verlassen aus, der Rasen schien seit Wochen nicht mehr gemäht worden zu sein.

Rokka versuchte, es sich bildlich vorzustellen: Eddie hatte im Auftrag der White Pythons Kassetten mit Filmen gestohlen und vernichtet, auf denen das Logo von Mitos Helsing zu sehen war. Tindras Großvater und Fannys Vater hatten dort gearbeitet, aber besaßen zudem noch einen großen Anteil eines Goldgewinnungsunternehmens in Ghana.

Ingrid Bengtsson war vom Inhalt des Films schockiert gewesen. Sie hatte Rokka zähneknirschend erlaubt, Jan Pettersson aufzusuchen, um ihn zur Rede zu stellen.

Wieder wanderte sein Blick zu dem Fenster, das sich im ersten Stock ganz links befand. Fannys Zimmer. Dann betrachtete er das Foto, das er in der Hand hielt. Janna hatte ihm geholfen, ein Standbild aus dem Film zu ziehen. Darauf waren die kleinen Körper abgebildet, wie sie in die Grube gekippt wurden. Im Hintergrund erkannte man den Traktor mit dem Logo.

Rokka öffnete die Wagentür und stieg aus. Vergewisserte sich, dass das Holster unter seiner dünnen Jacke da saß, wo es hingehörte. Dann schob er die Sonnenbrille auf die Nasenwurzel. Trotz allem war es ein schöner Tag, und er spürte eine eigentümliche Ruhe. Mit großen Schritten lief er dem Eingang entgegen.

Jan Petterssons Haushälterin öffnete die Tür und bat ihn höflich herein.

Ganz hinten im Wohnzimmer stand der Hausherr am Fenster. Sein Haar hing in Strähnen herab, üblicherweise trug er es streng nach hinten gekämmt. Sein Oberhemd hatte sich teilweise aus dem Hosenbund gelöst.

»Hier in Hudiksvall kann man schon mal größenwahnsinnig werden, stimmt's?« Rokka stellte sich breitbeinig vor ihn, die Arme verschränkt.

Jan Pettersson drehte sich langsam um.

»Was willst du damit sagen?«, fragte er und kam auf ihn zu.

»Ich nehme an, du hast mit den Grubengeschäften eine Menge Geld gemacht«, antwortete Rokka und holte das Foto mit den toten Jungen aus der Hosentasche.

»Ich habe keine Ahnung, wovon du sprichst«, sagte Jan und kam näher. Er griff nach dem Bild und erstarrte. Hielt sich die Hand vor den Mund und starrte Rokka mit erschrockener Miene an.

»Das Bild ist ja schrecklich«, sagte er. »Sieht aus, als wäre es in Afrika aufgenommen.«

»Zehn Punkte«, sagte Rokka. »Aber wie kommt es, dass die Traktoren das Logo von Mitos Helsing tragen?«

»Ich bin erschüttert«, sagte er. »Afrika ist unser größter Exportmarkt. Wir haben alte Maschinen an einheimische Bauern verschenkt, aber wir haben natürlich keinerlei Möglichkeit zu überprüfen, was damit anschließend geschieht.«

»Dann musst du uns erklären, warum jemand bei Bernt und Sonja Lindberg eingebrochen hat, um den Film zu stehlen.«

»Ich habe wirklich keine Ahnung, was Bernt gemacht hat.«

»Tut mir leid, aber ich glaube, das hast du doch. Bernt ist tot, und wir ermitteln jetzt in einem weiteren Mordfall.«

Jan schwankte und machte einen Schritt zurück. Hielt sich die Hände vors Gesicht.

»Er ist ... tot?«

Rokka musste lachen.

»Du bist ein miserabler Schauspieler«, sagte er. »Kurz bevor er starb, rief er mich an und wollte mir noch etwas erzählen. Wollte Bernt etwas berichten, das dir nicht gefiel?«

»Tut mir schrecklich leid«, sagte Jan und kniff sich in die Nasenwurzel. »Ich erfahre gerade in diesem Moment, dass mein engster Freund nicht mehr am Leben ist.«

Er schluchzte.

Rokka wurde immer ärgerlicher und fuhr fort: »War es vielleicht so, dass dein mieses Lügengebäude drohte einzustürzen? Und als es dir nicht gelang, Bernt umzustimmen, da hast du die White Pythons beauftragt, Tindra zu töten, um ihm Angst einzujagen?«

»Du hast zu viele Gangsterfilme gesehen«, entgegnete Jan und schüttelte den Kopf.

»Aber als das noch nicht ausreichte, hast du ihn dir selbst vorgenommen«, fuhr Rokka fort. »Die Informationen, die uns vorliegen, reichen allemal, um dich unter dringendem Tatverdacht der Anstiftung zum Mord festzunehmen. Bist du dir dessen bewusst?«

Rokka hielt die Luft an. Dass die Informationen, die sie hatten, reichten, um Jan Pettersson in Untersuchungshaft zu nehmen, stimmte nicht so ganz. Sie mussten noch einen Täter mit dem Tatort am Köpmanberg in Verbindung bringen. Es galt, Mats Wiklander zu schnappen. Sie brauchten sein Geständnis, dass er Tindra umgebracht und absichtlich falsche Haare am Tatort deponiert hatte. Und vor allem musste jemand Jan Pettersson als Auftraggeber der White Pythons entlarven.

»Du weißt, dass ich an diesen Ermittlungen ein ganz besonderes Interesse habe, weil ich schon sehr früh begriffen habe, dass es eine Verbindung zwischen Tindra und Fanny geben musste. Melinda Aronsson zum Beispiel. Kennst du sie?«

Jan starrte ihn an, und Rokka bemerkte ein Zucken in seinem Augenwinkel.

»Was ich nicht begreife, ist, warum du Tindra auf dem
Köpmanberg hast umbringen lassen«, fuhr Rokka fort. »Lag
darin eine künstliche Symbolik? Sollte es an Fanny erinnern?«

Jan kniff die Augen zusammen. »Schluss jetzt. Das ist alles
absurd.«

Rokka kochte allmählich vor Wut, und er spürte die Versuchung, zur Pistole zu greifen und Jan auf der Stelle aus dem
Leben zu befördern. Doch stattdessen fasste er sich wieder.

»Und ich verstehe auch nicht, warum du Ann-Margret die
Treppe hinuntergestoßen hast. Wollte sie dich auch auffliegen
lassen?«

»Das ist das Unverschämteste …«, setzte Jan an.

Rokka machte ein paar Schritte auf ihn zu und erhob den
Zeigefinger. »Jetzt sag's schon. Wo ist Fanny?«

»Ich weiß es nicht«, sagte Jan, und nun zitterte seine Stimme.
»Das musst du mir glauben.«

»Ist sie verschwunden, weil sie wusste, was du getan hast?«

Rokka bemerkte, wie Jans Auge minimal zuckte.

»Rede!«, schrie er.

Doch Jan schwieg.

***

Der Kies knirschte unter seinen Schuhsohlen, als Jan Pettersson die Auffahrt hinaufging. Er stieg in seinen Wagen und ließ
sich auf den Fahrersitz sinken. Dann strich er über das beige
Leder. Plötzlich spürte er, wie ihn eine unglaubliche Müdigkeit übermannte.

Rokka hatte die Suche nach Fanny offenbar nie aufgegeben,
und Jan war klar, dass er die Dokumentation des Falls in die
Finger bekommen haben musste. Melindas Unfall hatte auch
in dieser Hinsicht fatale Folgen gehabt. Vielleicht hatte Rokka

auch Ann-Margret besucht, aber da gab es ja glücklicherweise nichts zu holen.

Er betrachtete das gelbe Haus. Hier hatten sie einmal zusammengewohnt, alle drei. Wer hätte gedacht, dass Rokka noch gut zwanzig Jahre später nach seiner Tochter suchen würde?

Als Jan die Augen schloss, hatte er das Bild von Fanny vor sich. Wie sie in ihrem weißen Sommerkleid über die Wiese hüpfte, hinunter zum glitzernden Meer. Aber war Fanny eigentlich ein glückliches Kind gewesen? Er hoffte es. So angestrengt er auch nachdachte, er hatte keine Erinnerung an sie, wie sie lachte.

Wie hatte er dieses Mädchen geliebt! Aber was er auch tat, diese Liebe blieb unerwidert. Schon als kleines Kind war Fanny jedes Mal steif wie ein Stock geworden, wenn er sie anfasste. Als sie älter wurde, hatte sie es abgewehrt, wenn er sie in den Arm nehmen wollte, als wäre er eine lästige Fliege. Wenn er genau nachdachte, war Fanny das einzige weibliche Wesen, das ihm jemals Kontra gegeben hatte. Seine eigene Tochter! Sie hätte es wirklich besser wissen müssen. Ganz unerwartet überkam ihn eine tiefe Traurigkeit, und er schlug mit den Händen aufs Lenkrad.

In seiner Brusttasche vibrierte es, und er zuckte zusammen. Hastig griff er nach seinem Handy. Er erkannte die Stockholmer Nummer nicht, nahm das Gespräch aber an.

»Wir sind von der Sendung ›Nachgeforscht‹«, begrüßte ihn die Stimme am anderen Ende der Leitung. »Wir haben Sie schon im Frühjahr um eine Stellungnahme zu ein paar Fakten gebeten, und das möchten wir heute noch einmal tun.«

Jan hielt die Luft an und spürte, wie sein Herz bis zum Hals schlug. »Nachgeforscht«. Die waren wie Bluthunde. Ihm wurde ganz anders. Dann versuchte er sich einzureden, dass es überhaupt nicht sein konnte, dass sie alles wussten.

»Hallo«, fuhr die Stimme fort. »Sind Sie noch da? Nur dass Sie Bescheid wissen, wir werden die Reportage auf jeden Fall senden, auch ohne Ihren Kommentar. Wollen Sie nicht jetzt die Chance ergreifen, Ihre Sicht der Dinge darzustellen?«

Jan drückte das Gespräch weg und steckte das Telefon zurück in die Brusttasche. Die Sendung würde einen Sturm auslösen, aber damit würde er zurechtkommen. Seine Kommentare würde er anschließend abgeben, wenn alle Karten auf dem Tisch lagen.

Er öffnete das Handschuhfach und griff nach dem Gegenstand, den er dort immer aufbewahrte, eine .38er Smith & Wesson. Er legte sie auf den Beifahrersitz und strich sanft darüber. Man konnte nie wissen, wann man so etwas brauchte. Und der Zufall kam immer dem zugute, der vorbereitet war.

Jetzt würde er an den Ort fahren, wo alles begonnen hatte. Seine Gedanken sammeln. Noch ein Mal warf er einen Blick auf sein Haus, dann startete er den Motor und bog auf die Straße ab. Mit dem Ziel Köpmanberg.

***

Johan Rokka raste so schnell wie möglich hinauf zur Aussichtsplattform auf dem Köpmanberg. Er rannte über die Felsplatte hoch zum Tempel. Das Blumen- und Lichtermeer an der Stelle, wo man Tindra gefunden hatte, war größer denn je.

Über den bläulich schimmernden Bergen auf der anderen Seite ließ sich der Nebel wie eine weiße Decke nieder. Es regnete, genau wie an dem Abend, als Fanny ihr Abitur feierte. Er hatte die Bilder wieder vor Augen: Sie ließ ihn los und wich ein paar Schritte zurück. Sie knickte um und strauchelte. Dann schrie sie: »Wirst du jetzt auch mich und alles, an das ich glaube, im Stich lassen?«

»Wie meinst du das?«

»Du und all die anderen wichtigen Männer in meinem Leben.« Fanny schluchzte und lief stolpernd davon.

Der Gedanke, dass er vermutlich niemals herausfinden würde, was damals wirklich geschehen war, nahm Rokka fast die Luft.

Ein röhrendes Motorengeräusch näherte sich, Rokka drehte sich um. Hinter den Büschen am Straßenrand hielt ein Wagen. Rokka beobachtete, wie die Fahrertür aufging und ein schwarzer Slipper den Boden berührte. Ein Mann stieg aus und sah zum Aussichtsplatz hinüber. Rokka wusste sofort, wer es war. Jan Pettersson.

Rokka rannte zum Tempel und setzte sich hinter einem Pfeiler auf das Betonfundament. Ganz vorsichtig neigte er sich vor, um etwas erkennen zu können. Mit langsamen Schritten bewegte sich Jan Pettersson über die Felsplatte und den kleinen gekiesten Platz auf die Parkbank zu, die dort stand. Er stützte sich auf deren Rücklehne ab und sank dann auf die Bank. Seine Schultern hingen, er saß vornübergebeugt. Der mächtigste Mann Hudiksvalls, kam es Rokka in den Sinn.

Er räusperte sich, und Jan drehte sich um.

»*Great minds think alike*«, sagte er, als er Rokka erblickte. »Trotz allem ist es hier oben so schön und friedlich.«

Er drehte sich um und legte seine Hand auf die Lehne. Rokkas Blick fiel auf den Ring, den Jan am Finger trug. Die Erkenntnis zog ihm den Boden unter den Füßen weg. Ein dicker Goldring mit einem dreieckigen, eingearbeiteten rosa Stein. Einen ähnlichen Stein hatte er schon mal gesehen, wenn auch etwas kleiner. Den, der auf Melindas Ring gesessen hatte.

»Du Mistkerl«, fauchte Rokka. »Du hast Melinda dazu gebracht, die Ermittlungsunterlagen im Fall Fanny an sich zu nehmen!«

Rokka sah, wie Jan mit der Hand in die Innentasche seiner Jacke fuhr. Langsam zog Jan eine Pistole heraus, sie sah aus wie eine Smith & Wesson. Rokka reagierte und hatte schon eine Hand am Holster.

»Es gibt einen Ausweg aus dieser Misere«, sagte er so ruhig wie möglich, während er versuchte vorherzusehen, was Jan im Schilde führte. Das Manöver mit der Pistole war überraschend gekommen.

»Du weißt nicht, wie es sich anfühlt, wenn man alles verliert«, sagte Jan mit zitternder Stimme.

Sein Gesicht hatte mit einem Mal etwas Zerbrechliches, das Rokka noch nie zuvor an ihm bemerkt hatte. War Jan Pettersson wirklich ein gebrochener Mann?

»Glaub mir, ich weiß, wie das ist«, sagte Rokka. »Und jetzt gib mir die Pistole.«

»Was weißt du schon davon?«

»Du verdammter Idiot!« Rokka hielt seinen Blick auf die Pistole gerichtet. »Fanny war die Liebe meines Lebens.«

»Ihr wart jung«, sagte Jan mit zitternder Unterlippe. »In diesem Alter ist man schnell verliebt. Aber Fanny war mein Fleisch und Blut.«

Plötzlich setzte Jan sich die Pistole an die Schläfe. Und schon hatte er den Daumen am Abzug und drückte. Ein Klicken war zu hören. Rokka warf sich auf ihn und erwischte ihn am Arm. Als er Jan von der Bank warf, erklang von den Bergen das Echo eines Schusses.

39

Der Polizist, der die ganze Nacht vor der Wohnung Wache gestanden hatte, fuhr Eddie Martinsson zur Polizeistation. Am Empfang saß dieselbe junge Frau wie bei seinem letzten Besuch, Fatima Voix. Jetzt lief er hinter ihr her.

Er würde nichts zu befürchten haben, hatte man ihm gesagt, aber er hatte nicht die geringste Ahnung, was ihn erwartete. Keiner hatte ein Wort über Rokka fallen lassen. Eddie wusste nur, dass er um elf Uhr auf der Wache erscheinen sollte, und da war er jetzt. In einem Gang mit beigem PVC-Belag und pissgelben Wänden. Im Grunde war er dankbar. Er hätte jetzt auch in irgendeinem Untersuchungsgefängnis sitzen können, in Isolierhaft, ohne Fernseher, Radio oder Zeitungen, und hätte von PVC-Belägen und gelben Wänden nur träumen können. Trotzdem war er nicht gerade ausgeglichen. Ihm war jetzt erst klar geworden, mit wem er es eigentlich zu tun hatte.

Fatima blieb vor einer weißen Tür stehen. Als sie die Hand hob, um anzuklopfen, geriet Eddie plötzlich in Panik. Wenn er den Bullen half, war es nur eine Frage der Zeit, wann die White Pythons davon Wind bekämen, das war klar.

Er musste weg von hier!

Sein Körper spannte sich an, er machte auf der Stelle kehrt und rannte den Gang zurück. Fatima schrie hinter ihm her, aber das war ihm egal. Er rannte, so schnell er konnte. Als er in Richtung Ausgang um die Ecke bog, war es vorbei. Zwei riesengroße Bullen stoppten ihn, griffen ihn unter den Armen und beförderten ihn zurück in den pissgelben Gang.

Vor der weißen Tür ließen sie ihn wieder los. Jetzt stand sie offen. Eddie spürte, wie ihn jemand in den Rücken knuffte, und er stolperte hinein. Er hörte, wie die Tür hinter ihm geschlossen wurde. Als er sah, wer hinter dem Schreibtisch saß, beruhigte er sich.

»Ach, du kommst nur mit Eskorte her«, sagte Rokka und grinste dreckig. »War ich so schwer zu finden?«

»Ach, Bullshit«, brummte Eddie. »Ich musste pissen. Man wird doch wohl noch auf die Toilette dürfen?«

Jetzt lachte Rokka laut.

»Wir beide machen es uns mal ein bisschen gemütlich. Wie wär's mit ein paar Pornoseiten?«

Eddie brach in Lachen aus. Er sah sich um. Das Zimmer war nicht gerade groß. Vor dem Fenster war eine grüne Hecke, und auf dem Fensterbrett standen zwei Topfpflanzen. Grüne Blätter mit rosa Blumen. So wie bei alten Frauen. Irgendwie fühlte er sich hier sicher.

»Ich hätte nie gedacht, dass ich mal auf der anderen Seite landen würde«, sagte er. Dann verstummte sein Lachen, und er blickte hoch zu Rokka.

»Früher oder später muss man sich für eine Seite entscheiden«, erklärte Rokka und sah ihm so tief in die Augen, dass Eddie das Gefühl hatte, er sehe ganz durch ihn hindurch.

Er wollte gerade den Mund aufmachen, da fuhr Rokka fort: »Du musst keine Angst haben, wir stellen dir Personenschutz. Ich weiß, welches Risiko du eingegangen bist, als du hier durch den Eingang spaziert bist. Hier ist der Computer. Dann leg mal los.«

Der Laptop fühlte sich kalt an, als Eddie ihn zu sich herüberzog. Mit ein paar schnellen Klicks rief er den Browser auf und gab die Adresse pornomaniacs.nu ein.

Als die nackten jungen Frauen in unterschiedlichen Posen auf dem Bildschirm erschienen, warf Eddie einen Blick zu Rokka hinüber. Dann wollte er sich einloggen, aber spürte plötzlich heftige Panik aufkommen. Er konnte sich an den Benutzernamen nicht mehr erinnern! Er rieb sich die Stirn, dann fiel er ihm wieder ein. Samantha79 und die vier Ziffern des Passworts, dann konnte er den Chat öffnen. Mit dem rechten Zeigefinger gab er ein:

Phantom Gurke, 11.15 Uhr.

»Ich hab keine Ahnung, ob Mats jetzt auf der Seite ist«, sagte Eddie, aber es dauerte nur ein paar Sekunden, als etwas blinkte. Eine Nachricht.

Ok.

Eddies Herz raste. Rokka klopfte ihm auf die Schulter. Dann nahm er Eddies Handy, auf dem das Etikett *Phantom* angebracht war, und legte die SIM-Karte mit der Aufschrift *Gurke* ein.

Exakt Viertel nach elf klingelte das Handy. Es zitterte von der Vibration und drehte sich auf dem Tisch, wo es lag, im Kreis. Eddie hatte noch nie im Leben so eine beschissene Angst gehabt. Er sah Rokka an. Wollte schon aufstehen. Musste einfach weg hier.

»Du schaffst das«, sagte Rokka und drückte ihn wieder auf seinen Stuhl. »Du bist bei mir, und ich lasse nicht zu, dass dir einer ein Haar krümmt.«

Eddies Hand zitterte, als er über das Display strich.

»Hallo«, sagte er und räusperte sich.

»Ich hoffe, du hast eine verdammt gute Begründung dafür, warum dein blöder Bullenfreund immer noch am Leben ist.« Die Stimme klang schroffer als sonst.

»Er ist nicht mein blöder Bullenfreund«, sagte Eddie und schielte zu Rokka hinüber, der den Daumen hochhielt.

»Ich hol dich heute Nachmittag um drei an der Bushaltestelle an der Håstaabfahrt ab. Dann sprechen wir darüber, wie es weitergeht. Und du kommst allein. Sonst bist du tot.«

Eddie spürte, wie sein Magen sich zusammenzog. Vielmehr der ganze Brustkorb, bis hoch zum Hals. Er bekam kaum noch Luft. Die Angst wurde immer übermächtiger, er wusste nicht, wohin mit sich. Rokka bedeutete ihm, das Gespräch zu beenden. Eddie gab sich einen Ruck und räusperte sich.

»Okay«, sagte er.

Dann drückte er das Gespräch schnell weg und schob das Handy so heftig über den Tisch, dass es auf der anderen Seite hinunterfiel.

»Gut gemacht«, sagte Rokka.

»Gut gemacht?« Eddie überkam eine riesige Ernüchterung. »Ich hab mich gerade mit meinem eigenen Tod verabredet.«

***

»Was ist eigentlich gestern auf dem Köpmanberg geschehen?«

Es war kurz vor drei, und die Sonne brannte auf der Windschutzscheibe. Johan Rokka und Pelle Almén saßen in ihrem zivilen Touareg. Im Radio lief gerade ein Lied von Tomas Ledin.

»Der Alte hat versucht, sich zu erschießen«, erklärte Rokka. »Das hätte ich von ihm nie gedacht, aber immerhin stimmte er der Einweisung in die Psychiatrie zu.«

Almén trällerte den Song mit, einen halben Ton zu tief. Rokka zog eine Grimasse und schaltete auf den Nachrichtensender um. Dann nahm er die Sonnenbrille aus dem Handschuhfach. Noch zehn Minuten, dann würde Mats Wiklander hier auflaufen, zumindest, wenn er sich an das hielt, was er Eddie am Telefon zugesagt hatte.

»Sollen wir behaupten, es sei eine Routinekontrolle?«, fragte Almén.

»Unachtsamkeit im Straßenverkehr«, sagte Rokka und setzte die Sonnenbrille auf.

Wo sie standen, hatten sie eine gute Sicht auf die Bushaltestelle, die auf der anderen Seite des Kreisels lag.

Almén trommelte mit den Fingern aufs Lenkrad, machte ein

paar Blasen mit seinem Kaugummi und ließ dann die Scheibe herunter, um es auszuspucken. Da kam ein rot-weißer Bus aus dem Kreisel und hielt an der Haltestelle. Leute stiegen ein und aus. Der Bus blieb noch einen Moment stehen, dann fuhr er weiter.

Rokka warf einen Blick in den Außenspiegel und bemerkte, dass sich ein schwarzer Audi näherte. Der Wagen fuhr an ihnen vorbei in den Kreisel hinein. Jetzt mussten sie schnell sein. Bevor Mats merkte, dass Eddie da gar nicht stand und auf ihn wartete, mussten sie ihn kriegen.

»Jetzt«, sagte Rokka, und Almén trat aufs Gaspedal, steuerte auf die Straße, in den Kreisel und näherte sich dem Audi. Rokka schaltete das Blaulicht an, und Almén schlug rechts ein, um dem Audi den Weg zu blockieren.

Rokka stieg aus und ging zur Fahrertür, wo die getönte Scheibe sich gleichmäßig nach unten bewegte. Er erkannte Mats vom Passbild im Melderegister sofort: dunkles, kurz geschnittenes Haar, ein braunes und ein hellblaues Auge, die ihn anstarrten.

»Wir sind von der Polizei Hudiksvall«, sagte Rokka. »Ich nehme an, Sie sind informiert, dass die vorderen Scheiben nicht getönt sein dürfen. Das ist Ihnen also scheißegal?«

Neben Mats hockte ein linkischer, schmächtiger Junge mit kahl rasiertem Kopf und schwarzer Bomberjacke. Er konnte nicht viel älter als Eddie sein, und als er Rokka verachtungsvoll ansah, spürte Rokka einen Stich in der Brust. Verlierst du einen Läufer, stehen schon tausend andere Schlange, dachte er.

»Haben Sie mich wegen der getönten Scheiben angehalten?«, fragte Mats genervt.

Rokka machte einen Schritt zurück.

»Sie fahren ohne Nummernschilder, und Sie gefährden den Straßenverkehr«, sagte er und sah hinab auf den Kotflügel, wo

433

das Blech verbeult war. »Es sieht aus, als seien Sie mit etwas richtig Großem und Schwerem kollidiert.« Rokka zog ein Gesicht und rieb sich mit der Hand über den Unterschenkel.

Mats schüttelte den Kopf und biss sich in den Nagel seines Zeigefingers.

»Auch durch den Kreisel sind Sie unsicher gefahren«, fuhr Rokka fort. »Haben Sie getrunken?«

Er hielt die Nase vor Mats' Gesicht, zog eine Grimasse und fächerte mit der Hand die Luft zur Seite.

»Keinen Tropfen«, erwiderte Mats und schob sich im Sitz zurück. »Und was meinen Sie mit unsicher? Ich fahre einen Kreisel so, wie es sich gehört, da können Sie nichts dagegen sagen.«

»Leider ist mein Kollege auch meiner Meinung«, sagte Rokka und drehte sich zu Almén um, der eifrig nickte.

»Dann lassen Sie mich pusten, dann sehen Sie, dass ich nichts getrunken habe«, sagte Mats, und Rokka bemerkte die Frustration in seinem Blick.

»Tut mir leid. Wie Sie sehen, sind wir hier so hübsch in unserem neuen Zivilfahrzeug unterwegs, und da haben wir gar keine Ausrüstung dabei.«

Almén machte eine entschuldigende Geste, dann räusperte er sich und sagte: »Sie müssen leider auf die Polizeistation mitkommen. Lassen Sie Ihren Kumpel das Steuer übernehmen und steigen Sie bitte bei uns ein.«

»Sie haben doch gar kein Recht, mich mitzunehmen, wenn ich nicht betrunken bin!«

»Was glauben Sie, wer das entscheidet?«, fragte Rokka. »Sie oder ich?«

Rokka beobachtete, wie Mats zu dem Typ auf dem Beifahrersitz hinübersah. Einen Blick in den Rückspiegel warf. Nach dem Schaltknüppel griff und das Lenkrad umklammerte, sodass seine Knöchel ganz weiß wurden.

»Dieser VW hat mehr Pferdchen, als Sie denken. Was Ihnen gerade durch den Kopf geht, können Sie sich sparen«, sagte Rokka und hielt ihm die Tür auf.

Mats schlug mit der Faust aufs Lenkrad, aber dann löste er den Sicherheitsgurt und stieg aus.

Rokka stand breitbeinig da, die Hände in die Seiten gestemmt.

»Sie sehen ein bisschen gestresst aus«, flüsterte er.

Plötzlich riss Mats den rechten Arm nach hinten. Rokka erkannte diese Bewegung noch, aber konnte nicht schnell genug reagieren. Die Faust erwischte seinen Kiefer voll, und sein Kopf wurde mit Wucht zur Seite geschleudert. Seine Sonnenbrille flog auf den Asphalt. Der Schmerz explodierte in seinem Kopf, aber Rokka biss die Zähne zusammen. Langsam drehte er sich zu Mats um.

»Nicht schlecht«, sagte Rokka und fuhr sich mit der Hand über den Kiefer. »Dann haben wir ja jetzt noch einen guten Grund, Sie mitzunehmen.«

***

Johan Rokka faltete die Hände und beugte sich über den Schreibtisch in seinem Büro. Almén stand mit verschränkten Armen in der Tür. Auf der anderen Seite des Tisches hockte Mats Wiklander und sah aus wie ein verschnupfter Pitbull. Seine Augenbrauen zeigten schräg nach oben, seine Lippen waren zusammengekniffen. Verzweifelt fuhr er sich über den Schädel, und Rokka bemerkte, dass er nasse Flecken unter den Achseln hatte.

Vor Rokka lag eine Papiertüte. Er legte die Hand darauf, um sich zu vergewissern, dass der Inhalt sich nach wie vor darin befand.

»Sie ...«, setzte Rokka an.

Mats zuckte zusammen und starrte ihn an.

»Ich kann verstehen, dass Sie jetzt ein bisschen nervös sind«, fuhr Rokka fort. »Sie fuhren ja schon etwas unsicher. Und dann noch Gewalt gegen einen Polizeibeamten.«

Rokka kniff den Mund zusammen und beugte sich vor. Starrte Mats in die Augen. Wartete darauf, dass er irgendeine Reaktion zeigte.

»Was zum Teufel wollen Sie von mir?«, fragte Mats. »Okay, ich habe Sie geschlagen. Aber ich bin nicht besoffen gefahren.«

»Über die Sache mit dem Alkohol am Steuer mache ich mir gerade die geringsten Sorgen«, sagte Rokka. »Was mich jetzt ein bisschen beunruhigt, ist Ihr Stresslevel. Können Sie nachts nicht gut schlafen? Fühlen Sie sich ausgeruht, wenn Sie morgens aufwachen? Können Sie sich noch auf Ihre Arbeit konzentrieren? Falls das nicht so ist, sollten Sie mal Ihren Hausarzt aufsuchen und sich krankschreiben lassen.«

Rokka konnte zusehen, wie Mats versuchte, sich zu konzentrieren, seine Kiefer mahlten.

»Was haben Sie denn verdammt noch mal damit zu tun, ob ich zum Arzt gehe oder nicht?«

»Sie wirken ausgesprochen aggressiv. Wir haben nur gesagt, dass Sie uns auf die Station begleiten müssen, damit wir einen Alkoholtest machen können. Das ist in kurzer Zeit erledigt, wenn es stimmt, dass Sie nüchtern sind, was Sie ja behauptet haben. Doch anstatt einfach einzusteigen, reagieren Sie Ihren Stress an mir ab. Das nennt man Projektion.«

»Hey, Mann, was soll das?«, schrie Mats und sprang von seinem Stuhl auf.

»Da haben wir es schon wieder. Das sind Überreaktionen.«

Mats lief das Blut aus der Nase, und er fuhr sich mit dem Handrücken über die Lippe.

»Nasenbluten haben Sie auch noch«, sagte Rokka. »So viel Koks ist nicht gut, ich dachte, Sie wüssten das.«

Almén war schnell zur Stelle und drückte Mats zurück auf seinen Stuhl.

»Lassen Sie es mich so ausdrücken«, begann Rokka ganz langsam und betont gelassen. »Sie stehen unter Stress, da sind wir uns wohl einig.«

Mats schüttelte den Kopf und legte die Hände in den Schoß.

Rokka holte das Bild von Tindra heraus und schob es über den Tisch. Ihn selbst berührte es immer noch, wenn er ihr Gesicht so grotesk verzerrt, blaulila verfärbt, mit dem silberfarbenen Tape um den Kopf, anschauen musste.

»Wer gerät nicht unter Stress, wenn er solche Aufträge erhält?«

Mats schloss die Augen.

»Ich weiß nicht, wovon Sie reden«, sagte er kurz angebunden.

Rokka fuhr mit der Hand in die Tüte und zog ein dunkelblaues Sweatshirt mit dem White-Pythons-Emblem heraus.

»Gehört das Ihnen?«

Mats schüttelte den Kopf, aber Rokka konnte erkennen, wie sich seine Armmuskulatur anspannte.

»Dann macht es Ihnen auch nichts aus, wenn ich es zerschneide.« Rokka holte eine Schere aus der Tüte und hielt sie an den Stoff. Mit ein paar schnellen Handgriffen schnitt er ein Loch in den Pullover, genau da, wo das Emblem gesessen hatte.

An Mats' Hals traten die Adern hervor, und er wurde feuerrot im Gesicht. Zuzusehen, wie das Emblem geschändet wurde, war mit das Erniedrigendste, das einem Gangmitglied passieren konnte.

»Es scheint Ihnen doch etwas auszumachen, dass ich den Pullover zerschneide«, sagte Rokka. »Und ich glaube, ich weiß, warum. Auf diesem Sweatshirt befindet sich DNS, die zum großen Teil mit der DNS übereinstimmt, die wir in dem blutigen Sekret auf Tindra Edvinssons Leiche gefunden haben.«

Jetzt standen Mats kleine Schweißperlen auf der Stirn. Noch immer tropfte ihm Blut aus der Nase, und er schniefte.

»Haben Sie Geschwister?«, fragte Rokka. »Eltern oder Kinder?«

Mats schüttelte den Kopf.

»Okay«, sagte Rokka. »Dann spricht vieles dafür, dass es Ihre DNS war, die wir an Tindra sichergestellt haben. Vorausgesetzt, dass Sie den Sweater anhatten, natürlich«, sagte Rokka und schnippelte weiter, während er Mats' geballte Fäuste beobachtete, an denen die Knöchel weiß hervortraten.

»Sie hatten kein Recht, meine Wohnung zu betreten!«

»Also zu unserem Vergnügen waren wir bestimmt nicht da, Sie könnten wirklich ein bisschen besser Ordnung halten!«

»Ihr Schweine!«

»Wir werden jetzt mal eine DNS-Probe von Ihnen nehmen, um auf der sicheren Seite zu sein«, sagte Rokka und winkte Almén zu, der schon dabei war, eine Plastikverpackung aufzureißen und ein Wattestäbchen herauszuziehen.

Jetzt holte Rokka noch ein anderes Bild hervor. Eine Schwarz-Weiß-Fotografie, auf der Jan Pettersson in einem hellgrauen Anzug abgebildet war. Seine strahlend weißen Zähne standen in starkem Kontrast zu seiner Sonnenbräune.

»Kennen Sie diese Person?«

Mats starrte das Foto an, doch dann schüttelte er den Kopf.

»Jetzt komm schon!«, schrie Rokka und sprang auf. Mats bewegte sich keinen Millimeter. Rokka lief um den Tisch herum und wollte sich gerade auf Mats stürzen, als Almén ihn stoppte.

»Es ist gut jetzt«, sagte er nur.

Almén brachte Mats Wiklander zur Tür und ließ ihn abführen. Rokka schlug die Tür mit aller Kraft zu.

»Tut mir leid, dir das sagen zu müssen«, sagte Almén. »Aber er wird niemals zugeben, dass Jan Pettersson ihm diesen Auftrag gegeben hat.«

Vermutlich hatte Almén recht. Aber dann musste ein anderer ihn entlarven.

***

Als die Siebzehnjährige zur Tür hineinstolperte, blieb Janna Weissmann fast das Herz stehen. Ihr langes Haar hing strähnig herunter. Ihre Füße zeigten nach innen, und die weißen Stoffschuhe waren von Gras und Lehm ganz verdreckt. Sie hieß Isabella Lärkroth und war zur Vernehmung vorgeladen worden, nachdem Rokka Hinweise vorlagen, dass sie über wichtige Informationen im Fall Tindra verfügen könnte. Die Vernehmung sollte gleich beginnen, doch Rokka war noch nicht zur Stelle.

Janna ging einen Schritt auf sie zu. Anfangs wusste sie nicht, wie sie sich verhalten sollte, aber ihr war klar, dass sie irgendetwas tun musste. Langsam hob sie die Hand. Als sie Isabellas Kopf berührte, zuckte das Mädchen zusammen und schlang die Arme um den Körper. Janna hakte sie ein und half ihr, sich auf den Stuhl zu setzen. Dann zog sie ihren langärmligen Uniformpullover aus und legte ihn Isabella über die Schultern.

»Isabella«, sagte sie ganz langsam. »Was ist passiert?«

Die junge Frau begann am ganzen Körper zu zittern. Der Schrecken stand ihr ins Gesicht geschrieben. Ihre Mascara war verlaufen und hatte auf ihren Wangen schwarze Streifen hinterlassen.

»Er ... er hat mir wehgetan.«

»Wer hat Ihnen wehgetan?«

»Er heißt Niklas«, sagte sie und sah unruhig hin und her.

»Können Sie mir erzählen, was er getan hat?«

Jetzt liefen der jungen Frau die Tränen über die Wangen.

»Er hat mich geschlagen, mehrmals.« Sie fuhr sich mit der Hand an den Kiefer. »Ich dachte, er hätte mitbekommen, dass ich hier erscheinen und von den Haaren erzählen soll, und dass er zu mir kam, um mich totzuschlagen. Aber er hatte keine Ahnung davon, er … er hatte nur einfach einen schlechten Tag.«

»Kennen Sie Niklas gut?«

»Ja … ja, das tue ich«, sagte sie und sah Janna an, die die Zähne zusammenbeißen musste, um das Gespräch professionell weiterführen zu können.

»Ist noch mehr passiert?«, fragte sie.

»Er … er hat mich aufs Bett gedrückt … und … obwohl ich Nein gesagt habe …«

Sie schluchzte und begrub das Gesicht in den Händen. Janna streichelte ihr über die Schulter, dann griff sie nach ihrer Hand und drückte sie fest.

»Isabella«, sagte sie und spürte, wie der Kloß im Hals immer größer wurde. »Hören Sie mir mal zu.«

Isabella schniefte und sah Janna ins Gesicht. Ihr lief Rotz aus der Nase. Langsam nickte sie.

»Das war nicht Ihre Schuld«, sagte Janna und drückte ihre Hand noch fester. »Merken Sie sich das, es war nicht Ihre Schuld. Niemand hat das Recht, über Sie und Ihren Körper zu verfügen.«

Isabella schob die Hände ineinander und drückte mit ganzer Kraft.

»Doch … es war mein Fehler«, sagte sie und starrte ins Leere.

»Isabella«, sagte Janna. »Können Sie diesen Niklas beschreiben?«

»Er … er hat eine weiße Narbe, die von da nach da geht.« Isabella beschrieb mit der Hand die Strecke vom Hals bis zum Haaransatz. »Als … als er fertig war, sagte er, dass ich nichts anderes bin als ein Gangsterflittchen.«

Janna schloss die Augen und lehnte den Kopf zurück. Wollte Isabella am liebsten sofort zu einem Arzt bringen. Nicht nur die Jungs waren auf der Suche nach einer trügerischen Geborgenheit, die ihnen auf der Schattenseite begegnete.

»Gleich kommt mein Kollege«, sagte sie beherrscht. »Er heißt Johan Rokka und ist unheimlich nett. Denken Sie, Sie können ihm das noch mal erzählen?«

Isabella sah völlig erschöpft aus, nickte aber trotzdem langsam. Dann hob sie den Kopf und holte einmal tief Luft. Als ob sie Kraft sammelte, um Janna schließlich in die Augen zu schauen und zu fragen: »Wissen Sie vielleicht, wie es Eddie geht?«

EINIGE TAGE SPÄTER

Die Stuhlbeine kratzten über den Boden, als Ingrid Bengtsson sich erhob. Die Unterhaltungen am Tisch verstummten, alle Blicke richteten sich jetzt auf sie. Sie trug ihre Ausgehuniform. Das hellblaue Hemd war ordentlich gebügelt, und die Schirmmütze lag vor ihr auf dem Tisch.

In der Cafeteria hatten sie die Tische zusammengeschoben und eine Tafel aufgebaut. Ein paar Kannen mussten als Vasen für die Margeriten herhalten, die Pelle Almén gepflückt hatte. Hjalmar Albinsson hatte einen Miniatur-Mittsommerbaum mit grünen Plastikblättern und blau-gelben Bändern mitgebracht und in die Mitte des Tisches gestellt.

»Ich bin sehr froh, dass wir heute hier sitzen«, sagte Bengtsson und sah zu Rokka auf dem Platz neben ihr. »Mit den besten Grüßen und Glückwünschen aus Gävle dürfen wir diesen gedeckten Tisch genießen. Sie sind beeindruckt von unserer Leistung.«

Rokka betrachtete die Schale mit Pellkartoffeln und die Gläser mit fünf verschiedenen Sorten von eingelegtem Hering, die Janna und Almén im Supermarkt erstanden hatten. Bescheidene fünfhundert Kronen hatten sie für dieses gemeinsame Mittsommeressen erhalten. Rokka fuhr mit einem Löffel in ein Glas und angelte einen Hering heraus. Dann biss er von seinem belegten Knäckebrot ab. Es knackte beim Kauen.

Bengtsson sah die Kollegen an und fuhr fort: »Und da kann ich nur zustimmen. Ich bin stolz auf Sie. Wieder einmal konnten wir unter Beweis stellen, dass wir es schaffen, einen Fall dieses Kalibers zu lösen. Und nicht mehr lang, dann nehmen wir uns alle frei und feiern Mittsommer.«

Bei diesen Ermittlungen hatten sie wirklich unübliche Wege beschritten, dachte Rokka. Und sie hatten den Täter gekriegt. Isabella Lärkroth hatte gestanden, wie sie auf Bestellung von

Mats Wiklander Haare aus den Bürsten im Friseursalon mitgenommen hatte. Und da der DNS-Test von Mats ergeben hatte, dass das blutige Sekret auf Tindras Leiche von ihm stammte, würde Mats' Strafverteidiger nur schwerlich die Unschuld seines Mandanten beweisen können. Doch Rokka hatte immer noch eine Wut im Bauch, die einfach nicht weichen wollte. Jan Pettersson stritt weiterhin alle Vorwürfe und jede Beteiligung an den Mordfällen ab.

»… und deshalb lassen Sie uns alle die Gläser erheben.« Bengtsson schaute auffordernd in die Runde.

Langsam prostete er ihr zu und sah dann einen der Kollegen nach dem anderen an. Es war wirklich nicht Bengtssons Verdienst, dass sie jetzt hier saßen und feiern konnten.

»Aber derjenige, der im Hintergrund die Fäden zieht, ist noch immer auf freiem Fuß«, entgegnete Rokka. »In Schweden Anstiftung zum Mord, in Afrika ein bisschen Massenmord, wann bekommt er dafür seine Strafe?«

Jan Pettersson war vermutlich, nachdem sie ihn aus der Psychiatrie entlassen hatten, wieder zu Hause. Auf dem Köpmanberg hatte er versucht, sich das Leben zu nehmen. Wieder wunderte sich Rokka, wie unwirklich diese Situation ihm erschienen war.

Bengtsson sah ihn verärgert an.

»Das sind doch reine Spekulationen. Wir brauchen Beweise!«, fertigte sie ihn ab. »Aber jetzt machen wir uns mal über die Erdbeeren und das Vanilleeis her.«

Rokka umschloss sein Wasserglas fest. Es stimmte, bislang waren es nur Spekulationen. Bengtsson war kein schlechter Mensch. Aber er wusste, dass sie sich unbändig darüber freute, dass wieder ein Kreuzchen auf der richtigen Seite der Statistik gesetzt werden konnte.

»Ach ja, eins noch«, sagte Bengtsson. »Ich bin unglaublich dankbar für Ihren Fahndungserfolg. Aber künftig können wir nicht solche Abkürzungen nehmen, wie wir es im aktuellen Fall getan haben. Wir müssen die Maßnahmen im Vorfeld absichern, ansonsten sitzt uns sofort Gävle im Nacken. Das gilt zumindest für einige von uns.«

Da sprang das Glas in Rokkas Hand. Das Wasser lief über den Tisch und bildete einen kleinen See, der sich langsam über die Kante verlagerte und Bengtsson aufs Knie rann. Rokka starrte auf den Wasserfleck, der sich auf ihrer Hose ausbreitete. Schnell griff er nach einer Papierserviette und reichte sie ihr.

»Halt«, zischte Bengtsson und stoppte seine Hand.

»Sorry«, flüsterte Rokka.

Mit ein paar schnellen Bewegungen tupfte sie ihr Hosenbein ab. Im Zimmer breitete sich Gemurmel aus.

Janna beugte sich zu Rokka hinüber und sah ihm tief in die Augen.

»Eines geht mir nicht aus dem Kopf«, flüsterte sie. »Wirst du den Fall als erledigt betrachten, auch wenn du Fanny nicht gefunden hast?«

»Wie kommst du darauf?«

»Ich weiß nicht«, sagte Janna und zuckte mit den Schultern. »Ich hab mich das nur gefragt.«

**

Der Kongress war vorüber, und ich hatte meinen vorletzten Termin in Stockholm hinter mich gebracht. Ein einziger blieb noch übrig.

Wieder lief ich durch den Flur des Sendehauses des Schwedischen Fernsehens. Ich hatte noch Zeit für eine kurze Pause und machte es mir in einem Sessel bequem. Mir fiel auf, dass alles um mich herum hell und sauber war. Auf dem Beistelltisch stand eine Glasvase mit weißem Flieder. Ich schnupperte an den Blüten und war von den Erinnerungen, die dieser Duft mit sich brachte, schier überwältigt. Für mich war dies der Duft der Sommerferien. Das Ende des Schuljahres, die Abiturfeier.

Der Duft erinnerte mich auch daran, wie der Weg in mein neues Leben am Abend meiner Abifeier begonnen hatte. Ich hatte mein Elternhaus verlassen und nichts bei mir bis auf eine Videokassette.

Ich spürte einen Kloß im Hals, fand eine Toilette, ging hinein und schloss die Tür hinter mir.

Als ich mich selbst im Spiegel betrachtete, verspürte ich eine wohltuende Ruhe. Ich konnte mir ein Lächeln nicht verkneifen, tatsächlich besaß auch ich narzisstische Züge. Sonst wäre ich nicht dorthin gekommen, wo ich heute stand. Papas Charakterzüge waren nicht gerade schmeichelhaft, aber ich glaube, ich habe sie auf eine gute Art und Weise kanalisiert. Aber als ich länger vor dem Spiegel stand, fiel mir auf, wie viel ich auch von meiner Mutter hatte. Sie besaß schon immer einen ganz starken Gerechtigkeitssinn.

Und ihr Geld war so eine große Hilfe. Ihr war klar, was mir widerfahren würde, wenn mein Vater begriff, dass ich den Film an mich genommen hatte. Und so hatte sie dafür gesorgt, dass ich am Abend nach meiner Abifeier heimlich verschwinden konnte. Sie blieb zurück, und er zerstörte ihr Leben. Und trotzdem hat sie die ganzen Jahre lang verfolgt, wie es mir erging, ihrer Henri.

Viele werden sich fragen, warum ich mit der Rache so lange gewartet habe. Es ist zweiundzwanzig Jahre her, seit ich verschwunden bin. Aber ich betrachtete es als meine wichtigste Aufgabe, erst einmal den Familien der Jungs zu helfen. Und auf etwas Gutes kann man nie zu lange warten.

Vater hat immer wieder versucht, mich ausfindig zu machen, und einmal fanden mich seine Lakaien. Im Frühjahr tauchten sie auf und boten mir 10 Millionen Kronen, damit ich die Informationen über die Vorfälle in Ghana nicht nach außen trage. Wahrscheinlich hatte ihn die Redaktion von »Nachgeforscht«

zu dem Zeitpunkt schon unter Druck gesetzt. Mir war klar, welche Lawine sie lostreten würden. Aber er schien völlig vergessen zu haben, wie gut ich argumentieren kann. Ich habe den Einsatz erhöht. Mit Mutters Geld habe ich einfach das Doppelte von dem gezahlt, was Vater geboten hatte, damit sie mich in Frieden lassen. Ich kann mir gut vorstellen, wie wütend ihn das gemacht haben muss.

Glücklicherweise ist das Stockholm Waterfront während des Human Rights Congress eines der am besten bewachten Gebäude der Welt. Aber der Gedanke an Tindras Familie hat mir ständig den Hals zugeschnürt. Sonja und der kleine Bernt. Der Bernt, den ich noch kannte, war ein guter Mensch gewesen. Er wurde einfach ein Opfer der Manipulationsstrategien meines Vaters. Als ich von dem Mord an Tindra erfahren habe, wusste ich gleich, dass er ihre Schuld nicht mehr würde verschweigen können.

Noch ein Blick in den Spiegel, dann klickte ich auf dem Smartphone die Website von *Dagens Nyheter* an. Suchte nach allem, was über Tindra geschrieben worden war. Dass Johan Rokka der Ermittlungsleiter war, hat mein Herz zum Rasen gebracht. Ich war immer überzeugt gewesen, dass am Ende die gute Seite siegen würde, auch in ihm.

Sie wollten mich in die Maske schicken, bevor ich ins Studio musste. Trotzdem fuhr ich mit dem Rougepinsel kurz über die Wangen. Jetzt würden alle Einwohner von Hudiksvall erfahren, was ihr Ehrenbürger verbrochen hatte. Ja, ganz Schweden würde gleich die Wahrheit über den mächtigen Jan Pettersson zu hören bekommen.

***

Johan Rokka ließ sich auf das Sofa sinken und legte die Füße auf dem Couchtisch ab. Das Glas, das vor ihm stand, war mit Amarone randvoll, in der Hand hielt er eine Schale Chips. Er konnte sich nicht erinnern, wann sein Fernseher zuletzt gelaufen war. Rokka hob die Fernbedienung und stellte den Ton lauter. Das Bild zoomte einen Moderator heran, der einen Papierstapel in die Hand nahm und die Seiten ordentlich zusammenschob.

»In Stockholm ist der World Human Rights Congress soeben zu Ende gegangen, es waren viele Prominente zu Besuch.«

Das Bild des Ministerpräsidenten und seiner Frau neben einem dunkelhäutigen Mann im Anzug wurde abgelöst von schwedischen Flaggen, die vor dem strahlend blauen Himmel am Eingang des Kongresszentrums wehten.

»In diesem Zusammenhang berichtete die Sendung ›Nachgeforscht‹ von dem gerade aufgedeckten Skandal in Ghana, wo über vierzigtausend Menschen in den letzten zwanzig Jahren unter den Auswirkungen der Goldförderung zu leiden hatten. Mehrere schwedische Banken und Unternehmen pflegen intensive Geschäftsbeziehungen zu den Grubenbetreibern, aber niemand will einräumen, dass ihm die Problematik bekannt ist. Bei uns im Studio ist Henrietta Pettersson von der internationalen Menschenrechtsorganisation FIAN. Zurzeit ist sie in Westafrika tätig.«

Rokka stellte die Chipsschale weg und setzte sich kerzengerade auf. Starrte wie gebannt auf die Frau, die jetzt im Bild erschien. Die hellen Locken waren verschwunden. Sie trug die Haare nach hinten gekämmt. Ihre Augen funkelten nicht mehr wie damals. Aber es bestand kein Zweifel: Es war Fanny. Fanny Henrietta Pettersson. Henri, die die Briefe an Ann-Margret geschrieben hat.

»Es handelt sich um einen äußerst umfangreichen Skandal«, sagte Fanny und sah dem Moderator ins Gesicht. »Unternehmen, die keinerlei Empathie zeigen angesichts der Tatsache, dass sie sich an Verbrechen gegen die Menschlichkeit schuldig gemacht haben.«

»Das ist nicht neu. Sie beobachten diese Entwicklung schon seit längerer Zeit«, sagte der Moderator. »Bitte erzählen Sie uns davon.«

»Es fing damit an, dass ein großes Unternehmen aus Hudiksvall vor gut zwanzig Jahren Bohrausrüstung zur Goldgewinnung nach Ghana exportierte. Schon damals gab es dieses Problem, doch niemand nahm es ernst. Obwohl das Bewusstsein vorhanden war.«

Der Moderator bekam eine Sorgenfalte auf der Stirn und nickte langsam.

»Das Unternehmen, von dem hier die Rede ist, heißt Mitos Helsing«, sagte sie, während gleichzeitig Bilder von Mitos' Firmenzentrale in Hudiksvall eingespielt wurden. »Einige Personen der Führungsebene waren auch an dem Goldgewinnungsunternehmen selbst beteiligt und hatten Probleme mit Jungen, die im Anschluss an die Goldförderung nach Eisenerz suchten.«

Rokka beobachtete, wie sich Fannys Blick veränderte, als sie fortfuhr: »Es waren kleine Jungs, die das taten, um überleben zu können. Damit ihre Familien überleben konnten. Aber um dem Problem beizukommen, wurden sie von den Securityfirmen, die das Goldgewinnungsunternehmen angeheuert hatte, einfach erschossen. Diejenigen, die damit drohten, dieses Verbrechen aufzudecken, wurden mit Unsummen von Geld zum Schweigen gebracht. Alles wurde verschleiert und totgeschwiegen.«

Der Moderator war nun wieder im Bild und sprach direkt in die Kamera: »Wir möchten sensible Zuschauer jetzt vorwarnen, die folgenden Bilder sind nichts für schwache Nerven.«

Rokka starrte auf den Bildschirm, als der Film gezeigt wurde. Er sah die afrikanischen Jungs, die vergeblich versuchten, sich vor den Schüssen in Sicherheit zu bringen. Er schluckte. Dann beobachtete er, wie ein Bild hinter dem Tisch, an dem Fanny und der Moderator standen, festgehalten wurde. Die Buchstaben mit dem blau-gelben Hälsingland-Bock.

»Wir haben versucht, den früheren CEO und jetzigen Aufsichtsratsvorsitzenden von Mitos Helsing, Jan Pettersson, zu einer Stellungnahme zu bewegen, jedoch ohne Erfolg«, erklärte der Moderator. »Ich vermute, in dieser Sache ist noch nicht das letzte Wort gefallen. Diese Nachricht wird international Resonanz finden.«

Rokka bemerkte, dass Fanny wieder in die Kamera sah. Und dann lächelte sie.

Der Abspann wurde eingespielt, die Sendung war zu Ende.

EINIGE WOCHEN SPÄTER

Johan Rokka setzte sich die Sonnenbrille auf, als er mit Janna Weissmann die kleine Runde um den Lillfjärden spazierte. In der Jeans, die er trug, war es ihm bei der Hitze eigentlich viel zu warm, doch dieses Kleidungsstück hätte er selbst in den Tropen nicht abgelegt.

»Wo wollt ihr euch treffen?«, fragte Janna und blieb stehen. Es war ein ungewohnter Anblick, Janna ohne Uniform. Aber wie er vermutet hatte, trug sie nun ein etwas engeres Top und Shorts und hatte die Haare zu einem Pferdeschwanz nach hinten gebunden. Rokka hob einen Stein auf und ließ ihn über die Wasseroberfläche ditschen. Fünf Hüpfer zählte er.

»Er hatte das Fitnessstudio vorgeschlagen, aber wir haben uns doch noch etwas anderes überlegt.«

»Und wo trefft ihr euch jetzt?«, fragte Janna und griff auch nach einem Stein.

»Rate mal.«

»Irgendein Lokal, wo man Hamburger bestellen kann«, sagte sie und schleuderte ihren Stein über das Wasser. Fünf Hüpfer.

»Das wäre zu einfach gewesen«, antwortete Rokka und strich sich über den Bauch. »Wir machen eine kleine Tour übers Wochenende. Ich habe ein Motorboot ausgeliehen, und wir werden angeln und Würstchen grillen.«

»Das wird Eddie gefallen.«

Janna ging weiter, aber Rokka blieb noch stehen und beobachtete sie. Alle Mitarbeiter, die an den Ermittlungen beteiligt gewesen waren, hatten zwei Wochen Sonderurlaub bekommen, und er hatte seinen schon angetreten. Janna hielt inne, als sie bemerkte, dass er nicht mitkam.

»Wirst du dich eigentlich noch mit Fanny treffen?«

Er antwortete nicht. Wusste gar nicht, was er darauf sagen sollte. Fanny auf dem Fernsehbildschirm zu sehen war irgendwie sonderbar gewesen, aber auch eine große Erleichterung. Sonderbar, weil er sich während der vielen Jahre, die verstrichen waren, ein Bild von ihr zurechtgelegt hatte, das auf der Fanny basierte, die er gekannt hatte. Vor so langer Zeit. Sie lebend zu sehen, fühlte sich fast unwirklich an. Als ob sie es nicht selbst war, nur ihr Name im Textfeld auf dem Bildschirm.

»Seit wir Mats Wiklander festgenommen haben, hast du kein Wort über sie verloren.«

»Stimmt«, sagte Rokka.

Er musste daran denken, was Jan Pettersson zu ihm gesagt hatte, als er ihn zu Hause aufgesucht hatte: Fanny habe schon damals einen ausgeprägten Gerechtigkeitssinn gehabt.

Er hatte nur eine leise Ahnung davon, wie viel Kraft es kosten musste, sich so lange im Untergrund zu halten.

Den Kloß im Hals spürte er sofort, als ihm der Gedanke kam, dass sie sich auch von ihm so lange ferngehalten hatte.

»Ist schon okay«, sagte Janna. »Du musst nicht drüber reden, wenn du es nicht willst.«

Er zuckte zusammen und sah ihr in die Augen.

»Du findest doch, dass ich sowieso schon zu viel rede«, sagte er und schob sich die Sonnenbrille auf den Kopf. Janna lachte, sodass er endlich all ihre strahlend weißen Zähne sah.

»Wann wirst du wieder im Büro sein?«

»Keine Ahnung«, sagte Rokka. »Ich habe Bengtsson gesagt, dass ich Ruhe brauche. Eine ganze Menge Ruhe.«

»Und wo sehen wir beide uns wieder?«, fragte Janna und lächelte ihn an.

Rokka kam der Gedanke, dass er ihr bei passender Gelegenheit unbedingt sagen musste, wie attraktiv sie war.

»Im Fitnessstudio«, sagte er. »Sonst wird das nie was.«

***

Jan Pettersson saß auf dem Sofa in seinem Wohnzimmer. Die Ereignisse der letzten Wochen hatten ihn viel Kraft gekostet, und die Tage in der Psychiatrie hatte er als erniedrigend empfunden. Aber es hatte sich gelohnt, und er war sogar selbst von seinem Schauspieltalent beeindruckt gewesen. Er hatte Rokka wirklich dazu gebracht zu glauben, dass er sich das Leben nehmen wolle. Und so hatte er sein Ziel erreicht: Er war Rokkas unangenehme Fragen losgeworden.

Vor ihm auf dem Tisch lag die Lokalzeitung, wo Mats Wiklanders grimmige Visage riesig groß neben der Headline *Abiturientinnenmörder gefasst* zu sehen war. Jan seufzte. Er verspürte ein bisschen Wehmut. Auf dem Bild sah Mats aus wie ein kleiner Junge, der mit der Hand in der Keksdose erwischt worden war, und nicht gerade wie das hart gesottene Bandenmitglied, mit dem Jan im Frühjahr Kontakt aufgenommen hatte.

Es war Bernt gewesen, der ihn schließlich zum Handeln gezwungen hatte. Der kleine Bernt. Ihm hatte schon immer das Format gefehlt, aber das hatte er durch andere Dinge kompensiert, die ihn unersetzlich machten. Doch offenbar war die wirtschaftliche Unabhängigkeit kein genügend starker Antrieb für Bernt gewesen. Als die Redakteure der Sendung »Nachgeforscht« sich gemeldet hatten, weil Fanny ihnen den Film in die Hände gespielt hatte, wollte Bernt den ersten Schritt machen und alles erzählen. Damit hätte er alles zerstört, was sie gemeinsam aufgebaut hatten. Sosehr Jan es auch versucht hatte, es war ihm nicht mehr gelungen, Bernt umzustimmen. Schließlich hatte er sich gezwungen gesehen, irgendetwas zu unternehmen. Es traf jemanden, den Bernt wirklich liebte: Tindra. Aber mit dem Tode zu drohen reichte immer noch nicht aus, und als er durch die Wanzen informiert war, dass Bernt Johan Rokka angerufen hatte, um ihm alles zu gestehen, hatte es keinen anderen Ausweg gegeben, als das Problem an der Wurzel zu packen.

Jan war fasziniert davon, wie kurz die Wege in den kriminellen Netzwerken waren. Der Anführer der White Pythons war nur ein Telefonat entfernt. Er war überrascht, wie haarscharf die Grenze zwischen ihrer Organisation und seinem eigenen Unternehmen verlief – da gab es auch Entsprechungen zum CEO, dann hatten sie Handlanger und am unteren Ende der Hierarchie gab es schließlich die Läufer. Was Jan erledigt haben wollte, kostete eine Stange Geld, das hatte er kapiert. Aber sein Name konnte nicht für Geld gekauft werden, und es war Ehrensache, dass Mats Wiklander Wort hielt, niemals seinen Auftraggeber preiszugeben, komme, was wolle.

Jan drückte einen Knopf an der Fernbedienung. Noch einmal schaute er sich den Ausschnitt an, in dem Fanny von dem Securityunternehmen vor Ort berichtete, das die Jungs, die Eisenerz suchten, niedergeschossen hatte. Er hörte sich ihre Vorwürfe an, dass er sich des Verstoßes gegen die Menschenrechte strafbar gemacht habe. Die Bilder waren eindrücklich, die konnte man nicht einfach ignorieren. Aber dass er gegen die Menschenrechte verstoßen haben sollte, weil er ein paar kleine Jungs töten ließ? Er, der immer so viel für die Zukunft der Jungend getan hatte. Da musste man doch die Kirche mal im Dorf lassen.

Er sah in den Spiegel und fuhr sich über das bärtige Kinn. Eins hatte er gelernt, wenn es um Krisenmanagement ging: die Ereignisse zu bedauern und die Opfer zu beklagen. Jede Verantwortung von sich zu weisen und sich auf das Argument zurückzuziehen, dass Bernt und er keine Kenntnis davon gehabt hätten. Hätten sie davon gewusst, dann hätten sie natürlich alles unternommen, um diesem Elend ein Ende zu machen. Sie hätten die Abläufe überprüft, um sicherzugehen, dass das niemals mehr geschehen würde. Aber es gab noch etwas, was im Krisenfall wichtiger als alles andere war: Man musste die Leute mit hohen Summen schmieren. In diesem Fall die Angestellten des Securityunternehmens.

Und was bedeutete es für ihn, dass Bernt Lindberg tot war? Natürlich trauerte er um seinen engsten Kollegen und Freund. Der allergrößte und teuerste Trauerkranz würde mit Sicherheit der von Jan Pettersson sein. Wieder fuhr seine Hand an die Bartstoppeln, und er dachte, dass es höchste Zeit war, sich zu rasieren.

Beim Vibrieren des Handys auf der Tischplatte zuckte er zusammen. Ein leichtes Unwohlsein machte sich im Magen bemerkbar.

»Hallo, ich rufe von der Sendung ›Nachgeforscht‹ an«, sagte eine Frauenstimme. Versuchten sie es immer noch? Aber viel hatten sie nicht in der Hand. Er räusperte sich und streckte den Rücken durch, erinnerte sich daran, so mitleidsvoll wie möglich zu klingen, wenn er seine Botschaft vorbrachte. Die Frauenstimme fuhr fort: »Über die Menschenrechtsorganisation FIAN haben wir Kontakt zu Mitarbeitern der Securityfirma in Ghana aufgenommen ...«

Jan ließ die Hand mit dem Telefon langsam sinken. Das Gerät fiel auf den Fliesenboden, das Display zersprang, doch die Stimme war noch immer zu hören.

»... und da hat man beschlossen, alles aufzudecken. Dass sie die Exekutionen im Auftrag Ihres Unternehmens dokumentiert haben. Sie behaupten, dass wasserdichte Beweise gegen Sie vorlägen und sie alle nötigen Schritte unternehmen werden. Möchten Sie das kommentieren?«

***

Johan Rokka saß an der Kante des Kais und ließ seinen Blick über das Wasser gleiten. Seine Sonnenbrille hatte er im Auto vergessen, daher musste er blinzeln, um nicht von den Reflexionen der Sonne auf dem Wasser geblendet zu werden. Das Boot vor ihm schaukelte hin und her. Es war ein alter Flipper 717, weißer Rumpf mit blauen Linien an den Seiten. Zwei Personen könnten darin problemlos übernachten, hatte der Kumpel gesagt, der es ihm auslieh. Es sei zwar eng, aber das sei ja üblich auf See. Rokka war skeptisch, ob sein Bekannter auch die Körpergröße von 1,95 m und ein Durchschnittsgewicht von über hundert Kilo berücksichtigt hatte. Auf jeden Fall sei das Boot solide, es würde nichts schiefgehen können, hatte er gesagt. Rokka hoffte, dass er recht hatte.

Er beobachtete das Spiel des Wassers am Rumpf. Die Entwicklungen innerhalb der kriminellen Netzwerke machte ihm Sorgen. Die White Pythons würden sich nicht deswegen zurückziehen, weil Mats Wiklander jetzt auf dem Weg in die Strafanstalt in Saltvik war. Die Taktik der Banden war klar: Sie holten sich Jungs im Teenageralter, die bei sich zu Hause Schusswaffen lagerten, große Mengen Drogen mit sich herumtrugen und Geld von verschiedenen Verbrechen zu Hause in den Kleiderschrank stopften, aber nur wenige verrieten, wer ihr Auftraggeber war.

Eines der größeren in Hudiksvall ansässigen Unternehmen hatte nach dem Skandal um Mitos Helsing Stellung bezogen. Sie wollten die Arbeit an dem Projekt für die Zukunft der jungen Männer in Hudiksvall fortsetzen. Rokka hatte verlangt, dass er als Repräsentant der Polizei dabei war und außerdem bestimmte Aktivitäten innerhalb der operativen Arbeit auf der Polizeistation betreiben könne. Ingrid Bengtsson hatte ihre Zustimmung ohne zu zögern gegeben. Es war tatsächlich so, dass er richtig motiviert war, diese Aufgabe zu übernehmen.

Plötzlich spürte er eine Hand auf seiner Schulter. Eddie ließ sich neben ihm nieder.

»Hey, das ist voll die Familienschüssel«, lachte er und zeigte auf das Boot.

Rokka zuckte hilflos mit den Schultern. »Ich bin froh, dass ich weiß, wo vorn und hinten ist.«

»Ich bin schon Motorboot gefahren«, sagte Eddie. »Der Vater von einem Kumpel hatte ein sehr cooles Boot, mit dem wir im letzten Sommer immer unterwegs waren.«

»Dann bist du öfter gefahren als ich«, sagte Rokka. »Also musst du mir helfen.«

Rokka bemerkte Eddies ernsten Gesichtsausdruck, bevor er sein Gesicht zu einem Lächeln verzog.

»Geht klar, Bulle«, sagte er, und seine Augen funkelten.

Rokka hatte ein Gefühl im Bauch, als würde in einer eiskalten Januarnacht die Standheizung anspringen. Er hatte keine Ahnung, wie sich die Dinge nach diesem Wochenende entwickeln würden. Aber allein durch die Idee, sich etwas auszudenken, was er gemeinsam mit Eddie unternehmen konnte, fühlte sich seine Seele nicht mehr ganz so zerschrammt an.

Plötzlich schnitt das Klingeln des Handys durch die Luft. Er hob die Hand, als er mit dem Finger über das Display strich und das Gerät ans Ohr drückte.

»Spreche ich mit Johan Rokka?«

Die tiefe Stimme hallte im Telefon wider, und Rokka hielt es ein Stück vom Ohr weg. Sein erster Gedanke war, dass die Abteilung für Interne Ermittlungen zu einem anderen Schluss gekommen war. Und sie ihre Ermittlungen gegen ihn wieder aufgenommen hätten.

»Das ist richtig«, antwortete er.

»Ich heiße Gert Fransson, ich bin der Leiter der Kriminalpolizei in Gävle.« Rokka biss die Zähne zusammen. Ihm fielen Alméns Worte ein, dass sie ihn dort für eine neue Stelle haben wollten.

»Als Erstes möchte ich Ihnen zu dem Erfolg gratulieren«, sagte Fransson. »Das wurde auch in den Medien schön herausgestellt, hervorragende PR für die Polizei. Wir haben einen richtig dicken Fisch geangelt, und ich soll Ihnen im Namen der gesamten Leitung ausdrücklich unseren Dank aussprechen.

Wir schätzen uns glücklich, dass wir Leute wie Sie hier im Bezirk haben.«

»Freut mich«, sagte Rokka kurz.

Fransson fuhr fort: »Wie Sie vielleicht wissen, sind wir gerade dabei, eine Stelle hier in Gävle zu besetzen, die Leitung der Kommission für Schwerverbrechen.«

»Ich habe davon gehört.«

»Meine Frage wäre …«

Rokka hielt die Luft an. Er wollte es wirklich nicht. Würde Fransson ihn jetzt fragen, musste er dankend ablehnen.

»… ob Sie Ingrid Bengtsson für diese Position empfehlen könnten?«

Rokka atmete auf. Aber plötzlich drehte sich wieder alles in seinem Kopf. Bengtsson empfehlen?

»Absolut«, antwortete er kurz entschlossen.

»Das sagen Sie so, ohne zu zögern«, erwiderte Gert Fransson. »Können Sie ein paar Beispiele für ihre Stärken nennen?«

Egozentrismus, dazu keinerlei soziale Kompetenz, fiel ihm spontan ein. Aber auf der anderen Seite: Wenn sie diese Position übernahm, hatte es eine Menge Vorteile – und da dachte er nicht in erster Linie an Ingrid Bengtsson, sondern an sich selbst und die Kollegen in Hudiksvall.

»Sie ist eine exzellente Strategin«, sagte er. »Ein Coach, der den Weg vorgibt. Klug und analytisch.«

»Das war genau das, was ich hören wollte«, sagte Gert Fransson. »Wie Sie sich denken können, liegt Ingrid Bengtsson gut im Rennen. Und wenn sie sich entscheidet zuzusagen, wovon ich ausgehe, dann haben wir in Hudiksvall eine Stelle zu vergeben.«

»Ja, wenn man einen abzieht, muss man die Lücke wieder schließen, nehme ich an.«

Jetzt dämmerte ihm, worauf Gert Fransson hinauswollte.

»Dann ist meine nächste Frage, ob Sie sich vorstellen könnten, die Leitung in Hudiksvall zu übernehmen.«

Rokka saß da und starrte das Telefon an.

»Hallo, sind Sie noch da?«, tönte es aus dem Handy.

»Ja, ja ... da ... da muss ich drüber nachdenken.«

Rokka beendete das Gespräch. Ein wenig geschmeichelt war er von diesem Angebot schon. Es gab immerhin jemanden in den oberen Etagen, der ihn schätzte, so wie er war. Aber dann spürte er, dass er die Entscheidung längst getroffen hatte. Der neue Chef der Kriminalpolizei würde nicht Johan Rokka heißen.

DANK

Der Läufer ist Fiktion, alle Charaktere im Buch sind frei erfunden, und manche Orte habe ich verändert, damit sie zur Geschichte passen. Eventuelle Fehler sind ganz allein meine Schuld.

Viele Menschen haben mich während der Arbeit an diesem Roman unterstützt und mir geholfen. Ihnen will ich besonders danken. Ohne Euch gäbe es kein Buch.

Danke an Johan Viktor, Mikael Spreitz und Patrik Zanders für all die wichtigen Gespräche im Zusammenhang mit meinen Recherchen. Die Arbeit, die ihr macht, um jungen Leuten wieder auf den rechten Weg zu helfen, ist bewundernswert.

Danke auch an Johanna Björkman, Andreas Bergström, Mattias Nilsson, Patrik Westin, Liselott Bragd, Simeon Ogén, Urban Hagström, Carina Westling, Cecilia Björkroth, Joakim Rokka, Linda Karlsson, Fredric Magnusson, Jens Jansson, Johan Olsson, Victoria Wahlberg, Roger Kjaer und Wilma Lindqvist, dass ihr immer für mich da wart und Rede und Antwort gestanden und mir geholfen habt, den Plot ordentlich zu pfeffern.

Ein Dankeschön an meine Testleser Åsa Bohman, Christofer Peilitz, Peter Wahlberg, Hanna Myrling, Katrin Bohman, Robert Ullberg, Anna Naudins und Jenny Fagerlund. Euer Feedback war für mich sehr wertvoll.

Danke an diejenigen, die immer als Babysitter zur Seite standen, wenn es nötig war: Mama, Papa, meine Nichten Matilda und Linnéa, mein Neffe Tobias und meine Schwägerin Stina.

Ich danke auch allen Leserinnen und Lesern und allen, die mir in den sozialen Netzwerken folgen, die sich bei mir melden und berichten, dass meine Romane ihnen gefallen. Dies bedeutet mir wirklich viel!

Schließlich ein Dankeschön an Anna Svedbom, Helena Jansson Icardo und an die anderen fantastischen Menschen bei Harper Collins Nordic. Ich bin so stolz, dass ihr meine Bücher verlegt!

Last but not least: Erik, Signe und Arvid – danke, dass ich meinen Traum leben darf. Ich liebe Euch.